土耳其
当代文学

Karanlık Çökerken Neredeydiniz?

黑暗来临时，你在哪里

上

马里奥·莱维

MARIO LEVI

江山 译

上海文艺出版社

谨献给经历过 1978 年血雨腥风的那一代人。是他们曾相信过，这个国家可以改变……

只因为那些抗议者的坦诚正直，纯洁无辜……

谨向于达·西里基,凯马尔·萨亚尔,卡米尔·卡萨茨,梅特·阿克古茨,艾策·埃尔多古斯致以感激之情,还有这座城市的每条街道,她的历史,她的非难,她的歌,她的诗,是这一切让我真正脱胎换骨,出落成人。

目　录

地狱之行

多少年来，总有个梦在侵扰并无情地折磨着我。这时间持续了好久好久，直到有一天我终于明白，它究竟要对我说些什么。即使到现在我都还有点迷糊，自己当时是怎么搞明白的。这期间，好多可怕的声音，包括各种狂笑和怪笑声，总是不断地从我的内心深处响起，并萦绕在我的耳边。西部牛仔片中那个让人无法从记忆中抹去的恶汉李・范・克里夫，一个长着鹰钩鼻，身着黑衣黑裤，不时发出冷笑并给人带来厄运的家伙，此时好像正恶狠狠地盯着我，那冷笑般的模样无不显露出他内心的恶毒与阴险。突然间，他拔出一把长管手枪，对着我身边不远处的父亲的额头就是一枪。即使到现在，我的眼前还一直浮现着父亲如何被击中，我又如何眼睁睁看着他倒下身子，痛苦死去的场景。他脑门中间，一个通红通红的血窟窿呈现在我眼前。当时的我们究竟在哪里？我们为什么要去那个地方？我究竟想得到什么或者说有怎样的期待？那个地方总觉得就像是我孩提时代的某一处沙滩。那里死一般的寂静就如同恐怖片中经常出现的那样。隐约记得，那是某一天清晨，也就是平常犯人临行处决的那个时辰。一望无际的沙滩上，人不多，就那么几个，都坐在那里，彼此相隔得很远。我还记得，有个男人似乎在用一种责备的眼神看着我，慢慢地，他的眼神变得有些轻蔑，后来干脆就是一种嘲弄的眼神。我还能回想起的是，有一位年龄不算老的妇人，她身上的皮肤在烈日的烘烤下变得紧绷而富有弹性。她长得可真像我外婆的一个好朋友。每周好几天，这个朋友都总要约上我外婆去街坊邻居那里玩玩游戏什么的。只见她站起身来，看着倒在地上的我可怜的父亲，惊恐地说了句："On l'a tué le pauvre."①但却根本没注意到我的存在。我压根儿就没明白，在那无边无垠的旷野里，她这句话究竟是说给谁听的。稍远处一旁，还有三个男人坐在那里，他们正在起劲地聊着什么，有说有笑。面对眼前突如其来的一切，他们好像根本没听到，也没看到，可我明明就站在他们的不远处。此时的我试着挤出一丝微笑，胆怯地看着这个一直在冷笑着的李·范·克里夫，只见这个恶棍正轻轻吹着枪口里冒出的丝丝白烟。就在这时，我从梦中惊醒……

早在十年前，我就有了这个梦。那时候，我父亲早已去世。刚开始的时候，我还不明白，为什么这么多年后我会在这种场景中第一次梦见我父亲。后来我终于明白，原来那个谋害他性命的家伙就是我自己。然而，由于我自己不能干这种大逆不道的事，所以就干脆让给一个我能够想象得出的、世上最凶残的恶棍来结束他的性命。只是在随后的岁月里，不管我忙于什么，或者歇下来，我都能真切地感受到他还活在人世

① 法语，"有人杀死了这个可怜的人"的意思。

间。而这个恶棍应该就是很久以前我们一起看电影时给我印象最深刻的电影主角之一。这中间又过去了多少年，多少人，多少事，多少情感，多少话语，还有多少鲜活的一幕幕。我很恐惧，而且是那种一而再，再而三的恐惧。我好害怕自己会惹人耳目，最后被人看出来。我要从我的故事里走出来，因为这其中充满着不可名状的威胁与恐吓，它们一直都让我感受着什么叫恐惧，什么叫担心。此时的它们正一步步逼近我，要我保持沉默。这段老缠着我不放，让我倍感无助的故事，同时也是我个人的孤寂史，随着我人生的不断前行，它最终不可避免会给我带来一个可怕的结果。这是一段故事，一段会让我回忆起自己那段黑暗人生的故事，一段我情感经历的故事，一段我这张脸的故事，要知道，多少年了，我可一直都不敢面对镜子中我这张破碎的脸。这段故事，还是我言语表达的故事，通过这些言语表达，我最终明白了自己是谁。这段故事，它可又是我祖国的故事，我这座古老城市的故事。面对这起谋杀，为什么远处那几个男人会那样袖手旁观，无动于衷？为什么那位妇人会有那般怪异的反应？还有那个男人，他在用那种很是责备的眼神盯着我，这又是怎么一回事？这个男人究竟是谁？他是不是我在孤寂地狱中的某个身影化身？或者是我能想象得出的自己人生不同阶段所遇到的某个身披长袍的幽灵？或者是些不断威胁我、把持我，让我无法逃遁，直至最后将之视为自己敌人的家伙呢？也许我自己就是这个人吧？这些问题本该可以引导我去思考，然而我却无法进行下去，仅是这起谋杀就已足矣，因为是我杀死了我的父亲，我终于了却了我的一桩心愿……

梦醒之后的那个早晨，我不但能回忆起好几个时段我和父亲在他商店里的某些场景，要知道，这商店对于他来说就像犹太会堂一般，而且我还能记得他曾说过的一些话，这些话多少年来一直埋藏在我的内心最深处："你将来肯定是个废物！"要是老想着他的那些人生价值观，我其实大可心安理得，管他是谁把我当作废物看待。然而，对于我来说，要是对事物抱着抗议的态度被世人认可的话，我倒觉得自己的抗议自然在理，至少我的眼神就是这样表达的。为了能永远品尝这种抗议的滋味，我不但需要父亲的这番话来刺激我，还想寻求那种遭人拒绝的感觉，这样做的目的，就是要使自己更加自信。然而，要是从另一个角度来观察问题的话，那我就不可避免地要和新问题对峙，我的心口随之就会裂出一道伤口，这道伤口恰恰就是我在这个世界毫无意义的存在所致。这就是我一直没想通的问题：难道我的存在就这般毫无意义，一钱不值吗？这极有可能是我长期以来内心痛苦不已的原因所在。谁不想以某种方式获得别人的同情与支持呢？

眼下，我刚大学毕业，此时的我已完全有权利拒绝别人所提供的，或者更确切地说，强加给我的某种生活。放弃有可能意味着对死亡的默许，它意味着被征服，或者说主动投降认输。当然，最糟糕的莫过于仰承鼻息，逆来顺受。那时候，我的情感，我的政治信仰都绝不允许我有这等行为。正因为我们那个时代是一个变迁的时代，或者说是一个在变革精神鼓舞下积蓄力量的时代，所以，我叛逆的标志性举动，就是变卖了自己在成人受戒礼上获赠的那些金条①。我先将它们放进一个丝绒袋子里，然后再小心翼翼地存放进家中的一个抽屉里。之所以这样珍藏，为的就是要等到“重要日子”到来时能派上用场。兜里揣上换来的钞票，我找了个借口，去了伦敦，我要在那里继续我的学业。到了那里之后，我却无所事事，游来荡去，正如我父亲早已看出的那样，我净在动一些不着调的歪脑筋，自欺欺人。我父母当时可是坚决反对我变卖金条的。然而，恰恰

---

① 犹太成人受戒礼(Bar Mitzwa)，指的是犹太男孩到十三岁、女孩到十二岁时所受的一种宗教洗礼。自此之后，他们开始进入犹太教群体，并承担相应的宗教义务。

就是这种叛逆，刺激并引诱着我去这样做。一方面，我要让他们为失去钱财而感到心痛；另一方面，我也想找寻一下无须父亲供养也能生存的感觉。我想对他们说的是，那些日子对我来说非常“重要”。换句话说，我有一个很坚定的信仰，对于这种信仰的合法性我可从来都坚信不疑。所以，他们就此作罢，也没什么好反驳我的了。再说，这些金条加在一起也不值多少钱。我扳着指头算了算，在伦敦这样的大城市，不论你怎么节省着花，它最多也就够六个月的花销，那么然后呢？然后就是一枕黄粱，剩下的也无非就是你梦醒时分那一刻莫名的兴奋与刺激而已。要是我手上的钱快花光的话，我一定会在最后去经历一些冒险的事，并且我会信心满满，想尽一切办法也要咬着牙挺过去，所以，不管遇到什么样的工作，我都会欣然接受，哪怕是在某家饭店当招待员、刷盘工或清洁工，或者是在夜间超市里当收银员，管它这些超市是阿拉伯人还是其他什么人开的，反正我都无所谓。如此这般，为的就是要确保自己能挣到糊口活命的钱，同时我也想证明一下，虽然身处异国他乡，自己照样也能自食其力，生存下来。要是这样能行的话，我将会凯旋而归，荣返故里，要知道，这种最终赢得胜利的感觉对我来说可是至关重要，非同寻常啊。可是，这一刻会在何时到来呢？我不得而知。也许我根本就不想回去，毕竟我跟我许多志同道合的朋友一样，会心怀热望，也会对那些落后腐朽的价值观拒之千里。要知道，受这种热望的驱使，我会奋不顾身，全身心地投入到任何一场激烈战斗的。可是，几个月后我发现，自己已做出了一个错误的决定。所发生的一切都让我垂头丧气，很是气馁。为获取经济课程证书，我前往伦敦经济学院学习。那里的老师可真不少，个个都很自负，而且都认为自己的课程相当重要，不学不行。就这样，我面临着每门课都要上的困境。如不依靠父亲来供着我，仅凭此时我在伦敦塞浦路斯籍土耳其人开的饭店中打工挣的这点钱来维持我的生计，已没有了可能。此外,还有其他很令我失望的事。英格兰,这个我必须要在此有所经历的地方,乍一看到处可都是带有花园的漂亮房子。不过在这里,不是每个人都能说一口流利英语的,而且这里甚至还生活着许多不幸的人,这可比我原来想象的还要多,这种情况在伦敦地铁站里随处可见。我在那里所看到的西方世界,不仅缺乏活力,而且还麻木不仁,对什么都没有同情心。这个世界是一个见不到光的漆黑一团的世界。这样的一个西方世界,最擅长的就是将他的陌生同类碾为齑粉,并借用各种手段让他们从这个地球上消失。此时的我可碰到了这辈子最大的一个难关。就在那时,我突然意识到,离开了伊斯坦布尔,我将无法生存下去。现在倒好,这次深深的失望倒也给了我一次彻底认识自己的机会。不过,我没过多地把它放在心上,并很快就置之脑后。随后,我返回了故乡。是不是我后来又一次远离家乡了呢?这听上去好像我在伦敦留下了什么由谎言编织的梦想,或者我在那里曾错失过什么机遇良缘似的。不过,用不着担心我会在某处真的干过谋财害命的事,或者就像在梦里所出现的那样,这起不声不响的弑父之举将会给我带来多大的精神压力和罪责感。说实话,那时候,我既远离和人谋面之事,也避免和人发生瓜葛纠纷,因为一旦发生的话,我的生活肯定将发生彻底改变。

对于我回来这件事,家里人都很高兴,表达的喜悦之情也不尽相同。当然,我并不是不能够接受这种喜悦之情,只是我母亲一直在唠叨,央求我能听她的话,赶快找一个本地的或者我们亲戚圈子里的某位姑娘结婚算了。她苦口婆心地劝着我,让我这个虽经历过冒险考验但所幸安然无恙的儿子能理解她的内心想法,过上一种在她看来能符合传统要求的那种中规中矩的生活。毫无疑问,母亲的这番话没有任何恶意。然而,若从我个人意愿来说,我真的不想就这样服服帖帖听她的安排,哪怕是挨她几巴掌我也心甘情愿。其实,母亲本人并不是我要声讨控诉的对象,我要口诛笔伐的，是她那些仍在顽固坚持的陈旧价值观。

面对我们母子之间发生的这一幕，坐在一旁的父亲倒显得很是开心，他一声不吭地看着我们俩，只是脸上露出了一种揶揄的神情。显然，在我面前，他已是个赢家，在享受着他胜利的喜悦。此时的我可不能对他说我曾在伦敦做过哪些事，因为我连我自己都有些糊涂，我只觉自己有一种深埋在心底的痛楚，它让我浑身无力，疲惫不堪。这种感觉我是无论如何也不能对他吐半个字的。对于我们俩都很重要的事，很遗憾，我们却不能敞开心扉，相互倾诉一番。是不是在后面的几天里，我还要让他进一步验证一下，他曾对我做出的“我是一个无用之人”的“睿智”判决仍正确与否呢？于是，在我回来后不久的某个早晨，我去了他商店，我要郑重地告诉他，自己想开个小饭店，一个惬意舒适且轻松自在的小饭店，过上这般我最想要的、梦寐以求的生活。当然，这番话中也隐含着一种希望他能给予我资金支持的请求。可是，这个悭吝的人，这个年复一年在杂货店里经销着防晒护肤霜、硫黄皂、滑石粉、脱毛霜、中国产避孕套、润发油和修面刷的小商人，却总是喜欢斤斤计较，不让分毫。不仅如此，他还自豪地声称，绝不让家人去参加什么抗议游行之类的活动。他根本不相信我能开得了饭店，而且也根本不想往里投资。他再次逮住这次机会，又狠狠地往我伤口上撒了把盐。结果是，我没得到一分钱投资，还挨了一顿骂，没得到任何安慰性的话语，却还要再一次忍受他的老调重弹。许多年学得的经济学知识，究竟派上了什么用场？在商业生活面前，真正的大学反而就像一条破烂不堪的路，根本谈不上有什么用处。在他看来，我的这个计划自己大概根本就没深思熟虑过，所以，他总觉得，我是在和他作对，要毁掉他的一切。此外，他还经常用拉迪诺-西班牙语嘟嘟囔囔①，发着牢骚，这就说明他的恼怒和忧虑是真的从心底里发出的，因为每当他恼怒的时候，他总是随口就说起这种方言来，同样，要是有开心事或是真心想对别人吐露秘密的时候，他也会说这种方言。他认为，用这种方言说话，既能随心所欲，无拘无束，同时还能收到比说其他语言更好的效果。不过对我来说，他说什么话我都无所谓，就像这次他又骂了我是废物一样，反正我是死猪不怕开水烫，对此不予理会。那天早晨离开他商店后，对于耳朵里听到的他的那番话，说真的，我并没有感到多少悲伤，只是自己很清楚，眼下的我已没了出路。唉，我知道，自己真的已到了山穷水尽，无路可走的地步。看来要实现我的梦想，我还真离不开他，还真需要他来帮帮我这个穷途末路的儿子噢。

这场冲突其实本可以以其他的方式来解决，或许，我本该选择一种更为艰苦的生活来磨砺自己，然而每个年龄段，每个时代都它特殊的现实环境。不过在今天看来，我倒更愿意接受当时所发生的一切。随着时间的流逝，我已开始像其他许多人那样，以自己独特的行事方式慢慢竖起我投降的白旗。要知道，当时那些人可都和我一样，是多么的桀骜不驯，多么的放荡不羁。与此同时，我也看到了，在追求远大理想目标并为之奋斗时，我的眼前仿佛已横出一道万丈深渊，一旦失足，将会粉身碎骨，万劫不复。困厄中的我毫无办法，只好先耍起了小花招，我要韬光养晦，姑且将美好愿望先暂时搁置下来。此时的父亲再也没什么好说的了，对我也没了什么要求。唉，这个商店，可是父亲白手起家，费了九牛二虎之力才开起来的哟，而我却是他唯一的儿子。

---

① 拉迪诺-西班牙语(Ladino)，犹太人语言的一种。生活在西班牙和葡萄牙的犹太人祖先曾操此语言。1492 年和 1497 年，其祖先分别被驱赶出这两个国家。流浪到其他地区的犹太人仍继续使用此语言。该语言后来受到希伯来语、阿拉米语、阿拉伯语、土耳其语、希腊语、斯拉夫语、意大利语等的影响，形成了一门独特的犹太语分支语言。犹太人通用语言为希伯来语。

有时候,我自己都很难认清自己,更别提忍受得了自己了。能帮助我的,只有一种东西,那就是一针能让我找回青春感觉的麻醉剂。那时的我坚信,我还有一段漫长的人生路要走,同样,我也深信不疑,面对今后的生活,我还会不时倾注更强烈的情感。别人大可不必来帮助我,我照样也能实现自己的梦想。那时的我还处在一个根本不懂得未来、也不知今天有多么重要的年龄。那个时候,什么事情都可以先放一放,搁一搁。也许当时的我还可以再做一次逃离家乡的事。如若离开他们,我就故意隐匿起来。我期待这样的逃离能让我更深刻地感受到什么是生活的真谛。我不偏不倚就生活在父亲的深沉怜爱和严格要求之间。也许我从一开始就失去了战斗力,也许我就是想从那些失败的情感中寻找某个庇护所,或者寻求一种慰藉,这样我会更有安全感,也更为自信。可是有时候,这种内心的痛苦难道不也是一种麻醉剂吗?

要是我那时候直接去父亲的商店干活的话,那我的生活可就跟我的大学生活不一样,完全是另一码事了。我就是想多认识一些人。我当时也一个劲地劝自己,我完全能够和其他人一起编一些新剧目,不但能演好,而且还能成功赢得大奖。然而,随着岁月的流逝,剧目中的那些角色和形象也离我这个本人越来越远。无论是和剧本角色的关联,还是和我那些参演朋友的联系,到最后都一一中断,更确切地说,都一一被迫中断。我们个个都身似九秋之蓬,随风而散。我想,他们也一定像我一样满怀希望,要在各自的新生活中更好地找回迷失的自我。很长一段时间里,我都没听到他们的任何消息。我根本不知道,他们在哪,会和谁在一起,都有着怎样的人生经历。坦率地说,我真的不想知道这些,也根本不想去打听。我现在已相信,我的整个人生中只要有些许的慰藉就已足矣。如果谁想着,我们曾经一起做过什么,而且如何一起同甘共苦过,这可是很难一下子解释清楚的。然而,最终每个人都做出了决定,选择了自己的道路,并坚持走了下去。我一点都不怀疑,他们每个人会偶尔地想起我,而且也很确信,他们不会再和我有任何联系。我们这个优秀剧团(我们将之称为“戏剧团”)中的每一位演员我都十分了解,他们每个人的故事我都能娓娓道来,如数家珍。这个剧团本可以存在很长时间,甚至可以持续到我人生的最后一口气。那些梦一般剧情中的每一个角色都将永驻我心。于我个人而言,这些剧目将永远不会演完,也永远不会有谢幕的那一刻。每当我甜美地想象着,他们怎样过着自己的生活,又如何经历着他们人生中的一切的时候,我的心虽充塞着悲伤,却又充满着欢乐,这一切的一切都带给我无穷的力量。

能经得起失败,也可以说不是件容易的事。那场战斗业已结束,我仿佛有一种载重货车从我们身上碾过去的感觉,至少我是这样认为的。人们又在谈论着另一场社会变革①。当年的那场变革,是如此令人胆寒,令人心痛,演变到最后,它已完全变成不是我们一开始所期待的结果。尽管如此,我们也还是要活下去的。随后,又有一群饿狼冲下山来,直奔城内……能忍受得了这些事情的人会看到,随后将发生什么。不过,还有一些能找到出路的人,他们会想方设法摆脱眼前的困境。在他们看来,那些曾为理想奋斗过的人,还有那些精神遗产和文化遗产以及其他诸多美好的事物,最终都会荡然无存。它们终将化为云烟,悠悠飘散进土耳其人的历史情感中。当然,心灵的伤口会得到包扎。尽管能包扎,

① 这里是指土耳其 1980 年开始的第二场社会变革。在一场没有流血的军事政变后,土耳其代总理吐尔古特·厄扎尔(Turgut Özal, 1927—1993)发起了一场声势浩大的自由主义运动。自此,土耳其走上了政治相对稳定和经济发展的道路。在此之前的 1971 年,土耳其国内曾发生过一场重大的社会变革。当时,土耳其军人发动军事政变掌握了国家政权,他们对国内人民采取高压政策,引起了人民的强烈不满。国内政局不稳,危机四伏。在土耳其共产党和左翼工会联盟的领导下,社会主义革命风暴席卷了整个国家。在此期间,约有 50 万政治犯被军人政府关进监狱,几百人被判处死刑。该部作品是以第二场社会变革到来前的黎明前夜作为创作背景。

它们也永远不会再愈合。对于那些不愿忘却的人来说,他们随时都能感受到这些伤口在隐隐作痛。这一切,甚至连那时候的我也能看出几分。

在这种心境下,最终去参军入伍可不是件容易的事。在那里,我再一次明白了,沉默有时候就是我立世生存的利器。然而,我根本不想再回忆我这段人生经历。尽管我那时已懂得必须独立处理问题,而且也知道,艰难时刻身处逆境中的人往往会发现自己身上蕴藏着一种惊人的意志力和忍耐力,但我无论如何也不愿回首这段往事。我就以一种陌生人的姿态出现在那里,并继续着我的这段冒险经历。那是一段极其让人伤心的人生冒险。面对这残酷的现实,我必须得迎接新的挑战。唉,只要稍微想到这件事,就叫人伤心欲绝。所幸这样的噩梦仅持续了很短的时间。兵役法给了我这个短暂的和武器相伴的冒险经历。够了,这些武器,在我今后的人生中,它们将永远不会再得到我的认可。进入家门的那一刻,我突然有了这样的感觉,感觉自己好像已从另一个世界平安归来。

有过一大堆梦想,也曾经历过很多失望,此时的我总算心魔已降,开始慢慢适应商店打点或者说商业世界里的事。就这样,我在改变我的性格,我变了,我变成了另外一个人,不再像从前那样到哪都引人注目。我甚至能细心观察,反复琢磨,最终成为一个玩西洋双陆棋的好手①。不仅如此,我还学习和各种人打交道的本领,比如对待银行行长,就跟对待某个卡车司机或某个商店店主完全是两码事。更重要的是,我能按照店规学习掌管店铺事务。从此,我们的生意越来越红火,以至于有时候连自己都不敢相信这就是我经营的商店。回想从前,我就是个小店拜访者,

---

① 西洋双陆棋(backgammon,土耳其语为 tavla),一种在棋盘里或桌子上走棋的游戏,靠掷两枚骰子决定走棋步数,先到达终点者获胜。这种游戏将技术和运气结合到一起,要想获胜,两个因素皆不可缺少。此游戏从20世纪后期开始风靡于世,为土耳其传统游戏。

或者纯粹就是个陌生人。原来那个极不起眼的、旧得一塌糊涂的小商店也不见了踪影，要知道，原来的它就跟原先的那些小商店一样，现在早已跟不上形势，更别提有多少人来光顾它了。眼下，我们正在为一些工业企业进口香精香料。很多年前有一天，只因为坐在桌子边的父亲突发心脏病离开了人世，所以我就成了我们家的一店之主，开始真正掌管起商店里的一切事务。

那一天，我并没有哭。我们必须将逝者尽快下葬。那天是周四，所以葬礼必须在第二天早晨举行，因为我们必须遵照习俗在当天下午和其他教民一同去参加安息日祷告①，否则的话，我们就要推迟到星期天了。然而，我母亲却不知什么原因，一再坚持要马上办葬礼，不能耽搁，好让父亲尽快入土为安。在今天的我看来，她的这番话无论和宗教信仰还是和传统习俗都没什么关系，很可能是她脑子当时已乱得一塌糊涂，因为她根本接受不了我父亲突然死亡的现实。然而，对于我来说，我则抱着一种无所谓的态度。面对眼前发生的一切，我俨然就是个看客，那场葬礼也好像根本就不是我父亲的葬礼，我真的很麻木，很漠然，眼前的一切就好像跟我没半点关系。整个葬礼仪式举办得比我想象的要简单。我没有丝毫的哀伤，仅有的只是辛酸、痛苦与愤恨。这些感觉只有随着时间的推移我才能够更好地去理解它，也只有随着时间的推移，我才能将其慢慢归置到我生命中的某个角落……也许当时的我第一次想到了自己也会有那么一天；也许我觉得，我们父子间的许多恩恩怨怨还一直未做了结；也许我当时已感觉到了悲痛，却始终不肯承认，父亲的死会对我有什么触动，哪怕自己今后能有一点点长进。从那一刻起，我成了一个

---

① 安息日(Shabbat)，犹太人宗教节日，也称圣日。它是指犹太周历中的每周第七日，即自星期五日落至星期六日落这一时间段。在这一天内，犹太人必须停止工作，谨守圣日。“安息日”一词源于阿卡德语，本意为“七”的意思，希伯来语为“休息”和“停止工作”的意思。

无父之子。然而，这种辛酸、痛苦与愤恨毕竟存在，它不管我想要与否，都会随时随地郁积在我心头，深深触碰着我的每一根神经。尽管葬礼办得很仓促，但还是有许多人前来吊唁。一下子来了好多好多的人，对此，我不得不承认，根据他生前身边那些人的评价，他这辈子可是正直老实、本分勤俭的一辈子。为期七天的丧事办完后，我开始整理商店里他的遗物，恰恰就是在那一天想不到居然发生了这样的事。也就是在那一天，我突然泪如泉涌，心如刀绞。一本棕色的、外面裹着皮套子的小册子就静躺在一个桌子抽屉里。那里面，清清爽爽、工工整整地记满了他的债务和未收账目。看到这些，当时的每一秒仿佛都已凝滞，那本册子就好像是他的人生总结和人生写照。很有可能就在那天，我安葬了他，而且是发自内心永远地安葬了他……

打那一天后，商店的变化便越来越大，新面孔、新景象也一一呈现在人们面前。现在可讲述的也就是那段旧时光中唯一的一个场景了。那是一个小角落。小角落里，还放着几个圆柱状的旧玻璃瓶。瓶子里，满满装着的是我父亲将柠檬和薰衣草放进科隆香水中混合调制的杂味香水，他很喜欢这样做。我将那本棕色小册子放到玻璃瓶旁，以便来人一眼就能看见。谁要是爱念叨我父亲，就让他念叨好了。我为什么要这样做，我自己也没问过我自己。也许我就是想让它不断提醒自己，斯人已去，他的一生无非就是由那些小小的账单组成而已。或许，还出于自己的某种报复心理吧。唉，已过去了这么长时间，现在想想，当时的父亲就像其他许多犹太人那样，总生活在一个他自认为某事总正确的信仰世界里。在这个地球上，他只知道命，一辈子都过着忍耐顺从的生活。想到这些，我的心不知怎么的就有一种发软的感觉，但不管怎样，却还是那般疼痛。我刻意在我们两人之间保持着距离，那段总让我心碎的距离，它自始至终就没被消除过。要是我们俩不以这样的方式保持那段距离结果会怎样呢？要是我走了其他的路结果又会怎样呢？谁知道啊？要想再问清这些问题，现在已为时已晚。至于赛费廷·阿比所说过的、我现在已非常懂得的那番话，我也就更没有机会向他表达了。在父亲的葬礼上，阿比是最伤心的人。在我那段穿行于废墟瓦砾间试图寻找自我的艰难日子里，是他大多数时候都把我摁在店里，不让我抛头露面。赛费廷·阿比是个文化人，很有学问，再加上他有许多好品质，所以在我眼里，他始终是个很亲近的人。他差不多和我父亲一般大年纪。我不知道，有时候他是怎样将悲伤和幽默成功糅合到一起的。曾经有一天，他跟我说，他被共济会开除了。也是在那一天，他宣布自己已成为贝克塔斯兄弟会成员①，还是在同一天，他又说，他妻子已好多年没跟他说话了。这期间我和他一起经历的故事说起来真的好多好多。也许将来的某一天，我仍会想到他，会回忆起他，因为他值得我回忆，值得我留念。

父亲下葬的那一天，我看到眼中满是泪水的他，问他缘何那样悲伤，只听他对我说："对你父亲的死我倒不是太难过，我特别难过可是因为你啊！"那个时候，我还不明白他这番话的意思，只是感到心情很沉重。当时的我只想着葬礼能快点结束，免得自己遭罪。另外，我也很生气，父亲偏偏就在这个时候死去，因为我本打算周末去看一场费内巴切队对贝西克塔斯队的足球比赛。这下子可好，我只有呆坐在家里，为父亲守护亡灵。不知是多少年后的哪一天，我终于明白阿比这番话的意思。很有可能的是，父亲死后，我不得不另觅自己的生活，尽管我在经商方面小有成就，但还远没到了解生活真谛的地步，这一点，应该就是他为我劳心烦神的地方。唉，算了，还是别提了吧。其实，对好多事情，我早就习惯于视

---

① 贝克塔斯(Bektaşi)兄弟会，伊斯兰教泛神论神秘主义组织之一，主要传播地在阿纳托利亚高原和巴尔干半岛等地区。虽然该组织在土耳其自20世纪20年代起不被国家认可，但因其在民间具有很大的影响力，所以还是或多或少地为政府有关部门所宽容。

而不见，或姑且置之了，否则的话，我对自己在不同梦境中以不同方式所干的那些弑父行为又如何解释？还有我为什么老是在生死之间那条细细长长的阴阳线旁来回游荡？所有这些问题既是我人生游戏中不时遇到的问题，也是我舞台剧中所要回答的问题。那些舞台剧能给出正确答案，这一点，我从来都深信不疑。

话语，色彩，阴影

我叫伊萨克。我一直很自豪，自己是个地地道道的伊斯坦布尔人，无论在什么场合，人们对它的那种亲近感和归属感都可以从言谈话语中深切感受到。更为自豪的是，我还是个费内巴切足球队的忠实球迷，直到今天，它还能带给我许多激动人心的美妙时刻。一切看上去似乎没费什么气力，就选定了我这个身份，要知道，能使用“看上去”这三个字并不是没有道理的。作为一系列偶然事件的聚合物，人最终成了这个特定社会的产物，这一点可是千真万确的。譬如说吧，我的祖先如果不是从西班牙被赶到这里，或者他们决定不来这里，或者不与这个城市的人们共同创造它的历史，分担他的命运，那我们的命运又会怎样呢？再譬如说吧，当我回想起自己还是个孩子的时候，父亲若是不告诉我，他是费内巴切队的忠实球迷，也不跟我讲莱福特尔那些精彩的进球①,那我们的命运又会怎样呢？我的选择以及真正由我自己做出的抉择我都会矢志不渝地坚持下去,就是在我后来的岁月里我也一贯如此,哪怕是付出沉重的代价,我也绝不会违背初衷,轻易改变自己的信仰,因为随着时间的推移,人们会发现自己的这种坚贞执着更可靠,也更有价值。作为我个人来说,鉴于自身无法更改的历史身份,我拒绝一切种族主义行为,我热忱欢迎一切自由,但却对那些操同一门语言同时却要划清国界的人深恶痛绝。他们的道德水平甚是低下,以至于只看到自己民族的某些长处,而对其他民族的却视而不见。不啻于此,他们还将其他民族视为异族,要求他们在这个国家中别摇摆不定,须作出明确选择,要么热爱这个国家,要么永远离开。然而,就我个人而言,无论是我在国外的那段日子,还是我经常回想起的那些和帝国主义做斗争的艰难岁月,我始终都为自己感到骄傲与自豪,因为我的一切已和这个国家生死相依,密不可分。坦白说,我对祖国的信仰谈不上有多少,我真正信仰的其实应该是这里独特的文化氛围和浓郁的地方特色。我经常遇到的,更确切地说,我必须痛苦面对的是我根本不被人接受为土耳其人,被人接受的,只是一个犹太人,仅此而已。从情感上说,在这个我深深热爱的国度里,在某些人看来,如果从广义角度来说,我是个土耳其人,而在另外一些人眼里,我只是个拥有土耳其共和国护照的犹太人而已。这当中,作为一个“外乡人”,我可曾经历过好多好多的冷眼非礼,甚至受到许多“特别礼遇”,包括特地为我们犹太人出具的许多个人信息和有关证明。所以,我最终也懒得使用“外乡人”这样的字眼来强调自己的身份了。这个词其实并不是我发明的,更多地却

① 莱福特尔(Lefter Küçükandonyadis, 1925—2012),土耳其历史上最著名的足球运动员之一。在1947年至1967年效力费内巴切队期间,作为前锋,他先后在615场比赛中攻入423个球,曾帮助本队三次夺得土耳其联赛冠军。

是出自某些短暂历史时期的法律条文，由此我也会经常不由自主地使用它，感受它。比如，少数民族无偿充公的房地产往往被看成是“外乡人的财产”，这难道还不意味深长，颇能说明问题吗？诸如这些“另类人”，包括他们的亲属被禁止从事国家公职，或者他们被列为国家危险人物甚至被视为国家敌人这类事。我不想再延伸这样的话题，因为谁要是在这方面敢深入探讨，他有可能会在某一天必须面对他不想面对的结果，也就是说，他所说的话，在某些人听来，似乎非得经过一番特别的盘问和审查不可。所以，不安分守己的人到最后就印证了一句谚语："离群之羊，最先遭殃。"此外，那些整天将“别管闲事！”或“别到处兴风作浪！”挂在嘴边的人难道就没有“狼来了”的恐惧之虞？我们的历史可谓贻训甚多，它一再告诫我们，有些“错误”的铸成是要付出惨重代价的。总之，只要人们多回忆一下历史上的那些经典案例，并多做总结，他们就会在泥泞的路途中走得更稳健，更踏实。

然而，当我将自己所经历的一切在脑子里简略地回顾一番后，我会发现，我曾经历过我人生中最珍贵、最亲密的友谊，它可以说是我和那些人在一起时结下的深厚友谊。尽管在这个国家这些人从出生的那一刻起就比我更“土耳其化”，但他们始终认为民族差异在这里无足轻重，也完全没必要将它当一回事。这些构成了我在这里所形成的最重要的人生价值观。否则，在此之后，我很可能不会续写我的个人奋斗史，并在其中把握机遇，甘冒风险。那时的我已完全沉湎于自己所书写的历史之中。这座城市，这座曾为我提供一个塑造自己的机会的城市，这座曾让我紧紧依附的城市，这座让我在其他情感世界中找不到有任何生存机会的城市，也在期待着我来书写这段历史。是否在伊斯坦布尔生活，或者仅仅来这里走马观花一番，这两者之间那可有着天壤之别。要想经历和感受另一个伊斯坦布尔，人们就必须得聆听一下这个城市所发出的不同声音。只有以这样的方式，他才能激发自己的情感，深爱上这座城市，并将这份爱珍藏在内心深处。我所经历的这段故事就是我的历史，简要地说，它就是我的一种语言表达。另外，我也需要这段故事来拯救自己的生命。同时，在我这个故事的幽暗处，一息尚存潜伏着的，不仅有我无可选择、命中注定的“陌生身份属性”，还有我必须学会的那种安分守己、逆来顺受的“奴性”。无须点拨，凭着直觉，我理应懂得，我不是这个社会的主流人物，而是一个永远的边缘人。另外，我还要懂得，我们生活在一种充满着威胁恐吓的环境里，随时随地，我们都得打包走人，远走他乡。仅仅因为我们是“另类人”，我们就要无端遭受种种难以形容的非难和伤害，更有甚者，我们还要接受一种所谓的西方输出文化，而这正是某些所谓的文明国家在过去几百年中不断强加到我们身上的那种奴役文化。对于这样的现实我看得越来越清楚，也越来越明白。然而，无论如何，现在的我对于自己所经历的一切都不愿忘却，也永远不想把它从自己的记忆深处抹去。

尽管我在许多犹太人眼里算不上一个犹太良民，可我还是经历了所有的这一切。比如，我这个人就不太愿遵守安息日祈祷这个宗教习俗。在这个城市里，我很少看到每次都去做祈祷的人。每个周五晚上，就是我们家里，也根本不做什么祝愿词颂祷仪式。当然，对于那些做祈祷的人，我也无可厚非。要是我看见某些人能在坚定的信仰下按照自己的愿望，经历该经历的一切，并将其和自己的生命紧密相连，我反倒会心存欢喜，颇感愉悦。不过，坦白说，这却是一种忧伤的欢喜，忧伤的愉悦，因为我连最起码的单纯和天真都不具备，否则，我也不会这样自寻烦恼，生出许多莫名的哀伤。由于自己早就脱离了大家庭，所以，我一直都和自己的朋友一起庆祝逾越节，共度良宵①。也许，这样的念头和做法并不涉及宗教信仰或宗教义务，真正涉及的，应该是我能将孩提时代那段难忘岁月珍藏起来的一种美好愿望。正是以这样的方式，加之某些人的参与奉献，甚至舍生忘死，传统才得以延续，并发扬光大。在当今这个时代，这样的传统又该是何等重要啊！

我的妻子切拉，这个差不多与我一起品尝了二十五年酸甜苦辣的女人，在任何方面都恪守传统。尤其在对待传统问题方面，她比我都更严肃、更认真。是啊，就是这样一个女人，一个有时候我真服了的女人，就像人们常说的，根本就是个三句话不离传统的女人。所以，她总是能孜孜不倦地教育孩子，她最擅长的是从历史使命感教育方面入手，要求他们在接受传统思想熏陶的同时，树立良好的人生价值观。她能做到这些，说实话，我一点儿都不感到奇怪。可是，这样做，又有何用呢？直至今天，我都很难回答好这个问题，因为从我后来所经历的那些事情看，我的生活简直就是一团乱麻，完全到了一种剪不断、理还乱的地步。在我眼前，那仿佛就是一个既没有剧本，也无法描绘的场景，一个哪怕在我漫长且似乎平静的人生岁月中也描绘不出的场景，不知怎的最终却完全改变了戏剧中的情节发展。突然间，不知从哪里冒出个“信使”，只见他一个箭步冲上舞台，抢着与我对白，还要我回答问题。他

---

① 逾越节(Pesach)，犹太人宗教节日，它是指犹太人为纪念祖先，在摩西领导下成功逃离埃及的节日，所以也叫自由节。据《圣经·旧约全书·出埃及记》第12章记载，当年以色列人在逃离埃及前夕，上帝曾命他们在正月14日晚杀羊食肉，并将羊血涂在门框上作为以色列家庭的标记。到了夜里，上帝将没作羊血标记的埃及人家中的头生孩子和牲畜全部杀死，并吩咐犹太人：“这一天将是你们的纪念日，要当做上主的节日来庆祝。你们要世世代代庆祝此节日，并要永久将其确立下来。”所以，逾越节之夜是犹太家庭把盏欢宴的时刻。在欢宴上，犹太人会讲述祖先出埃及、获自由的故事，孩子们会提问一些有关逾越节来源的问题。宴会上备有的嫩芫荽象征着春天的万物生长，烤鸡蛋表示古代圣殿中的祭品，硬鸡蛋喻示死亡人生的超越，咸水寓意犹太人为奴时的泪水，苦菜代表受奴役时的苦楚，无酵饼则是当年犹太人通往自由未来路途中的食品。

仿佛在向我呐喊，要我将自己在伊斯坦布尔这座城市所演绎的故事做一番精彩独白……反正，一场旅行也只能在这样的记忆印象中慢慢开始。

我曾经深信不疑，传统拥有一张能置人于死地的阴阳脸，而且这种想法所产生的余毒也一直残存在我脑海里。不过，如将我的前后表现做一番对比，倒还是发生了些许变化，这便是岁月不饶人的缘故，是岁月的侵蚀迫使我在很大程度上不得不让步于我的坚强不屈和勇猛刚健。那么，我究竟是何时，又是在何地丧失了这些倔强个性和反抗精神呢？天晓得。很有可能的是自己在某个时刻就已放弃了这些，开始两耳不闻窗外事，扮演起一个局外人的角色来。我还担心过，如此下去，有朝一日自己会落得个被人孤立的少数派的下场。开始的时候我还不是很确定，我的这种退缩行为会不会给人以口实，落得个胆小鬼的骂名。说真的，我的这个决定并不符合我的个性，也不符合我原先设想的要将自己生命干脆沉沦至此的一个角色中。现在，这一切对我来说都已无所谓了。无所谓的还有，当时的我会在这样一个地方成为一个坚定的“革命者”，最终却在此地成为一个故步自封、不思进取的人。毕竟每个生命都有其存在的理由，更确切地说，一个人所共知的每一刻、每一秒都会不期而至，都有其改变的理由。对于一个人来说，大浪淘沙，岁月会以不同的方式呈现事实，揭示真理。在一系列事物变化中，或者从不同角度观察和反思自己所经历的一切，人们往往会有新的思想感悟，甚至会获得某些让人感动的思想灵感。

就如同我一样，许多犹太同胞既想探究我们民族的本质特征，也想寻求我们民族的自由。和教民中的许多人一样，我这个既不太想赎罪，也不想感受内心悔恨的人仅是在红白喜事举办的时候偶尔去一下会堂，参加一些净罪日祈祷[1]或受戒礼仪式。在会堂里,我的内心经常会产生一种我就是“本地人”的想法。所以,在这里,我完全可以更好地维护并坚持我的这个信仰。在这种信念的支撑下,在分享圣餐的那一刻,我开始学着用土耳其语把我们的教会团体称之为“havra”[2]。要知道,多年来我都尽量避免使用这个词汇,真的好多年了。每一次都好像是碰到了瘟神一般,唯恐避之不及。除了躲避,还是躲避,我总觉得,我没有必要如此,也不该如此。就像在使用“犹太人”这个词时一样,人们也能看出我在刻意躲避着什么。本应该用这个词汇,而我却更喜欢用“摩西人”这个含有“纯洁无辜”意思的字眼来替代它。对于这种矜持与谨慎,毫无疑问,其中自有原因。即使到现在已过了很长时间,我都能清楚地记得自己在使用这类敏感词汇时所经历的那些事。那些事是那么鲜活,那么独特,每每能唤起我的回忆,令我回味不已。比如在上小学的时候我就曾经历过这样的事。那时候,我上的是一所公立学校。就像其他公立学校的每个班级一样,我们班也是满满当当,坐了一班级人,其中的许多人也来自不同民族。我仍能回忆起,当时我们有位女老师,她像有些女性一样,在碰到一些不顺心事情的时候,往往会把一些个人情绪带到班上来。对于现在的我来说,要是遇到别人情感受伤害的时候,自己也总能站在他们的角度上理解他们,甚至同情他们,也无所谓什么抱怨和恼怒了。时过境迁,还有什么改变不了一个人内心的一切呢?然而,尽管我能从这个角度审视自己所经历的一切,但这并不足以让我将那些强加给我的

---

① 净罪日(Yom Kippur),是犹太人一年中最重要的圣日。在新年(犹太历七月的第一、二两天)过后的第十天,犹太人会彻底斋戒,放下手中工作,去会堂祈祷上帝赦免他们在过去一年中所犯的各种罪过。在圣经时代,犹太人这一天在圣殿举行献祭仪式。他们先将一头公山羊杀死以祭奠上帝,然后把另一头山羊放逐到旷野,让其带走犹太人的一切罪孽。这就是所谓“替罪羊”的来历。

② havra,土耳其语,土耳其民族对犹太教徒或犹太教团体的称呼。

种种责难忘得干干净净，就像我们在课堂上吵嚷时我们所听到的这位女教师的辱骂声一样："这简直就是一个犹太人学校！"课堂上，她还经常使用"havra"这样的字眼。我不能肯定，她这样做是因为她涉世不深，故而老把这句话挂在嘴边，且看上去也并无恶意，或是因为她很是阴险，话里暗含着一种对我们的歧视与不满，或者她干脆就根本不会说话，没有良好的语言表达能力。不管如何，这类话很有可能是我们从小就觉得自己为另类人或局外人的根本原因所在，正如人们从不愿承认但却存在的民族歧视那样。

在我们班上，还有其他一些犹太人同学。我们当中还没有哪个人敢对这种歧视性话语做出回应，其实，我们也根本不会去想它，对于大多数人的冷嘲热讽，我们所能做的也只有强忍内心的痛苦，并默默地融入他们中去。我们就是这样被教育长大的，那就是，我们要懂得，什么叫沉默，要怎样和沉默相伴为生。说真的，这是一段痛苦的人生经历，一段会长久影响我人生的痛苦经历，这就是我多年来一直不愿使用"havra"这个字眼的原因。然而，在学校的那段日子，我就已然学会了原谅别人对我的某些伤害。同样，随着时间的推移，我也渐渐习惯了，将我的这种胆怯性格归咎于我天生的、自己无法选择和更改的身份上来，正如我们犹太人时常会表现出的某种吝啬一样。在我成长的过程中，许多人不断地进入我的生活。这些人当中，他们有的根本就不把自己的这种身份放在心上，但有的人却还是感到很羞耻，而还有些人呢，纯粹只把它当做是朋友间无伤大雅的调侃，甚至看成是玩笑场合插科打诨的笑料而已。所以，人们应看到，要是自己对那些已无出路、或自身存在缺点、或身处窘境的人能多一些宽容之心，那该是多么的难能可贵啊。如果能做到这些，这样的人可以说他既很好地理解了别人，又很好地认清了自己。这样的行为实际上就是一种成功教育的结果。然而，这种成功教育需要有这样的一群教育对象才能实现，他们必须首先学会摸爬滚打，然后去艰苦的现实环境中为生存而斗争，最后再将这些精神财富毫无保留地传授给别人。现在的我深知，这种教育是一种智慧型教育，它正方兴未艾，和我们传统教育有机地融合到一起。孩提时代的我虽然也上课听讲，但那时的我对这种所谓的智慧型教育却闻所未闻，也无从知晓。比如当我生平第一次听说我们犹太人很吝啬的时候，我感到很惊讶，也很悲伤，于是我跑到我祖父那里，想从他那里得到一个正确的解答。直到今天，我都还记得我所问的这个问题："难道我们真的就像别人说的那样，是吝啬鬼吗？"听到这些，只见他脸上泛起了一丝微笑，那微笑是那么的温暖，但多少也带着些忧伤。没想到，他的回答就是一句话，虽简单，但却很精彩。这句话对于今天的我来说也非同寻常。它源自传统，却又不乏智慧和幽默。当时他那话一出口，便深深映入我的脑海："不，我们可不是吝啬之人，我们仅是有点勤俭而已。"顺着他的思路，我又向他请教了我们犹太人是否为胆小怕事之徒这样的问题。听到这些，他又笑了笑，脸上跟着露出了否定的神情。只见他轻轻摇了摇头，在做出简短的思考后，他开始轻声低语道："这也许是为小心谨慎起见我们才不得不如此啊。"直到许久之后，我才慢慢明白这些幽默话语的深刻含义，包括其中所隐含的那种淡淡哀伤。

现在，每当我回想起这一幕幕的时候，心里便不自觉地感到有些不安，哪怕我有权利说，和其他许多人相比，在这个城市里，我更像是一个本地人，甚至是这个城市的主人。今天，生活在伊斯坦布尔这座城市的市民里，有多少人敢夸海口，说自己的家庭曾和这个城市一同经历过五百年的风风雨雨呢？尽管这些都是鲜活的事实，但我的过去却也充满着矛盾，并与其紧紧交织在一起。就像我外祖母一样，我仍能记得，除了拉迪诺语，她可什么话都不会说。每当她走在街上，用这种方言和她的伙伴们说话打招呼时，她不知遭到了多少白眼。那时候，不仅她自己觉得抬不起头，甚至连我都感到很不好意思。我真想躲到某个地方，在那里，我既不需要经历被人视为“另类人”的痛苦，也不想让人认出我就是个局外人。这对于我来说是何等的不公平啊！那时的我可还是个孩子。当时的我怎么会知道，这种问题究竟要到哪里才能找到真正的答案呢？要知道，我外祖母和她的那些老伙伴们也不是刻意要如此的啊。在她们还是孩子的时候，她们去土耳其人开办的学校读书是没有任何问题的。在她们生活的那个封闭世界里，或者说在她们那个已使用了几百年的拉迪诺语言世界里，她们对外根本就没什么交际。所以，其他语言的学习对她们来说既没什么要求，而且也根本就没那个必要。她们的生活很简单，从小在家庭里接受到的也无非就是长大后如何相夫教子的传统教育，所以，学很多的东西对她们来说也完全没了必要。在那样的年代里，生活在自我封闭世界中的她们能想到的仅是相互体贴，相互关照和相互依存，也根本没想过还有任何其他生存的可能性。这不，一眨眼这么多年都已经过去了。只是谈及此事的时候，我才会偶然想到它。对于我们来说，真正需要思考的，却是我们自己的人生，以及这个国家还有哪些真相和问题需要彻底澄清和解决。

现在，我们生活的这个国家不但面临着许多错综复杂、亟待解决的问题，而且还有许多无法回答或者说根本不能提的问题。我们一直在寻觅一个能让我们苟延残喘的地方。这里可很有一大批人，他们根本不给别人以喘息生存的机会，始终将别人判定为外乡人或陌生客。有时候我在想，我们犹太人又何尝不属于此列呢。生活在这个世界上的每一个犹太人哪个不成天提心吊胆，担心自己某一天会遭罹不幸，为别人所迫害呢。我们不是被挤出圈外，就是突遭侵袭，甚至被彻底消灭。难道这就是我们无法逃避的厄运吗？多少年来，这种四散奔逃的痛楚一直郁积在心头，它如鲠在喉，无法倾诉。其痛苦之切，伤害之深，已远远超出了我们精神肉体的承受能力。难道宗教信仰对我们产生的影响都不如这种摧残来得这么深远，这么刻骨铭心吗？或者恰恰相反，害怕或者说提心吊胆也许就是为生存而斗争的另一种表现形式，不管它以怎样的形式出现，有多大规模，在世界的哪个角落，或以怎样的死亡方式呈现，它都要求人们能更加紧密地团结在一起，生死相依，不离不弃。所以，在我的人生中，我始终都要想到有这样的可能性存在。正由于此，我的内心才像那些处于弱势地位的人一样，不得不遏制住深埋在心底的这种强烈情感，别让其翻腾四溢出来。除了害怕之外，我的心里还潜伏着一种莫名的恐惧感，整个心里，无处不打上了黑魆魆、阴森森的文化烙印。这种文化是一种废墟与谋杀堆积成的文化，它正面临万丈深渊，已到了万劫不复的境地，而对此许多人可是拒不承认，断然否决的。在幽暗的深渊中，四散驱逐的幽灵已奄奄一息，气若游丝。这其中，一切能看到的我都已看到，还有那些不想看的我也已看到，只是因为读史可以让我明智，这句话我将永远都记得。

这之后，我的记忆中还有些什么呢？一切都会消失，都会荡然无存吗？或者还会在我们的内心深处陡然涌现出一座巨大的坟墓呢？这些问题真的很难回答。反正现在我能看到的，就是当某个社会失去自信，或者它对自己的苦难不作品尝、不作思考的时候，它就会将其他人视为另类，感觉他们的存在就是一种威胁，于是就不可避免地要和他们产生对立，形成对峙。有同样感受的还有另一群人，他们被逼无奈，既没有生活出路，又还要整天与挫折打交道，他们就这样艰难生存于世，这些连自身生存问题都解决不了的人，他们又何尝没有同感呢？是啊，要是人们都想着去求同存异，实现大同，那也就不存在谁吃谁的问题了。说到底，每个人都想能过好自己的生活。只要是适合自己的生活，就是选择对了的生活。其实,事情本身就这么简单。

这种思想还将得到进一步印证,那就是它将通过一部很长的人生大戏慢慢演绎出来,这其中,许多主人公都将登台亮相,一一展现在观众面前。在这部大戏中,不仅他们会倾力奉献他们的各种情感和人生经历,而且我也会参演其中,并担任主角。只是间隙之余,我又会退到舞台外,静静观看并品味着这其中那些剧情的演绎发展。

现在我心中漾起的是那一张张笑脸

在巴切卡皮的这家商店里，大家伙总有许多聊不完的话题。不是这个人倾诉对工作的不满，就是那个人抱怨命运的不公。总之，政治、足球、女人家的事等等，无所不谈，就好像没他们不知道的事。不过说真的，到现在为止，就是没人想过或者提到过那道高墙的事，那道高墙，可是一道横亘在不同信仰的人之间的高墙。如同许多犹太人老伙计们一样，我父亲觉得自己是打心眼里和土耳其民主党的光荣传统密不可分，紧紧联系在一起的。在他看来，绞死门德雷斯是土耳其的耻辱，也是这个国家历史上最严重的一次政治犯罪①。在此之后，他又成为德米雷尔

① 门德雷斯(Adnan Menderes，1899—1961)，土耳其民主党成员，是土耳其历史上第一个由民众选出的国家总理。1950 年，他开始上台执政。1960 年 5 月，因国内发动军事政变，他被囚禁到伊姆拉里小岛，次年 9 月被军人政府绞死处决。

和他领导的土耳其正义党的忠实追随者，对其顶礼膜拜①。相反，他对伊纽努却恨得咬牙切齿②，因为他恨死了伊纽努所推行的那些对少数民族极为不利的民族政策。在那个时代，尽管自己这类人和他人一起参与了社会变革，为国家做了许多贡献，并怀有很多美好愿景，但最终还是不得不有一个清醒的认识，也不得不接受这样一个事实，那就是他们还没有被这个国家认可为一个真正的公民。对于有这样歧视的事，他们不可能忘记，对于那些人在他们身上所干的坏事他们也绝不会饶恕。随着自己的成长，我对刁难的感受也越来越深，越来越强烈了。对此，我无能为力，只能对所发生的一切发出哀鸣，仅此而已。慢慢地我也看清了，这个所谓的"民族首领"③所掌控的黑暗时代是这个国家历史上最残暴的法西斯时代，而有些人却为其辩解矫饰，居然把这个黑暗时代吹捧为一个无上光荣的时代，并要求永远铭记。这段时期，他们不知做了多少错事，也不知有多少民众越来越疏远那个政体国家。说真的，要是那时候有我们的话，我们肯定会义无反顾，全身心投入到这场为争取一个公平正义的国家的战斗。

唉，那究竟是个怎样的时代啊！今天，每当我回忆起自己所经历的那些事的时候，脸上总会泛起丝丝痛苦的微笑，唉，真是痛苦至极！之所以如此，是因为一方面，今天的我已完全能用另一种眼光来审视当年那个对一切都充满了激情的毛头小伙子；另一方面，在经历过那些风雨岁月之后，我更懂得，那种激情真的很纯真，不掺有任何水分，所以那场为

---

① 德米雷尔（Süleyman Demirel, 1924—），土耳其正义党成员，曾先后担任过土耳其国家总理和国家总统职务。

② 伊纽努（İsmet İnönü, 1884—1973），土耳其基马尔人民共和党成员，曾担任过土耳其第一任总理和第二任总统职务。

③ 指伊纽努。

反抗那些手上沾满鲜血的家伙所发起的抗争也可以说是堂堂正正,崇高纯洁的。我的微笑之所以痛苦,是因为有时候那个毛头小伙子不仅令我同情和悲悯,同时也让我为他感到骄傲和自豪。还有,我的微笑之所以痛苦,既因为自己会不时怀念那种高尚纯洁,那种血气方刚,那种无所畏惧,还因为到最后也一直没机会告诉那些人,那场大戏中的主角可是这个国家,不,更准确地说,是我们这个国家那些真正的英雄们。还在我大学二年级的时候,我就已学着“组织”和“召集”我父亲商店里的那些雇员们来一同对付我父亲,对付他们的法西斯雇主。那是怎样的一幕幕喜剧情节啊!那时候,店里一共有四个雇工,所以,完全能想象得到,那么多人在一起会上演一幕幕怎样的滑稽剧,甚至到最后连悲剧都有可能。然而,在遭受一系列重创后,我不得不接受现实,老老实实坐回到台下的观众席上,来继续欣赏新喜剧的表演。

这幕喜剧可是由剧中的那些主角们编排而成的,当然,我也是有意加入,并成为主角的。比如,来自于芬迪克扎德城区①的凯马莱廷·贝伊就和我父亲一样,是个相当保守的人。他穿得虽朴素,但却很得体。身上的那件衬衫已磨洗得发白了,但还是那样干净如新;再看看他戴的那些领带,从前挂在脖子上很是新潮,而现在却是老掉牙了;另外,他那身深颜色的西服看上去可也是不怎么样的。这身穿着配上他天天从家里拎出的那个饭盒子,再加上他说话的那种方式,真让我觉得他就是刚从伊斯坦布尔发黄的老照片中走出的某个人。他是我父亲店里的司机,虽年逾七旬,却仍想继续工作,因为在他看来,干工作就等于是在做礼拜。不过在我看来,他之所以如此,是因为他找不到别的什么生路,或者一直在躲避着什么,反正我对此也说不清楚。我所知道的,是他曾为正义党

① 芬迪克扎德(Fındıkzade),伊斯坦布尔市的一个城区。

的地方党派工作过好多年。他这个人从不放过任何机会和场合来大肆宣称所有“左派”人物都是国家叛徒，都由国外提供资金，得到了幕后支持。据我所知，他从前也曾开过一家商店，但不知怎么的后来就破了产，最后干脆到我父亲店里来当起了司机，以此糊口。那么，他们俩是在哪里认识的呢？又是怎么认识的呢？他又是怎么进到我父亲店里来的呢？这些对我来说一直都是个谜。对于这些，我父亲也没跟我提半个字。我父亲这个人可真是个怪人，越是他敬重的人，他越能替他保守秘密。所以我也就不再刨根问底，而且这本身也没那个必要。当然，我唯一能知道的，是他们俩关系的形成，或者说友谊的缔结吧，可以追溯到很久很久以前的某个岁月。

直到今天，我还能隐约记得自己还是孩子时的有些事。那时候，我们家还没有商店，只有艾米纽努①旧商场内的一间小屋子。巴掌大的一块地方，一部分当库房，另一部分用来做门面。屋子虽然很小，但它却让我们对未来充满了希望。差不多就在父亲购置小货车的同时，很凑巧，贝伊来到商店当起了运货司机，他要把洗涤剂和化妆品等送往土耳其境内安纳托利亚高原上大大小小的医药商店。父亲曾说过，他雇用他，是因为自己不想独自一人很辛苦，跑那么远的路程。不知为何，他这番意味深长的话我一直都记在心里，从未曾忘记过。有谁知道，他们俩在那漫长的行程中曾一起做过哪些事，又谈过怎样的话题呢？每当我回忆他们俩走得很近的那些场景，我就会想，他们俩整日待在那辆小货车里，长年累月，可不就像是生活在一个能保守秘密的移动房子里一样嘛。在我的生命中，这间移动的房子在我的心中同样也占有很重要的位置，因为我们父子之间的关系似乎从那里开始，又在那里结束，好多好多我们之

① 艾米纽努(Eminönü)，伊斯坦布尔市的一个老城区。

间发生的事都好像和它有关。对于这些,不论何时何地,我都想从记忆中把它找出来。可是,每当想到我们两个人在一起时不能相互理解的场面时,我为此又伤心不已。

然而,他们两个人之间的关系却完全是另外一回事。在经过不知多少里路的长途跋涉和翻山越岭后,他们的关系变得密切了。此时的他们也甭提彼此分开,各奔前程的事了。尽管后来世事沧桑,他们经历的事发生了很多变化,但他们一直都不离不弃,也从没提过什么各奔前程的事。自从搬进巴切卡皮那边的商店以后,他们安纳托利亚的友谊之旅算是告一段落。那辆已跑了几千公里的破旧小货车父亲也没再继续使用。自此后,我们的日子慢慢好转起来。在母亲的不断催促下,我们甚至还在西斯丽商业区购置了住房①,多余的房间我们也租了出去。要是按父亲的想法,这笔不动产投资他根本就不愿投进去。在他看来,钱一定要以现金形式投到生意中去,或者更确切地说,一定要让它快速流通周转,以确保随时随地可支付使用,因为人们永远不知道,这个国家哪一天会突然心血来潮,没收掉我们这些人的财产。对于他的这种想法,我无可指摘,也觉得在理,因为祖先遗传下来的智慧已一再证明了我们的担忧不无道理。除此之外,他也是个不爱吹嘘的人。他对那些吹牛的人相当反感,认为只有没真本事的人才会这样。我想,他们那一辈很多人也肯定会有同样的看法,以求实实在在过日子,最后能安安静静告别这个世界。总之,历史性警告有时候会不由自主地浮现在我们眼前,它一再提醒我们,做人要尽量安分守己,别惹人显眼,树大招风。所以,尽管我们家境很殷实,可以随便买一辆梅赛德斯-奔驰系列的车子,但我们最终还是买了辆标致 504 这种轿车,仅此足矣。反正我听人说过,这种型号的标

① 西斯丽(Şişli),伊斯坦布尔市最繁华的商业区之一。

致车就是我们犹太人的奔驰车。有了这辆车，贝伊的问题也随之得到了解决，因为在此之前，我父亲已说过，由于糖尿病发作往往会导致人情绪不稳定，所以无论如何他都不能一个人再出车了。为此，父亲特地安排他当了自己的私人司机。就这样，他们的良好关系开始进入到一个崭新的时代。随着时间的推移，我越来越清楚地看到，他们之间那种细腻的情感在不断传递，不断交流。这一次，我的眼前突然耸立着这样一位父亲，他就是一个坐在车子副驾驶位置上长年陪伴贝伊出车的同行伙伴，他几乎不让贝伊为自己开车门，对待贝伊就像对待朋友一般，也从没把他当自己的私人司机看待。在这种关系下，父亲就好像在找寻一位兄弟一般，也根本不把贝伊的错误过失放在心上。反正其他的我也解释不清，不然，为什么他会对贝伊那么关心，特别是贝伊日益严重的哮喘病更让他操心不已呢？为此，在一个夏天，他承担了所有费用，送贝伊去布尔萨市①附近的魁山②疗养了 14 天。在那里，贝伊看了医生，接受了治疗，但病情仍未见好转。唉，对于这样一个整天咳嗽、呼吸困难却每天还要吸两包芭芙拉牌香烟③的人，人们还能有什么更多的指望呢？

记得有一天，我和贝伊谈起信号灯的事，这个信号灯是我们为一场大规模起义精心准备的。和他谈这些，为的是能对他进行必要的“革命意识的培养”，对此，当时的我对能争取到他可是满怀信心的。然而，就在我从楼上下来走到中间层时，我止住了脚步。只听见他在轻声地对我父亲说着什么：“你就别为他操心了。他的那种激情纯粹是年轻人心血

---

① 布尔萨(Bursa)，土耳其第四大城市，系布尔萨省首府，约有 200 万居民。位于土耳其亚洲大陆部分的最西部，紧靠马尔马拉海的东海岸，距伊斯坦布尔 90 公里。

② 魁山(Uludağ)，在布尔萨市的南边，距布市 31 公里。该山高 2 540 米，为土耳其著名的旅游度假胜地。

③ 芭芙拉牌香烟，产于土耳其北部城市芭芙拉(Bafra)。该城市隶属萨姆孙省，约有 9 万居民，距黑海 20 公里。芭芙拉牌香烟在土耳其属传统烟草商品，为中低档香烟。

来潮,三分钟热度,持续不了多久,很快就会过去的。”听到这些,我突然有了一种被告发和出卖的感觉。此时的他也看见了我,并走过来和我攀谈了起来。只见他面带微笑,认真听着我所说的每一句话。他的眼神仿佛在告诉我,让我尽管相信他好了,似乎他那样做是完全有道理的。当时的我真是恼怒到了极点,感觉自己受到了极大的伤害,这是因为,一方面,我就这样轻易地被他出卖了;另一方面,本来我还想着,他挺看得起我的,没想到,他根本就没把我当回事。从那天起,我终于死了心,放弃了对他的争取,也不再向他灌输我一贯信仰的要为过好日子奋斗终生的思想。现在的他在我眼里可有可无,甚至都不屑再搭理他一下。要是我们迎面碰上的话,我也只是淡淡报以一笑,仅此而已。没办法,这种勉强的微笑,还有那些敷衍的话语,无不是生活逼迫如此,不可不为之,也不得不为之啊。说实话,从那一刻起,我从心底里就开始鄙视他,瞧不起他。当时的我也在不停地反问自己:“在生活面前,他怎么对别人就这样没有一点担当呢?”贝伊最终还是死于前列腺癌。他去世的那一天,我不知怎么的还是感到很难过。离开墓地,在回家的路上,我在想,要是还有机会的话,我一定要和他好好聊聊其他别的什么事情。可惜现在一切都晚了。没办法,这就是生活。一眨眼,不经意间,我们身边就已有人悄然离开了我们。

在我们这个小圈子里,贝伊的死一方面令每个人都为之哀伤,当然,最难过的还要数我父亲;另一方面,他的死也给我们每个人的工作和生活带来了影响。他死后,我去了店里。在那里,我要让自己相信,还有新的生活在等待着我。于是,我接过了贝伊的活儿,给父亲当起了专职司机。他又坐回到他原来的那个位置。只是好长一段时间他都一声不吭。我觉得他好像一下子掉进了一个黑洞里。在这个黑洞里,他需要好长好长的时间才能适应。对于这些,说真的,我倒是很无所谓。眼前这死一般的寂静也于我无碍,无关我痛痒,更何况好多年前我就已经不怎么跟他说话,更别说谈自己的事了。

同样，对达维特先生也别抱太大的希望。父亲店里的这位账房先生同样也是个普通的犹太人。他同样有着自己独特的处世方式，而且从很早一开始就在学着要尽量简朴生活，低调做人。说到底，他这辈子就没挣过多少钱，所以始终对财富充满渴望，并将财富看成是自己幸福生活的最重要标志。对他来说，这可是他人生中一场巨大的悲剧性挑战。反正从他这辈子来看，他所表现出来的，就是和赚辛苦钱相比，名誉地位能给人带来更多财富这个念头始终盘踞在他脑子里，并占据着上风。是不是因为这个缘故他最终成了正义党的忠实追随者呢？谁知道啊，只有天晓得。他存了一些钱，工作之余，他会想办法把这些钱借出去，靠放高利贷赚钱。我父亲始终认为，没经商能力或者不讲道德的人干这种事是很缺德的，将来非遭报应不可。所以，他经常会表达这种不满情绪。不过，因为自己付给他的工钱很低，所以，对他偶尔占小便宜的行为，比如多列些开支性账目，或是往口袋里偷塞点零花钱等，自己也往往睁一只眼，闭一只眼，就当没看见一样。总之，在他们相处的过程中，凡涉及那些无关痛痒、鸡毛蒜皮的小事，他们谁都不放在心上，毕竟大家天天都在一起。不管怎么说，总体上他们相处得很好，谁对谁都没什么好抱怨的，尤其在催收货款方面，我父亲很清楚，他向来都认真负责，所以可以完全信赖，放手去让他做这件事。另外，在某种程度上，对外放高利贷好歹能提高一下他的自信心，这样他在别人面前就可以更好地抬起头，找找管家先生的感觉了。

然而，没有人会想到，这件事居然会让他丢了性命。原来，他在伊兹密尔①的儿子达尼尔先生将他的钱拿去放高利贷，并借给了当地一个生

---

① 伊兹密尔（Izmir），土耳其西部城市，位于伊兹密尔海湾，是土耳其第三大城市，也是继伊斯坦布尔之后土耳其第二大港口城市。它同时也是伊兹密尔省首府，有350万居民。

产和经销修面刷的商人，没想到，这家公司却突然破产了。这下可好，父亲好不容易积攒的那些钱财一下子打了水漂。得知这些，本就有糖尿病的他当场晕了过去。不久，他就因脑溢血发作不治身亡。得知此事，我们都震惊不已。然而，我父亲根本就不考虑这点数目的高利贷对达维特先生会意味着什么。只是在达维特先生看来，这笔高利贷可是他多年的积蓄，如能放贷成功，那他的人生将从此会书写新的篇章。不考虑这些，我父亲唯一能想到的，就是那个害死自己账房先生的修面刷商人究竟在其中玩了什么把戏。只听到他嘴里蹦出了一句拉迪诺话："伊兹密尔就没一个好人。"换言之，他这句话的意思就是"伊兹密尔人就没一个好东西。"他这句话究竟是在骂伊兹密尔犹太人，还是在骂所有的伊兹密尔人呢，我反正没听明白。若要问他为什么这样确信伊兹密尔人都不是好人，也似乎没那个必要。说真的，我更感兴趣的倒是一个人怎么会这么容易成为金钱的奴隶。不过，对于我来说，我可是非常喜欢伊兹密尔这座城市的，因为它可是给过我许多美好的回忆。也是在那里，我结识了许多的人。在讲了这么长的故事后，我可是更喜欢它了。好的，现在还是接着往下讲述吧。

随着时间的推移，人们慢慢学会明哲保身，也懒得去过问自己身边其他人的那些事了。尽管他们有些人所做的事颇让人感动，但他们毕竟都有自己的思想，所以，要改变他们也不是件容易的事，更何况这期间我要想的事很多，比如人们所说的每句话，所做的每件事，都肯定自有其道理和缘由。所以，能把这个问题想明白，自己的思想疙瘩也就很容易被解开，而且事物之间的矛盾也就轻松被化解了。可以说，我今天的这个人生立场赋予了我内心世界各种丰富情感。这些情感能引领我笑看人生，冷静审视和坦然接受达维特先生当时所做出的投资决策。是他让我学会了与命运抗争，不管结果如何，我都会百折不挠，誓将自己发动的那场起义进行到底，正如前面所提到的我竭力争取凯马莱廷·贝伊接受革命思想时所做的那样。不过，在那些日子里，我和达维特先生之间经常会爆发一些激烈的争论。我们谁都不服谁，彼此都坚持自己的观点。等到他最后无可反驳的时候，他就像那个时代的许多人那样，抛出他们最常说的那句话："对付共产党可是件轻而易举的事。没别的，还是那句话：到塔克西姆广场①上把他们吊死几个，让大伙儿瞧瞧，看谁还敢继续作乱！"他还告诫我，要我尽快放弃这个念头，别自找麻烦，老老实实想着大学学业这个问题，加倍努力去学习。这番话就是对我人生的忠告。其实，我对他也没有什么过高的期待，而且我早就预料到自己会从他那里得到怎样的答案。说真的，我和他理论的真正目的就是帮助他思考什么是真正的人生，同时，也想让他明白，放高利贷并不是他人生唯一的出路，还有很多条路可以选择。之所以这样苦口婆心，是因为我想要证明一下自己，看看自己的说教功夫是否具备了高智商水平，或者说已达到了较高的境界。也许，我这是在努力克服自己不能平易近人、孤僻幽独的缺点，我想做的就是要多展现自己，将自己锻炼得比自己周围的人更有素质，更有教养。我这样做，并不意味着我放弃了自己的信仰，或者说起义的发动已没了必要，而是因为我保密工作的需要，我必须赢得别人的信赖和尊重。然而，遗憾的是，达维特先生面对的现实竟如此残酷，仅此一次，就已足矣。对于眼前他倒下的这一幕，要想让他再还魂转世，说真的，我也无能为力，徒呼奈何了。

和上面的两位不同，对于干有时送货、有时收账等这类跑腿打杂活儿的塞夫凯特来说，他既没时间也没精力为那些乱七八糟、出力不讨好

① 塔克西姆广场（Taksim Meydanı），伊斯坦布尔市贝约格鲁城区（Beyoğlu）一个大型的露天广场，中间矗立有共和国纪念碑。它是市民政治集会和娱乐活动的重要场所，也是伊市重要的城市交通枢纽所在地。

的事烦神,因为他整天想着的就是怎么能躲开老婆,躲开那个将自己生活搅得一团糟的女人。他每天很早就来到店里。一进商店,他便把店面打扫得干干净净。对此,他有一套很好的说辞,说自己这样勤快,纯粹是为了能保住一个稳定的饭碗。不仅如此,每天晚上离开商店之前,他都要查看一下水龙头是否关紧,电灯是否已全部关掉,不管怎样,他都会尽量留到最后,离开商店。他一直都有一个梦想,就是退休后能回到家乡,养一些小家畜,以此安享晚年。对于他这种执着的愿望,我只能解释为他要在他的生命中谱写新篇章,续写他人生新的一页。他多年来的梦想很可能到最后会变为现实,等到那一天他和店里的人都说声再见。还记得那时候,我曾见过他老婆一面,是第一次,也是最后一次。她真是个让人受不了的泼妇。一眼看上去,她随时都可以用她那蒲葵大手将瘦弱矮小、遇事不紧不慢的丈夫一把逮住,然后轻松摁在长着一身横肉的身躯下。记得有一天,她突然出现在店里。她来店里,是想就她丈夫的工资补偿问题和我父亲理论一番,不知怎么地,他们开始争吵了起来。争吵过程中,她什么也不顾,抓到东西就砸。从此以后,我就再也没见过塞夫凯特了。我不知道,他到底是不是回到故乡,回到他童年所待的那个地方,过起了他渴望的新生活。或者还待在这座充满诱惑的伊斯坦布尔城,这个他不忍心离开的地方。说不定在他多年来一直苦苦追寻人生梦想的旅途中就已悄然而去,告别了这个世界。或许我们俩还在同一个地方呼吸着同样的空气。在这个城市中,带着各种神秘脸庞的许多生命散落在每个角落,他们怀着各种渴望,正彼此散去,走进彼此相距甚远且又陌生的街头,还有那一片片居民区里。

店里还有个比我父亲大四五岁的摩尔多,他是我父亲的表兄。他开始的境况就跟贝伊一模一样,也是在生意失败后跑到父亲店里来的,更确切地说,是来找栖身之所了。和贝伊不同的是,他这个人身上很有种诗人的气质,有时候他甚至连自己的影子都感到很害怕。记得我们每次谈及政治方面的事情时,他都会紧张不安,很恐惧地看看四周,并要我把声音尽量压低点。他总觉得隔墙有耳,而且还有那些毫不起眼的人极有可能就是跟梢的秘密警察。可以说,他的破产史充斥着苦涩,甚至可以说是他人生中的一场灾难,至少我是这样听说的。他多次讲过他所经历的事,特别是这场灾难如何一步步将他的人生吞噬殆尽。不过,在他的讲述中,他总喜欢添枝加叶,把一切说得云里雾里。要么有时候他讲述的故事发生地点会前后不一致,要么有时候叙述别人的话会逻辑混乱,要么有时候把故事中的人物穿戴说错,要么有时候他直接来点情色渲染。总之,对于这些注了水分的话,我都要在脑子里好好过滤一番。他就是这么个荒诞无稽的幻想之人。在我父亲眼里,他一生最大的本事就是胡编乱造。这话听上去虽然没鄙视的意思,但至少也有几分看不起的意味。然而,我还是挺喜欢他这一点的,为什么我也要对他抱全然否定的态度呢?虽然他在自己的故事中撒些小谎或虚构杜撰些情节,但至少对故事的实质性内容没有做改变。他曾经营过一个化妆品店,店面虽然不大,但却给他带来了相当丰厚的收益。可以说,他为自己的家庭创造了一个极优裕的生活。住房方面,他先是在库尔图鲁斯市区①购置了一栋带中央供暖设备的别墅,然后为了夏日度假,他又跑到比于卡达小岛②买了幢度假小屋。在服饰方面,他们根本不需要为自己的穿着打扮感到不好意思,所买的衣服哪件都可以说能响当当拿得出手。另外在女儿出嫁方面,他对她们可也算得上是出手阔绰,一掷千金。这些可都是他自

① 库尔图鲁斯(Kurtuluş),伊斯坦布尔市的一个城区。

② 比于卡达小岛(Büyükada),伊斯坦布尔市南边马尔马拉海中的一个小岛,面积5.4平方公里,有常住居民七千多人。该岛属土耳其一个独立省份,是伊斯坦布尔人的度假旅游胜地。岛上常年静谧,私家车和出租车禁止行驶,只有马车和自行车可以代步。

己说过的。这些话明显说明了，他在生活中是如何敢作敢当，表里如一。很多对他指责的声音直到今天都在我耳边回响。

在开了一个这样对他褒贬不一的开场白后，下面他颇感动人的故事才算正式开始。读罢这些，人们才更理解他所受的委屈和伤害有多深。不知是哪一天，他爱上了一个女高中生，一个比他女儿还小的女孩。芳唇间吐出的是她那口香糖的清香，身上的香水味也很是迷人。香气袭人的她总会定期来他的化妆品店。不知怎么地他深深地爱上了她，而且还到了无法自拔的地步。这些可都是摩尔多自己的话。不知为何，事情有一天最终还是败露了，随之而来的自然是夫妻间的一场狂风暴雨。那时候，他会经常给他的小情人写情诗，就像自己当年在学生时代经常干的那样。为回馈他丰富而炽热的情感，女孩先是允许他来几次对自己花痴般的闻闻嗅嗅，然后再偷偷送给他几个热吻，到最后就是直接干脆地向他索要香水和化妆品，尤其是钱财。事情败露后，他夫人开始了疯狂的报复计划。在他不知情的情况下，她将家里的那栋别墅匆匆出手，将所有房款统统打到自己的银行账户里。这还不算，她还将他们夫妻共同账户里的大部分款项卷走，然后和女儿们一起跑到特拉维夫①亲戚家，永远地藏匿了起来。讲到这里时，只听他深深地发出了一声叹息："我真是把自己的脸给丢尽了，到最后就剩下我一个孤家寡人。"从他的故事讲述中，我并没感受到他有多少愤怒的情绪，感受最深的，却是他深深的遗憾和叹息。在这一刻，我也更多地了解到，他这个人怎么会是这样一个轻易上当受骗和受伤害的人呢。这样的爱情可真需要足够的勇气。然而，在我看来，面对生活，他这个人对自己的所作所为还真的缺少那么一股

① 特拉维夫(Tel Aviv)，以色列第二大城市，濒临地中海东岸，是中东地区一座著名的旅游城市，有中东"不夜城"之称。

勇气，而且，他还经常听凭自己不良习性的差遣，更糟糕的是，他特别容易被自己轻信别人的毛病牵着鼻子走，因为在他看来，所有的人都跟自己一模一样。毕竟生活并不像他所期待的那样，他就是好沉湎在自己幻想的世界里，把一切都想得很美好。当他最终能看清现实之后，一切却为时已晚。也许特别不公平的是，在忍受旁人这么多年来一直对他的冷嘲热讽的同时，他却不得不继续以他诗人般的天真个性以及对别人从不设防的性格生活在如此赤贫中，这一切是如此飘忽不定，真让人难以捉摸啊。这就是他的整个故事。不过故事的余篇还可以继续，那就是最后摩尔多用他商店经营的大部分资本金替那个女孩的兄长还清了赌债，因为他爱她已到了疯狂的地步。谁知不久后，那个女孩离开了他，并从此消失得无影无踪。

尽管遭受到这场不幸，但摩尔多还是一如从前，继续以他天真的情感和微笑面对生活。也许这场充满幻想的游戏是他唯一的、同时也是他最好的人生游戏，它有可能会让他突然开窍，知道什么是游戏人生，什么是残酷的现实。也许，他会因此更在意自己的着装打扮，续写他的浪漫人生，毕竟他还是个长相英俊的男人。有时候，他还会自得其乐，哼几句蒂洛·罗西流行歌曲中的小调①。要知道，他年轻的时候，人们可是经常把他和蒂洛·罗西相提并论的呢。“Le plus beau tango du monde”②罗西的这首歌可是他最喜欢的歌曲，整首歌词他都记得清清楚楚，一字不差。“那是世界上最美的探戈，在她的臂弯里我曾翩翩起舞。”每当他唱着这支探戈小调的时候，他又在想谁呢？是在想着那个女孩，那个他深爱的、难以忘怀的女孩吗？或者是在想着离自己而去的妻子呢？抑或是在翘

① 蒂洛·罗西(1907—1983)，法国电影演员、歌剧演员和歌手。他长相英俊，气质潇洒，因极具浪漫表演天赋和拥有一流的男高音歌喉，从而被众多女性奉为“拉丁情人”。

② 蒂洛·罗西1967年演唱的经典法语歌曲《世界上最美的探戈》。

首企盼着那些能早日归来的女儿呢？这所有美好的思念都留存在他脑海里的一帧帧画面中。有时候我不禁自问，为什么这个英俊的男人会遭受如此人生重创呢？是啊，那些长相出色的人总能得到命运的垂青，当他们和其他人在一起时，他们却总能捷足先登，领先人一步。然而，在这幕充满苦涩味的喜剧中，这种优势却一点没体现出来。身为一个蹩脚诗人，对于这样一个爱诗如命、把爱情看得比什么都重要的人，人们对他还能有怎样新的期待呢？有时候，他会拿出自己专为那女孩写的那些老诗歌本子，给我朗诵几首他的爱情诗作。而每次朗诵之后，他又情不自禁地陷入痛苦的深渊。

他经常声称，自己本身也算是我父亲店里的一个老板，这句话可是他那场苦涩人生喜剧中的重要辩词。其实，在父亲店里，他可有可无，无足轻重。我敢肯定，就连我父亲也是我这种想法。虽然父亲很严厉，可他毕竟也有同情和恻隐之心。所以，有一次他这样说："若不是我收了那个蠢货，他可早就自寻短见了。百分之百，肯定无疑！"他的话可是一点不假的。在我看来，对于他表兄摩尔多来说，在经历那场巨大的失败，或者说坠入那个万丈深渊后，除了能来这个店里工作，继续以自我麻醉的方式了此残生外，他已毫无出路。是不是岁月的磨砺已让他在生活面前变得愈加胆怯、愈加谨慎了呢？谁知道呢，天晓得。不过，他的一些行为举止还真发生了不少变化，比如每当我和他谈论"革命"话题的时候，他便露出恐惧的神情，并一个劲朝我使眼色，叫我别再继续这样的话题。其实，我这个人还是挺爱搞恶作剧的。有时候，当他露出惊慌的表情时，我就故意装着没看到他使来的眼色，仍一个劲儿地在大谈着革命。这就是我的恶作剧。不过，从另一个角度看，它何尝不是我们两个孤独者在寂寞时分一同续演的人生大戏呢？也许，我潜意识里在努力尝试着，要从他的缺点中吸取教训，汲取力量；也许，他更喜欢这场人生游戏中他所扮演的这个角色，他想向所有人，包括我在内，表明他就是个胆怯之人，仿佛他只会一个人偷偷取乐，从生活中寻求某些慰藉。而且，凭借这点慰藉，他便相信，以自嘲的方式对待一切，自己便可在这个世界上续写人生。唉，说真的，这哪是我能明白得了的事啊？

某一天，从库尔图鲁斯他那仅有一间房子的家中传来消息，这个在那间屋子里生活了许多年的退休老人死了。去参加他葬礼的人不是很多。不过，他的一个女儿倒是从以色列赶了回来。我走到这个陌生的表妹身边，对她说："您爸爸可是个好人啊，很可惜我们再也见不到他了。"我本想表达自己的某种愤懑之情，但最后还是克制住自己，等自己平静下来后再用一种温和的语调与她聊聊，因为在这种场合只能如此。其实，说心里话，当时的我真想大声发泄一番，因为我很清楚，这个退休之后已一片沉默，只知道创作爱情诗的人曾遭受过多少不公的待遇。我的眼睛湿润了，她的眼眶中也充满了泪水，只听她用颤抖的声音回答我道："哎呀，要是您也知道，到底发生了哪些事那该有……"她的这番话听起来什么意思都有，反正我也不好意思再追问下去了，不管怎样，只要她知道，反正有人会以这种方式记住她父亲就行了。随后，我父亲往他的坟上添了一铁锹土，然后说道："愿上帝能原谅他的那些过失。"当时的他很有可能在想着，他的这个表兄这辈子怎么会选择这种荒唐离奇的生活。面对这些，当时的我又能做些什么呢？该发生的都发生了，木已成舟，覆水难收，一切都顺其自然吧。谁要是愿意，就不妨以自己的方式去怀念他吧。

在他去世后的那些日子，我一直在怀念着我们这个家族中这位绝无仅有的诗人，他留给我的那些记忆一直在我的脑海里不断浮现。对于他这个人，我能一下子提出好多问题来，但无论如何就是找不到令自己满意的答案。这些问题从未被提起过，也一直存在着许多疑问。譬如，在他妻子离开这个国家后,她后来真的一次都没和他联系过吗? 难道从那里就没有任何消息返回来过吗? 要是她不捎回任何消息的话,那是不是纯出于报复或仇恨的缘故呢? 那摩尔多呢? 为什么他偏偏决定了,就待在这个被遗弃的地方,不去找他的妻子呢? 要是他和妻子无法相处的话,那他为什么不跟自己的女儿过呢? 是否这些年来他都一直在等待着,自己的过错能被宽恕,或者人们能给他一个彻底认错道歉的机会呢? 被抛弃之后,他还想着要继续开始新生活吗? 或者他认为,自己根本已别无选择了呢? 总之,最重要的问题是: 他所讲的这个故事究竟有多少可信度,或者说这其中到底有多少是不符合事实的呢? 还有,表妹的话又有几分是真的呢? 要知道,也就是在葬礼上,我生平第一次见到她,而且她居然连自己父亲的七天哀悼日都没做完就拔腿走人了。毫无疑问,有些问题的答案我父亲肯定是知道的。我也敢肯定,摩尔多自己也很清楚。在店里的那些天,虽然他讲的那个故事慢慢映入我的脑海,但我却没有更多时间和他一起把这些问题弄个清楚,更确切地说,我们俩也不能一直这样待在一起,因为一方面,我本身就很少到父亲店里去;另一方面,老实说,还有另一种激情在我心里涌动着,而这种激情对我来说却更为现实,也更为重要。当时的我哪里会想到,将来的某一天这些问题会变得如此重要呢? 现在,能留在我记忆中的故事也仅是那些话语和想象而已,而其中却存在着许多空白和疑惑。尽管如此,对于残存在脑海中的记忆片段我还是颇感欣慰。不管怎么说吧,每当我想起摩尔多也是商店一分子,虽不免感到有些难过,但同时也感到很是安慰,因为我认识了他,同时也赢得了他对我的好感。有时候,这种怀念会刺痛某个人的心,但同时它又让我真真切切地感受到他所过的那种生活。要是我敢于面对这个现实的话,说真的,我还是更愿意相信摩尔多所讲的那些故事呢。

在我生命的某些时刻,正是这些鲜活的话语与脸庞,还有许多希望与期待将我的生命与商店紧密地联系在了一起。正确也好，错误也罢；在一起也好，孤独也罢；现实也好，梦幻也罢，从某种意义上来说，若能将这些组合串联到一起，它本身就是一部喜剧。在这当中，我一直尝试着，要把这些主角统统聚拢到我身边来。可是，这幕喜剧的上演又何尝不反映我对生活的理解是何等的肤浅呢。然而，我别无他法，只能如此。就像所有人一样，我在力图寻找我自己。我想要知道，在这个寻求自我的过程中，会有怎样的人、怎样的事将和我对峙，除此以外，还会发生什么，现在的我暂时还想象不出。为了能走得更远，人们有时候还必须得有所知，有所不知，这样兴许会更好些。难道就不觉得，无尽的黑暗比一线光亮更深不可测吗？还有幽暗的长夜难道不比明亮的白昼更深邃迷人吗？那时候的我也根本不知道，那些几近忘却的话语和脸庞在后来的不经意间提醒了我，要自己为一场真正的大戏做好充分准备。真可谓，和平的短暂歇息，即是新一轮奋斗的开始。我踏上的那条征程竟会是这样一条荆棘之路。我内心的矛盾与冲突是如此强烈，已到了一发不可收拾的地步。我知道，迟早有一天我会直面这样的矛盾与冲突。然而，后来的那些日子却又是另一番景象，而且那段情感也有别于现在，更何况，那段逃亡的故事也完全是另一个版本。是啊，作为人，他首先必须得求生存；只有活着，他才能明白得更多；明白得多了，他才会变得更宽容；更宽容了，他自然就会得到别人的接受与认可。

那家在静静书写着自己历史的小店就坐落在这个城市某个拥挤的胡同里，它就是这片胡同中的某一条胡同。这条胡同的一头紧挨着埃及人开的巴扎集市，集市里的货架上，摆满了散发着各种香味的作料；胡同的另一头，紧连着的是一个陡峭的小山坡。放眼望去，这个城市就在许许多多这样的山坡上建成。可以说，它们也是许多时代变化、起义暴动、希望与死亡的见证人。沿着商店的这条胡同可进入一条街道，再往下则直接通往那座著名的新清真寺。① 不知怎么地,每次看到那里的鸽子,我就有一种淡淡的忧伤。也就在此时,商店里的那一张张脸庞都浮现在我眼前,他们仿佛在向我讲述着我们这个民族精神文化遗产中的某个章节,而这些精神文化遗产正来自于几百年前的那个时间彼岸。此时的它们正渐渐靠近,缓缓向我走来。

① 新清真寺(土耳其语 Yeni Camii),又名耶尼清真寺、蓝色清真寺或苏丹皇太后清真寺。该寺建于 1597 年,距今已有四百多年的历史。它位于艾米纽努市区,处于加拉塔桥的南端,濒临金号角湾。它的四周建有六座高耸的宣礼塔。寺内的圆顶、墙壁和圆柱上贴满了蓝白等色的瓷砖,这些瓷砖组成了一个个富有浓郁民族特色的华丽图案,在神秘光线的映衬烘托下显得曼妙无比。整座清真寺充满了神秘的伊斯兰教气息。它是伊斯坦布尔最著名的名胜古迹之一,也是世界十大奇观之一。

镜中的双手

我的大学时代大多数都是在阅读书籍和听音乐这些爱好中度过的。我之所以去父亲店里，要么是想去散散心，要么就是想检验一下自己越来越清晰、越来越成熟的思想究竟能对那些人产生多大的影响，还有个原因当然就是如果有兴致的话，我会和父亲一起去希尔凯奇火车站①附近的那家克夫特奇餐馆饱餐一顿。否则的话，在我该去大学上课的时间以外，别人是很难将我从书籍和音乐这个精神王国里拽开的，特别是当时的那些曲调可都是从德国杜阿尔电唱机上流淌出的美妙的歌声。在尽情享受自己精神王国的那些日子里，我会长时间把自己关在屋子里，以至于那些同住

① 希尔凯奇（Sirkeci）火车站，位于伊斯坦布尔市欧洲大陆部分的希尔凯奇市区，是伊市最重要的铁路客运枢纽之一。

在一个楼内的人都为我纷纷担忧，怕我是不是出了什么意外。正如我自己清楚的，那段日子里，我可是一直在忙着外面的事。我相信，以这样的方式行事可消除我的某些恐惧感，而且我也能更好地明白，什么是生活，什么又是生存。我的那些零花钱几乎都用在购买书籍、杂志和唱片上了，当然，有时候我也要去看看电影和戏剧什么的。我感觉自己这样做，就是要和自己的家庭唱唱反调，因为他们根本不允许我离开家里，自己一个人出去住。而我这样做，就是想自食其力，而不是像他们那样过日子。所以，我这样做了。我要慢慢地走出属于自己的路来。当然，参加音乐会也是我花钱的地方。那些音乐会，特别是蒂穆尔·塞尔楚克[①]、切姆·卡拉卡[②]和鲁西·苏[③]等的音乐会就更是我乐意掏腰包欣赏的节目了。在欣赏了这些音乐会之后，我更加坚信，革命的浪潮某一天必将会到来。这就是当时我要为之献身的那场战斗。我们处在一个也许太过于浪漫但又无法挽回的人生阶段。有一天，那场战斗最终还是以彻底的失败而告终。可以说，那些以更忘我的姿态投入这场战斗的人，也因此付出了更为惨重的代价。他们要么死于冤屈，要么经受长期的心灵创伤。他们深知，他们所经历过的那些事都意义非凡，因为他们在为这个国家书写新的历史。

那场惨痛的失败，以及由此产生的失落情绪，迫使我最后不得不浪子回头，回到店里，以重新点燃生活的希望。也就在那个时候，万宝路香烟和雀巢咖啡已慢慢不再是走私品了。所以此后，人们买卖货物商品已

---

① 蒂穆尔·塞尔楚克(Timur Selçuk, 1946—)，土耳其著名的流行乐作曲家和流行乐歌手，曾代表土耳其参加了1989年度欧洲歌曲演唱大赛，当时所唱的曲目为“Bana bana”(土耳其语“来吧，来吧”的意思)。

② 切姆·卡拉卡(Cem Karaca, 1945—2004)，土耳其著名的摇滚乐歌星。

③ 鲁西·苏(Ruhi Su, 1912—1985)，土耳其著名的民歌手。

变得非常方便。我在观察着这些变化，内心也跟着发生强烈的变化。说实话，我非常乐意看到社会所发生的这些深刻变化。不过，另一方面，我心里也有了一番准备，就是要演好我这场新的人生大戏。只有抱着这样一个坚决的态度，我才能对自己的人生有个交代，才能对自己的合理存在给予一个满意的答复。在已然发生改变的经济形势下，商店要是再继续卖那些廉价的卫生洗涤用品的话，可就很难再支撑下去了，这些就连我那个脑子一根筋、思想顽固得不得了的父亲也很清楚，不过，此时已上了年纪的他也逐渐失去了对商店经营的兴趣。所以我就利用这样的机会，很容易地说服了他，将我们的生意向进口生意上转移。就这样，我们开始为化妆品生产企业和食品行业从国外进口香精、油料等原材料商品。父亲不再掌管商店的原因，确切地说，不仅仅是因为他感觉到自己年事已高、精力不济，更重要的是，他已深切感受到这个社会正发生着翻天覆地的变化。这些可不是一般的变化，所以他必须认识到，原来的那些经营理念是多么落后，也正在被淘汰，而规范经营和互惠双赢的理念正逐渐为商界信奉和推崇。他能看到的一切，其实我早已看到，只不过因为我们两个人不同的个性还要求我们多从其他角度去观察问题，以便得出正确的结论，更何况凯马莱廷·贝伊已不在人世。这些就是他人生晚年舞台剧中的最后几幕情景。在这个时代，尽管他拥有丰富的人生阅历和经验，但他却不是主角，只不过是这场戏的一个观众或者说一名来访客而已。

还是谈自己的事吧。我处在一个非常有利的机遇期。很快我就认识到，人们不一定要急着先去赚钱，而是先看清市场究竟需要什么，或者说市场上缺少什么，这就够了。在有些话题方面，譬如“寻找生活的真谛”或者“人际关系的价值评判”等问题理解方面，那些没读过书的人有时候看上去比我笨，但他们却往往最先发现商机。他们的这种嗅觉很让我恼火。慢慢地,我开始用一些新思维替代过去的陈旧观念。不过,最终我还是放弃了这样的尝试。于我而言,究竟是谁一直在坑蒙拐骗,不诚信经商,或者是谁将自私当做赚钱的筹码,这些我都不去关心。反正我自己通过几年的经营就已达到了相当的规模。用赚来的这笔钱,可以说,我基本上不费什么力气就能实现我的一些愿望。我从来未料到一切都来得如此之快。更没想到的是,通过自己这般还算简单的努力就竟实现这样的经营规模,这无形中也极大地提升了自己的自信心。经商剧本中的每一幕,包括这一幕,我可是老老实实按照商业习惯和流程在认真演绎的,没有半点虚假。我知道,这一切都是我在为自己打拼,就像其他人一样,须严肃面对这样的舞台环境,因为每个人要在这样的舞台上亮相,在这样的环境中成长,所以丝毫容不得有破坏身边良好环境的事发生。就像我那时候能感受到但却无法理解的那样,那些能认真对待生活的人,或者说不断进取的人,都很看淡自己个性的展示。所以我开始拼命干活,一心扑在了工作上。我开始沉湎于憧憬未来的幻想中,眼下的我虽很无奈,但也只能如此,这姑且是对未来的一种敷衍托词吧。将来某一天,我应该能过上我期盼的那种生活,那种生活,我为之期待,为之希冀。可是,那又是怎样的一种生活呢?这种幸福生活的滋味又是怎样的呢?对此做出的部分甚至全部回答其实都毫无意义。即使存在着某种回答,也根本没那个必要,也许这种魔力早已隐含其中,已不需要给出什么答案。够了,有了这样一个充满诱惑的希望我已心满意足,让我能有相对容易挨过这段日子的借口我也心满意足。暂且就这样得过且过吧,管它前面还有什么新的目标。

尽管我尝试着想尽一切办法沉湎于幻想,并让自己平静下来,但有一个问题我还是无法回避,它令我惴惴不安,忐忑不已,甚至有时候它还会扰乱我对问题的理解和思考。虽然我不准备再去面对现实,迎接挑战，但我始终觉得有那一种世俗的揣度在让自己感到不安。为什么我要隐瞒它呢？是不是因为父亲在生意场上经过多年打拼后取得的成果我就可以顺手牵羊，据为己有，然后坐享其成呢？或者我追求成功是因为我想在父亲面前证明一下自己，或盘算着，一切都要比他强百倍呢？我能让自己就此收手，不再对他施加无尽的非难和深深的伤害吗？生意上的成功可以说是他人生最大的成功。根据我的想法，我个人必须在短时间内取得生意场的成功，我要把这个成功变成是一件最简单不过的事；我还要向他展示，他的生活是多么的平庸，多么的平淡无奇；我要让人看到，谁都可以复制他的成功；而且只要某个人敢想，他就会获得成功。甚至像我这样一个根本不适合经商，而且在他眼里根本就是个没用的人，竟然也能把生意做得红红火火，风生水起。总之，我已经有了这样的想法：等到有一天，如果他对我说，他为我这个儿子感到骄傲和自豪的话，我将会面带微笑告诉他我成功的奥秘。到时候，我将肯定不会再火冒三丈，怒不可遏，取而代之的将是心平气和，神淡气清。可是，不知怎么地，随着时间的推移，我又打消了这个念头。是不是我有点洋洋自得，开始陶醉于自己的这点成就了呢？我不知道。我唯一知道的，也是看得最清楚的，就是我永远不会、而且也永远不想放弃我对他的非议和责怪。这其中的原因极有可能就是那些反抗，那些愤怒，那道横隔在我们父子间的高墙，还有我们两人的彻底决裂。

那一天将永远不会从我的记忆中抹去。尽管那天我经历的事在他人看来多少显得有些平淡，但我还是想说出来，其实这本身也没什么不好意思的。我想表达的，就是在我后来长大的日子里，我会总不自觉地用童年的回忆填补我们父子间那些情感交流的空缺。这空缺很简单，就是我们之间的互不交流和彼此疏远。每想到这些，我的心就如同被针刺了一般。难道这个我不愿回忆、也不想回忆的情感交流空缺就如同一面破碎的镜子,永远不能再光亮如新,彻底照亮我俩的心扉吗?然而,即使随便拿一个正确的答案来回答这样的问题,其实也于事无补,毫无用处。这个里面装着谜的箱子已被锁得严严实实,如想打开它的话,就需要我们父子的共同努力。然而,对于我来说,我一直都没有想和他说话的打算;而对于他来说,他也根本不清楚我到底曾干了些什么。

那时候,我才八九岁大。当时,我父亲买了那辆小运货车。他驾驶着那辆小车开始穿梭在安纳托利亚高原上那些大大小小的城市,并将自己的生意逐步做大。而且,也是在那辆小车上,他和凯马莱廷·贝伊结下了友谊。我祖母曾说过,那辆车子将会给我们家带来好运。有了它,我们的苦日子就会到头。挣了钱,我们就可以盘下一个大商店,然后再买上一栋房子。她根本不在意我父亲的反应,也不把他对此报以的微笑当回事,而是一个劲儿地表达着自己的不满,抱怨自己的话从来就没人听过。她总念叨自己是个见过很多世面的人,以此平息自己的怨气。不仅如此,她还一个劲儿念叨着,自己是个很虔诚的人,早晚都在为儿子祈祷,祈求儿子平安。对于这些,我父亲却表现得很理智,他觉得自己离发大财的梦暂时还相距甚远。对母亲的提醒和催促,他不但没阻止,反而还给予了安慰,要她把祷告好好地坚持下去。对于祖母来说,做这些祷告很有必要,因为它不但能给儿子带来希望,还能给他以勇气,让他永远平安幸福地生活下去。毕竟对于一个积极向上的犹太人来说,无论如何都不能丧失信仰,这可是件很重要的事。要知道,几百年前、甚至几千年前的犹太人不也正是以这种方式归附上帝,并与之结为同盟的吗?对于这样一个自身也生存其间的同盟,难道他们不是自始至终就这般坚贞不渝、忠诚可靠吗?难道不正是这种坚贞一直庇佑着他们,让他们在被驱逐的艰辛长路中逃脱过许多灭顶之灾吗?

我母亲很伤心,因为她和我父亲已分手多年。她一直都在诉说着自己的痛苦,话语中也总带着一丝哭腔。她爱把自己的这种痛苦和命运联系在一起,所以,她总认为自己命苦,而这种命苦,又何尝不是这个民族在不同土地上扎根、在经受不同语言洗礼后所继承的民族基因的另一种最深沉的表达呢?这样的生活也许不是她做姑娘时就曾梦想的生活,然而,作为一个受过良好传统教育的女性,她很清楚,面对艰难的日子,人们必须在一起相依为命,这样才能挺过去;而面对不快之事,人们就必须学会忍耐,这样才能经受住考验。求同存异,多换位思考,这就是为生存而奋斗的人生哲学。

现在还是说说自己的故事吧。那时候,就在这些人生价值观正潜入我的思想并逐渐形成的时候,我欢蹦乱跳,满心欢喜,因为自己家终于有一辆车了。它虽然不是什么很名贵的车子,比如像车门向上开的雪佛兰黑斑羚轿车,但我们好歹有了一辆自己的运输车。从此,有些周末我们就可以开上它去苏尔丹苏宇①野餐公园来一次露天野餐,或者去埃米尔干公园②喝茶消遣一番了。所以,对于这些小型的郊游我们就没必要再指望别人,搭人家的车子了。就这样,我满怀期待地第一次爬上了那辆小货运车,怀着甚是愉快的心情,我一屁股坐到了父亲旁边的副驾驶位子上。只见他坐在方向盘后面,表情严肃地开着车。当时的我真是高兴极了,觉得这车子就像是我自己似的,当然啰,是我们家的。就这样,心中充满了喜悦的我一头靠到弹簧座位后背上,然后伸出双脚,将它们一下子搭到了挡风玻璃边的那个小平台子上。见到我的这个举动,父亲立刻露出了厌恶的神情,并用严厉的话语斥责我道:“你怎么回事?你这种

① 苏尔丹苏宇(Sultansuyu)野餐公园,位于伊斯坦布尔市东边的亚洲大陆上。该公园系伊市市民的露天野餐聚集地。公园内绿草如茵,环境优美。

② 艾米尔干公园(Emirgan parkı),伊斯坦布尔市内的一个公园。公园内植物繁多,森林茂密。每年五月,园内均举办郁金香花展。

行为难道不是没信仰的人干出来的事吗？把脚放下来!”当时的我虽然不知道没信仰的人是什么样的人,但我至少感觉到这种人一定不是什么好人。就这样,不知所措的我很快将脚放了下来。我呆坐在那里,感觉就像是五雷轰顶一般。我不敢看他,也不敢吭声,唯有沉默而已。嘴里不敢吐半个字的我似乎有一种想哭的感觉,然而我却始终不敢开口,说出自己想说的这句话：我真的不是存心要干这种坏事的呢。当时的我觉得自己受到了极大的委屈,心里也很是悲哀。更让我难过的是,这个我很想亲近的人他连看也不看我一眼,更别提他是否考虑我的感受了。看来,我是不能和他分享自己的快乐了。一路上,我一直强忍着自己。就这样,也就是在那一天,我心中无法说出的某件事情、某样东西已被击得粉碎,而且在随后的岁月里我也不想再重新提起。还是在那一天,我心中一个无法治愈的创伤不知怎么的就此形成。在那个阴影的笼罩下,我们父子间的决裂由此开始,从此我再也不和他谈论我个人的事了。

随着时间的推移,我不知曾多少次地问过自己,是不是自己对这种伤害也没太放在心上。也许这种疏远早就存在,其实它本身就是我俩生活的一部分,而且从一开始就注定了我们彼此间的疏远。毫无疑问,由于这种疏远感的产生,我们俩本该好好从各自身上找找我们父子情感交流的空缺,这样可更好地避免暴露各自的弱点。其实,说心里话,有时候,我们何尝没有这种强烈的渴望和情感呢？但是,经验一再告诉我们,我们从来都没有推心置腹和坦诚相待过。这就是人生失意的另一种注解。这样的结果便是我们彼此的相对无语,它似乎就是我们共同命运的必然归宿。由于长期存在于我们之间的这种疏远,也因为我们随时能感受到的这种疏远,我们还要在随后的岁月中经受另一种情感的折磨,那就是我俩一起酿制的这杯情感孤独的苦酒。然而,不管怎样,我始终都会想起那一天,那场伤害。为什么会这样呢？为什么我会碰到这样的事情呢？对此我没有任何答案，我也不再费尽心思去寻找某个答案了。我无法摆脱这种情感的纠缠，对此我确信无疑。父亲早就期待着我，希望自己能成为另一种人。然而，尽管我有过美好的愿望，也做了努力，但最终还是没成功。说真的，对他的这种想法，我很不情愿，甚至拒绝和抗争过。而现在，他却死了。

我跑到乌鲁斯区①墓地里给他立了块墓碑，上面还刻上了墓志铭，内容是他作为一个商人在生前曾做得非常成功，并赚有很多钱财，以此表示对他的尊敬和哀悼。我的“大度”为自己披上了一层孝子的面纱，于是，我躲到这面纱后，开始暗地里为那些嫉妒我的人感到可笑，因为在他们看来，我如此幸运得到了一大笔遗产，其中包括一个经营良好的商店，还有一笔相当可观的钱财，这些人甭提有多妒忌了。对我来说，那些让我厌烦的人，包括那些趾高气扬、总认为自己有理、好对别人指手画脚、总觉得别人欠他什么似的那些人都是我嘲笑的对象。一想到这些我厌恶的人，我就会一个人躲起来偷着乐。在这些家伙眼里，我居然因为自己的“大度”捡了个这么大的便宜，这简直是个天大的笑话。照这样看，父亲的那块墓地“花得太少了”，这等于我没掏多少钱，这可是又捡了个大便宜的。我在想，要是父亲还在世的话，他肯定也会说我没孝心的。我这样做，在那些家伙看来，我大概是连死人也不放过，为的就是要实施一场看上去很无意、而实际上却别有用心的报复吧。我还能指望他们说什么好话呢？说真的，这是我的一种尝试，我要尝试着，让他的声音归于沉寂，喑于无闻，因为这种声音多年来一直给我带来无尽的痛楚。我要将它埋到某处，而且越深越好。我要彻底埋掉它，而且尽量不费周折，更

---

① 乌鲁斯区（Ulus），属伊斯坦布尔市贝斯克塔斯（Beşiktaş）城区，位于伊市西边的欧洲大陆部分。

不需要讲究什么档次、排场和奢华，要一切从简，越简单越好。还有他的那套人生观和价值观，我也要将它深埋掉吗？是的，他那套人生哲学，那套严重阻碍我追求新生活的破烂思想，最终也将被统统丢弃掩埋。此时的我已茫然无绪，更糟糕的是，这期间的我根本不知道，自己究竟该如何是好。然而我还是为他做了一些事，而这些事，他可是从来都没想到过的。

我很有可能属于犹太人的第二代或者第三代人，这些人正在远离肮脏的铜臭味所带来的不幸。为此，我第一次阅读了施泰凡·茨威格①的小说《昨日的世界》，并对其中的相关内容进行了思考。这部令人哀伤的自传体小说是我长年放置在床头柜边阅读的经典文学作品之一。作者哪里会知道，他那一行行文字居然会对另一个时代的另一个犹太人的情感产生如此大的影响，并赋予其极为重要的人生意义，同时也为他打开了心灵之窗。另外，我不懂的是，那些用真挚情感创作的文学作品又是怎样跨越语言界限遍及全球，并进入到世界的每一个角落的呢？所以，从某种意义上说，这些读物于我而言可是没任何“疏远感”和“陌生感”的。虽然人各有异，但期待与恐惧最终还是汇集成相近的希望和追求。否则，我为了多了解自己，愉悦自己和喜爱自己而对各种艺术都产生兴趣的做法又作何解释呢？比如说吧，我经常会对摄影摄像痴迷。我拥有大量的幻灯片，它们都作为资料被保存在我那些专门放置影像作品的抽屉里。那里面，不仅有我从各个侧面为我深爱的这座城市所拍的各种彩

---

① 斯蒂芬·茨威格（Stefan Zweig，1881—1942），奥地利著名作家，出生于维也纳一个犹太纺织业主家庭。其代表作有《火烧火燎的秘密》、《马来狂人》、《一个陌生女人的来信》、《一个女人一生中的二十四个小时》以及《象棋的故事》等。其作品多反映两次世界大战之间的欧洲社会现实，具有强烈的时代批判精神，并充满了人道主义关怀。《昨日的世界》虽属个人传记作品，但个人内容较少，它主要记述了二战前许多世界文化名人的生活轶事，从多方面反映了当时那段特殊的社会现实。

照，而且还有很多外地城市的彩照。这些照片给我留下了深刻印象，因为迄今为止，我已游览观光了很多地方。那些城市的许多街道，还有那些经典的时刻，我都尽可能拍了下来，并珍藏在我的记忆深处。旅游与摄影这两者可是个很好的补充，这些可都是花钱的爱好，对此我也从不吝惜的，不管怎样，只要是能让我有所经历、有所感悟的爱好，我都愿意花钱，在所不惜。而且，虽然自己在骨子里从未喜欢过经商这样的事，但作为辛苦付出的回馈，自己能多花些时间去消遣放松一下，我觉得这也是非常好的一件事。反正我早就接受了这样的现实。无论如何，要是最终能实现自己的那个愿望，我就一直这样坚持下去吧。其实，事情本身就是这么简单。

当然，我对摄影行业的技术进步也称得上是相当了解的呢。每一项技术革新都意味着老产品的淘汰和新产品的问世。那些过去在暗室里需要花很长时间才能冲洗出的黑白照片，在今天我们就可以在电脑上很快制作出来。鉴于自己曾经历的那些事，我还是更愿意再一次回到黑白影像世界，回到那个黑漆漆、没有一丝亮光的暗室世界里。我曾和几个摄影艺术界要好的朋友谈过此事，他们都答应过我，向我推荐几家照相馆，这样，我就可以去那里继续深造学习了。

能回到那里的可能性究竟有多大？那又有怎样的意义呢？真的是有必要吗？我本该相信回到从前已毫无意义，也本不该经历那场剧烈的人生动荡，那场在我五十中旬时还导致我人生轨迹发生重大改变的动荡，正是这场动荡突然间摧毁了我内心世界那间摇摇欲坠的小屋。唉，要是我没经历过那些事的话，我也根本不用再和当年的那些舞台剧参演者去聚首了。我本不该意识到，在我的内心深处，我真的能与自己达成最后的和平与谅解；我也本不该问自己，在这样的生存中，我究竟身处何地。真的，这些问题本不该将我带回到那些自己已弃之已久的人和事那里。另外,还有种感觉也本不该重新袭上我的心头,说白了,它似乎就是我想象中的已抛诸脑后的许多地方,现在它们看上去一定是一片废墟,一片荒芜。将这些地方抛诸脑后,倒不是我有意避开不谈,只是因为没有勇气去面对自己的许多缺点而已。我本不该又回到那些废墟边,想再次用那些话语和幻景来抚慰我的创伤。我的这道伤口,它本身就从未愈合过,于我而言,哪怕我得了严重的健忘症,我也难以治愈好这道伤口,更何况这道伤口能更好地教会我遇事要坚持下去和忍耐下去呢?我本不该明白,我是多么的怀念那些人。我本不该再次将他们和那幕舞台剧生硬地扯拽到一起。唉,那些主角们,那台戏,那台永远不会谢幕的老剧目啊!要知道,这些话对于此时的我又有着怎样重要的意义,而那幕舞台剧对于此时的我也意味着怎样的人生……

是啊,随着我人生的剧烈动荡,一切又再一次重新开始,紧随其后的便是我人生的一系列动荡。这些动荡,我始料未及。也许这幕舞台剧还未结束,还在上演着,也许其中还有一些其他的场景需要我在将来作改编,但不管怎样,这个改编过的剧目将肯定能更好地催我自新,让我在充分认识自己的基础上不断完善自己。

为了能从我的位子上并且从舞台的那个角落把我的人生看个透彻,看来我绝对有必要把这出大戏再上演一次。不管世事沧桑,不管时光荏苒,这台大戏一定要重新上演。我要竭力展现它的重大意义。我必须要找到“戏剧团”的那些演员,可是他们在我漫长的人生奋斗中早已散失殆尽。我的心情是如此迫切,我的期待是如此惶恐,我的希望是如此渺茫,只因是为了自己的缘故。我这样做,为的就是要将我人生的那场动荡重新展现出来。我再一次满怀信心,因为我相信自己所经历的那一切意义重大。自我怀揣希望接过商店,开始我崭新的生活以来,我又有了这样的冲动。无论如何我要过好我的余生。不过这一次和上一次相比还是有些区别，这一次，我已不想再远离家门，到异国他乡去寻求什么慰藉了。我要拿出勇气，找到我心灵的归宿。除此之外，我还有什么更多的追求呢？对此，我已没有更多的理由。

其实，最简单的理由就因为内兹米这个人。我无论如何要见到他。我仿佛突然间看到了有个亮光在那里闪烁，在如此漆黑的夜幕里，那点亮光是如此夺目，令我震撼。此时的我已别无选择，唯有跟随它踯躅前行。内兹米，这个我永远不会忘记的好兄弟，这些年来他可一直在上演着他的那场人生大戏，一场讳莫如深的大戏。是的，我们的这个故事要求我必须首先找到他，让他来参演我的这场大戏，这场多年后需重新编排的大戏。反正无论如何我都要将它搬上舞台。我已听凭灵感的差遣，可是我还是无法预知，我应去哪里叩开自己的命运之门。即便叩开了，等待我的又将是怎样的命运安排呢？

对那场战斗，我们曾是那样的信心百倍

联系的起点从拨通电话号码开始。早些年的时候，我就有了内兹米的电话号码。这期间，也不知过去了多少年，对于某些人来说甚至有可能是一辈子的光阴。完全有可能，我要找的人根本找不到，或者更糟糕的情况是，电话那头完全就是个陌生人，但无论如何，尝试拨通一下总还是值得的。慢慢地，我按下电话键，而且每按一次，我的心跳也跟着加快一次。我没做任何事先准备。要是他来接电话的话，我也是想到哪就说到哪，也根本没必要有什么顾虑。没等片刻，电话里传来了一个女性的声音。声音很熟悉，我应该没听错吧？为确信无误，我必须得先探个明白。当然，我还是继续装作一个陌生人的样子。毕竟，我和内兹米的联系已中断好多年好多年了。

“您好！我想找内兹米·拜依先生接一下电话。”

短暂的沉默之后，电话那边传来了很礼貌的问话声，“这会儿他不在家。请问您是哪位？”

只有很熟悉这位妇人的人才知道，表面上一本正经的她其实很爱开玩笑，而且随时随地她都能像个孩子似的开上几句玩笑。不过，这么多年过去了，现在，她的声音听上去似乎有些衰弱，而且还夹杂着一丝微微的颤抖声。我也沉默了片刻。我在尝试着，想立马想出双方都印象深刻的话语，以便能继续我俩的谈话。

“你是法图斯大姐吧？你猜猜看，你一定不认识我了吧？”

这老妇人便是我朋友的母亲，她可是一直都喜欢我称呼她大姐的。终于在电话里，我又和这个有时比自己母亲还要亲的人相逢了。面对这样的场景，我只能以这种笨拙的方式表达我俩非同一般的熟稔程度。那一刻，我们的年岁已无须多谈，我们的过去也无须多谈，就连时间也仿佛停滞了。我在等待着，看看她对我的熟悉程度如何。我相信自己不会失望。我能听出，她的声音中分明有一种母爱，因为那声音是从她的情感深处发出。时间仿佛再一次停滞。不可避免的是，这种慈母般的声音却带有一些责怪的意味，不过，那倒是一种不必在意的责怪，就像在我熟知的那个年代里经常听她的责怪一样。这一刻，那个年代仿佛突然间又回到了眼前。更重要的是，我能听出来，她的声音里多少仍还带有那么点轻浮劲和情色勾引的味道。

“伊子①，你这孩子，你究竟躲到哪里去了？你这个无情无义的负心汉！你好歹要给我来个电话吧！”

这一刻，过去的那些岁月仿佛已烟消云散。如释重负的感觉让我有了来点玩笑打趣的念头。

---

① 伊萨克的昵称。

“我好想你,好想你,今天我真的忍不住,所以就干脆给你打电话了。”

很快,那边传来了应答声:“别扯了,你这个撒谎不害臊的家伙!说吧,这些年你都干了些什么啊?已经成家了吗?”

应该说,回答她的第二个问题不算难。不过,我没想到的是,她为什么一上来会直接问我这样的问题。我回答她道,自己已经结婚了,也有了两个孩子,一儿一女,一切都还算称心如意。对于她所问的我曾干过哪些事的问题,我心里也早已有了应对之辞,想给她来些措辞高雅、模棱两可且无伤大雅的表述,而且尽可能简洁明了。随后,我开始打听内兹米的下落,只是那边又是片刻的沉默。这会儿,不管她做出怎样的回答,我都做好了充分的思想准备。她说出的第一个有关她儿子的消息听起来似乎有点评论的意味,但同时似乎还有那么点抱怨的情绪。

“他出门旅游去了,都不知道多少次了,反正一直在路上。”

能听得出,她这番话透露了她儿子的近况和生活方式。对此,我也不吭声,我想让她感受到,我在等待着她的进一步解释。

原来,很多年前她儿子就做了导游这一行。他本人现在就在伊斯坦布尔,我随时可以给他打电话,而且我也应该打给他。我想,要是他听到我声音的话,一定会很高兴的。在她母亲面前,他多次谈起过我,而且也非常想念我。很快,他又要起程,开始他漫长的安纳托利亚导游之旅了。他很忙碌,虽然挣得不少,但始终没找到一个固定的工作地点,所以也一直没结婚,没有一个自己的家。好多年了,他和一个与自己生活在一起的女导游东搬西迁,但最后两人还是分手了。所以,他这个人从来就没消停过,生活得就像个流浪汉一般。

就这样,从她那里,我了解到内兹米的大致情况。我真的很难相信我听到的这些,我很是惊奇,夸张一点,说惊奇万分也不为过。我为什么就不该感到惊奇呢？我终于找到了我日思夜想的朋友。此时的他有可能正在某个遥远地方的某个角落里向我招手，而这个角落的生活环境却和我的是完全不同的。也许令我想不到的是，他会卷入一张很复杂的社会关系网中。我知道，在人的一生中，每一个抉择都有它的合理性。同时，我的惊奇已让我无法对此做出任何评价，而且我的智商也无法让我回答任何问题，哪怕自己觉得，在这一刻，老人有可能还希望自己能多说几句，好发表一下自己的看法。我为什么要这样呢，难道我非要验证一下她那句话是否真有抱怨的意思不可？为打破沉默，我开始问她，我如何才能找到她儿子。为了不让她失望，我还对她说，我一定会找到这个流浪汉，要他解释一下为什么至今还是个单身汉。听完我的话后，她笑了。她告诉我，她儿子这个人是不会接受任何人的指责，也不会接受任何人的忠告的，也许只有我的话他才能听得进去。接下来，她温柔的话语，还有我所感受到的她那种思念之情，已深深触痛了我的伤口。而这道伤口，却正是我们这群年轻人在经历那段人生奋斗的过程中所留下的最灼痛的伤口。

“多么好的一群小伙子啊，多么好的一帮战友同志啊！”

我又不知道该如何回答是好。这一次，我真的无言以对，否则我只有号啕相对了。我感到自己的喉咙一阵哽咽，这种哽咽，不知包含了我们多少年来的重负、痛苦与遗憾。当她在电话那头觉察到我的感伤后，她有开始说话，想帮我马上走出低落的情绪。她的这句话又让我情不自禁想起过去的那段时光。不过，这一次，她的话语间却流露出那么些“大姐般”的调侃味道来，不过，回味之余，还是很深沉。

“那时候的你们可真是丑陋不堪啊！”

听到这句话后，我的内心随之感受到些许疼痛，但不知怎的脸上却泛起了一丝笑意。这种疼痛就像我们在一起无拘无束、放荡不羁时共同经历的那些疼痛一般,时时提醒并敲打着我们,但我们很快又将它忘得一干二净。不过,我还是很快从这种情感中振作起来,用话语回报她这番深情厚谊。

“法图斯大姐,现在的我可变得漂亮多啦。你恐怕不相信,年龄大一点,人会变得更漂亮呢!”

我本以为她会爽朗大笑,却没想到,随之出现的又是一阵短暂的沉默。也许她在电话那头微笑着,而我却无法看见。不过,从她的声音里能听出,她的这番话不但没恶意,反而更加充满了严慈“大姐”般的关爱之情。

“内兹米可变得更丑陋不堪啰!”

她的话语听上去给人以某种伤感,而且这种伤感好像是源自于她心底的最深处。我能听得出来,儿子对她何等重要。我很想把她的意思说出来,她想说的无非是他的儿子真的已经老了。所以这一刻,她所讲的这句话也只能让我往这方面去想。也许现在的内兹米已大腹便便,头发灰白,甚至戴着一副度数更高的眼镜。此时的我又重新陷入沉思中,而且嘴里也没了言语。接下来,她的这番话又把我从沉思中拽了回来,仿佛又唤醒了我内心深处的另一幅鲜活画面。

“哎呀,反正你们迟早会见面的。只是你要告诉他,别喝多了。有时候,他真的喝好多酒呢!”

这种提醒她从前也没少说过。还是年轻小伙子的时候,内兹米就经常突然间干出一些自找麻烦的事来,很多时候我都搞不懂,下一步又有怎样的荒唐事在等着他。那时候,我算是他最要好的朋友了,至少我做事情看上去要比他成熟得多,所以,法图斯大姐就曾多次委托我这个大哥看护好这位小老弟。让我感动的是,这么多年后,我又以同样的方式接过了这项任务,只不过我不知道为什么我的内心会感到有些疼痛。要是她能告诉我内兹米的有关事情可就太好了，那我一定会深受感动的。是啊，要搞清他那些很令人震惊的事是不是太早，抑或又太迟了呢？要是我已经了解了这些事的话，那还有什么好说的呢？就这样，带着悲伤的心情我们结束了这次谈话。

为了能与多年前便和自己分享了许多秘密的这个人重新联系上，我赶忙拿出一张小纸条记下了他的电话号码。看着这匆忙记下的号码，我的心里突然有了一种异样的感觉。一方面，自己感到很激动；另一方面，自己又感到有一种说不出的令人痛苦窒息般的欢乐。不过，痛苦的成分相对来说要少一点，毕竟这么多年已过去。然而，不知为何，我依然感到有些难过，因为我这么快就找到了他。是的，我本该要多费些精力，在这之后的某个时间里找到他。再多花些精力，为的是让我们曾经的分别显得更有意义，也让我俩彼此寻找的故事变得更加传奇。没办法，第二次握手只能以这种方式进行。也许这其中还另有某种象征意义，它会告诉我，我的梦想终将会实现。于是，我开始尝试着，要尽快接受并适应这个崭新的命运安排。

接下来，一段漫长的回忆开始从我的脑海里慢慢浮现出来，而那段时间里，也只有回忆和孤独紧紧陪伴着我。由于经常去他家的缘故，所以许多别人不知道的事我是非常清楚的。

内兹米的爸爸是一位律师，某一天，他居然在阿达纳①被人谋杀了，其死亡的原因也从未得到过清楚的解释，反正到处流传着各种各样的谣言。有人认为，这起谋杀是由一起腐败起诉案件引起的；也有人认为，这其中牵涉了国家事务机密，所以他丢了性命；甚至还有人认为，他是因为

① 阿达纳（Adana），位于土耳其南部，距地中海不远。该市为阿达纳省首府，系土耳其第五大城市，约有150万居民。

桃色新闻才被人杀害的。总之,不管如何谣传,这起事件始终都像谜一般让人无法猜透,或者干脆说,它被人做了手脚,让人看不清事件的真相。那时候,内兹米才十二岁。正如我们俩又一次一起吃着椒盐豌豆、喝着柠檬伏特加时他所聊到的,那时候的他日子过得可真是一个字苦啊,没有父亲的他就那样稀里糊涂地长大成人了。也就在那天晚上,我也将自己和父亲的那种疏远关系道了出来,我们一起咀嚼着这种没有父爱的痛苦。就这样,我们慢慢开始着手设计我们未来的人生之路。在随后多次深刻透彻的交谈中,我们一直在尝试着,要了解和发现我们身上的某些潜能,以便将来能干出个像样的名堂来。不过,要是我们俩聊得越投机的话,我们自然就会和其他人的关系变得更疏远了。从某种意义上来说,这种疏远感对我们来说既是优点,也是缺点,反正我俩的情感在与日俱增,以至于不久之后,我们这个故事的主角,也就是我们那些"戏剧团"的成员们都不得不承认这样的事实。还记得在那间屋子里,我们无所不谈,我们经历的是坦诚,我们展示的是坦诚,我们分享的还是坦诚。具体地说,我俩大多数的交谈可都是在泰斯维基耶区①他家那套相当大的房子里进行的。要是我们喝上几杯的话,他母亲也不会生气,相反,她甚至还鼓励我们这样做,因为她觉得我们真的是长大了,这可是她常挂在嘴边的话。所以,这套住房对我来说就是个特殊的家,或者说我的自由之家,因为在那里我根本不需要像在家里一样,做什么都要遵传统,守规矩。在那个自由之家里,可以说我完全是另一种感觉。要是我们有些夜里喝多了的话,我经常干脆就睡在那里。不过需要说明的是,大多数夜里,都是我们两个人待在那个家里。要知道,经常把我们丢在家里的法图斯大姐会穿上一身特招引人的服装,然后再化上浓妆,出门

---

① 泰斯维基耶(Teşvikiye),伊斯坦布尔市的一个市区。

去寻找自己的快乐。对于这些她对我们都一直守口如瓶,只字不提,只是我们觉得她的行为甚是怪异,这很让我们捉摸不透。等到她早晨回家踏入家门的话,她经常会满身散发着酒气。更令人捉摸不透的是她居然有时候就根本不回来过夜。直到许多年之后,我才慢慢明白过来,在这个喜欢开怀大笑、对生活很是热爱的女性背后,隐藏着的极有可能是一个十分孤独、凋零易碎的女人。所以,那段时间里,她所做的事应该是在外有意卖弄风骚,和有些男人厮混在一起。要是我现在思考那时候我尚不清楚的这些事的话,其实这也算不上什么稀罕事。对于法图斯大姐的那桩婚姻,她父母从来都没承认,也没接受过。不过,她最终还是从父母那里继承了一笔相当可观的遗产。可是,自她丈夫被害身亡后,她便开始花天酒地,大把大把地挥霍钱财了。所以,我总感觉她好像在为什么难以启齿的事情进行报复。当然,本身活泼开朗的寡妇所表现的这种挥霍方式也多少反映了她内心的孤独和痛苦。说到底,她的这种行为实际上就是和自己命运抗争的另一种表达方式。

那时候,我们都还是中学生。和其他同龄人一样,那时候的我们都对生活抱着一种反抗的态度,因为我们别无选择,所以那样的生活也只能解释为一种有反抗倾向的生活。我们竭力尝试去认识那种生活,但还不足以成熟到能感受和了解生活背后所隐藏的真实含义。这下倒好,这让内兹米更想了解所谓生活的真相了。不过,面对这些生活真相,他最喜欢拉上我,要我和他一同经历一番,之所以如此,我猜想,是因为他真的需要我这个见证人来见证他人生的成长过程吧。那时候,每当她母亲涂脂抹粉、把自己打扮得花枝招展并起身出门后,空荡荡的屋子里就只剩下我们两个人,此时的他便开始痛骂自己的母亲是“一个真正的臭婊子,她又憋不住,又要出门去找野男人苟合了。”怒气冲冲的他也因此愈发喝得烂醉如泥了。那所说的又有几分是对的呢?我根本就不愿意搞清这些事情的真假,因为我既不想让内兹米过得不开心,也不愿把这个我很亲近的人想成是一个浪荡女子。就这样,母亲是"婊子嫌疑人"的这种想法开始慢慢在他脑子里根深蒂固,很难再消除了。

有时候,我们俩也会在夜深人静的时候出门到街上去溜达一会儿,为的是能在外面体验一下什么是醉酒的感觉,或者干脆就是为了散散酒气,让我们血液中的酒精含量能下来一点,这样好接着往肚子里灌酒。当然,我们也想以这种方式来排解一下我们心中的郁闷之情。这个时候泰斯维基耶和尼桑塔希①的街头巷尾早已静谧无声,笼罩在一片孤寂的氛围中。尤其是在冬天的寒夜里,在寂静孤独的夜幕中,不时在街头出没的我们仿佛感觉到那漆黑的寒夜是如此迷人,如此充满着诗情画意。为了能取暖,那些从老居民区楼顶烟囱中飘出来的煤烟绝对是一幅令人无法忘记的寒夜风景画。我们和楼舍看门人聊天。已是午夜之后的时辰了,他们仍在将刚卸下的一车煤块敲成碎块。除此之外,我们还对着那些躲在拐角旮旯里打牌赌钱的街头小青年嚷过"喂,怎么样,你们运气还不错吧?"或者"你抓到满分牌吗?"的话语。或者,我们还和街头卖早报的报亭小贩们攀谈过。尽管许多杂志里的女人裸体照上都沾满了黑乎乎的油墨,但我们还是乐此不疲,买几本最刺激、最带劲的裸体画刊。即便那些漂亮妞们的乳头被恼人的马赛克小星星给遮盖了,也挡不住我俩内心腾腾直窜的欲火。

等我们一到家,内兹米就会偷偷溜进卫生间,对着画报中的那些裸体女人开始自慰起来。特别是当他想到自己母亲和别的男人在一起颠鸾倒凤、寻欢作乐的那些场面时,他会更起劲地发泄着自己的快感。这随后便轮到我了。有时候在顶不住的情况下,我也会溜进卫生间。沉湎

① 尼桑塔希(Nişantaşı),伊斯坦布尔市的一个市区。

于情色幻想中的我顿时会感觉到有一种欲火在烤燎着自己。不过,我还是更情愿回到家里,将自己的性爱满足方式放在自家那个熟悉的环境中进行。我之所以这样做,是因为脑子里总想着人们曾给过的那些告诫。在我们有些愚昧和缺少大爱的风俗习惯看来,做"有伤风化事情"的人是往往被视为胆怯、粗野和无能之辈,甚至被看成是有罪之人的。对于那些画报杂志,说真的,我也没想到一个妥善的处理办法,在无法遏制的冲动中,我还是偷偷将它们塞进我那堆书籍和内容健康的画报杂志中。即使这样,我仍心怀忐忑,唯恐被别人发现,心里总会感到担心和恐惧。内兹米却没有这种顾虑,他的房间里,那些黄色刊物横七竖八,摆得到处都是。他母亲也不管这些,甚至有时候她自己也饶有兴致地翻阅着那些刊物,并对那些女郎的姿势、眼神和高矮胖瘦评头论足一番。只见她一手端着杯酒精饮料,另一只手则叼着一根长长的摩尔香烟,要知道,这种牌子的香烟在那个年代也只有在黑市上才能弄到呢。她对自己的评头论足并不感到开心,真正开心的是她问我们,哪个女郎让我们最来劲,原因又是什么。要是看到她对我们的回答大笑不止,或者我们闻着她嘴里呼出的那股浓浓的酒精和香烟味时,我们俩总是开怀不已,心情也变得无比畅快了。我可爱闻她身上的那股芳香气息了,因为每次聊天时,她都紧挨着我,坐在我身边。大多时候,她都穿着她那身长式晨服,坐在我身边。可以这样说吧,坐在那里的她看上去很是轻松,无拘无束,没任何做作,甚至有时候她还把双腿伸得老长老长,笔直摊放在我们面前。

内兹米看上去早就习惯了他母亲的这些做法,不过,对那时候的我来说,有些事情却是另一回事——为什么我要在此沉默呢?——是的,完全是另一回事,这是我对谁都根本不敢提的事。那时候,当这个女人以她很自然的方式向我们展示她多彩的人生,并以这样的方式和我们交谈的时候,尽管她身为我朋友的母亲,我的心里也不由得被她唤起种种情色幻想。多少次我都在想象着,她那晨服里面,一定会没穿内衣,最多恐怕只套着一件丝绒短睡衣而已。我还想着,她一定会对我窃窃私语,要我和她做爱,而且还教我怎样做爱。要她看到我内心的这些秘密心思吗?当然如此!不过,这种念头刚一冒出来,就立刻被我打消了。

对于内兹米来说,这大概就是他的命运:作为一个年轻人,生长在这样一个环境里,一方面,他要承受许多难以解决的压力问题;另一方面,他也不愿意给别人添什么麻烦。其实,这场命运的阴影在我俩共同迈出的人生第一步中即以显现。譬如他第一次进我们班的时候,他的出场就显得非同凡响,并引起了轰动。记得当时是在我们中学十年级快开学前五、六周的时候,有一天,我们看到他坐在班上靠后的一个位子上。他看上去很安静,表情也很严肃,给人一种很自信的感觉。在几天后一个很长的午休时间里,他开始给我们讲一些他自己的事,当时我们听得津津有味。原来,他曾被一个校纪很严的学校开除过,但这所学校的名字他不愿提及。因为我们学校离他家很近,所以他就来这里注册上学了。更确切地说,他之所以被赶出那所学校,还有个原因就是他做事太"非同凡响,出格过分"了。当时,他们有一个代化学课的女老师。因为这个老师总喜欢穿一条短裙子,所以惹得班上男生都恨不得拿把镜子从下面对她裙底照一照。有一次,当这位老师发现内兹米考试抄袭后想把他赶出教室时,她居然没想到自己竟被这个学生给狠狠地打了一耳光!给人印象深刻的还有,他在详细描述当时这起事件的时候会露出洋洋得意的神情,并说道:"那个女的'腾'地一下子飞到了一边,而她的眼镜子却'嗖'地一下子飞到了另一边。真他妈的带劲!"就这样,最后连很欣赏他作文的语文老师对他也爱莫能助。因为最后有九门课不及格,所以他不得不在十年级重新留级,继续蹲班。他的个人学籍档案材料也因此比别人要厚得多,那里面不是警告记过,就是留校察看等处分,反正到最后他练就了一种本领,那就是他能很好地了解掌握这个学校的有关纪律规定。

他到班上的第一天我们还不知道这些事。不过,随着他的到来,好戏开始在慢慢上演,这在接下来发生的故事中还会一一看到。他来我们班的第一堂课是语文课。我们的艾斯雷夫·贝依是一位非常棒的语文老师。他很优秀,但同时也以严厉著称。尽管很严厉,但他却有如慈父般地关爱着我们,和他在一起,我们总感到既安全,又踏实。然而,由于有时候会发生让他想不到的令他恼火的事,我们对他可就要格外小心了。当那天上课后不久他一眼看到坐在那里的内兹米时,他马上大声地在讲台前问了他一句:"你大概就是那个新来的留级生吧?"脸上虽露着微笑,但话语中却多少带有一点挑衅的口吻。这一下,老师的话语和眼神证实了这名新生进门时曾给我们留下的第一印象:他就是个留级生,我们猜得没错。听到这些,班上顿时发出了一阵轻声的哄笑声。当时,我们没料到的是,那位新生会碰到这种倒霉事,更何况他是个很危险的人物。此时的他看上去好像对艾斯雷夫·贝依的奚落并没太在意。没想到他突然站起身来,很不客气地回敬老师道:"老师,我们这种人不就是命运的弃儿嘛。我不就是读书不行,不受人待见嘛。要知道,这些可都是说来话长的事呢。"从他的这番话中,我们能明显听出来他身上有着那种江湖英雄的味道。

课堂上又是一阵轻微的哄笑声。贝依老师真是哭笑不得。下不了台的他在盘算着找个借口,好缓解一下眼前尴尬的氛围。于是,他那笑不成、恼不得的神情开始慢慢变得严肃起来,他装出早已开始上课的神情,并用一种嘲弄的语调对他说道:"你今天可是有点迟到的噢。"

听到这些,内兹米马上做出了冷冷地回答:"也许吧,老师。反正您说什么就是什么!"

课堂上又是一阵咯咯的低笑声。听到这些,贝依老师终于忍不住了，他很生气地问他道："我说你个小伙子，难道你一点都不懂得什么叫尊敬吗？"

此时的内兹米一脸严峻，看上去他想要给出一个重要的解释，先是对整个班级，然后对艾斯雷夫·贝依。只听他说道："在我原来的那个学校里，我和校长根本就老死不相往来！"接下来的是一阵哄堂大笑。听到这番话，心底里暗暗惊奇的贝依本想跟着大笑，可他还是竭力克制住了自己，只听他说了一句："我们倒是要看看你后面的表现！"

就这样，内兹米以这样的形式登台亮相，开始学习起那门人人害怕的语文课来。在接下来的几天里，他表现得很出色。他向我们展示着，看看究竟是谁来到我们中间了。在其他时间里，他也表现得很沉着。由于他的坦诚开朗，有些同学慢慢喜欢上了他，而有些人却在暗地里思忖着，要如何报复他一下，因为他在课堂上所说的那些话实在是太出格了，尤其是有时候他会不给人面子，所以弄得大家很是狼狈。不过到最后，对于他那些举止，特别是好斗的行为，没有人会无动于衷，也纷纷被他的这种精神所折服。他就是想以这种倔强叛逆的个性赢得别人对他生存的关注。他甚至还是个果敢之人。在我们面前，或者在许多其他老师面前，他也从不隐瞒自己的观点，谈论革命，而且在同样以严厉著称的历史课老师面前，他也同样敢表达自己的观点，绝不唯唯诺诺，顺从迁就。这位历史老师最擅长的就是一直为过去右翼激进分子提出的那些毫无意义的论点进行辩护，而且嘴里还念念有词，说什么"人的五个指头都不一样长，更何况人本身呢，他们的意见会一致吗？"等等。有时候，我们甚至怀疑，这位在任何场合下都敢发表有关那些移居到苏联的土耳其人被当做奴隶虐待的言论，以及总为民族主义思想和保守主义思想涂脂抹粉的历史老师，究竟会不会和某个国家秘密警察机构有什么特殊联系，看来，他是在试探我们的反应和我们的观点立场。对此，内兹米曾大声反驳过他，甚至有时候不惜用一种怒斥的语调："请您别在这里蛊惑人心，一派胡言了！请别把人与人的手指乱对比。在这里，我们什么都不要谈，我们要谈论的就是社会公平和社会正义！"说真心话，在当时那个特殊的历史背景下，他能说出这样的话来，那绝对是要一番勇气和胆量的。

虽然内兹米的许多反驳言论会不时得罪有些人，但他的那些话不仅让我们有一种亲近感，就连贝侬老师也慢慢和他拉近了距离。这种亲近可不是没有原因的。由于他具有良好的文风以及善于从书本中汲取知识、活学活用的能力，所以他每每能写出让我们惊羡不已的好文章来。无论是在教学楼道还是在教师办公室里，师生们也一直在谈论着他的这种特殊才能。听到这些评论，我仿佛经常可以看见他父亲在如何审视着他这儿子的一言一行。他那种目光中，有时候充满着循循善诱、谆谆教诲的神情，而有时候又充满着批评教育的眼神，真是舐犊情深啊！那时候的我也慢慢接触了解到泰斯维基耶这户人家的某些秘密，所以，和他们交流沟通对我来说也不是一件难事。我所知的还有，艾斯雷夫·贝侬先生，我们这个总怀揣梦想和希望的老师，虽深爱着他心爱的女人，但那个女人却不知怎么的始终不与他结百年之好，更别提为他生一儿半女的了。也许他们根本就没有刻意要求生活必须赐予他们什么，或者命运必须对他们有怎样的眷顾。有鉴于此，我必须要重新审视自己，我要将自己所看到的一切，无论是生活悲伤的一面，还是快乐的一面，都统统保存起来，珍藏到我内心深处。总之，这种情感只属于我一个人。如果重提这种情感，那无异于会彻底打碎我内心世界的人生镜像。对此我不置可否。古往今来，有多少曾被认为是绝无仅有的事，居然某一天真的会出现在人们眼前，这种情况时有发生，也屡见不鲜。在这个奇幻的人生镜像中，唯一让我不能释怀的，就是自己时常会有那么一种被边缘化的感觉，要么被自己要好的朋友排除在外，要么被自己喜欢的老师冷落在一旁。坦白地说,我真的很妒忌。于是,我又陷入回忆之中,回忆自己和内兹米在那些夜里曾经分享的每个时刻。那个年代,真的可以说就属于我们两个人的年代。

为什么我们俩在很短的时间内能走到一起,彼此形影不离,并结成如此牢固的友谊,这其中自有许多原因,其中一个原因就是我们俩都喜爱阅读,对书籍很是入迷。可以说,是书籍点燃了我们渴望知识的激情。这其中的大部分书籍都属于国家禁书,我们只能私下里偷偷翻阅它们。除了求知外,同时也出于自身猎奇和神秘的心理。不仅我们对书籍充满热情,就连我们剧团的其他成员也是如此,比如尼索和约格斯就和我们一样也曾对那场战斗充满了信心。所以,在语文课上,每当贝依老师讲解评论特夫菲克・菲克雷特①文学理论的时候,我们会问他,我们为什么不能阅读纳兹姆・希克梅特②的诗歌作品。现在看来,他当时的告诫不无道理。尽管他会批评我们这样做是冒险,但他私下里想的和我们可没两样。很遗憾,在那个年代的我们班上,我们也只能这样随大流,跟形势走了,毕竟我们生活在土耳其二十世纪的那个七十年代。对此,人们也不敢奢望自己能干出一番什么很轰动的事来了。

能和内兹米保持这么深厚的友谊,并不仅仅是因为我们对书籍都痴迷的原因,还有一个很重要的原因就是我们俩始终形影不离,如影随形。

---

① 特夫菲克・菲克雷特(Tevfik Fikret, 1867—1915),土耳其现代文学先驱,土耳其著名文学杂志《知识宝库》(Servet-i Fünûn)的主要撰稿人。其文学理论思想深受法国文学和印象主义思想的影响。从十九世纪九十年代起他在家乡伊市著名的罗伯特学院(Robert Koleji)任教,讲授文学课程。

② 纳兹姆・希克梅特(Nâzım Hikmet, 1902—1963),土耳其著名诗人和剧作家。十月革命后,曾流亡苏联。在莫斯科留学期间,他曾追随和共产主义思想有许多相通之处的未来主义文学派,其文学创作深受塞尔盖・叶赛宁和弗拉基米尔・马雅可夫斯基等未来主义诗人的影响。在土耳其国内,他的作品长期被列为禁书,直至其去世两年后的 1965 年才被允许公开发行。他被视为土耳其现代抒情诗创始人,也是土耳其文学史上最重要的诗人之一。

说实话，我们两个人在结识女孩子方面很少能碰到幸运事，说得不好听一点，我俩从来就没交过什么桃花运，因为就一般人都有的长处而言，我们俩什么吸引人的地方都没有。这种情况就这样一直持续着，到最后我也懒得在这上面下工夫。在这方面，人有时候表现得着实可怕，特别是当他面对美色的时候，要么羞羞答答，要么惊慌失措，这还不仅仅是几个人的问题，大多数人往往都有表现失常的时候。由于这个原因，随着时间的推移，我渐渐有了一个想法，那就是成功与不幸之间是存在着极为密切的联系的。为了能更好地理解它的真实含义，人们最好还是去所谓的“地狱”走一遭，以便能好好地历练一番。不过，这种“地狱”倒不是什么真地狱，而是我们自己的生活，因为在这些生活中，我们往往会作茧自缚，深陷其中而不能自拔。

我们俩很多次去过妓院，甚至有一次我们还差点被人家揍了一顿。那一次，我们俩从于科塞克·卡尔迪里姆大街①沿着山坡直下拐进一条很深的巷子，在那里，怀着一股莫名亢奋劲的我们一直在钻来钻去，探头探脑。在闻到一股浴室蒸汽味道之后，我们很快钻进了那家浴室，想一头躺进女人的臂弯里，去享受一下那忘却人世烦恼的美妙一刻。我很快就完事了。在那里，有个惯例，就是玩家要速战速决，拔腿走人。然而，内兹米却迟迟没现身影。很快，那里面传来了一阵嚷嚷声。只听见内兹米的那个女人在愤怒地叫嚷着：“给我滚吧，你这个婊子养的！”真有意思，说这样的话，难道她自己不知道自己是干什么行当的吗？听上去她很是恼怒，估计她想到什么，脑子里也没过滤一下就脱口而出了，嘴里骂出的也尽是些人们没听过的脏话：“你这个没用的蠢货！没那功夫，你还

① 于科塞克·卡尔迪里姆大街（Yüksek Kaldırım），伊斯坦布尔市著名的红灯区大街，附近多妓院和经营色情业的土耳其浴室。

来这里干吗？‘眼镜！’你们两个怂货，是不是来这里前，你们俩在家里就已经撸过了吧？”

很快便是一阵骚动。就在那女人叫嚷的时候，内兹米跌跌撞撞从楼梯上冲了下来。他一边跑，一边整理着衣服，并扣着裤上的扣子。那个站在门边招揽生意的男老鸨，还有几个嫖客也跟着跑了起来。此时的内兹米双脸通红，只见他一把抓住我手臂，气喘吁吁地说："快跑！"我们一个箭步冲出了浴室，然后横穿过那条巷子，沿着笔陡的于科塞克·卡尔迪里米大街一口气跑了上去。我们很快钻进了一辆电车，最后消失在贝约格鲁[1]茫茫人海里。不过，那时候，那里的伊斯蒂克拉尔·卡代西大街[2]还没有商业步行区，有轨电车也还没有告别伊市的大小街道。

在车子上，我们俩什么话也没说。等电车在塔克西姆广场边停靠后，我们便下了车。此时的我们仍在一路小跑，一路上也一言不发，就这样，我们跑到了凯莱特·巴切丝咖啡店旁边，那里是我们最爱去的地方。从身处居缪斯苏宇市区[3]的这家咖啡店边放眼远眺，伊斯坦布尔市最美的风景段就可以一览无余，尽收眼底。在我们喝了一杯清新的热茶，稍微定神之后，内兹米开始讲述刚才所发生的事。原来，那女人上床前性欲就像是被满足了一般。还没等他来脱掉自己的胸罩，她自己就先捋掉红内衣，然后褪下内裤，紧接着就躺到床上，张开双臂，催促他道："快上来吧！"她嘴里一边说着话，一边还大声嘣叽嘣叽嚼着口香糖。看到这般情景，内兹米的性欲顿时消失得无影无踪。这之后，他装着还想要的样子，可是，自己的那种亢奋劲却怎么也上不来，下身的那东西也耷拉了下

---

① 贝约格鲁(Beyoğlu)，伊斯坦布尔市的一个城区，地处伊市的欧洲大陆部分。

② 伊斯蒂克拉尔·卡代西大街(Istiklâl Caddesi)，伊斯坦布尔市最著名的商业大街之一。土耳其语"Istiklâl Caddesi"为"独立"的意思，所以，这条商业街又名"独立大街"。

③ 居缪斯苏宇市区(Gümüşsuyu)，位于伊市贝约格鲁城区。

去。没想到，那个女人居然先用一种很轻蔑的眼神看了看他，然后用嘲讽的口吻对他恶狠狠地说道："唉，你怎么回事啊？你大概是不行了吧？"听到这些，内兹米很是恼火，开始反驳她道："你根本就没刺激它嘛！你以为你是谁啊？别把自己当正经人，你不就是个娼妓嘛！"发泄了一通，这还不算，他还想要回自己的嫖资。这下子，那女人不干了，她开始吵闹了起来。听到这些，我真的再也忍不住，跟着哈哈大笑起来，笑个没完的我眼里全是泪花。我的笑固然多是因为他所遇到的尴尬事，但多少也为我俩刚才那副落荒而逃的狼狈相。此时的他也跟着笑了起来。他知道，他自己刚才经历了怎样的事，随后他又补充道："我倒不是为那点钱感到可惜。只是当我听到她直接称呼我'眼镜'来侮辱我的时候，那一下我真的火了。"听到这些，我顿时沉默了，心里也跟着怔了一下，因为他两眼可都是六百度的高度近视呢。此外我还知道，他的眼镜是镶了一副厚镜片，然后再套上一个黑色的厚镜架的。戴上它，他该是多么的不舒服甚至痛苦啊。我虽然没戴眼镜，但在我的内心深处，却有一段有关眼镜的刻骨铭心的故事，它涉及的正是这种"另类人"或"丑陋人"的某段经历。

然而，内兹米所遭遇的并不仅仅只是愤怒，他同时受到的还有深深的伤害，因为那个女人，那个被生活已狠狠抽了一记耳光的女人是如此恶毒，如此狠心，竟然对内兹米的个人状况不给予丝毫的同情。那个时候的我们怎能想到，其实她的愤怒究竟又能朝哪或者对谁发泄呢？她也只能如此，只能以另一种方式哭诉自己生活的不幸以及命运对她的不公，这就是她对自我人生的回答。所以，我们无法想象的是，每个人都有他自己哭诉的方式，我们更想不到的是，那些遭受孤独与痛苦的人往往会在有意无意间深深伤害到其他同类。

不过，那一天的经历却更加深了我俩的友谊。从那天起，内兹米就再也没去妓院寻欢作乐了，他也竭力劝我别去找那个乐子。“真要是没女人的话，我们还不如自己动手解决呢！至少你没必要去那里遭人白眼，担惊受怕，而且这也一样能让自己快活的。”我真没想到，他居然会说出这样的话来，其实，细想一下，我应当明白，他是在有意回避妓院的事。我觉得他的话或多或少有点道理，所以就认同了他的观点。不过需要说明的是，我们虽然是些拈花惹草、鸡鸣狗盗之徒，但这和一个革命主义者应有的道德情怀却是没任何关系的，也根本不存在什么矛盾之处，而且，在革命胜利之后，我们肯定是要对这些社会问题进行最后一揽子解决的。

那时候，内兹米已开始谈到他上大学的问题。他说，他要去安卡拉①学习政治学。我知道，他会实现他这个愿望的；我也知道，在后面即将到来的那场战斗中，他会比我走得更远。在我们的人生道路上，我们迟早是要分手的。没办法，我们只能顺其自然，明知道不可避免，但也只能接受这样的现实。将来会发生什么，一切都无法预知，也很难一时解释清楚。在我们准备分手的那一刻，我确信无疑，毕业后的他一定会成为一名政府高官。当时不仅仅是我，就连我们所有的人都是这样认为的。他要么会成为一名国务秘书，要么成为一名驻外大使，甚至有一天还有可能会成为这个国家的总理。不过，令我担忧的是，要是那些执政党人真的面露凶色，对社会反对派所发出的不同声音抱着质疑和拖延的态度，或者对反对者采取拉拢、打击报复甚至一举消灭的措施，那他到最后岂不是要和执政党狼狈为奸，走到他们的邪路上去吗？所以，当我最终听说他成了一名职业导游时，这完全出乎我的意料，也让我惊诧不已。我

① 安卡拉(Ankara)，土耳其首都，地处中西部内陆地区，为土耳其第二大城市，现约有500万居民。

感觉自己似乎已目睹了这其中所发生的一切，那纯粹就是一场骇人的灾难……

纸条上记下的这个电话号码究竟能给我带来怎样的人生际遇呢？它能打开我的人生之门，哪怕是露出一点点缝隙吗？能提出这样的问题我已足矣，因为我由此得到了些许慰藉。也许等我有新的耳闻目睹之后，我可能还会改变自己原来的看法，如果真有这种感觉的话，那会不会像是捅了个马蜂窝，自己给自己找麻烦了呢？暂且先别考虑这个问题，还是想想其他的事情吧。于是，我在记忆中努力找寻那些我们俩最后在一起待过的地方，为的是能再一次细细回味从前那段美好的时光。同时，我还要重新问问自己，这些年来，他的人生究竟发生了多少改变。此时我的脑海里，一个画面接着一个画面不断浮现出来。每一幅画面，都像是一段很遥远的故事在等着我讲述。很快我意识到，自己不能再等待下去了。我觉得，在经历了这些思想斗争之后，我必须马上行动起来，再向前迈出自己人生关键的一步。

当他听到我的声音，并说我是第一个给他打电话的人，他显得很是激动。在这种情况下，若要再显得我很主动，并强调自己的热情，那可就是不太好了。当时的我也很是激动。在这激动时刻，万千情感一下子涌上了我心头：彼此失散这么多年的遗憾；好长时间都没联系的愧疚感；所有这些年堆积在心头却无法倾诉的思念之情。然而这一刻，思维若是还停在这些上面的话已没了任何实际意义，如果再想着我们俩情同手足的友情，或者再去寒暄几句客套话什么的，这不仅没那个必要，而且也不适合这种氛围。我只希望，我们俩能重新找找我俩从前在一起时的那些感觉，随后再将它丢进风里。于是，我抱着这样的想法告诉他，说自己这段时间突然有了一个好主意，想马上约见他一下。

没做任何解释，也没问我那是个什么样的好主意，他很快就答应了下来。通话的那一刻，我就好像回到了和法图斯大姐开始通话的场景，只不过我们换了些别的话语。那种说话的感觉，仿佛就觉得时间根本没过去这么多年似的。或者，我们没必要在这一刻感到彼此有什么生分，或者什么距离，更多的是要能相信，我们能很快消除这种距离感和陌生感。反正我已想好了，要是我们能见面的话，我肯定要和他深聊一次。怀着这样的期待，我有可能会为我们人生奋斗开辟一个更新更广阔的空间。而他呢，他没向我提任何问题就很自然、很爽快地接受了我的建议，因此就给我留下了一个印象，他是不会让我失望的，并且他还是当年那个可信之人。在我问他我们可以在哪里见面时，他不假思索地回答了我提出的问题，这一举动就足以说明，在他的记忆中一定还保存着当年某些美好的回忆，譬如那间台球房……

约好了两个小时后见面，这对我们来说并不是什么困难事。但我不知怎么的却还是很想早点赶到那里，因为先到那里的话，我既可以找寻一下回忆，也可以做好一些见面的准备。好多年都没去过那个老地方了，在那里我们俩曾留下的嬉闹喧哗声无不铭记在我记忆深处，对于这些，我真的是无法忘怀。那里的第一层是台球房，下面的那个地下层是乒乓球室。大多数时间，我们和内兹米都在地下室打乒乓球，不过有时候，我们也饶有兴致地跑到楼上去看别人打台球。那里面有几个是我们学校的学生，他们会经常去那里。可以说，他们是常客，而且还是里面很受欢迎的玩客。几乎他们每个人腰里都揣着一盒香烟，有这样行为的他们可就更受人欢迎了。不过，在我们那一代人中，当时还没有什么吸粉和摇头丸之类的东西可以兜售，也不像今天这样在很多场合被视为“合法”现象而公开买卖。当时我们最糟糕的恶习就是嘴里叼着根香烟，好标新立异，总想显示出自己的与众不同来，总觉得那就是自己身份、时髦与个性的最充分展示。

约格斯是个台球高手。就像内兹米一样，他在语文课上也是一个表现很优秀的学生。他写得一手好诗，艾斯雷夫·贝依曾经常对他说，将来的某一天他会成为一名优秀诗人。甚至在我们那个剧团里，他也是个主要的舞台角色。他比我们俩大两岁。这反倒给他带来了某些不利的一面，因为他有时候是个很坚强的人，有时候却又是个很感伤的人。不过，无论怎样，他表现得都比我俩要成熟，由此，我们始终都把他当做兄长看待。如果没有他的话，我们俩还真不知道我们是否能把自己的许多大“戏”演好呢。就在我等候和内兹米见面的时候，我脑子里还在想着这“戏剧”中的一幕幕，回想到此，一股暖流不禁涌遍我全身，顿时我倍感温暖。我沿着这个故事的踪迹在记忆中搜寻着。为这台戏，我到底要找多少人，物色多少新角色。我不知道，最终自己是否能如愿以偿，取得成功。

就在我从记忆深处唤起过去岁月里那残存的一幕幕“大戏”的时候，我的脑海里不知怎么地却突然闪现出另一幕让我开怀不已的“意外小事件”来。那时候，学校每周上课都是要上到星期六的，不过，星期三这天却只上半天课。这起令人难忘的“意外小事件”就发生在那一天。那时的我绝对称得上是一个疯狂的足球迷，比今天不知疯狂多少倍。当时的那一切就像发生在昨天一般。我还能清楚记得，在那个新露天看台上，我曾一场不落地观看过费纳巴切队所有的比赛。对了，当时的那个体育场叫米德哈特·帕夏体育场①。那时候，不论什么天气，我都无所畏惧，哪怕是下雪天，场地上结了冰或者泥泞不堪，我都每场必到。如果有谁熟悉那个体育场的话，他肯定知道，我所说的是哪一个，实际上它就是后

① 米德哈特·帕夏体育场(Midhat Pascha Stadyumu)，该体育场以原奥斯曼帝国总理大臣米德哈特·帕夏的名字命名，后改为伊纽努体育场。是现贝西克塔斯足球队主场地。建于1939年，现有32086个座位。

来的伊纽努体育场①。对于这个体育场随意更换名字的事,我很是恼火,但对此我也毫无办法。而且,这些体育场老是以什么政治家的名字命名,我对此可是很有意见的。现在,让我感到不舒服的还有以政治家苏克鲁·萨拉屈格鲁命名的体育场②。对于这样的事,我只能干瞪眼,没任何办法。所以每当见到这些名字时,我就干脆把眼睛瞥到一边,根本不去看它,也不去想它。我这样做,就是因为当时我对费内巴切队的爱要远远胜过我对那些政治家的敌对情绪。那时候还没有萨拉克格鲁体育场,所以费内巴切队只好到米德哈特·帕夏体育场踢比赛。当时,紧挨着新露天看台有座位编号的那一边就是我们的看台,去我们那块看台的大多数人都是狂热的球迷。我们那块看台上是没有座位的,球迷都得站着看球,所以感到不是很舒服。在旁边有座位号的看台上,情况跟我们这边可不太一样。为了能顺利进场,那边的球迷没必要像我们一样得提前五六个小时赶到那里。要是碰到比赛不激烈,欢呼声不高的话,费内巴切和加拉塔萨雷两队球迷甚至都有可能会混坐在一起。这难道不会让人觉得很惊奇吗?是否真有过这样的事,或者根本就没有过,这只不过是我现在的一种想象而已了。然而遗憾的是,今天许多球迷所经历的情况却给我们提出了一个很严肃的问题,就好像我们把这个国家曾有的那些淳朴民风已丢弃到一边,人们老死不相往来,甚至怒目相向,这真是世风日下,人心不古啊。所以,今天的人们往往用另一套价值观来衡量一切事物,这样形成的人际关系又何尝不是一种倒退呢?哎呀,好吧,我

① 伊纽努体育场(İnönü Stadyumu),该体育场以土耳其政治家伊斯梅特·伊纽努的名字命名。

② 苏克鲁·萨拉屈格鲁体育场(Şükrü Saraçoğlu Stadyumu),它是为纪念土耳其第五任总理苏克鲁·萨拉屈格鲁而修建的一座大型体育场。他曾担任过费内巴切足球俱乐部主席。该体育场位于伊斯坦布尔市亚洲大陆部分的卡迪克伊(Kadıköy)城区,是费内巴切队的主场地,现有50530个座位。

们还是别跑题太远，言归正传。

现在，把话题再拉回到那起“意外小事件”上来可以说是恰到好处，也照样令人捧腹。我之所以还清楚地记得这件事就发生在某个星期三，还是因为自己对足球的痴迷。那一天，费内巴切队和加拉塔萨雷队进行半决赛对决，争夺土耳其杯。当时的比赛都在白天进行。我们决定，所有的人都去看比赛。不过，我们这群人里有几个人的服装令我们感到有点不爽，因为他们穿的是其他乱七八糟俱乐部的球衣。然而，恰恰就是这些个性差异——也很难说，是否我们当时就意识到了这些——构成了我们这个群体最丰富多彩的一面。我也无法解释，为什么我们之间大多数的争执都源自于足球这个话题。内兹米、尼索和我是费内巴切队的球迷，而约格斯、萨法克和瓦鲁扬则是加拉塔萨雷队的球迷。和往常不一样的是，那天的我们打算去有座位号的看台看球，所以必须要早点到才是，否则的话就有可能买不到票进场了。像往常一样，我们个个都背着书包出了家门。我们约好先到台球房碰头见面，然后稍做歇息，最后步行去体育场。所约之事大家自然严格遵守，差不多到了开始上课的那个时间，大伙儿都纷纷赶到了。跟以往一样，我们都把书包藏到平时我们爱隐蔽的那个地方。等比赛结束后，我们就可以赶过来拿书包，然后回到家里，跟家里人说，今天下午我们是被学校留下来补课的，所以才很晚回家。当然，我们也向台球房老板雷赛普·阿比透露了我们的这个小秘密，因为我们很信任他，而且他也从来没让我们失望过。不过，有时候他也会说我们的：你们可要认真学习噢！这就是他对我们的告诫方式。他是否把自己的话当真呢，反正我是不相信的。

不仅约格斯打得一手好球，瓦鲁扬也可以说是个高手。当我到了台球房后，我发现他们俩早已在那里了。此时的他们俩正聚精会神地打着台球，看上去是在为比赛门票赌个输赢呢。这一天是约格斯的好日子，他已经拿下了三十六分，一切看上去都还在顺利地往下进行。在这种情况下，他已完全投入到一场一决雌雄的比赛中，要是旁边有吵吵嚷嚷声干扰他的话，那他可是要生气的。这就是当时的情景。瓦鲁扬的脸似乎抽搐了一下，他知道，这一次他必输无疑了。从那一刻起，他开始从心底里真正佩服约格斯的球技，也深为他高超的球技所吸引。就在约格斯准备再来一杆重击的时候，只听见内兹米突然发出一声惊叫，紧跟着又是一阵嘀咕，仿佛他在向我们发出某种危险来临的警告声，只听他说道："完了，我们被逮到了！"当时的我们已意识到，这一下我们可要倒大霉了。危险就在门口，只见校长正站在那里盯着我们，脸上还带着一丝意味深长的笑意。当他得知六个平时最不老实的"嫌疑人"不在教室时，他似乎也不用费什么力气，就能轻松地在班上将我们六个逃课的家伙点出名来。我们很清楚，后面将会有好戏看了。尽管我们鬼点子不少，坏主意一个接着一个，但那一刻的我们个个都傻了眼，一动不动地呆站在那里。只是约格斯这家伙还不知道已发生了什么，只见他仍沉醉在自己即将下杆的那一记重击中。

校长不声不响地出现在"意外小事件"的现场，慢慢地，他的脸上露出了胜利者的微笑，而且那种笑意还毫不遮掩地写在了脸上，它仿佛在告诉大家：别动，你们都给我老老实实站在那里！这下子你们可栽在我手里了！我们就这样被他抓了个现行，谁都不敢吭声，也不敢为自己辩解或反驳什么。我们知道，一场惩罚是肯定跑不掉的了，这一点，我们心里都很清楚，尤其是我们落在这位聪明绝顶，看上去很是和蔼可亲，实际上却严厉无比的人手里。沉闷了片刻，还是内兹米先开口打破了僵局，正如大家在课堂上对他所期待的那样，要他别开口说话可是件难事。只见他以他那特有的说话方式对着约格斯大声提醒道：各位同学，校长先生来这里看望大家了，他可是来鼓励大家的哦！说真的，当时他说话的语气就如同跟我们在一起轻松聊天一样，而且在说到校长名字的时候，他只称呼名，没提他的家姓，听上去真是亲切极了。而此时的约格斯却仍在瞄着，准备来个一杆重推，他哪里知道身边所发生的一切，他不但不知道，甚至还对着约格斯很不耐烦地回了一句："妈的，别吵我！"

此时，校长已站在了他台球桌的另一端。此时的他们面面相觑。再看看此时的约格斯，他的脸部表情煞是有趣：那专注的眼神，手里握着根杆子，猫着腰，正摆出一个击球的姿势。就在他稍稍抬头的时候，他突然看见了校长。顿时，他一动不动，呆愣在那里，半天没能挪步。见此场面，我们本会捧腹不已，但此时的我们却没了任何想笑的心情。根据经验，我们已很清楚，今天也别提去看球的事了，取而代之的将是去另一个地方，一个我们必须要去的地方。马上回学校是肯定的了，而且我们肯定还要在上课的时候，当着大家的面挨个儿灰溜溜地走进教室。另外，我们能预料到的，就是中午谁也别想回家，等待我们的将是惩罚，也就是所谓的被关在学校，直到下午六点钟才被允许回家。这种惩罚我们都一清二楚，就像许多法国人在这里开办的学校所做的那样，实施一种叫"retenue"的惩罚，就是"将学生关留，晚放学回家，以示惩处"的意思。在被关留期间，老师无论如何都要叫学生抄写功课。那天，我们的惩罚内容就是将书写内容反复抄写两千遍，为的是能练好字体，把字迹写工整，而且抄写的还都是法语字体！在抄写的时候，内兹米在抄写文字中居然用土耳其语夹杂着写了这么几句："我操他妈，怎么会碰到这么个倒霉的烂学校！"所幸的是，那一天负责看管他们的是位老教师。他年事已高，有时候甚至连镜子中的自己都认不出来，而且他也不会土耳其语。要是他能认出所写内容的话，那内兹米可就要倒大霉啰。

等到傍晚到家的时候，我们才得知，当天的那场比赛以零比零平局收场，我们的心里总算是得到了些许安慰，悬着的心也像石头一样跟着落了下来。

现在,我们约好的那个地方可是我和内兹米都很想去的地方,只有在那里,我心里才会涌起热望,才能体会到什么是痛苦的欢乐。也是在那里,我明明能看得见的东西,却又感到它们离我是何等的遥远。也许,我还体会到了什么叫失望,什么叫失落。我看了看表,快七点半了,他分明迟到快半个小时了,但我决定还是继续等下去。我在考虑自己是否要给他打个电话,问问他是否迷路了,然而,我还是没打给他。坐在那里的我还是更喜欢思考自己的未来安排。更何况当时的我对这种迟到行为也早已习以为常了。就在这时,有个人走了进来,看上去,他就是那个当年和我在台球房一同长大的人。我又仔细端详了一下,不错,就是他。

他身着一件黑色皮夹克,里面穿的是一件红格子衬衫,下身是条牛仔裤。他体型看上去发福得很厉害。和我一样,他的头发也有点花白。此时的他戴着一副很漂亮的墨镜,乍看上去倒觉得蛮有趣的。我在自己的座位上注视着他,只见他在左右张望着。我在等着他能认出我来。很快,我俩的目光碰到了一起,他笑了,并朝我走了过来。我急忙起身,同样也迎了上去。我们俩就这样紧紧拥抱在一起,没说一句话,也没松手,唯恐失去这份相拥的甜蜜与幸福。这一刻,我们在尽情享受着这份姗姗来迟的重逢。我们先是彼此看了看对方,然后相视而笑。除了微笑,我们已没了任何话语。看来,也只有以微笑开始,我们才能在这次漫长的分手后重叙前缘。是啊,要是一个人怀着期盼与故友重聚,他能不无动于衷,不心潮澎湃吗?还是他先开了腔。

“哎呀,岁月不饶人啊!一眨眼我们俩都这个年纪啰。”

该说什么好呢?我本身也是这样想的呢。不过,我觉得有必要稍作宽解一下。

“是啊,我没什么好抱怨的了。”

真的是如此吗？此时此刻，回答这样的问题既没有充分的时间，也完全没那个必要。只见他将手搭在了我后背上。此时的他看上去似乎有点沮丧，而且还有那么点消沉，感觉他对生活抱着的似乎是一种无所谓的态度。从他的这个举止中我能看出，这些年来他一定遭受过不少岁月的重压。接下来，从他的回答中，我既能听出这种重负，又能听出某种宣战和他的幽默。

“别这样讲，伙计！在这里我们可不是形单影只的！”

我们真的不形单影只吗？对于这个问题我也不想回答，我只是付诸一笑。另外，即使认真的反驳也毫无意义。于是，我尝试着换个话题，想找寻一下当年遥远岁月中的那些感觉。

“我们现在干吗？”

这样的问话，人们往往会有各种意思的理解。不过，在此刻新感觉、新情绪的影响下，也就是说，在我们俩还略显拘谨，没有完全放开的情况下，他选择了最简单、最直接的回答。

“我也不知道，反正我有的是时间。来吧，让我们找个地方坐一会儿吧。”

他看了看四周。显然，他好像在用一种新奇的眼神搜寻着，看看身边是否有打台球的地方。站在他身边的我也跟着朝四周看了看，我很好奇，他在找什么，同时又在想着，他能回忆起什么来。接下来，他似乎更想展示他对什么都无所谓的态度。于是，他又把话题延伸了一下。现在的话题对这次见面可以说是再恰当不过了。

“反正家里也没人等我。我早上在这，晚上在那。像我们这样的人也只能是身似浮萍，浪迹天涯了。”

这是他发出的有关他生活的第一个信息。也许，他是有意这样做的。这时候，我突然想起法图斯大姐曾对我说过的那些话，说他经常出门,还喝得很多等等。我感到这些事实曾在他们母子俩人的生活中起到过相当重要的作用。还有引起我注意的是,现在的内兹米和从前那个愤世嫉俗的内兹米相比早已判若两人。我竭力不让自己有这样的想法,毕竟我们好不容易再次相逢了。我们首先要做的就是尽情享受这次重逢,我们不需要任何刻意的开场白,因为所有的这些开场白都毫无意义,不值一提。所以,我要尽力借他的话让我振作起来,我要好好地利用这个晚上和他聊聊。然而,在这个晚上,我不知道,接下来,他还会有怎样的表现。

“我的车子就停在附近,我们可以去奥塔克伊①吗?”

听到我这句话,他又朝四周看了看,脸上仍带着微笑,这表情好像在说他并不反对似的,很有可能他也和我一样脑子走神,正陷入沉思中。就在他回答我的一刹那,他的眼神一动不动,看样子,他似乎还未从沉思中回过神来。

“我没问题。不过,我可没车子。”

说完这些,他将脸转向了我。此时的他脸上看上去仍没失去笑意。只见他一边笑着,一边又接着说道:“而且也没有驾照。”

很显然,他最后那句解释没什么深意。我看了看他,尝试着去理解他前面那句话的含义,此时的他没让我久等,只见他轻轻摘下了他一直戴着的那副太阳镜。我的天啦!原来他的那只右眼已失明,且闭合在了一起!见到这些,我仍装作一副没看见的样子,只是身上冷不丁打了个激灵。我看到的这一切是那么的令我始料未及,同时也让我惊骇不已。他觉察到了我的反应。此时的他仍满脸笑意,而且还给了我一个更吃惊

① 奥塔克伊(Ortaköy),伊斯坦布尔市位于欧洲大陆部分贝西克塔斯城区(Beşiktaş)的一个市区。

的解释。

“你的猜测是对的。很多年前我就失去了这只眼睛。待会儿我再跟你解释吧。咱们走吧!”

说完这些,他重新戴回太阳镜,然后用手轻搭着我的胳膊,将我拉着走向门口。他这个动作看上去似乎像是在拉我出门。也许,他早已看够了这里的一切;也许,在我们短暂的见面后,这里他曾熟悉的一切对他来说已甚是无聊。这时,我突然想起,他是一名导游。我尽力想象着,他会怎样带他的游客去参观各种名胜古迹。想到这些,我的心里已满是悲伤。这一切我已无法改变,也无法挽回。我一定要知道,这个老伙计这么多年都跑到哪里去了,他曾消失在何处,又是如何做到这般的毫无踪迹,音信全无。然而,想立刻弄清这些还很难很难。此时的我又沉默了下来。这些事情今晚稍后我是肯定要弄清楚的。此刻,他那只失去光明的眼睛又将我带入一片沉思之中。他遭此不幸,是不是已过去很长时间了?看上去,他过得还是挺祥和宁静的,而且他刚才给我看眼睛时的表情,就好像在给我看一道刚愈合的伤疤一样,显得很轻松随意,漫不经心。是的,他给我看了,而且还有一种迫切想给我看的意图。毫无疑问,他的这个举动很是重要,这可是我们见面后短短几分钟内,他向我发出的有关这么多年来他人生经历的第二个重要暗示。是不是这么多年下来,他已从一个孤独幽闭、静默独处的人变成一个外向开朗、怡愉自欣的人呢?或者他的这种行为,他的这些言辞又纯属逢场作戏,故弄玄虚呢?也许,在他的这番自我表现背后还隐藏着某种极端的愤怒情绪。对于这种推测,我一直留有自己的看法,因为我知道,对于他的这段历史,我们将马上揭开谜底,而且一切也都会弄个一清二楚。我们将有足够的时间去谈论一切。我们等待的是讲述,是倾诉,是理解,是倾听……

眼下的我在胡乱琢磨着如何让我们俩能尽快熟悉热闹起来,所以,我也不怕触及他的痛处，只希望我们俩能更进一步走到一起。

“还剩下一只眼睛，估计你再也打不了乒乓球啰！”

听到这些，他先是笑了笑，然后露出了些许吃惊的表情。就在这一刻，我突然看到他脸上露出了那副我很熟悉的诡计多端的神情，而这种神情也正是我最想看到的呢。此时，他的回答也完全符合他的那种旧脾气和老个性。

“你还是收回你这句话吧！我可是一直都赢你的，你这个蠢蛋！要是今天再打的话，我照样还要赢你呢！”

能有此回答就行了，哪怕就这几秒钟的工夫。对于这种坦诚以及这种毫不掩饰的愤怒表情我可是已经思念好久好久了。事实上，他经常赢我，而且大多数时候都赢我。若是他偶尔输球的话，他便吹胡子瞪眼，怒气冲天。这就是比赛最好玩的一面。只要失分失局，他就会骂骂咧咧，怨天尤人。但我们就是一直这样玩着。其实，如此玩耍的意义倒不在于展示什么球艺技巧，而在于能自得其乐，彼此开心。有一次我问他，他是从哪里学得这一手好球的，他回答道：“就是跟那个坏家伙米哈尔学的。要是他脑子再灵光一点的话，他是绝对能拿到土耳其乒乓球冠军的，可他偏偏愿意做一个鞋匠师傅。”反正更多的话内兹米也不想往下说了。是不是那个米哈尔早就想好了要干这一行呢？我相信如此，因为很久以后内兹米才跟我提及，他就是这么个人，他已决定好了，这辈子锤锤打打，修修补补，没办法。听到这些，我也没什么表情，反正装作一副心不在焉的样子。显然，这里面一定还藏着什么秘密，或者说有它自身的什么原因吧。能聊这些，其实也是我俩在进行着一种心理交流，或者说心灵沟通，这样，我们就变得更畅快，更开心了。正是以这种方式，我们在一起度过了那些大多数难熬的周五夜晚。每到那些夜晚，我们便会有一种莫名的悲伤，因为第二天我们还要背上书包，去学校继续苦熬漫长的一天。对了，还有一件与乒乓球有关的事。有一次，我父亲给我买了一双日本亚萨卡球拍，他虽很羡慕，但更多的却是嫉妒。唉，现在想起来，那些日子已遥不可及。就在这一刻，我突然想起，自我们分手后，我就再也没碰过那副球拍。那种心境中所产生的孤独感，我可是深有体会啊，每想到这些，我都难以一一描述，也无法穷尽呢。

然而，我们可不能老站在这里耍嘴皮子斗嘴。一切都开始得很好，而且以这种方式，忘却许多年来的痛楚，这可是我感到很高兴的事。不过，我得承认，此时快到门口的我们实在不方便说话，而且此时的他仍将他那只手搭在我的胳膊上。于是，我们果断地迈开步子，朝门口走去。在这种时候，人们可以从他的话语中得到某种提醒和暗示。这种提醒和暗示也只有有所经历和有所感受的人才能发出。

“走吧，伙计！别等一会让那些年轻人叫我们大叔，那可就惨了！”

他说得没错。继续待在这里也毫无意思，只要是我们能想得起来的地方，我们就尽可前往。我们向门外走去。那可是一个阳光明媚、晴空万里的傍晚。

在奥斯曼贝伊①，我们沿着那条陡峭的街道向上走去。上坡的路上，我们彼此沉默。再往上便是我停车的地方。此时的我们正好路过当年我们在一起读书的学校。这一刻，不用说，持续的沉默肯定会被打破，只是他的反应令我很惊奇，颇让我感到意外，没想到，从这个老伙计嘴里竟然会冒出一句这样的话来：

“操他奶奶的，这个混蛋学校！”

这句话给我的印象真是太深刻了。因为对于我们来说，这句话可有着它的历史典故。我笑了，更确切地说，我在努力地微笑着，而且他也笑

① 奥斯曼贝伊(Osmanbey)，伊斯坦布尔市的一处地名。

了。我们在回忆着我们能够回忆的一切,我们怎能忘记那天下午的惩罚,以及后来其他的惩罚呢?而且,当时的那种抗议也纯属一种庸人自扰式的抗议,充满着幼稚,当然也无任何恶意。结果是,我们失去了一切。要知道,我们剧团成员可从来没喜欢过那所学校。而我却相反,这是因为我想要把我的那场人生大戏搬上舞台,所以我要把剧团所有成员都重新召集到一起,以了却自己的这桩心愿。所以,最终我要做到问心无愧,心底坦荡。还有,自己毕竟已做了这个选择,开弓没有回头箭,对于后面会发生哪些意想不到的事,我都会迎头而上,勇敢面对。我所做的这些必将让我们再回到过去,回到那个我久违了的过去,也回到其他剧组成员久违了的过去。只是,我不知道,还有谁还在这个人世。如果还有人在的话,此时的他们又身在何处呢?他们中,究竟还有谁愿意来我这里,又有谁不愿意呢?

带着满腹疑问、诸多不确定性以及满满的期待,我们走到了车子旁边。此时已沉默了好几分钟的他不知怎的突然间嚷嚷起来。一惊一乍,这就是他的风格。他的这种行为方式,我真是再熟悉不过了,所以,我对此也早就习以为常了。

"我的天啊!你看看,你这是什么车子啊!你肯定是做生意发大财了!我们可是费尽九牛二虎之力要改造你,但到最后,我们也始终没能把你给同化掉啊!"

我跟他讲过自己在车子方面所经历过的事吗?就是那辆小货车,那辆我曾在许多小胡同中停放过的车。那些小胡同可是我童年待过的地方。唉,又提起我的童年了,我真想把它忘得一干二净,可有时候我又情不自禁地回想起它。还有,我跟他讲过那辆小货车为何要载着我们出去,然后又去了哪里吗?还有那辆车门向上翻的雪佛兰黑斑羚轿车,我曾不知对它抱有多大的幻想,也就是从那时起,我开始为轿车着迷,我多想拥有一辆自己的轿车啊！这些我肯定是讲过的，但具体细节我已无从记起。我只知道的是这一页故事完全可以忽略不计，从容翻过。所以，我干脆就让他看看我的这辆奥迪A6，我开起它来，说句不好听的，就跟开一辆玩具车一般。在这一刻，我怎么觉得自己就像是个孩子，说话天真，想象力丰富，好像有一种没长大的感觉似的。那么他呢？他对此究竟会有怎样的感觉呢？我知道，出门之后的这段路上，这个问题我已很难回答，我能做的也只是一些推测而已。不过，这些都已没了必要。我只有再次相信我的感觉，坚信时间会打开所有期待之门。另外，他刚刚说的那句话引起了我的关注，它给了我一个可以更靠近他的机会。我很高兴能利用到这个机会，给他一个回答，我相信，这个回答绝对有必要。

“现在，可别谈什么同化、种族之类的事噢，你这个家伙！再说的话可别怪我对你不客气噢！”

听到这些，他不怀好意地笑了笑，紧跟着举起了双手，像是投降认输了一般。就这样，我们上了车，此时的我也不怀好意地对他报以一笑。当然，我们俩这种不怀好意的笑倒使我们不禁回忆起那种我再一次投入到他怀抱里的温暖。譬如，要是我遭到某种族性歧视和侮辱的话，我就会重新让我的思绪回到我们祖先那些光荣与自豪的岁月中，以重新求得自己内心的安宁，这样的话岂不是更有意义吗？当然，内兹米那种不怀好意的笑倒并不是有什么种族歧视，我的笑意也不是要为自己的种族出身做什么辩解，这对那时候的我们来说，它恰恰就是我们所取得的最具价值的政治成就之一，尤其对我更是如此。在我看来，无论他经历过什么样的事，岁月都似乎疏远不了他，也就更别提能改变他了，他依然还是原来的自己。所以，就我们的关系而言，我们之间的这些玩笑可都是纯洁无瑕，没什么恶意的，它反倒给我们的友谊增添色彩，并注入了新的活力。

终于,我们上路了。当我俩再次经过学校门口的时候,我突然想起,我们对这个学校有多少的诅咒话将可以运用到舞台上,对此人们可不要感到有什么惊奇,因为在我新编排的戏剧对话中,这些骂人的话肯定会派上用场。而且我们很确信,那时候我们所经历的一切,我们完全可以以这种方式再次展示出来,而且,历史也在召唤着我们要以这样的方式书写。

好长时间我俩既没说话,彼此也没用眼神交流一下。黄昏时分的大街上,到处是一片拥堵的景象。停车的那会儿,我放入了一个光盘,这套光盘中所收集的音乐,正是我专门为我俩这次见面刻录的。第一首曲子渐渐播放出来,背景音乐中,只听见从遥远处传来一阵轻声的海鸥鸣叫,慢慢地,声音越来越近,也越来越大。我觉得,这支曲子与我们往昔的那种战斗精神非常般配,也非常贴切:“我已疲惫不堪,请等等我,船长! 其他的人应将续写我们的远航日志。”然而,当这首以诗人纳兹姆·希克梅特的诗作为歌词的歌曲经过摇滚歌手切姆·卡拉卡的一番激情演绎后,却完全变成了另一首歌,一首属于另一个历史时代的战地之歌。背景音乐刚一响起,内兹米立刻就有了反应:

“嗨! 你可真懂我的心思啊,你这个家伙!”

听到此话,我知道,歌声已在他心灵深处引起了不小的震撼,而且此时的我也情不自禁,慢慢被他的情绪所感染。而在此之前,这些我们从前听过的歌曲我都已听了一遍,当时的我就是那般心潮澎湃,感慨万千。那里面,都是切姆·卡拉卡、菲克雷特·吉兹洛克①、蒂穆尔·塞尔楚克、塞尔达·巴格坎②和鲁西·苏曾唱过的歌曲,其中有一些我们俩早就在

---

① 菲特雷克·吉兹洛克(Fikret Kızılok, 1947—2001),土耳其著名摇滚乐歌星。

② 塞尔达·巴格坎(Selda Bağcan, 1948—),土耳其著名女歌手,尤擅长吉他演奏。

电唱机上听过，还有一些是后来听到才慢慢学会的。是啊，这些歌曲既为我们的战斗增添了无穷力量，又为我们的分离赋予了别样含义。深受歌曲感染的我们唯一的希望就是，哪怕我们流落到天涯海角，我们也要同呼吸，共命运，不离不弃，共度此生。行车路上，因为我们一直在听着旧曲，彼此也没多交谈，只是尽力尝试着从心底深处拾起那一段段破碎的记忆，以唤起对美好青春的回忆。其间，我们偶尔也对歌曲发表一下自己的见解，之后两个人还一同轻声哼唱起来。

这中间，我不时留意地观察着他，他真的是非常激动。我非常熟悉他激动时的这种脸部表情，时至今日它也没做任何的改变。不错，还是那张脸。我的思绪已被他的这种表情带得很远很远。我觉得有必要问他一下，我是否要把音乐关掉。只见他做了个手势，那意思分明是要我继续播放，不要停止。我们俩又一次陷入沉默之中。我知道，这是最理想的状态，这样，我们沿途就不必谈论那些与我们无关的事。难道沉默不是说话的另一种表达方式吗？也许此时我们的思绪已飘到了同一个地方，在那个地方，所出现的也都是相同的人生经历与场景。要是这样的话，这对今晚的这次面晤就再好不过了。想到这些，一股暖流又从我的心底涌起……

带着这种温暖的心情，我们进入奥塔克伊市区，并很快找到车位将车子停放好。为了能享受一下这清凉的晚风，于是我们来到博斯普鲁斯海岸边，并沿着堤岸慢慢行走起来。好一段时间我们都在沉默着。为了让情绪不受影响，看来，还得我首先发话来打破沉寂，这样，在这个晚上，我们俩就可以慢慢地走近到一起。

"我们俩吃鱼去怎么样？也许这附近某个地方会有上等的鲭鱼或海鲈美食餐馆。要是没这些美食的话，那就来一道新鲜的混种鲭鱼怎么样？我们点满满一锅子，而且是手抓的，一定要吃个闷饱。另外，再来道柠檬汁浇芝麻菜。这道菜就是尝尝鲜,不会撑肚子的,你看怎么样?”

说这话的时候,他已是神采奕奕,刚才脸上那种阴沉、还略带点忧伤的表情瞬间已消失得无影无踪,此时的他又活跃了起来。我感觉到,站在我面前的已不再是个内心紧闭的人,取而代之的却是个性格开朗、心胸敞亮的人。从他的言谈举止上看,他怎么看也是个充满着自信的人。

“鱼,拉基酒①,还有海鲜,这些都由我来买单!”

我们闲逛了一会儿,然后彼此看了看,紧接着走进一家他很满意的餐馆。我们找了张空桌子,他示意我就座,就这样,我坐了下来。只见他走到一位服务生旁边,和他说了些什么,虽然我听不懂,但我知道他会说些什么。只见那位服务生笑了笑,跟着点了点头,看上去一切要办的事都已吩咐清楚。现在的这个内兹米我仿佛又不认识了,可是在这一刻,我突然反应过来,他可是干导游这一行的啊。在我面前的是一位职业导游,和在其他地方他所说的行话一样,在这里,他当然也懂得这里的行规。露出一脸满意神情的他转身走了回来,并坐到我的对面。随后,餐前小吃被一道道端了上来,跟着是中间的几道热菜,可以说整个上菜流程是相当的顺利。一切准备就绪。于是,这个不断变迁的城市,一些陈旧的回忆,那些让我们倍感孤寂的老歌曲,还有那些让我们产生某种陌生感的新潮歌曲开始成为我们的话题。当然,还有这些美味海鲜美食。要知道,从前它们在这一带的水域里可多了,而现在它们却几乎难觅踪影。

我还能记得那是个星期天,当时是在特斯维基耶他家里。他母亲曾亲手为我们烧烤过这种鲭鱼,我还记得那道略带咸味的香芹汁,里面还

① 拉基酒(Rakı),号称土耳其国酒。它用发酵的葡萄干和大茴香酿成,兑水后会变成一种乳白色的酒精饮料。现土耳其国内最著名的两个品牌分别为耶尼拉基酒(Yeni Rakı)和泰基尔达克拉基酒(Tekirdağ Rakısı)。

放了点橄榄油和柠檬汁。我们把这种混合汁液抹在鲭鱼上，那味道实在是棒极了。在后来的记忆中我可从来都没忘记过这种美味。另外，我还记得，我们俩在我家的时候，我母亲也是做过这种鲭鱼美味的。不过，当时她做的是一道腌鲭鱼。此时的内兹米是怎么想也想不起来这道菜的名字了。当我提醒他那是一道最难吃的美味时，他立即附和着点了点头，然后开始哈哈大笑起来，随后就是我们俩一齐开怀大笑起来。那时候，这些鲭鱼在我们的海岸边随处可见。当然，除了腌鲭鱼外，他在我们家还吃过熏鲭鱼。虽然现在人们可以在市场上买到它，但是家里熏制用来做餐前小吃的那种口味绝对是花钱也难买到的了。还有家里熏制鲭鱼时四处飘散的那种鱼香味现在也是很难再闻到的了。所以，我们对鲭鱼可以说是非常的了如指掌。那时候，我们甚至还发表高见，认为鲛鱼①是不可以用来拌色拉菜的。无论如何，这种对鲭鱼细腻的情感我一时很难描述清楚，到此也差不多，不用再往下回忆了。总之，对过去的回忆又使我俩更靠近了一步，我们之间那点仅有的陌生感也犹如残雪在慢慢消融。不过，为了能重新认识，我们还是有必要保持一点适当的距离，也许这样会更好些。这样做，只是因为那逝去且无法挽回的时光令我们感伤不已，心情也很难一下子得到平复。

我们当然也谈到了费内巴切队，到现在他都一直在电视里观看该队的比赛。一切入话题，我就问他是否还记得那个寒冷的日子，那是某个星期天早晨，我们一大清早六点钟就起床排队，为的是能买到进入新露天看台看比赛的门票。我还问他是否还记得在和其他球迷混战时，我们曾遭受过多少警棍毒打的情形。当时，那是一场费内巴切队对加拉塔萨队的比赛。为了能进场，我们必须得挤过人群，所以就发生了那场打斗。

---

① 鲛鱼（Kolyoz），鲭鱼的一种，口味和一般鲭鱼不太一样，较为特别。

到现在,这一切我们都还记得清清楚楚。有趣的是,比赛结果是什么我们却没了印象。不过,对于这样的遗忘只有一种解释,那就是当时看比赛时我们所拥有的那种特别的兴奋劲。能有这样的经历甚至可以说比看一场比赛还重要,所以,我们无论如何都要去感受一下比赛的现场气氛。这种感觉也可以说是太单纯、太幼稚了。怀着这样的心情,那天我们上了路。他还能回忆起迪迪[①]这个大牌球星,还记得他曾传给过奥斯曼[②]那脚漂亮的任意球。那是一脚多美妙的任意球啊,它正因为获得这个所谓的"落叶球"美名而被载入足球史册。说具体点,那种踢出去的球就像是一片干树叶一样,开始时会在空中飘飘悠悠,越过对方后卫的头顶,然后会越转越快,跟着一眨眼就钻进了网窝。这种球对于守门员来说可是一种最难防的球。我们不知道,奥斯曼那脚任意球究竟得到了巴西任意球技术的几分真传,不管怎么讲,当时他那脚任意球技术无论如何都是让我们难以忘怀的。然而那时候,准确地说,就是那个时候,另一种悲伤正悄悄向我们两个人袭来。那一次,尼索也来了,只要有球赛,我们三个人一般都会在一起,我们就像是一辆永不分开的三驾马车呢!这之后又发生了什么呢?接下来,内兹米的话简洁清楚地道明了我的这种悲伤:

"是生活把我们逼得如此,将我们所有人弄得四分五裂啊!唉,真他妈的可恨啊!谁能想到,眼下的我们正在经历着我们所曾经历的一切呢?"

---

① 迪迪(Didi, 1928—2001),原名瓦尔迪尔·佩雷拉(Valdir Pereira),巴西著名足球运动员,曾代表巴西分别于1958年和1962年两次夺得世界杯冠军。以任意球技术著称。1972至1975赛季,他曾在费内巴切队执教。

② 奥斯曼·阿帕乔格鲁(Osman Arpacıoğlu, 1947—),土耳其著名足球运动员。1971至1977赛季,他曾为费内费内巴切队效力,在136场联赛中攻入60个进球。

此时的我突然想起我和尼索告别的那一天。那一天,他去了以色列。那时候,我俩还不知道内兹米会在哪里。那段日子里,我们每个人之所以走上自己的人生道路,可以说纯粹是为了不辜负别人的某些期待才不得已而为之的。然而,不管如何,在我们的人生旅途中,分离的这一天迟早会到来,这是因为我们的思想志趣、我们的追求和我们的希望在召唤着我们要奔向远方,奋勇向前。可以说,那个时候的我们还不算成熟,也根本没想到分离会给人带来情感上的疏远,所以在这一刻,我觉得,内兹米兴许心存芥蒂,对尼索会有些成见。在此,我觉得有必要给他一个解释:

"尼索已经去以色列了。好多年了,我也没听到过他的消息。不过,他应该一切都挺好的。我相信,在那里,他一定也会干出成就来的,这个坏家伙。"

听到这些,内兹米笑了,跟着又接上了我的话。他的回答,对他或者对我们来说,都是他那独有的内兹米式的回答:"这个硬骨头,这个共产主义赤匪!即使在那里,我相信,他也不会被任何投敌叛国分子和帝国主义者所吓倒。"

不用说,这些饱含深情的话——这话我说出来很简单,只是我对内兹米以及大家都很了解的缘故——已很好地刻画了尼索这个人的个性和品格。正是通过这种谈话方式,我们才能找回我们人生路上某些失散的朋友,也只有这样,我们才能将彼此的友爱和信任充分表达出来。

紧接着是我们的沉默。他的沉默是否也像我一样,此时此刻正在思念着我们这位共同的朋友呢?现在的我们是多么想尼索能重新坐到我们身边,再把酒言欢,重温旧梦啊!此时的我不知该如何说是好了,我们还是这样沉默无语地坐在那里。虽各自拣了几块餐前小吃,但我们还是照样没说一句话。突然,沉寂中的他开了口,他想把我的思绪引往另一

个地方。看上去,他已明白了我刚才那番话的意思:

“我们必须找到他,我们无论如何都要找到他!”

如何回答他好呢?我的思绪也在跟着他慢慢向此游移。

“我敢保证我能找到他!等我们在一起,我们要好好问问这家伙这些年都干了什么!”

听到这些,他的嘴角间又露出了一丝悲伤的微笑。他既没找我说话,也没找我碰杯,只是自己一个人端起杯子,将杯中的酒一饮而尽。见此情景,我愕然了。是啊,他真的喝得不少了。喝了很多,却吃得很少。看样子,他还想再喝下去,为的是要让自己一醉方休,忘却痛楚。我倒要看看,整个晚上,他碰了多少美食。看样子,坐在那满满的盘碟前,他也许会感到更满意、更自在。然而,他还是住了手,没再去碰杯子。他的这个举动给了我一个很重要的提示,感觉此时的他好像早已不知金钱财富或者忧伤哀愁为何物了,也许他要借此验证一下自己,是不是已从烦恼中走出,或者就是要证明自己的某种存在。此时此刻,我真的看清这个人的真面目了。终于,我们俩开始将话题慢慢集中到我们更私密、更难回答的问题上来。此时,我突然想到,若是今晚不朝这些主题再往前迈出实质性一步的话,那直到今天夜里我们仍有可能搞不清这些问题。这个时候,他又要了盘口味极佳的清蒸白鲷。当这一大盘美味被端上桌再揭去盖子后,一股清香味顿时飘进了我鼻孔里,我拼命嗅着这种难得的清香味,感觉整个身心都畅快到了极点。这种感觉可是太好了,就仿佛我看到大厨们小心翼翼地将那些白鲷摆放在盘子里一般,个个整整齐齐,排列有序,看上去也给人一种清爽诱人的感觉。于是,我拿起刀叉,碰了碰其中的一条鲷鱼,并说出了一句试探性的话语:

“你有什么要说的吗?”

对于这种问话,人们可以有多种意思的理解。乍听上去,我是在问他鲷鱼的味道如何，不过，他还是明白了我的意思。他又笑了，或者他在试着挤出一丝笑意来。他又起一条鲷鱼放进嘴里，但却没有嚼动。这一刻，桌子上又是一片沉寂。他是想拖点时间，酝酿一下再开口吗？或者又是想找到最佳的回答方式，以此遮掩和保护自己呢？不过，他的回答愈发加重了我的担忧。

"我只不过是个导游。眼下我们正是淡季，一两个月后我又要出门忙碌。不过，现在我可不像以前那样揽很多活儿了。有一段时间我就跟疯子一样忙得不亦乐乎。你是知道我的，我这个人可不是一个不知感恩的人，我已经赚了一笔钱，就是现在我也还赚得可以。"

说着说着，他停了下来，不知怎的他就说不下去了，也许他不想再往下说了吧。他肯定明白，我在期待着他的另一个答案。他是了解我的，而且我们俩都彼此了解。我们现在已明白，在这一点上，我们已不可能走到一起。我微笑地注视着他，也没说一句话。对于我的这种微笑，他不可能没看见，也不可能不明白是什么含义。此时的他又接上了他刚才的话，那神情就好像是在告诉我，没关系可以接着往下说，而且他似乎还有意把话头往这个话题上引。

"好的，好的。如果有可能的话，我会跟你说的。不过，你可也要跟我讲讲你的事噢，你同意吧？"

我又笑了，先是点点头，然后做了个手势，就好像说了"理所当然没问题"一般。另外，我用这个手势暗示他，是想和他解释，我为什么要拉他入伙，让他重新进入到我的生活圈子里来。毫无疑问，在他面前，我可以直言不讳地告诉他我的想法和打算。接下来，我注意到，他有了想告诉我他所经历的那一切的意思。看到他的这个举动，于是我又继续保持沉默，并一直努力保持着微笑。同时，我又努力抑制住内心激动的心情。在这一刻，我可不想因为自己一句话或某个表情破坏他追忆往事的兴致。只见此时的他又捡了一小块鱼放进嘴里,然后慢慢嚼了起来。终于,他打开了话匣子,开始向我娓娓道来。

“你知道的,为了能进大学学政治学,我事先修满了学分,并顺利通过了录取考试。你也知道,我对安卡拉充满了渴望之情,所以毅然决然去了那里。”

这些我都一清二楚。我又点了点头,并暗自告诫自己,别随便插话。尽管他说话时故意压低语调,甚至故作掩饰,但我还是能明显感受到他语调中那微弱的颤抖声。我在想,此时的他所发出的这种颤抖声,是不是因为他终于有了一个将自己心中秘密向我倾诉的机会,或者是他根本不想提的事,抑或是想起自己那段黑暗的不堪回首的往事呢?这些已给了我足够的提示,自己是否需要就这些问题做进一步的追问呢?我有了少许这样的冲动。然而,此时此刻的我别无选择,也只有听凭自己的感觉才是最佳选择。所以,沉默与倾听将是我们俩继续促膝长谈的最佳选择。不过此时,我的心里也是一阵颤抖。是啊,让他在这番回忆中运一下气,再定下心来,这样也许会更好些,反正他不会让我久等,继续听他的故事。

“很快我就参与到那场激烈的政治斗争中了。外部一切已准备就绪,我也随时做好了斗争准备。我全身心投入到那场政治斗争中,组织召集队伍,开展集会,领导示威游行,对付反动派以及印刷散发宣传品等,我什么都干过,而且越干越喜欢,到最后已完全到了不让我干我也要干的地步。反正我是一发不可收拾,义无反顾,也没有过任何的思想动摇。不久后,我被提拔到一个很重要的岗位上,负责组织联络工作。我没有丝毫犹豫就接过了这个危险重担,我要对那些满腔热忱的同志们高度负责,不能辜负他们对我的信任。这种责任感不时会给我带来巨大的压力,但我却对此无怨无悔,也决不会后退半步。我就这样做出了自己的人生选择,因为我相信这场革命,并且对它充满了信心。”

他又停了下来。此时的我注意到他的眼神似乎在游移不定,跟着又低垂下了眼帘。是的,只有这样说我才能将自己对他的爱表达出来。在我们对过去的追忆中,那些人生旅途中每个难以忘怀的精彩地方都需要我们不时驻足下来,细细品味,慢慢咀嚼,至少我是这样认为的。此时,我已预感到,我们正朝着某个灾难方向驶去,所以,对于马上要听到的内容,我心里很是恐慌。然而,话题已经抛出,想再收回已没了可能。就这样,我决定,无论如何我也要听他讲下去。此时此刻,我能提出的也恐怕只有这个问题了:

“那后来又发生了什么呢?”

此时的他看了看外面的大海。回答我这个问题的这一刻,他的话语中已没了那种愤怒之情,写在脸上的却是那种失望的神情。是委身听命于当时的现实,还是从那一番痛苦的经历中重新振作起来呢?百年以来,一句流行的格言又重回到我们的餐桌边,尤其是在通过我们这番人生经历的验证以后,它也因此更显示出不一般的深刻含义,那就是:没有历练的生活就根本不是真正的生活。

“我们失去了好多亲爱的战友和同志,所以我们真的很对不起他们,并怀有深深的歉意。是的,接下来我得承认,在那场反抗法西斯暴政时,我们输掉了那场战斗。尽管我们拥有大多数支持者,并且进行了诸多组织安排,但最终还是失败了,这就是残酷的现实。对于那些活着的人来说,最后等待他们的也只有一种命运的归属地了。”

对于他所说的这个唯一的命运归属地,此时此刻已很容易想到和理解。不过,我倒是希望下一步能有别的什么可能性出现。我问他,他是否想到过要逃到哪里去躲避一下眼前的灾难,只见他脸上流露出的是更恐惧的表情。他告诉我,他躲进了我这座城市,而且带着另一番期待和恐惧投奔到一户人家。此时，我们的心一直在颤抖着。我在尝试着理解他的处境，我在竭力告诉自己，要回到当时的那段岁月，我们也只能有如此经历，别无选择。

“那场斗争失败后，我四处被通缉。我成功逃回这里，躲进了故乡城市，因为在安卡拉我已不能做过多的停留。而且我知道，就算我回伊斯坦布尔了，我也不能一直待在这里。所以，除了逃往国外，我已无路可走。那个时候，谁有能耐，谁就立马远走他乡，而且越远越好。我们彼此之间的联系基本上就此中断，但不管怎样，我们还是想方设法保持着联系，因为联系一旦中断，我们将永远不可能再见面了。我在准备护照，并期待能早点拿到它。这期间，我躲进了一户很同情我们这个组织的夫妻人家。说实话，即使是在那里，我也有可能被那些家伙们找到。我真是不好意思，也经常自责不已，难道我能忍心就这样将他们一家一并拖进危险中吗？当时，他们家的物质生活条件也很是糟糕，男主人已失业，他白天在家照看他们三岁大的孩子。那女主人是位小学老师，为了能多挣点钱养家糊口，她不得不在家办补习学校。他们就这样靠自己的双手艰辛度日。他们真的很勇敢，居然愿将一个像我这样的人藏在家里。然而，尽管他们有一副好心肠，可我在他们家又能耗多久呢？护照到底能不能拿到呢？说真的，我心里没底。有时候，要是楼下的楼管按门铃的话，我们都会吓得半死。我不能总是这样耗在这里。我知道，一般发生意外的人多半就是因为他老赖在一个地方不走，所以，一天晚上，我鼓足勇气，从他们家溜了出来，无论如何我也要回去看望一下母亲，正如我跟他们说过的那样。要是有可能的话，我还会再回来的。不过，我的主人很清楚，也许我根本就回不来了。抱着这样的想法，我们紧紧地拥抱在了一起，反正，这也算是我们分手道别了。出了门，我瞟了瞟四周，整座城市还是那样车水马龙，川流不息；人们的生活还是像往常那样井然有序，有条不紊。在这个城市中，每个人都在经历着自己的人生，在书写着自己的命运。到家里看望母亲大约还有个把小时的路程。怀着这样的期待，在如此良辰美景下，能走一走，再跑一跑，这种感觉对我来说可是好极了，也许我好长时间都没有这样轻松地跑跳过了。虽然如此，我还是很担心，因为自己随时都有被抓住的可能，而且我敢肯定，母亲的住处也一定处在严密的监控之下。然而，正如我说的，那时候的我真是急不可耐，那种归心似箭的心情更坚定了我要回家的决心。能了却这桩心愿，我心里也就真的踏实了。我知道，在我这辈子中，这种东躲西藏的生活，各种梦魇，还有诸多生死未定和前途未卜的事无所不在，和我如影随形。当我突然出现在我母亲面前时，她一下子惊呆了，不知道如何是好，也不知道该和我说些什么。她也知道，我回家来看望她是多么的危险。都好几个月了，我们俩就这样一直音信全无，尽管这一刻我们见了面，但她脸上却未露出任何的喜悦之情，反倒是多了一份担心。不过她知道，我一定是躲到哪里去了。现在的我只能找一个借口，让她别担心，所以我对她说，我回来就是想喝杯咖啡，我不会待在家里，而且也不能待家里。此时的她已不知该如何回答我是好。就这样，我们俩聊了很长时间，这个国家、我们的生活、我们的梦想以及我们的回忆等，只要是能想到的，我们都聊了。可以说，我们无所不谈，相叙甚欢。其实，这次回来，我本打算向她告别，并希望得到她的一些祝福的话，但这可是我万万不能说出口的。我不想让她悲伤，我只说了句，我想暂时到国外去避避风头。听到这些，她点了点头，表示对我当下处境的理解。随后，我们母子俩紧紧地拥抱在了一起。这是多少年来我们母子的第一次热烈拥抱，特别是在生离死别的时刻。难道这还不悲摧吗？我该如何是好？这可是我的母亲啊！没有她，我还要经受多少的人生苦难呢？如没有我，她会有活下去的希望吗？要是她知道我腰里还别着一支手枪的话，她很有可能会立马晕过去的。我对她说，如果形势有所缓和的话，我会及时和她联系的。听到这些，母亲点了点头，情绪也似乎平复了许多。就这样，我离开她，走出了家门。那个夜是如此的黑暗，如此的阴森，阴森中还笼罩着一片骇人的幽静。此时，我有了一种不祥预感。很快我意识到，我的这种感觉没错。等我刚踏上街道没走几步，我就看见两个人在不声不响地靠近我，向我走来，一边一个，他们突然架着我两个胳膊向前走去。他们不动声色，显得很有礼貌，也很镇静，只听见其中的一个对我说道：'到目前为止，内兹米兄弟，你表现得都很好。我们都不想给对方找麻烦，不是吗？请跟我们走吧。'

听到这些，我没做任何反抗，只是默默地点了一下头。我知道，那两个家伙就是便衣警察。正如我料到的，他们早就盯上了我家的那幢房子，而且早就躲在哪个阴暗角落里，只等着我送上门来，最后来个瓮中捉鳖了。

'如果你不乱来的话，你母亲会毫发无损的，'其中的一个家伙开口说道。

他们的举动让我感到有些宽慰，他们的话语也让我有了些许宽心，何况此时的我已根本没了反抗余地。我很肯定，他们对我母亲不会做出什么伤害之举。此时的他们也很清楚，他们所抓的人是谁，他们为什么要审讯这个四处躲藏的家伙。此时的我只能唯命是从，反正他们叫我干什么我就干什么。再往前走一段，只见前面停着辆车子。上车前，他们俩先搜了搜我身子，不用说，他们搜出了我那把手枪。手里拿着这只缴获了的手枪，只听见他们用一种特别有礼貌的语气跟我说：'你现在可根本用不着它啰'。他们的那副微笑，显然是一副胜利者洋洋自得的微笑。我也跟着苦笑了一下，只是一言不发。从这一刻开始，我要以这种沉默来回敬他们，也叫他们尝尝这沉默的滋味。只有这样，我才能在这一刻静静品尝这份失败的苦楚。然而,我之所以会以这种微笑回敬他们,倒还有另一个原因,那就是我感到了一种从未有过的轻松,尽管我知道,接下来没有任何五星宾馆可住,也没什么好果子吃,但我已真真正正如释重负,至少我再也不用整日如惊弓之鸟般惶惶不可终日,总是担心会被人盯梢跟踪。我终于从这种担惊受怕中彻底解脱出来。另外,在那个我将去的地方,我一定会碰到我的一些同志和战友。在那里,我们可以同呼吸、共命运,誓将与命运做殊死的抗争。也许,那里面还有什么其他可做的事在等着我们去完成。反正,不到最后,我们决不放弃希望。也许,我们是输了这场战斗,但我们还可以向人们展示,我们的反抗力不但没有丝毫减退,而且我们会更加同仇敌忾,团结一致。我们就是要这样充分展现自己,展现我们无坚不摧的力量与信心,否则我们怎么能相信我们所经历的一切都是正确的呢? 所以,我要拿出百倍勇气。当时的我就这样一个劲重复着: 我不能屈服,我不能让步,我不能退缩,因为许多人的命运就攥在我手里,我们共同奋斗的命运同样也掌握在我的手里。只要我还有一口气,我的一举一动,都决定着我的未来。是的,只要我还活着,我就可以预见,接下来会有什么在等着我。在车子里,我沉默无语。路上没走多长时间,盖伊雷特普[①]已在眼前。车子里的这份宁静已给了我足够的思考时间,即将要发生什么,未来还会发生什么,我都已想清楚了。很快,我们就到达了目的地。不过,那里迎接我的,就不再是什么友好的事了。当我被带进审讯室后,那些家伙扔给我一件新衣服,那上面早已沾满了血迹。他们这样做,就是想给我来个下马威,好吓唬吓唬我,叫我别硬撑,趁早如实招来。我暗暗叮嘱自己,千万别被他们吓唬住了。就在我刚要进审讯室的时候,我就听见那个满脸奸笑的看门人用一种怪

① 盖伊雷特普(Gayrettepe),伊斯坦布尔市的一处地名。当时伊市秘密警察部门所在地。

模怪样的口吻嘲弄我道:'热烈欢迎你啊,你这个犟牛仔!'面对这个家伙,我用一种不屑的神情回敬他道:'什么,犟牛仔?难道你就想不出更好的称呼来欢迎我吗?'不用问,我马上就挨了他一记耳光。

'在这里,你的组织再也帮不了你了,还是快点从头如实招来吧,眼镜!'那家伙嚷道。我对他又不屑地瞥了一眼,我这样做,是因为一方面,我要誓死抵抗,坚贞不屈;另一方面,当我听到'眼镜'这个词的那时候,我的脑子里就不禁想起那起很搞笑的突发事件。呵呵,你知道,当时我想到了什么吧?"

他的问题一下子把我给逗乐了,我跟着他也不禁会心地笑了起来。我当然是记得那起突发事件的,我只是不想对他说,其实自己早在这次见面前就回忆起了当年我俩所干的那件偷腥猎艳的事。不过这很好,他还记得此事,这令我很感动,而且,他还特地提醒我要我和他一起回忆这样的事,这真让我感动不已。当年的那一幕一定已深深铭刻在他的脑海里了。此时的我在思忖着,想尽力把这种温暖的感觉留存在我们身边,别让它悄悄溜走。这期间,我本想打断他的话,自己说点什么,但不知怎么地,却始终没找到一个合适的机会,只是因为他说得如此之快,而且还如此激动。此时的他看上去像是有说不完的话要说一般。

"当时好险啊,你差一点就被他们逮住了,妈的!你还记得,当时我俩是怎么沿着那个陡坡跑上去的吗?"

他笑着点了点头。这一会儿,当年的那些情景又在我俩的脑海里不断闪现了出来。在我看来,他的那种笑意似乎既隐含着一种痛苦,又隐含着一种镇定。接下来他所说的话,更进一步加深了我对那件事的印象。

"好多年都没人叫我'眼镜'了。不过,在那一刻,那种称呼对我已不是什么伤害的事啰,相反,我却要大笑不止。这期间,外面的世界已发生了很大的变化。也许你不相信，当我听到这样的称呼时，我生活的意志和勇气反而进一步得到了增强。直到今天，我都还记得你父亲所说的那句话。他曾说过：‘在所有过去的岁月中，我们之所以经受住了那些苦难，且逢凶化吉，遇难呈祥，就是因为我们学会了对那些施虐者和残暴之人给予无情的嘲讽和轻蔑。’在那个时刻，这句话可以说给了我极大的精神安慰和帮助。而且，我也想到了你。你要知道，我是多么的想念你啊！我一直在想着，当时的你究竟在干些什么。反正我的眼前经常会浮现出我俩一同经历的各种场面。是啊，要是某个人能上一次那张‘工作台’，并亲身感受一下那种滋味的话，那他还有什么事记不住呢？”

听完这句话，我甚为疑惑地看了看他。很显然，他意识到，我没明白他的意思。只见他又微笑着跟我解释道：“是啊，要是你坐一次老虎凳子的话，你就真的会明白，一个人的生命究竟有多宝贵。”

我好担心他会说出这句话来。不过，我并没感到惊奇，因为像他这个位子上的人是肯定躲不过那场灾难的。也许，他不会具体说出自己在那里面所经受的一切，所以，我只能期待他说出想要说的情节。直接莽撞地去探个究竟实在不是好办法，只有见机行事，伺机而动才是最佳选择。要是他对那里面所发生的事能像拉家常一样说出来的话，我肯定会洗耳恭听的，除此之外，说真的，我对他也不能有什么强求和奢望。无论如何，至少我可以了解到他当时的感受。接下来，我的这番问话也许可以让他敞开心扉，一吐为快。

“什么情况下的你觉得是最无助的啊？”

听到我这句话，他停了下来，也没再继续往下说，只是将头扭向了一边，好像也不愿意多看我一眼。接下来，我再次听到了他话语中的颤抖声。

“要是我听到那些老虎凳上的人发出的惨叫声，尤其是那些女人撕心裂肺的惨叫声的话，我真的……唉，那些声音也许不是现场发出的声音，也许会是模仿的声音，他们就是这样有意要让我们听到那恐怖的惨叫声啊！声音是真是假，我反正也搞不清。但不管怎样，那一刻我所见到的真叫一个'惨'啊，它真的会让你一辈子都忘不掉的！他们先给你套上血衣，然后把你绑到一条长木凳上，接下来你就等着严刑拷打，皮开肉绽了。那惨叫声直往我耳朵里钻，就像扎在心上一样，谁听着都受不了啊！要是你听到这些的话，你的情绪肯定也会受到这种恐怖氛围的影响。"

我没有应他的话，而且也没办法回答他。我只感觉到有一种反抗的情绪在我心里不断升起，然而，我还是忍住了，没说半句话。此时的他看上去像是在忍受着无尽的痛苦。是啊，在这个国家，有多少像他这样积极投身于革命事业的人，到最后就这样在无尽的黑暗中被摧残，被折磨；又有多少人在经历着死亡的威胁和判决；还有多少失去大爱的人，他们的英勇事迹被写进这段冰冷的历史。没过上一天好日子，没享受过任何怜爱关怀，他们就带着这样的遗憾和愤怒慷慨就义，英勇献身了。

我俩再次陷入了一阵短暂的沉默。他那种眼神是谴责的眼神，还是失望的眼神呢？如果是的话，那这种情绪又是对谁或者对什么事的呢？是对自己不幸命运的哀叹，还是对像我这样从未经历过如此痛苦折磨的人呢？像我这样的人能理解他深邃目光的含义吗？这其中，又存在着多种解释的可能性了。在我这个凡人看来，我只能以我们短浅的目光和有限的视野来看待他所经历的这一切。不管怎么说，他这种追求个性解放之举并不会伤害我俩的感情。然而，尽管自己没做什么亏心事，但我仍无法遏制自己内心产生的那种愧疚感，因为他这样一个有人生理想和生命价值的人会经受如此的人生磨难，而我却不能和他一起共同经历他最痛苦、最难熬的人生时刻。我的下一个问题也由此产生。能听到他内心的诉语，也恐怕只有我一个人了，唯有我而已。然而，此时的我还能做什么呢？唯有提问而已。我必须循着他的思路再接着问下去。

“在那里面，你一定待了很长时间吧？”

他的脸上再次露出了悲伤的笑容。然而这一次，他的笑容里却隐含着某种自豪的神情，这些可逃不过我的眼睛。

“七年啊！这等于是被判了死刑啊！”

听到这些，我不禁打了个寒战。判了这么多年，我可真没想到。谁知道，他对此又有怎样痛苦的人生回忆呢？于是，我想赶快问他一下，我的这个问题是不是提得太沉重，或者说扯得太远了，是不是我们俩该就此打住话题。

“天啊，还有这样的事！要是你不想说的话，就干脆别往下说了。”

从他的眼神里我能看出，他还想继续说下去，我在等待着。在这一刻，我忽然意识到一个自己一直都没觉察到的重要细节。原来，在他讲述的时候，他经常会不自觉地抓住我的手腕，有时候是胳膊，有时候是手，而且每次都抓得那么紧。是不是他想清楚地知道，他所讲的话我都已听明白了？也许他尝试着，要将他的这些回忆和讲述紧密地与自己的生命维系起来，并把这一切经历视为他人生最大的一笔财富。在当年的那间台球房里，他可也是这样曾紧紧抓过我胳膊的，而现在，我依然还能感受到他当年的那种情感还在延续，还在流淌。

“后来我出狱了。那些家伙觉得，服刑这么长时间也差不多够了。不过，他们认为，他们和我的官司还没有了结。虽然我的大学学业还没有结束，而且他们也知道我的这些情况，但他们还是立马强制性地把我打发到征兵办那里去服役改造。这就是当时的法律规定，也必须对此严格执行。在经历了这一切后，我觉得这种服役改造好像是给我一个度假疗养的机会。后来，我终于明白，他们这样做，实际上是在某种程度上以这种方式对我进行补偿。所以,正因为有了这份'大礼',我才免除了一场真正的兵役。"

说到这里,他轻轻地从眼睛上摘下了那副太阳镜,并将他那只早已闭合的眼睛让我看了个清楚。看到这些,我不禁又打了个寒战。此时,他笑了笑,只是眼睛里流露出的全是痛苦的情绪。此时的他慢慢将太阳镜重新罩回到眼睛上。我在等待着。接着他又开了口。这一次,他的目光已停留在他胸前的那只餐碟上。

"在审讯室的那只老虎凳上,他们也没能让我屈服。我拼死抵抗,就是为了要刺激他们,让他们恼怒不堪。终于有一天,我的眼睛挨了一记重拳。就这样,我从此戴上了这副墨镜。"

此时的他已没有必要再说下去,只是此时的我情不自禁地嚷了句:"这些家伙自会受到上帝的惩罚的!"

他又笑了,而且他那双手还在紧抓着我的胳膊。随后,他松开双手,并挥动了一下,那意思好像是在说:算了,一切都无所谓了!这一刻看上去倒不是我在安慰他,而是他在安慰我呢。此时,他的眼神仍盯在那里,还继续着他的话语。

"你知道,在我重获自由之后,我干的第一件事是什么吗?我是从那里面直接撒腿冲出来的,就像一个疯子一样奔跑着。我一定要尽情地跑个够,不作停歇,直到我精疲力竭为止。我要疯跑到哪里,我为什么要这般癫狂呢?我不清楚,我就是要一个劲儿这样疯跑下去。我还记得那是在傍晚时分。我跑啊,跑啊,直到自己最后完全瘫倒为止。"

听到这些时,我有了一种冲动,我也想抓住他的胳膊,并要紧紧抓住他。此时的他又笑了。这一刻,我突然意识到,他的微笑有时候竟然那样多,那样丰富,实在是让人捉摸不透。而且,他的情绪变化竟然也来得那样突然,那样的起伏不定,给我以强烈的震撼和感染。有时候他是那样的活泼和快乐，有时候却又是那样的低沉和悲伤。此时的我们已不知自己身在何处。他呆呆地盯着我，我也怔怔地看着他。在接下来想说的话中，我特别希望的，是他能使现场气氛有所缓和一点：

"看球赛的那一天，我们可是挨了一顿警棍的啊！"

听到这些，我顿觉得那一天已好遥远，好遥远，一切已遥不可及，离我们远去。不过，我还是尝试着回应了他。

"那一顿警棍可真是够痛的啊！"

他附和着点了点头。这一次，他的微笑中则蕴含着某种温柔的神情。是的，那种温柔，也可以说是一种宽恕。看上去，这种神情的表露完全是来自于他的人生阅历和处世经验。毫无疑问，他的这种人生感知也正是我自己的人生感知，至少是这一刻我的人生感悟。不过，他接下来的话，倒使我多少变得有点不安起来。

"那电警棍真的好厉害，电击起来好痛啊！一方面，电击的地方能被烤焦，这是一种极度的身体伤害；另一方面，电击到你身上，你会觉得这是一种莫大的人身侮辱。"

我稍稍前倾了一下身子。对此，我并未感到什么羞辱，有的也仅是一丝悲伤、一腔愤怒。此时的我能想到的就是要抗议一番，可是我找不到合适的话语，而且也没了那种情绪。只听他又接着说道：

"除了能展示自己的专横和狂妄外，他们已黔驴技穷。其实，他们已清楚自己的胆怯与心虚，所以，他们要想尽一切办法让你屈从，让你认输，最后让你变成一个变节分子，这样他们就可充分展现他们狂傲不可一世的一面。正因为我对革命事业充满了坚定的信念，所以他们对我无计可施，也无可奈何。当然，这其中有一些人，他们被劝说投降；还有一些人禁不起威逼利诱，纷纷出卖同志和朋友，走上了变节的道路。这些家伙后来从反动派那里什么也没得到，既没升官发财，也没享受到荣华富贵。我敢肯定,他们中的大多数人现在都备受良心的谴责,并为自己卑鄙的行为后悔不已。我们这一代人自然不像二十世纪六八年代的那一代人,敢作敢当,生死无畏,誓不投降,永不变节,所以,我们无法和那一代可歌可泣、可亲可敬的英勇斗士们相比。事实上,那种垂死腐败的旧体制在我们殊死搏斗和英勇献身后已轰然倒塌,它已一去不复返,被彻底丢进了历史的垃圾堆里。你知道,那时候的我就已看清了这样的现实。也许在你看来,它只是一般普通的生活,但在我看来,是了解,是预知,还是洞悉。这就是我为什么要沉默的原因,至少我用抗拒和抵制证明了这一点。要是那一刻无法回避的话,我会心甘情愿接受这种死亡的挑战。有一次,我被扒了个精光。那是一个多寒冷的冬夜啊,他们用冷水不断地浇我,我冻得瑟瑟发抖,身子几乎支撑不住。当时的我就这样孤零零地守着寒夜。还有一次,他们把电极的一头插入电门,然后将另一头接在我左脚大拇指上,我人生第一次有了一种死亡的感觉。我很害怕,担心自己有可能在被电击后,因为心脏无法承受而从此离开这个人世。然而,我还是不断地在叮嘱自己:'我要在这里挺住!我必须挺住!我肯定会挺住的!否则我所经历的一切就变得毫无意义,毫无价值。'要是你懂得,这个时候的人如果还能顽强地活着,那该是多不容易的一件事啊!唉,人啊,有时候是那么的坚强,有时候却又是那么的脆弱呢。"

此时的我还想继续保持着沉默。眼下的这一刻,我应该可以和他谈论更深层的情感话题。我抓住了他的一只手,并牢牢地攥在了一起,而此时的他也紧紧抓住了我的手。这个时候,千言万语已无法表达我俩的这种情感,恐怕只有以这种方式才能真正表达了。我一点都不怀疑,此时的他完全能感受到我心中所能感受到的一切。紧接着,易受情绪感染的他又开始以明快的口吻讲述着他的故事。此时的他把我的手抓得更紧了。突然间,不知怎么地,他的声音一下子从他嘴里迸发了出来。

“不过，有一次，一件事情却触到了我的痛处，这令我伤心不已，当时的我就忍不住大哭了起来。你知道那是什么时候的事吗？你看看，说着说着，我又想哭了。”

话音未落，他真的哭了起来。我紧紧握住了他的手。待他讲完这些后，动容的我突然间发觉自己的双眼中也噙满了泪花。在这样的人生际遇中面对这样的场景，作为人，他能铁石心肠，无动于衷吗？要知道，我毕竟还是个识大体的人，毕竟这么多年的人生阅历也教会了我这些。

“那时候，我还在萨格玛尔西拉监狱①坐牢。当时的我可以托人捎口信给我的母亲。就在她第一次来看望我时，她居然在那间大探监室里，当着所有探监的人，还有犯人和狱监的面大声高呼：‘我为你感到自豪，我的儿子！我真的为你感到骄傲和自豪！’我根本没想到她会发出这样的呼喊声。这是我第一次看见她如此坦荡，如此豪爽。从那一刻起，我真正感受到，她有多么的爱我。我们两个人顿时哭成了一团。那一刻，我真的好幸福，面对母亲，我终于能放声哭出我想哭出的一切。我真的好幸福啊！我觉得，对于我所经历的一切，命运对我已如此眷顾，如此垂青，能得到这份人间真情，我还有什么别的奢求呢？”

他仍在呜咽着，我也是涕泪俱下。尽管如此，我还是尽力能让他开心起来。我要笑起来，我也要让他笑起来，因为我知道，此时此刻的笑声已完全发自于我们的心底……

“真是一个了不起的英雄母亲啊，法图斯大姐！你真的差不多也疯了啊！”

这一次，内心激动不已的他开始大笑起来，我也跟着笑了，这一幕是这个晚上留给我俩印象最深刻的一幕。

---

① 萨格玛尔西拉（Sağmalçılar）监狱，伊斯坦布尔市内的一所大型监狱。

随后，我俩又沉默了。不能就这样沉默下去，于是我俩又喝了起来。当他这次开始接着讲述的时候，他的语气已平静了很多。

"你知道我这些年一直在想什么样的事吗？我一直在找那个给我眼睛一拳的家伙，也许他就是其中的一个打手。坐在老虎凳上，你根本不知道你面前站的是谁。他们要么打着强光，要么蒙上你的眼睛，但有好几次我能听出来那家伙的说话声，也许是因为自己想把他们认清的缘故吧。如果我对他有什么想法的话，你大概会怎么想呢？我知道，我是不会原谅这家伙的。要是你碰到这种事情的话，你会怎么想呢？现在，我可以站在的你立场上提个问题：你为什么要这样加害于我呢？我真的不知道这是为什么。"

他看上去并不是很生气的样子。在他开口之前，我就没感觉到他有多愤怒。他不时地会心不在焉，而且思绪还跑得很远，看上去，他对于自己曾遭受过这般重创的事，就好像没打算要认真听我有什么看法一般。在那一刻，也确实是这样。而现在，我也不能说，他是否还有必要再去报这个仇。相反，我应该说些他能听得进去的话才是：

"对于每个人来说，他早晚都要经历自己人生的磨难。这个时刻，他很难回避，想躲也不一定能躲得过去。你被审讯时所受的那些痛苦早已过去，而那家伙所遭受的良心谴责的痛苦也够他一辈子受的呢。"

他会相信我所说的话吗？我不知道，但我相信他会如此。我这样做，是为了他，同时也为了我们以及和他一样遭受过许多磨难的勇士们。听到这些，他点了点头，这分明表示他已认同了我刚才所说的话。他应该会明白，将来的某一天，那些刽子手们会发现自己也是那个腐朽制度的牺牲者吧。我们这是说到哪里去了？我们再一次陷入了沉默。突然间，他又微笑了起来，那微笑看上去很是特别，意味深长。于是，我们很快又沉浸到他过去的另一段回忆中……

“有一次，我遇到了一桩奇事。在一次审讯后，我被摘除了眼罩。突然间，我发现我面前站着一个人，他看上去给我一种老实本分、让人信赖的感觉。看上去，他跟我父亲差不多年纪。他跟我讲述了自己的身世。原来，他和我父亲曾在大学里一起学习过法律专业。那时候，他就已经知道我许多事了，这让我很是惊讶。他待我极为友好，就像老朋友一般，还不断提醒我和告诫我。有时候，他激动起来就跟我父亲一般会指责我，说我身为一个这样家庭的孩子，没想到最后却变成一个共产主义分子。你恐怕不知道，我父亲可是个彻头彻尾的民族主义者。当时的我不知道说什么才好。那一刻，我感到自己和他是那样的亲近，甚至被感动得几乎要大哭起来。说真的，严刑拷打之下的我可以经得住最严峻的考验，而现在，面对他的指责批评和呵护关怀，我的思想却逐渐产生了某些动摇。就这样，他一味地要求我，叫我别犹豫，别彷徨，赶紧把自己知道的事都说出来，这样就没事了。对此，我想试探一下他究竟是何许人也。于是我鼓足勇气，试着问他是否知道我父亲死亡的原因。当时的我觉得他应该知道这些。只见他摇了摇头，闪烁其词地对我说：‘谁晓得政府什么时候，会把谁以什么方式处决呢？’他沉默了一会儿，接着又说道：‘也许有人会知道其中的真相吧，只是需要耐心等待才是。’这个人可靠吗？他看上去至少是这样的。因为他说这番话的时候，既声情并茂，又激动不已；或者他又是在玩鬼把戏，骗我上钩呢。算了，这里我们还是别谈了吧。反正，反正到最后他那狐狸尾巴还是露了出来。就在那天晚上，我没想到会得到一顿丰盛的大餐：一份煎鸡蛋，里面裹着的是抹着酸奶的莙荙菜叶；几个新鲜的白面包；还有一份撒了核桃仁的甜南瓜饼作为餐后美食。这些都是我非常喜爱吃的东西。面对这些，我瞬间惊呆了。我很纳闷，白天的我可是什么也没说啊，这也谈不上是什么犒赏啊。而且，在那里面，还能有什么犒赏啊。当我询问他们，想搞清楚这其中的究竟时，只听他们对我说道：‘这顿犒赏可是我们中校为你安排的一顿大餐呢。’就这样，我终于明白，白天那个和我说话的家伙是谁了。你看看，连这样的事我也曾经历过。就像你看到的，所发生的这一切本身其实也不是什么坏事呢。”

他正变得开朗起来，一会儿说东，一会儿说西。不过，他最终都能很好地将这些松散的话题串到了一起，也许他只能以这种方式讲述自己所经历的一切。我必须得沉默，反正他在一个劲不停地说着，也根本不给我任何说话的机会。

“其实，我这眼睛情况真的不算太糟。因为自己要配一副眼镜，上个月我还去看了一下眼科眼生。你知道我验光之后得出的是什么结果吗？你相信吗，我的近视度居然降低了！我现在只需要戴 550 度的眼镜即可，而且阅读的时候，我也不需要再戴什么眼镜了。”

听完这些，我在思忖着，虽然有一副方便的眼镜，可失去一只眼的他肯定还是很难从痛苦的阴影里走出来。此时我的眼前不禁再次浮现出从前那段日子我们所经历过的那一幕。是的，戴着那副又粗又大黑框眼镜的他经常会成为某些人嘲笑的对象，而那些人，要么是一群根本不想从粗俗下流中走出来洗心革面、提高自身品味的卑俗之流，要么是一帮依仗那些乱七八糟社会关系为自己斑斑劣迹遮丑蒙羞的虚伪之徒，要么就是一批对旧传统、旧观念、旧价值抱残守缺、故步自封、不思悔改的衰朽之人。每当我想到这些的时候，我的心便是一阵疼痛。然而，这个时候也不是重揭旧伤疤的时候，所以，我尝试着提及一些他能想到的话题。我相信，来个其他小小的话题应该更合适，也更轻松些。

“我也有一副阅读眼镜，没有它，我什么字都看不清呢。”

很快，他再一次用他那鲜明的面部表情回答了我这句话，而且，话语中还流露出很明显的调侃味来。

“呵呵，你确实需要一副眼镜呢，这样你数起钱来可就更方便啰！”

这一次，我并没有用骂人的话来还击他，只是撇起嘴角，露出了一丝揶揄的神情。我思忖着，好你个家伙，这一次我非得来个以毒攻毒，以牙还牙，让你乐呵乐呵，这样岂不更好？

“好了，好了，现在得了。告诉我，伙计，你到底做什么工作啊，好像是干导游这一行吧？你怎么会跑到那个行当里去了？你可是连一句法语都不会的噢。”

我无法想象，不会法语的他居然也能操其他外语干导游这一行。这个时候，他对我竖起了中指，好像早已准备好了要给我来个出其不意一般。然后，他又开怀大笑，俨然就像个孩子一般。我迫不及待地想知道，自己的猜测是否正确。此时，没想到他所讲述的完全出乎我的意料，并重新把我带到另一个故事情节中。可以说，我们接下来要进入的是另一种生活氛围，甚至生命语言的表达也完全是另一回事，这与刚才的讲述会大不相同。

“我出狱后，自己也不知道能干些什么好。反正我也没了兴致再回安卡拉，安卡拉对我来说已是个句号，在我心中，它已永远地死去，不复存在了。你知道，我曾想当国务秘书或外交官的梦想已离我越来越远，最终遥不可及。所以，这样的人生追求我干脆也别想了，更确切地说，我就算想也是白想。当时我的学业还没有结束，就差几门公共课成绩我就可以毕业了。然而，在经历过这样大的人生动荡后我怎么愿意再走回头路呢？还有，你可知道，作为战斗者，这个城市里的好几个朋友为了我们神圣的事业也都相继倒下了。他们有的人仍在监狱里，而有的人我们却再也没听到过他们的下落。我们曾在那座城市大大小小的街道上战斗过，而现在，这座城市里，却再也没有他们的身影了。我怎么可能再回到那个安卡拉呢？即使我能完成学业，到最后我也依然无法实现自己的人生理想，而且我极有可能仍属于那种‘危险人物’，继续受到他们特殊的照顾。这也意味着，你根本就进不了政府部门去谋个一官半职。总之，你的一生要被贴上‘危险人物’的标签。我不知道，后来的形势是否有了改变，反正我对此也不再感兴趣了。那个时候，由于发生了这样的事，我从此也就不再想为这样的国家效力了。你知道吗，我对国家的情感也到此为止了。不仅仅是安卡拉，甚至是土耳其这个国家在我心里也都无足轻重了，它的每个方面，每个细节，也都被我从心里彻底抹去。那些日子里，我暗暗下定决心，我要去国外，要永远离开这里。我们和许多地方都进行了联系，最适合的还是希腊这个国家。我不知道自己能在那里待多就，但我一点也不用担心自己在那里如何能安顿下来。我觉得，我不会马上就回来的，也许这辈子都不会回来，因为很多事情对于我们这些人来说本身就是个未知数。另外，在那里，我还可以继续我的事业，我要永不停歇，奋斗下去。另外，如果真能留在那里的话，我还可以避免被那些可恨的叛徒们出卖。对于这些叛徒，我恨之入骨，他们的命运最终应在他们的国家得到最公正的判决，如能这样，那将是我们最期待的结果。

在雅典，就那些问题我曾作过深刻的反思。不过，我不能老是沉浸在这样的反思中，我要振作起来，我要为自己谋划崭新的生活。首先，我要去学希腊语。我几乎不敢相信，自己在很短的时间内就取得了如此大的进步。在发展组织关系、开展组织活动的过程中，我结识了一个希腊女人。她叫伊拉，比我大六岁。和我一样，生活也曾给予她许多不公的待遇，所以她看上去要比她实际年龄大很多。尽管如此，这并没有改变她姣好的容貌和优雅的气质。或者说，她看上去就是这般漂亮。我很爱她，看上去她对我也印象很好，我们就这样生活在了一起。她在大学里担任教员，本身也是一个社会学研究者。她很早就结了婚，后来还是和男人分手了，可以说，她经历过一次很不幸的婚姻。她其实并没有离婚，只是她很多年都没听到那男人的消息。她男人是马尔丁人[①]，后因为政治问题就逃到瑞典避难去了。你也许会说，这个女人怎么就偏偏喜欢我们国家的男人呢？她只会一点土耳其语，不过，她看上去倒像是学过库尔德语[②]。反正，只要她学会一点这样的语言，她就会马上教我。结果，我居然跟一个希腊女人上起了库尔德语课，这样挺好的，不是吗？另外，她有个六岁的女儿。我和这孩子相处得也很融洽。生活就这样以令人愉悦的方式将我们聚到一起，而且也就这样在不经意间我们组成了这个小家庭。我终于找到了失却多年的温暖。然而，我是以怎样的方式，又具体做了哪些事情，或是在哪里找到了这种温暖呢？对此，我感到多少有点茫然。正如你所知道的，我可一直都是'祖国的叛徒'啊。

这个家庭对我提高希腊语的水平真是提供了很大的帮助。有一天，也许你听着都觉得惊奇，我居然也能说起一口流利的希腊话来了。慢慢地，我甚至还能阅读希腊诗歌，而且对其中的意思也理解得很好。就这样，伊拉帮我在市图书馆找了一份工作，在那里，我阅读了许多书籍。生活就这样往下进行着，也就是说，我们就这样过着日子，一切都听随其便，顺其自然。有一次，我和母亲通了一次很长时间的电话。我们的谈心令她感动不已，我深切地感受到了她那种激动之情。其实，我又何尝不感慨万千，激动不已呢？慢慢地，我们越来越认识到，这样的电话谈心对我们何等重要，因为这些无不给我们的内心带来强烈的震撼和莫大的安慰。很显然，我们俩都在试图寻找我们母子之间的心灵空缺，并力求

---

① 马尔丁(Mardin)，土耳其马尔丁省首府，位于土耳其东南部。距南边的叙利亚边境只有20公里，离东南边的伊拉克边境也不远。

② 库尔德语(Kurd)，系中东地区最古老民族库尔德人使用的语言，属印欧语系伊朗语族。库尔德人主要分布在今天的土耳其、伊朗、伊拉克和叙利亚等国境内，其中以土耳其居住人口最多，约占其整个民族人口的45%。

治愈彼此心灵的创伤。我还记得出狱后自己曾去看望了她一下，那时我正准备逃往国外去避难。当时两人在一起的时间很短，所以没办法坐下来好好聊聊。应该说，对于我所经历的一切她并不太清楚，也只能是某种想象和猜测而已，也许她根本就不想了解我的事吧。这一次，我对监狱里的事只字未提，而且就是那天她去萨格玛尔西拉监狱探监看望我的时候，我也只字未提。要是她知道我在那边受苦的话，那我这个慈母可是会当场犯心脏病昏死过去的。你听到我刚才所说的'慈母'那两个字了吧。我怎么能狠心把自己的那些事告诉她，这我怎么能说得出口呢？还有，那一天，也就是她在监狱里大声呼叫的那一天，我当时就觉得我好……"

话还没说完，不知怎么地，他却突然停了下来。是啊，那次他们母子相遇可是他们人生中最重要也是最难忘的经历。此时的我又紧紧抓住了他的手。我也尝试着，去想象当时那幕动人的情景，而且那些话语仿佛又把我带回到了那个情景之中："我为你感到自豪，我的儿子！我真的为你感到骄傲和自豪！"我们是多么需要这样鼓励和赞赏的话语啊！就在我紧抓他手腕的那一刻，我自己也在尝试着，想赶快伸手去抓紧某物，别让自己失去控制而发生意外。我很清楚，他也感受到了我这个下意识的动作，否则的话我也解释不了，为什么此时的他也紧紧地攥住了我的手。正是因为对过去我们那些无限美好日子的回忆，所以我才有这样的机会以这样一种方式将自己这种纯真的兄弟情感传递给他。

"法图斯大姐以这种方式表达她的情感，我们可真没想到，不是吗？这要是部电影的话，导演和编剧一定会绞尽脑汁，是啊，对这个表面上看上去距儿子甚远但实际上却和儿子心心相印的女人，她前后反差如此大的表现该用怎样的场景和镜头来表达呢？对此，他们肯定要探究这个女人思想情感变化的可信度和真实性了。然而，人们终究还是不清楚，究竟哪种情感是一个人的真实情感。也许离我们最近的人，我们却偏偏不了解他，也未能给予他应有的重视，而这恰恰是因为我们太在意自己，太关注自己，也太相信自己了。”

他再次将那满满一杯拉基酒一饮而尽，然后重新将我俩的杯子倒满。我觉得，他还想继续他的讲述。我没再多说什么，因为我知道，从他的故事里，我自会找到我想要的答案。

“我怎能这样狠心地把自己的那些事告诉她呢？这我能说得出口吗？另外，由于自己长期逗留国外，我们之间彼此分开都五年时间了。我虽在回乡的路上，但我自己怎么都不愿承认，也不相信自己眼前已踏上了回乡之路。之所以这样，是由于两件事让我不得不接受现实，并让我加快了回乡的步伐。一件事是我母亲当时已患上了深度忧郁症，因为我从电话交谈中就已觉察到了这样的问题。明明知道这些，我为什么要装聋作哑，故作不知呢？或者我根本就是一个无情无义之人呢？最起码我要对得起曾把我拉扯成人的父母长辈吧。当然，这个‘父母长辈’实际上也是一个残缺不整的‘父母长辈’了。好吧，不提这些了。总之，我就想拥抱一下电话那头的这位长辈，我无论如何都要见到她。不管怎样，我不能就这样一辈子忍受着离开她这么多年的痛苦。另一件事当然是伊拉全力支持我，她总是再三催促我赶紧上路，回家去看看母亲以尽孝道。尽管如此，我还是相当不情愿就这样离她而去，因为我知道，离别就意味着分手。而且凭直觉，我也能感受到，在我和伊斯坦布尔之间还存在着一堵高墙，哪怕我百般撞击，百般翻越，最终我还是很难穿越或跨过它的。我和伊拉谈论着这种隐忧和恐惧，她也全身心分担着我的这种哀愁。可以说，她不仅是我最信赖的恋人，也是我最亲密的同志。不仅如此，我还和其他同志谈到了我回国的问题。这又是一次批评与自我批评的时刻，因为那个时候，我们别无选择，也只有以这样的方式审视生活，探索人生。在我们的交谈中，我最终决定踏上归途，起程回国。不过在同一时间，伊拉也有了一个机会，因为职业上的需要，她将去瑞典，在那里继续工作。这纯粹是一种巧合吗？对于这种所谓的巧合我本该可以了解一下其中的原因，但我并没这样做，更确切地说，我也没办法这样做。所以，就这样，我们的分手真是件不容易的事，特别是和索菲亚分手，就更让我悲痛欲绝了。对待她，我几乎已将其视为己出。真不容易啊，伙计！在我看来，这个家庭眼看马上就要这样分崩离析，各奔东西了。要知道，我早已习惯和她们在一起了。在我和索菲亚分手的那一刻……"

说到这里，他突然又哽咽住了，完整的话他已无法说出，因为他的声音已完全被堵塞。此时此刻，他心中所翻涌出的各种情感已不难被理解。此时的我必须让他知道，我仍然站在他那一边，并紧紧和他在一起，这种责任感我不能没有，这种同情感我也绝对不能缺失，所以，现在我俩唯一要做的事就是让他把刚才没说完的话补充完整。于是，我开口道：

"你这不是和自己的父亲身份彻底告别了吗？也许你不愿承认，但事实就是如此呢。"

听完我这句话，他附和着点了点头。对他来说，他反正没了任何否认的理由，而且也失去了任何辩解之词。我很清楚，我触碰到了他的软肋，但我也明白，在接下来的时间里，我们俩还要就这件事继续分析和探究下去，而且这种分析和探究还要深入到他其他的缺点或软肋。不管怎样，他想回避这样的事实已没了可能。难道在分手这么多年后，我们俩再度聚首不恰恰就是为这些问题吗？他没有立即回答我，更确切地说，他给了我一个间接的回答。他必须要结束他这个故事。为了能更多地讲述自己的人生，此刻便是合适的开讲时间。

"我经历了这场人生梦的最后阶段。伊拉之所以那么不遗余力地帮助我、关心我，为的是能让我早日回到故乡。她这样不顾一切地帮助我，却反倒让我有种感觉，这是不是她在希望我能早点离开她呢？我努力不去想这个问题，我不想让自己的内心忍受这种痛苦和煎熬。对于我来说，我们能在一起，这比什么都珍贵。她对此付出了很多情感，也让我对生活充满了信心，所以，能认识她是我这此生的幸事，我不想也不能玷污她赐予我的这种幸福。带着这种情感我回到了故乡。是啊，虽然有了她们，但我还是无法摆脱对故乡的思念，或让我彻底忘掉它。终于，我回到母亲身边，回到了伊斯坦布尔。和前些年相比，它是不是会呈现出另一番景象呢？我究竟该干些什么呢？没有工作是万万不行的，但是，到哪里去找工作呢？谁又会给我这样的人提供一份工作呢？你知道吗，我可是不想给你添麻烦的呢。尽管我不知道你混得怎样，但我可以想象得到，你肯定也在为自己的生计打拼着，所以，我想着就不给你添麻烦了。也许正因为这样，我思想上也一直没做好和你见面的准备，反正我当时觉着，我们见面的时机似乎还不成熟，需等等再说。慢慢地，我母亲的情绪开始有了好转。我们会经常推心置腹，促膝长谈。不过，在那个时刻，我还是不能将自己在狱中的那些事告诉她。生活就这样一直往下继续着。哦，对了，我们有个邻居，她叫蔡伊内普。她已经干了很多年的导游，她劝我也去干她那一行。她觉得，我能说一口流利的希腊语，而且有很好的文化底子，还知道怎么和人打交道，所以肯定干得了这一行。另外，这项工作也不算单调，有很多事情可以做，所以我自己也不会觉得有什么无聊。特别是我带的那些游客都来自那个我很熟悉的国家，所以，我对他们也没有任何陌生感。为此，我首先要做的事是去参加导游培训。开始的时候我觉着很累，但之后慢慢就习惯了，这对所有干导游这一行的人来说都是如此。要知道，要是一个人一件事干久了的话，到最后他也没什么不习惯的了。我很耐心地听着她所说的这些话，甚至还产生了极大的兴趣。令我惊奇的是，她所讲的每句话我都能听得进去，总觉得她讲的那些很吸引人，并充满了诱惑。我告诉她，我很想尝试一下。你知道，我这个人可是个冒失鬼，是个想干什么就干什么的人，事情发展到最后的结果其实也早已由我的性格决定了呢。我盘算着，最糟糕的情况无外乎就是我最后干不成这件事呗，这没什么大不了的，反正我也没有多少工作机会。就这样，我开始干起了这一行。我真的要好好感谢我这位邻居，是她让我进入到这个行当，也为我接下来的发展铺平了道路。

我一直和伊拉保持着信件来往，当然，都是通过电子邮件的方式。现在，我们的联系虽没有中断，但却是以另一种方式在联系沟通着。说这一点，你我都心知肚明。有时候我在想，我错过了人生中非常难得的一次机遇，因为我失去了她，所以，我也只能默默地接受了，这也是现实生活逼迫我如此啊。唉，那段日子就这样过去了。对此我还能怎样呢？我只有继续我的人生了。人啊，人啊，因果相报，这真是一点也不错啊！”

此时，他停了下来，沉默在延续着。我又是一阵惊奇。惊奇之中的我已无法掩饰自己对他的钦佩之情。我毫不犹豫就表达了自己的情感。面对他，我必须以诚相待，拿出朋友的情谊。于是，我直截了当地说出了内心想法，因为任何拐弯抹角的话在此时已是多余。

“这是怎样的一个故事啊！怎么就像一部电影，真他妈太绝了！”

从他脸上的表情我已看出，他来了兴致。在这一刻，他无论如何都要让别人来和他一起分享自己的这段人生经历。从他回答我的话语中，我多少也听出了他那种孩子般的兴奋劲，也许这正是他这个乐天派对人生意义的另一种表达。

“是的，它可不就像一部电影嘛！对自己所经历的这些事，有时候我连自己都感到惊奇不已呢。”

听得出来，他这番激动的话语中，除了隐含着某种希冀和尚未停歇的抗议情绪外，显露无遗的还有那么点悲伤的情绪。于是我尝试着，赶紧消解并转移一下他的这种情绪。

“哈哈，你现在可是个导游了，谁知道，你整天带着多少女人在跑来跑去，忙个没完啊。”

听到这些，一丝悲伤的微笑立刻又写在了他的脸上。只见他对我挤弄了一下眼神，并做了个鬼脸。我知道，他这种挤眉弄眼式的微笑可再也不是他年少轻狂时的那种阴笑和得意劲了。在他从前的那种阴笑中，大多数可都是我俩无聊时在一起相互吹嘘如何成功地将女人玩到手时他露出的那副阴笑。接下来，他将话题转向了生活的另一面。现在的我们又触碰到他的另一处软肋。

“当然，就像你说的，一开始肯定什么都好，可是慢慢地，你就会觉得自己有些倦怠和无聊了。越往后，你越会觉得，你还是更渴望那种最平常、最自然、最有规律的生活。”

我很清楚，他这番话究竟要把我引向何处。对此，我觉得有必要也将自己的短处亮一下底。是的，在接下来的谈话中，我们就应该以这样的方式能让彼此更多地暴露一下自己的缺点。

“你刚才所说的这种生活就那么吸引人吗？你可知道，为了从那些平庸的生活中解放出来，并最终获得自己的自由，我都做过哪些对立和抗争呢？”

他很友好地看了看我。我确信，他已明白了我的意思。尽管如此，他还是坚持独自一人说下去。看样子，他觉得自己还没有讲够，还正在兴头上呢！所以，他也没给我任何说话的机会。

“你知道我最终想得到的是什么吗？我要的是一种感觉。我要感受到，在我身边，有一个看得见摸得着的人就在家里。我要有一个女人，她能和我一起做饭，一起购物，一起去看电影，一起阅读报纸，一起谈论我们所阅读过的内容。我希望的,很简单,就是找一个能和我在一起共享人生的女人。也许,我们会生一个孩子。我要的是一个再平常不过的生活,就像一个傻子在翻阅一本彩色画报或者欣赏一幕动情喜剧时所见到的那些生活场景,既丰富多彩,平凡朴实,又不无聊透顶,索然无味。这应该就是我的生活标准。我时而会把未来想得天花乱坠,时而又把未来想得很糟糕,但无论如何,我就是喜好幻想,这给我带来了很多乐趣。要知道,在那个政治斗争的年代里,我们对这种生活方式是多么地厌恶和憎恨啊!我的思想仍没有改变,我总坚信,我们还可以再发动一场起义,另外,我们还必须将我们这些革命斗争经验世代相传下去。然而,理想和现实之间往往是存有差距的,这一点我不得不承认,而且我们本身也存在着许多缺点和弱点。”

突然间,我想起年轻时我俩在一起的那些夜晚。正因为对他很了解,所以,我对他的种种渴望无所不晓。我知道,他的那些期待来自何处。难道在那些晚上我们就不能有其他的人生经历吗?此时此刻,我还能回忆起法图斯大姐在电话中所说的那些话语,我也记得刚才那个年轻女导游对他所说的那番话。所以,现在也正是时候,不妨来问他一下。我必须要听到他的这个故事。

“你就从未想过要尝试一下吗?”

听到我这个问题后,他的脸上立马露出了一种不可名状的表情。不过,这种表情也只有我能懂得。它也许是一种遗憾的表情,也许是一种失败认输的表情,也许是一种无助的表情。只见他微微张了张嘴,那表情看上去就像是我们在循着他的思路立马要踏上他的另一条人生之路一般。

“和伊拉分手后,我开始告诉自己,一切都别再强求了,反正该怎样就怎样,一切顺其自然好了。也许我还要尝试一下,将以往自己有些失去的东西找回来。要知道,那些美好的青春年华我们可从未尽情享受过啊。还有,哎呀,算了,不说那么多了,反正一切都无所谓了。在当导游的第四个年头,你知道,在我的生活里,我又认识了一个女人。她是我的同事,名叫尼哈尔。在我们第一次认识后不久,我们就住到了一起。只要我们的工作条件许可,我们就生活在一起。她跟我一样,也是干导游这一行的,她做远程导游,会经常带游客横穿整个安纳托利亚高原。一到夏天的那几个月份,我们便忙得几乎碰不上面,不过,冬天的那几个月份对我们来说见面就方便多了。就这样,时间在不知不觉中又过去了三年。刚才,我已跟你说过,我渴望自己能安顿下来,能定居到某个地方,安度此生。而她呢,正如她自己所说的,她也非常希望能过上这样的生活。那些日子,她一再坚持这样的想法。她说,就让我们结婚吧,然后再要几个孩子。我们可以利用我们的人脉关系和工作经验开一家旅游公司。这是个不错的主意。她是一个对公司经营特别感兴趣的女人,而且,她还很像我,颇具组织才能和领导天赋。刚开始的时候,我觉得她这些想法很吸引人,我们甚至还为婚礼庆典做好了准备。我们去看过一套商品房,另外还看了家具。在这些来回折腾的忙碌中,我突然不知为何冒出了一个念头,感觉自己好像又变成了一个囚徒,又将从此失去自己的自由。另外,我还觉得,要是那样的话,我最终将出卖自己的人生,也永远背叛了过去。反正,反正我就觉得自己好像对这场婚姻还没做好足够的心理准备。我能接受我们彼此之间的年龄差距吗?我会认为结婚这件事非常重要吗?还有,要是年龄差距会影响我们对人生观有不同看法的话,我会接受吗?要知道,她比我要小十九岁呢,她也可以说是另一代人了。你也许会说,这之前你早干吗去了,也不想清楚这个问题,而且接着又稀里糊涂在一起拍拖了三年。我不知道怎么解释这一切。也许我突然间有了一个借口,也许这是一种众所周知、司空见惯的男人行事方式。而且,很有可能的还有,我也许受到了连我自己也不愿相信的有害思想的影响。我尝试着,要将自己的这些感觉告诉她。我不仅觉得自己和她之间有一段情感距离需要弥补,而且我对生活本身的含义也没做过深刻的思考和感悟。要是这样草率结婚的话,那就意味着我将在很多方面做出牺牲。是啊,身处麻木状态下的我已很难再创造一种新生活了。也许这些不是漂亮的、给人留下好印象的话语。我真的是个真诚的人吗?我真的对她对自己都说了真心话吗?听到这些,一开始她也不知道说些什么是好,她甚至还认为,我是在和她开玩笑呢。你想想看,我们甚至都已经到婚姻登记所去约定好结婚日期了。当她得知我很严肃地对待这件事情,且没有半点玩笑的时候,她告诉我,她在等着我的另一种解释,也就是说,一种更令她信服、更切合实际和更有意义的解释。对此,我还能有怎样别的解释呢。其实,这个问题不是跟我们两个人有关,而仅仅是跟我自己有关。在这种情况下,我只能支吾搪塞,闪烁其词,我已无法做到让她真正明白我和理解我了。我真的做不到,一切只能如此。她也问过我,是否我这个决定和伊拉有什么关系。有关我和伊拉的事,我们只深谈过一次。我告诉她,我们在雅典时曾在一起生活过。我想,当时我所说的这些,尼哈尔一定会印象深刻的。所以,她肯定有了某种紧张感,想在我这里问个明白。有一次,我自己也没找到一个满意的答案来回答她,我只能说,这个问题比较复杂,也很难一下子解释清楚。这一刻,我觉得我们之间开始有了一道鸿沟,我们的疏远也由此产生。对于她这样看待我和猜测我,我是不会轻易原谅她的,而且她也没向我作任何的赔礼道歉。就这样,她一声不吭,保持着沉默,似乎接受了这样的现实。后来,我也明白了,她也受到过我深深的伤害。后来晚些时候,她对我说,能解决个人大事,特别是能有孩子,这对她不知有多重要。作为一个男人来说,他必须懂得女人内心的这种想法。她还说过,她是不会忘记我的。她要竭尽全力将我留存在她的内心最深处，而且也要不遗余力地去实现她那些衷心期盼的愿望。听到这些，我的失望之情还能有什么更好的表达形式呢？我告诉自己，你就等着某个失望的女人来找你算账，找你报仇吧！这样的话我不知在心里重复了多少遍。我能感受到，她这番话可是很认真、很严肃地对我说的。然而，开弓没有回头箭，事已至此，我已不能退缩，也不能心软，只好硬着头皮走下去了，哪怕她的这番话听起来像是最后警告或最后通牒。几天后，我们终于分手了。我母亲感到特别难过，因为她太喜欢尼哈尔了，而且尼哈尔也特别喜爱我母亲。就这样，好些年过去了。这期间，虽然她们两个人不常见面，但却始终相互看望，保持着联系。不过，我们两个人倒还是经常见面的。在我们分手几个月后，尼哈尔就和一个很有钱的交易所投机商结了婚。这件事是她有天夜里给我打电话时亲口告诉我的。给我打电话的那会儿，她还没有结婚成家。她当时说过，几天之后，她就要成为别人的新娘了。我还能听到，电话那边放着的背景音乐可是我俩都很喜欢的曲子。显然，她就是想让我听到它。当时的我心情真是糟透了，尽管如此，我还是用一些客套话衷心祝愿她能过上称心如意的生活，一切都心想事成。说真的，我一时还真接受不了，她就这样找个人嫁了，而且还这么快就替代了我的位置。然而，我也知道，我根本没权利对她有任何的指责。我就是那个曾对她说过不想和她结婚的人。她是出于什么方面的原因才如此这般强调男人的这种臭德行呢？我不知道。也许她脑子里根本就没别的什么想法，或者她只是想表达一下自己激动的心情，或者恐惧的心情。也许她就是要以这样的方式来报复我。也许，也许她在等着我的最后一次请求，那就是我告诉她，她应该马上放弃那桩婚事，立刻回到我身边……就这样，这些推测开始在我的心里闹个不停。每当我想到她的时候，我总深感到歉意，同时也充满了愧疚之情。这之后，她很长时间也没给我打过电话，差不多有三年的时间，而我也同样没给她打过。当时的我并不是不想拿起话筒，只因为有时候我真的是太想念她了，而且我也觉得，她也一定很想念我的。然而，既然她不打给我，那我也不可能给她打的。这种想法一直在折磨着我，总觉得她还是那样一直在想念着我。真要是这样的话，那我便有权利去打扰她一下了，只不过我自己恐怕也要跟着栽进去了。

就这样，时间在慢慢地流逝。有天夜里，你听好了，有天夜里，她接二连三地打电话给我，这可是我根本没想到的事。接到她的电话，说实在的，我的心情很不平静。毫无疑问，她感受到了我当时的心情，我也根本不想再隐藏自己的这种感受。当时的她也是激动不已，我同样也感受到她的这种心情。我们就这样在电话里没完没了地聊着。现在，她已有了一个女儿，快两岁了。她说她想跟我见一面，我也没问她，为什么她会在这个时间打电话给我，但我很快就同意了。就这样，我们第二天便在塔克西姆广场旁边的那家格莰咖啡店见面了。当时，她把女儿也带来了，对此我也没感到有什么惊讶。谈话中间，我曾问过她，问她是否过得幸福，只听她回答我道：‘哎呀，婚姻不就是那么回事嘛。如果你说幸福，那就算幸福吧。生活可还是要继续过下去的。’我明白她这番话的意思，然而，我并不想再深究下去，反正我已经知道我想知道的一切。她能说的，反正也全跟我说了。她问我是否会生她的气，或者恨她，我说没有。事实上，我也根本没生过她的气，更别说恨她了。接着她又问我，是否我生活中已有了心仪之人。我告诉她，没有，到目前为止我还没有其他女人。反正对此我也没什么好隐瞒的。听到这些，她的脸上随之露出了一丝微笑，能想象得出，这种微笑应该是一种痛苦的微笑，或者也可以说是一种意味深长的微笑，对此，我还是不想再深究下去。那一天，我俩可以说是聊了个够。后来，我们还经常见面。就像所说过的那样，我们之间一直都是保持着较远的距离。有时候我会给她打个电话，有时候她也给我打个电话，然后我们就坐到一起，彼此聊聊我俩都知道的事情。可以说，我俩的关系既不是朋友的关系，也不是恋人的关系，姑且称之为这两种关系的混合体吧。我们说不清这种关系是什么关系，反正我们对它就是无法割舍，无法抛弃。谁知道呢，也许这对我们来说是一种最好的关系维系形式吧。我就这样看着她的女儿在一天天长大，而且她本人也在一天天变得更成熟。当然啰，我也在一天天成熟起来，我不知道是否如此。就这样，我始终未碰到一个愿和我白头到老的人。我们也一直怀着各自的梦想在过着自己的生活。”

我能够很好地感受到他的那些境况。我俩都在尝试着找回自己，并且从我俩生活上所暴露的缺点之中学着去宽容和理解别人。我们俩有可能会成为自己恐惧的囚徒。我们已经历了不少自己喜欢的人、喜欢的事，但却总还牢骚满腹，怨天尤人。我敢说，在那天晚上的那张桌子边，他绝对不是唯一一个因为恐惧就想放弃生活的人。此时，他又紧紧抓住了我的手。这么多年后，我们终于在彼此之间又架起了一座沟通的桥梁。他讲述的是一个很悲伤的故事：他最后那一刻对婚姻的放弃，尼哈尔想再见到他的强烈愿望，他们的重聚以及他们彼此相互的渴求等，无不饱含着痛苦和煎熬。尽管这些都是经常发生在人们身边的事，或者说是日常琐事，然而谁又愿意经受这等刻骨铭心的感伤之事呢？我深深懂得这样的想法，我也知道，人活在这个世上有多么的不容易。然而，又有谁知道，这恐惧的真正原因又是什么呢？

该吃的也吃得差不多了，该喝的也喝好了，最后我们让招待将桌子收拾干净。现在，我们每人来了杯咖啡，另外还点了杯薄荷甜酒。我给他递了根雪茄，他没接，于是，我给自己点了一根。此时，他又告诉我他还有另一件生活中很重要的事想讲给我听。从他的话语中，我仿佛又感受到一种恐惧，它似乎正潜伏在一片无边无际的黑暗中。

“在大学学习期间，我烟瘾就很大，每天要抽好多烟。在监狱里，我依旧抽得很厉害。出狱后我还是照抽不误，我已经抽了好多年了。不过，现在有一年多时间我没再碰它了。这之前的有天夜里，我突然感到呼吸困难，喉咙堵得要死。我当时就想着，这下子我肯定完了。当时的我真的难受得要死。所以，我开始告诫自己，真的不能再碰它了，于是，我就彻底把它给戒了。”

此时的我仿佛有一种如鲠在喉的感觉。我觉得，有什么事情，我自己明白，但却不能说出，特别是在这个场合更不能和他说出。算了，这件事我还是不说为好。也许将来某一天我再告诉他也不迟，还是等等再说吧。此时，再看看我们身边，尽管已过夜半，但仍有许多人坐在那里，聊着自己的事情。这其中，有许多年轻人，生活因为他们而存在，也因为他们而继续。对于他们来说，那个时代所发生的那些事也许就像另一个世界所展现在他们眼前的童话一样不可思议。然而，那是怎样的一种决裂，一种在几代人之间产生的悲情决裂；而且，那又是怎样的一种隔阂，一种在几代之间看上去似乎无法消除的深度隔阂。在这一刻，我很想问他一个问题，这个问题也是我自己经常不断反问自己的，当然也是我一直想问他的问题。我希望自己能从他那里得出另一种答案来。

“这场战斗就这样白白地进行了吗，内兹米？难道许多人就这样白白地死去了吗？难道他们就该这样白白地付出了如此昂贵的代价吗？”

他看着我，一个人独自微笑了起来。他以这样的方式回答我，说真的，我其实并不满意，于是，我又开了口，为的是让他能听得更明白些，也希望能听到他一个大胆的表白。

“站在我们前面的那些人也是理想主义者，他们也曾要为建立一个更公平正义、更无上光荣的国家而英勇战斗过。你看看，我们似乎都失去了我们自身的价值，是啊，我们所有的价值。‘要坚决抵抗法西斯暴政！’是不是当时的我们太孩子气，太幼稚了呢？”

此时的他看上去像是在努力保持着刚才的那种微笑。只见他默默地盯着我，开始了他的回答。从他的话语中，我再一次地感受到一种失望的情绪。

“这个国家为了取悦别人，居然能忍心让自己的儿女肝脑涂地，做无谓的牺牲①。有时候我会问自己，当那些掌握着生杀予夺大权的家伙们对着镜子自照时，他们会怎样认识和看待自己呢？要是他们能扪心自问一下，当然，如果他们有能力的话，他们在现实之中都干了什么，而且又是怎么干的，他们又会怎样来回答自己呢？在签署了如此多的革命者死亡判决书之后，在刑讯逼供、严刑拷打了如此多的进步人士之后，在将数以千计的政治犯驱逐出境、并剥夺了他们的国籍之后，我还想问一下，他们在那张镜子里都看到了什么，他们看到的又是何人呢？而且你知道，还有很多不到18岁的姑娘和小伙子在被他们篡改年龄后，被当做成人送上了绞刑架。正如你所看到的这些，要清楚回答这些问题并不那么简单，这根本不是什么意识形态方面的问题，在我看来，它完全就是一个人性方面的问题。要想说清它，那可真的是太难太难了。”

等他说完这些，此时的我再也憋不住了，我必须要把我想说的话痛痛快快地说出来。

“也许那张镜子比我俩想象的、甚至比我们梦想的还要大呢。在你看来，是不是这里发生的事和其他国家发生的事件很相近、很类似呢？比如和阿根廷、巴西、智利和希腊等国发生的事件相比，这些难道都是巧

① 这里是指二十世纪七十年代末土耳其政府为取悦于西方资本主义国家而所做的大肆迫害国内共产主义者一事。

合吗？每当我思考这个问题的时候，我就觉得，在这个国家，我还远没有经历过那些该经历的事。到现在为止，对那些作恶多端、罪恶昭彰的刽子手们都没有启动任何的司法审判程序，将他们绳之以法，对这个问题你又是什么看法？我感觉这里面好像有什么猫腻，似乎有肮脏交易之嫌。这期间，有好几届公民政府已相继更替，它们对此又做了些什么没有？甚至这其中还有这样的几届政府，他们之所以能获取民心，赢得大选，就是因为他们对当年的军人政变分子进行了判决和惩处。他们总觉得有必要堵住民众之嘴，以妄图实现自己能永久占据权力宝座的野心。他们的良心仍没有丝毫悔改。毫无疑问，法院判决也不能真正带来我们所企盼的自由，对此我是不会再那么幼稚的。但无论如何，我还是深信不疑，认为这一步走得很有必要，也必须如此，这样，我们才能正确书写这个国家的这段光荣历史。"

等我说完这些，他欠了欠身子，随后开始将话题引向一个更远的地方。

"另外，我们必须要学会在我们的内心世界里对那些窃取国家权力的军人政变分子以及那些滥用酷刑、让我们遭受皮肉和心灵之苦的家伙们给予良心的谴责和道义审判。另外，这期间，我也不想再回忆过去，毕竟往事不堪回首。说真的，要跟你讲清楚我内心的这种感受真是太难了。这种状况持续了好久，直到有一天我终于从那些梦魇中彻底摆脱出来。我跟你也讲不清，为什么我心灵的创伤一直都没有愈合，反正你能想象到就可以了。不过，这些都是很主观的想法，要是我告诉你，现实完全是另一回事又会怎样呢？你看看，我们大家好不容易才谋得一份自己的生活，要从黑暗中爬出来那该是件多不容易的事啊！为此，我们将承受巨大的损失，还要承受我们曾失去的一切，甚至还要承受我们难以启齿的耻辱。然而现在，现在就让我们来假设一下，正如你刚才所说的，也许将会启动司法审判程序。倘若如此，在你看来，有谁会愿意作为证人出庭作证，说他曾亲眼目睹了当年所发生的一切？也许有些人根本就不愿说出他们过去的那段岁月是什么样子。你说过，这些人是应该遭受判处和惩罚的。在你看来，仅仅就是这些人应该站在法庭前，接受法律的惩处吗？还有那些沉默不语、什么都不说的人该怎么办？难道沉默就不是犯罪的同谋和帮凶吗？当年的那些证人也不完全个个就是受害人。你觉得，这个国家能承受得了这样一场无休止的争执吗？正因为今天的我们直面我们心中的这些哀伤，难道我们不也是处在这样尴尬的境地之中吗？”

他说得都对吗？这些方面的问题我还真没想到。我没有接话的意思。他沉默了片刻，紧接着他又开始变得活跃起来。

“有一天，我们的这些经历也许将会被搬上银幕，也许还会有相关的小说传记流传于世。通过这些方式，那些家伙的良心也许会得到一次很好的洗涤，国家的体制也必须借此机会来个彻底的变革，所以，这些故事讲述的意义本身就在于能让一切变得简单明了，变得公开透明，同时还要让那些痛苦、死亡和耻辱在人们心中能更容易地被接受和消解。然而，那些真正的灾难是无法用言语表达清楚的，对此也无法讲述，无从谈起。当然，肯定会有这样的人，他们会向别人讲述自己的历史，为的是能够求得自己的生存。所以，每个人都有他自己的反省方式和思想斗争过程。另外，要是这些历史能够被讲述，换句话说，能够以合法的形式被讲述的话，那该是一件多值得庆幸的事啊。这就是我为什么大多时候都感到心痛不已的原因。不过，你会看到，他们最终会听到我们的声音，他们肯定会通过某种方式听到我们的呼声。当然，在让一切变得简单明了、公开透明的同时，这其中也要把握好一个度的问题，就是不篡改历史，并且尊重历史。我们相信这一天是肯定会到来的。是啊，我们对那场战斗是那样充满了信心。当然,我们也犯过许多错误,譬如我们就没有充分地看清现实,在形势判断的某些方面我们也往往显得不够理智,存在着盲动行为。好了,不说这些了。不过,何时能在其他国家找到我们那些失散的同志和战友,这个问题恐怕连我们都没想过,更别提谈论这件事了。然而,对此我们曾充满了信心,你懂吗?我们曾相信过会有那么一天到来的。也许,我们缺少的正是这种信念和决心呢。所以,我们要拥有它才是。我们一直都健在,只要活着,我们就要呐喊:你们杀不死我们,我们是斩不尽、除不绝的!你会看到,会有那样的人,他们会明白其中这一切的,而且这样的人也大有人在。不用担心,这只是时间早晚的问题,这样的日子很快就会到来的。"

当然了,对于我们那场战斗的信仰问题我不会有任何指责。然而,那场战斗就真的像他所说的那样是那么令人信服和令人向往的吗?或者那根本就是一场虚幻的梦想,一场他死死抓住、不愿松手的梦想呢?因为那时的他已别无选择,唯独剩下最后的信仰而已。这个问题我不能向他提出,无论如何,眼下的这一刻我不能。我又朝四周看了看,此时的我再一次感觉到,我是多么的喜欢眼前的这座城市啊,甚至它的每一次呼吸都让我激动不已。博斯普鲁斯海岸边的夜幕中,深藏紧裹着的是那些奇幻的灯影。这河岸背后,隐藏着的又曾有多少的历史兴衰和时代变迁啊。是啊,生活就是这样一刻不停息地向前继续着。这两边的海岸,它们曾见证过多少在这里有过梦想、失望和希冀的人,他们仿佛从未停息过,在向别人讲述自己的人生经历,并将这些永远珍藏在自己的记忆深处。他们随时都有可能遭到不公的待遇,而且将来也会有之。从这个意义上说,人类历史难道不正是一部人类自己相互背信弃义的杀戮史吗?此时的我已陷入沉思中。紧接着,我的思绪又被一阵话语拉回到桌子边,只听见此时的他正提醒着我,要我们重续友谊,再回到我俩一起走过的那段岁月中。

“你怎么样？你看你老是让我一个人在喋喋不休。很显然，该说的，或者说我想说的，我也都说了。你一直不怕我啰嗦，真是太谢谢了！你知道，好长时间我都没和人这样好好聊过了。”

其实，我本身几乎也没多少说话的机会，而且所听到的这些也让此时的我多少感到有些困倦，尤其是话题经常一会儿扯到东、一会儿扯到西的，令我着实有些摸不着头脑。尽管如此，我还是很清楚，对于他所讲的这些，我是绕不开，必须要听的。不过，我已暗自决定，看看是否能找个合适的时间点入手，逐步打开话题，聊聊我的情况。就这样，只要自己能先想到的，我就把它说出来。我先是谈到我在伦敦的那段日子，然后谈到了回国后我开饭店的那个打算。我还聊到了凯马莱廷·贝伊、达维特先生、父亲的表兄摩尔多、塞夫凯特等我家商店里的那些伙计。尤其是我曾竭力尝试在思想意识形态方面逐一开导他们，并教会他们应具有一种敏锐的社会批判意识的事我也详细说了。还有，在和内兹米相处甚欢的那些日子里，我还带他去过我家店里，我不知道他是否能记得，或者能回忆起当时的那些情景了。想不到的是，每当他和我提起这些事情的时候，他都会情不自禁大笑起来。在他看来，我的这些故事就像是一部喜剧一样令他很是开心，感怀不已。不过，在他的这些感怀评论中，他既没有贬抑的看法，也没有什么玩笑性的话语，完全出乎我意料的是，他的话语中却充满了一种兄弟般的友爱之情。对此，我听到的是他这样的总结：“恭喜你啊，兄弟！你还是我们自己人啦！”

看着他脸上洋溢着的温暖而友好的喜悦之情，我再一次感觉到，从过去入手，再追忆往昔，这一步算是走对了。接下来，我又简短地向他讲述了我当时是带着怎样的情感走进商店，接手我父亲的生意，然后又将生意逐步做大的事。还有，我谈到了自己和切拉那场冒险的结合以及我们那两个孩子。反正这中间的细节我都没具体展开。总之，那天晚上的每个细节，以及与此相关的每段记忆都将永远属于我。我会不会有说得不对的地方呢？在我说完自己的事情后，我一直在等待着他的评判和看法。是的，很有可能，某些地方我说得不尽正确，我心怀忐忑。如果自己不能从这种忐忑中解放出来，或者说得以释怀的话，那我会很不自在，很不畅快的。就这样，我一直在等待着他的看法。我不知道，他是否已注意到，我在等待着这些。很可能他不知道吧，毕竟心怀忐忑的不是他，而是我呢。这一刻，除了他脸上仍有的那种友好表情外，他已别无表情。是的，哪怕这种友好表情深深隐藏在他那副看不见任何东西的墨镜后面，我也还是照样能看出的。这一刻，他很是开心，对我的话几乎也没什么评论，只是三言两语，随声附和着，认为我干得不错，而且过上了一种很理智的生活。难道三言两语不也是一种评论吗？也许他根本就不想多说，反正在这个午夜时分，他看上去对别人的啰嗦话多少已显得有些不耐烦了。看来，回忆过去，说话还是要尽量言简意赅些，甚至还要有所取舍。所以，我就这样简短讲述了，而且得到的也是简短的回应。总之，对于这一刻的我们来说，这也许是最合适不过的事。等有时间，我们还将谈论别的话题，哪怕谈论到深夜也不成问题。

接下来，我结了账。除了我们，此时的餐馆里已别无他人。起身后的我们随后朝海岸慢慢走去。此时的我们已没有话语，就坐到了一条长凳上，然后静静地注视着这夜色中的博斯普鲁斯海峡。好长时间我们一直都沉默不语。沉默中的我们又在各自内心深处反复搜寻着那些久久回荡的声音。他在想什么？我没有问他；此时的他又在想谁？我还是没有问他。他为什么不把自己的这段经历完整地记录下来呢？我确信，要是他想把这些记下来的话，他是完全可以做到的，而且还一定能做得很好。我在思忖着他的各种可能性：是否他已将自己内心深处不想再提的事全部抹去;或者他干脆已将自己所做的一切全部掩埋在心底。或者他还说过,讲述本身就是某种意义上的老调重弹呢?很荒唐吧。这句话好像哪个国家的某个作家也曾说过,不过,他是作为很多死亡者的见证人说出的。这可巧得惊人,令人深省,更让人不安,所以,我要再回想一下这句话究竟从何而来,到底是谁曾说过这样的话语。此时的大海不仅让我对刚才这句话的出处产生了思索,而且也勾起我对自己所走过的那些道路的回忆来。

"我的生活可不像你的生活那样那么丰富多彩啊!"

说完这些,我看了他一眼,此时的他已显得疲惫不堪。接下来从他的回答中我也能断定他的这种神态。

"唉,你这个家伙!你觉得我就那么喜欢这种丰富多彩的生活吗?"

本来十分相信生活真谛的这个人,怎么突然间看上去对生活又开始似信非信,将信将疑了。此时的内兹米仿佛已完全变成了另一个人。到底哪个内兹米才是真正的内兹米呢?到底哪个又是我更熟悉的内兹米呢?于是,我尝试着对生活的丰富多彩作进一步的解释。

"我不知道。反正从我的角度来看,你的生活就是这样。我可早就决定,我这辈子不要有那么多的战斗或奋斗了。你要知道,瞎折腾可是要付出代价的呢。"

他点了点头,那神情好像他不仅明白了我的意思,而且还在体味着我的各种情感,只是他的话却将我引向了另一个方向。此时的我已更加明白,他想表达的那种痛苦在他的灵魂深处已根深蒂固,难以清除。

"是啊,至少你已结婚成家,也有老婆孩子了。你可以说,早晨你想去哪里,晚上你又从哪里回来。你可要好好珍惜你眼前的这一切噢。"

我要好好珍惜眼前的这一切?这是他说的话吗?如果他知道,眼前的我正在筹办一场大戏,而且还要去见过去的那些伙伴,他还能如此轻松地说出这样的话来吗？要是这样，那我可是要和他摆清事实，争个长短的。然而，要是不和他讲清自己所碰到的那些灾难事，那我最后可是无法将这场大戏搬上舞台的。不过，别着急，一切都需要时间，还是谨慎些为好。在这一刻，我最多也只能这样对他说：正由于每个人所期待的不同，所以他观察事物的角度也会有所不同，这就是我为什么要接下来反问他的原因。

“你认为……？”

我希望此时的他不仅能听出一种反诘的意味，同时还能听出我某种挑衅的意味。然而，他还是固执地坚持他的那些观点，甚至还要为其辩护。他的回答虽简单，但从他的话语中我能听出，这些都完全发自于他的心底。

“是的，我就是这样认为的。你相信我好了，生活恰恰就是如此。”

他的这种态度让我印象很深刻。毫无疑问，听到我的话，他当然有权生出这样的情绪来。不管怎样，我多少还是有那么点失望。他为什么就不问问我今天晚上为什么还要出来，难道这个时间我坐在家里享享清福岂不更好？这是不是意味着，这家伙变得又聋又瞎，搞不清事理了呢？我必须要这样想吗？我究竟知道什么呢？鉴于我刚才听到的那番话，我总感觉到自己在他面前已矮了三分。我知道，我有些冤枉自己了，然而，我还是不能从这种矮人三分的感觉中、甚至罪过感中解脱出来。所以，当我直截了当、口无遮拦地说他是个又聋又瞎之人，而且还能看到他的弱点时，我终于有了那么点轻松的感觉。我能和他聊聊自己的家庭情况吗？不过，在我这样的家庭生活中，什么酸甜苦辣的事我都有过，好的时候就是一个生活万花筒，五光十色，很是迷人，而糟的时候却像是一座监狱，令我备受煎熬，痛苦不已。这些我肯定都会告诉他的。在我们的这次见面中，这种感觉让我对他充满了信任。于是，我暗自决定不正面回答他这个问题，而且还要把这种小伤害放到一边，为的是能让自己置身于这种彼此信任的温暖中。在这个夜阑人静的时刻，他终于提出了一个和这个特殊夜晚很是般配的问题来。

“现在，你倒是说说看，你到底为什么要见我，而且还在这么多年之后呢?”

他这个问题可以说既直率，又坦诚，而且也根本听不出有什么挖苦或者让人恐惧的含义。然而，受刚才他那些伤害性话语的影响，我还是忍不住回了他一句，而且里面还带着些牢骚的情绪。

“我早就想过了，你是肯定不会问我这个问题的呢。”

从他下面回答的话语中，我再次感受到这是只有拥有许多生活阅历的人才能说出的话语。尽管我有些微词，但我仍能感受到他的直率和坦诚。

“什么事都要一步一步来的，老伙计。毕竟生活教会了我们要有耐心，要学会等待。”

此时的我感到机会终于来了，我该再往前迈一步才是。

“要是我现在告诉你我准备上演‘伊斯坦布尔就是我的生命’这台戏的话……”

这句话立马引起了我盼望已久的反应，只见他的脸上顿时露出了喜悦之情。一个年轻的内兹米仿佛又出现在了我的面前。我多么盼望着能再次看到这样一个年轻小伙子啊！正由于此，对于他多变的情绪我不但觉得没什么不好，反倒让我更喜欢他了。在经历了如此多的人生波折之后，他还能万分欣喜地回忆起多年前我们尚未完成的那桩大事，仅凭这一点，这就足够让我开怀的了。

“那是多精彩的一幕舞台剧啊，妈的！没想到会引起那么大的轰动，唉!”

他以这样的口吻唤醒了自己对那幕舞台剧的回忆，这一点并不让人觉得惊奇。在那所学校，有'戏剧团'这件事对他来说也许是他唯一美好的回忆。是啊，那是他最美好、最值得珍藏的回忆，也许他这辈子都不会忘记。对于这些，我们又怎能轻易忘记呢？为了演好那幕戏，我们不但一起编写剧本，编排情节，而且还一同上台演出过。凭着这幕戏，我们还参加过中学生戏剧比赛，并获得了大奖。赛普内姆就获得了最佳女演员二等奖。不过许多人都说，那似乎不公平，因为她本该获得一等奖才是。一位戏剧评论者在一本杂志中曾这样写道：'在我们的舞台上，一颗璀璨的戏剧新星正冉冉升起。'唉，那已是好多年前的事啰，不知不觉已过去了这么多年。不过，那个时候我们却并不知道，我们就那样从此各奔东西，彼此从各自的视线中逐渐消失。此时，他的怀旧之情已愈发浓烈，这令我也很是感动。现在这正是个借题发挥的良机。这一次，我开始像孩子一样激动起来。

"要是我们再把这幕大戏重新上演，你觉得怎样？还是原班人马，还是'戏剧团'的这些成员！至少再上演一次吧。你不用担心钱的问题，也不用担心舞台的问题，更不用担心观众这个问题，一切我都已经考虑好了，你只要点头同意就行了。要是你不参演的话，那这件事可就泡汤了。我们要做的就是能将这些人重新凑齐。"

此时，他的脸上洋溢着的已不仅仅是年轻人的那种喜悦之情，更多的是一种激动和惊喜之情。他的反应已完全发自于他的情感，没有做作，也没有任何的掩饰。

"我操，这可真没想到！你说说，你怎么会有这个念头的呢？"

要想一下子解释清楚这些还真不容易，而且在这一刻，他也不一定能接受得了我的解释。当然，具体什么情况我肯定是要跟他说的了，不过，还是另找时机吧。所以，对于他脸上所显露的惊喜之情我很是高兴，这种感觉我无论如何都不能丢失。我必须来个小小的呼吁，这样也能让他给自己鼓鼓劲，加加油。

“这个现在我们也甭提了。你觉得怎样，将这幕‘伊斯坦布尔就是我的生命’再上演一次？也许我们可以对有必要改动的台词稍作修改一下。最关键的是，我们最终一定要将这台戏搬上舞台。”

没有什么迟疑，只见他用手拍了我后背一下，那意思分明就是一种允诺，这表明，至少我们可以一起迈出这关键性的第一步了。

“那个时候，我们的这台大戏曾给人留下多深刻的印象啊，真是不可思议！”

此时的我当然能看出他有多激动，这一点就连我也感慨万分。随后，我们沉默了一会儿。现在，我们必须要面对现实，仅迈出这第一步还是远远不够的。最关键的问题是，我们首先得找回原班人马。还是他首先开口表达了自己的隐忧。

“我们怎么做才能找回这些原班人马呢？其他的人都不知道散落到哪去了。”

为此，我必须要让他看到，或多或少我已找到了问题解决的办法，至少我已做好了充分的思想准备。我不想让满满的希望就这样一下子落空。我哪里会知道，他的这个问题背后却隐藏着一个极为棘手的问题。

“就像我已说过的，尼索他人在以色列，我很有把握能找到他。”

我这些话催着他也不得不跟我一句，毕竟我是在和一个当年讲纪律的“组织者”打交道。

“我也有可能会打探到约格斯在雅典的下落。”

说到这里，他的脸上好像又泛起一阵痛楚，或者说一种难以言说的悲伤。当然，他的这番话也让我很惊喜，因为他很有可能还和雅典方面保持着关系来往，但是，他又怎么会知道，约格斯正好就在雅典呢？在我们最后分手的前几天，他可是跟我们提起过，他要去法国的。不过，我的惊喜和怀疑却没有逃过他的眼睛，因为从他的微笑中我已清楚感受到了这些。他似乎在说：这个你放心，具体细节我会再跟你说的，只是要到某个适当的时候。眼下最好的是不要问那么多，反正知道就行了。我知道，到那个时候他肯定会把一切原原本本告诉我的，而且我还要听听他对此的看法，以及其他人对此的看法。在这一刻，我仿佛觉得约格斯的情况很是神秘，内兹米是否真的会把这件事告诉我，对此，他好像还没有做好充分的心理准备。反正机会多的是，我没必要那么着急。这里，我们面临的是一个非常关键的问题，这个问题我们随时随地都要解决，而且无论如何都要解决。而现在，我们又碰到一个更为棘手的问题，怎么才能找到当年的那两个女孩子呢？此时的我们俩不禁面面相觑。毫无疑问，他的思绪也停留在这个问题上了，而且他的回忆也一定跟我一样。要是接着谈约格斯的话，那再想回忆这两个女孩可就困难了。这时，我俩将话题再往前延伸了一步。

“要是我们能找到尼索的话，那我们就能找到赛丽了，因为她也去以色列了。”

这个情况他可是不知道的。他哪里能知道这些呢？那个时候，当他从安卡拉销声匿迹后，这里的形势已发生了很大变化。他也没要求我给他讲赛丽的事情。生活就这样教会了我们，多等待，练就耐心，然后我们就会认识到，并最终承认，所有事情的发生和结果都存在着各种可能性，所以是很难预测的。他痛苦地微笑着。他为何会发出这样的微笑，只有我心里最清楚，这一点就不需要我俩再多费口舌了。不过，有一个问题倒是先前可以预见的，他说了出来。等他说完后，我俩都感到了些许不安。

“你觉得，约格斯他真愿意再回来吗？”

我回答不了这个问题，很有可能他也回答不了。这个问题无论如何都要提出来，而且必须以这个故事的名义还有约格斯的名义提出。我不想失去我的希望，于是，我要让我俩都对此充满信心。

“是啊，都这么多年了。也许，现在正好时机已成熟，可以找找他们了。”

最好的办法莫过于相信会有这样的机遇。再一次地，我俩又陷入沉思。此时此刻，已没有必要说出，我们究竟在想谁了。现在该谈一谈我们这台戏最火辣的女主角了。这个女主角，是的，这个我一直放在最隐秘角落从来都不肯出示于人的当家花旦。我很希望他首先能说说她的情况，而且也不想让他从我的话语中觉察出什么来。没多做迟疑，就在感觉到我将要开口的那一刹那，他抢先开了口。不过，他的声音倒是全都在颤抖着。

“现在就剩赛普内姆了。你就不想知道，她的情况是怎样的吗？”

他的这种问法不明显是让我产生某种不祥之感吗？我的心跳顿时加快了起来。我不敢吭声，继续保持着沉默，因为我还没找到合适的话语来回答他。现在，我还要在很短的时间内面对另一个事实。他的声音听起来已有些沙哑，此时的我感觉自己马上就要听到噩耗一般，浑身在透着寒气。不过，我还是鼓足勇气，咽了一下唾沫，然后拼命硬撑着，别让他看出我有受到任何一点点的惊吓来。

“你也许知道有些事的……这对你来说不是很糟糕吧？”

说完这些，他点了点头，没有任何话语。对于他这种反复不断的习惯性动作我早已习以为常，而且也没什么其他看法。就这样，我们继续着我们的谈话。不过这一次，他的点头动作却让我很是害怕。此时此刻，我已把控不住因内心战栗所导致的颤抖的说话声，反正我也管不了那么多了。恐惧和担忧真的很可能会让我提出一些荒唐的问题来。于是，我没做犹豫，将话题又往前延伸了一步。是啊，不是每个问题都得符合逻辑，或者说符合人们惯性思维的。

“她人还在吧？”

此时，他的目光仍没有离开海水中那些灯光的倒影，我感觉他好像根本就不想多看我一眼。这是怎样的痛苦，又是怎样的无助呢？接下来，他的回答也完全和我所问的风马牛不相及，而且说话声也一直在颤抖着。

“我不知道。而且我也决定不了……”

他这番话我怎么越听越糊涂了，我哪会想到，在这个深夜里，我们居然还会聊到这样的问题！毫无疑问，我们又转了一圈，转回到另一个灰暗故事的起点。不管怎样，我都要弄个明白。于是，我故态复萌，耍起了性子，想缠住他不放，非一探究竟不可。

“好了好了，别跟我卖关子了，兄弟！你就直接说拉倒吧！”

听到我这番话，他有了反应，只见他脸上又露出了痛苦的笑容，那感觉就好像他想回答，却又不知道如何回答似的。另外，他那感觉又好像他想看到，是否我对他后面的讲述已做好了准备。从他的问话中不难听出，他又有了几分的踌躇和迟疑。

“你真的想去看望她吗？”

他这句话一出，我愈加变得担心起来，同时也更为期待了。此时此刻，我心中的防护大堤仿佛已决开，我想以最简洁的方式直奔主题，搞清事情真相。

“你脑子有问题吧？我当然想啰！而且是永远都想呢！我想去看她，你明白了吗？”

他又将目光投向了大海。这一次，他的话语中显露出令我俩都感到有些安慰的语调来，至少我从他的话语中听出了这种语气。

“她当然还在，你不用担心，只不过她的人生发生了很大变化，是的，很大很大的变化。”

他停了下来，只听他又是一阵哽咽。我抓起了他的肩膀。停了片刻，他又接着说道：

“我还是带你去见她吧。”

此时，他这句话就更促使我想了解这件事的原委了。所以，借着下面这个问题，我想再催促他一番，尽管我觉得他没有想吐露出来的意思。我的这个问题可以说既简洁友好，又无伤大雅。

“你就不能跟我简单地说一下吗？”

这一次，他又抓住了我的手，并死死攥住，没有松开。此时，我感觉他好像就要把我们两个人的谈话带到某个较恰当的时间点一般。能看得出，他希望我能就此收步。

“今天晚上就算了。我们已聊得够多的了。我们还是走吧。”

我看了看表，都已是凌晨两点多了。他说的很对，我们已聊了很多，而且各方面我们都聊到了。

“你什么时候带我去她那里？”

听到这句话，他毫不迟疑地回答了我。这种回答虽没有对我们兄弟般的情感以及彼此的信任产生影响，但从他的语气中我多少还是能听出他有些闪躲的意味。

“只要你有时间，都行。如果你愿意的话，会很快的。我看干脆就明天吧。反正我们这后面会经常见面的，你说对吧？”

我必须保持坚决的态度。我相信，只有以这种方式，这个故事才能有所推进。

“好的，那就明天吧。就定在下午两点钟吧，我在警察局对面的那个地方等你。”

尽管我满怀期待，但我还是不禁在内心大笑起来。在听了他这番讲述后，我到底建议了一个什么样的地方，如此恰当，如此让人浮想联翩嘛！当我想着要说的时候，我还没意识到这一点，可当我说出口以后，我发觉再要改口却为时已晚了。当然，我不是有意要这样建议的，只是因为过去岁月的那一幕幕让我情不自禁有了这个主意。那个时候，我们可是经常在泰斯维基耶警察局对面的那家文具店门口碰面的，而另一个碰面的地方就是科纳克电影院门口。可惜的是，这家电影院和当年许多其他的电影院一样早已不复存在，而且还有其他的地点也没了踪影。总之，之所以这样建议，是因为我有意要在我们的今昔之间架起一座情感的桥梁。对于我的这个建议，我们俩不由得会心地笑了起来。只见他又点了点头，这种动作可是他经常做的动作，对于这些，我反正也没有必要去制止他。我只能说，能彼此了解的人，哪怕他们在沉默，他们也能心领神会，懂得对方的心思。此时的我站起了身，而他呢，却还在盯着大海一个劲愣神着，那神情就好像他在和别处的某个人说话一般。对于此时的我来说，眼前只剩下一种可能性，那就是慢慢结束今夜所有的故事，以期待新故事的来临。

“要我送你回家吗？”

他还在凝视着远方。此时，他的脸上能明显看出刚才酒精所产生的效果。他着实喝了不少，不过他还是相当能喝，酒量惊人。他既没有颠三倒四，语无伦次，也没有神情恍惚，意乱神迷。看来，在饮酒方面，生活也让他本人发生了不小的改变。我只能认为，酒精所产生的效果是他的困倦麻木所致，这其中，不仅仅有他今晚的疲倦，更多的却是他失去人生方向后的痛苦所致。在我的请求下，他开始回答我。不过，从他的话语中，我依旧能感觉到他的这种疲倦。

“不用的，谢谢，你走吧！我还想在这里坐一会儿，然后我再走一走，这样脑子会更清醒些。”

听到这些，我没再说下去，只是用手抚摸了一下他的肩膀。同样，他也抓起了我的手，此时的我们已是心交神许，再多的话已是多余。就这样，没有任何道别的话语，我离开他，独自一个人钻进车里，然后消失在这座城市色彩斑斓的夜幕中。这种感觉可是太重要了，因为今晚这么长时间我们所谈论的一切让我俩以一种全新的感觉经历了另一个多姿多彩的人生。是啊，另一种奇异的色彩，不一般感受的城市，此时的它已完全不同于我们所置身的这座城市。此时的赛普内姆究竟会在这个城市的哪个角落里呢？这个问题一直在我的脑海里萦绕，我始终无法忘却。此时，我们的过去已和眼前我所经历的这一切完全混搅到一起，已很难再理清头绪，看清眉目了。巴黎、梦想、塔拉布亚①等等，一切又在我脑海里不断闪现。在回家的路上，不知怎么地，我突然又想到了另一个问题，要是我不说出自己的那个梦想，也就是说不提大戏重新搬上舞台这件事的话，内兹米他还会跟我提赛普内姆的事吗？要是他不提她的话，那又是为什么呢？这个问题又会引出其他一连串问题来，沿着这些脉络我们将可以一探往日遗踪，追忆那段难忘的岁月。想着想着，我突然停了下来，我不能再往下想了，要是再回忆下去的话，我不知自己是否还能控制得住自己，说不定还会号啕大哭起来。反正明天就能见到她了，到时候，一切自然都会揭开谜底的。

---

① 塔拉布亚（Tarabya），伊斯坦布尔市欧洲大陆部分的一个城区，濒临博斯普鲁斯海峡西岸。

黑夜，深井，还有画作中那些狂风暴雨般的场景

我真的不知道，这一天会发生什么，只是一大早我就醒来了。我能料想到的，也只是内兹米今天有可能要把我带到一幕全新的且令我颇感震惊的故事场景中。我究竟有多少心理准备，来咀嚼和品味赛普内姆的人生故事呢？在这么多年内心的沉寂和复苏之后，我又能和她说些什么呢？这些问题我不知如何回答才好。只是多少年来我都一直在梦想着能再次见到她。也不知有多少次，我一直都在回味着我们那时的谈话，而且对于每一次谈话，我都会产生不同的场景幻想。期待着能和她见面，当然还是为了我那台大戏，还要找回那些原班人马。不过，和找其他人不同，想找赛普内姆的感觉却完全是另外一回事，这只有我自己心里最清楚。是的，只有我自己，因为这么多年来我从来没有和其他人分享

过我的这些感受，可以说，我内心所经历的失败就是自己的失败，那不堪回首的岁月也是我自己所经历的岁月。那一幅幅场景，那些话语，还有那些声音此时已全部交织在一起，汇入我内心深处，令我感慨万千，不能自持。

这天早上，我起得比平时晚了些。是否去店里，我已没了兴致。不过，我还是给店里打了个电话，我想问问，店里是否还有什么事需要我亲自过问一下，回答说没有。我找了个借口，说自己今天感觉有点不舒服，干脆就不过去了。其实，这种借口倒也没什么必要，因为我本身就是老板。不过，是生活教会了我要这样做，就我来说，任何时候都还是要讲纪律、守诚信的。然而，今天自己为什么躲着不上班，这里面可是自有它重要原因的。

这天的天气有些阴沉，听天气预报说下午可能还会有雨。这样的天气状况怎么会不让人触景生情，浮想联翩呢？从根本上说，我们的生活受客观因素影响的程度远比我们想象的要深，这种情况我是最清楚不过的。尽管如此，我还是不能摆脱某种情绪的影响，特别是当我驱车前往碰面地点的时候。所以，我就更可以解释，我的心里为什么感到越来越沉重，也越来越压抑了。不过，让我很容易想象到的是，蒙蒙细雨中的赛普内姆看上去又会有怎样的一副容颜呢？我今天路过这些地方时，当年发生的许多事又一次唤醒了我内心深处的许多回忆，这种温暖的感觉不禁让我郁积的心情又平复了很多。贝西克塔斯城区某个加油站内的那家莫托雷斯特饭店，即使是今天恐怕还有一些人记得它，要知道，当年在那里我可是平生第一次吃甲鱼腿的。旁边西斯丽城区艾尔马达克①附近的那家西德罗迈尔迪厅也是我人生第一次进的迪斯科舞厅，和卡拉克伊②的那家妓院相比，这家迪厅更是气派，也完全是另一种氛围；还有那

① 艾尔马达克（Elmadağ），贝西克塔斯城区西北边西斯丽城区的一处地名。
② 卡拉克伊（Karaköy），伊斯坦布尔市贝约格鲁城区的一处地名。

家皮诺比萨饼店,在我们心中那可是伊斯坦布尔市的头号快餐店。在那里,我们大家都曾尽情享用过那道名叫“少女幽梦”的甜食快餐。这些都是怎样的故事,怎样的梦想和怎样的记忆啊,一切的一切无不和我经过的这些地点紧紧联系在了一起。再一次地,一幅幅街景又唤醒了我许多鲜活的回忆,此时的我正行驶在一条充满历史记忆的古街上,正由于此,我才没注意到时光的流逝。当我拐进警察局对面的那个角落时,我看到了正在那里等我的内兹米,只见他正心不在焉地在左顾右盼着什么。我停了下来,带着满脸诡谲笑意的他上了我的车,那神情就像是昨天他第一次上我车时一样。这笑意是什么意思?是他内心隐藏了什么,还是一种他自我防卫的神情?也许都有吧。上车后的他既没向我问好,也没看我一眼,而只是直接报给我我们要去的目的地,那神情就好像在向我透露某个秘密一般,显得很是神秘:

“走,上巴基尔克伊①那边的那家精神病院去!”

这一下,我又不知该说什么好了。我在思忖着,要是赛普内姆在那里工作的话,这根本不合乎逻辑。我知道,多少年前她经历过一个怎样的人生之旅,所以,那也只存在着一种可能性,那就是内兹米脸上所流露出的那种悲伤的表情已说明了一切。我很想问问他这种表情是怎么回事,然而,我还是没问,我要听他的解释,只有这样我才能将我的无助深深掩埋起来,也只有这样我才能避开他那种让我担惊受怕的回答。没有任何话语,我们就这样行驶了一会儿。正如我所料到的,他终于在沉默中爆发了,那感觉就像他猜出了我想说却没说出的话来一样。

“你猜得很对,她在那里已待了很多年了。”

---

① 巴基尔克伊(Bakırköy),伊斯坦布尔市的一个城区,位于其欧洲大陆部分的南端,濒临马尔马拉海。

说这话的时候，他还是没看我一眼。他的说话声又开始颤抖起来了。此时的我们既像是被人赶到大街上一样魂不守舍，同时又好像走进了一间令人恐惧的黑屋子里。接下来我们什么也没交谈，只知道往那里赶着，是的，一个劲闷头在往那里赶着。突然，他将脸转向了我。从他亲切友好的语调中我似乎能听出他某种试探性的语气，只不过那语气里充满着某种挑衅的味道。

“你真的想好了去见她？现在后悔还来得及噢。要是你看到她那里的一切的话，也许你会受不了的噢。”

我继续盯着前面的马路。我确定不了，他这番话到底是什么意思，他是想保护我这个朋友呢，还是小瞧我，怕我不敢去见她呢？坦白地说，听到他这番话，我是有些不爽的，因为他不知道我曾经历过什么，而且我所听到的又将会引起我怎样的回忆。另外，我也不准备把我的心里话说出来。此时，我瞥了他一眼，我想让他看到我这种眼神所传递出的我这种坚决的态度。这一次，他又将眼神转回到街面上。此时的我别无选择，只能相信坚定的话语方可给他以最有力的回答，这应该是最有效的办法，因为一者我可以表达我眼神有可能表达不出的坚决态度，二者我还可以发泄一下他对我挑衅的不满。

“没什么回头路！我们要一直走下去的！”

他没有理我。这一次我也没有看他。也许他在心里会说“我是帮你忙，为你尽义务”呢。我不管这些，我只想知道答案。

“说吧，你倒是开口啊！”

我偏了一下头，飞快地瞄了他一眼，我想看看他的表情到底如何，只是我没看到他的表情有什么变化。只见他还是那样，将脸一直朝着前方的马路。在一阵沉默之后，他终于开始讲述这件事的最实质性内容。

“根据她病例记载，她在那里已待了二十年了。在那里，她整日无语，什么也不说，长期以来都是如此。人们不知道，她在看什么，或者她怎么看待曾发生的一切。我也不知道，她是否能认得我。她就是整天呆坐在那里，一动不动，只不过有时候还能微笑一下，不过，她倒是能画画的。”

在这一刻，我只想沉默。除了沉默，我还是沉默。而且只要能沉默，我都会沉默，为的是自己能把这突如其来被告知的沉默更好地去看个仔细，听个清楚，也想个明白。此时，已过去多年的那一切又令我深深着迷，回味不已，而眼前所拥有的一切仿佛顷刻间又从手中滑落，并掉进无底深渊。唉，赛普内姆，你这个娇小玲珑、皮肤黝黑、还长着一双大眼睛、一对黑眼珠的赛普内姆，虽只有微弱娇小的身躯，但你哪里会知道，仅凭你那双美丽的大眼和深邃的目光就能左右我们的视线，并摄走我们的魂魄呢？在我们中间，她总是以大姐的形象出现，这也许是天意吧；并且只要遇到问题，她都会第一个冲上去，从容面对。这种角色就好像是我们赋予她的一样，一切该担当的事也好像全落在了她身上。说真的，我们很喜欢她这一点，因为即使她生气了也不会为难你，所以，你会感到她带来的阵阵暖意。这种温暖，不知曾给我们大伙儿增添了多少自信和希望。那时候，我就经常想着，她这辈子是肯定不会放弃她“大姐姐”这个角色的了，老天似乎偏偏就选中了她，要她来应对一切问题。她这种处世方式也让我和她越来越有了某种亲近感。

中学毕业后的某天晚上，她把我们“剧团”的几个成员召集到一起。她告诉大家，如果我们以传统方式庆祝高中毕业，然后再各奔前程，这种方式很不合适。就这样，我们乘车去了塔拉布亚的一家饭店摆了一桌筵席。当时的我和赛普内姆坐在一起。等到酒过三巡、菜过五味之后，我们的情绪在酒精的作用下不知怎么地开始上来了，大家都聊得热火朝天，无所不谈，随后，大家又将话题转到自己尚未确定的人生路上。我没有想到大家会聊到这个话题，我很受启发。随后，我偷偷问她能不能和自己单独出去待一会儿。巧得很，这正好也是她的想法。坦白地说，对于她爽快的应允我也早有了心理准备。终于，我期待已久的这个夜晚随之到来，它就像梦一般慢慢将我围绕，令我陶醉。这时候，说真的，若叫我们剧团的那些人散伙去找自己的乐子并不是件难事。赛丽和约格斯两个人想单独去某个地方，对此我们没任何意见；内兹米和尼索两个人早就在为革命意识形态方面的问题争个没完，而且还不时发表着高见。就这样，我们俩手拉着手一起上了路，然后坐在了博斯普鲁斯海岸边的一张长凳上。此时，灯火通明的塔拉布亚饭店就在我们的不远处。在我们正前方的海面上，停泊着许多船只，在我俩看来，它们似乎完全属于另一种陌生的生活，与我们毫不相干。然而，这片大海深藏着许多我们尚不知晓的悠久历史，它可以给人带来好多好多的记忆，这些我都可以将之与许多历史事件和英雄人物联系到一起。我尝试着，将自己的这些感受传递给赛普内姆。在交流中我得知，她也有许多难忘的记忆将自己和这片海湾紧紧联系在了一起。共同的记忆又使我们俩更近地走到一起。此时的我们早已告别了自己的童年，当时的孩子都已长大，但他们真的长大成人了吗？这个问题在那个夜晚对我俩来说难以回答，就算是我们彼此提问也难以回答，因为在我们的心中郁积着另一种忧愁，是希望，是期待，还是恐惧？就这样，我们不断地在交流着各种情感：夜色灯火的美景，海浪轻轻拍打船舷的啪啪声，还有摆在我们面前无法回避也无法推延的分手季节等都成为我们聊不完的话题，人生即将分别的悲伤正在一点点向我们袭来。我们在一起排演时同甘共苦的经历已永远变成了美好的回忆，当然，还有当时好多心里想说不敢说的那一幕幕也成了美好的回忆。我们还谈论我们未来的人生世界，我们的革命热情，特别是我们的反抗精神，因为这种反抗精神今后将会更紧密地和我们的人生联系在一起，将来的我们很可能还要有这种反抗精神，为的是我们能拥有一个幸福美好的生活。我们没必要太在意那些伤痕苦累，我们所希望的就是大家能紧紧团结在一起。只有如此，我们才能忘却那份孤独，那份无尽的孤独。之所以要反抗，要战斗，只是因为我们本身也成了那些遍体鳞伤的孩子……

在这样的情境下，为什么赛普内姆就不敞开心扉，把她所受的伤害说出来呢？谁知道啊。也许她不想说出来，也许她根本就没那个勇气说出来。这可是我第一次看见她特别温柔且易受伤的一面。要是我那天夜里不把自己想说的话说出来的话，那我将很可能永远不会再提这些事了，反正当时的我就是这样想的。夜色已深，一丝寒意向我们袭来，我更感受到这深夜里的寒冷。此时，我的内心一阵紧缩。我们紧紧地挤在了一起。她将头轻靠在我的肩上，于是，我将手臂也轻轻搭在了她的肩头，就这样，我们彼此都默默无语。此时的我内心在不断翻滚着，心情也激动异常。这时候，她开始对我轻声细语，就好像在和我低声耳语着什么一般。是啊，如此良夜正需要我们这样的轻声絮语。这种倾诉声本该是呢喃细语，不知为何我却突然感到它好似一阵惊呼，一阵叫喊。在那个深夜，耳边居然响起这种奇怪的惊叫声，这让我不得不怀疑，自己的耳朵是不是出了什么问题，抑或它根本就是一个幻觉。此时，她在我耳边所说的话很令我震惊，如此震惊，直让我浑身战栗，惊悚不已。

"我感觉到了，伊子，我真的好害怕，好害怕。我害怕人生，我害怕未来。我怎么觉得现在的我正从某个高处坠落下来，就好像，就好像快要掉进一个看不见底的深井里一般。我不知道自己怎么会有这样的感觉，但我就是真真切切感受到了。我心里就是有这样抹不去的恐惧感。"

此时的我不知该如何回答是好。她是不是想让我紧紧抓住她的双手呢？我要和她一辈子，不，我们俩要一辈子像这样紧密相依在一起吗？

我真的要对她说，我想和她白头偕老吗？这可是我求之不得的事，只要她同意，我就可以立即做个同意的手势答应她。或者，仅仅因为她，我就要改变我的生活轨迹和人生方向吗？不知怎么地，我的嘴里此时只蹦出了一个字。这唯一的一个字，已清楚地暴露出我的迷惘，我的无助，当然还有我的弱点。

“我……”

我内心的颤抖加剧了我话语的颤抖。一句话刚想开头，但又不知该怎样收尾。嗫嚅的我还是止住了话语，我在寻找合适的话语来回答她。此刻，她没有让我再搜肠刮肚，而是伴我一起沿着我俩恐惧的思绪往前游移，也许她非常不情愿听我下面要说的这番话。

“安静一下，别害怕。我了解你的感觉。你真的没必要这么折磨自己。”

她真的知道我此时的感觉吗？就在我沉默的这会儿，她的这番话却让我进退维谷，不知如何是好。

“你犯不着这样来爱我，千万别这样。你恐怕做梦都想不到，我曾有过怎样的经历。你根本就不了解我，你知道吗？你也永远弄不懂我是个怎样的人。你还是离开我，去找个你更喜欢的人吧。”

她说的“更喜欢的人”指谁？她这“更喜欢”到底是什么意思？我想怎样继续我的生活？她又该怎么继续她的人生呢？她一直没告诉我的那些事又是些什么事呢？在这个夜晚，我觉得这些问题应该都不会有什么答案。此时，只见她站了起来，随手摘下一只耳环放在了我手心里。只见她正用那深情的目光注视着我，并对我说道：

“看在今晚的分上，为了我们，请保存好这只耳环。千万别忘记我，你可千万别忘记我啊！”

听到这些，我紧紧攥住了那只耳环。我知道，我是肯定不会忘记她的，不管是她本人，还是这个夜晚的每一个细节。我们就这样含情脉脉地注视了良久。尽管怀揣着各种恐惧，很显然，她已做好了准备，要竭尽全力，勇敢地面对未来，将命运和未来维系在一起。就在这思忖的一刹那，我们的双唇贴在了一起，这可是我这辈子中所接收到的最热烈、最滚烫的亲吻。我紧紧搂抱着她，并对她说，我会将她的耳环永远攥紧在手中，我要保护好它，直至我生命最后的一息。此时，她用双臂开始搂住我的脖子，我们就这样搂在了一起，时间仿佛已停滞在了那里。在这一刻，要是我不顾一切再往前走迈一步的话，也许我们的人生就要发生变化，甚至改写。很遗憾，她的耳语突然阻止了正想突破情感防线的我。

“这个夏天，我要去巴黎学戏剧学。你知道，我是多么地想学这门专业啊，而且这也是从这里脱身逃出去的最好办法。我好想展翅翱翔啊，我就想永远地飞下去，自由自在，无拘无束，请理解我的想法。多理解些，请不妨多理解我一些。不管怎样，我不会自责的。我知道，你也不会责怪我什么的，不过，我就想再多说一遍。也许我会感到很愧疚的，因为你是非常好、非常好的人啊。我不会忘记这个夜晚的，永远不会，我向你保证，我永远不会。”

此情此景下的我还能说些什么呢！我必须沉默。我必须待在我所坐的那个地方，紧紧拥抱她，只有这样我才能给她以最大的安慰。我希望，自己能赋予这种爱以尊严，我绝不能让她偏离人生航向而误入歧途。

毋庸置疑，那个时代的我需要有这种承诺。而且多年以后，我还问过自己，是否自己曾兑现过自己的承诺，去帮她消除恐惧。每想到这些，我就愈发地想念和怀念她了。那个夜晚可是个美妙的夜晚。就这样，我们起了身，并且还手拉手走了一段路。然后，我开始送她回家。我记得，当时我开的是我父亲的车子。快到她家门口时，她叫我找个地方先停下来，我照她的话做了。她告诉我，她想最后一次亲吻我一下，就这样，我们又热吻在了一起。她还对我说，她相信，将来的我肯定会拥有一辆很漂亮的轿车，而且还会开着它上她们家来接她的。肯定会的，也许在很多年当我们都更了解、更相知以后。她知道我对轿车情有独钟，我也把自己与车子有关的故事告诉了她。不过，这些事我早就在那个夜晚之前跟她讲过了，要是她还记得的话，这不说明我在她的生命中已占据了一个很重要的位置吗？

行驶在那条我们马上就要和她重逢的道路上，不可避免地，我又要回忆当年那个夜晚我们之间所发生的一切。此时此刻，这种隐藏在我内心深处多年的痛苦，这个我强装欢颜的痛苦不知怎么地又在我心头灼热起来，尽管我强忍着，但我感到我的心头却仍有一股强烈的灼痛感。我非常想跟内兹米倾诉一下这种感觉，但最终还是没讲出来。对于那个夜晚所发生的事，我反正对他也没什么好说的，而且我也不知道，自己哪天是否会告诉他。

不过，现在的我还是可以向自己提各种问题的，比如涉及那个晚上的事，以及和那个晚上有关的另外几个晚上的事。然而，他的问题却突然打断了我的思路，也一下子将思绪万千的我猛拽了回来。

“你也爱过她，不是吗？”

我们已走多远了？有多长时间我已沉喑在他的这个反问中了？此时此刻，我不得不相信，她曾经历过怎样的另一种生活，我真的要彻底将她深藏在那遥远的过去岁月里吗？听到他这句话，我仿佛有种被欺骗被玩弄了的感觉。这种感觉是如此强烈，以至于自己在听到这个“也”字时脑子里一片空白，再也无法正常思考问题。看来，此时的我如果再遮掩的话已没了必要。在沉默了这么久之后，此时的我若说两句，应该说也正是时候。

“这件事不知为什么我一直不方便跟你说。其实我也不知道，这究竟是为什么。”

突然间，他打断了我的话。没想到，他没给我任何坦白爱情的机会，自己却一把抢过话来，想先来个爱情独白。就这样，他先开始了他的爱情故事。看来，我得先听听他的这段讲述。然而，这样的讲述却不可避免要涉及赛普内姆，这可是我无法想象的情景。只听他刚一开口，便语出惊人，其中还充满了不小的挑衅味。

“你可不是唯一一个给她留下过深刻印象的人啊。”

应该说，从这句话中不难让我得出怎样的结论，也不难让我产生怎样的联想。我只觉得，他所说的这些反倒更让我靠近了赛普内姆几分。而且，他要说的那些肯定还会带给我许多有关赛普内姆的信息。此时的我双手仍搭在方向盘上。我丝毫没掩饰自己吃惊的表情看了他一眼，他也看了看我，然后我俩又将头转回前方，将视线停留在前方的路面上。此时的我可真没想到，居然还有另一种命运将我俩绑在了一起。回想到我和赛普内姆的那些经历，我不禁在思忖着我俩的命运，要是那个晚上我往前再迈一步的话，我们的命运会就此发生彻底的改变吗？我无法抛开这个问题。尽管赛普内姆对一切都充满了激情，充满了期待，她会因为他就偏离自己的人生轨道吗？如果真是这样的话……反正我也见过不少的世面，对于“如果真是”这样的假设我可是绝对能顶得住的。然而，不知为何，眼前的我必须再一次为这样一个难以令人信服的假设所纠缠困扰。

恍惚间，我们已到了医院附近。我开始一步步逼近现实，这个我多少年都在逃避，却又充满着幻想的现实。此时的它展现给我的已是一张冷酷无情的面孔。此时此刻，要我再一次承认我的这种感觉已很是艰难，因为在这个我要面对和忍受的现实里，正隐藏着一个令人窒息的过去。正由于此，其他的痛苦还将继续充塞在我的心头。

停好车后，我俩径直朝医院方向走去。此时的我们已默然无语，很显然我们俩也毋需多言。没走一会儿，我俩就置身在通往病房的小路上了。不远处，我们看到了一排房屋。屋檐下靠里面的那部分，都是些开放式的拱廊。拱廊里，矗立着的是一根根用黄绿色油漆涂刷过的檐柱。此时的拱廊里面，有许多人正待在那里。看见他们，我们已明白，那里就是我们要去的地方。这时候，只见一个看不出实际年龄的女人正向我们慢慢走来。她留着一头军人式的短发，身上穿得很邋遢，脸上露着一脸病恹恹的微笑，嘴里嘟哝着听不清的话语。这时候，我看了看内兹米的神情，我感觉到他好像认识她一般。只见他将双手搭在她肩上和她打着招呼，同时还不断询问着她的身体状况。看样子，他真的是认识她，不过，现在我可是记不清这些了。然后，只见那个女人先是看了看我，然后将食指和中指并排放到嘴边，很显然，她在做一个抽烟的姿势。于是，我递给她一根香烟，并给她点了火。接过烟后，只见她挥了挥手，做了一个谢谢的手势，然后就转身离去了。只是一边走着，她嘴里咕哝着什么我听不懂的话语。还有一个女人，她先是坐在地上，然后又站起来靠到一个檐柱上，嘴里也在说个不停，好像是在自言自语一般。此时的我们已慢慢靠近了赛普内姆。就在这时，他突然一把抓住我胳膊，那意思好像是他要告诉我什么。此时，他已觉察到我某种不安的神情，只听他对我说道：

"你可要做好思想准备啊，马上你会看到好多你不愿看的事情呢。"

我没有理会他。我已很清楚，我来到了哪里，我又为什么而来。此时的我觉得自己就像在电影里一般，不知不觉地，我的情绪就已在我的说话声中表现了出来。尽管如此，我还是要将我坚强的一面再次展现出来，并要以此汲取更多的力量。

"我知道。不过我还是想见见她。只要能见她一面……"

说到这里，我的声音颤抖了起来。可是，这种颤抖声我怎么憋也没憋住。紧接着，他将我拽到了旁边的一个凳子旁示意我坐下，然后坐到我身边。这一次，他向我更多地讲述了她的事情，为的是让我先了解内情。于是，他以这样的方式让我慢慢平静了下来。

“我们马上去L号病房，那个地方住的都是些慢性病患者，其中大多数都是精神分裂症患者，反正都是没希望治好的人。这些人都是无人过问的人，外面也没有人进来照看他们。在这里，他们都给自己营造了一个精神世界，要么是共同的世界，要么是自己一个人的世界。没有人懂得他们看到了什么，也不知道他们对身边的一切会有怎样的感觉。我和他们当中的许多人都聊过天，发现他们都找到了自己有趣的存在形式，而且还能说出各自的理由来。我说这些，你绝对是不会相信有这种事的。”

此时的我没了话语，只是两眼直愣愣地盯着地面。谁知道他的这番话又让他的思绪跑到哪里去了。此时的他好像有一种难以启齿的感觉。也许此时的他面前正站着这样一个人，这个人正在另一个孤寂的世界里被牢牢捆住了手脚，动弹不得。是不是此时的我们正站在我们各自的角度回忆这同一个人呢？此时，我已从这种思绪中跳脱了出来，我在等待着他能继续说下去。短暂的停歇之后，他终于又开口了。

“就像我刚才说过的，这些病人在这里都没有亲人。他们不知从哪里被带到这里，最后就悄然地死在这里了。反正外面的世界都不关注这些。不过，这所医院会常年照看他们，直到最后为他们送终，将他们埋掉为止。”

这番话是什么意思，我心里很清楚。很显然，他们大多数人都有一部难以描述的个人苦难史，面对这种现实我不能不为之动容。然而，正如一句众所周知的话：事不关己，高高挂起。可不是这样嘛。赛普内姆，那个有着一对炯炯有神的黑眼珠的赛普内姆，此时的她一定是一个人孤零零地待在这里，感到分外孤独和寂寞吧。对于自己的这个问题，我没有必要做长时间的迟疑和等待，因为自己所听到的这些已属于那种最让人内心煎熬的话语。此时的内兹米看上去不像是在讲述故事，而像是在评述一部电影或一部小说一样轻描淡写。我没有打断他的话，而是在倾听着他的讲述。此时，我别无选择，也只能呆坐在那里继续听他讲述下去。

“那时候我们在一起的时候，她一切都遂心如愿，进展得很好。你肯定还记得，她对戏剧有多么的痴迷和喜爱。她人生最大的梦想就是将来能成为一名优秀的戏剧演员。怀揣着这个梦想，她去了巴黎。两年以后，她在那里爱上了一个法国人，那个法国人跟她一样也梦想着自己在戏剧事业上能有一番成就。认识不久后，他们就决定结婚，不过她父母却坚决反对这桩婚姻。更糟糕的是，她父母本身可没给这个家庭树立过什么很好的榜样。你知道，她父亲可是个相当保守且品行不好的人。是的，一个粗暴的家伙，一个在生意上胡乱折腾，几乎将他老婆的钱财挥霍殆尽的疯子和暴君。我曾见过这人一面，你要知道，见他第一面，我可就不想再见第二次了。原来，赛普内姆的母亲曾从她父母那里继承了好多房产，年长日久，这些房产也都被那个家伙卖光了。到最后，她母亲也只能去外面当裁缝，帮人家缝缝补补，挣点辛苦钱回来维持家庭的日常开支。这个家庭不幸的故事何尝不像是一本地摊小说所描写的那些故事一样啊。这样一个一生没出息的父亲，他已无法逃避自己的痛苦，最后也只能眼睁睁看着自己身边的亲人一个个度日如年，苟延残喘了。而她母亲呢，完全就是一个逆来顺受的女人。你也许听说过她，她实际上也就是这么个女人。这就是她的那个家庭。另外，他们夫妻俩对女儿的什么事都要横加干涉，认为她喜爱戏剧这件事没什么实际意义，也根本不能当饭吃。就这样,赛普内姆别无选择,也只有逃往异国他乡,去追求自己的梦想了。当两个人结了婚,生米煮成熟饭后,她一直担惊受怕,害怕父母对自己离家出走这件事会指责,甚至有可能还会惩罚自己。最终,她不得不去面对这一切。你知道吗,这就是她的命啊。

结婚之后,他们两个人的日子一直过得很好。那时候,她还定期给她父母写信。她跟他们讲,他们小两口的日子过得怎样怎样,然后又是多么的幸福甜蜜等等。谁知道,她这样做是在报复她父母,还是要证明自己所选择的是一条正确的人生路呢?这种关系一直维持了三四年,后来突然间不知怎么的就没了书信来往,赛普内姆也从此沉寂起来,没了影踪。某一天,她回到伊斯坦布尔,怀里还抱着个孩子,那景象看上去很是凄惨。这一切很快就有了答案,原来,她那个男人不想再继续和她们母子俩过下去了。随后,他和一个葡萄牙女摄影师去了巴西。当然,她父母还是接纳了她们母子俩。不过,会是怎样的接纳,这一点你大概也能想象得出来。从那时起,她开始尝试着将巴黎的那一页永远地翻过去。在那里,她曾完成了自己的学业,还曾好几次登台,参演了一些剧目,尽管是些不起眼的角色。然而,回到伊斯坦布尔之后,她也就从此告别了戏剧舞台。她曾经历过怎样的悲惨人生啊,如此失败,又是如此的落寞。是啊,不得不放弃自己对戏剧的热爱之情,不得不熄灭自己对戏剧的激情之火,不得不再回到冰冷的现实中来,要是你听到这些,你会相信这是真的吗?也许,她会寻求一种新的生活,一个崭新的生活,至少她身边的人是这样想的。然而,在家里,自然少不了紧张的场面和气氛,特别是她那个整天喝得醉醺醺的父亲在一个劲地唠叨着过去的那些旧事,这令他的女儿很是不得安宁。他不断地指责着女儿,数落她做了那些让自己添堵的事。面对父亲的指责,她只有一声不吭,默默地忍受着一切。有时候还会为此伤心地痛哭起来。她无力反抗,也许不敢反抗。也许她要以一种沉默的方式，或者说一种迫不得已的、沉默式的反抗来回击她父亲。现在，如果我再回过头来细想一下的话，那我自然会得出这样的结论，那就是她的这种病根其实早在多年前就已经落下了。要是你问我的话，这种病情恐怕在她后来所选择的新生活中也该会反映出来。虽然她身边的有些人说她恢复了正常，并能将一切做得井井有条，可是像我这样了解她的人会觉她还是个正常的人吗？反正，当我得知这些以后，我只能痛苦地报以一笑。这期间，因为她精通法语，所以她在一家法国大公司谋到一个总经理助理的好职位。也许有些人会感到有点惊奇，她凭什么能在这么短的时间内找到一个这么好的工作岗位。不过，谁要是了解到她那种敢想敢干以及不达目的誓不罢休的精神的话，那他就觉得这一点儿都不奇怪了。就这样，她挣得了很好的薪水，而且凭着这些薪水养家糊口，接济家庭。她以此向身边许多人展示了自己是一个多坚强以及多有家庭责任感的女人。那时候，她会经常出差。你恐怕还记得，他们家那时候还住在波蒙蒂①的那个老房子里。当日子慢慢好转之后，她开始提出要把家里的老房子卖掉，然后再搬到一个更好的地方去住。不过，她母亲倒不太同意卖掉家里最后仅有的这套房子。当然，有这种反对意见也不难理解。

就这样，时光在不知不觉中又过去了三年。这期间，无论是从巴黎还是从巴西都没来过任何消息。某一天，一场不幸又悄然发生了，这给整个家庭带来了毁灭性的灾难。当时，她人正在出差途中，而家中的父亲这一次又喝得酩酊大醉。这一次，不省人事的他先是打老婆和外孙子，然后又将汽油浇到他们身上，再浇遍整个房子，最后一把火连人带房全部点着。此时的左邻右舍也早就对他家经常发出的喊叫声习以为常，

---

① 波蒙蒂(Bomonti)，伊斯坦布尔市西斯丽城区的一处地名。

都不想去他家干预劝阻。当烈火吐着火舌从他家屋子里窜出来不断蔓延时，他们已很清楚这场灾难的后果了，一切都为时晚也。等消防队赶到之后，整个房子已成了一片废墟，他们在灰烬中找到了三具尸体。当赛普内姆急匆匆赶到家后，她的眼前除了一堆废墟外，其他已一无所有。面对眼前发生的这一切，这一次，她没有流下一滴泪水，只是像石头一样呆坐在那里，没了任何反应。大伙儿都竭尽全力，想让她清醒恢复过来。就这样，她在邻居家度过了两三天，一切都徒劳无益，她没了任何反应，最后剩下的唯一办法就是将她送到这里。这就是她的所有情况。自此以后，她就再也没有开口说话过，这些都可以从她的个人档案和医生病情记录中清楚地看到。开始的时候，还有各种各样的人来看望她，特别是那两年时间内，她在那家法国公司当总经理助理时的那个总经理还一如既往地来看望她，而且从不间断，很是执着，尽管他已看到，此时的赛普内姆已不能回答他的任何话语。谁知道这两个人是一种什么样的关系呢？或者，每次这个男的来看望她的时候，他又会是怎样的感觉呢？这个暂且就不提了吧，反正这也不是我们要关心的事了。现在，这里已没有哪个人能回忆当年的那些事了。不过不久前倒还有一个人，他是一个在这里工作了很多年的老护理员，只是很遗憾几个月前他去世了。你知道，我是从他那里了解到那个总经理的某些传闻的。每次那个法国人来的时候，手里都要捧一把从野地里采来的鲜花。后来，他就再也没来过了。他们也打听到他回了法国，也许他放弃了最后的希望和努力，也许他……好了，甭提了，反正更多的我们也不太清楚。不管怎样，赛普内姆就一直是那个样子，而且从外表上看就是那个样子，因为从她进来的那天起她就一言不发，也从来没见她讲过一句话。”

内兹米差不多一口气讲完了这个故事，我也一动不动，差不多屏住呼吸听完了这些。对于自己所听到的这些，我还有什么好说的呢？我唯有再次沉默回味而已。要说这个故事令人十分惊异也一点不过分，它是如此的令人难以置信，让我震惊。原来，这里面全是些我不知道的糟糕事，一听到这些，这真令我伤痛不已。这些故事是不是内兹米有意编出来的呢？眼下的这一刻，我的某种感觉让我不得不对此表示怀疑，因为我听到的这些真的很难让我相信，让我接受。然而，我必须清楚的是，他似乎没必要编这样的故事给我听，更何况这都是他耳闻目睹的事。不过，他是怎么了解到这些事的呢？此时，他好像意识到我有话要问他似的，于是赶紧开口，抢先问起我来。顿时，眼前的沉寂被他的话语所打破。

“你是不是会感到很惊奇，我是怎么知道这些事的呢，对吧？”

我点了点头。此时的我已无法开口。他也没让我久等，于是又说了下去：“这些事我也是好几年后才知道的。我昨天晚上就跟你说过，为什么我曾戒过烟。总之，那天晚上，还有第二天早上都是很重要的时间点。在这段时间里，一个人他也明白，他在自己人生过去的时光里是否曾留下过什么值得回忆的东西。当时的我也想过要给你打个电话，不过，坦白地告诉你，我还是更情愿看到赛普内姆。那天早上，我更坚定了我的这个想法。中学毕业后的那个夏天，我们俩也好几次在一起约会过。我们都很清楚，我们将会去往不同的城市，我们都想拥有一种自由的生活，反正当时人们也都是这样说的。我们在一起讲了好多我们童年以及我们如何成长的故事。我还跟她讲过我们俩在一起所经历的许多事。我也想让她从我的讲述角度来认识你和了解你。听完我的讲述，她几乎哭了起来。那个时候，我还搞不清是什么原因令她如此，但我能感受到，在听到有关你的事情的时候，她根本就不像听班上其他同学的事那样那么漫不经心。后来我在想，她一定是受到某种很深的情感影响才这么关注你。也许她也爱你，或者她内心会产生一种甚至连自己也说不清的情感。究竟是怎样的一种情感她说不清，但至少存在，这个我可是看得清清楚楚的。当然，她也经常会跟我讲她自己的事，比如当戏剧演员的一大堆梦想，还有她孩提时代是一个多么爱到处乱管闲事、爱唠叨的女孩子的事。当然，她还谈到了她对绘画的喜爱。这件事，她没跟任何人提起过，我可是第一个了解到她有这种爱好的人。她还给我看了她画的那些画，它们无不给我留下很新奇独特的印象。那时候，她还告诉我一件很隐秘的事。有两次，她因为得了很严重的抑郁症，曾先后在医院里待了好几天。也就是说，她那种'精神不正常状况'从那时候开始就已在她的脑子里悄悄有了。对于她那时候情绪起伏不定意味着什么我也没有多想，因为一个人自己没经历过的事，他也不可能体会到那种状况，而且那个时候的我们也不可能对这里面的细节有更多的了解。好了，我们不谈这些了，我说得也越来越跑题了。

我对她们家很熟悉，正如你能想到的那样。我有一个良好的方位感，像我这样的人虽然只有一只眼睛，但是……我就这样去了，很快找到了附近的那条街道，当然不是房子了。我的记忆告诉我那不会有错。我路过了几块老屋基场，还有那片废墟地。老实说，当时的我也不知道那是怎么回事。就这样，我找不到她家的房子，只好在附近转悠，然后呆站在那里。这时候，我的这个举动引起了一位老大妈的兴致。你知道的，要是一个人在居民区里以一张陌生的面孔出现，那往往会立刻引起附近居民注意的。她问我找谁。当然，从我的举止中，她也很容易猜出我究竟在找谁。我尝试着向她解释我的疑惑。她听着我的话，然后问我是否是她家的亲戚。我回答她说，我只是她的一个朋友而已。她明白我话的意思了吗？也许吧。就像在有些电影中一样，这样的场景会经常出现，而那时候的我可也是身处在这样的场景中。这幕电影就这样往下进行着。接下来，她让我去了她家，还给我端来一杯咖啡。那位老人家看上去应该是个经历过很多世事沧桑的人。就这样，她从她的角度，一五一十地跟我讲述了我刚才给你讲的那些事，原来她是赛普内姆家关系很要好的一位朋友。在听她讲述的过程中，我的眼里一直噙满了泪水。她也不问我一下我到底和赛普内姆是什么关系，然而，她心里早已明白了八九分，反正在她面前，我也不想隐瞒自己的那些情感。就在我沉默的那会儿，她对我说：‘你就去吧，小伙子，她是个孤苦伶仃的孩子，你就去那里看看她吧。我不知道，她是否还活着。在这里，我们也没办法留她，每个人都要尝试着自己去克服困难的，我们自己甚至也没钱给她买药。要是她还活着的话，也许她见到你时会开口说话的，当然，我是说如果她还有希望的话。到现在都过去这么长时间了，我真不愿去想，一晃就过去这么多年了。你就听听她内心里对你有什么要说的话吧。’就在我起身告辞的时候，她塞给我一样东西。定睛一看，我差点放声大哭起来。然而，睹物思人，我还是忍不住伤心地哭了。原来，那是一个厚厚的本子，其中有许多页都已烧焦，我再一看，竟是赛普内姆的一个日记本！是老大妈在废墟中发现了它，并将它保存起来。一件珍贵的东西就这样从火堆里被救了出来。在剩下来的部分内容里，还记录着她人生故事的很多细节，谁知道，被烧掉的那些内容里究竟是些什么样的内容。就这样，老大妈将那个本子交给我保管了。妈的，这些电影镜头可都是我在一一经历的呢！跟你讲的赛普内姆的这些事，可都是我把自己的想象还有那位老人家的讲述糅合在一起加工而成的，你不觉得这是个精彩的故事吗？就好像某个人在某个地方跟你签了一份合同一样，他把一堆材料塞到你手上，然后命令你道：‘快点，把这些都全给我记下来吧！’可是，我哪有那么大的耐心啊。我也没什么要记下的，反正也不会就此歇手不再过问这件事，所以，就这样，我理所当然地就来到了这里。在这里，要找到她还真不是件容易的事，不过，最后还是找到她了。从一个住院部医生那里，我打听到她的许多事情。他告诉我，就像我现在告知你的，我应该怎么和她接近交往。当然，他也想知道，我究竟是谁。这一次，我什么都没隐瞒，反正我知道的，我能记得的，包括我的情感，我都原原本本地告诉了他。他也很有耐心听着我的讲述，而且听得非常认真，就好像赛普内姆在他心里也占据了一个很特别的位置一样。他说，有这类精神创伤的人这里很多。她有许多年都未曾开口了，只是有些时候会对自己所见到的或听到的报以痛苦的一笑，仅此而已。”

讲到这里，他停了下来。老实说，听了这么多事情，我也要喘口气歇一歇。在这么短的时间内，脑子里一下子装进这么多内容，这可不是件容易的事。中间他要是不接着讲述的话，我们还真要一直沉默无语、无话可讲呢。然而，刚停歇了一会儿，他又接着开口了，很显然，他还有什么内容要补充。

“去年一整年，我都常来这里看她，要是没导游任务的话，我一般都会来这里的。有时候我们会坐在长凳上，有时候在她房间里。你马上会看到，每个房间都住着四个病人。一进她的门，你就能一眼看到她睡的那个地方，而且床周围的墙上都挂满了她画的那些画，那些画看上去就像是她与那个似曾遥远过去唯一的情感连接一般。所以，在这种情况下，她不需要任何话语，也不需要任何口头表白。那位医生觉得她所做的这些很重要，所以他就积极鼓励她一直画下去。他甚至还说，她的这些画作完全可以用来办次个人画展。白天当病人都走出病房的时候，整个房间都显得空荡荡的。在她的那个房间里，我和她就一直这样说着，是的，就这样没完没了地说着，说着，说着。她反正就是在认真听着，至少看上去是这样。她听得很仔细，但却一言不发，而且一直都是如此。反正只要我能想到的，我都跟她说了，不管是我们分手后这些年来的事，还是我的日常生活情况。”

他还在说着。然而在他讲述自己在那间屋子里所做的事情时，我的思绪已不由自主地将我带到其他别的地方。沉默中的我已完全走了神，我也根本没听进去他后面所讲的内容。此时此刻，赛普内姆那双美丽的眼睛、炯亮的眼神，还有那温柔的话语声，又一次在我的内心里掀起了波澜。听到刚才那些事之后的我很是担心，眼前的我不得不面对那间屋子里可能会发生的事，或者说根本想不到的事。这个已与我分手道别的女人，这个似乎能靠身材走遍天下的女人，她在自己的心灵深处真的会与那个从前的我心心相印，紧密相依吗？要是刚才他所说的那番话我没听错，或者说正如我所想的话，那我又该如何是好？是不是我该将自己的这种行为看成是我人生的一大错误呢？此时此刻，我不能被这种想法所困扰，所折磨，我必须要让自己有更大的希望，我要将一切付诸行动，让赛普内姆重新回归到我的生命中来。今天的我们俩都已身心俱损，精疲力竭。尽管如此，我仍要拼尽我的全力，我要将这种努力视为一场战斗，并以此赋予自己的人生以崭新的意义。

再往下我也无法想下去了。就在此时，我突然被他重新唤醒了回来。他想知道此时的我正在想什么。说真的，我不能告诉他自己此时的真实想法。我要把自己藏匿到其他问题之后才是。我这样做，既不是什么回避，也不是什么借口。为了能找到这其中的答案，或者说为了能在这个新出现的黑暗中继续前行，我需要很多的解释理由。难道我真的与她所寄居的那个世界就这样断了联系，不能再有任何的恢复了吗？或者，或者她真的是在有意选择沉默呢？她真的关闭了自己的内心世界，并以一种审慎的眼光在观察身边那些形色之人吗？换一句话说，她真的能看见，能听见，能明白这一切吗？在回答我这些问题的时候，内兹米也应当想到了这些可能性的存在。更确切地说，她给我留下的总体印象是，她曾经历过很严重的人生休克。从这种意义上来说，她的那些画作会不会是一种无言的反抗，一种逃往另一个世界的精神寄托，或者说是对她无忧无虑孩提时代的某种寻觅呢？也许她还会一直这样表达着她的这种思想情感，和自己作心灵的沟通，直至最后将自己心坎上的那座桥梁修搭到某处，然后紧紧固定在那里。这些就应该是我在那个新出现的黑暗中最终想要见到的一切。

内兹米也持这种观点。他也认为，眼前的这种现实状况不能被忽视。就这样，一股激情在我心里不断升起，并深深感染了我。我已做好了见她的准备。我告诉他，我们可以去她那里了。就这样，我们站起身，径直向住院部走去。走进那里后，内兹米告诉我，我们俩必须先看看那里的医生和护士长在不在，尤其是我必须要和他们先打个招呼。不过，在此之前，他已和里面打好招呼了。无论如何，我对他的引荐充满了信任。就这样，我们走进了一间监护室。那位医生就在那里，我们相互做了介绍。原来，这位医生名叫扎福尔，他待我们很是客气。尤其是当他听到我的一番自我介绍后，显得更有礼貌了。而且，他还顺口说了句“这个世界上可有好几个著名的犹太籍心理医生”的话来。他说这话，其实也并没什么歹意，也仅是看出此时我脸上所显露出的那种焦虑的神情才这样说的。说白了，他就是要让我分分神，别担心。然而，听到这些，我总觉得他是话里有话，似乎隐含着一种歧视或者看不起我的意味。在这种心情的驱使下，我本能地、也可以说是故意地回了他一句意味深长的话：“很可能是因为干这一行的人能挣好多钱的缘故，你才当这个心理医生的吧。”说完这些，我们都跟着大笑了起来。可以说，这还不算是个什么糟糕的开场白。还有那个女护士长，她叫苏克兰。不得不提一下，在赛普内姆经历她当下人生黑暗的这所医院里，医生扎福尔[①]的名字是“胜利”的意思，而女护士

---

① 扎福尔，土耳其语为“Zafer”。

长苏克兰①的名字则是“感谢”的意思。你看多么巧合,也多么吉祥。这要是部小说的话,谁又知道,面对此情此景,文学评论家们对这样的名字会有怎样高妙的解释。所以,我们就经历了这样一个和小说内容极为相似的情节,至少这是我在过去一天里所形成的这种印象,并产生如此联想。我不知道,接下来在这里自己还会有怎样的经历。现在,所有在场的人看上去都甚是理解眼前的境况,也很真诚和坦率。随后,内兹米补充了一句,说他把一切进来应注意的事项都告知我了,他俩也都会意地笑了笑。接下来,他俩想给我们来点茶水。此时的我只想着他们能尽快让我和赛普内姆见面,但拒绝人家的好意也实属无礼之举。这倒不错,先喝喝茶,熟悉一下周边的环境,再和他们聊会儿,自己也因此感觉坚强了不少,而且对于自己即将见到的一切,心里已做好了充分准备。此时,女护士长开了口,她好像以所有人的名义在欢迎我。同时,他们也很高兴,这么多年后,居然还有一位仍记得赛普内姆的朋友来看望她。不过,她提到的“朋友”两个字却引起了我的注意。内兹米到底是怎么跟他们介绍我这个人的呢?想搞清这些还不太容易,我也没再刨根问底,反正随着事情的进展,我应该会明白这些,并肯定会搞清楚这其中的一切。

进她房间之前,我们必须先经过那间病房。正如内兹米所说的,第一眼看过去就给人不太舒服的感觉。扎福尔医生也提醒我马上要遇到的景象。我对他笑了笑,并跟他解释说自己已有了思想准备,也能够接受眼前发生的一切。此时的我们站起身来,迎着赛普内姆那些同病相怜的病友们走了过去。对于像我这样的人来说,第一眼看到她们,就感觉眼前的这个世界离我好远好远,这真让我有一种颠倒错乱的感觉。此时,三个不同年龄且同样留着极短发型的女人正慢慢靠近我们。她们很

① 苏克兰,土耳其语为“Şükran”。

好奇地打量着我。她们都认识那位医生。此时的这位医生正在和她们以一种无拘无束的轻松方式聊着什么，而且还不时地叫着她们的名字。就在这时，其中的一个女人对着她的同伴大声叫喊了起来，听语气就好像她对我很了解一般："嗨，你们快过来，看看到底是谁来了！"听到喊声，另外两个女人也跟了过来。这些女人把所有的目光都对准了我，此时的我仿佛又有一种很迷惑的感觉。站在一旁的扎福尔·贝伊医生注意到了我的感受，只听见他对我轻声耳语了一番。他告诉我，叫我不要害怕，她们是不会伤害我的，一切都在掌控之中。真的是这样吗？这"掌控"是什么意思？就在这时，只见那个女护士长带着另外两个护士步出了病人房间。看来，扎福尔医生关心的事也给她们添了不少麻烦，原来他在打听赛普内姆的下落，此时的她们居然找不到人，也不知赛普内姆跑哪里去了。就在这个时候，其中在场的一名护士提醒我们说她出去散步了。此时的女护士长感觉到有必要对我做一番解释。她告诉我，赛普内姆是可以允许散步的，因为她不会伤害任何人。所以只要她有兴致，她就可以四处走走，散散心。有时候她甚至在长凳上一坐就是好几个小时，且一言不发，然后又一个人低着头回到自己的房间里。我们现在就可以去花园里找到她。说完这些，我们紧跟着就走出病房，一路小跑，朝花园里奔去。还是扎福尔第一个发现了她。只见他一把抓住我胳膊，并指给我看，说坐在那里的就是赛普内姆。而且他还说到，最好是我一个人去她那里。我迟疑了一下。只见他对我笑了笑，然后又点点头，并对我挤了挤眼睛。那眼神分明是在鼓励我，叫我快点行动起来。此时，我看了看内丝米，他好像也在用同样的眼神鼓励着我。就这样，在我不知多少次问过自己，她会生活在哪里，和谁生活在一起，她曾经历过什么样的事之后，我终于马上可以见到我朝思暮想、阔别多年的赛普内姆了！还需要几秒钟，再往前走几步，我终于看见，此时的她正背对着我坐在那里。我慢慢地靠近了她。只见她头戴一顶女士礼帽。当我靠近她时,我并未久站,就坐到了她身边。我努力克制着,别发出声响。我仔细端详着她的脸庞,此时的她看上去并没有我想象的那般苍老,也许只是额头上有那么一两道皱纹,其他倒什么也没有,好像时间对她来说根本就不起什么作用,就仿佛停滞在那里一般。然而她的目光却……不管怎样,她那目光依旧还是那般摄人心魄,也依旧能摧毁人内心世界的一切。此时的这双黑眼睛正凝视着远方。是的,凝视着远方,抑或又在俯视着深渊呢?她好像知道我来了,也知道我就坐在她身边。她在凝视着,目不转睛地在凝视着远处某个地方。我在思忖着该怎样和她开口是好,此时的我同样也是无法启口。无奈之下,我轻轻抚摸了一下她的肩膀。我不知道她会有怎样的反应,但无论如何她不能没有反应。当她感觉到有一只手在她的肩膀上时,她终于将脸转了过来。只见她的目光还是那么遥远,那么的遥不可及。此时的我一阵哽咽,面对此情此景,我无法控制自己的鼻子不发酸,随之眼里也充满了泪水。只见她微微笑了笑,抑或又是我自己觉得她在发出微笑呢?或者是她正在回忆着某个地点、某个时间而发出了微笑呢?此时,我突然想到了内兹米事先跟我所讲的那些话。我看了看后面,只见他们早已没了踪影,原来是他们想让我能单独和她在一起多待一会儿啊。背后没人了,这终于让我有了一种如释重负的感觉。于是我听凭本能的差遣,放开自己,想把自己的心里话都说出来。此时,一切都无拘无束,一切都是那么的自然。在这种情境下,我开口了。

"你好,赛普内姆!是我啊,是我来了。"

她盯着我,很长时间就这样盯视着我,那神情就好像她还在继续微笑着一般,只是那眼神还是那么怔悸,好像在思索着远方的什么东西一般。怔悸,思索,没有一点反应。我又接着说了起来。这一次,我的这番话既像是对她说的，也好像是对自己说的一般：

“唉，都已经过去这么久了，我……要是我知道的话，我早就来看你了。其实这些年我自己也不好意思来见你呢。”

我想用这番话给她带来一些笑意，同时也想借此来掩饰一下自己无助且忐忑不安的心情。她的眼神还是没任何变化。正如内兹米所说的，要从她的眼神中看出她是否明白我的意思，或者说是否听见我说了什么，那可是根本不可能的事，所以此时的她看上去就像是一具即将被埋葬到某处的尸体，目光呆滞，直愣愣盯着远方，面无表情，脸上没有一丝笑意，其灵魂就好像和整个躯体分离了一般。此时，我又告诉她，说她的帽子很漂亮，戴在她头上，显得很协调，很般配，然而，她的表情还是依旧毫无变化。她那种呆滞的目光真是可怕，也让我变得越来越惊恐。突然间，我想到是不是干脆直接对她说，说自己一直未曾忘记过那个夜晚，然而，我还是无法说出口来。说真的，换作他人，他可真受不了她这种呆视远方的眼神。怀着最后的一线希望我只能这样说，从现在起，我绝不能丢下她不管，让她一个人待在这里。就这样，我慢慢站起了身子。我看了看四周，旁边没有一个人影。就这样，我回到了住院部，此时的内兹米和扎福尔医生正在那里等着我回来。没说半句话，我坐到了他们身边。这时候，有位护士上前来问我是否想喝杯茶，是的，此时的我太想了。以这种方式我将可以有时间更好地回味一下自己刚才所经历的那一切。随后，我问扎福尔·贝伊，是否人们能接受得了一个病人以这种方式远离自己。也许我这个问题是一个没必要提出的问题，而且即使提了，本身也没多大意义。然而，我还是得到了他的回答：

“对此我们还尚未可知。肯定无疑的是，她一定创设了一个自我内心世界。不过请放心，我们一直都在关照她定期服药，我们会尽最大努力的，就像对待其他所有病人一样全力维持她的生命。”

接下来我又问了他一连串问题，像她这样的情况是否还存在着重新回归生活的可能性，更确切地说，是否还存在着重新回到现实世界的可能性？她还能重新开口说话吗？我们还能重新赢回她吗？这一次，他给了我一个更温暖，也更充满希望的回答。

“是的，不排除这种可能性。当然啰，也有可能会达不到全部康复的程度，并不像某些电影里所出现的那些神奇场面那样。但如果存在着这种可能性的话，我们是绝不会坐失良机的，请放心，我们会竭尽全力，治愈她的疾病。”

此时的我已暗暗鼓足了勇气，我就是要这样为她奋斗到底。此时的我未假思索就冒出了一句：

“也许一句话、一支歌、一样东西就能带来奇迹，您会这样认为吗？反正我会尽我所能来帮助她的。”

话一出口，我就觉得大家对我的话会感到有些意外和惊奇。只见他笑了笑。然而，在我看来，尽管我表现出的是一种孩子般的热情，而且他那种微笑中还带着些不屑的神情，但我的这个想法不管怎么说却还是给我以极大的鼓舞。反正他有别的什么想法，那是他的事，这对我来说是毫无大碍，没任何影响的。在这一刻，我终于下定了决心，尽自己最大的能力再往前多走几步。我肯定会再来看望赛普内姆的，这之后，也许还有第三次，第四次……其实，做这样的事我又何尝不是在为我自己呢？不管怎样，决心已定，就一定要做下去。这时候，我看了看内兹米，他也正对我露出了微笑。这一刻，我在想，他的微笑中恐怕会隐藏着许多令人捉摸不透的含义呢。然而，不知怎么地，我的脑子里却闪现出另一个念头。现在，我们俩同在为这个女人而努力，为的是要赢回这个女人，也别提我们是竞争对手了，因为当年的那个女人已经不复存在，对于现在的我们来说，只剩下梦想，只剩下希冀，为了我们大家的人生更丰满、更完美,我们已万万不能再失去这些梦想和希冀,所以,我们无论如何都要赢回赛普内姆,哪怕我们再苦再累,我们也要在所不惜,坚持到底。现在,这场命运又将我们重聚到一起,我们要共同投入到这场奋斗中,哪怕我们两个人最后不在一起,天各一方,或者我们俩即将寿终正寝,告别人生,我们也绝不反悔,誓必遵守今日的诺言。想到这些,我又不禁低头沉思了起来。要是没听到扎福尔·贝伊那番充满希望的话,谁知道,我的思绪此刻又会停落在哪里呢?

“您过来一下,我给您看看她画的那些画吧。在我看来,这些画都是她内心世界的重要反映。”

他这种请求让我感受到,他非常理解我的激动之情。就这样,我们站起身,又折回到住院部。我们注意到,她的有些画作就挂在走廊里,而另一些画作正如内兹米所说的则挂在她房间的墙壁上。有些画作展示的是波涛汹涌的大海,那些海浪正拍打在陡峭的岩石上;而有些画作展示的是辽阔的平原,平原上,肆虐的狂风将那些摇摇欲坠的树木几近吹倒。画作里,我们看不到一个人影。此时的我恨不得立刻用话语将自己的情感表达出来,这不仅仅是因为它们在我内心所唤起的某种本能,而且还因为我无法摆脱的担心和恐惧。就在这时,我心里想要说的那些话正传入到我的耳鼓里。

“真令人印象深刻啊,如此忧伤的画面,好像一切都被卷进了一场风暴中。”

此时,再多的话语已没了意义。看完这些,我告诉扎福尔医生,说我们要准备告辞了,因为他已花了许多时间陪我们。他告诉我,我随时都可以再来,不过有个条件,就是来之前一定要给这里来个电话,提前打个招呼,因为拜访这里是需要一些预约许可的。我答应了他,并保证会尊重这里的规定,而且会在很短的时间内熟悉了解这里的相关规定。另外，我还问了他，自己是否可以给赛普内姆带一些小礼物来，总之，我能想到的事这里都已先想到了。当然说话的那会儿，我并不知道，我究竟会带些什么样的小礼物来。不管怎样，此时的我已更加坚定要为此奋斗下去，甚至在第一步刚迈进来的时候我就有了这样的决心。

告辞了扎福尔·贝伊，我们朝医院外走去，一直到停车的那个地方我们都没有任何的交流。我环顾了一下四周，我想更好地认识一下这个孤零零的地方。在这里，赛普内姆待了好些年。这个让人无法从外面看清的医院，里面却不知经受了多少常人难以理解的狂风暴雨。随后，我们起身回程，我们要回到一个我们自认为一切都安全得多的世界里。回家的路上，车子里相当寂静。不过，途中我告诉他，我会一个人再来看望一下赛普内姆的。他回答我说，他不需要我的什么解释，他反正知道我会这样做的。接下来又是我们的沉默无语，此时的我们也不想再多说什么了。进入特斯维基耶市区的时候，我停车将他放了下来，我想一个人再待一会儿。此时，我的耳边仿佛响起了一个声音，它将我唤回到当年那个令我无法忘怀的夜晚，还有那个我们曾窃窃私语和亲昵温存的地方。自此以后我就再也没抬眼看过那片大海，就像自己从此以后再未敢端详镜中的自己究竟已变成何人那样。此时的我行驶在博斯普鲁斯海峡边这条寂静的街道上。海峡两岸，到处留下的是离我远去的每一个足迹。来到海边后，我踩住车闸，把车停好。然后我下了车，沿着海滩独自一人又漫步了一会儿。我听说，塔拉布亚宾馆马上要被拆掉重建，这意味着，有些人生的回忆将被永远尘封。城市又何尝不是就这样在诞生，在一天天老去，并成为历史呢？怀着满腹惆怅我坐到了海岸边的一条长凳上。谁知道，这条长凳还经历过怎样的其他人生记忆时刻呢？当年的那个夜晚，我们坐的究竟又是哪条凳子呢？那条凳子还记得我们俩吗？

现在的我只能随便猜测了。坐在那里，沉浸在回忆中的我仿佛又看见了赛普内姆那惊恐的眼神，我多想能再听到她的声音啊。就在此时，我突然想起，她曾将她的那只耳环塞在了我手里。想到这些，我的心里顿时就是一阵狂跳。那只耳环，对，我还拥有她的那只耳环呀。不仅如此，我还知道，我曾将它放在哪里，是的，就在我商店办公桌的那个抽屉里，是的，那个抽屉还保存着我其他许许多多的回忆。那里面，既有我存放的老式铅笔，小记事本，电话号码，某些电影票，飞机票，火车票，还有那些足球门票和那些没什么价值但又不忍心扔掉的旧硬币。所有的这些东西我都塞进了那个抽屉里。之所以放到一起，是因为当时的我总怀着希望，将来有一天还会用上它们的。当然，这些东西现在也都毫无用处了。在那里，它们已静静地沉睡在一片寂静和幽暗之中。我敢肯定，那只耳环就在其中，这种十有八九的可能性又加剧了我的心跳。说不定我可以将唤醒赛普内姆的希望寄托于这只耳环，我会成功吗？其他那些怀有美好愿望的人曾不知花费多少精力也没能成功，而我能成功吗？这个我不知道，肯定不知道。但无论如何，我是肯定要尽力尝试的。也许，这么多年后，这只耳环将真的能派上了大用场呢。

夜幕已慢慢降临。开始的时候我还想着，先开车去商店找出那只耳环，不过，我最终还是打消了这个念头。这时候，天空中已慢慢飘起小雨。而且此时我觉得，今天这一天我着实见得够多的了，再多的话我已承受不起，我简直累得要死。我只想先回家，然后再好好回味今天所经历的这一切。我要静静地躺在那里，把能想到的都在脑子里再回放一遍，然后痛痛快快地睡个好觉。待到明天，我不妨将自己今天的这个冒险经历再在脑子里重放一遍。要知道，自己在寻找的还不只是赛普内姆一个人呢。我不能忘记，我还怀揣着另一个希望，正行走在我人生的另一段旅途中。我要看看，我还能看到什么，我还会有怎样的人生经历。

我知道，带着许多谜一样的问题我已慢慢走进了其他人的生活。对于这些问题，我不知道会有怎样的答案出现，甚至一想到这些，我连提出的勇气也没了……

酣睡之后我醒来

过着眼下这种我熟悉的家庭生活，说真的，我不知有多轻松惬意。有时候，我很热爱这个让人颇感安全的世界，哪怕我自己也知道，它无处不充斥着欺诈和蒙骗。然而，在经历过这样的一天后，我又该在这个氛围里怎样享受我身边的这个世界所带给我的愉悦和快乐呢？不言而喻，面对这个问题，今天这个晚上我将给出一个明确的答案。我决定，暂且先不告诉妻子切拉我所经历的这些事。我不能肯定，我们俩共同选择的生活需要我俩有多大程度的相互表白和坦诚，对此，我从来也没有试探过这样的底线，而且也一直努力地在我俩都认为正确的人生价值观范围内过着我俩幸福的婚姻生活。我知道，切拉和我一样，她也有她的人生价值观。我们就这样在一起生活了这么多年。可以说，我和选择了这样一种生活的女人走到了一起，她既不违背传统，又懂得知足常乐，但是和我不一样的是，她还以纯洁高尚这种最高的思想境界严格要求自己，她就是这么个女人。不仅如此，她还知道自己应有所进取，有所追求，所以，有一段时间她还对时装首饰品加工产生了浓厚兴趣。为此，她报名参加过一些理论课的学习，还参加过有关首饰品加工生产的专业培训。她的这些努力也算得到了一些回报。就这样，她在尼桑塔希开了一个小时装首饰店，也挣了一些钱。不过后来的某一天，她这种热情却不知怎么的一下子没了，她最终还是放弃了商界生活，毕竟她既不需要什么工作，也不需要去辛苦挣钱。她好歹尝试了做自己想做的事情，但最终还是放弃了。随后，她又一头扑进了某个协会的工作里，而且在那里还担任了一个比较重要的职务。简短来说，她知道怎样让自己的生活变得更充实。另外，她这个人还有个特点，就是她一直都很自信。这种自信很是吸引我，令我印象深刻，但有时候却给我带来烦恼。不管怎样，面对这些事实，我不可否认，她有她自己的一套生活方式。她知道自己应怎样料理厨房里的那些活儿，也知道每顿饭该选择哪些饭菜品种，可以说，在这一点上我们都有许多共同的喜好。另外，她穿着打扮得也很有品位。不仅如此，她甚至把我也打扮得很上档次。她会为我精心挑选衬衫、西裤和西装上衣。说真的，我很依赖她，也很乐意接受她的那些“监管”。很多次，我身边的各种反应都证明了我婚姻配偶选择的正确性。一言以蔽之，我们的婚姻就像人们在许多国家都能看到的那样，就是成千上百万对夫妻所过的那种婚姻生活，平凡普通，且幸福快乐。甚至包括我有些不检点的事，或者更老实地说，有些外遇方面的事，我觉得她有时也心知肚明的，但无论如何，她也从不点明，倒更喜欢睁一只眼闭一只眼，乐得个清静。可以这样说吧，除了有时候我出差在外寻点小刺激外，在我们整个婚姻生活中，我还几乎没给我们夫妻关系惹什么麻烦事。我一直都认为，该经历的我都经历了，该玩的也都玩过了，更多的时候我都劝自己要搞清楚这一点，要多理智一些。不过有些令我很激动的事我还是要深埋在心底的，因为我不想给自己的生活带来那些没必要的波动和麻烦。

我哪里知道，这个决定早在多年前就已给我们的家庭生活带来过波动了，这个波动就是儿子内迪的缘故。从他出生的那一刻起以及后来在他人生成长的过程中，我都坚信，在孩子面前，做个好父亲该是何等重要的一件事。无论如何，我是不会让他经历我父亲让我所经历的那一切，而且事实上也是如此。然而，不知怎么地，我所做的和我所想的那一切却还是没能阻止我们父子嫌隙的产生。让自己的孩子一直受到这样的伤害，这难道不是我们大人应承担的一种罪过吗？谁知道啊，这自有很多个中原因，这也正是我这个晚上一直在不断反思的问题。这个问题有可能还会引发一连串新的问题。汇集到一起，说白了，它就是孤独的另一种表达形式。然而，人生奋斗正需要这种孤独，游戏人生也需要这种孤独时分的各种呐喊。

相反，和我那可爱的女儿内莉在一起时，我们父女之间却没有任何的问题。什么关系的裂痕和波动在我们这里完全可以排除在外，因为我永远不会忘记，很多年前我们曾一度认为我们几乎要失去这个宝贝，但最终我们还是赢回了她。在经历过那些让我们内心剧烈震荡、饱受煎熬的日子之后，我更将她视为掌上明珠，也把她珍藏到我内心最柔软、最疼爱的那个地方。可以说，她就是我人生奋斗和良知萌发的动力源泉，也是我人生希望的传承人。

眼下，她正在准备大学入学考试。她想学医。我还真没想过，将来有一天她会成为一名医生。对此，我还真没办法理解。另外，我曾经历过什么，现在的我又突然陷入一场怎样的黑暗，这些事我是无法和她交流的。不仅不能说，相反，还要和她一起共同分享她这个美好的人生梦想，并尽一切力量帮她实现。当我今天到家的时候，她却正在和她的母亲拌嘴，正如她所说的，她想来一份汉堡外卖，因为她和以往一样又不喜欢家里的饭菜了。此时的她正躲在她的房间里，就如她一贯所声称的，此时的她正在忙着应考呢。从她的这番言辞中我可以得出两个结论：第一，今晚家里做的是传统饭菜；第二，她一定和她的母亲发生了不愉快的事。特别是后面这个结论，就更让我有理由去她房间里安慰她一下了。当然，在我走进她那个私密空间之前，我不能不敲门。就这样，我敲了，而且我很乐意这样做。老实说，只要她开心我就开心。一旦听到了她几分作弄人、但颇令我愉快的“进来”的命令声时，我才敢慢慢推开她的房门，轻手轻脚地走进屋里，而且每次我的脸上都堆着笑意。此时的我很想将今天所听到、所看到的那些事撇在一边，好歇歇神安静一会儿。只见她正坐在电脑前，见我进来，她对我笑了一下，却没有起身，只是手里一个劲地在写着什么。她知道，我马上会要干什么。我靠近了她，从后面将她轻轻抱住，并在她的脸颊上重重地亲了一口。她随之做出一个表情，就好像给她太多亲吻反倒让她觉得厌烦一般。她很快闪开脸庞，并一个劲“咯咯咯咯”地笑个不停。差不多两年了我们父女俩都是这样，这可是我们父女间传递爱意的一种新表达和小嬉戏，至少我想以这种方式为我们的父女之情增添一抹新鲜的亮色。尽管我觉察到她有一种被打扰的感觉，但我还是以相同的嬉戏方式向前探了下身子，想瞄一眼她的电脑，看她究竟在干些什么。此时的她虽在微笑着，但脸上却多了一丝不好意思的表情。只见她连忙用手捂住什么都没写的书本。假装用功的她这次又让我抓了个现行，对于这些，我岂能放过。

“呵呵，你大概是在上网聊天吧，让我瞧瞧。”

她的反应告诉我，一方面，她今晚似乎有意在玩着电脑游戏；另一方面，今晚我不在家这会儿，她会碰到怎样的问题。此时的她很间接地向我道出了她的不满情绪。

"哎呀,爸爸！你就没别的事情做吗？妈妈都已经做好了那道白豆拌菠菜了。那可是你很喜欢吃的一道菜呢。你就去吧!"

我没有听错,这一次她们母女间的拌嘴又是因为饭菜的问题。毫无疑问,这些只不过是她们之间发生不快的借口而已。在许多家庭琐事争执背后,其实都隐藏着很多原因和问题,只不过大家都不愿明说罢了。毕竟这都是家庭内部的事,有谁还愿意将它们抖落给外人听呢？我也不想再纠缠这样的问题,我只想着别让孩子老惦记着这样的事。我要叫她别放在心上,尽快忘掉它,说白了,这不就是一顿简单的晚餐嘛。说真的,对于这样的琐事,我根本没什么兴致理会它。不过,有一点女儿说得很对,我真的很喜欢白豆拌菠菜这道美食。这道菜,切拉本身就做得很好,所以,从这一点上不难看出,她母亲曾给予她这个犹太女儿多好的家庭教育。此时此刻,面对女儿,我微笑了起来。尽管如此,我还是装出一副既有点生气、又有点失望的表情。看到我这种反应,她好像露出了些许羞愧的表情。我们的这种小嬉戏会让她心有不安吗？我不是很相信。然而我心里清楚的是,我今晚不会就这个问题和她扯个没完的。就这样,脸上装做没事的样子,我站了起来,慢慢向门口走去。为了继续保持刚才这种快乐的心情,我还是开了口。不过,这一次,我的嘴里仅蹦出几句简单的话来：

"你要是同意的话,我就出去了。祝老爸好胃口吧!"

就在我打开房门的时候,她突然叫住了我。能听得出,她这个问题对她来说很是重要：

"爸爸,你觉得维护一个良好的人际关系最主要靠的是什么?"

听到这些,我脑海里突然间出现了赛普内姆鲜活的身影,当然还有医院花园里那张我俩坐过的凳子,以及当年的那个夜晚。此时此刻,我想到了可回答女儿的唯一一句话。

“靠的应该是能感受对方,能听到对方情感深处的声音。”

真的是这样吗?对于她的回答,我不还是没说到点子上,而只说了“应该”这样敷衍搪塞的话语吗?顺带着,我看了看她贴在门上的那幅偌大的贾斯汀·汀布莱克①招贴画,也算是给她一个准确的答复,因为在我看来,她对汀布莱尔流行乐的疯狂喜爱程度自始至终也让我无法理解。此时的我已无法忍住眼眶中的泪水。为了能看清她的反应,我又转过了身子。显然,她看出了我激动的情绪,也许她根本没想到我会这样回答她,这让她很是惊奇和感动。这一次我没有隐瞒自己的情绪,只见她的脸上也跟着露出了严肃不是严肃、微笑不是微笑的滑稽表情来。见到我这样,她问我,是不是我遇到了什么不开心的事。这一刻,我真想在这个房间里把我白天所经历的那些事以及在我内心里所引发的各种情感全部倾诉出来,可是我不能这样做。我只能告诉她,我想到了自己的一位老朋友。她点了点头,上齿轻咬着嘴唇,并故意露出微笑的神情。她觉察到了我在撒谎吗?眼前所发生的这一幕也许就以这种方式翻过了我们人生的一页。不管怎样,我们还要继续生活下去,然后还要像从前那样,看看未来还会发生什么。就这样,我也对她笑了笑,跟着走出了房间,只是心里品味着不知是痛苦还是欢乐的情感,而且也担心在接下来的日子里是否还会碰到这种情感。

从女儿房间里出来后,我进了厨房。要是两个孩子不在家的话,我们夫妻俩都习惯在厨房里就餐。餐桌上,除了那道白豆拌菠菜外,还摆着一道油煎肉丸和一大碗色拉。这么多年来,我们夫妻俩都喜欢在用餐

① 贾斯汀·汀布莱克(Justin Timberlake, 1981—),美国著名现代流行乐歌手和演员,六届格莱美音乐奖得主。

时讲讲自己白天里所做的事，否则的话，我们也找不到什么别的话题了。不过有一个话题我们是可以经常没完没了地说下去的，那就是儿子内迪这个话题。她知道，儿子的那些所作所为已不知让我这个当父亲的跌入多沉默的语境里，我对他真是失望之极，也恼怒之至。其实，她这个做母亲的又何尝不是如此呢？今天，她又尝试着要提到这个话题，为的是能给我、也给她自己带来些许安慰。我知道，她并不想过多地谈论他，而是给予他某种同情和怜悯而已。好像只有这样，她才能获取力量，振作起来。然而，当她发觉我更不愿开口的时候，她也就不再继续这个话题了，因为她最清楚，话题应在哪里打住，或者什么时候该换个话题，所以就这样，她紧接着换了个话题，开始跟我讲述自己协会里白天所发生的那些事。而这一会的我呢，是绝不能跟她讲自己这一天所经历的那些事，无论如何也不能在今晚这个时候。就这样，我跟她说，自己过了个很平常的一天，在账务清理和银行业务忙好之后，我甚至还有时间和别人下了几盘西洋双陆棋消遣放松了一下自己。这些小谎言都是我平日里早就准备好的一些特漂亮的说辞。可以说，它既对说话人没什么妨碍，也对听者没什么伤害。不过我心里很明白，和我在一起生活了这么多年的女人毫无疑问是能察觉到我脸上所显露出的这种痛苦的，而且她肯定也在探究着这其中的原因。而我呢，却必须要一个劲地掩藏伪装好，千万别让她看出端倪。我相信，通过讲述内兹米那些事以及他对我所说的那些事，我可以很好地借它们来掩饰自己内心的痛苦。我敢肯定，切拉是非常愿意听这些故事的。开始讲述的时候，我们阔别重逢的故事很是吸引她，只是我们所有的细节不能对她瞒得严严实实。不过，以这样娓娓道来的方式讲述这一切，这倒让我觉得我能更轻松地将自己的这种痛苦一并表达出来。就这样，我跟她讲了内兹米蹲监狱的事，还有他失去眼睛的事，然后他又如何逃到国外，如何认识伊拉，然后又如何回国，又如何和尼哈尔同居在一起等等,她听得津津有味,而且有时候也很是激动,就像我新结识了一个小女友一般。她说,她很想见到内兹米,而且还想进一步地认识交往。她的这番话语让我心里有一种暖洋洋的感觉。听着听着,她的身子靠我更近了,好长时间我都感觉到她没这样靠近我了。然而很遗憾的是,尽管我俩靠在一起,眼下这个时候,我还是不能将赛普内姆的事告诉她,也许我感到很歉疚,就感觉自己在像撒谎一样。我真的对她撒谎了吗?这可是个很危险的问题。想到这些,我暗自决定就此打住话题,千万别把事说漏嘴了。然而,我收住话题时那瞬间的情感涌动并没有逃过她的直觉。要知道,女人的这种先天感觉往往会让她们生出某种狐疑和猜忌来。她会带着几分不安的情感对我有所怀疑吗?是不是在我自己的故事当中,还藏着我不想告诉她的某些秘密呢?在这一刻,我必须要想到各种情况存在的可能性。就在此时,她的这句话不禁让我感到有几分恐惧,并紧张起来。

"你一定有什么心事。"

此时的我觉得自己的心思一下子被她看了出来。然而,我心里很清楚,面对她这句话,我无论如何也不能对她说出那个夜晚我和赛普内姆的事情来。于是,我找了个借口,说自己已累得不行了,一天下来,腰酸腿痛。事实上,自己也确实如此,而且是相当的疲倦困乏,因为昨天夜里,我几乎就没合过眼,一直在想着内兹米所说的那些话以及他提醒我的那些事。我不知道,自己所说的话切拉能有几分相信。她没有回答我,也没做任何评论。同样,我也没多说什么,反正我们说得越少,就应该越好。就这样,我们俩开始一起收拾桌子。在收拾的时候,我也没忘记,说今晚的饭菜很可口。我这样说,也无非是想缓解一下眼前尴尬的气氛。她笑了。她似乎在等着我对她的褒奖,以此来调动一下自己的情绪。电视里,正在播放着她不想错过的一部电视连续剧,所以,她会很快去收看的。我告诉她，自己想听听音乐，于是，我走进了客厅里。我先听了几支杰奥杰斯·穆斯塔基①的曲子，然后又听了一些查尔斯·阿兹诺沃尔②的歌曲。这些抒情小调③我们从前就很喜欢，特别是赛普内姆，反正就是通过她我知道了穆斯塔基这个著名歌手。那个时候，我们听的还是唱片。那些唱片，我们可是费了好大劲，请求甚至近乎哀求，才叫国外的亲戚朋友给我们带回来的。对待它们，我们可是小心翼翼地使用并存放保管的。后来，市场上开始有了光盘。赛普内姆知道什么是光盘吗？我甚至连问也不想问一下，她的人生在什么地方曾发生过重大转折。要是想到她的某些累累伤痕，我的心也是会跟着伤痛不已的。喜爱音乐的她也许不知道，音乐这个行当在今天不知已发生了多大的变化。突然间，我想起来了，下一次看望她的时候不妨带个便携式激光唱机，然后再给她播放一些我们那个时代的老歌让她听听。我很清楚，音乐这个东西有时候往往能产生神奇效果，它会以一种突如其来的方式重新唤回人内心某个地方的情感。如能这样，那它对接下来的一切将是一个崭新的起点。当然，那只耳环我也没忘记，我必须要把它找出来，是的，一定要找出来。要是我能找出来并带过去的话，我不知道届时是否能拿出来给她

---

① 杰奥杰斯·穆斯塔基（Georges Moustaki，1934—2013），法国歌手，作曲家和抒情诗人，法语抒情小调著名代表人物。他出生于一个犹太-希腊籍书店商家庭。1968 年，他举办了第一场个人沙龙音乐会，从此一举成名。

② 查尔斯·阿兹纳沃尔（Charles Aznavour，1924—），法籍亚美尼亚人，著名的法语抒情小调歌手、词作家、作曲家和电影演员。

③ 抒情小调，起源于法国，汉语音译为“香颂”（Chonson）。早在中世纪，很多法国行吟诗人就手拿乐器，在城堡内或集市上吟唱各种骑士情歌。到 20 世纪，它已成为国际流行乐的一个重要流派。它分独唱和合唱等演唱形式，内容广泛，从复古怀旧的情歌到经典小资爵士乐曲等皆属抒情小调之列。德国哲学家尼采曾这样评价过“香颂”：上帝独独只把天使的语言留给了法国人，谁说“香颂”不是天堂的圣音呢？人们爱它的柔情似水，燕语呢哝；恋它的浪漫情愫，朦胧慵懒。它永远都是那么的慢慢悠悠，缠绵悱恻。它会扯着时光的衣裙，尽显妩媚的芳姿。听着，唱着，你会在亦梦亦幻中舞乱你的脚步和身影。法国抒情小调的独特魅力由此可见一斑。

看看。不管怎样,我必须先将它找出来再说。在这一刻,我有一种感觉,似乎有什么新的事情在等着我。我绝对需要一种这样的惊喜。鉴于自己曾走过的那些不平坦的路以及过去所经历的那一切,这种渴望已与日俱增,正变得愈发强烈。我真的能以这样的方式拯救我的生命,挽回我的人生吗?谁知道啊。不管怎样,这种尝试很值得,而且将来也肯定会值得。这一点,我确信无疑。

我看了看表,差不多三个小时我经历了一次峥嵘岁月之旅,其间还喝掉了两杯白兰地。尽管感到很疲倦,但我仍还没有一丝睡意。不过,明天新的一天在等待着我,还有好多事要等着我处理,我必须赶快休息才是。就这样,我起身进了卧室。切拉早就躺下了,看上去她早已入睡了。我轻手轻脚地脱掉衣服,再换上睡服,然后躺了下来。等躺下后,我才发现,她并没有入睡,而是一直在等着我上床。她开始拥抱我,并以她女人那种特有的温柔方式将我紧紧搂住。她开始抚摸我的下身。此时的我暗暗感到惊奇,以往的她很少这样,怎么今晚会如此主动呢?何况我们平时也不经常这样,而且在这么多年的夫妻生活中,我们俩的兴奋劲也早不像结婚时那样了。我做梦也没想到,都这个深夜了,她还想和我温存一番。然而,让她再唤起我的性趣来也不是什么难事。我听凭这种情欲之火燃遍我全身。她慢慢褪下我的睡裤。我跟着也将手探到了她的大腿间,原来,她睡衣里面竟没穿内裤,也就是说,她在上床之前已做好了我们要亲热的准备。相互亲密的抚摸又不禁让我们回忆起我们从未间断过的夫妻情感和多年恩爱来。我们就这样共度爱河,在幸福的爱河中流连徜徉着。我们彼此爱抚,相互亲昵,同眠共枕,享受着这难得的鱼水之欢。我们对各自身上的每个部位都那么熟悉,这更让我们有了一种轻松愉快感。这种放松感,这种无拘无束感已让我们俩紧紧地搂在了一起。我轻轻进入她身子,她也跟着我慢慢配合迎送了起来,此时的她将我搂得更紧了。过了一会儿,我耳边她那呼吸声已越来越急促,这更让我有了一种兴奋刺激的感觉。我的抽送已越来越快。就在我感到她快接近高潮时,我迎了上去,猛地插在她最深处,一下子射在她高潮点上,然后全身心享受着这难得的喷泻时刻。我们终于一同经历了这个高潮,都好长时间了,我们也没找到这样一种同达高潮的感觉。趴在她身上我歇了会儿。此时的她已香汗淋漓,做爱后她身上散发出的那种气息和我熟悉的、她身上喷洒的那种香水味混在一起,真令我心旌摇荡,兴奋不已。我吻了吻她的脖子,然后亲吻了她的乳房,我用双手从上到下轻抚了她的秀发、腰肢和丰臀,最后轻轻地从她身体里退了出来。我躺在她身边,静静地注视着她。此时,月光照在她的脸上,我看见她在微笑着。我看得出,这是一种心满意足的微笑,不过说老实话,这对我也无大碍,因为她的眼里本来一直就充满着爱意。随后,就像其他人亲热后所做的那样,我们聊了些无关紧要的话题。这之后,趁着我一个人在床上的间隙,我开始问自己,为什么刚才在吃饭交谈的时候,她对我抱着那种不信任的态度。是啊,我真的别无选择,也只能向自己提出这样的问题。凭着她女性的那种直觉,她也会向自己提出这样的问题吗?谁知道啊,也许我有点夸张了。也许我完全没必要背上这种所谓的罪恶感。此时,她从浴室里走了出来,一言不发的她一头躺到我身边,并将头靠在了我怀里。她梳理一新的头发所散发出的香水味真是好闻。此时此刻,我们内心深处所发出的不同声响在这个寂静的深夜里彼此仿佛能听得一清二楚。这种寂静,它真的能给人带来更多的安全感吗?不过,这种沉默并没有持续很长时间,只听见她先开口说出一句话来。从她的话语声里,我能明显地听出她希望能得到的某种安全感来:

“真的,有你就好……”

要是人们尝试着去细究一下这简单话语背后所隐藏的潜台词的话,

那我们的人生就已得到了最好最充分的展示。然而，这一刻的我却根本没有力气再去尝试这种探究，因为我只想睡觉，除了睡觉，还是睡觉，而且，我还要养足精力为明天做准备。现在，能让她不讲话少开口的最好办法恐怕就是她想知道什么，我就直接回答什么，也别再没话找话了。反正，我早就准备好了关灯睡觉的说辞。

“是的，我也觉得，有你就好……”

她还在抚摸着我的胸口。能猜得出，此时的她自己心里也很明白，还是别再往下说为好。

“好的，让我们早点休息吧。你看你都困得不行了。”

沉默的我点了点头。这样的回答够吗？我知道，对于我来说，这样的回答还远远不够。然而，在这一刻，我只能告知她我已疲惫不堪，要是我将所有那些能说的事情都告诉她的话，那非得花好几个小时不可。也许有一天我会将这些都告诉她，然而，现在这个时刻并不是我们夫妻间共享某个愉快经历的好时刻，而只是属于我们婚姻生活中的某个孤寂时刻而已，对于这个如此复杂的问题，说真话，我还是乐得暂时回避。同样，此刻的她，也认为我沉默式的回答完全足矣。只见她又摸了摸我的胸口，然后神情满足地转过身，背对着我，做了个婴儿卧困的姿势，然后将腰肢放在我两腿之间安然睡去。随后，我也躺了下去。此时的我也掉转过身子，和她一样做了个卧困的姿势。多少年了，我们一直都是保持着这种睡姿，彼此都背靠着背，互不相扰，而且也没把这看成是什么问题。这个晚上，在入睡之前，我也曾思考过这样的夫妻睡姿问题。在有些人看来，他们认为夫妻之间这样的睡觉方式无疑是一种关系疏远、甚至是同床异梦、形同陌路的表现，真的是这样的吗？我们的这种睡姿反映了什么问题吗？也许我们是在寻找我们各自狭小的自由空间，毕竟每个人都有自己的权利，爱怎么睡就怎么睡，这些也犯不着别人来管。另外,我们夫妻两人在一起都生活这么多年了,哪里还会有人问这样的问题,而且恐怕谁都懒得再问它了。然而有趣的是,我俩以这样的方式睡在一起也从未发生过任何问题。管它怎么睡,我都无所谓,毕竟我们都已学会,面对许多现实问题,我们还是不谈为好,以这样的生活方式生活着,我想我们也许会活得更轻松、更自在些。

入睡之前,我还是有些顾虑,是不是自己不能承受这些经历之重,明天将不会再醒来。然而,我的这种担忧也没得到任何证实。当我再睁开眼的时候,只见东方已泛起了鱼肚白,此时的我知道,新的一天已经开始。这个晚上,我做了很多梦,我梦见自己被许许多多令人不安的景象和声音所包围,然而我所看到的那些东西,不知怎么地却被一层浓雾所笼罩,并很快没了影踪,就好像它们沉落到某个地方的一片水域中,再也没浮出水面,现回真形。现在脑海里剩下的也只是这种印象和感觉而已。

我翻身起床,然后去冲了个澡,这些可以说都是一天开始时我应完成的某些步骤而已。但不管怎样,我都竭力尝试着,去享受这些步骤中的每个细节。同时,我也会想着,今天我要做哪些事,我要去哪里等等。就这样,我走出浴室,身着浴衣在客厅里小坐了一会儿。是啊,新的一天将有许多意想不到的事会出现。此时,我闭目养神了一会儿。我已经习惯了,比其他人都早起,然后静心享受一会儿家里的这份安宁和静谧,这倒不是什么我心里有特别事情的缘故。不过我知道,今天早晨和往常相比却有所不同。家里没人会觉察到,我的心里在想着什么。然而,这种孤独自有它巨大的诱惑力和刺激性,尤其是在这一时刻,在这个节骨眼上。也许在走投无路,甚至在面对死亡的情况下会出现新的希望和转机吧。我不知道这个小小的希望会把我引向何处,带往何方。怀着这些想法我换好衣服,然后坐下来开始用早餐。不过,我的早餐也没什么特别之处。要知道,我一直都习惯了一个人吃早餐。我给自己煮了咖啡,冰箱里有橄榄、匈牙利香肠、酸辣鳀鱼酱和干酪片,冰箱上面还放着草莓酱和杏肉果酱。因此,我足以挑选一顿丰盛的早餐了。这一切也都与许多联想和回忆交织在一起。其中的回忆就涉及我无论如何都要在家里吃早餐这个习惯。这种小型就餐仪式我永远都不会放弃,因为有了它,我就感到格外的舒适和幸福,所以,这种每个早上的小型盛宴都必不可少,且绝对必要。当年在内兹米家过夜后的第二天早晨,我们都是腹中空空就出了门,不知怎的我突然就想到了那些日子,那些早晨。我无法想象,要是不吃早餐的话,我这一天的日子该有多难熬,而且我会心烦意乱,恨不得一口气跑回家,回到我正常的生活秩序里。想到这样的早晨,我的这些回忆就会不可避免地在脑海里翻腾起来。那是一个值得回忆的年代,一个迟迟到今天才想起来的年代。突然间,不知怎的,我感觉自己好怀念过去的那个年代,哪怕有时候这些回忆会给我带来好多失望,甚至产生负面影响。尽管如此,我也不把它放在心上。要知道,有时候,人们甚至还会搜寻某些曾给自己带来不幸的人生记忆,尽管它们已十分遥远。随着这些记忆被慢慢唤醒,那些遥远的事会变得越来越近,也越来越清晰,最终它们会让人以另一种眼光或者从另一种视角来审视过去所发生的一切。这样,它有可能会让一个人如释重负,尽管不时会心头滴血,内心充满着痛楚,他也会与和平缔约,以获得自己内心的安宁。不管如何,从某些痛苦中,人们还是想赢得一种欢乐,因为这些痛苦都隐藏在过去一幅幅生活画面中。有关早餐的记忆我还可以追溯到更早的时候。我还记得,每到星期五晚上,我多么的期待父亲在他下班的路上能顺便带些早餐副食回来。一想到那些日子,我就会怀念不已。这些东西,他一般都要从艾米纽努的某家精制食品店里购得。实际上,在那个时候就已经出现了餐前小吃文化,那些花样繁多、品类齐全的餐前小吃也从此成为我人生必不可少的一个重要组成部分。此时此刻,过去的那些场面和情景还依然历历在目:你看他如何将那些带回来的大包小包打开,然后将那些早餐副食一个个塞进冰箱里。所以,每想到包里的那些东西时,我心里总有一种好奇和美滋滋的感觉。那一根根匈牙利萨拉米香肠,它是否产自于匈牙利,为何就没人想起来问问,人们在称呼它时还要带上“匈牙利”三个字呢?还有那一大块熟制的胡椒干酪片,今天也没哪个地方有出售的了;还有一些生鱼子酱、鹅肝酱、几个划了口子的绿橄榄果、一块绵柔松软的新鲜奶酪和一些酸辣鳀鱼酱等。一切都爽口极了。不过最爽口的还要数那个生鱼子酱,它是用海里的茴鱼子做成,父亲也不是经常买它,而且也只有在精制食品店里才能买到。这种商品的品质人们完全可以从它的质量例如形状大小和密封程度上看得出来,只要拿着它对着灯光照一照,如果里面的内容越看得清楚,就说明它的质量越是上乘,就像今天的那些商品一样。而有些特色商品,比如真带着辣味的胡椒干酪片以及很有可能不是用鹅肝做成的鹅肝酱,都早已成为传奇而没了踪影。只有生鱼子酱还有人享用,也依然存在着。所以,正因为多少年前的耳濡目染和亲口品尝,我才能对这些美味有一个良好的细腻感觉和品性区分。正由于此,我那些早餐也因此恢复了它的原本精髓和特殊含义。

不过,这些早餐美食大多数时候可都要熬到星期天晚上才能享用。这些美食在星期五中午之前就得做好,因为傍晚的时候安息日祷告已经开始。在这样的日子里,人们是不允许动手做事的。所有做好的美食都要一点不剩,全部吃完。这个晚上对我来说可是最美好的时光,然而,饱餐之后,我又感到多少有那么点悲伤,因为第二天我又要背着书包上学去了。应该说,这个晚上真正高兴的是我母亲和我奶奶这样的家庭主妇,因为按照传统习俗,她们终于可以从那些繁重的厨房活里解放出来。

可以说,这个晚餐比一般的早餐都还要丰盛,除了上面所提到的那些美食外,还有鲭鱼罐头、熏鱼、凉煎肉块、烤牛排、熏牛舌和薯片等。那个时候,这些美食还不像今天这么到处能看到,所以,也只有精美食品供应商生产加工这些美食商品。

不可避免地,在今天早晨的这张餐桌边,我又回忆起曾一度认为已失去的那些时光、那些声音、那些香味和口味,此时的我已完全达到一种将过去每一刻随时都能重新唤回到眼前的最佳状态,这种状态的突然出现令我很吃惊。我不断在叮嘱着自己,千万别跌进某个万丈深渊里。就这样,我用完了早餐,正式准备迎接新一天的到来。出门的时候,家里的其他人仍还在蒙头大睡。多少年来,晨间醒来的我一般都是昏昏欲睡,萎靡不振,而今天的我却是睡意全无,精神抖擞。我知道,今天这个早上,我将不再像平时的我那样带着惺忪的睡眼走进店里。此时的我仿佛感到有一股激情在催促着我赶快上路。这股激情,是那么的意义非凡,是那么的非同小可……

抒情小调和抽屉里的那些东西

像往常一样，大街上到处挤满了人，他们每个人都在赶往自己的目的地，他们究竟想干什么，且为什么要这样呢？这些问题又迫使我远离眼前的景象，将思绪飘向了远方。也只有在那个远方，我才能从另一个角度重新审视自己。然而，我还是不愿意任自己的思绪就这样一直漂移下去，我早餐时所回忆的那一切已够多的了。说真的，回想那么多，且深深不能自拔，这并不是没有原因的。是的，这场大戏一定要重新上演，无论如何，我都要将它搬上舞台，尽管我知道，大戏会顺着剧情的自然发展而结束，但也有可能会出现意外而草草收场。我觉得，已没有必要将过去的那些台词再拿出来重新排演，作空洞的表达，这无论如何都是不可能的事，更何况我和其他人在各自的地方都已有了自己的新生活。极有可能的是，我们剧团的其他成员也会跟我一样有着相同的感觉。时过境迁，我们还能在多大程度上，或者说有多大把握对曾经的真挚和坦诚寄予信任呢？我觉得，至少赛普内姆已不能再像从前那样继续担任她的那个角色了。此时，我的耳边又响起了医生说过的那句话：别指望她能完全康复了，毕竟我们不是身处在一部充满奇迹的土耳其老影片中，对于这一点我早已有心理准备。然而，不知怎的，我的内心却总升腾出那么一种自己也无法解释的希望。它们告诉我，别问那么多，尽管大胆地去经历，而且还要努力地去经历和感受。我坚信，赛普内姆一定会回到我们身边，而且也必须回到我们身边。哪怕存有一线希望，我也要为之努力下去。这种充满激情的拼搏足以使我重新振作起来，因为这本身也是一种与自己勇气和胆量的拼搏。此时的我感觉到，一束颤弱的微光仿佛已在黑暗中闪现，我想做好一切准备，沿着那抹光亮所指引的方向前行……

此时此刻，我已置身于巴切卡皮闹市区，那里熙熙攘攘的景象真令我透不过气来，我好不容易找了个车位停好车子。我仔细打量着身边行色匆匆的每一张脸。有谁知道，这些人当中，有多少外表看不出来，而内心却充满着拼搏精神的人在开始着自己新的一天呢？此刻，我的耳边仿佛又回响起外祖母曾说过的那句话：谁家都有自己的秘密事。突然间，我的内心深处泛起了一阵痛苦的欢乐，也许那就是希望。也许在这个早晨，我会带着和往常不一样的感觉和激动之情，微笑着走进自己的店里。此时，费米早已买好报纸，并放在了我桌上。一切看上去都是那么的整洁，一尘不染，就连地也被打扫得干干净净。这些都是每天必须比我早到的费米最重要的工作。然后，他会给我端来咖啡。要是没事可做的话，他可以填填报纸里每天登出的那些空格字谜，因为在他看来，解字谜可以让自己健脑益智，保持良好的思辨能力。尽管日常生活中每天都存在着各种各样的尘世纷扰，但保持一个有规律的生活却是绝对必要的。

然而，在这个早晨，我却不想按往常的生活规律行事，也就是说，我既不想舒坦地坐在那里享用咖啡，也不想翻阅报纸上那些我喜欢的专栏作家所写的东西，而是一头坐到桌子边，打开我那个抽屉，翻找起那些我藏了多年都舍不得扔的旧东西来。就这样，翻找已正式开始。首先钻进我鼻空的是一股什么旧东西所发出的怪味，也许我还想闻一下这种味道。我很偶然地发现，原来是两支圆珠笔所发出的气味，我打开来再看看，笔管里的墨水早已干枯。其中的一支笔管相当地粗，里面装了十种不同色彩的笔芯，这个东西差不多在我孩童时代就已有了，唉，岁月已如此久远；另一支则有一个透明的外壳，壳子里装了水。水面上，还漂浮着一只小船。要是把笔来回摇晃一下的话，那小船就会在里面游来荡去着。就在这游来荡去之间，我曾放飞过多少我的梦想啊！这时候，我摇晃了一下，只见那只小船还是那样在来回游荡着。尽管如此，眼前的一切毕竟已不是从前，已过去了这么多年，梦想和回忆好像都遗弃在了那里，它的魔力也早已不复存在。接下来我翻出来的是一个带有玻璃钟罩子的小物件，罩子里是一间小茅舍，坐落在自然旷野中的它远离一切，幽静独处。也许，那小房子里住着一户人家，又或许住着一位老太太，反正那里面的一切看上去就像是童话里的某个场景一般。要是将那个半圆形的玻璃罩摇一摇的话，里面顿时会雪花飞舞，纷纷飘落到那茅屋顶上。这种童话般的情景一直保留在我的脑海里。看到这种情景，人们的一些幻想会情不自禁地被重新唤回来吧？谁知道，我多渴望能拥有这样的一个小房子啊，又多么渴望能拥有这份未曾得到过的但却一直在苦苦寻觅的温暖啊。还有那个福伦达牌①的曝光表和闪光灯。还记得当年某个夏日，我们在艾伦克伊②曾租过一套度假

① 福伦达(Voigtländer)，德国著名的老式相机商标品牌。
② 艾伦克伊(Erenköy)，位于今天地中海东部塞浦路斯岛的西北部地区。

房。在度假屋的花园里，我按捺不住激动的心情，想用那部留比特相机①给一只小鸟拍照。突然间，我一不小心摔倒在地，虽然拼命保住了相机，但却未能保住挂在我脖子上的那只曝光表。只见它重重地磕在了地上，再也不能用了。当时的我真是伤心极了，甚至伤心到连自己胳膊和腿上磕烂的伤口也未曾发觉，因为我很清楚，我摔坏的虽是一个极普通的曝光表，但当时的我却连一个备用品都没了。而且，对我这种粗心大意的行为，父亲肯定要给我一顿惩罚，否则的话，他是绝不会善罢甘休的。只是直到好多年后我才终于弥补了这个缺憾，我得到一部直接带曝光表的机子，也就是那部美能达相机。虽然是二手货，但还是保养得很好，式样如新。要知道，那部相机是我父亲在邮政总局门前的一个塞内加尔物理学教授手里购得的，当时他正好在用法语向我父亲问路。这个游客可了不得，当时他曾一个人骑着自行车周游世界。据父亲说，他当时一眼就看上了那部相机，而当时那位教授正好也花光了身上所有的盘缠，所以才不得不变卖这部相机。我敢肯定，在这桩交易中，我父亲一定是以很便宜的价格把这部相机弄到手的。当然，我不知道，他所讲的这个故事是否是真的。不过，他所讲的事情还是很让我激动，同时又让我不可避免地为他感到有些悲伤。我竭力想象着这个人，当他即将和自己的心仪之物分手时，他该多么的伤心难过啊，接下来的他是否还要将他的旅行坚持到底呢？或者他已经精疲力竭了，不想再走下去，而只想着把它换成钱物呢？或者他完全不认识前面的世界，所以就到此为止了呢？或者他干脆就编个故事，为的是能卖掉他这个不再需要的或者又是偷来的机子呢？当时听到这些的我也无法想象。不过，后来的我也应该想到这其中各种可能性的存在，也就是说等我长大之后，或者说我自认为长大的

① 留比特(Lubitel)，苏联著名的老式相机商标品牌。

时候。正是因为这个故事,我才将这部相机一直保存在我这个抽屉博物馆里没有扔弃。那个闪光灯的故事则更有意思。那是个小闪光灯,里面装有一个一次性的灯泡,那灯泡可是十分昂贵的。在那个时候,能使用那种灯泡可是件很奢侈的事。然而,不管是拧下灯泡时所发出的那种声响,还是灯泡内轻燃时所散发的那种气味,都是一件很值得去体验的事。在抽屉里,还有一部很小很小的照相机,不过,那只是我钥匙链上的一个小挂饰而已。在这个微型相机里,存储着很多照片。只要把眼睛对准机子上的取景器,然后再按一下快门按钮,那些照片就会一张接一张自动地在你眼前滚动起来。对于一个还处在青春期的毛头小伙子来说,他们看到的可都是从未见过的并令他们亢奋不已的色情照片。那些照片中的女郎更大胆,更开放,也裸露得更厉害,可以说,比我和内兹米一起买的那些画报中的色情照都还要黄呢。还有什么样的欲火能不被这些照片撩拨起来呢?此时的我又把机子放到了眼前,想再看看那里面的照片。就这样,我按了一下快门按钮。回想着遥远过去自己所看过的这些照片,我仿佛又找回了当年的那种感觉。不过,不知怎么地,这些照片却无法激起我的性趣,带给我的也仅是一阵会心的微笑而已。是啊,当年那些欲火难耐的场景我究竟又遗忘在记忆中的哪个角落了呢?

同样,抽屉里的那两块表也将我唤回到过去的某个地方。其中一块是父亲作为我通过法语学校录取考试的奖赏送给我的。送我的时候,他大夸特夸这个礼物,说它有很好的防水性能,是瑞士人精致工作的真正体现。我虽不知道,这个"瑞士人精致工作"是什么意思,但是我明白,他想说明的是该表的质量有多么上乘,或者更重要的是,他想强调自己所支付的价格有多么昂贵。他还告诉我,每天晚上上床之前一定要把表劲上足,否则第二天它肯定会停止不走。这也可称得上是我那时生活中必须严格遵守的一项纪律原则。他的这番话以及他要求我做的其他事在我看来都是那么的荒诞不经。另外,对于表的防水性我不知怎的就是不太相信。小区里我一位朋友的话更加剧了我对该表性能的怀疑,于是,我决定来检验一下。我曾问过我父亲,是否可以戴着它下海游泳。对于我这个问题,他回答说当然可以。不过,说真的,人们对生活中的有些事可是千万不能较真的。所以,这也恰恰是他不希望而我却偏偏喜欢做的原因,我对此好奇不已。我找了个借口。我对他要说的是,下海之前我竟然忘了先将自己腕上的表摘下来。就这样,在一个星期六早上,我的这个计划终于在卡德博斯坦海滩①边得以实现,我体验了一次心中偷着乐的快感。当时,我故意戴着它下了海,等到我抬起手臂后,我终于看到了一幕连自己都不愿看到的景象:表壳里已蒙上了一层水雾。我真没想到这只瑞士名表的防水性居然这么差,而且几天后,它就停止了走动。没办法,我们父子俩只好带着它去让那个住在西尔克奇②陡峭的阿西雷芬迪胡同的卡迪尔钟表匠师傅修理,他修表可有很多年头了。我还记得当时那个胡同里都是些高矮不齐、店面紧挨的小房子。他小心翼翼地在右眼上戴了个修表用的专业放大镜,仔细检查了一下机芯。看完后,他轻轻地将放大镜推到额头上,然后看着手中的表,并用一种平和的语气告诉我,说机芯部分已锈蚀,没办法再修理了。一回到父亲店里,我便得到了自己早已料到的他那记耳光。他可气坏了。他如此生气,这我真没想到,是因为我没听他的话,还是因为我根本就没在意这块表的价值,或者因为他有这么个蠢儿子,居然敢戴着表直接下海游泳呢?所有的可能性都可能存在。挨的那记耳光可痛着呢。我心里很清楚,他会以很长时间让我没表戴的方式来惩罚我。不过,另一方面,我也特别高兴,我以这

---

① 卡德博斯坦(Caddebostan)海滩,位于伊斯坦布尔市亚洲大陆部分的最西南边,濒临南部的马尔马拉海,是土耳其著名的旅游海滩之一。

② 西尔克奇(Sirkeci),伊斯坦布尔市法提区(Fatih)的一处地名,位于艾米纽努区西边。

样的方式给他添堵,并捉弄了他一下。我的第二只表应该是在两年后我的成人受戒礼上得到的。这只表是父亲的表兄,也就是我的表叔摩尔多送给我的。在我面前,他完全不像我父亲那样盛气凌人、吆三喝五,而是以一种和他性格很相称的温和亲切的态度对待我。还记得,我那个成人礼是在一个又湿又冷的礼拜六举行的。地点就在西斯丽的一个犹太会堂里。在举行成人礼的头天晚上,他先来到了我家,并偷偷溜进我的房间,样子看上去鬼鬼祟祟,就好像要唆使我去帮他干坏事一般。尽管他的脸上写满了人生失意和落寞,但还是没能掩盖他童稚般的语调和几分羞涩忸怩的表情。他递给我一个小盒子,并叫我打开它。当我怀着激动的心情迫不及待地打开那盒子后,我一下子看到了这只令我心花怒放的手表。我真是高兴坏了。看着我激动的表情,摩尔多表叔也很感动。然而,他随后的话语却让我更加感动。他说,自得知我在店里挨了那记耳光,并受了委屈后,他就一直都没忘记此事,而且从那天起就一直在等待着这个能带给我一点安慰的机会。听到这些,我紧紧地拥抱着他。我觉察到,此时的他几乎不能控制自己的泪水,谁知道此刻的他又在想些什么呢?他没让眼前的景象再持续下去,而是竭力控制自己的情绪,别爆发出来。只见他从盒子里拿出那块表,并将它戴到我的手腕上。他要我先抖抖手腕,然后再将表放到耳边听听。他脸上一直洋溢着那种童稚般的表情,看到他这种表情,我不知道,他究竟想让我干什么。不过,我没有违背他的意愿,依照他的话做了。顿时,他刚才那种激动的表情很快传染到我的脸上,只听见一种悦耳的声音在我耳边响起。那种声音就像是上发条时所听到的声音一般,那么清脆,那么动听。这种新鲜玩法我可是喜欢极了。我微笑地看着他,似乎在等着他的进一步解释。只见他轻声对着我的耳朵,像是跟我透露某个秘密一般的说道:“这是自动的,这可是自动表噢!你再也不用给它上劲了。你只要把手腕抖抖就行了。

就这么简单!”

我无法想象,当时的技术发展有多迅疾。他没说那块赠表是瑞士商品,而且也没说它能防水,但两个信息却都在表壳背面写得清清楚楚。好多年了,我都一直把它戴在手腕上,也许是因为那秒针所走的每一秒对我而言都很珍贵,或者又因为我不想让他看到我没戴表而悲伤。我还记得,摩尔多表叔去世后不久,我就将这块赠表彻底地埋进了我的记忆中。还是那天晚上,等父亲看我戴好那块表之后,他便当着刚来我家的爷爷的面,让他表兄检查我,看我是否已记住了明天成人礼上要说的祷词。另外,他还当着与表叔一起来的我外婆的面,要她好好检查一下她女儿也就是我母亲明天要穿的礼服,而且每个细节都要先过一遍,以防在明天那个场合会出现尴尬场面。所以,他就是这么个连最小失误也不能容忍的人。对于这块表,父亲又数落我表叔道:“你根本没必要花这么多钱嘛,你这个花花公子!”虽然以这句半玩笑、半严肃的话了结了此事,但却引起了我的不快。不管怎样,他到哪都是这样盛气凌人,独断专行。就这样,他表兄在破产之后就跑到他店里来了。他之所以送我这块表,其中的原因大概也在于此,这一点也许他自己最清楚。不过那天晚上,我父亲的权威形象在大家面前开始发生了动摇。就在他责怪表叔之后,我开始想表达出我的心声,一方面,我想当着大家的面,说这只表戴在我身上一定能给我带来自信;另一方面,我也想帮表叔打个圆场,让亲切和蔼的他能摆脱一下眼前尴尬的局面,因为父亲刚才那种听上去很是轻率的责备话对表叔来说可是很不公道的。也许就在这一刻,我不顾他的权威,说了一句连表叔自己都不敢说的话语:“摩尔多表叔就是不一样呢!他可拥有一颗体贴的仁爱之心呢!”此言一出,所有在场的人都哄堂大笑起来,甚至我父亲也极不情愿地挤出一丝笑意,陪笑了起来。不管怎么说吧,反正那个晚上是我人生中极快乐的一个晚上。接下来的第二天,我不仅被正式宣布为宗教礼仪中的成年人,并在承担宗教义务的同时在宗教群体中拥有合法的身份,而且在会堂致辞中以感谢父母培养的方式第一次给他们带来了快乐,并让他们在幸福中流下激动和喜悦的泪水。同时,这场庆典以及接下来安排的豪华盛宴还将向大家展示我们家的殷实富有。就像其他家庭一样,只要有各种传统庆典的场面,他们都觉得非常有必要以这种方式做一个家庭实力展示,以赚足自己的面子和口碑。就这样,从母亲脸上我看到了她为我自豪的神情。这期间,我们家的日子已一天天富裕起来,甚至我母亲当时的礼服也由著名的伊尔迪里姆·梅鲁克时装店①设计裁剪,一件是在我成人礼上穿的,另一件是在那天的晚宴上穿的。晚宴在一家名叫"红与黑俱乐部"饭店举行。我还记得,那家饭店就坐落在那时还叫做爱姆拉克的那条陡峭街道上。不过,因为后来那里发生了一起共和国历史上最黑暗、最令人感伤的谋杀事件,那条大街也因此被改名为阿布迪·伊培克奇②大街。那家饭店后来也一直存在好多年。是啊,那些豪华盛宴,还有那里面的那些轻歌曼舞,它一定给许多人留下了很多难忘且美好的回忆。

不知不觉地,我已很长时间沉醉在那些往事的回忆里。同样,抽屉里还有一些东西也把我带到不同的记忆深处。是啊,每件东西都记录着一段美妙的时光,某个耐人寻味的情节,还有它精彩的故事细节。那一本本记得不太满的日记可都是我人生不同时期的精彩记录。将来哪一天若读到这些,它一定会令我思绪万千,感怀不已。我没有动它们,仍让

---

① 伊尔迪里姆·梅鲁克时装店(Yıldırım Mayruk),土耳其著名的时装品牌店,位于伊斯坦布尔市贝约格鲁城区的塔克西姆广场边。

② 阿布迪·伊培克奇(Abdi İpekçi, 1929—1979),土耳其著名记者,曾担任土耳其著名报纸《民族报》总编辑。1979 年 2 月 1 日,在原爱姆拉克大街自家门前的汽车中,他被一名土耳其民族运动党激进分子开枪暗杀。

它们静躺在那里，反正那里面的内容或多或少我都还记得，现在的我也不想再翻开它们。这时，我又翻出一块打字时用于擦改错别字的圆圆的旧橡皮擦子来。这块橡皮擦不禁让我又回想起自己当学生时的某些场景。记得那时候我去商店，或者干脆说是被父亲拽过来的，为的是能习惯这种先进的书写方式。每次去的时候，我都喜欢在那台雷明顿牌打字机①上打出一些笑话故事，然后和父亲一起去西尔克奇的那家努梅里·克福特西斯饭店吃午餐。那台打字机今天早已不在了，我不知道，它究竟被扔到哪里，或者说，它是怎么丢的，反正已没了踪影。可那家饭店却依然耸立在远处，尽管这个城市今天已发生了许多翻天覆地的变化，但我想，至少还有一种或若干种美味它是绝对可以保留下来的。

就这样，抽屉里的那些东西把我从一个地方带到另一个地方，反正我也不知道它们最后会把我带到何方。若要将这些东西从我的生命里抹去，那我可不仅不忍心，而且也完全没那个勇气呢。我本该可以继续我的岁月之旅，然而突然间不知怎么那只耳环却一下子滑落到我手心里。我停止了翻找。我怎么受得了自己花这么长时间在抽屉里翻来找去，并一直停留在我过去人生的各个站点，这真让我够惊奇的了。也许是我自己在有意磨蹭吧，想推迟与心爱耳环的重逢，为的是能做好充分的心理准备，睹物思人，让自己回忆能回忆起的一切。若换成他人的话，估计在面对自己抽屉里的这些纪念物时，是不会将它们看得如此重要，如此宝贵的，而是直接翻找，并将其取出。但眼前的我却显得从容淡定，不紧不慢，也许在许多人看来，我的这种性格是很难被理解的，然而，都这个时候了，我还能那么气定神闲，从容不迫吗？现在，出现在我眼前的

① 雷明顿(Remington)牌打字机，系原美国雷明顿军械公司1868年推出的世界第一台打字机。1927年，美国早期电脑生产商雷明顿·兰德公司收购了该公司，并继续生产该著名品牌产品。

是一只小小的耳环,那上面镶着一块红色小石头,也许它是一块红色宝石,至少孩子们是这样认为的。一看见它,我随即又被带到另一个黑不见底的记忆深处。我小心翼翼地拿着它看了看,然后握了握,最后紧紧地攥在了手里。我这样做,为的就是能将自己再一次和赛普内姆紧密地联系在一起。虽然想对它笑笑,但此时的我已根本无法笑出,仿佛自己曾经在死亡地狱中走了一遭。就这样,我差点哭了出来。不过,伤心归伤心,我可不能忘记,这只小小的耳环能带给我力量,能带我去迎接一个崭新的明天。所以,要是此时的我还沉浸在过去那种悲伤和痛苦中的话,那显然是没有任何意义的。

我叫费米赶紧把咖啡端来。他是个颇有艺术才华的小伙子,虽有些多愁善感,但很值得信赖。在店里,他不爱吭声,总任劳任怨地包揽了许多重活,而且还和周围的人保持着谨慎的距离。他不是一个很灵巧的人,甚至有时候人们还觉得他有点笨手笨脚,然而,每天早晨,他都第一个打开店门,为新的一天做好准备。在接下来的时间里,他都会不知疲倦地跑东跑西,忙个不停,只要是大家吩咐的事,他都会立马照办,绝不耽搁。晚上商店打烊以后,他就去那些从不向外人透露名字的夜总会俱乐部,他要在那里演奏卡龙琴①,希望能赚点钱,好给自己的姐姐买药治病。据他自己说,他姐姐早得病疯了,而且病床上的母亲在弥留之际还将自己的姐姐托付给了自己。不管怎么说,至少这是这么多年来我对他夜间辛苦工作的印象。他夜里什么时候休息,或者说他能睡上几个小时的觉,说真的,我不是很清楚,而且也没去打听过。反正一般的话,我都同意他可以早点下晚班,以便他能多休息片刻。就这样,我们彼此很是

---

① 卡龙琴(Kanun),系土耳其传统弦鸣乐器。它类似于梯形形状的箱盒式乐器,可用音槌敲击,也可用手指弹拨,类似于扬琴。主要流行于西亚、中东地区一带。

了解，也相处得很好。反正我们关店门也不是很晚，有时候五点，最迟不超过六点我们就关门打烊，回家休息。一般情况下，我能做的事我都自己尽量做了，为的是让他能应付得了店里的工作，当然，也为了自己的事业，尽管我没全身心扑在上面，尽管我从来就没真正喜欢过它。除了工作，我也很欣赏他从不提起的个人艺术天赋，所以，我也尝试着，尽量让他感觉到我对他的这种好感，这也许就是他为什么喜欢在我这里工作的原因。我也知道，尽管他心里有痛苦，但他还是更喜欢他夜间的那份工作，所以我确信，将来有一天他肯定还会更乐意过他喜爱的那种夜生活。

很快，我的咖啡就端上来了。我点了一根烟，然后将耳环放到了桌上。我还想从我的记忆深处重新唤回塔拉布亚的那个夜晚，尤其是她将耳环放到我手里的那个时刻。我还希望能回忆出其他某些情节。我再次从心底里相信一切都是命运的安排。赛普内姆把这个小首饰"托付"给我保管，难道她在若干年前就真的预感到自己将来会大难临头吗？仅是对这种可能性的猜测就够我费神的了。

胡想了一通后，我还是尽力克制自己别继续胡思乱想下去。于是，我很快将自己手里今天要完成的事处理完。可以说，今天我要关心的事已不在店里。要是店里没什么特别事情要处理的话，其实也用不着都由我来操心，因为一切都已按部就班，每个人都知道自己该做的事。所以，即使我稍微松懈一点，同样也没什么大不了的事。而眼前我最操心的，却还是这桩大戏上演的事会朝哪个方向发展下去。我不怀疑，有切拉的帮助，我会找到尼索的下落，因为她有很广的熟人圈子，只是我不知道我会在什么样的情况下，或者说在怎样的生活境遇中找到他。我别无选择，只有想着我从前记忆里的那个尼索。也许切拉还能帮我找到赛丽。我敢肯定，要是约格斯在雅典或在希腊其他地方的话，内兹米也一定能探寻到他的踪影，他肯定逃不出内兹米的视野范围，很有可能的是，约格斯所经历的一切,或者说他个人的新情况,内兹米对此也不一定都掌握得很准确。这一刻我又不禁问自己,为什么我会有这样的感觉呢？我还记得,他曾经说过他中学毕业后是要去巴黎的,也许在那里他已有了一个完全不同的新生活,但也许他仍在伊斯坦布尔。现在的我们也别无选择,唯有听凭自己的感觉,然后沿着已探明的小路艰难前行了。这个信念的坚守对于我在继续探寻赛普内姆的旅途中将会有多大的帮助呢?是的,眼下我已找到了她。然而,这仅仅只是找到,下一步又该怎么办呢？如果不是这个现在,或者说不上演这台大戏的话,我所看到的这一切也差不多够了,也用不着还像现在这样要鼓足勇气坚持下去。然而这期间,时代已完全发生了改变,尤其是我内心世界也发生了如此改变,以至于有时候我对自己的这些改变也暗自惊奇。总之,我会一如既往地继续走下去,而且能坚持多远就坚持多远。现在的我还从来没有这么坚决过,也从来没这么不假思索,义无反顾过。在自己上演这场大戏的故事中,那些我所听到的死亡声音、我所看到的死亡场面以及我所闻到的死亡气息也无不展示了我自己的这一面,而这些死亡声音、死亡场面和死亡气息我却不能与人倾诉,只因为我曾发誓过,我要一个人独自默默地经历这一切。我必须从这个残缺破损的幸福中竭力恢复元气。是的,我以一种突如其来的方式走上了这条道路,那么,我就要勇敢地面对这条道路上的各种障碍,继续义无反顾地走下去。我告诉自己,尽管别人有可能会在自己面前竖起一堵堵高墙,我也必须勇敢地面对并翻越它们;即使是自己给自己竖了高墙,我也要百折不挠,翻越过去。

凭借这份自信,我已明白,现在的我已没有任何包袱,可以轻装上阵了。于是我拨通了扎福尔・贝伊医生的电话。我尝试着,要让对方听出我坚定的、愿接受一切挑战的声音。我告诉他,我想再看望一下赛普内姆。他回答我,说我可以随时去他那里,而且我的这份爱心也让他很是开心。我们商定好，我将于明早开车过去。这一次，我决定，在踏上看望赛普内姆这个新的旅程之前，我必须配备一些比较好的"装备"。就这样，我出门到隔壁的那家商店买了一个便携式激光唱机。等到晚上回家后，我又从我那堆光盘里挑选出几盒杰奥杰斯·穆斯塔基和查尔斯·阿兹诺沃尔的歌曲集。对我来说，以播放抒情小调的方式开始我们明天的会面意义重大，但对于她来说又是否如此呢？我能用这些歌声打动她吗？她最终能听出我的声音来吗？只是没做这些之前，一切我都尚不可知。第二天早上，在摸着夹克衫口袋里的那只耳环的时候，我都还在盘算着，自己是否应该将她"委托我保管"的这个小东西带过去给它的女主人看看。不管这些，后面所发生的一切自有答案。此时的我已做出决定，让一切都随着我情感的河流任意流淌……

抵达医院后，我还是感到很紧张，因为我知道，这一次自己将面对谁，并经历什么。那位女护士长热情地接待了我。虽然扎福尔·贝伊医生不在，但很显然能看出他已作了相应的接待安排。我们俩匆匆地谈了一会儿。有可能自己想尽快见到赛普内姆，会表现出有点不耐烦的神情，所以我必须要克制自己，千万别在人家面前失礼，做出不礼貌的行为来。就这样，我告知她自己不想多耽误她时间，也不想给她添麻烦。听完我这番解释后，她笑着告诉我，她将陪我去那间艺术工作室看看，在那里我肯定能找到自己要找的人。而且，她还告诉我，现在的赛普内姆正在创作一幅新作。就这样，我们走进了那个大房间。只见她静静地坐在一张还相当空荡的画布前，看上去她好像又回到了自己内心的那个黑暗世界里，誓要与外面的世界彻底隔绝。突然间我感觉到，她似乎在这张白色画布世界的某个深处在寻找着某个人。当时房子里还有其他一些病人，然而却没谁过问其他人的事。我一进去，就立刻感受到，屋子里的每个人都好似栖身在自己的世界里一般。我给护士长看了看塑料袋里装着的那个小激光唱机，并问她自己是否可以在这里播放一下曲子。能看得出，她虽然同意了，但还是有点不太情愿，并叫我无论如何都不能大声播放乐曲。就这样，她离开了房间。现在，就剩我一个人来应付眼前的局面了。我往前走了几步，看上去，赛普内姆根本没觉察到我的到来。我看了看她准备要画的那幅画作，只见那上面只画了几笔简单的不同色彩的线条，对于它们我无法解释清楚。也许，她已画出了一条崭新的道路吧。她运笔的动作很缓慢。这一次她没有戴那顶帽子，而是将头发扎在一起，并挽了一个髻，她那头长发几乎都白了。是啊，现在的她已不再是从前那个留着一头整齐的、深黑色短发的小姑娘，而是一个跨进另一个时代的半老女人。和第一次见面相比，这一次她苍老了许多，不过，她那眼神看上去还和上次一样显得很恐惧。就像上次来看她时我的那种感觉一样，我还是尝试着，说出自己想说的话，然而，话到嘴边，我又不知道该说些什么好了。此时，激动万分的我已完全没了话语，尤其是自己竟处在眼前这样的局面。

"你看看，我又来了……"

此时的我已无法抑制我颤抖的话语声。只见她慢慢转过身来看了看我，那表情就像是在看一个陌生人一般，或者说是第一次见到我一般。谁知道，这一刻的我对她来说又是何人呢？就在此时，我仿佛看见她露出了一丝微笑。有可能，我想象着她在面露微笑，是因为我想给自己增添些勇气。于是，我也对她做了一个微笑的表情。我希望她听出我的声音，并感觉到我的存在，即使这些对她来说已十分遥远。然而，我们的眼神没能再继续交流下去。几秒钟后，没有任何反应的她又掉转身子，对着画布继续画了下去。此刻，已别无选择，唯有继续说话而已。这一次，在我盯着画布的同时，我尝试着慢慢打开话匣，寻找能与她有所交流的合适话题。

“我正在仔细倾听那波涛汹涌的咆哮声。”

我为什么会说出这样的话来呢？仅是因为自己的感受，我就觉得她会将那些汹涌的波涛画到这画面上来吗？或者是因为我想找到一条能与她交流沟通的渠道呢？她没有理我。此时，我发现她手中的画笔正越画越快。看上去，她好像有了某种烦躁的情绪，是不是自己就这样已和她有了第一次正式的交流呢？这正是再往前一步的绝好良机。

“我也很喜欢这些被高高抛起的波浪，不过，我又觉得它很让人恐惧呢。有时候我在想象着，在某个十分荒凉的地方，自己也会看到这样的波浪。面对这些，我又该如何是好呢？”

她还是没理睬我。反正我也不抱什么她会很快回答我的希望。只是我再次告诫自己，面对眼前的这一切，自己要有足够的耐心，毕竟我们俩所经历的是完全不同的人生。眼前我们所经历的这个时刻是一个临界时刻，也就是说，这是一个我们失散多年后相交汇的时刻，更是一个需要相互温暖和感动的时刻。面对这一刻，由于我们分手多年，眼前的我们已没有任何选择的余地，也只有慢慢随着时间的推移来相互安慰和理解对方。再一次地，我只有继续说下去而已，但我不知道，我这究竟是前往何方，也不知道我的肺腑之言究竟要把我领向何处。我愿意相信，以这样的方式我们能做沟通交流，也许这些真的能变成现实，这样我就可以拨动她的心弦，让她找到一个新的人生，所以我要说下去，就这样滔滔不绝地说下去。趁着这些内心话语还在脑海里不断翻滚之际，我未加思索，便开始了我的个人情感独白。

“正由于此，我一直都想要买条小船在浪里划行。你还记得那个晚上吗？在塔拉布亚，在海边的那条长凳上，我们俩曾紧紧相拥在一起，这一切，我可从来都没忘记过。我还记得，我们俩曾好长时间一直凝视着海湾里的那些船只。我虽然没有当面告诉你，但心里却想过，等我将来有一天有钱了,我一定要买条小船。现在,我终于有钱了,可我一直在推迟这个梦想的实现,谁知道我是因为哪些方面的恐惧呢?反正我还有好多梦想都没能实现,只因为自己一直勇气不足吧。你知道,有时候我会问自己什么样的问题吗?这是不是就是我们这代人的命运呢?当年的我们曾坐在那些教室板凳上,尽管我们充满着许多期待,但我们是不是曾迷失过方向呢?为什么我们就没有意识到,一直想改变这个世界的我们居然连我们自己都不能改变呢?你看看,我都扯到哪里去了。一个人,他想做的事,他想去的地方,这种自欺欺人或者受骗于人的人到最后也只能停留在某处。可以说,他停留的时刻,也就是他发觉自家房子着火的时刻。只有到此时,他的脑子才算清醒,明白了该明白的一切。是啊,俗话说:燃着自己的火可是这人世上最烫的火啊。"

我本可以一个劲儿说下去,要知道,我还可以回忆起当年的许多事情来。不过,要是还这样一个劲儿没完没了地说下去的话,谁知道,我的思绪最终又会停落在哪里呢?可是,不知怎么地,刚才的我却突然停下话来,还说了句本不该说的习语,而且也根本没考虑它有可能会带来什么后果。千真万确,烧到自己的火可就是世上最烫的火,可不是嘛。对于自己来说,这一刻,这个俗话可是一句再准确不过的表达。然而,要是我想到她所经历的那一切,我又怎能这么随便地将它说出口了呢?要是她听懂了怎么办?好长时间,我都不知道,我该怎样排遣我这种担忧恐惧的心情。不过事实是,我却没沉默多久。就在这短暂的时间内,我的脑海里已产生了各种联想以及由此引发的种种不安,这些都汇集成一个很让我忐忑的问题,同时,我也充满着希望和期待:她真的能听见我在说话吗?对此,我不能确信。此时的她还仍在那里画着。慢慢地,那些陡峭悬崖的轮廓已开始显露出来。她的思绪还一直停留在远处,也许,她就是想把自己的思绪停留在某个远处。也许我自己刚才一个人白激动了一番，也许我们两个人都在各说各的，在向自己倾诉着什么。这些又有谁能知晓呢？此时的我感到，我的眼前怎么一下子出现了这么多条道路，而哪一条才是我正确的选择呢？突然间，我未做任何思考，就直接拐入其中的一条。这时，我突然想起多年前我们谈心的那个最重要时刻。

“那个晚上，你曾告诉我，我应该就是我自己，我应该做一个真我。我不知道，在随后的这些年里，我是否真的做到了这一点。坦率地说，为了能使自己成为一个真我，我也不知道自己能做些什么，又必须要做些什么。我只是简单地经历了我该经历的一切，也许我就是一个真我，只不过自己不知道而已，也许我根本就没必要去寻找那个真我。我已成家立业，我一直在尝试寻求一种踏实安稳的生活。我有一位很善解人意的妻子，她恪守传统价值，也一直默默无闻为这个家庭付出着。她既不给自己增添没必要的麻烦，也不会让这个家庭蒙受损失。她就是这么个女人，正如她自己所认为的那样，一个既有生活情趣，又会精打细算的小女人。有了这些，她便能够将自己的生活装点得多姿多彩，让人生变得更有意义。当然，我还有一个儿子和一个女儿，所以，我的家庭可以称得上是个完美的家庭。他们在按自己的生活方式生活着，而且也一天天成长着。只是更多的时候他们都觉得，他们已长大成人。他们将来无疑都要走自己的路，谁知道，他们还有哪些事要去一一经历呢。”

当我以这种方式提到孩子的时候，我又停了下来。因为我担心，我所说的这些是否会对她会产生什么伤害，所以，我摆脱不了这种担忧恐惧之感。沉默了片刻之后，我又向她道出了我生活的另一面。

“还记得那时候我那手摄影技术曾给你们添过不少乐子吧，你可知道，这之后，我的这门技术又有了多大进步。这中间我也照了许多好照片，有时候我甚至还想着，自己是否可以办个摄影展什么的，也许等下次我来看你的时候，我再带一些我的作品来给你看看。要是你能看到那些我在国外拍的照片该有多好啊。我跑了好多地方，到过许多城市，也见过各种各样的人，这些照片我一定要给你看的。”

她还是没有任何反应，仍在画着她的画，就好像我根本不存在一般。现在，呈现在我眼前的不仅有那些悬崖峭壁，而且还有那片橙黄色的天空。现在我们所看到的究竟是日出时刻还是薄暮时分呢？它预示着什么，是预示着一个黑夜，又或者是预示着一个黑暗正悄悄来临？反正从我的角度来看仍是辨别不清。不过，这本身已不重要，重要的是，在她的世界里，她似乎有了一种新的感动，尽管她四周围着高墙，尽管她已隐退到现实之后，但我还是看出了她的那份感动。很显然，她用自己的这些画作在心中构建了另一个世界，也许这个世界就是她最后的逃亡地和避难所。尽管她画的画中有可能会存在着狂风暴雨和惊涛骇浪，但她却仍在寻求着自己的避难所。这一刻，我同样也很感动，然而和她的那份感动相比，我的这份感动却明显要差多了。此时的我笑了笑。从我的微笑中，我却能感觉到我的这种笑意多少隐藏着某种狡黠的成分，不可告人，只有我自己心里明白。就这样，我从塑料袋里拿出那台激光唱机，旁边正好有个插座。我看了看她，只见她停下了手里的画笔，那眼神就好像定格在画布上一般。此时的我倒特别希望她就一直那样，别往我这边看。我轻抚了一下她的肩膀。只见她慢慢转过了身子。这一次，她的目光似乎已全部落在了我的身上。只不过那眼神看上去还是那么遥远，那么的遥不可及，既神无所托，又心无定所。那眼神是如此的呆滞，如此的没了生气，谁看了都会惊骇不已。这种情况下的我虽感到有些不自在，但还是必须得尽快摆脱这尴尬局面。就这样，我一如孩子般的感动和欣喜再一次帮我摆脱了困境，我将手里的光盘拿给她看了看，那是一盘杰奥杰斯·穆斯塔基的歌曲集，而且那上面还印着该歌唱家的画面照，这风格看上去和那个时代很是协调。听歌之前，我觉得还是有必要先和她解释一下，我想让我们俩一起为这场小型音乐会做个良好的铺垫。

“也许你会想，我会两手空空来这里的，不是吗？现在你瞧瞧。我不知道，你是否还记得这些曲子，这些小调可都是你教我之后，我才喜欢上的啊。每当我听它们的时候，我就会想到你，我会将你从我的记忆中唤出，想着我最后一次和你在一起的那些场景。这些年来，我不知道你到底过得怎样，只是一个劲儿地牵挂着你，而且还经常不断地问着自己，你大概会过得怎样，处境如何。你可知道，有多少个夜晚我是那么的思念你和渴望你啊。”

说完这些，我放起了曲子。我放的第一支曲子《我是一个异乡客》，即是穆斯塔基最流行的抒情小调之一，即使不是他的歌迷也知道这是谁的歌曲。当年第一次听的时候我还似懂非懂，然而，等我完全听明白之后，我一下子从心底里就喜欢上了它。我还记得，当时的我非常感动，感动得几乎要流下眼泪来。是不是它那种忧郁的曲调让我的希望变得越来越深沉，也变得越来越有意义了？难道正是这种希望深深吸引了我？难道它对人生离别之事也同样具有深邃的目光？难道我们的分手正好就是他所预见的那种分手？当我现在再听这首歌的时候，我又被深深地感动了。不过，这一次的感动是另一种感动，是她心底里那些各种人生场景有可能会被我重新唤醒的那种感动。我端详着她，并在她脸上仔细搜寻着过去岁月所留下的踪影，只见她的目光仍在盯着她的那幅画作而没有半点游移。此时的我不好意思地看了看四周。我不想就这样一直在打扰着别人。就在这时，一个女人对着她身边的另几个女人叫了起来:“快看，那个人怎么带一个唱歌的东西来了!”其中有个女人慢慢走近了我，并用一双好奇的眼睛盯着我。她想知道，我究竟在干些什么。看上去，她那副神情是那么的天真无辜。我抚了抚她的后背，并对她笑了笑，我想让她感受到，我非常喜欢她的这种纯净透明。很遗憾，她没有任何反应，而是转过身慢慢离我而去。音乐还在播放着。我再次朝赛普内姆看了看，她似乎还沉浸在遥远的回忆中，看样子，那思绪一时半刻也很难挽回。我沉默了，而歌曲却还在播放着。于是，我从她身旁的那条长腿高凳上站起身，并走到窗台前向窗外望去。我在思考着我自己，思考着我们的人生，思考着我们曾错失的那一切。那场流亡到底付出了多惨重的代价？有些人到底曾经历过怎样的内心孤独？这时候，唱片机里传来了《孤独》这支曲子的歌声。穆斯塔基唱道："在我的孤寂中我并不形单影只。"我又朝窗外放眼远眺。突然间，我有了一种感觉，我要将身子对着她才是。就在我转过身时，我发现她的脸上开始有了一丝细微的变化：她的眼睛有些湿润，而且呼吸听上去也似乎有些急促。真的是这样吗？或者仅仅是我自己的幻觉呢？我多想唤起她的反应啊。也许这期间我已适应了身边的环境，开始有了某种幻觉。就像上次来看她时一样，此时的我内心不禁又是一阵颤抖。抱着她能有更明显情感反应的希望，我开始调低音量，然后关掉机子。也许她还想让我继续播放下去，然而，她并没有这样做，她能够继续的也只是坐在那里，纹丝不动，呆呆地盯着自己的画作而已。这时候，我走近她身边，对着她耳朵轻声说了一下自己此刻的感受。这也是今天最后一次，我让她感受到自己的存在：

"曲子就放到这里了，不过只是今天，就是今天而已，要不了多久我还会来看望你的。"

面对这样的场景，我也没必要再播放其他的音乐了，而且也没什么好说的了。慢慢地我开始收拾东西，也没再说任何的话语。她的目光还是像刚才那样一点没离开画面。我轻轻地从她身后走过去，然后吻了吻她的头发，此时，一股香皂的清香味突然钻进我的鼻孔，她身上的这种香味多迷人啊。在我不招人喜爱的那个年少时代，这种香味早已不知被遗忘在何处，而今天又重新回到我身边，而且，这么多年后，我的双唇又可以触碰到她的肌肤。只见她的头向我倾了倾，这会不会是一种很重要的情感反应呢？也许吧。然而，事已至此，我必须停止任何举止。反正，对于刚才她所产生的那种反应，不是她的原因，就是我的原因。我坚信，我已尽了全力。我看了下表，时间也没过去很多。没想到，就在刚才这短暂的一瞬间，她还有这样一种意想不到的反应……

离开工作室后，我走进了住院部办公室。在那里，我向护士长表达了我真挚的谢意，她也感谢了我，并给我端上了一杯茶水。我告诉她，对她这样的盛情我受之有愧，而且也为此耽误了一会儿自己“外面”的那些工作。不过等下一次征得他们同意前来这里探望的时候，自己一定要有新的收获，并希望能有所惊喜。我们彼此相视着笑了笑。当然，这种微笑也纯出于礼节，多少还是显得有那么点不自然，不过，我们俩对这种礼节性的掩饰都心知肚明。她没有问我俩在工作室都做了什么，反正我也不想告诉她这些，我能告诉她的也仅是我在这场努力中所抱定的决心。为此，我告诉她，我还想再来看望赛普内姆，反正要我做的事，我绝不会推辞。就这样，我离开了那里。是啊，要是现在的我再在那里待下去的话，那我就真的受不了呢。

内心深处的那些印象仍在感动着我们

大半天时间就这样过去了，尽管如此，我还是决定去店里一趟。刚才的我并没有将所有的歌曲放完，而是意识到，自己必须在某个地方停下来才是。那只耳环仍在我夹克衫口袋里。是的，在那个地方，它必须得忍耐坚持一段时间，才能最后见到它的主人。回来的路上，在把今天所经历的这些事在脑子里过了一遍后，我突然感觉到，自己的这种微笑有多么痛苦。这是一种置身于另一个世界的感觉，在那个世界里，我和另一个女人居然在大白天进行了另一种形式的两性约会。就这样，带着这种情感我回到店里，也回到了这个我最习惯的生活环境里。说得直白点，我的这种做法算不算是一种出轨，一种外遇呢？也许我有点言过其实，也许我自己都觉得有些冤枉。我会突然间问心有愧吗？说真的，我还很少有这样的感觉，因为我发自内心想把我们之间的这种纯洁友谊一直保持到我人生的最后一息，哪怕我知道前方会有什么在等待着我。正由于此，我决定，我还是不妨将赛普内姆的事告诉妻子切拉。就这样，我的生活中突如其来出现了这抹亮色，这份激动和喜悦我无论如何都要尽情地享受和好好经历一番，而且我也敢将这一切所经历的再次进行到底，且绝不反悔。同时，我还要记住，自己应面对一个现实，那就是我要抓紧和时间赛跑，毕竟人生有限，自己已过了大半个人生了，要实现自己的这种愿望并不轻松。我知道，带着这种情感坚持走自己的路，那我可是要承受住更大损失的。然而，冥冥之中不知怎么的却预感会否极泰来，黑暗中仿佛有一扇光明之门正在慢慢打开。我很清楚，我所做的一切都很值得，所以，我还要让自己迈出的每一步都变得更有价值，更有意义。

直到这时，我才意识到自己饿了。找到一个停车场停好车后，脑子里还在想着上午事情的我，不知怎么地就双脚迈进了那家努梅里·克福特西斯饭店。那位招待员他知道我想吃什么：一份只用青豆和洋葱清拌的青豆色拉，再多放些橄榄油和白醋，另外再来一份稍脆的土耳其汉堡。就这样，我先点了一份，吃完后又再添了一点。享用完这顿小小的盛宴后我回到了店里。店里还有一些事在等着我处理。原来，我们进了一批新货，为了能结清货款，所以，我还得去银行一趟。

办完事从银行出来后，我在路上买了瓶印度海枣和罗望子果调制的清凉汽水。过去岁月的那些回忆又让我回想起好多故事细节和人生经历，是啊，若不是这一刻突然想起，它们有可能就会永远地沉睡在我的记忆深处呢。当年这种饮料的味道现在又不禁让我产生了某种联想，而当年的我也不知把这种联想无意间存放在了记忆的哪个角落，还别说，脑子里突然闪现出的这种联想，可真是奇怪。还记得，父亲当年第一次跟我介绍这种老牌子汽水的那一天，不知怎么地就还像是昨天一般，一眨眼，差不多五十年过去了。我知道，这一刻，若是人品尝着某种味道，再加上品尝这种味道时所听到的某种声响，或者所闻到的其他气味，这些一定会瞬间把人带到与当年相关的情景中。另外，我还想说的是，这么多年来，在伊斯坦布尔市内我几乎每天能看到的某些商店、小饭店，还有其他那些破旧不堪、摇摇欲坠的商铺杂货店等，都在以不同的方式经历着自身巨大的历史变迁。还记得当时有那种仿雪佛兰56型的八座小公交车，这种穿梭在尼桑塔希和西斯丽大小胡同的交通车可真是多如蝗虫，而到了交通高峰期因为交通管制的原因它们却突然销声匿迹，没了踪影。这些虽然已成为历史，但那些胡同却一直还那样脏乱阴暗，环境恶劣。虽然这个城市的许多地方还存在着丑陋、恶习和庸俗，但我已不像从前那样还计较这些，因为我看到，这种平庸仍在这个城市的其他角落里不断蔓延，而这其中，有些角落却正是我最喜欢，也是我认为最具价值的地方。毕竟我深爱着这些，否则的话，我也不会一如既往深爱着这座城市，哪怕它曾给我带来许多伤害，或者它所会散射出那些令我晕眩迷惑的光彩。我再一次陷入沉思中。然而，我不想一直沉湎于此，只想着能早点回家，躲进我那宁静的港湾里，尤其是今天上午所经历那些事已让我感到这个光怪陆离的城市是那么的陌生和遥远，仿佛自己已迷失了一切方向。就这样，我给店里打了个电话，我告诉费米，我不去店里了，反正今天该做的事我全都做完了，如果还有其他的事也只有等明天再说了。

我朝停车场走了过去。刚要上车的时候，手机响了。我看了看显示屏，上面显示的是内兹米的名字。差不多有两天没听到他的声音了。说句老实话，这两天我也根本没想到要给他打个电话。我很期待他能跟我讲讲这两天所发生的事。我很好奇地听着他所说的一切。不过，从他的声音里我似乎能听出他的情绪有些激动，因为他不像平时那样总要先寒暄寒暄，问问身体状况，而是一上来便开门见山，直奔主题。不过，这一次，他这种有时让我喜欢，有时又让我厌烦的调侃语气和接下来这个令我毫无防备的问题却显得极为协调。

“你躲到哪里去了，老伙计，你大概是翘辫子了吧？”

我是否真的已翘辫子了？“还没呢，你这个混球，你怎么连点耐心都没有啊！”此时的这句话溜到了我嘴边。我知道，此时用这样的话来回应他可正是绝佳时机！然而，话到嘴边，我又咽了回去。我觉得还是一句不说的好，至少在眼下这个时刻。现在，要找到一句和他那腔调相般配的话来，这还真是让我有点为难。

“没有啊，我一直都挺好啊！”

从他的话语里明显能听出某种捉弄人的意味来。

“你猜猜看，我在哪里吧！”

要是不挤对他一下，我还真受不了他这一套呢。趁着他还在兴头上，我想来几句噎噎他，让他难受难受。

“呵呵，在雅典吧。你一定在和约格斯品着茴香酒，享受着烤墨鱼和西葫芦花卷①吧，当然，肯定还有鱼子色拉的噢！”

突然，那边传来了一阵大笑声。

“有可能。你这主意挺不错，老伙计！现在我就在你附近呢，你现在抬头看远点！”

了解我的人都知道，我是个漫不经心的人，他当然知道这些，也不会忘记这一点。这么多年来，我也一直没改掉这种性格，要是我陷入沉思的话，一般情况下，我几乎也感受不到身边所发生的事。要我看远一点，

① 西葫芦花卷，希腊传统美食。将切碎的洋葱、香芹、莳萝与大米拌在一起放入西葫芦花心，用线头困扎好放入水中蒸煮，水量约为食物的一半，再放入一些橄榄油调味。待水干后取出凉却，然后即可食用。

到底要我看多远才是呢？于是，我抬头随意看了看，很快，我看见了马路对面的他。只见他耳边正拿着手机，那种似乎永远带着诡秘的眼神正向我这边投递过来。很快我说出了脑子里刚想到的话。

“你真能恶搞啊，伙计！你过来吧！”

我们挂了电话。他朝我走了过来，脸上似乎还有着那种诡秘的微笑。我们相互来了个拥抱。他激动地跟我解释着，差不多好像个孩子一般，说自己怎么突然间发现了我，那神情就好像他有一种义务要告诉我似的。

“我想给你个惊喜，我想自己找找你那个商店。都过去这么多年了，好多地方也不认识了。就在我想着，找到商店可不是件容易事的时候，我突然看到你一个人低头闷跑，好像有什么心思似的。你瞧瞧，哪有这么巧的事啊！我告诉自己，我就跟着你这家伙，也不让你发觉。我倒要看看你究竟去哪里。等我反应过来后，我就干脆给你打电话了。”

在这一刻，我又想到那时候有那么几次他曾上我们家店里来过。不过现在，听到这些，我不知怎么地和他又有了点疏远感。他刚才说过，这个我度过自己人生一段重要时光的地方已不知发生了多大变化，这意思不分明是说我对自己成长的这个地方所发生的巨变熟视无睹吗？当然，他的这番话本身也没什么恶意，所以，正是出于某种善意或者说好意他才甘冒此风险，前来找我。是啊，我们俩都发生了许多人生变化。不过，这些人生经历却并没有将我们身上的这些善意和天真剥褫殆尽，但我们也不能因此就将它们视为我们的优点而发扬光大。此时此刻，再细细品味他刚才所说的这番话，他那种信任和友爱之情又不禁暖遍了我全身。这个晚上，除了能邀请他到我家做客外，我还能有什么更友好的表示呢？

“你干得好哇。我正好要回家，来，就坐进来跟我一起走吧。正好去认识一下切拉，也许我女儿也在家里。家里有什么我们就吃什么吧。”

听到我这番话，他似乎露出了某种不好意思的表情。

“哦，别这么客气。哎呀，也无所谓。我正想建议我俩随便找个地方坐下来吃点什么。只是我很不想给你家添麻烦的，要么下次再说吧。”

听到这些，我直愣愣地盯着他。他有所不知，不管什么样的人到我家做客，我妻子切拉都是一个遇事不慌、沉着淡定的人。正由于此，我才想让他到我家看看，让他见识一下切拉。

“既然我说了，你就干脆跟我走得了。要是家里没吃的话，那我们叫些外卖吧。”

再次地，他露出了那种很令我开心的揶揄表情。只听他问我道：

“我们到底叫什么外卖啊？”

说到外卖，那可有一大堆选择了。我可以让他看看，他来我家，我们还是可以一应俱全的。

“你想吃什么，是汉堡包，还是中餐？”

他又以同样的方式朝我诡谲地笑了笑。

“哦，不！不！抱歉抱歉，见到这两样东西我可如临大敌，尤其是中餐我更是不沾的。”

我终于反应过来了，这些话可都是我们的部分调侃之辞，也没什么其他含义，仅是开一下玩笑而已。

“瞧瞧！他还不吃中餐！人们对你这样的民族社会主义者还能有什么新的指望呢？”

他总算逮到了一个话题。虽然我俩在积极搭建一座能彼此沟通的桥梁，但沟通的结果却是越来越分歧，也无法达成一致的见解。

“我说的这些大概惹你不高兴了，对吧？然而，那些像你这样夸夸其谈的社会沙文主义者后来一个个都成了剥削人的雇主，不是吗？”

对于这样的反唇相讥，我这一次真想给他来个毫不留情、尖锐有力的回击。他似乎看出了我的企图,并立马让我打住,就像我们久别重逢后的那个晚上,他上我车子时,我刚要反驳他,却被他就此打住一样。于是,我高举双手,做出了一个投降认输的姿势。看到我这样,他的话语中也显露出了某种妥协的意思来。

“好吧,好吧,不说了,客随主便!你肯定我们有饭吃,对吧?到现在你还没跟家里说呢。”

我很清楚他这番话的意思。看来,我有必要把切拉的相关情况再跟他说说。

“别担心。另外,切拉也很了解你。她知道,我对你有多尊重。我跟她讲过,我们俩又见面了,详细经过我都告诉了她。她也知道重演大戏的事。她同样也很高兴,能就此帮我们一把。你等等,我现在就给她打个电话,你听听后就会明白了。”

我的一番好意很让他感动,这我完全能看得出来,甚至从他这次仍没拿掉的眼镜后面我也能看出。就这样,我们上了车。我赶紧掏出手机给切拉打了过去。电话那头立即传来了她的声音。像往常一样,她仍是那种一家之主的语调,只不过别人很难听出,也只有了解她的人才能够真正听得出来。

“什么事,亲爱的?”

我回答得很慢,为的是想说得更清楚些,就好像我要给她传达某个重要信息一般:

“今天晚上,有一位尊贵的客人将上我们家来,而且他现在就坐在我身边。我们俩开车马上就到。你猜猜看,他会是谁?”

听到这些,能显示一下自己的幽默也算不上什么难事。只听见电话那头的她一点没犹豫,张口就回答了我。

“一定是苏莱曼·德米雷尔吧!”

听到这句玩笑话，我乐了，不过，我不想把这个话题扯远。

“不！不！他还没那么大的名气呢！内兹米，是内兹米！这头蠢驴刚才还在艾米纽努到处找我呢。他让我给撞上了，所以就干脆把他带过来了。要不然的话，他肯定会被人骗走，跟人跑掉呢。”

听到这些，内兹米笑了。从他的笑声中我能听出，他很是高兴。为了让我安心，此时的切拉已悄悄将菜名报给我听了。

“我已经做好了一份西葫芦花卷，还有一份油拌西葫芦皮①，这两道菜他肯定会喜欢的。”

肯定的答复有了。在我看来，这两道菜都很不错。因为内兹米极有可能会与我分享这些美味，所以我很愉快地回答妻子道：

“他喜欢的，没问题，你不用担心。”

我敢肯定，听到这句话，她一定会对我的这般自信感到惊奇，否则的话，我也无法解释她刚才那短暂的沉默。不过，不解释也许会更好些。特别在这一刻，我能向旁人展示一下我们这个幸福家庭羡煞人的一面也就知足了。是不是她跟我一样也看到了或者感受到了这一点呢？谁知道啊，也许真正明白的只有我，真正感受孤独的仍还是我呢。这一刻，我所期待的，就是她能将这个话题继续下去。

“好的，那你们就快回来吧。我马上再做一道色拉，明白吗？不过，喝什么酒，还是你自己做决定吧。”

我告诉她，所缺的东西我会自己张罗的。我看了看内兹米，他正望着窗外，是不是他又陷入某个沉思之中了呢？这我不知道。不过我很清楚的是，他肯定听到了我刚说的那番话。为了让他有个心理准备，我做了个简单总结。另外，也想试探一下他看他有什么反应。

---

① 油拌西葫芦皮，土耳其语为“Kaşkarikas”。

“你很幸运，今晚赶上了一顿美餐，有肉馅做的西葫芦花卷，而且是根据我俩口味做的，略带点甜味，希望你会喜欢，而且……”

听到这些，他转过脸来对着我，只见他脸上露出了一丝喜悦之情。可是，不知怎的，这一刻，我感觉到，他的喜悦之情中透着某种感伤。

“这道菜我可是知道的，我的天啊，马蒂阿姨当年可经常做它的！难道今天还有油拌西葫芦皮吗？天啊，伊子，你怎么能将它忘掉呢？难道你真是老朽了吗？”

我的试探终于有了反应。我对着他不怀好意地笑了笑。说真的，他想着我是否忘掉了这件事，这本身并不重要。重要的是在这一刻，我又回忆起我们俩过去那段岁月里早已遗忘的某些情景，他甚至还能回忆起油拌西葫芦皮这道菜名，这道菜可是我母亲将西葫芦皮削下来后油煎做成的。那时候，我母亲经常给他做这道菜，而且他也一次比一次喜欢，然而，我们也一直没教他这个名字的正确发音。尽管我不知跟他说过多少遍，这道菜的菜名本身就是“削下来的薄皮”的意思——这些薄皮用温开水焯过后再倒入橄榄油拌好并趁凉食用——然而他还是一直将菜名的最后一个元音字母“a”发成“o”，这样一来，这个菜名的含义就完全变了。他这样做，也许是他没听清楚我们所发的是“a”还是“o”，也许他本身就发不好这两个字母的音，或者他就是存心捣蛋，或者刚才就是在开心逗乐呢。即使我那时候每次都帮他纠正，但没办法，他就是改不过口来。现在，这一幕又重现了，这种陡然出现的玩笑场面又会给我带来怎样的感受呢？我还记得，每次在我们家，他都对我们家的那些饭菜惊喜不已，甚至有一次他还请求我母亲能传授他一些烹饪的手艺，哪知道我母亲用批评但很亲切的口吻对他说道：“你学什么烹饪手艺啊，你这个捣蛋鬼！男人可是从来不下厨的呢！等你将来长大成人，结婚成家之后，我再慢慢把这手艺教给你老婆吧！”

长大成人，结婚成家？她会对我们有怎样的期待呢？我们又是如何经历了自己的那段青春岁月呢？我在想着我们所走过的那些人生路，或者想着我们未能经历的那些重要人生时刻。想到这些，一阵痛楚不禁又掠遍我全身。然而，我不想再这样继续回忆下去，我还是情愿将这些回忆和情感暂且隐藏在心底。于是，我笑着附和了他，夸他刚才那番话说得很对。仍像从前一样，我又一次纠正了他的错误发音，只见他又不怀好意地朝我笑了笑。到这里，晚餐之事算是告一段落。另外，我还想跟他讲讲赛普内姆的事。我怎么去的医院，怎么在她面前播放了那些抒情小调，我对她说了些什么，我有哪些感受以及我想让她有怎样的反应等，这些我都一五一十地告诉了他。他仔细地听着我的讲述，听我讲述的这会儿，他将目光从我的身上挪开，然后一直盯着前方的马路，而且中间也没插一句话打断我。能看得出来，他的内心是一片沉寂。等我说完后，只见他的目光又落在我身上，而且他的一只手还搭在了我的肩上。只听见他的声音还是那样的友好，那样的温暖，这给了我很大的鼓励。

“你做得真棒！你想到的那些事，我可一直都没想到过呢。音乐，可不是嘛！哎呀！还有那些抒情小调！”

说完这些，我们都沉默了一会儿，然后他又若有所思地说了起来。只是他一边说着，一边又将目光对准了前方路面，那神情就好像他想要了解什么和看清什么似的。

“我希望，这能对她有所帮助。真的希望如此。听曲子的时候，她有什么反应没？”

接下来，我跟他讲了赛普内姆眼睛湿润的那一刻。也许，那只是我当时的幻觉而已吧。然而，我对自己内心的那种颤抖是确信无疑的。当他听到这些后，他又将手搭到了我肩上，并告诉我不要放弃这种努力。此时的他也是激动不已。我们就这样沉默了好一会儿。现在，我还想跟他说说我的另一种情感,好让他能跟我一起分享。我必须将他当作我情感的分享人,而且就在今晚大家都在场的时刻。

“我想把自己所经历的那些事也告诉切拉,你看如何?”

他没有马上回应我。好像这一刻就是无言以对的一刻。看上去他的反应很直接,也很简单。然而,如果细细观察和仔细听一下,他接下来所问的这个问题却似乎在等待着我一个长长的解释,而且这个问题自身又隐含着一连串其他的问题。在这一刻,我能感受到的,或者我能想到的,就是他那兄长般的话语,让我受启发,也让我品味,更让我深思。这种话语我可是再熟悉不过了:

“你难道有什么问题吗?”

他以这种方式提出这个问题,让我一下子得出了这样的结论:我的这番“表白”看来多少让他感到有些棘手了。不知怎的,此时的我觉得很有必要向他做个解释,这样也顺便可以为自己辩解一下。

“说真的,我可不想撒谎呢。这段故事可也是我们每个人的故事啊。”

听到这些,他又继续着他的反问和质疑。

“你怎么会有这样的想法呢?你别老觉得自己有多正直和坦诚,这不是什么正直和坦诚,伙计!别这样在你老婆面前瞎逞能,你干过的那些事,还有你的那些所谓的真诚,我觉得都没必要在她面前展示。你的那些行为将作何解释?她又会如何理解?这种所谓的真诚最后肯定是要受到惩罚的。老伙计,你可要想好了,这里面可还涉及另一个女人呢。而且你也知道,她一直处在一个什么样的状况!你去医院,还和她在一起怀旧听音乐,你们又相互感动。不不不!还是慎重点为好!如果你真的愿意,那你就马上带一束鲜花回去,跟你老婆讲好了!那我也没办法。你还是先将真诚留给你自己吧!你为什么要去那里?你去那里的真正目的又是什么？你是真的想帮助这位老朋友，还是纯粹为了你的那台大戏？你还是先问问自己，把一切搞明白了再说吧！”

他的这番话对吗？我不还是没找回那个已经失去的赛普内姆吗？是不是这后面还隐藏着某种爱意，而从这种爱意中我也许想经历某种情感或某种希望呢？要是这样的话，那我该怎样面对这个和我一起过着平静生活的妻子呢？更何况现在的我们都在尽力遵循着对什么都不刨根问底，也尽量别起正面冲突的原则。如果我告诉她这件事的话，那这种震荡还会给我们的生活带来其他一系列震荡吗？我的这种努力真像他所说的那样是一种逞能之举吗？有关内兹米所点明的这些，既可以说是一种警告，又是一件令我不爽的事。我现在究竟该如何是好？我真的是绕不开赛普内姆这个人，还有她的话题。所谈的也无非是这样一个女人，我们希望她能重新在我的这场大戏中担任主角。这个女人虽然还活着，可她的灵魂却不知落在了何处，这个问题我一定要让它真相大白。不过，从现在的情况来看，我必须承认，这其中的真相还相当扑朔迷离，纷扰复杂。现在有许多新问题一个接着一个不断在我脑海里闪现，比如这期间我就在问自己，尽管我和内兹米之间保持着这种绝对值得信赖的友谊，是否在他的这番警告背后还深藏着什么其他不可告人的秘密呢？是不是因为我对赛普内姆感兴趣了他就因此醋意大发呢？我这样想，会不会让他蒙受不白之冤呢？是啊，要是一个人老想着别人的事，那他肯定就会较少地考虑自己。要是我站在他的角度上想一想，这种情况下的我是否也有这样类似的反应和感受呢？我不愿再多想下去了。要消除这种疑惑，我也只有将他在女人面前所表现出的行为来排遣自己的顾虑了。是的，他母亲，我那位法图斯大姐，就曾给他平添了一道无法愈合的伤口。从这一点上来说，我不能不想着，他这样说是会冤枉切拉的。和我在一起生活了这么多年的女人肯定不是他所想象的那种人，她肯定会给予我最大的支持。想到这些,我的话语表达了我的这份自信。

“你完全想错了。切拉可不是这种女人,她肯定会理解的。在她面前,我经历的事其实也没必要隐瞒,而且也不能隐瞒,你懂吗？要是我这样做的话,我会感到良心不安的呢。”

说话的这一刻,我将目光从玻璃前的马路上收回来转到他身上。我看了看他,他也看了看我。从他的眼神中,我又看到了我所熟悉的他对我的那种关爱之情。同时,我也看出,他根本不相信我的这番话。

“你做过哪些事,你自己应该明白。我是不会过问你们的事情的呢。”

就这样,这话题到此结束,我也决定,不再触碰他过去的那些痛处。反正也没有多少时间可以再扯那么远了。这时候,他告诉了我一条重要消息,这个消息使我重上大戏的梦想离现实又近了一步。

“为什么我想和你见面,这其中自有它的原因。告诉你,我已打听到约格斯的下落了。那里的同志对那边许多重要的个人信息情况都进行了必要且及时的收集整理。你应该感到很惊讶吧,老伙计！还有什么样的联系沟通我们做不到呢？不过,不得不承认的是,我们很幸运,感谢上帝！我真没想到,这件事完成得这么轻松。我有这家伙的电话号码和详细地址。看上去,他生活得还不错。你要是愿意的话,我可以打个电话给他,当然,你也可以给他打电话的,看看我们怎么个弄法。”

就在刚才他提到他能找到约格斯在雅典的下落时,我惊诧万分,我得弄清楚这到底是怎么一回事。现在,我的这种惊诧可需要一个合理的解释。他觉察出了我这种沉默式的提问。此时此刻,时间仿佛又回到我们人生历史中那最黑暗一面。他又将视线投向了远方。这会儿,属于我人生经历中的他们那场“碰面”又在我心中掀起了波澜。

“在雅典的时候,我曾见过他一面。不过,他倒没看见我。我们一群人是去参加一场舞台剧彩排的，我还记得那台戏是因为工会宣传需要才准备的。在舞台上，他像个导演一样在指挥那些演员。当时的我就坐在演出大厅黑漆漆的观众人群里，我根本不明白眼前突如其来的这种场面。我屏住呼吸，观看着台上的一举一动，那场面就好像梦一般出现在我眼前。我装作不认识他的样子，问了问身边的观众，他到底是何人。他们回答我道：‘他是一位著名的戏剧导演，他想的跟我们想的一样呢。我们想请他来给我们指导排练一下，所以他就很乐意赶来了。’你可以想象，当时的我是什么感受。怀着一种喜悦之情，我到底是该开怀大笑，还是要放声痛哭呢？面对那一幕，我到底又做了什么了呢？结果我什么都没做。你听到了吗？我什么都没做。我呆坐在那里，半天没动弹。也许你要说我，这种情况下，我应该赶快从座位上弹起来，跑到那家伙面前，不是吗？然而，我却不能这样做，要知道，当时的我自身处在一种很糟糕的境况中。我总是到处隐藏着自己，我不想让人在那种场合下认出我来。这就是当时我所经历的一切。”

听到这些，我究竟该怎样回答才好呢？我唯有沉默，仅此而已。我相信，他能理解我的这种沉默，因为在这一刻，沉默中的我开始心中窃喜，因为我们终于找到了约格斯的踪迹，一切都显示我们又向前迈进了一步。我按了一下他的肩膀，以此表达我的喜悦之情，同时我也想给予他一种精神支持。我告诉他，让他把那个上面写有电话号码的小纸条直接放进副驾驶前面的那个储物抽屉就行了，我会尽快给他打电话的。同时，约格斯踪迹的发现不可避免地给我带来了一个新问题，那就是赛丽又如何才能找到呢？她究竟会在哪里？现在的她又和谁在一起？她又过着怎样的生活呢？她对约格斯的爱慕那可是感人肺腑，令人动容的。同样，约格斯对她的那种火热的情感也深深烙印在我的记忆中。在他所经历的那场你死我活的战斗中，好像他在那场人生奋斗中所燃烧的激情也远远胜过了他对赛丽所释放的爱情之火，所以，我又怎能忘记那段激情岁月呢？现在，我必须要和内兹米一同分享那段青春回忆，但同时，他应该感觉到我的心头还有那么一点点隐忧。

“切拉说过，她也能找到赛丽的。我希望，我们的每一步都能走对。”

正因为他明白我的意思，接下来，他这样回答了我，而且话语中也显露出和我一样的隐忧。

“但愿如此！怎么一下子我们就闯进所有人的生活中了！”

我们真的敢继续再往前走下去吗？我们甚至无法知晓，那些我们无法忘记的剧团成员，也就是我们那些想重新走到一起的人，他们真的都能禁受得起过去的各种人生洗礼和磨砺吗？对此，我们深表怀疑。我可以想象得出，那些与外界没有任何往来的人肯定是不来的，即使知道了，估计他们也会拒绝再次参加这场大戏的演出。相反，那些受到邀请的人，我相信，他们是很愿意来参加这桩盛事的。当然还有一些人，估计他们也会毫不犹豫前来参演的，这就是我所判断的最后有可能会出现的结果，而这种判断来自于我的第六感，我很相信它，也正由于它的帮助，我才更轻松地克服并战胜了许多恐惧。然而此刻，这种第六感判断却还是不能将我从一种侵袭我全身的巨大惶恐中解放出来。再一次地我又开口了，我想听听内兹米对此是否也有这样的感觉。

“不错，这场大戏将把我们大家聚拢到一起，不过，我们大家可要重新面对自己噢。”

听到这些，他露出了忧郁的表情。接下来他的这番话听起来就像他曾经历的那段人生一样也充满着忧伤。

“接着干下去，接着干下去吧……我是没有任何问题的。”

他这番话说得也对，因为他的那些人生阅历很有可能使他对一切都从容淡定，安然处之。

就这样，一路上伴着我们的话语、隐忧、希冀和沉默，我们踩住刹车，最终止步在乌鲁斯①的家门前。我很高兴，但却有些激动，因为我即将向内兹米打开我人生中很重要的一扇“大门”。他的那种表情似乎也显示出他异常激动的心情。此刻的我们俩就好像在赶考一般。紧接着，我们俩又继续了一番小小的调侃，我们想借此来掩饰一下我们内心激动不已的心情。

我按了下门铃，很快门开了。切拉将她的头发扎了起来，而且还化了一下妆。总之，一切都做了最简单、最周密的安排，而且连衣服也穿得很是得体。可以说，浑身的打扮和这个晚上很是协调，也根本没什么显摆和惹眼之处。她这种装束打扮我一贯都很欣赏，也真的让我眼前一亮。她留给我的印象真是好极了，因为她的这些做法表明了自己对来访客人的一种最起码、最应有的尊重。我们轻轻地拥抱了一下。反正，在这种场合下，我们都试图不喧宾夺主，破坏了气氛。

对于自己的突然造访，内兹米觉得有必要表达一下自己的歉意，此时的他显得很是直率坦诚。而此时的切拉却一直在缓和着眼前的气氛，无论对我，还是对他，她的一番解释无外乎是想让我们能放松下来，不需有任何的拘谨。她说自己也没做什么特别的准备，而且也谈不上准备。另外，她还叫我俩坐下来先聊会天。她这些想法的表露不正是一种很惬意的聊天方式吗？我们还能有什么更好的聊天方式呢？而且她的这番话中也同样显露出她的直率和坦诚。正是以这种方式我们正式拉开了今晚的序幕。

厨房里飘出来诱人的饭菜香味，而且还有我没想到的其他菜品香味，也就是说，她并没有满足于电话里对我所说的那几道菜。等我们步

① 乌鲁斯(Ulus)，伊斯坦布尔市贝西克塔斯城区内的一处地名。

入客厅时,只见此时的餐桌已被她铺得整洁一新:一块白桌布,一套客人专用的餐具,葡萄酒杯,还有餐巾等。旁边的小桌子上甚至还摆放了刚从面包店买回的几张小比萨饼和盐粒面包。这一切都有理由让人相信,我们的婚姻状况和家庭关系良好。面对眼前的这一切,我再一次感受到这种回归家庭生活的温暖。此时,我们坐到了客厅沙发上。看着内兹米微笑着环顾身边的样子,我在揣摩着,此时的他在看些什么,又在想些什么。这一刻,切拉也很是激动,她想说明这场聚会对她个人来说意味着什么,而且又有着怎样特别的意义。

"真是太好了,你们俩就这样来家里随便坐坐。要是你们提前打招呼的话,那我至少得提前一天做准备了。"

此时此刻,一个这样如此受欢迎的人是无论如何都要做一番表示的,得体的话语随之传入我的耳内。

"呵呵,下一次来的话我一定会提前和你打招呼的。"

我们相互笑着对视了一下。现在看女主人的了,我们倒要看看她是否会明白客人的意思,也就是说,她不但能服侍好客人,而且还能驾驭场面,让所有在场的人都感到轻松愉快。

"你可别说假话噢!好的,我倒要看看。对了,有做得不周到的地方还请多原谅噢。总之我要谢谢你们,是你们将快乐和喜悦带回家来了!厨房的饭菜都做好了,我的先生们。如果饿了的话,那我们这就坐到桌子边来吧。是不是你们想先来点什么喝的?"

这个时候的她已开始有意无意间地显露出她在这个家中高我一等的女主人身份来。现在这个机会她可不想错过。

"我将招待客人的事就交给你了,伊子。你也别客气噢,内兹米兄弟!"

我俩没有应答,只是不自然地笑了笑,否则的话,我俩会无法承受这种客套方式所带来的压力,更何况每个人在这样一个见面时刻都会尽力隐瞒自己的真实意图。然而这一刻,似乎还没什么能阻挡得了她想继续拔高自己在这个家庭所处地位的企图。只见她看着我,她的目光中流露出的是那种特别的眼神,而那种眼神正是她平时一贯最擅长的那种使唤我的眼神。

“你就不想挑一瓶葡萄酒吗,宝贝?不过,要是你们想喝其他酒的话……”

听到这些,内兹米开始插起话来。不过,他的这番话和聊天的气氛很是协调。

“不!不!葡萄酒就行了。另外,我们现在倒要看看,伊子接下来的表现是否跟您刚才所说的一模一样呢。”

这一次我们大家的笑声就没刚才那么不自然了。此时的我们看上去也不再拘谨,慢慢都放松了下来,只不过我还要再给点力才是。

“我们每个人先来一杯马天尼香槟酒怎么样?我们的杯子可不能就这样空放着啊。”

慢慢地我们来了情绪,此时的内兹米也跟着热闹起来。

“从现在开始,我可要像在五星级酒店里一样找找感觉了!”

现在轮到切拉发话了。

“我们这顿饭也算不上什么高级大餐,也只能说是一顿很普通的家常便饭呢。”

这一刻我又想起,这种谦虚之辞中却暗含着某种自豪的成分。对此,一顿夸奖是必不可少的,是的,谈话伙伴已直接被逼到不得不夸奖主人的地步。是不是内兹米看出了这其中的小把戏,或者换个说法,他看出了这话语中的某种孩子般的天真与单纯呢?至少在我看来是这样的。然而,内兹米的回答却向我们展示了他痛苦人生经历的另一面。

“真是太谢谢了！这不是什么家常便饭的问题。有时候，一顿简单的热汤也比一顿昂贵的甜橙脆鸭更爽口呢。”

谈话间，没有人提出想来点酒水饮料的要求，所以我感觉到，在这个晚上，我已无法就酒精饮料这个我喜欢的问题做进一步的深入探讨。看来，我刚才来一杯马天尼香槟的建议似乎有点不妥，或者说它一直就不怎么受人待见。于是，我干脆打开一瓶红葡萄酒，把每个人的杯子倒满。很快我发现，我们彼此间都没了刚开始时的那种客套与拘谨，而是慢慢地都熟悉了起来。然而，切拉对内兹米所说的话听上去还是有那么点机械单调，是不是她仍感到有些局促呢？

“我也是这样认为的呢。要是我长时间在旅途中的话，大多时候我也都渴望着能吃到一顿简单的饭菜呢。当然，什么事都不能这么一概而论，不管什么东西，只要它存在，就自有它存在的价值呢。”

听到切拉的这番话，内兹米没想着还要继续保持原来的那种陌生感，他话语中那种淡淡的忧伤已显示出他那种坚定的果敢之气，至少在我看来是这样。

“是的，一切都自有它存在的价值！”

要是把这句话和上下文分开，或者说，仅听这句话，它本身也没什么意思。然而，当现在的我听到他这句话时，我顿时听出了自己再熟悉不过的他当年曾投入到那场战斗的弦外之音。这个时候，我也想让他们听到自己的声音，于是，我举起杯子，想再次表达一下自己此时的心情：

“是的，只有在这种存在的价值中找到我们自己，并愉悦人生，我们就大可满足，不负此生。来吧，各位，为我们的人生干杯！”

内兹米微笑着点了点头，那意思分明是他完全明白了我这句祝酒词的含义。是的，我们为我们的“人生”干杯，这句祝词我可一直都喜爱，也一直都挂在嘴边，之所以如此，是因为它本身蕴藏着无穷的魅力。这句祝词不仅仅源自于我们这个源远流长且充满苦难的民族基因，而且我深信，它也是人们举杯痛饮时美好情感的一种宣泄与表达。只要一说起它，我就会情不自禁地想起我们民族传统中那些富有教育意义并流传深远的一切，另外，还有那些痛苦中的欢乐也在我内心深远处被一一唤起。面对逝去的一切，这种痛苦中既包含着我们的抗议回击，又包含着我们的漠然麻木。总之，从狂呼呐喊到寂静沉默，这句祝词无所不包，无所不涉。就在我沉思之际，我们已三次高呼"为我们的人生干杯"。是啊，为我们的人生干杯，我们再一次地又面临着新的人生选择。我们究竟身处何处？我们又将奔向何方？前几天我们所经历的将毫无疑问为这些问题给出答案。我们沉默了。说真的，要是他们把我弃置到一边的话，我这一刻的思绪还不知将飘落到何处呢。此时的切拉感受到了这些，为了能消解眼前这种突然出现的沉闷气氛，她赶快又摆出女主人的架势招呼着我们。这种救场的功夫，她真是很得要领。

"两位先生，我去看看饭菜，你们俩可以单独聊一会儿。我们的时间可多了去了，别担心，这个夜晚可是属于我们的夜晚呢。"

她朝我们俩笑了笑，那神情就好像她在享受着她这个家庭女主人的角色，而且，她也根本不在乎这种盛情友好给自己带来的任何麻烦。

"我去给你们拿点奶酪来。不过，你们可别喝多了，我可不想家里面有两个烂醉如泥的醉鬼哦。"

听到这些，我们当然又跟着笑了笑。此时的我不应该有什么不公平之举，这样的积极反应也理当如此，因为她不仅为我们俩，而且也为自己找了一个最好的借口。就这样，她离开了客厅。我看了看内兹米，只见他又露出了亲切的微笑。此时的他说了一句人们常说的话：

"真是个不错的女人啊。希望你要好好珍惜噢。"

接着他的这些，我说了句我必须要说的话。

"是的,她真的是个好女人。她非常尊敬和欣赏你,因为她知道,你在我心里的分量。"

他没有说话,只是轻轻地点了点头,那意思显然是他同意我的说法。然后他开始问我,我现在是否愿意把事情讲给他听听。对于他所问的这些,我很明白他的意思。他到底想听谁的事情,而且我会怎么说,尤其是这其中究竟有多少值得一听的内容,这些可都是他所关心的事。我告诉他,我很愿意告诉他那一切。听到这些,他没有吭声。也就在这个时候,切拉端着满盘子奶酪走了进来。我们马上打住了话头,那情景就好像干坏事的我们正被她抓了个现行似的。尴尬中的我连忙开了句小玩笑,为的是缓和一下眼前的窘境。

"我们在说你的好话呢。"

对于这样的玩笑话她当然会有所反应。将盘子放到我们中间的那张小桌上后,她脸朝内兹米开了口,同时脸上还略带一丝妩媚的神情。

"他一直都这样。在我们家这是常事了。"

说完这些饱含满足感的话语,她很快又离开了客厅,那意思分明是她不想在这里久留妨碍我们。屋子里又只剩下我们两个人。这一次,我想将话题再回到我们这场大戏上来。现在的我已想不起来,我将那场舞台剧的剧本保存在何处,不过我肯定能找到它,它肯定就在家中的某个地方。如果重排我们的大戏,那些台词也许还得做相应的改动。尽管已过去很多年,但我们仍可以将那些日子重现展现在观众面前。就这样,我们俩一头扎进这个话题中,我们对还记得的那台戏的某些场景进行了一番讨论。当然,当时那些场景曾带给我们的新启发也纳入到我们的话题中。就在切拉用母亲般的语调招呼我们正式开饭时,不知不觉间差不多一个钟头过去了。不过说真的,即使再给这么长的时间我们恐怕也不能经历完过去的那段岁月之旅,而且她招呼我们用餐的那番话也表达了这层意思。

“请上餐桌来吧，两位先生！你们可以边吃边聊嘛。”

等我们坐到餐桌旁后，我开始意识到，要继续刚才中断的话题，我们还非得用另一种语气说话不可。有些事情还要继续深谈，这是肯定的事。眼前的餐桌上，除了摆放着那两道包着肉馅的西葫芦花卷和油拌西葫芦皮外，还有一大盘色拉，一盘松脆新鲜的夹心摊饼和一盘手抓饭，那手抓饭闻上去既有茉莉花的芳香，又有黄油的香味，真是好闻极了。一顿丰盛的晚餐就这样呈现在了我们面前。此时的我们也没了任何拘束，每个人的脸上都像孩子一样洋溢着喜悦之情。在品尝着这一道道美味的同时，我们的喜悦也在不断高涨。当然，我俩的这份喜悦也深深感动着切拉，此时的她也和我们一样幸福不已。这是一个我们期待已久的幸福时刻。是的，没有任何理由让切拉不去分享我们的这种喜悦和幸福。也就在此时，内兹米先行迈出了第一步。

“这两道西葫芦菜真是太好吃了，我都多少年没尝过了。你们知道，我是多么渴望能再吃到它们啊。这甜味也正好合口。你的手艺真是好极了。”

从他这番话中不难听出，他对西葫芦美食很了解，当然我也知道，他的这番话毫无疑问也仅是他个人的观点而已。听到这些，切拉显得很惊讶。对此，我必须还要做一番必要的解释。

“内兹米过去经常上我们家，他知道我母亲会做这种菜。另外，他还知道她做的葱心汉堡、白豆拌菠菜以及茄子馅夹心烤饼，甚至他还知道这种烤饼名叫‘bulemika’呢。”

听完这些，切拉脸上露出了很惊讶的表情。我能看得出，她那惊讶中，既充满着惊喜，又充满着某种兴奋劲。也许，这种突如其来的复杂情感说明了她并没觉得自己在内兹米面前是个陌生人，或者说此时的她已如释重负,可以向一个对身边环境还感到陌生的客人逐个介绍这几种美食口味。另外,她也看到,通过这样的美食介绍,本来的那种陌生感顷刻间已烟消云散,没了踪影。此时的内兹米好像也察觉到了切拉的这种心理活动。否则的话,我也解释不了,为什么他还在不停地用刀叉享用着这些美味。只见他一边狡黠地笑着,一边用勺子铲了满满一勺子油拌西葫芦皮放进自己的盘子里。

“现在我来看看大蒜、食糖和柠檬汁是怎么混拌在这道油拌西葫芦皮里的。”

切拉终于大笑起来,在她笑声的感染下,我们也开怀大笑起来。这笑声可以说是这个晚上我们第一次一齐发出的最真诚的笑声。慢慢地,切拉的情绪也高涨起来。此时的她看了看内兹米,脸上跟着露出了姐妹般关爱的神情。

“你大概也会做饭吧?”

这个问题又让内兹米来了一句玩笑话。

“这个我会的,谢天谢地!不过,马蒂阿姨也没帮我多少啊。”

这一次,我一个人大笑了起来。切拉微笑着看看我,那样子好像在提醒我做个解释,以便她能明白这番话的意思。紧接着,我跟她讲述了当年内兹米向我母亲要这道菜的菜谱时,我母亲如何用一种严慈长辈充满怜爱般的口吻责备他的那段故事。在讲述时,我故意掺杂了一些内兹米说话时所带的犹太语发音,并且还做了些夸张演示。听到这些,我们又笑了起来。不过,切拉的脸上倒没有多少笑意,她甚至还用一种很疏远的眼神盯着我,因为她没想到我居然会用这种方式拿母亲开心取乐。对此,我并没把她这番责备的话语放在心上。

“你用这种方式取笑一个仙逝之人真是大不敬呢!”

众所周知,我的父母都已去世,然而我却没想到,内兹米还不知道此事。为什么我们俩没谈过此事呢？这一刻我,无法给出答案。应该说,这期间是有一次机会可以说到这件事的,那就是刚才在回来的路上他本可以问问我母亲的情况的。为什么我就没顺便告诉他呢？是不是我没想到他会不知道此事,或者我就不愿意告诉他呢？他为什么就不问问我呢？这很奇怪,真的很奇怪。也许我们俩也开始将死亡看做人生中一件极平常的事了吧,以至于平常到根本就没有多谈的必要。不过,现在却正是时候来说一下此事。在这种情况下,间接地说一下也许是一种最合适的方式,因为这既不需要任何提问,也不需要任何详尽的解释。

"我们早就将她安葬了。在那个世界里,她肯定让我父亲不得安宁啰!"

内兹米笑着点了点头。看来,我的意思他已听懂。可以说,这句话已表达了我想表达的一切。此时的我有些难过。不过,我还是要向他展示一下,对父母离世之事我并不感到有多么悲伤,这正是我想展示自己特别坚强一面的缘故。我之所以如此,就是要在今后的人生中能和自己的一切遗憾达成一种谅解,尽管我不知道我还会有怎样的奋斗,而且在这场奋斗中我能坚持到何种程度。还好,这个内心突如其来的小震荡也没持续多久。此时,再来句玩笑话也许可以让自己摆脱一下这内心的震荡。此时的我也不需要费什么力气,就能找到一个开玩笑的对象,就这样,内兹米成了我的目标。眼前的他也像我一样有点悲伤,不过却面带微笑在转玩着手里的餐叉。他的这些表情可没逃过我的眼睛,因为我早已觉察到了这些。

"不过你妈妈身体却是很健康的,真是太好了,太好了!"

他笑了。他的话语中又充满了玩笑的意味。

"她不会死的！反正在我们翘辫子之前,她是绝对不会死的!"

可以说,他这句玩笑话中不存在什么恼怒的含义,存在的也仅是开心逗乐而已。这是一种顽皮的话语，也是一种爱意的倾诉。而这种深沉的爱，我们却一直没能分享。从这句话中我还能听出我们对生命、对过去、对回忆、对共同孤寂等所拥有的那种难以割舍的情感。这种亲密无间、水乳交融的情感也让我不由得跟着叫喊了起来。

“祝法图斯大姐万寿无疆！法图斯大姐永远与我们同在！”

此时的他也跟着我喊起了这句话。我们俩笑着，乐着，就像两个顽皮的孩子一般。是啊，我们可不愿失去我们傻乎乎孩子般的童真，无论如何，我们也要找回那已失去的一切。

面对此番情景，切拉一方面很惊讶，另一方面却又喜笑颜开。不过，此时的她看上去似乎有些不快，只见她正用一种责备的眼神看着我，而且还以一种温柔且严肃的语调说道：

“你们到底在嚷什么啊？你们到底想让她老人家怎样啊？”

听到这责备的话语，我和内兹米相视着做了个鬼脸。然而，不知怎么地，我们却怎么也忍不住，“噗”地一声大笑起来，紧接着我们又和着节奏一齐喊出“祝法图斯大姐万寿无疆！法图斯大姐永远与我们同在！”的祝词。这一次，切拉也忍不住“咯咯”地笑个不停。此时此刻，横在我们面前的那道陌生疏远的高墙已摇摇欲坠。再一次地我们又高举起酒杯，共同呼喊着“为人生干杯”。在这之后，我们很想安静消停一下，但不知怎么的就是难以做到。终于，我们的心情总算平静了下来，但平静下来后的我们却低头不语，在享受着自己盘子里的美味。是的，我们每个人都陷入了沉思。我不知道，此时的他们俩在想些什么，只是我仍在想着那场战斗，是的，我要尽可能将它们都记住，要让那一幅幅鲜活的画面都留存在我记忆的最深处。这些我都很清楚，至少我自己心里很明白。最终，还是切拉打破了沉寂，只见她举起了她那只高脚酒杯，此时的她已激动不已。尽管她什么也没说，但我还是能看出她内心深处的那种感动之情。接下来她的话语证实了我的这个想法。

“欢迎你,内兹米!你能来这里真是太好了。我们这个家里好长时间已没有过这样的快乐了。真的,你给我们的生活带来了一抹亮彩。”

她的这番话到底是责怪之词,还是温情之语呢,我一时还真是捉摸不透。是衷心欢迎的话语吗?我好像也没听出。我怎么感觉她好像在说我们的婚姻生活,要把我们的夫妻情况在外人面前抖落。乍听到这些,说真的,我的心里很不是滋味。她怎么能这样评价我们这么多年的夫妻恩爱关系呢?就在我想着这个问题的时候,我突然间清醒过来,自己可千万别冤屈了她。此时的我还有什么好隐瞒的呢?难道我不觉得,这个和自己这么多年来一直同甘共苦的女人不也是胸襟坦荡,真诚坦率吗?既然她都这样说了,我还能如何是好呢?现在的我也只有轻轻卸掉这个不快的包袱,并将此作为正面回应的第一步,至少我能够将此视为一次能加深我们三人友谊的绝好机会。我相信,内兹米肯定也有同感,他的回答也表明他迈出了这一步。我怎么觉得,此时的他就好像手里拿着画笔在为自己描绘着一幅人生图画呢。

“哎呀,要是我也能将自己心中的那抹亮彩找出来那该多好啊!”

听到这些,我们脸上的表情顿时凝滞了起来。桌子边,这句突如其来的话立刻带来一片沉寂,不过却很短暂,场面气氛很快也被切拉化解。她的这番话很快将我从深沉的忧伤中拉出来,然后又将我们带回到原来的那片欢愉中。

“我的先生们,我可有好消息要告诉你们啰!我一直都在想着要告诉你们,现在我再也憋不住了,也许这正是一个最佳时刻。请保持镇静啊。我们马上就能找到赛丽啦!我已经得到消息,她现在就住在伊兹密尔。她的生活经历说起来真是相当的感人。不过,别担心,她现在过得很好。你们会看到,她还会带我们找到尼索的。这件事我干得还不错,对吧?”

听到这些的内兹米顿时露出了喜色,此刻的他看上去再也不是刚才那个悲伤的人了。很显然,生活已教会了这个在人生大戏中既扮过演员又做过观众的他随时进行情感的转换。

“真是太好了！这就是我想说的合作!”

说完这些,他转过脸来看着我。很显然,他觉得有必要,让我也能响应起来。

“你怎么看？你觉得我们那些人都能来,对吧?”

他有意抛出这个问题,其实并不难理解。我“坦白招认”的时刻即将到来。要是我什么都不说的话,那后面的话可就更不好开口了。此时的我感觉到自己的脸部表情在起着某种微妙的变化。毫无疑问,这个已陪伴了我大半生的女人此时肯定也能看出我的这种表情。我知道,我的这种表情变化肯定逃不过她那双眼睛。所以,我索性看着她,尝试着怎么把话题打开,将一切真相都原原本本地告诉她。她那种盯着我的眼神顿时给我带来一种莫名的压力。

“我……找到……赛普内姆了,是通过内兹米找到的……是他先找到了她。我们俩一起去看望她了,然后今天我一个人又去看望了她。我在她那里待了好长时间。要是有空的话,我还要去一次的……不知怎么的,我也一直没告诉你,只是到现在才告诉你……”

我相信,我的这番话已清楚地说明了,我所说的这种“看望”可不是一般的看望。此时,尝试着明白我这番话的她脸上开始显露出一种表情,她好像在等待着,自己的男人对这种“看望”能做出一个更详尽合理的解释。看来,整件事情必须得讲出来了,然而,我还是不知道我应该从哪里说起。没想到,就在这时,内兹米一下子接过我话题讲述了起来。他告诉切拉,赛普内姆究竟发生了哪些事,现在的她住在哪里,而且生活境况如何。从头到尾他都用一种聊家常的语气在讲述着。对于自己所听到的这些，切拉显得非常震惊和感动。那一刻，我们三个人身上仿佛都有一股暖流在涌动，而且正慢慢涌遍全身，令我们倍感温暖。在这种暖流的激涌下，我很想说出自己的心里话，我想告诉切拉，这一切对我产生了怎样的影响。就在刚才，内兹米正好提到他怎么从那位老大妈那里得知赛普内姆的下落并来到医院看望她时，我觉得，现在正是时候，将这个故事最令人震撼的一面告诉切拉。

“事情原本完全不是这么回事。在刚才回来的路上，内兹米还劝我，叫我最好还是别把这件事告诉你，不过，我还是告诉你了。他觉得，要是我能去那里的话，我肯定还会有其他不同的感受。”

她认真地听着这些。紧接着，我又向她讲述了塔拉布亚那个夜晚所发生的事，当然还有那只耳环以及其他一些我记得的细节。听到这些，她激动异常，眼睛也跟着湿润了起来。在我看来，这种激动也许有多种含义。不管怎样，要是谁在这一刻体会到她的这种感受，可以说，他也肯定会为她所感动的，正如我现在所感受到的一样。这时，内兹米看了看她，然后又用他那种特有的说话方式继续着他的讲述，那架势就好像他要燃起一把激情的火焰，誓要把一幕大戏演得更开放热烈一般。不过，这一次，因为这个故事所演绎的悲剧和由此引发的不安使我们产生了相当低落的情绪，所以，他没再多开玩笑，而是想着法子让我们的这种情绪能有所排遣。于是，他使出浑身解数，换了另一种幽默方式，要在这个恰当时刻制造出另一种令人意想不到的轰动效果来。

“这家伙居然爱上了这姑娘，而且还偷偷瞒着我，这头蠢驴！对他最要好的朋友他都要隐瞒呢！”

我明白他这番话的意思。这一次，我可有另一个观众坐在我身边呢。演好我这个角色，此刻根本算不上什么难事。

“你还说呢，你不也爱上她了吗。你们俩那次见面又算是怎么回事？这些事我怎么就一点不知道呢？我好蠢啊！”

眼看着内兹米又要回击我了，那情景就好像一场口水战不可避免。此时的我们几乎已失去控制，仿佛我们又回到了那个不谙世事的青春岁月。再一次地，切拉略带责备的口吻让我们从癫狂胡闹中清醒过来。刚才她所听到的那些话一定唤起了她内心的某种痛楚，而这种痛楚此时此刻已清清楚楚写在了她的脸上。尽管如此，她的脸上还是露着微笑，只是这种笑意好像要把我们从梦境唤回到现实里来一般。

“哎呀，你们俩到底什么时候才能真的长大啊？我一直都认为我这个男人还是个老小孩呢。这下子倒好，你们俩都真的是找对冤家了！”

听到这些，我们惊奇地看着这个话语中带着责备口吻的女人。我们感受到了这种责备，但眼前的这种场面并没有让我们感到有任何的不适。在涉及我们两个人的问题上，尽管我们俩刚才有这些拌嘴，而且还敢这样说他，毫无疑问，还是因为这么多年来我对他自始至终都非常信任，尤其是我能站在他的角度上思考问题，体会感受他。从他盯着切拉的眼神中，我很想了解他此时的内心想法。此时的切拉也很亲切温柔地看着我们俩。终于，她的这种眼神让我有勇气可以提出一个我必须要问的问题来，这个问题也是我俩曾触碰无果的问题。此时的我似乎有种感觉，她应该会以一种我意想不到的方式“同意”我这种试探手段。而且，在她面前，把自己看成是个孩子再去试探她，我觉得这样反倒会更轻松自在些。

“你不会吃醋生气吧？”

就像应当所展现的那样，她所扮演的这个角色同样也令她自己很满意。她下面的这个问题明显地让人感受到她想用这句玩笑话继续给自己带来乐趣。

"伊子,你究竟有什么可让我生气的呢?"

听到这些,我觉得,面对这样坦诚开朗的她,我不能再自己折磨自己了。

"唉,你看我怎么就这样偷偷跑到赛普内姆那里去了。"

只见此时的她将自己的两只胳膊放到了桌面上,她温柔的目光和亲切的微笑中闪现出的是另一种温暖和坚定。她的眼神里,朋友的关怀之情,女人的体贴之情,或是兄妹间的手足之情,在这一刻,都可全部感受得出来。

"两个老小孩啊,当年的你们俩都很疯狂吧?我为什么要生这个气,吃这个醋呢?谁知道,那可怜的姑娘这些年在那里是怎么过的哟。你们俩所做的确实也都是大好事呢。接着做下去吧,没关系,而且要一直做下去才是!要是我也能做些什么那该多好啊!不过,我还是不掺和此事为好。反正你们俩现在都已经忙进去了,对此我还有什么要说的呢?"

此时的她将目光对准了我。从她的眼神、她的声音和她的话语里,除了能听出这种友谊与关爱之情外,我似乎还能听出那么点责备的意思来。

"不管怎么说,我还是觉得有些委屈,因为你认为我会吃醋生气的。你怎么会把我想成这种人呢?"

此时的我真是无言以对。我面露喜色,但同时心里又很是发窘。不管怎么说,我反正一时没找到合适的话语来表达自己的这种情感。一方面,我心里感到一种从未有过的轻松,就好像压在我肩上的重负已卸在了一边;另一方面,对于她这种责备性的话语,我又感到很是歉疚。想到这些,很遗憾,我的双唇间还是无法蹦出贴切的话语,也只有微笑着面对她了,但我不知道的是,我的这种微笑究竟在多大程度上能表达我此时的情感。我只感觉到她责备的话语中充满了浓浓爱意,因为对于我这般愚蠢的表现,她所提的问题证明了她这种爱意。

“要是你偷偷跑去见赛普内姆的话,你会觉得自己是在欺骗我,对吧?”

说完这些,她抓住我的手,起身坐到了我怀里,然后搂住我对我亲了一下。

目睹这一幕,内兹米是否会感到有些不自在呢?这些我也无从知晓。不过,至少他的问题听上去让我有这样的感觉,因为他显然想让我们知道,此时的他仍在我们眼前呢。

“我看我还是走吧,我不想老在这耗着碍你们的事了。”

此时的切拉正双手搂着我的肩膀,而且头也紧靠在我的胸前。听到这些,她连忙用她有时候特擅长的那种女性的娇柔妩媚应声回答道:

“不!不!我的天啦,你净在胡说些什么啊!我们坐在这可不就跟兄弟姐妹一样嘛!我们好歹都结婚二十四年了,都这般老夫老妻了,还有什么不好意思的啊,内兹米兄弟!”

这一刻,我感到,她怎么在用指甲在我肩头轻掐着,于是我也跟着在她腰间轻捏了一下,我真想对她说:“昨天夜里我俩可是一对真正的鸳鸯夫妻呢!”我敢肯定,此时的她也一定是这样想的。换别的方式,我还真没办法有这样心领神会的交流,尤其是不能让内兹米有任何的觉察。不过,说句实话,我俩这种偷偷地交流方式也没让我感到有什么不快。要是我想要的话,我也可以将眼前所发生的这一切给他个暗示,不过,我没有这样做,因为我不想让这种窘境一直就这样延续下去。就在这时,切拉也正好站起了身,她迅速将我的注意力吸引到别处。她说,饭后来杯摩卡咖啡是很不错的,不过,在这之前,我们这两个开明的左翼分子,或者说我们这两个知道什么是男女平等的老男人应该一起将桌子收拾干净。还别说,这话说得还真是时候。而且她的这种挑衅也无法让我俩心安理得地坐在那里。很快，我们依照着她所说的行动起来。在厨房里，她还强调，凡是我俩从厨房里端出去的东西都不用再端回，尽管放在外面好了。于是，我俩又毕恭毕敬照她的吩咐行事。看样子，内兹米好像也对她言听计从，百依百顺，俨然将她视为这个家庭的一家之主了。煮咖啡的这会儿，我们三个人都在厨房里。此时的切拉说，厨房可是一个家庭中最重要、最珍贵的地方。这句话可是话里有话，也只有我最明白她这句话的含义，因为我知道，切拉只允许她最亲近的人进她的厨房。就这样，我们和内兹米的情感又接近了一步。随后，我们端着咖啡杯走进客厅，商量着能为赛普内姆做些什么。播放音乐是个好主意，但我们还必须想个什么其他的办法。突然间，只听见切拉脱口而出说了几句，她的这番奇思妙想还真让我俩兴奋不已：

“干脆给她朗诵一段剧本中的台词，包括她那个角色所说的台词，让她回忆回忆当年的那些舞台场景。如果有必要的话，还可以在她面前重演一下当年的某个场景。我觉得，这也许会有用的。跟她说说，就说你们想将当年的那场大戏重新搬上舞台。说你们都在等她，如果没她的话，这台戏到最后可是无法上演的呢。”

此时的切拉也加入到我们中间，尝试着要为赛普内姆唤回新生，并让她将来也能融入我们的生命里。总之，我们要一同分享这份感动与快乐。嗨，这个夜晚过得是多么的丰富多彩啊！而且我又是经历了怎样的这一天啊！在我第一次想到要将这台大戏重新搬上舞台的那一天，我真的做梦也想不到自己会经历这些沟沟坎坎，是非曲直。反正既然目睹了这些，那就让自己别停止思考：还有怎样的人和事在等着自己去面对。此时的我仿佛已走上了一条无法反悔的道路。这条道路已将我的人生引领到许多意想不到的可能性中。在这条道路上，我将和这两个人紧紧依偎在一起，他们毫无疑问将给予我无穷的力量和最大的支持。

在剩下来的时间里,我们还谈到了过去岁月中的其他一些事。内兹米讲述了自己当导游时的一些冒险经历,比如有时候他如何编造和杜撰一些童话故事和民间传说,为的是让游客参观的那些地方变得更为神秘和传奇。在旅游纪念品商店,那些旅游纪念品在卖主眼里可都是艺术品,所以,他也跟着卖主一起骗游客购买那些不值钱的破烂玩意儿,甚至有时候他还能干出眨眼间就偷走游客钱物的事来。当然,自己当导游时所干的那些风流韵事他也没少谈。听着他所讲的这些事,我们一直笑声不断,乐不可支。然而,不知怎么地,他所讲的那些事情同时又让我感到很悲伤,这倒不是与他从事的职业有关,也不像我从前所认为的那样,他将来会是一名政府高官,这与我的悲伤也没什么关系。说真的,首先让我感到悲伤的,是因为在这一刻我又想起,由于过去所经历的那一系列人生变故,他不得不终止自己继续奋斗的步伐,而迈上了现在这条人生道路。说真的,这一点,倒没让我感到很悲伤,而真正让我感到悲伤的,却是他看上去把一切人生价值都不当回事,对一切都抱着一种玩世不恭的态度。也许他不是这样认为的吧。然而他所做的这一切又无不给人如此印象。他是不是以这种方式来抗议他不想面对或者不想说出的一切呢?也许,在经历了这一切,尤其是那些血腥的死亡和谋杀之后,他对生活已完全抱着一种无所谓的态度了。殊不知,当年的那些死亡和谋杀可就像石头一样始终堆压在他的心头,让他不堪重负,无法排解。也许这种玩世不恭的态度恰恰就是一种严肃认真的处世态度吧。聊天谈心一直持续到深夜,他只想讲述,且没完没了地讲述着,并且只想着我们能一直倾听下去。突然间,他站起身来,只见他露出了不安的神色,这让我们俩惊讶不已。而且他嘴里还说着:时间不早了,我也该回去了。没有任何预兆,不知怎么地他突然间变得忧伤沮丧起来,情绪也顿时来了个一百八十度的大转弯。此时的我尝试着去理解他这种让我震惊不已的情绪起伏，甚至我眼前的他也开始变得有那么几分疏远和陌生起来。我告诉他，我送他回家。就像一个兄长一样，我很为他感到担忧，感觉他虽经历过许多挫折和失败，但他最终还是不能成为一个不屈服的人，也还是没能经受住最艰难、最困苦的考验。他没有接受我的好意。他说他路上能照管好自己，而且话语中还透露出几分调侃的意味。而且，他也想在路上多呼吸一下新鲜空气，然后再跑跑走走，就像我们在奥塔克伊见面的那个晚上，我让他一个人步行回家那样。很显然，他需要通过这种长距离散步的方式来打发这后半夜的时光。我们拥抱在一起，任何话语在这一刻已是多余。或者说，我们的眼神交流，我们的举手投足就是我们无声的话语和情感表达，因为该说的他都已说了，该敞开心扉的也已全部倾诉。他也拥抱了切拉，既热烈，又充满着友情。也许说真的，这种人可以说就是一个寂寥寡欢的人，他内心深处那道深深的伤口已让他受到了彻底的伤害，尽管如此，他还是强颜欢笑，脸上总挂着丝丝笑意，而且总不缺少某种意愿，想尽办法也要让别人也笑口常开。总之，他就是这么一种人，他要以此作为他的人生座右铭，来度尽余生，以享天年。这种座右铭从他对切拉所说出的话语中也能听得一清二楚。

“等我下次来的时候，我一定不会忘记带束鲜花来送给你。”

对于这样充满风趣和人情味的话语，切拉可不是一个反应迟钝的女人，她的回答也脱口而出。

“我可要很大的一束哦！别忘了，我可是个要求很高的人啰！”

能见到他们这般的亲切友好，我已对今晚的这场深聊感到心满意足，也充满着新的期待，反正今晚我也不能再有什么更多的苛求了。就这样，屋子里到最后就剩下切拉和我两个人。累极了的我们很快就休息了。在床上，我们俩只是紧紧相拥在一起，什么话也没多说。此时的我心里总算安稳下来，我终于向切拉讲清了赛普内姆的事，当然，我只跟她讲了我该讲的事情,其他的事还仍属于我个人的小秘密,对于那些小秘密我想永远珍藏下去。既然那些事已悄悄发生,那就让它在我心里一直保留下去吧。尤其在这么多年后,现在的我可是能更好地理解它的含义了。不管怎样,这个小秘密我将尽力珍藏下去。

约格斯的声音很遥远吗？

现在的每一天看上去似乎都会给人带来新的期盼和等待，那些频繁切换，且隐含着许多故事的日常生活画面正赋予我人生更多的含义，它们已超出我的想象在我脑海里不断闪现，并伴随着过去人生的那一幅幅画面重新进入到我的生活。尽管如此，我没有任何抱怨。我非常希望在我的有生之年能有这样的生活，而且我还要为之做出不懈的努力。自己选择这条人生道路后所产生的欣喜之情，或者心中产生的某种不安情绪，又或者过去所遭受的某些损失和失误所引发的那些悲伤，这些统统都是我人生中必不可少的经历，它们迟早会发生，也终究不可避免。

我迈出的这一步已将我带到许多意想不到的人生窘境中。我本想在另一种场合中找到内兹米和赛普内姆，然而，事与愿违，我无法改变现实，我必须要勇敢面对我所看到的这一切。我必须要直面这样的人生，而且还要学会背负新的重担继续前行，这样，我就能在经过漫长的人生路后，更清楚地找到自己最后的人生目标，并对这样的人生目标有一个正确全面的理解。此时的我更愿意将自己看成是这样的一个人：他置身于一间自己最喜爱的小屋子里。在那里，他将逃亡之所变为自己的和平小屋，并编织着自己与自己达成和平的梦想。我多么希望，这间小屋就是我的栖身之所啊。在这段心路历程中，狂风暴雨一直在我的心头肆虐，同样，那些长期以来一直折磨我的各种问题和回答也让我心力交瘁，难以安宁。是啊，为了找到答案，人们首先得有勇气提出这样的问题来。譬如内兹米吧，是不是他在经历过比我还要多的狂风暴雨后，就已找到他人生最后的那间和平小屋，或者说他人生的那个宁静港湾了呢？还有赛普内姆，我们是不是知道，她那间看上去从来不允许任何人踏入的小屋，正隐藏着一场狂风暴雨呢？她能感受到这些吗？也许那间小屋就是她想坚持到人生最后一息的栖身之所。这就是她的人生。是啊，也许我们没有任何权利去打扰她，也没有任何权利去摧毁她人生这座最后堡垒，并将其占领，据为己有。要不是这样的话，我对自己所做的一切又该如何解释呢？

在和内兹米一起度过的那个长夜后的第二天早上，我提出了这一大堆问题。对于这些问题，说真的，我心里很是不安。是不是我迈出的这一步很自私，只为自己考虑了呢？是不是等那一天观众满座的时候我会内心窃喜呢？是不是其他成员不支持此事会让我最终懈怠气馁，半途而废呢？让我相信这些还真没那么容易。换成是我与这样一个自私的人生活在一起，并将人生故事续写下去，这对我来说无疑就像走进地狱，会倍感折磨和煎熬。这种不好的心态我可承受不起，而且这一次也万万不能如此。我必须立即悬崖勒马，让自己保持清醒。我不允许自己失去自信心，尤其是对那场大戏丧失半点信心，为此我要再一次坚信，我们所经历的和感受的那一切，并不是只为了我们自己，而是为所有参演的人，如此而已。我们感悟人生，是不是也要捎上我们所犯的诸多错误和过失呢？在追求人生完美境界的过程中，我们大可不必在意自己所犯的小错误，小过失，恰恰相反，犯错误，有过失却是件好事，毕竟我们都是吃五谷杂粮的人，都有自身的缺陷和弱点，否则的话，我们又怎能相信我们人类之间会存在彼此不同的差异和个性呢？正是这样，我们才学会了我们本该学会的一切。在这个学习过程中，我们不得不越来越痛苦地认识到，在现实中，正是我们这些有时候在别人眼里不能容忍的错误和过失构成了我们自己鲜明的个性和独特的人生，对此，我们不得不承受着诸多损失和遗憾，特别是在涉及我们之间的种种人际关系的时候。然而，恰恰是这些错综复杂的人际关系使现在的我们能更紧密地走到一起，从而具有更旺盛的生命力和创造力……

也就是从这个早晨开始，我要以此作为出发点来审视自己了。在我的商店里，我所寻找的，我想重新找出的，不仅仅是从前被我遗落到某个角落的那些朋友，还有我过去岁月中的某些相册。尽管我看到的这些人和物有可能会给我带来很大的精神创伤，然而，我仍然乐此不疲，我甚至还要尽自己最大的努力义无反顾地坚持下去。另外，如果再看看目前事情的进展情况，我的这个时机选择确实也是千载难逢，非常有利的。所以，今天一大早起床后，我就在家里寻找当年的那个剧本。我走进那间堆满了杂物的小房间，顺手在那堆“禁刊”杂志中翻找起来。要知道，这些杂志可是我当年怀着极大的兴致偷偷购买，然后又怀着极大的恐惧心情藏匿起来的，随着时间的推移，这些杂志已不再有什么“危险性”、“诱惑性”和“挑逗性”而被我弃置一边，扔到了屋子的一个角落里。然而，不知怎么地，我就是舍不得将它们扔掉。从前，每当我看到它们的时候，一种莫名的悲伤顿时就向我心头袭来。而现在的它们也着实勾不起我的兴致了，反正静躺在那里的它们所表达的也无非就是当下的存在和过去的那段激情。然而，此刻的我已没有过多的时间听凭我这种情感在心中游弋。终于，在布满灰尘的书架上，我找到了夹在另一堆“禁刊”杂志中的那个剧本。当年能将它藏在那里，可见其意义的非同一般，而真正非同一般的却是我现在又将它重新找出，且派做新的用场。我真的很高兴对此不惜笔墨，大书特书，因为有它的帮助，我也许可以很轻松地做成自己想做的事。而且，现在的我还有新的人生篇章要续写进这个剧本中。就这样，带着满是灰尘的剧本我前往店里。在我提出上述的那一大堆问题并简单翻阅浏览了当天报纸上的那些新闻标题后，趁着喝咖啡的间隙，我一口气从头到尾将剧本读了一遍。说起报纸，我不免又有了恼怒的情绪，一方面是因为它的那种政治倾向，另一方面是因为我父母每天不落地订阅它。说真的，我自始至终都对它敬而远之。然而现在，不知怎么地，我却习惯于阅读这种报纸了。翻阅着剧本，循着过去岁月的足迹，我心中充满着激动与欣喜，我时而大笑不止，时而又激动万分，这就是这个剧本的魔力啊。正如我和内兹米所商量过的，为演出新戏，这个剧本必须要做相应的修改，因为这么多年已经过去，许多状况都发生了改变，而且我们自身也发生了许多变化，甚至我们中间的有些人发生了许多我们根本不希望出现的重大人生变化，这些变化可真是太大太大了。针对剧本中需要修改的地方，我在四周的空白处做了许多注解，并对有些需要改动的台词还特地画线标注了出来。可以说，该做的事我已全部做好。首先，所有的剧团成员得汇集到一起。我们曾集体创作了这个剧本，我们将沿着我们已改变的人生轨迹再次加工改编这个脚本。

过几天，我打算再去一趟赛普内姆那里。其他的事情当然也得齐头并进。想到这些，我便从皮夹子里拿出了约格斯的电话号码，并放在了桌子上。现在该是给他打电话的时候了。再次地，我感到很激动。要是他就在电话边，我该说些什么呢？就这样，我鼓足勇气拨了号，然后等着那边的接听。每一次电话铃声都意味着它在轻叩着时间大门，在这样的时间里，我又不断有着新的思考和感悟。很快，电话被接了起来，那边传来的是一句礼节性的问话，接电话的是个女人。我问她约格斯是否在家，而且说的是英语，为的是能和她做一番沟通。说话的这会儿，我不由得想到，在这个世界上，用这种语言很简单就可以交流的。正如我期待的那样，那边的回答出于本能也很是简单，我已全部明白。她告诉我，这会儿他不在家，上班去了，要到晚上才能回来。听到这些，我觉得有必要做个简单的自我介绍，于是，我告诉她自己的名字，我这个电话是从伊斯坦布尔打来的，而且我是约格斯中学时代班级里一个很要好的朋友。随后我问她，我什么时间能再打来，想和他单独聊聊。这时，电话那边的话听起来给人一种距离感。她告诉我，晚上九点后我可以再试试，而且他一般都不会很早休息，所以晚一点打来也可以。这些话听起来很是准确，也很是简单直接，不管怎样，反正她给了我一个明确的答复。我也以同样的语气告诉她我到时候会再打过去的，就这样，我们结束了通话。我看了看表，差不多已是中午时分。尽管此时的我们俩身处不同的国家，且有着完全不同的生活和思想情感，但我们至少还生活在同一个时区里。通完电话后，我尝试着去更好地想象约格斯目前的生活状况，尽管我们俩共同度过的好时光已过去了很多年。

虽然过了这么多年，但我还清楚地记得那个寡言少语的小伙子。他脸上少有笑意，而且还是个脾气暴躁的人。他经常会大发雷霆，而且还喜欢攻击别人。他给人的印象是，他总想通过自己的所作所为来展示自己的精神风貌，并以此表达个人更多的思想情感，比如他能创作优美的诗歌，踢一脚好球，而且还能打一手漂亮的桌球等，这些都是他聪明智慧的体现。除此之外，其他别的什么我们就不能对他寄予更高的希望和要求了,因为他被逼无奈,经历了一个和我们常人不同的童年时代。是啊,生活有时候往往就是这样,它会让某个人很早就经受一场残酷无情的历练与考验。所以,在这样的逆境中成长起来的人最终免不了会伤痕累累,心有残缺。随着时间的推移,我们大家也都慢慢接受了这个现实。毫无疑问,在生活面前,那些严峻的考验往往会让我们变得更加坚强,心胸也变得更为宽广,哪怕付出了高昂的代价,甚至是受到不公的待遇,我们也无怨无悔,百折不挠。我记得,孩提时代的他就失去了双亲。随后,他住进了一家归安康医院管的孤儿院里。认识他的那会儿,我们都知道那家医院在人们眼里一直都是个疯人院。因为他自身也知道这些,所以有时候他也会拿自己取乐,开自己命运的玩笑,这令我们捧腹不已。他会说:“怎么样?我就住在那疯人院里,所以,你们可要当心啰。”当然,这是他不得不接受生活与命运不公的另一种表达而已。慢慢地,我们也习惯了他的许多行为,要不然,我们还能对他怎样呢?那里可以说就是他的家。毫无疑问,要是他不住在那里的话,他还不一定能成为我们中的一员呢。他的法语比我们大多数人都要好。随着时间的推移,我们应该弄清楚这究竟是什么原因所致。当然,住在安康医院有机会说法语,这恐怕还不是唯一原因。不过,另一方面,他其他的功课成绩却乏善可陈,很是一般。他给人的印象是,他对学习成绩不是很在乎。不过,他的文学课成绩却十分了得。在这方面,他好像把自己完全隐藏在另一个世界里一般,大巧若拙,深藏不露。很显然,他能有这样的成绩,艾斯雷夫·贝依先生功不可没。另外,他对这个外表沉静、有时脾气却很大、甚至有些倔强的小伙子印象很深。而且他还知道,这个小伙子对中学里的校纪校规很了解,也照章遵守,所以,他和约格斯的关系已远远超出了他和内兹米之间的那种师生关系,俨然就是一对父子。然而,尽管有这样一层深厚的关系,也没能避免约格斯有一天会栽在校风办手中。对于这起突发事件，艾斯雷夫·贝依还不能像平时那样用一句简单的批评完事了结，这其中的原因听起来很可笑，然而细究起来，却又是那么的令人痛苦和心酸。还记得当时我们正在课堂上阅读纳其普·法兹尔·基萨居雷克[①]《马路边的人行道》那首诗歌。忽然，课堂上迸出了约格斯的话语声，大家的注意力也一下子被他吸引了过去，只听见他大声嚷嚷着，不过倒是能听出其中的几分坦诚来："为什么您要让我们阅读这个法西斯小丑的东西啊?"很快，课堂上有了一阵骚动，大家在窃窃私语着。他那话语声既令人胆怯，又令人惊骇，像是在告诉人们某种危险即将来临一般。艾斯雷夫·贝依也不知如何解释是好，他只是淡淡报以一笑，然后突然间愤怒地斥责他道："天啦！你好大的胆子啊！你还是先好好学习，然后再开口说话吧!"听到这些，一边的内兹米可坐不住了，这个好打抱不平的家伙帮起了约格斯，只听见他也跟着大声嚷道："我们可不想在这里学习法西斯分子的这些破烂玩意!"此时的艾斯雷夫·贝依可是惊呆了。我们能感受到，这一刻，他的脸上虽带着笑意，但心里却憋着一团怒火，他最终还是将这两个家伙拎送到校风办那里。说真的，所发生的这件事我们真没想到，他最喜欢的两名爱徒居然在课堂上会直接对他做出这种抗议之举，这也许是他们和老师太熟悉、太随便，所以才胆敢如此的吧。开始的时候，我还将艾斯雷夫·贝依的这种行为解释为一种他害怕学生向老师提出权威挑战的恐惧反应，然而，多少年后，我终于明白，他这种

① 纳其普·法兹尔·基萨居雷克(Nacip Fazıl Kısakürek，1905—1983)，土耳其著名作家、诗人和哲学家。生于伊斯坦布尔。他17岁开始发表诗歌。1925年，从法国索邦大学留学回国后的他先后发表了《蜘蛛网》(Örümcek)和《马路边的人行道》(Kaldırımlar)两本诗集，从此蜚声文坛，跻身于土耳其现代诗人行列。二十世纪四十年代，因其猛烈抨击伊斯梅特·伊纽努领导的执政党——基马尔人民共和党而被判刑监禁多年。1980年5月25日，值其75周岁华诞之际，土耳其文化部授予他"文化勋章"荣誉称号。同年，土耳其文学基金会还授予他"诗王"称号。

行为却另有一层深刻的含义：也许他想让这两个爱徒早一点做好接受人生现实和国家命运现实的心理准备吧。也许他想告诉他俩，要是以这样的作风行事，如再碰上一个背运的时代，他们将有可能给自己招来多大的麻烦。要是他知晓后来在内兹米身上所发生的事，他会作何感想呢？当然，他要告诉他俩的还有，只有努力学习，才可以对一切发表真知灼见，并进行恰如其分的批评，所以，学习是批评的必要条件，否则便无从谈起。这就是那位艾斯雷夫·贝依先生。等我们后来渐渐长大之后，我们才真正发自内心对他充满了崇敬之情。不过，在校风办那里，他们俩也没得到什么严厉的处罚，仅是一般警告而已，毕竟这两个家伙都是老油条，他们知道，自己在那里应该有怎样良好的表现。

约格斯的行为处事态度给我们所有人都留下了深刻的印象。我们都很愿意和他在一起，也很喜欢他，因为我们找到了一个我们想要找的朋友，甚至在某种程度上我们也很敬重他。在我们眼里他就是这么个人，只要他一开口，我们就愿意听他的。在我们面前，他俨然就是个兄长，这种情况不知怎么地很自然就变成了这样。正由于此，他也是我们学校足球队的队长。有了这支队伍之后，我们的友谊也在不断加深，而且每个人都从此好像有了信仰和精神寄托一般。在那里，我们学会了彼此之间不能撒谎欺骗，要态度诚恳。有一天，准确地说是有天晚上，在我们这支队伍精神的感召下，他有了一个愿望，他想将自己到目前为止还不为人知的一面展示给我们，他要讲述自己的童年，包括在那个时代他已失去的那一切。要是我们没经历那个夜晚的话，或者说，没了解他童年那些苦难经历的话，我们还真谈不上对他有多了解呢，而且我也不会在那个早晨怀着这样的情感对他有如此回忆。

就在那天晚上，也就是我们战胜人见人怕的意大利文理中学足球队之后，我们终于逮到机会，到库尔图鲁斯市区的德斯皮纳小酒馆坐下来好好庆祝一番了。这一次,那些女孩子们都不在场,这些也都是约格斯的主意。在那里,一个“很重要的话题”要被谈及。我们能猜得出,这个话题大概会涉及什么样的内容,因为当时我们的中学生活即将结束,尤其是那段时间里,我们这个剧团一直在为班上的一个爱情故事所感动,估计这件事是藏不了多久的。然而,当他打开话题之后,我们才发现,他所说的却完全不是这件事。原来那天晚上他所讲述的是他孩提时代的故事。可以说,这个故事在我们心里留下了一段特别难忘的痛苦记忆。他说得不紧不慢,像是在娓娓道来一般,既详尽,又生动,他这样做,为的就是让我们能和他一起分享这其中的苦乐哀愁。在我的印象中,他这样的讲述既像是第一次,也好像是最后一次。我们听得是津津有味,全神贯注,以至于到最后我们也没了提问和别的期待。说真的,有些痛苦人们也只能做一次性的分担,因为这其中充满着它说不清道不明的魅力。正因为如此,那些他所讲述的话永远不会被忘记,会深深印刻在脑海里。那个晚上,约格斯是第一次当然也是最后一次展示了他最沉默寂静的一面,当然还有他的敏感、激动和坚强。是的,那是他有此表现的第一次,也是最后一次。透过他的这些性格,那个深夜里的我们仿佛也看到了他性格背后所蕴藏的一切人生价值,对此,我们已将它视为终生秘密永远铭记在了心坎里。是的,这秘密就像一个誓言,我们已发自内心准备时刻牢牢遵守,哪怕是一个字也不能吐出。我相信,这个誓言将会使我们生死相依,更紧密地团结在一起。在多年后的那个早晨,当自己尝试着再次触碰它的时候,不知怎么地,自己仿佛又增添了无穷的信心和力量。尽管我们过去经历了那黑暗恐怖的一切,但我们毫不畏惧,也决不后悔。也正因为遵守这样的誓言,我们才心甘情愿经历过去的一切,同时还将继续谱写未来崭新的篇章。

为了听他的讲述,我们就很自然地充当了故事的见证人。也为了能多听听他的故事,我们就这样被召唤到他的身边。他孩提时代,或者说他整个人生发生剧变的应该说是在1964年《土耳其国籍法》颁布之后①。那时候,约格斯的户口是随他希腊籍母亲一起被登记在家庭户口簿内的。户口簿内之所以没登记他父亲的名字,是因为他父亲出生于马其顿,所以在土耳其被视为“无家之人”,或者更确切地说被视为一个“没国籍的人”。他们好多年就这样一直生活在伊斯坦布尔。这些听起来让人似懂非懂,不过从他的讲述中或者他亲口告诉我们的细节中我们还是能明白个八九分。二战期间,他父亲在老家曾当过游击队队员,还抵抗过德军侵略。后来,在共产党人上台执政后,身为共产党人的他由于个人方面的原因不知怎么地却和政府闹翻,居然成了异己分子。对于这些,他自己也从未澄清过,而我们也没中间插话问问约格斯,反正这些都不得而知。就这样,在受到生命威胁的情况下,他不得不离开自己的国家,只身去了希腊。在那里,他和当地的共产党人一起,参加了那里的国内战争。这期间,他结识了一位同样具有战斗精神的年轻女子,也就是约格斯的母亲。随后,两个志同道合的人走到了一起,并结婚成家。在经历了惨痛的失败之后,他们又不得不逃离那里,怀揣着希望,踏上了去伊斯坦布尔寻求新生活的旅程。在这个异乡城市,他母亲家的亲戚接收了他们,并在一起生活了一段时间。很快,他们俩找到了自己的新生活。他开了一家汽车修理店,同时也在慢慢学习土耳其语。就这样,他不仅招徕了许多客户,还有了一个小小的朋友圈子。约格斯出生后的头几年,他就是在这样的环境中渐渐长大的。一方面,他要到希腊人创办的学校接受义务教育,另一方面,他还在家里跟母亲学习法语。懵懵懂懂

① 1964年颁布的《土耳其国籍法》第一条规定:“土耳其籍父亲或母亲在土耳其境内或境外所生的子女自出生之日起即为土耳其公民。”

地,他在慢慢了解着自己的身世和家世。有时候,他也去修理店看看自己的父亲,他必须得为自己的人生提前做些准备。谁知道,将来会发生什么呢?

《国籍法》的颁布突然间让许多非土耳其祖籍但却是真正的伊斯坦布尔人变成了外乡人,这自然也牵扯到约格斯一家。鉴此,他们必须放弃自己在这个城市里的所有的房屋财产以及生活,然后踏上流浪冒险之路。他父母想去雅典,也就是说,他们想返回故土。他们知道,那里最终会有什么样的好果子在等着他们去品尝,不过,他们也知道,他们对这个当年被迫离开的国家着实也不再抱有任何期待和指望。所以,接下来的那些日子可都是颠沛流离,东躲西藏的日子,他们就像是在上演着一场猫捉老鼠的游戏。庆幸的是,他父亲有个熟人,也算是个好朋友,同样也来自于博斯普鲁斯海峡西边某个地方的他当时正好是名警官。在他的帮助下,他们带上一切能带走的家产财物,躲进了布尔萨市旁边的一座村庄。躲藏的那段时间他们过得还不错,但从各方面的情况看,那段时间都是很不安稳的日子,所以他们最多也只能在那里待几个月。在那位好心警官的提醒和告诫下,他们很快又开始逃亡到别处。就这样,恐惧惊骇的他们一直在隐姓埋名,四处潜逃。这样的日子可真难熬,也不知道何时才是个尽头。终于,因无法忍受这样的逃亡之苦,约格斯母亲最终成为这个家庭成员中第一个倒下的人。

“人们都说,人是被痛苦折磨而死的,此话一点不假,我母亲也是如此啊,她就是被痛苦折磨而死的啊!”说到这里,约格斯深深地叹了口气。还记得那是六月的一个早晨,躺在病床上的母亲已奄奄一息。弥留之际,面对自己眼前这个今后还有很长一段人生路要走的苦命孩子,她叹息着说道:“孩子,你要原谅我们啊,都是我们不好,给你带来了许多不幸,让你受了这么多的委屈!”然而,谁又愿意成为这样的人,给自己的孩子带来这么多的人生“不幸”呢？为什么一个“外乡人”的身份在有些国家、在某些时代会付出这么高的代价呢？面对自己，面对他人，当时的小约格斯可以说还无法提出这样的问题，正如身份国籍这个复杂的问题他无法提出一样。总之，那种奔波是一种多蹇命运的奔波，那个年代又是一个纷扰不幸的年代，所有这些事件的发生再一次印证了，在这个世界上，人们的身份和命运居然是由一小撮人掌控并由其划分界定的，这样的行为是何等无聊，又是何等的荒唐。所以，人的不幸正是由于这种身份的不合理划分和界定所致，而为此付出代价的却还是人们自己。然而，在那段日子里，当务之急是，没了母亲的他该如何生存下去。这个年轻的女人，她久经沙场，身经百战，但最终却没能熬过逃亡的折磨。一切已回天无力，人死也难以复生，尚有最后一口气的母亲要儿子千万牢记，将来一定要上大学，做事不能轻言放弃，做人一定要奋斗终生。听到这些，他点了点头，尽管当时的他一点也不明白母亲的这些叮咛嘱咐。母亲咽气的那会儿，他没掉一滴眼泪，因为他根本不知道，死亡究竟意味着什么，而现在，就剩下他和父亲两个人相依为命了。此时的他们俩已茫然无措，下一步，他们父子俩该去哪里，又该如何逃命呢？他们身上所带的钱也差不多用光了。就这样，他们还是苦撑了几个月，继续过着东躲西藏的生活。到最后，终于在某一天早上，父亲告诉他，这样的逃亡不是办法，他还是要带他回伊斯坦布尔去。约格斯必须还得回到学校继续读书。就这样，他俩最后去祭拜了母亲的坟墓。父子俩一起埋葬母亲的那块长眠之地是一个空旷且相当宽阔的原野，在那里，埋葬亡灵是不需要任何公家批准的。那是一个真正安息的地方，无声无息，也没有什么界碑界桩。静静地祭奠，默默地追思，这种氛围对于这样一个当年的女战斗英雄来说真是再恰当不过了。就这样，他们父子俩让她永远地安息在了这里，将来他们也许再也不会来这里凭吊祭奠了。这是约格斯第一次经历了什么是告别，什么是人生真正的生离死别。

回到伊斯坦布尔的他们也没遇到什么大问题，等待约格斯的是那些又暗又冷的寝室过道走廊。那里面，住着的都是些孤儿，他们在以另一种生存方式苦挨着他们的童年。另外，安康医院的另几间房子里也住着这些孩子。此时的他明白，现在也到了自己和父亲分手说再见的时刻了。“在路上父亲就提起过，我会待在怎样的一个地方。他知道，我们最后肯定是不会栖身在一个好地方的，但我们已别无选择，至少我在那里是不需要再东奔西窜的了。好长时间我都没见过他有这般开心了。”约格斯一边回忆着分手的情景，一边动情地这样说道。此时的他眼睛开始湿润起来，就好像他正在经历一场生离死别一般。听到这些，我们个个都沉默不语。我们不敢开口，唯恐会打断他的讲述。然而，他还是很快打破了沉默，而当时的我们不知怎么地感觉到这种沉默是如此之漫长。

“我们父子俩坐在医院的花园里。还是在那一天，我记得很清楚，这一天，我可是最后一次能见到父亲了。我的内心告诉我，他要走了，他再也不会回来了。你就一个人待在这里吧，你将会一个人孤苦伶仃，无依无靠，独自长大成人了。我真的没有猜错，他真的就走了，而且也永远没回来过。也许他自寻短见，了此残生了吧，因为他已不堪承受生命如此之重；也许他会做出决定，逃到一个遥远的国度度过余生吧。反正他不愿冒险，让我跟着他受累，去吃遍那人间的千辛万苦。多少年后，我还一直在想着这种种可能会发生的结果。我知道，我是肯定再也见不到他了，尽管如此，虽时运不济，但我还是愿意相信他还活在这个人世间。有时候我很生气，在心里一个劲地骂他，他居然狠心地将我丢在这里。我告诉自己，要是我们父子再度聚首的话，我一定会将他视为自己的第一个仇人，并毫不客气一拳狠狠地砸在他脸上。有时候我感到很悲伤，真的很悲伤，既为他感到难过，也为自己难过，因为我们曾一同经历了这苦难的一切。”

说到这里，他又停顿了一会儿。我们在等待着，彼此都沉默不语。只有沉默，我们才能对他所说的这些有所体会。此时的桌子上吃的喝的摆得满满的，拉基酒、干奶酪、哈密瓜、油炸鹅肝、茄子色拉、淡菜贝壳和摊锅煎饼等。对这个城市的回忆以及他讲述的各种故事又将我们全部聚拢在桌子边。他其他的生活也都隐没在孤儿院那寂静的回声和漫漫的长夜中。这个孤儿院，在他的眼里，也一直是他最后的容身之地。谈到这里，我们都感觉到，对此他也不想再多讲下去。就这样，他的人生路不知怎么地就将他从一个我们尚不知晓的那个黑暗之地引领到我们学校。尽管他晚到这个班级，尽管他的人生履历不尽完整，但他还是很快就填补了我们的心灵空缺，并占据了一个极其重要的位置。所以我们也逐渐明白了，这就是他为什么比我们要大两岁，且为什么有时候会易暴易怒、执拗坚强的原因所在。

那天早晨，在我通电话想打听约格斯在雅典的下落后，他的这段讲述就像是一部电影一样在我的眼前过了一遍。如果是部电影，说真的，它可就太精彩了。是的，我的回忆就像一部电影一样在不断闪现，特别是当我回忆起他和我们在一起所经历的那一切的时候。不过，我们不清楚，他的讲述是否真的再现了当时的真实情况，或者又是他人为杜撰的呢？他所讲的到底有几分真实，几分虚假？这个具有诗人气质讲述者的口述又有几分可信呢？他是否又故意隐瞒了什么，或者由于年代久远而最终被遗忘在记忆深处了呢？不过，这段讲述毕竟是他自己的故事，能说的和不能说的也只有他自己最清楚。也许谎言、梦想和事实真相都充斥其间，交织在一起。不管怎样，那个晚上，他所说的就是我们最爱听、最相信的一切，借此我们想看到，他会怎样回忆并讲述自己过去所经历的那一切。总之，他所经历的以及我们所经历的一切都将写进我们的历史，也将永远铭刻在我们的记忆中。

就在那天晚上，我们还了解到另外一件事，不过，它的真实性却不容我们有半点怀疑，而且也不容有任何的回避。对于我们来说，他所讲的这件事同样也像是冥冥之中天命的安排。晚些时候，我们应该成为某些事情的见证人，而这些事情我们是必须要妥善处理好的，不必担心，等到将来的某个时候，一定会有一个坦白的机会将事情真相告之于人。就这样，像在剧组成员过去在舞台上不时经历的地震般惊恐的场面一样，这一次的我们又在经受着另一种心理考验。当时，我们只听见约格斯突然说道，他曾经爱过赛丽，而且所付出的爱也得到了相应的回报。他们的关系是严肃的。为了告知我们这段情感，他特地把我们这些男性好友喊到了一起，所以现在该是我们知道此事的时候了。他要和她结婚，然后一起去法国，在那里开始一段崭新的生活。说到这里，他异常激动，看上去，那种激动程度比刚才他梦想自己新生活的时候都还要激动，也许他再一次掉进自己编织的欣喜迷惘的罗网中，并期待我们能给予他情感上的支持，甚至想亲口从我们嘴里听到他一定会心想事成的话语来。此时，我看了看尼索，他同样也看了看我。通过我俩的眼神交流，我们已然明白，这种不可能的爱情必定会夭折，因为我们大伙儿之间可是再熟悉不过了。正是在这种莫逆患难中，我们才逐渐长大成人。这之中，我们学会了看清自己，也知晓自己究竟是何人，我们就这样知根知底。哪些情感决不可逾越哪些高墙，究竟要在哪里刹车，在谁面前刹车，又怎样刹车，这些我们都一清二楚。我们还知道，现实总是严厉且残酷，他就在我们的意识中，在我们有时说不清道不明的话语中，甚至在我们的沉默中。以纯洁爱情的名义，约格斯想与那姑娘携手前行，现实之中会有他要走的这条路吗？我真的没有勇气回答这个问题。就这样，尽管这位诗人拥有他很执拗且坚强的那一面，但他仍痴心不改，继续在编织着自己的梦想，也许他这种冒险精神是从他父母那里遗传来的吧。或者，或者他会相信，只有通过这样的梦想才能让自己执拗坚强的一面最终变得随和迁就。他说过，他要组建一个家庭，一个生死相依、不再分离的家庭。某种程度上，从他的这种期待中，我们能明白这句话的深刻含义，不过这其中，既没有令人惊讶的成分，也没让人觉得有什么突兀的成分。期待在遥远的地方有这样一个家庭会向自己招手，这样的诱惑，这样的欺骗，这样的幻想已屡屡出现，难道这一次他还嫌不够吗？可是，赛丽从他那儿又会期待到一种什么样的关系呢？她会对他说些什么，她又能对他说些什么呢？对于她来说，要是这场爱情就像每一次激情迸发时少不了会发生某些抗议之举的话，要是这场爱情也意味着死亡游戏的话，那这种抗议又会有多少令人信服的成分呢？随着时间的推移，这其中的答案自会水落石出，是啊，随着时间的推移，有些事人们能经历，或者根本就无法经历到。不管怎样，那天晚上的那张桌子旁，充盈着的全都是我们暖暖的爱意。这种爱意会激励我们怀揣青春的希望和欣喜翘首展望新生活，即使我们仍感到自己还很青涩和幼稚；这种爱意，只因为我们一直没能发现，而在此刻，我们已将它和自己都不愿承认的这份艳羡与妒忌一起带入我们崭新的生活之中。在这种情绪的感染下，约格斯给我们朗诵了他写给赛丽的爱情诗歌。那些诗歌，充满着悲伤，却也充满着希望。在听完这些诗歌朗诵后，我也懒得再去问这件事的具体细节了，因为现实原本的真相就隐含在那些诗歌中。在每一个韵脚中，我们仿佛都能感受到那些事实真相所发出的每一丝气息，而这些事实真相我们从未经历过，在它面前，我们一方面凄惶不定，惊恐战栗；另一方面，在感动震撼之余，我们又深深被其吸引陶醉，不能自拔。

打完电话后的那天早晨，我好长时间都沉浸在对往事的回忆中。这期间，我又想起我们故事中的另一幕，这一幕催促着我不得不再去回忆随后所发生的事。不知怎么地，那场爱情又是在梦境中宣告结束，更确切地说，它被无情的现实击得粉碎，剩下的只有最后的座座废墟和累累伤痕。就在事情变得越来越没出路、希望也变得越来越渺茫的那会儿，我和尼索想一起竭尽所能为她做些什么。原来，就在他们的关系公开后不久，女孩家里有了反应，当然，究竟是什么反应，这也完全可以预料得到：一个希腊人，出生于一个身份不明的家庭，而且还是个一文不名的穷光蛋！要是她家有这样的想法，那这场婚姻可就像一个人逆水行舟，难上加难啰。然而，对于赛丽为这场爱情所付出的努力，我们也不得不表示我们的敬佩之情，因为她在反抗她的家庭，至少在一开始的时候，她就竭尽全力拼死捍卫自己的爱情。这期间，她要么和家人翻脸，要么虐待自己，甚至还有自杀之举。她声称，这就是她所追求的人生。她要结婚，她要离家出走，只有家里接受她这个决定时，她才会重归家庭，回到父母身边。为此，我和她谈了好长时间关于她誓与家庭决裂这方面的事，包括由此产生的种种情感。当然，这是我们三个人之间的谈话，因为尼索当时也在场的。

人们没有必要再费尽心思猜想赛丽为这场爱情所承受的一切。总之，我们很喜欢约格斯，尤其是在他讲完自己的那些事情后，我们就更喜欢他了。我们想支持和帮助这两个可怜人。在这个世界上，对于年轻人来说，还有什么比爱情更神圣，更伟大的呢？然而很遗憾的是，我们也要明白，尽管我们已做了百般努力，但我们还是未能挽救这场至死不渝的爱情，因为后来的一切已向我们充分展示和证明了我们原来的猜想一点没错。在这场情感较量中，赛丽的父亲竟然放出这样的狠话：“要么没他，要么没我们！”这可是他最后的态度。看来，既没了妥协让步的余地，也没了宽容理解的余地。不过，这里的“我们”二字可有着多层含义。在这里，赛丽父亲究竟从哪个方面在看待人生，是从他自身出发，还是从他所敬畏的本民族传统出发呢？对此，每个人自然都会有自己不同的看法。赛丽很依恋家庭，她很固执，也很叛逆，尤其还很敏感。所以，从这些方面来看，人们很容易会想象得出，她会处在怎样的压力之下。当她最终做出这样的决定时，她又不能不考虑从遥远世代流传下来的那些传统价值观。在这场家庭危机中，她显得是那样的无能为力，那样的无依无助，那样的逆来顺受。可以预料，这场家庭风暴会带来怎样的灾难性后果，所以她家里的每个人都在尝试着，尽可能地修复各自内心里本已破碎的一切，而且也相信，如果存在着解决问题可能性的话，那么那个希腊人也一定会找到妥善解决这个问题的答案。就这样，他们做出决定，先彼此分开一段时间，这样以便能更好地再了解一下对方，也许有一天，他们还会重新走到一起，而且相信，他们这一生将会是最恩爱、最和谐的一生。这就像在熊熊火焰上撒上灰烬让它慢慢熄灭一样，是的，撒上些许灰烬，为的是别再见到自己渴望想见到的人，别再想那些柔肠寸断的事。他们知道，熊熊火焰熄灭之后剩下的也只有一堆灰烬而已。也许他们更担心，自己还要继续忍受熊熊火焰的炙烤。庆幸的是，他们最终还是没私订终身，许下永结百年之好的盟誓。

就这样，过了一段时间，赛丽决定，先找个借口，前往自己的犹太人国家——以色列的一所大学留学。为此，她还得到了一笔助学金。在当时的那个年代，出国潮又开始风靡盛行，所以，说服家庭让自己出国留学也不是什么难事。另外，这一次，她还怀揣希望，想着到那里去好好锻炼一下自己，同时也让自己放松解脱一下。至少这些都是她亲口告诉我们的。我们知道的还有，在她离开这里后，约格斯也在内心不断反省自己。就这样，我们也找不到什么圆满的问题解决方式，为了让她别离开这里，该做的我们都已做了。可是，我们还是未能如愿。

对于她做出的这个决定，其实她父母也是极不情愿地支持她的。他们肯定希望自己的女儿能留在身边，正如所期待的，最后能找个婆家，组建一个温馨的小家庭。要知道，赛丽是他们唯一的女儿，曾受过良好的教育，也正在为自己美好的未来做准备。还有更重要的是，为了这一天，她父母已将她的嫁妆都置办齐全，而且所挑选的乘龙快婿也很让人满意。可以说，这些优越条件为他们家带来了巨大的权力和声望。赛丽对此也很明白。不过，在那些日子里，她唯一能抗议的大概也就是自己将父母手中的这些权力夺过来再统统抛弃，并对这些物质诱惑投以鄙夷的眼神。还有，如果传统和历史是如此重要的话，如果"我们"二字对于她来说是个不可动摇、决不能背弃的人生价值观的话，那她也只有听天由命，最终屈从于父母的媒妁之言了。另外，要是她所去的那个国家对"我们"二字也顶礼膜拜、奉若神明的话，那她还真选对了地方，也终于迎合了父亲大人的意图。如抱着这样的心态，她清楚，她肯定在那里四处碰壁，遍体鳞伤，她的这一抉择真可谓用心良苦。对此，她父母也不好再说她所去的那个国家是"另一个"国家，那里的文化是"另一种"文化了。所以，在她生活的这个国度里，正因为有许许多多像她这样的人存在，历史传统才能在今天人人和平相处的基础上传承有序，发扬光大。

为了能多陪陪她，临别之际，我们安排了一顿晚餐，算是为她饯行。很可惜，约格斯没有到场，不过，我们也做好了他缺席的准备。眼下的他们将带着各自心灵的创伤各奔前程。因此，晚餐上，总弥漫着那么点悲伤的情绪。然而，晚餐结束辞别前赛丽的那番话却让我们无法忘记："我不清楚，我要去的那个地方，我最终会和谁一起经历怎样的事，但是我会这样活着，有一天我一定要让那些百般阻挠我不让我实现梦想的人懊悔不已。"

这番话语可让我惊骇不已。它让我悲伤，也让我有些妒忌，甚至羞愧。我为什么要隐藏自己的这种自卑心理呢？一方面，这句话听上去似乎是她要找某些人报仇,而那些人却是每每在她面前筑起高墙,让她无法击垮的可恨之人;另一方面,她似乎也在找自己复仇清算着什么。正是因为不屈从、不气馁的缘故,她才燃起了这把复仇之火,但最终的她很有可能会被这烈火灼伤,烧毁自己。是的,她就是这么个容易动怒的人,遇事爱激动,愤怒也一直挂在脸上。就这样,在我们缔结友谊的过程中,我慢慢对她有了深刻的了解。正如她言出必行的泼辣行事方式一样,她的决定也反映了她对生活的看法和态度,这一点让我感到很不安。不过,我对她要离开这里的嫉妒之心主要还是因为她有这样的勇气,竟敢只身一人到一个陌生的国家去打拼。这期间,我不断尝试着去说服她放弃这个决定。我对她说,在那里是很难觅到自己的那份幸福的,因为在另一个语言世界里与另一种不同文化的人打交道,想营造一种崭新的、有滋有味的生活,这本身就不是件容易的事;特别是还要放弃自己的祖国和这么多年的生活习性,那可就更不容易了。另外,她还要和那些一直在战争中不断为自己的生存而奋斗的人朝夕相处,而那些人个个都冷酷无情,只因为这一切都是战争逼迫的结果。反正,该说的我都说了。当然,那个时候,我自己也并不清楚,之所以会对这样一个心智健全的人发出这些呼吁和警告,其实就是因为自己内心的妒忌和恐惧在不断作祟。就这样,当时的各种情绪一下子涌上心头,我五内翻腾,困惑与迷惘交织在一起,心乱如麻的我不知说何是好。此时的赛丽已通过另一种口吻在讲述着她即将起程的事,听着听着,大家都纷纷为之动容,唏嘘不已。其实,此时的每个人都在内心深处不断反思着什么,是啊,人们每迈出一步,也即意味着他们漫长准备和漫长期待的告终。我们所感受的,所讲述的,或者无从谈起的,都将被我们砌进那道荒凉斑驳的历史残垣中。

约格斯已决定去法国定居,他也将在另一个国家寻觅另一种生活。

他为什么会做出这样的决定,这本身也很好理解。在经历这样的分手之后,谁还能忍受得了这种情感的摧残呢?尤其更不用解释的是,继续到那里的某个城市扎根,安家落户,这些也都是生活的严厉与残酷教会人的结果。殊不知,人挪活,树挪死,不妨远走高飞,挥手告别曾经的一切,抛舍万物的牵挂,静心独处,笑对人生,超然物外,这大抵也算是一种高妙的人生境界了吧。虽然约格斯的离去给我们带来许多内心的悲伤,但它也为我们奋斗的人生带来了希望。尽管心有疑虑,但这种希望还是促使我们更加相信未来,彼此更加紧密地团结在一起,至少当时的我在经历过很多事之后是这样认为的。

然而,在我们中间,还有这样的人也在天天想着要远走高飞的事,而且他内心也一直在做着这样的准备。就在赛丽离开我们两年后,尼索也决定永远地离开这里,前往以色列。实际上,那时候他已在一所技术大学完成了电气工程专业的学习,他随后找的那份新工作给他带来的也净是失望而已。不过,和赛丽相比,他所做的那个决定显然有更充足的理由,而且也更现实,这些至少在我看来是这样的。他出生于一个很贫寒的家庭。我记得在我们整个中小学上学期间,他们家都过着很拮据的生活,反正他每学期的学费都要拖好长时间才能补交齐。他父亲是某个犹太教民社区团体聘请的一名经师。虽然他在那里有这份工作,但却并不能挣得像样的薪水,也无法负担家庭必要的生活开支。

"在这里我是没什么前途的。"就在尼索的决定慢慢做出后的某一天,他对我这样说道。我明白他的意思。他想说的是,对他来说,他可不像我,因为我们家早就有一个商店在等着由我来接手打点了。他也想自己开一个商店,但却没有任何本钱。虽身为一名电气工程师,但在当时的情况下,他也几乎找不到工作。另外,当年在大学期间,他还被卷入一些政治活动中,甚至有天晚上在参加完一场游行后,在一条偏僻的街道上，他被一群法西斯流氓跟踪盯梢，结果被打得半死，而且还受到了死亡的威胁。对于他所经历的这些，我还能说什么呢？现在，我们剧团的最后一名演员也将离开这里了，我又失去了一位朋友。尽管我无限伤感，怅然若失，但我别无选择，唯有给予他支持和鼓励而已。坦白说，我的伤感不仅在于我失去了一位好友，还因为我知道，他是多么的喜爱这座城市啊。正如他自己所感受、所阐述的那样，他为它陶醉倾倒，对它情有独钟，他欣羡于它独特的魅力，并时时刻刻感受着它跳动的脉搏。从他的这番感悟中，我能体会到，他是个特别依恋故土的人，他的故乡情结应该说比我们所有人都要浓，都要深，因为他最懂得这座城市的情感，最喜欢回味它的历史。正因为如此，我不免有些担心，他也许很难从离乡背井的忧伤中走出来，而且他也知道，迈出这一步，他要下多大的决心和勇气，同时还要付出多大的代价，否则的话，对他事先早就安排好的这个计划，我又能作何解释呢？是的，他在尝试着，要按照这样的计划走下去，这一点我也看得明明白白。是啊，做出这样的人生规划，为的不就是使自己更坚信，那里会有一种更美好的生活在等着他去创造和实现吗？在那里，他还要学习语言，然后肯定还要再上哪里去找一份工作。另外，还有一个希望他要去追逐，他要充分发挥自己的音乐天赋，并以此为人生带来光明，这样，他的人生之路也许会变得更明亮宽敞。是的，他是个音乐人，他能弹得一手好吉他，他曾经说过的“也许我最终会扎根在那里的某个地方”这句话即是和此有关，那么，对于他来说，现在的这个“扎根”二字又有着哪些新含义呢？

大家都走了。也只剩下我一个人在独守着这座城市。我梦想着，某一天，我也要离开这座城市去远走高飞。那是我在伊斯坦布尔大学经济学专业学习的最后几天，我还有几门考试必须完成。在此之后，我是否还要继续深造，去哪里学习呢？是的，只要有可能，我还是想沿着这条路走下去。为追求另一种生活，赛丽和尼索怀着各自不同的渴望和期待去了以色列。内兹米是否已完成了他的政治学学业，我不得而知。我们就这样从各自的视野中消失了，也许将来的某一天我们都最终散落在不同的地方，各自经营自己的人生。同样，赛普内姆和约格斯也将在其他城市生活，并汇集到茫茫人海中。与自己国家相比，难道其他的国家就真的能给我们提供更好的生活吗？为什么我们中间的有些人就偏偏不相信我们这个国家呢？对此，每个人都有他自己合理的解释和回答。我也不例外，为回答这个问题，毕业之后我也许想去英格兰看看。不过，在那里我不会逗留很久。在我看来，一个城市哪怕再有阴暗面，一个生于斯、长于斯并受过教育的人也是万万不愿离开它的，这也许正在于他离不开自己母语的缘故。所以，伊斯坦布尔就是我的命运，这个命运，我将会承担到我人生的最后一息。不过，我知道，我个人的经济条件和剧团的其他成员也完全不一样，这里，我也不是有意强调它的，只是它对于我的这个决定太重要、太关键了，即使这个决定并不能保证我会如同人们想象的那样，在那里能生活安稳，自由开心。

那天早上，在我多年之后再次想寻找约格斯时，我不得不对有些回忆以及由此产生的情感再细细回味一次。也就是说，他后来也没能适应法国那边的生活，而且赛普内姆在那里也是如此。相反，赛丽却一直在伊兹密尔生活着。她打电话回来究竟说了些什么？这个问题的答案恐怕也只有等我当面见到她的时候才能搞清楚了。还有尼索为什么要去那里生活，还有他目前的下落，看来也要等我们见面才能知晓了。我倒要看看，我究竟能知晓些什么。我已经行走在了这条路上，并且正朝前迈进着。我知道，尽管记忆深处不断涌出的各种问题和鲜活画面会让自己有几分担忧和恐惧，但这绝不会让自己有半点退缩。

那一天就这样过去了。和这些年来一贯所经历的那样，这中间，我又经历了一次小小的时间之旅和心路历程。晚饭的时候，我和切拉谈了一点大戏演出的事，另外，还有白天所回忆到的那些事。此时此刻，这些又都在我的心里交织在一起。随后，等到十点左右的样子，我再次拨通了约格斯的电话。这一次，那边传来的是个男人的声音，而且还说着希腊话。很自然地，我立刻意识到说话人是谁了。于是，我先用土耳其语自报了姓名，很快我得到了对方的回答。

“你好啊，伊子！我一直在等你的电话呢。塞塔跟我说，你打电话给我了。”

他的话听起来如此温暖，如此亲切，以至于我的内心陡然有了某种渴望，是的，我要告诉我自己，接下来我们之间会有怎样的事发生；为追求我们的人生梦想，此刻的我已踏上了一条对我们来说都极为重要的人生之路。从他的声音中，我仿佛感觉到，现在的他已变得更成熟、更温顺了。从这种几乎没有一丝怒气的声音中我更能听出他是一个追求平和宁静生活的人。在我和他通话的时候，我自己在记忆中搜寻着他当年的那些神态表情，而且我一再想象着，他大概会有怎样的人生变化。所以，我脑海里在不断思索着，该如何说出第一句话来。此时的我唯一能想起的就是想问他，对于我打电话找他这件事他是否会感到很惊奇。也许这是一句毫无意义的问话吧，不管从哪方面讲，它都毫无意义，多此一举。面对此情此景，我该如何是好呢？说真的，那种不安感只会让我产生这样的想法。就在这时，又是一番温暖的话语传到了我耳边。

“不过，我真的吃惊不小，但无论如何我都很高兴呢。”

我告诉他，我也非常高兴，能重新听到他的声音。这会儿，我一直都感到自己还是很拘谨，就这样，我们沉默了一两秒钟。很有可能，我俩都在竭力尝试着，从我们的记忆和灵魂深处重新唤回当年那一幅幅人生画面。紧接着他抛过来一个问题。这个问题是在类似场合下大多数人都会提出的问题，甚至可以说是个避不开肯定要问的问题。

“你是怎么找到我的啊?”

我很高兴地告诉他，是内兹米帮我，所以我才找到他的。至于怎么和内兹米见的面，以及他经历了哪些事，电话里我也不可能将这些一一道明，因为这样的讲述可要花很长时间。一提起内兹米，尽管眼前的我们相隔甚远，但他还是很关切地问起我来：

“哎呀，内兹米啊，他现在在干什么?”

乍听上去，他的话语中仿佛隐含着某种疼痛感，看来，这是一种因遥远距离引发的无奈之情后他内心所隐含的疼痛感。然而，说出我最关心的事，这真的好难好难，也根本无法启口。我该从哪里开始呢？又该在哪里收住话题呢？当然，这一刻能想到什么就干脆直接说好了。

“噢，他很好的。我们也很多年没联系了，不过现在我们俩几乎天天都在一起。他曾有过一段很不幸的经历。不过，他现在在当导游。他长胖了，大腹便便的，而且头发也掉得差不多了。”

听到这些，约格斯轻笑了一声，然后便是一阵沉默。很快，他又问道：

“哎呀，这个内兹米，我的好朋友啊。什么？你们见面了？好啊，好啊……你现在又在干什么呢?”

尽管他的声音听上去很温暖，很温和，但我还是能感受到光阴岁月和我们各自不同的人生经历所带给我的那种疏远感，也许他真的早已与他在这里所做的一切远远告别了，这其中的原因，从他欲言又止的话语中不难推测，要么是因为他目前的处境状况，要么就是因为他还没能从刚才惊喜的心情中完全平复下来。所以这一次，我也来个三言两语，不想多费口舌。

“哎呀，你说什么？其实我也没什么好说的。我从父亲手里接过了商店生意，也结了婚，有两个孩子。目前，儿子在上大学，女儿正在为高中毕业考试做准备。你知道，我喜欢摄影，照的照片很多，相册里也存了很多。你知道，我还喜欢到处溜达的，所以也跑了不少地方。除此之外，像我这种人还能怎样呢，就这样活着呗。”

我到底说了些什么啊！说是三言两语，结果还是啰嗦了一通。不过，啰嗦归啰嗦，但重要的是，说话的这一刻，我脑子里毕竟还想到了我生活的各个方面。也许，它们正是我人生最重要的组成部分，对于这些我可是紧紧抓附，不愿丢弃的，而且我也一直将它们视为我人生的最终归属。也许，我只是无伤大雅、轻描淡写地讲了些我能说的人生琐事，为的是让自己在这一刻别打开情感宣泄的闸门，让自己的情绪泛滥出来。是啊，我们就这样活在这个世上，无论身在何处，我们都舍不得丢弃我们的人生经历，也紧紧维护着我们的思想情感。

然而，他接下来的讲述突然又将我们的情感交流大大往前推进了一步。现在，我听到的是一个老朋友的话语，这种话语中已不再包含抱怨之词，更多的却像是他在享受着自己的那份宁静与祥和。此时此刻，他的声音听上去显得更温和，更恬静了。

“就像我们所有的人一样，亲爱的伊子，就像我们所有的人一样……我也结婚了。在法国待了六年后我来到了这里。我找了个希腊人，她是个很好的女人。跟你一样，我也有两个孩子，不过他们都比你家的要小，我结婚晚，生他们也晚。一切就是这样，还能有什么别的呢。有时候我会跟他们讲一些伊斯坦布尔的事，我会讲费里克伊①，库尔图鲁斯，还有鱼市，金枪鱼冷冻厂，当然还有安康医院和我们学校的故事。他们听得可认真了，就像是我在给他们讲童话故事一般。他们都不会土耳其语，

---

① 费里克伊（Feriköy），伊斯坦布尔市西斯丽城区内的一个商业区。

在家里，我们只能跟他们说希腊语和法语。我夫人能讲一口流利的法语，我是在马赛认识她的，我们就这样一起迁居至此。这就是我的大致情况。”

他想通过这番话来说明，他已战胜了过去的那些痛楚，并将其抛到了九霄云外吗？或许他是不是将他的某些情感刻意隐藏在这番话里，等着我去理解和揣摩呢？这一刻，我确信这些可能性都存在，并且确信无疑。能如此确信，只因爱的缘故。是这种大爱将我们紧紧维系在一起，虽然我们经历了不同的人生坎坷，包括那些人为地将我们拆散的驱赶与放逐。是不是他那番话不但没遮掩住他内心深处的那些痛楚，反而却更清楚地表明了它们的存在，且仍不时发作呢？说句心里话，那一刻，我也根本没想对他那番话的真假做一个甄别。不过，既然他说了这些，我可不能没表示，于是我尽我所能地迎合着他。

“是啊，这就是我们所经历过的生活，约格斯。”

在他听来，我的这句话是不是很含蓄，且意味深长呢？它能完全表达我的内心情感吗？这些我不得而知。反正，他想继续说下去的那种欲望说明了他可能还有什么事要说。就像和内兹米在一起时那样，我一点都不怀疑，即使阔别这么多年，我也能轻松找回我俩当年的友谊。

“是啊，是啊，亲爱的伊子，你说的一点不错。在这里，我一直做着地毯生意。我也进土耳其地毯。另外，我还在忙些戏剧方面的事，自己写一些剧本，还兼当舞台导演……”

这番话要是在电话交谈刚开始的那会儿说出来该多好啊！这一刻，我本想告诉他，内兹米曾见过他。而且我们可真的要感谢当时只有在小说和电影里才会出现的那种不可思议的见面场景呢，我们终于找到了他的下落。可是，不知怎么地，我还是打消了这个念头，反正将来的某一天我会告诉他这些的，这件事暂且还是先妥善地保存在我嘴里吧。随后，我鼓足勇气,又向前迈进了一步。

“你离开这里后就没再回过伊斯坦布尔吗?”

他没有立刻回答我。从他的这番沉默中我能领悟出其中的很多意思来。这一刻,似乎沉默了很长时间,最终,还是他开了口。随后。我所听到的这番话也让我消除了不少疑虑。

“还没呢。多少年我都没回去过了。其实从我离开那里后就一直没再回去过。有时候我也想过,要是再回到那里,我可真受不了呢。伊兹密尔我倒是去过一两次。因为生意上的事我去过屈塔雅①。另外,还去安塔尔雅②度了一次假。不过伊斯坦布尔……伊斯坦布尔完全是另外一回事了,这我该怎么说好呢?”

我没想到,我们俩会谈到这个话题。他说的这些涉及很多方面,包括里面的各种事情,甚至各种情感。要是换个时间,换个场合,对此我恐怕还会提出更多的问题来,我相信,他的回答中也一定有着许多诱惑力,许多成见,许多怀疑,许多忧伤,许多异议。身处异国的他对伊斯坦布尔会有怎样的看法呢?他为什么要跟他的孩子讲这些呢?对此肯定会有许许多多不同的答案。不过,此时的我所要关心的倒是自己能否多鼓足点勇气,因为我要试着去打开一扇大门,我不知道等待我的又会是怎样的结果。

“也许你现在可以回来一次的,所以我这就打电话给你了。”

接下来,又是一阵短暂的沉默。这之后,他回答了我,而且话语中仍充满着朋友般温馨的、颇让人感到信任的语气。

“你直说吧,我听着呢。”

---

① 屈塔雅(Kütahya),土耳其屈塔雅省首府,位于小亚细亚半岛西部,约有20万居民。

② 安塔尔雅(Antalya),位于小亚细亚半岛南部,是土耳其地中海沿岸最大的城市,约有200万居民。

会不会这番话是某个深藏不露，且另有企图的人所说的话呢？此时的我已没有必要再瞻前顾后，思来想去了。就这样，我尝试着要和他谈谈自己的那个梦想。是啊，正因为这个梦想的缘故，我才出现在他的面前。

“你听好了，伙计！你还记得当年‘伊斯坦布尔就是我的生命’那场大戏吧？”

他没有立刻反应过来，这可是没预料到的。紧接着我又说了下去。

“你一定要来的，约格斯。我想把剧团成员再召集到一起。我想把那台戏再搬上舞台。就像从前那样，而且每个人都要到场。我不知道，大家是否都能来，但我会尽力把大家都召集到一起的。当我听到你是这样的一个戏剧专家后，我真是太高兴，太高兴了啊。”

说到这里，我停了下来。这一次，我一定要得到一个确切的答复。他也没让我多等待。他的声音听上去仍还是那么温暖，但似乎给我有点迟疑的感觉。

“你想的这些确实不错。还是原班人马，对吧？”

紧接着又是一阵寂静。对于当年的那场大戏，此刻的他还能记得哪些声音，哪些场景呢？他还能回忆起那些细节吗？他还愿意回忆那一切吗？直至这一刻，我始终有一种印象，感觉他在整个交谈过程中不知何故似乎一直保持着某种笑意，要是果真如此的话，现在的他还会保持着那种笑意吗？要是他有的话，那他又是在笑谁，或者又因为什么而笑呢？对于这些问题，电话这边的我一时还真找不到答案。就在这时，他又开口了。此时他的声音听上去就像是一个拥有很多阅历的人所发出的声音一般，是的，一个饱经沧桑，深谙世故的人所发出的声音。我自己也不懂，我为什么老是纠缠于他这般解释呢？也许我只是想听到自己想听到的一切，谁知道呢？

"唉,此时我也有点拿不定主意啊。伊斯坦布尔,原来的那帮人马,听到这些真让人激动啊。"

现在的我已慢慢感到好像可以进入正题了,至少我是这样的感觉。是不是我自己苦苦等待的机会正悄悄来临,或者又不是呢?毫无疑问,时间将再次带来令我信服的答案,或者,看上去它会如此。然而,我还是不敢有任何奢望,一切看上去就好像我不顾他的感受突然要闯入他的生活里一样。这一刻,我心里感到很没底,甚至还有那么一丝悔意。然而,我不能被这种情感左右,无论如何都不可以,否则的话我将无法沿着自己设计好的路线抵达终点。就这样,我尝试着将他,同时也将我自己一同带到那场大戏的情绪中。

"你先别急着答复我。是的,内兹米已做好了准备,他也很激动。他觉得,我们的生命又将会注入一股新的活力。我内心的声音告诉我,我们也会找到尼索的。他已移居到以色列去了。我还没找到他,不过,我会找到他的,肯定会的,我敢保证。"

他一直在听着,也没有应我的话。这一刻,我觉得,尼索去了哪里,他为什么要走,或者他能否再回来,这些对他来说都已不重要了。也许过些日子这些对他来说又变得很重要了。反正要是他能迈出那一步的话,这些对他来说肯定是至为重要的。然而,这一刻还需要再来点别的什么话题。不用问,我心里清楚,这个话题该引向哪里。在一番沉默和耐心倾听之后,他提出的问题对于我俩说都是个必须要回答的问题。

"还有那两个女孩子呢!你听到她们的消息没?"

我想先说说赛普内姆。就这样,我简单叙述了一下她的情况。听完后,他伤怀不已。随后,他这番深情话语不可能不让我感到他内心里的激动情感。

"唉,我的小赛普内姆啊。她可是我们剧团里的台柱子啊。"

他说的一点没错。她是我们戏团中的主角，无论从哪方面讲都是我们不可或缺的伙伴。于是，我说出了我内心最想要说出的话语，并对此深信不疑。

“我们可不能放弃希望啊。当年的我们不正是这样才战胜了一切困难，将戏剧成功上演吗，约格斯？到时候，也许你也可以帮帮她，你说呢？”

说完这些，我沉默了，而且我们俩都没再说语。后面的话我已无法继续再说下去了，只因眼前即将要来临的充满魔力的一刻。然而，我还是没让他多等待又说了下去。

“还有赛丽，她应该在伊兹密尔。这也是我从妻子切拉那里了解到的。”

他又是一番沉默，也没提任何问题。也许他没有任何勇气提出，或者觉得没有必要。然而，对于我这番话，他随后还是表达了自己的情感。从他的情感中，是不是可以窥探到他有某种躲避的想法呢？很有可能。我很清楚他拥有怎样的情感，而且，他想告诉我的，也都是发自内心的话语。这些真心话是那么简单朴实，却又是那么纯洁高深。

“我们个个都身似九秋之蓬，散落在各地。你随便看看吧，哪个不是这样呢？”

我不怀疑，此刻的我俩都在共同分担着同样的痛苦。也许，再向他提个问题可以消除我俩内心的某些不安。

“确实如此。你现在还有什么想说的吗？”

从他接下来的话语中我再次听出了他的某种无助。紧接着，我面前的他果真显得很是无奈。

“我也不知道该如何是好，反正脑子里乱糟糟的。我必须得好好考虑一下。”

对于他这番话，看来我只能说一点了，是的，仅此一点而已。我想从我们一同经历的那些往事所证明的正确性入手，让他重拾信心，当然，也包括我自己。

“当然，你好好考虑一下再说吧。不过，这场大戏你可一定要到场啊，约格斯。你一定要来的，你听到我所说的了吗？如果你愿意的话。我们就通过电子邮件联系吧，这样我们可以更好地讨论交流某些问题。”

这一次，我明显感受到了他脸上所漾出的笑意，而且从他的话语中，我还感受到某种孩子般的尴尬表达，这种尴尬为他的微笑增添了一种特别的色彩。

“我很少写电子邮件。我不喜欢这样做，而且也一直不习惯用它。”

不知怎么地，这一刻，我突然间更喜欢他了。要知道，我对书面的思想交流是如此着迷，以至于自己不经意间有了另一个主意。

“好的，没关系。那我们就用老方式互通书信吧。这对我俩来说也更方便些，反正我们有时间的。”

我们真的有很多时间吗？对此，这一刻的我也没多想，不知怎么地这句话就从嘴里冒了出来。为什么会这样，这已不重要。反正话一出口，就没了收回的余地。而且，他的这番话又让我重新燃起了希望。

“你看，这样也行嘛。我会给你写信的，我会跟你讲自己所经历的事的。这期间我也会再考虑的。”

听完这些，我告诉他，我会迫不及待地等他来信的，而且我也给了他我的通信地址。当然，我也可以给他去信，因为我们至少在重要的一点上已理解得很好，那就是希望之门仍敞开着，也许我可以从已开启的门缝中挤过去，我必须要迈过那道槛。对于我来说，今晚该谈的都谈了，我要让他知道今晚的话题可以先到此为止。

“如果我们定好了的话，那我们就挂电话吧。我会再打给你的，当然你也可以打给我的。”

他告诉我,他会随时给我打电话的,所以我相信,他也能感受到,我们之间的沟通桥梁已正式架起。他随后记下了我的电话号码。在挂电话之前,他还问了一个问题,这也许是他最迫切想要问的问题。和他一样,这个问题内兹米也曾问过。我一时也搞不清,他提这个问题是出于他的某种恐惧呢,还是出于我们温暖的兄弟情谊。

“伊子,你为什么要做这件事啊?”

我当然知道这个问题的答案,只不过我不方便现在在电话中告诉他,而且我也不能这样做。然而我们之间的这种关系却在不断地催促着我,让我考虑用什么一种方式将它表达出来。我最好还是这样告诉他,就说不知什么东西阻在喉咙里,让自己一时无法说出来。不过,我还是要相信自己最终所说的这番话:

“如果我俩单独见面的话,我会告诉你这些的。也许在你来之前,我就已经飞到雅典去见你,约格斯。让我俩坐在一起花时间好好掏掏心窝子。到时候可就我们两个人啰,懂吗?你要知道,我之所以这样做,这可是有一个很重要原因的。现在……”

他没有表示反对。我敢肯定,他已听懂了他还得再等等的意思。看来,他真的学会了如何在耐心中一步步接近希望和成功。他的回答不仅显示了他的那种睿智,而且也表明了经验就是他年龄的代名词。我话音未落,他就接过了我的话。

“好的,就这样说定了,我们要好好聊聊。毕竟我们俩都还没翘辫子嘛!”

我们俩还没翘辫子?这样的话听起来真是含义深刻啊。说者无意,听者有心,他所说的这些我可是再明白不过的了。不过,我可得要承受这句话的分量。要是在平时,我还真把持不住呢。万般无奈之下,我必须得控制好自己的情感，而且从一开始我就一直在这样把控着自己。

“谢谢了！能再次和你说话，真是太好了。我现在就在开始期盼着这一天了。”

我知道，自己所说的这番话都是平时在窘境中常说的那些客套话，但不管如何，我的情感就是这般千真万确，可以说没有一丝虚假的成分。我真的想马上见到他，因为他也是我那场大戏、当然也是我漫长人生大戏中不可或缺的重要“演员”。是的，我们还活着，我们还没到死亡的那一天。放下听筒后，我仍感觉到自己内心深处的那股暖流在不断翻腾。我知道，他会很快写一封长信给我。之所以有这样的感觉，是因为我们业已存在的多年友谊，这种友谊的痕迹是任何人也揩拭不掉，涂抹不去的，是的，任何人也休想如此，只要我们还一息尚存。这种感觉是我们生命的一部分，我们真真正正、完完全全生命的一部分。同时，对这种感觉的信任同样也构成了我们生命的一部分，而且它同时也教会我们，作为人，就应该这样彼此信任，友好相处。

有些书信就是对人生憾事的倾诉表白

相信自己情感的人就能比相信自己理智的人更清楚地看待问题吗?对这个问题我一直都不能给出一个满意的答案。我只知道,不管我的理智要我去做什么,还是不做什么,反正我的情感生活看上去正变得越来越有意义,也越来越真实。当自己尝试着要把自己的故事继续演绎下去的时候,强调自己本质的一面就变得尤为重要,也对我越来越有帮助了。所以,我一直都相信由此产生的各种可能性,并怀有诸多希望。一周以后,当我发现信箱里有一封厚厚的信件时,我应当明白,我的希望是不会平白无故就这样到来的。信封上盖着的是一个从雅典寄出的邮戳。长长的书信上,一眼便能看出那些书写工整、很容易辨认的手写笔迹。此时的这封书信又将我唤回到我们另一段人生故事中,而这段人生故事,又是何等的遥远啊。记得那是一个晚上,当时的我就在家里。仔细阅读间，那一行行文字正将我一步步带回到那段难忘的人生岁月里。

亲爱的伊子：

我们的这次交谈又将我带回到过去的那段岁月里。通话之后，我让自己好好坐了下来，并独自开始了长时间的思考。应该说，我和伊斯坦布尔早就没了联系，之所以如此，我也是有意而为之的。这其中的原因我想你慢慢会明白的，否则的话，我也不会到另一个地方去寻求我的另一种生活。我说的这些你明白吗？我觉得，自己还算成功。然而，和你交谈后，我很清楚，自己不知怎么地又变得很迷惘，感觉一时没了主意。我终于发现，多少年来，自己一直都沉醉在某个谎言世界里。说真的，伊斯坦布尔就像梦一般，会时常不断地出现在我的梦境里，她令我魂萦梦绕，心驰神往。谁知道，我曾经挥手作别的她这么多年来会有怎样的变化。要是我再次出现在那里的话，我不知道，自己是否会觉得自己完全就是个陌生客呢？身为一个地地道道的陌生客，你会对此有何看法呢？说实话，我也一直没做出这样的决定，之所以如此，主要还是基于自己会遇到怎样的情感侵袭的考虑。要是我过去的话，我身上揣着的可是本希腊护照。到时候，那些边检人员肯定会像对待一个异乡人一样对待我，入境盖章的时候，他们也不知道，我本为何人，而且恐怕连瞅都不瞅我一眼。然而，我可是要好好端详一番他们的，我肯定要为自己做一番辩解："各位老乡，你们好啊！你们看，我这又回来了。"怎么说好呢，只因为我曾将自己生命的一部分遗弃在那里，也许永远地遗弃在了那里。你知道，有多少我们土耳其老乡还一直生活在这里？只因为当年他们是希腊籍身份，所以就被赶出自己脚下的那片热土。而来到希腊这边后，他们又被当作土耳其人看待，并一直过着这样寄身的日子。这里,希腊人曾拍过一部电影,希望你有时间能看看。反正看它的时候,我的灵魂一直在受着强烈的震撼。特别是有一个场景,我永远都不会忘记。我忍不住哭了,而且哭得很伤心。影片中,一个警察走进一户人家,他正式通知他们,叫他们离开此地。那场景就跟我们当年所经历的一模一样。所以,这种场景对我来说一点也不陌生。随后,那位警察对着那个父亲耳语了几句。观众会猜测,那个警察是否是那位父亲的一个熟人。可是,人们又听不到他们在说些什么。不过,也有观众会觉得,那家伙也许想勒索钱财,中饱私囊。只见那警察思索了几秒钟,然后面带忧伤,开口对他们说,自己不能接受他们的贿金,无论如何他们都得离开这里。悲剧还不止这一幕,那位父亲是个希腊人,而他夫人却是个鲁姆人,也就是世代居住在土耳其的希腊后裔。这意味着,他夫人可以留在土耳其,不必离开。可是,这个家庭就应当这样四分五裂吗?她最后当然别无选择,也只有像当年的我们一样,收拾行囊,随全家告别故土。就这样,她如同我们这里的许多土耳其女性一样,成了一个异乡人。

那个警察到底对那位父亲嘀咕了些什么,电影后面是有交代的。就这样,很多年后,人们都渐渐老去。只有那个跟着家庭一起迁居他乡的主人公小伙子在慢慢长大,他变成一个成熟的中年男人。他是个著名的天体物理学家,同时也是个烹饪好手。他在准备着自己的伊斯坦布尔回乡之旅。之所以回伊斯坦布尔,是因为一方面他想看看躺在病床上的外祖父最后一眼,另一方面,他也想重新寻觅他业已失去且无法忘怀的人生初恋。临行之际,父亲提醒他不妨再回忆一下多年前家里曾发生的那些事,并告诉他:“伊斯坦布尔可是这个这个世界上最美的城市。当年的那个晚上,那个警察曾偷偷告诉过我,说我可以不走,但前提是我必须成为一名伊斯兰教徒。我想了几秒钟。现在,我真的为那几秒钟感到后悔啊。”看到这个场景时,我不禁哭了起来,而且还大哭了一场。谁知道,我为什么会如此号啕大哭呢。唉,那一幕真让我感动不已。我不断地问自己,为什么这一切灾难都偏偏降临到我们头顶上了呢?历史的长河滚滚向前,昼夜不舍,它的洪流有时却是如此的汹涌残酷。然而,人生却又是如此短暂,譬如朝露。在别人眼里,有些人的生命必须被无谓地消耗掉,尤其是像我们这些说希腊人不是希腊人、说土耳其人也不是土耳其人,还有你们这些说土耳其人不是土耳其人、说犹太人也不是犹太人的倒霉之辈。随着时间的流逝,我们这些人在那些反动的家伙们眼里就应该被彻底清除和遗忘掉,我说的可不是这样吗?我们究竟在历史的长河中行进了多远,你们的民众,还有我们的民众又有谁能说清楚呢?只要那些自认为自身生存受到威胁的不安定分子为谋杀找到合理的借口,甚至将其视为自己的合法行为,那么,戕害与杀戮在这个地球上就会随时随地存在。面对历史,你不妨看看当今这个时代还有多少残暴之事,那你就会明白这句话的含义,而且有时候我也会不断提醒着自己。是啊,那些自私自利的家伙们只在意他们自己的生命,认为自己的生命比谁的都重要,他们从来都漠视别人的生命,视别人的生命如草芥。其结果,他们自己的生命也会有种种不幸,这些不幸往往被视为一种更痛苦的人生经历,最终不得不面对和忍受。

好的,我啰嗦了很多。不管怎样,每想到这些,我就不能自已。于是,我援笔在手,我要告诉自己,我要重评历史,就像电视里或报纸上的那些关注时事的大人物们一样,哪怕他们所做的评判很仓促,甚至有失公允。至少,我的历史就是我亲身经历的历史,对此我也曾付出过昂贵的代价。只要涉及与此有关的问题,我都要指点江山,一抒胸臆,尽管自己知道,人们不愿谈论和回忆,甚至有意回避和忘却当年我们所经历的那些事。终于,你打来了电话,同时也深深地唤醒了我。我们倒要看看,还有哪些事需要我们继续回忆和挖掘。

还有想跟你说的是,我不再像以前那样易怒易躁了,相反,当我静下心来认真思考的时候,我能得到一种更清楚的答案:我是多么渴望能回到那里啊。越是思念,我就觉得,我愈发地喜爱伊斯坦布尔。这种感觉真的就是这样奇怪。也许从真正意义上来说,我思念的是我的青春年华,我的孩提时代。当然这本来也是件很正常的事,因为每个有思维能力的人都能说出我这样的话来。要是某个人最后能成功地离开某个地方,他一定会很容易忘记自己经历的那些不快之事,而且还可以忍受这一切。反正不管我们承认与否,我们都会有变老的那一天。一切恍然如昨,我还能清楚记得我四十年人生中那些已离我远去的日子。你再看看,眨眼间我们已五十好几了。这些都没关系,也无所谓,因为我们已经历过那些美好的一切,对于这些,我们是可以自豪地这样说的。谁知道,我们还能看到和经历怎样的人生呢。你看看,就拿这次交谈的事情来说吧,我怎会料到你能打电话来,并再次唤醒我内心深处的那些回忆呢?正因为自己也经常会想到那里的一切,并且向孩子们讲述那些事,所以我每次都觉得自己已然释怀,将那里的事都一一淡忘了。我能讲述它完全是另外一回事,不过,现在不再重提这个话题也更为适宜。反正我相信,你应该明白这一切。我想,要是自己老提“那里”、“那里”的话,那又该是多么的荒诞不经啊。谁要是听到我说的话,他一定会相信,我正在说一个相聚好几千公里的两大洲之间很遥远的事,其实，这两地之间也不过是个把多小时的飞行距离。然而，这种疼痛也许就在于这段距离，因为在这个短距离范围的狭小空间内，居然还有这种四分五裂和冷漠疏远的现象存在，甚至于生活在一个小小的国家里人们也相互倾轧，弱肉强食。为什么会这样呢，也许是因为人们之间的关系太过于亲近了吧，对此你又有怎样的看法？

好的，该说的我都说了，现在的我已如释重负。要是你对我的这些啰嗦话不感到无聊，并坚持读完它的话，你一定会了解到，我们当年分别后的这段岁月里我都发生了什么，因为我觉得，我终于可以把这些事倾吐出来了。我不知道，我的话题最终会在哪里结束，但我会力尽所能，讲出我该讲的一切。是啊，处在这种情况下的人往往会不自觉变得忧郁消沉，因为他已回到了过去岁月。其实我们这里早已开始了讲述。但无论如何，我不会吞吞吐吐，半途而废的。

你大概还记得，当初我离开伊斯坦布尔时，我自己是怎样的感受吧？我原本就不想在那里长期待下去，所以，我没再和大伙儿联系，就离开了那里。我在法国格勒诺布尔大学申请到一个学习名额。就这样，我告诉自己，还是去吧，一切不妨都顺其自然。我不知道，你是否还记得，我当时是有意要去那所大学学习经济学的。但在那里，我只待了一年，因为我发现，我对经济学根本就不感兴趣，而且我还要在学习期间去打工挣钱，养活自己。巴黎我不想去，因为有那么多人挤在那个城市，这会给我带来一种可怕的压迫感。在听取了一些朋友的建议后，我去了马赛，并在马赛大学注册了学籍，开始主修艺术史专业，因为我想，学这个专业可以很好地兼顾到我的学习和工作时间，让两者都不冲突。我很幸运，我最终在一个突尼斯老商人开的地毯店里找到了一份工作。这位塔哈尔先生信奉伊斯兰苏菲神秘教①,是一个非常善良和蔼的人。甚至在某些方面,他跟我们都还有些相像的,我说的这些你应该是很明白的。他年轻的时候就和妻子分手了,后来也没再成家,他决定就这样一个人过下去。可以说,我从他身上学到了很多东西,既有职业方面的,也有生活方面的各种经验。我同样要感谢他的,就是随着时间的流逝,我的脾气变好了很多,这话可千真万确,一点不假。就这样,几年过去了,有一天,我终于完成了学业,尽管自己晚毕业了些。那个时候,我和我现在的夫人已结了婚。她也是个希腊人,而且也是去那里留学的。我们走到一起纯粹是双方相互吸引的原因,说这些你肯定很懂的!那时候,我第一次感觉到一个人到外面去闯世界、闯生活的好处,我不必告诉任何人我想结婚,也不必叫任何人同意表态,我到哪都是一个人。在随后的时间里,我开始不自觉地将塔哈尔先生视为父亲,他也以各种方式全力支持着我们的爱情。我爱我的妻子,正如我所说的,我在努力工作,勉强维持着我俩的生计。然而,有一天,妻子告诉我,她不想在法国继续生活下去,因为她家人,还有她的故乡都在召唤着她,叫她回去。坦率地说,就是我本人也一直未适应那里的生活,尽管自己在那里待了很多年。是啊,真实的生活可不像中学时代老师向我们描绘的那样,而真正的语言也不像老师在课堂上教我们的那样。于是,我不时坐下来认真思考,慢慢地我觉得最终去雅典也不失为一个诱人的好主意。在那里,我语言上应该说不是什么大问题,要不了多久,自己就会适应那里的环境的。就在此时,我也有了一个正式的职业。妻子告诉我,到雅典后,

① 苏菲神秘教(Sufi)是伊斯兰教内部一个非主流教派,"苏菲"原意是指"穿羊毛长袍子的人"。该教派主张人应放弃物质追求,通过禁欲苦修、克己忍让和行善济人等自我修炼和内心净化形式,以进入自我消解和非在的境界,最终实现自身与造物主的合一。

我们可以在她父亲的帮助下找个好市口开个小地毯店。我把这个想法告诉了塔哈尔先生。我知道,听到这些,他一定会很难过的,可是我哪会想到,这件事却彻底改变了他的人生。一天早上,他对我说,他坚信,对于我自己的未来我做出了一个很正确的选择。不过,要是我走了,他也不想一个人在那里生活下去了。经过几天的深思熟虑,他也做出了一个决定,他要关掉店面,卖掉房子,然后带着自己所赚不多的钱财回到突尼斯故乡去。这个年龄,也该是他和自己多年未见、现在还健在的老朋友一起追忆过去、畅叙人生的享乐年龄了。而且他还告诉我,店里那些地毯我可以直接拿到希腊去,这些就权当是我开店的启动资金了,这些就是他能给我的一切,仅此而已。对此,我还能说什么是好呢?事实上,他不知给予我多少情谊和关怀,又岂止是这些地毯而已,他所做的一切就像是一个真正父亲的所作所为。他早就教育我,要我从不同的视角观察和品味人生;他还教育我,贪婪最终会招致毁灭,只有用爱心善待一切才能让自己生活得更幸福、更美好。听完这番话,我们紧紧地拥抱在了一起。也许我做得还算成功,成为他所中意的儿子,这也算是上天给他的一个恩赐吧。我们就是这样的一对父子。当然,在变卖房屋和收拾行李等具体事情上,我都悉数帮忙。真的,要是他愿意的话,我真想陪他一同起程,把他送回到突尼斯故乡去。然而,他还是坚持一个人踏上回乡之旅,正如他当年只身离家时一样。你能够想象得到,人生分别的那一刻是多么的不容易啊。他知道,自己的人生已所剩无几,然而这一生他却是非常幸福,非常快乐的。他告诉我,回去后,他会和他日夜思念的妻子重新生活在一起,但唯一的问题是,他已经垂垂老矣,来日无多,可他的妻子还是那么年轻,那么漂亮呢。面对这样的现实,他的妻子还会一如既往地喜欢他、接受他吗?

对此，他有着很深的顾虑。万一不尽如人意的话，他也许会将他的生活当作一部小说来阅读咀嚼，既带着幽默开朗的神情，又带着畅快的诗情雅兴。也许，这样乐天豁达的性格可以让他在他要去的那个地方再多活几年。在我迁居雅典后，我曾去他家乡看望过他两次。记得最后一次去看望他的时候，他手里正捧着一本厚厚的诗集。他告诉我，这本诗集是他从自己一个朋友那里获赠来的。那里面写着的都是阿拉伯文。我问他，是谁写的这本诗集。他笑着对我说："这是梅夫拉纳伟大而不朽的长篇叙事诗①，也是我人生所读的最后一本书。"对于这件事，我印象太深刻了，同时又感到有点羞愧，因为我自诩为诗人，却对这本诗集一无所知。这也算是他给我的遗赠物，因为从此之后我们就再没见过面，而且几个月后传来噩耗，他已离开了人世。生前的他毕竟还有些朋友，弥留之际，他嘱托他们，应该让哪些人知道自己离世的唁讯。得知唁讯后，我也前去奔丧，并参加了他的葬礼。下葬的时候，仅有几个他生前最要好、最贴心的人在场，就像我一样。当棺材被放落到墓穴里的时候，我确信，他已被上帝阿拉引入到天堂中最美的一个地方。你看看，此时的我又禁不住动起诗兴了！很抱歉，我一下子唠嗦了这么多。但不管怎样，我就是想多说说这个人，否则的话，我会觉得，自己的讲述无论如何都算不上完美。

---

① 梅夫拉纳(Mevlana)，又名鲁米(Dschalal ad-Din Muhammad Rumi, 1207—1273)，波斯中世纪著名诗人，伊斯兰教神秘主义者。他出生于今天阿富汗境内的巴尔奇(Balch)，死于今天土耳其境内的孔亚(Konya)。其主要文学成就为波斯语双韵体长篇叙事诗(Mesnevi)的创作，代表作为他人生最后十三年创作的呕心沥血之作——长篇叙事诗集《玛斯纳维》(Masnawie Manawi)，共六卷，五万一千余行。诗集取材广泛，内容丰富，以寓言、传奇和故事等形式表达了伊斯兰教苏非神秘教派的哲学和宗教思想，因而被誉为"知识的海洋"和"波斯语版的《古兰经》"。

现在，让我们把话题再回到我这里的生活上来。就这样，我们离开法国，在希腊开始了新生活。是的，我们告别了过去，又翻开了人生新的一页。我们的生意做得还不错，而且我相信，我们的生意也应该做得可以。另外，生活也教会了我，人可千万不能死守在一个地方。我曾告诉自己，要是这里不顺利的话，一定还有其他地方会是我的幸福之乡，以此提高自己的胆量和勇气。我终于做到了这一点，而且也成功地在雅典定居下来。我首先开了一家小地毯店，然后又开了一家大店。我真的要好好感谢我的岳父，是他给了我们莫大的帮助。在这里，他有许多人脉和生意网。另外，他还是泛希腊社会主义运动党中最有影响力的骨干成员之一，也就是说，他甚至可以当选国会议员而进入国会，不过，他不想如此。还是看下一步他朝什么方向发展吧。也许你会说，我们终于不用再到处流浪漂泊了，这种说法也不为错。不过你知道，我是不太愿意长时间困守在某一个地方的，这里也自有我各方面的原因。反正，不带打狗棍，过着困顿的生活，到哪里我都是无所谓的。

一切都进展得很顺利。不过很长时间我们都没敢要孩子。就我个人来说，我一直都想有个完整的家庭，或者说，一个我永远不愿意离开的家庭。终于，生活给了我们恩赐与喜悦。首先我们有了女儿，她叫玛利亚。这可是我母亲的名字，我不知道是否曾告诉过你这些。随后，儿子也出生了，他叫尼科斯。眼下他们都慢慢长大成人。

生活就这样在继续着。我又在找回我的爱好，就这样，我又开始了诗歌创作，并且尝试着用各种语言创作，有时候用希腊语，有时候用法语，有时候又用土耳其语，反正哪个顺手贴切，我就用哪个。现在，我周围有一个很大的艺术圈子，我和这些艺术家也交往甚密。

另外，我也在进行剧本创作，其中有两台戏还曾在雅典上演过，一台还在萨洛尼基上演过①。在雅典排练的过程中，我还亲自担任过导演。眼下我正忙于另一部剧本的创作。要是运气好的话，有可能我还会再担任这部戏的导演。再过几年，我准备全身心投入到这方面上来。我不知道其他人目前情况如何，但是，正如你所知道的，我还一直没离开过戏剧这个行当，这本身就给我带来快乐。要是当初一直待在伊斯坦布尔的话，说不定我和戏剧还真没缘分呢。我们是一群被遣散驱逐、四处飘荡的人，尽管如此，有些事情我们现在也做得很完美，也遂了心愿。

我希望，自己的戏剧有一天也能够在那里上演。不过，剧本里会含有涉及我们过去人生经历中某些政治方面的内容。我觉得，土耳其方面肯定还没有做好接纳和认可的准备，因为到目前为止，他们都没有勇气正视这段历史。我这种观点没错吧？也许将来的某一天他们会正视，但至少现在还不可能。一想到这些，我就很难过。请相信我好吧，我真的很难过，因为我毕竟在那里度过了那段人生，而且在这里我逢人便说，就像我跟你所倾吐的一样。那段人生可是我人生最珍贵、最值得怀念的时光，这些你可是非常清楚明白的。

我一直不知道，赛丽就生活在伊兹密尔。要是当时去那里的那会儿，我在大街上偶遇她那该有多好啊，那真的就像是小说或电影里的情节了。很遗憾，生活却并不像小说或电影里所发生的那样会有很多奇迹和令人惊喜的事，我们的生活确实要平淡无奇甚至乏味得多，但无论如何，我们的爱却是一种真正的爱，不是吗？这种爱，

① 萨洛尼基（Saloniki），又名塞萨洛尼基（Thessaloniki），希腊第二大城市。它地处希腊北部，濒临爱琴海塞尔迈湾，约有 32 万居民。

发自内心，也本应如此。要是赛丽最终没屈从于她父母之命的话，我很有可能经历完全不同的另一种人生了。你看看，我们最后却落到了此处。有时候我不知道，到底是感谢她好呢，还是要责怪她。这就是生活，这就是命啊。既然老天给了，就顺从接受吧。

我一直都还没决定好，自己到底要不要去伊斯坦布尔，对此，请再给我点时间让我考虑一下吧。很有可能我会克服各种困难前往那里，最终将我内心的那堵高墙彻底推翻。你说，这一刻是不是已悄悄来临了呢？期待我们的再次相逢。

约格斯

这封信将我的思绪带到了远方。当年约格斯告别时的那一幕幕又浮现在我的脑海里。我重新审视着过去，审视着自己曾遗落在某个地方的那些事。毫无疑问，那种友爱是真正的友爱，即使不读约格斯所写的这些，我也会这样说。在这一刻，我很愿意相信，赛丽也同样会不时地回忆自己经历的那一切，而且也会将这一切珍藏在内心里某个特殊的位置。一个人的一生中能有几次这样的真爱呢？只因为爱的缘故，一个人就得承受这样的痛苦吗？一次？两次？……我所经历的，还有生活教会我的，都让我无法忍受这种频繁不断的摧残之苦。也许我只能承受这一两次的痛苦。对于我来说，这种爱情自有它特殊的意义，我也赋予它特殊的价值内涵。

如果真是这样的话，为什么大多数男女最终都无法走到一起呢？现在的我更加懂得，为什么那天晚上阅读此信时我会陷入这种“哲理沉思”中，其实，我并不想有什么哲学玄思，也不想有什么哲学玄谈，只是这些所讲述的事唤醒了我内心深处的很多情感。也许某一天，即使我们不愿意，但我们也要独自忍受彼此带来的伤痛之苦，哪怕我们已小有成就，或者自诩的所谓的成就。是的,要独自承受,独自面对,以此更清楚、更透彻地领会这种伤痛的含义。尤为重要的是,这种伤痛终将让我们百炼成钢,最终成人。我们不仅要让自己变得坚强,而且也要让其他人变得坚强,由此才能经得起失败,承受住失败的考验。之所以如此,是因为我们还有更长的人生路要走,哪怕前面还有失败,我们也要义无反顾地走下去。在这个过程中,我们会变得更加自信,更加成熟。

赛丽也会提出这些问题吗?在她漫长的人生道路中,她也经历过这样的困境吗?她认识的那些人,她结识的那些伙伴,她经历的那些心路历程,会不会让她以另一种方式来看待人生,品味生活呢?也许她已和过去一刀两断,做了彻底的告别。是的,完完全全,没做任何保留,只希望自己能过上另一种生活,寻觅到另一种自由。也许从她那里,我还能看到我所期待的一切。然而,我知道,生活并不都是慷慨大方的。它往往会建立在各种各样的真理之上,或者说人们自认为的真理基础之上。为了能了解真谛,我必须从各个方面真真正正地看清哪些是真理,哪些是谎言。这一步已离我不远。切拉找到了她的踪迹,也有了电话号码。不过,我没有问她是怎么打听到赛丽的下落,又如何弄到她号码的。反正在这种情况下,什么都问个明白也没有多大的意义,只有结果是最重要的,这样,我们就有了能将这个故事再继续演绎下去的可能。换言之,这个故事也要求我去寻觅她的影踪,否则人们也不会相信困境中那些命运巧合所产生的巨大魔力。一旦有了它,人们就可以在纷繁复杂、不可捉摸的现实环境和人生进程中去更好地适应它。然而,命运的巧合却又会带来其他问题。我还能从谁那里得到什么更新的期待呢?

能再次聊聊，且好好聊聊

就这样，那天晚上，我的内心世界又经历了一次回忆之旅。随后的第二天上午，我很快就给约格斯回了信。我也向他介绍了自己的情况，并讲述了自己过去的那些经历。总之，不管我现在愿不愿意承认，反正我人生中那些成功与失败的回忆都不自觉汩汩地从笔底间流淌出来。也许从实际情况来看，我也根本谈不上有过什么成功的人生吧，因为反映我人生的那一行行文字无不像一幅幅悲情画面，让我的内心充满了失望和凄凉。尤其是当我看到内兹米和赛普内姆经历的那一切，或者说他们不得不面对的那一切时，我又竭力尝试着更好地理解和品味自己的那段人生。是的，我已能做到更全面、更深刻、更客观地看待自己了。

在信中，我还提到了自己所掌握的其他的情况。我确信，要是他读了这封信的话，他回伊斯坦布尔的日子肯定会为时不远了，因为我所了解的这个约格斯绝对会为我的讲述所打动。很快,在他的回信中,他详细并坦诚地表达了自己想重回故地的想法。是啊,他思念这座城市、这个剧团、那段我们朝夕相处的时光,还有那台大戏、那所学校、那些他在安康医院的苦难日子,甚至还有那个美好的夜晚。对于他的这些思念之情,我真的能深深理解。而且,在随后的书信往来中,我也毫不顾忌地说出我的企盼之情,包括这背后的种种原因,感觉自己好像只有在一边回忆一边书写的过程中才能饮尽自己的这份孤独与忧伤。就这样,我们的书信来往持续了大约两个月时间。每交谈一次,我们俩就感觉又亲近了几分,甚至能感觉到,原来的我们本是多么的亲近要好。我们无所不谈,连隐藏在内心角落的某些小秘密到最终也和盘托出。尽管这么多年已过去,但我们还是那么纯真,那么互不设防。正是有了这可爱的一面,我们才能将那些为自己赚得声名的虚伪与狡诈击得粉碎,并清白正直地活在这个世界里。毋庸置疑,我们的心中仍存有孩子般的激动与欣喜,也对自己的梦想充满了期待与寄托。然而,对我们这个年龄的人来说,这些梦想最终都涉及一个不容回避的生存问题。面对这个问题,内心的失望与希望都有可能永远不为人触碰提及,而且还要强颜欢笑,故作镇定,这就是所谓的"最后防线"教会人的一切。

撇开这些不谈。在经历这么多年的沧桑岁月后终于找回自己的这一刻,我觉得自己已做好了足够的思想准备,去面对一个个即将来临的人生故事。此时,赛丽的电话仿佛又在提醒我要去经历一段新的人生之旅。就这样,我心怀忐忑,做好了应对一切可能会发生的准备。就像与内兹米和赛普内姆一同分享我的人生经历一样,现在的我也和约格斯在经历着这一时刻。反正不管他身在何处,他同样也是这场大戏不可或缺的主角,他要将他的步伐融入我们行进的脚步中,和我们一起并肩前行。

就这样,我首先往赛丽家拨了电话,当时我就在店里。那又是新的一天,我不知道,在这新的一天里,究竟还会有怎样的事发生。电话没人接。不过,我还有她的另一个号码,只是这个被告知的号码是个商业号码。借此,我终于找到了她人生的落脚点。这一次应答我的是一个年轻女人,更确切地说,至少那声音给我留下了如此印象。我告诉她,我想和谁说话,她询问我是何人。从她的问话中我能推断出,她所从事的可不是一般的工作,而且此时的她很可能是个颇有身份的人物。我究竟打到她哪个电话上了呢?很自然,对于这个问题,我应该得到一个很明确的回答,我必须稍作等待。紧接着,很出乎意料,我听到的是一个异常熟悉的声音。

“嘿!你现在躲在哪个角落给我打电话啊?”

老实说,这个问题,包括这种问话方式还真让我感到有些陌生。她的这种语气和腔调是不是在告诉我,她是我的熟人,或者说她是个很自信的女人呢?我不知道她这种行为究竟是什么意思。突然间,我遥远记忆中当年那个年轻的女孩仿佛在催促着我尽快提出问题,就像我在和约格斯通话时内心里情不自禁所发出的感觉一样。那印象,还有那话语声就好像来自于另一个地方,我知道,这种感觉差异也完全是由于年岁久远和颇为陌生的奇妙感觉所引起。骤然间,这种感觉让我感到很不自在,也颇不舒服。毫无疑问,她那种自信源于她的内心,是她性格的真实反映。我怎会知道,生活又究竟让她的人生有了多大的改变呢?一想到这些问题,我不免有些顾虑,担心自己不能忍受她的这种行为举止,尽管她很热情,和我也很熟悉。她会不会对我打来的电话没感到多少惊奇,或者我私下里认为她根本就没把自己当回事呢?会不会在她看来,我觉得这过去的光阴不像是几十年,而仅是几天而已,所以就招来她的抱怨,说我所答应她的要给她打电话的事一直没兑现,而最终却辜负了她呢?虽然脑子里胡想了一通,但我还是尽力不想让她看出我内心的这些情感起伏，所以我尝试着，先压压心头的这些不快，然后来几句打趣的话打开话题。

“我就在伊斯坦布尔啊。没别的，我就是想问候你一下。最近我也没什么事要忙，就是翻翻自己过去写的那些日记，再回忆回忆自己的那些陈年往事啊。”

听到这些，她笑了起来，然后给了我一个很亲切的回答。

“那好啊，做得不错嘛。说说看，你到底在折腾些什么啊？”

我到底在折腾什么呢？听到这句话，我本该给她做一个简短的自我介绍才是，可是这话听起来却怎么都有点不对劲。我们就这样打开了话题，于是，我将话题引到了她所关心的问题上。

“你听好了，就让我慢慢给你道来吧。这么说吧，我现在已经变成了这么个人，所挣的钱在生意上没投入多少，更多的却花在了个人的兴趣爱好上。有了摄影爱好我不满足，收集好音乐我还是觉得不过瘾，最近我又喜欢上了收集经典影视作品，并将它们一一制成档案，精心保管。我也想弹吉他，但结果没成功，现在我们就只能把它当作装饰品摆在家里了。要是你愿意的话，我也可以跟你解释，为什么我要说‘我们’这两个字，因为这期间我已结婚成家，并有了两个孩子。不过到现在，我也不敢说，自己就是个好父亲。但不管如何，我有了一套漂亮的住房，一辆漂亮的车子。呵呵，要是你还独身的话，我是随时可以跟我那老太婆说拜拜的，这样我俩就可以牵手走到一起了，呵呵！你看，我们可以见见面吗？”

听罢这些，她又笑了起来，而且笑声还是当年的那个笑声，那么亲切，那么开怀，依然那么的自信。

“好啊，好啊。好多事你还真的如愿以偿了呢。”

不知怎么地，这话听起来似乎有点瞧不起人的意味。事实果真像她所说的那样吗？或者她会是别的什么意思呢？或者我的这番话会让自己又变得不安起来吗？这一次我没刚才那么拘谨了，我要用话语表达我真正的情感。

“可不是嘛！为什么我就没这种感觉呢？”

我的这句话还真起了作用，紧接着，我就听到了她怕被我误解的解释。

“这可是我的真心话噢。在这个国家里，有好多想干一番大事的人，他们也努力付出了，到最后却并没有取得什么成功呢。”

毫无疑问，她说的话在某种程度上是对的。尽管我们对生活的看法不尽相同，尤其是我们所处的现实环境以及我们所做出的人生抉择都完全不一样，但关键问题在于，当初我们所做的那些事是否就是我们一心想要做的事。接下来，我知道该如何问她，而且我对这个问题本身也不感到陌生。不过，这一刻，我不能再对此深究。此时的我还克服不了我们彼此之间的这种距离感，我只能将这个问题换一种方式表达出来。我要加重语气，也许也只能如此了。我这么做，就好像自己可以悄悄地从她的话语中得到某种印证一般。

“真的是这样吗？”

她听到了我说的话吗？我想，她应该在听着。从她自然的话语流露以及她那份坦诚带给我的温暖中，我可以感受到她正在认真听着。

“肯定是这样的。你相信我好了，事实本就如此。凡经历过世事沧桑的人都会这么说的。”

说到这里，她停了下来。我也在沉默着，因为我觉得，她还有什么话想说出来。就在此时，她又随后补了一句。

“或者未曾经历过世事沧桑的人也会说出这样的话吧。”

我对这句话印象可深了，而且着实让我吃惊不小。这一刻，我思忖着，自己的话是否让她受到了某种委屈。是啊，也许生活真的已将她打磨成一个只会客套和表面应付的人，这种人对于一般日常生活的交谈已没了任何兴趣，甚至认为这是多此一举。在生活选择方面，他们往往也多选择那种被动消极的生活，服从命运的安排。于是，我尝试着，顺着自己内心深处不断翻滚并升腾至沸点的情感，来探一探她个人情感发展的轨迹。

“也许吧。可我又哪能说得清呢？不过，我想知道的是，现在的你究竟在忙些什么啊？”

对于我的这番提问，她回答的语调听上去是那样的兴奋和令人温暖，而且还不时泛出某种诱人的余音，让人回味不已。我喜欢她的这种说话方式。就这样，慢慢地，我开始进入她的生活，和她一起品味她那段难忘的人生。

“我也结婚了，这是我的第二段婚姻。我在特拉维夫生活了很长时间，不过现在生活在这里。在那个地方，我还有个儿子，那是我跟前夫的孩子，他一个人生活在那里。有时他会到这边来旅游，也顺道来看望我一下。你知道吗，他是在那里出生和长大的呢。”

和其他人的故事一样，她的故事也越说越远，话题不知要延伸到哪里。她告诉我，自打我们俩分别后，她怀着怎样的情感，做出过多大的牺牲，和哪些人一同度过那段艰难的岁月，这些她都一五一十地告诉我了。我知道，她的这些故事同样也不短，说起来话长，而且也一样囊括了她个人成功与失败的奋斗史。我还知道，在这样的电话交谈中，我们之间不可避免地仍存在着某种距离或某堵高墙，这可是难以一时缩短或逾越的。然而，既然身处此境，我们也不想到此为止，半途而返。我相信自己还能向前再跨出一步，并且也希望能听到她更多的人生经历。

“你很想念他的吧？”

这个问题无疑会给她带来困扰，当然我不知道，此时的她会是什么样的感受。然而，从她的语调中，我能听出，她想一口气将她心底最深处的话语全倾吐出来。

“可不嘛！我真不知道该怎么说好呢！那真叫一个字想啊！”

说到这里，她突然又停了下来，紧接着又是一阵沉默。短暂的停顿后，她又继续说道：

“唉，这些我真不愿意在电话里跟你说啊。”

我明白她的意思，至少我能感觉到她想说什么。此时的她看上去内心仍有所藏掖，不愿诉说，就像呼吸不通畅一般，既感到压抑，又窒息难耐。这一次我不能再往下细说了，我要做的，也只有尽力换个话题而已，而且还要做到自然大方，千万别将我俩刚刚结成的亲密和友谊付诸东流。就这样，我开始将她要关心的事引到我这边的思路上来。

“其实我一直非常想和你在一起坐下来好好地长谈一次。”

我的这番话没想到还真有了效果。从她的语调中我能感受到她的关切和顾虑。她这句简短的问话就很清楚地说明了这一点。

“难道有什么事吗？”

这还算是一个要好的朋友提的问题吗？或者她突然间觉得有必要做一个自我保护呢？可以说，这个问题提得很有意义，而且她所持的怀疑态度我也完全可以理解，因为我接下来的回答也给了自己一个提醒，我要知道，此时的她究竟身处何地。我必须承认的是，如果见不到她的话，她的这个问题我也无法回答，反正对于这个女人，这个我从前坦诚相待、无所不谈的女人，我是绝对信任她的随和友善和亲密友好的。是的，多少年就这样过去了。然而，这些年不只是用“漫长”两个字就可概括的，更重要的是它又是如此这般的令人心碎，叫人伤心，因为它意味着人生的沉浮起落，喜怒哀乐和生离死别啊。正因为如此，我们所喜爱的那些人的形象到最后往往会变得十分模糊，面目全非，尤其是在人们回忆起那些残酷现实曾彻底改变过我们人生命运的时候。是啊，人可以改变，他们对待生活的态度也可以改变，甚至对待身边的人的看法也可以改变，此时，种种这些可能性在我内心又唤起了某种失望的情绪。在这种情绪的影响下，我的话语听上去又给人一种很不确信的感觉。

“我有个计划，它可是跟我们都有关系的。是的，和我们所有剧组成员都有关系。”

我停顿了片刻，感觉自己在期待着对方能做出这样的反应：“别弄得人像受刑似的，怎么这么兜圈子绕来绕去的，有话就直说呗！”要是她说出这样的话来，我觉得真是太符合她的性格了。然而，她没有吭声。我听到的也只是电话那头的沉默，一阵愔愔的沉默。也许，这种沉默是一种心有顾虑时所发出的沉默。我在想象着，这一刻，我刚才的这番话会在她心底掀起怎样的波澜。我们就这样沉默了片刻。然而，我必须尽我所能不断地说下去，而且附带着来点解释性的话语。

“我已决定了，要把我们那个剧团重新组建起来，也就是说，再把那些成员召集到一起。我想把那台戏重新搬上舞台。”

这一次她没让我等待。不过，也就是这一次，她的声音听上去微微有那么点颤抖，而且这种颤抖声是那么的意味深长，耐人寻味。不管怎样，说句实话，从她的回答中，我很轻易地觉察到，此时的她已面露喜色，高兴不已。

“太好了！这对我来说可真是太好了！”

听到这些，我也很高兴，没想到她如此快速就给出了一个明确的表态，就好像这么多年的风风雨雨非但没让她变得吞吞吐吐，迟疑不决，却反而将她打磨成一个更干脆直接和麻利爽快的人。然而，尽管如此，我还是多小心为妙，不妨再试探她一下。

“你自己说过你做好准备了，而且也没什么能阻挡得了你呢。”

听到这些，这个很自信的女人又回到了这个话题上。

“为什么我会受到阻碍呢？我本身就喜欢做这事的！”

听到这些，我没了话语。看来，她早已将沉默抛诸脑后，这意味着，她既不为自己刚才所说的话自鸣得意，也不为我刚才的沉默而内心窃喜。

“那你就来吧！让我们俩坐到一起，再好好聊聊。你就在我们这儿住几天。赛里姆可是个很好的人呢，他知道你，你们所有的人他都知道，你们的许多事情我都跟他讲了。”

究竟讲了些什么，她又是怎么讲述的呢？一切似乎要发生的事都真的已发生，那些所发生的事她能说出来，或者非要说不可吗？她真的和一个善解人意的人走到了一起吗？他真的爱她吗？或者她就是特意让我看看，自己终于找到了这样一个如意郎君呢？这些问题我暂时也没时间理会，得先搁置一旁，而且也希望，这些问题干脆都交由时间来回答。看来，去伊兹密尔了解一下她生活环境的想法也越来越吸引我了。虽然自己感觉有点不舒服，因为她已变成一个特别自信和独立的女人，也不太愿意听从我的建议来伊斯坦布尔，反而叫我去她那里会面。但无论如何，说实话，我还是非常高兴的，因为我终于有理由出趟远门，顺便去看看那个阔别已久且让我印象深刻的城市。同时，也让我感到高兴的是，在那里，我们还可以更好地将我们的那段人生故事继续讲述下去。然而，抛开这些不谈，我脑子里不知怎么地还是有一种乱哄哄的感觉。为了掩饰这种不快，我最好还是与她保持一定的距离，这也算是我采取的一种自我防御的招数吧。

“好的，不过，你那里我就不去了，我就住宾馆吧。反正到时候我会给你打电话的，然后我们再找个地方见面吧。”

她没再强迫我。看来，岁月已将她变成一个对一切可以顺从迁就的人。所以，我不禁要问自己，这个世界上，还有什么经不起时间的改变呢？

“好的，听你的，你只管来吧。”

我能够感受到她这番话所表达的真情实意，这份邀请也因此更增添了我的信心。对我来说，坐飞机去她那里根本不是什么难事。想到这里，我尝试表达出自己内心的想法，而且突然间产生的这个念头让我的表达显得很自然率意。趁着这个念头，我道出了我的想法。

“也许过几天我就会过去的。你等着我好了。”

此时的我仿佛感觉到她正冲我微笑着。她表达喜悦的那种神情再次浮现在我的眼前。

“好的！你只要告诉我到达时间就行了，我们会一起去机场接你的！”

她的意思很有可能是她和丈夫一道来接我。坦率地说，在我们第一次见面的这么多年后，居然有一个我不熟悉的人前来陪同，这让我多少感到有些不自在。然而，若是我告诉她这种想法，既没必要，也没任何意义，反正届时我就一切顺其自然，悉听尊便吧。

“好的，我会告诉你消息的。你看看，就这样很好。我太渴望见到伊兹密尔了，我好多年都没去过那里了。”

很快她就回答了我。这种回答似乎是一种不假思索、略显轻率的回答，语气中还带着几分调侃，同时又似乎在将我们交流的情绪继续往上提升。

“你这样做可不对噢！你居然这么长时间都不把伊兹密尔放在眼里了，你看看！”

是啊，人世间有许多我们不可避免会忽视的地点、人和价值，为了某种期待，在大多时候我们根本没觉察到的情况下，往往会强制约束自己，去远离那些最真实的时刻、最真诚的感动和最亲密的知己。更有甚者，我们有可能还要和它们做永久的告别。在这样一个对遥远过去充满追思并为之深深吸引的时代，我们又岂能袖手旁观，无动于衷呢？是不是伊兹密尔就处在这条通往过去岁月路途中的某个站点呢？在这一刻，那些回忆又不禁让我想到了这个问题。毕竟，这个港口城市在我的心目中一直都有一个很特殊的位置，哪怕这是多少年前在那里所发生的事。当然，这也不难理解，因为我记得，我人生的第一次远游就是去的那里。正由于此，我才一直没忘记那次旅行，而且许多画面至今还深深地铭刻在我的记忆中，它们是那样的鲜活，仿佛一伸手就可以触摸到一般。我知道，即使用言语表达，我也无法向赛丽说清我此时的情感。尽管如此，我还是说了出来，甚至在某种程度上也可以说是说给自己听的吧，正如我们在平时的许多交谈中所说的那样。

“你说得很对。伊兹密尔是个很特别的城市，一个非常非常特别的城市。你……你现在究竟住在哪里啊？”

“当然在阿尔桑卡克啰！①”

对于我来说，阿尔桑卡克可是伊兹密尔最漂亮的居住区。是的，于我而言，听到伊兹密尔，我首先想到的就是阿尔桑卡克。不过我明白，她的这句回答，尤其是其中的“当然”二字自有别的一番含义。听到这句话的我除了调侃逗乐外，还真找不到合适的话语来回应她。

“那一定是在犹太人居住区啰。”

她笑了笑。接着就传来了她的说话声，听上去似有些辩解之意。

“赛里姆对我们的饮食文化可感兴趣了。另外，我敢向你保证，他记

① 阿尔桑卡克(Alsancak)，伊兹密尔市的中心城区。

礼拜五比我还记得清楚呢，比如哪一天是礼拜五，在哪个礼拜五分别要做些什么，他比我还清楚。”

听到这些，我也笑了。更确切地说，我是在附和着发出笑声。现在，总算轮到我对她的这番解释做一番评论了：直到打这个电话之前我才得知，在特拉维夫期间，她和原来那个来自于伊兹密尔的犹太人走到一起，并有过一段很不幸的婚姻生活。然后，她和一个多次来以色列看望自己的人一同逃回伊兹密尔，并再次结婚成家，而这个人却正是她第一任丈夫最要好的朋友。上述这些事可都是切拉亲口告诉我的。跟我讲述的时候，她好像对此也感到很是诧异。毫无疑问，这种诧异主要有两方面的原因：一方面，和丈夫最要好的朋友苟合私奔，以此方式最后做出离婚决定，这从道德伦理上来说无论如何是说不过去的；另一方面，尽管切拉什么也没说，但我还是能听出，她所提到的那个人显然不是犹太人。和她相反，不管他个人的身份情况如何，反正对我来说都没有任何意义。我喜欢她的这种勇气，对她迈出的这一步也表示由衷的敬佩。因为我懂得，这其中的周折一定就像一场战斗，困难重重，充满了艰辛。在这一点上，我无法和切拉沟通交流，她总觉得自己很庆幸，因为她崇尚依赖的是另一种不同的人生价值观。当然，对此我也无话可说。在她面前，我只能再次隐藏我的真实情感，反正如果不得不深究的话，我也学会了什么叫沉默。总之，我已做好了决定，在某个特定的时间里，我会和我们这个故事的女主人公一道分享我的这些情感。即使这么多年已过去，我还是要告诉她，从我的角度来看，她这种对个性的追求和解放于她而言又是何等的重要。正如切拉料想的那样，一定是在很久以前，她就接触过许多人，这些人的某些价值判断也许曾对她的人生产生过深刻影响。要是她在电话交谈中再次用充满爱意和赞扬的口吻提及她现任丈夫的话，那这是不是她有证明自己婚姻状况良好或者想让别人对她的婚姻给予认可这样的嫌疑呢？也许是这样吧。然而，在这一刻，用一般的漂亮话或客套话对待这样一个敏感的话题是绝对不合适的。虽有千言万语，虽有千百种情感，但面对此时此刻这促狭的时间和空间我不知从何谈起。所以，我们必须要坐到一起，做一次长谈，将一切该说的话都痛快淋漓地倾诉出来。我现在唯一能对她婚姻状况做出判断的，也只有从她的居住区开始入手了。

“你可是住在伊兹密尔最漂亮的市区啊。”

这句话，应该说我们两个人都会欢喜的。对此，她的反应也够敏锐的。还真不错，我挑起的这个话题看来可以给彼此来点幽默。

“是啊。我们在切斯莫①还有一处夏天的度假屋呢。”

这句话对于熟悉伊兹密尔的人来说可有不一般的含义。现在，既然轻松调侃的话题已打开，就不妨再用同样的语气继续下去。

“这也印证了：人生结局好，才是真好啊。一切本当如此啊。”

从她下面说话的语气中可以听出，她明白了我刚才那番玩笑的意思。

“是啊，我的好兄弟，一切都如愿了。请不要再为我担心了。”

难道真的一切都如愿了，就像我们从这番小小的调侃中所看到的那样吗？或者一切就像她所说的那样不掺有虚假成分呢？这个问题也只有等我们见面长谈后才能弄清楚了。为此，我必须还要再勇敢地多往前走几步，以便自己能更好地了解她。凭借这几步，我可以做好充足的准备，将该弄清的问题彻底弄个清楚。忽然，一股希望的暖流涌遍我全身。说真的，要是自己对这次谈话所产生的影响不赋予这番新意的话，那我

---

① 切斯莫（Çeşme），位于伊兹密尔市西边约100公里处，隶属于伊兹密尔省，系土耳其著名度假胜地。区内约有3.6万居民。在土耳其语中，“切斯莫”有“泉井”之意。

去那里也就没什么意义了。所以,我不想再这样继续电话交谈下去,尽管我知道,她还在期待着我对她上句话的回答。我一定要让她明白我此时的想法。

“好的,那我们就聊到这吧。要是我过去的话,我一定要看看你都做了些什么,你又是怎么做的,而且一切是否都像你所说的那样称心如愿了。”

此时的她也许在想着,我是不是说得有点过头了。然而,我还是想用一点激将话告诉她,我们的友谊还绵绵悠长,而且也不会就那么轻易结束的。而且我还告诉她,我们之间无论如何是不存有任何高墙的。就这样,她的回答听起来让我充满了希望。我能听出,那种语气既是一个女人对接受友好性挑战敢于迎接的语气,同时也是一种遇到任何困难都决不气馁、永不放弃的坚定语气。

“那就看你的了。你一定会看到你所期待的一切!”

谈话必须在这里结束。在一番祝愿道别后,我们放下了话筒。尽管是一番祝愿道别,可她的言语中还是充满了轻松调侃的口吻。是的,我们肯定要将我们的故事继续演绎下去……

伊兹密尔印象

傍晚时分,满脑子还是白天电话交谈情节的我回到家里。看上去,切拉对自己的生活很是满意。她真的对一切都满意吗?反正她亲身经历的一切仿佛是这样告诉了我,至少我看到的,听到的还有想到的皆是如此。当初和她第一次见面时,我就从心底里希望自己能找到一个这样的女人。我真的很幸运,她就是这样一个女人。她对生活从来都没什么抱怨,对自己所选择的人生归宿也非常满足。我知道,我们还要谈约格斯和过去岁月里的那些事,我们肯定还要重新面对这伤痕累累的过去以及其他的细碎琐事,这一点是毋庸置疑的。现在的我也只能走一步看一步了,反正我已走上了这条路。然而,在我面前的这条道路上,无处不充盈着一连串疑问、一大堆梦想和一个个绕不过去的问题。

去伊兹密尔待几天的想法看上去应当还不错。我记得那是四月里的一个星期四，在那样的季节里，那里是非常美的。若置身于那个城市，那种氛围一定会给我的讲述带来新的灵感和启迪。对此，现在的我仿佛就能真切地感受到这一切。就这样，我随即做出决定，要和她一起共度这个周末，顺便看看她还有什么其他为我所做的安排。是的，事不宜迟，一旦有这样的机会，就应该立刻去亲身经历一番。

晚餐的时候，我告诉切拉，当天这个日子曾给我带来哪些感受和人生回忆，就像自己先前和她讲述我其他人生经历的情景一般，家里只有我们两人。在厨房干活的那会儿，我俩共同分享着家庭的温暖和我们夫妻间的那种恩爱之情。说话间，我告诉她，我想去一趟伊兹密尔。听到这些，她没做任何评论，只是觉得如果我一个人去那里的话，是不是会更好些。她的这种态度不免会让我产生各种想法。然而，在这一刻，我觉得不要有任何的解释，甚至沉默会更好些。反正有什么事情要说的话，到时候自然会说出来的。

然而，我并没有告诉赛丽我去看望她。我觉得，给她制造一个惊喜也许会更刺激些。另外，我也不想和她在机场见面。就这样，我在艾菲斯宾馆预定了一个房间。在我的人生中，这家宾馆的意义可非同小可，也就是说，在我的心目中，它可占据了一个很重要的位置。我记得，自己当年第一次出远门就是和父母一起去伊兹密尔的。那时候，自己大概只有十二三岁的样子，当时的我完全还是个性格内向且十分好静腼腆的小伙子。也就在这个年岁，我内心已有了许多情感：痛苦、狂热、欣喜和恐惧等，我开始将它们都一一深藏起来，并学会了独自忍受。对于那段早已逝去的时光我真的不想再去回忆，因为那个青少年时代就没有值得我回忆的地方。大多数情况下，我都会尽力逃避那段伤心的岁月。我知道，自己能做到这些不是完全没有可能。随着年龄的不断增长，我越来越为那个曾经的我感到遗憾，因为那时的我就从来没有过为自己感到骄傲的机会。更令我受伤的是，我父母会让我在各种严酷的条件下品尝这些情感。他们总是期待我能拥有一个男人应有的人生价值观和个性品格，这样方可面对人生，战胜一切艰难险阻。另外，他们认为，要是一个人老是做出格的事，那这样的人也是不能有所指望的。所以，像反抗和叛逆这样的不良行为在我这样的家庭是不会被轻易接受和认可的，也就是说，我们这样的家庭并不是将它的生存基础建立在某种冒险的探索之上，而是要让其平安幸福，世代相传。同时，也无须担心，这样的期待最终是否还会让自己的民族招致无声的屠戮。当我再次回忆历史黑暗画面中某些杳无声息的杀戮以及被那些顽固分子矢口否认的历史观点后，我心里又一阵凄凉，并充满着痛苦的欢乐。唉，也不知在哪里，我曾经历过那几天难忘的时光，当然这种感觉可以称之为一种小小的、略带忧伤的胜利感。不管在那次旅行中碰到的是怎样的场景，它们无论如何都值得回忆，令我不忍割舍。

还记得，我们当时住的是一家宾馆，那家宾馆就挨着当时的那条军事警戒线。那时的我觉得它可是一个相当豪华漂亮的宾馆了，也许是自己平生第一次住进这么大、这么高档的宾馆吧，或者它真的就是如此，反正自己现在也记不清了。多年之后，当我再次去那里的时候，我所感受到的却是一种巨大的失望，我根本没看出它有多么豪华，多么漂亮。我真后悔，又来了一次，然而一切都迟了，我看到了最终应看到的一切。这就是许多地方的最终命运，尽管我们的记忆中一直保留着对它过去的回忆，所以，只有亲身经历过的人才能真正知道和了解它们的历史。譬如某些城市、某些居民区，还有某些街道，要是某个人对它们印象深刻却多年不见的话，等他再见到它们时，这些随时都有可能会让他大跌眼镜，摇头不已。

除此之外，还有一些画面在我第一次人生之旅的记忆中留下了深刻印象。还记得沿着那条军事警戒线延伸的是一条狭长的海岸林荫道，路面全是用拼砌成精美图案的石子块铺成的。记得弥撒公园里有个饭店，饭店前有块小池塘，池塘里有许多天鹅，当然还有很多鱼儿，只要人们一扔面包屑，它们就立即聚拢过来，竞相争食。我还记得有一块茶园，印象中好像是在阿尔桑卡克那一片。当然，值得一提的是还有一个在我们身边兜售鱼子酱的小贩。印象中，他那些鱼子酱块做得都不大。见到这些，我父亲可没放过来番评价的机会。由于那商品很不受他待见，颇感失望的小贩随手用小刀在一块鱼子酱中间划了一刀，他想让我父亲看看他卖的东西究竟质量如何。那块头看上去虽然是小了点，但那层用蜂蜡包裹的密封层确实很薄，里面也都是实实在在的鱼子酱。这番演示还真给我父亲留下了好印象，并很快让他掏了腰包。当时的我就在思忖着，那贩子一定认出我们是犹太人了，而且他还是个上了年纪的人。是啊，多年的岁月沧桑一定教会了他：他在哪里可以兜售他的商品，要卖给什么样的人，还有怎样去兜售商品。反正，那天所有买主都对自己买的鱼子酱很满意。

还有，那些天我看到的那家豪华的艾菲斯宾馆以及它在我人生中留下的无法抹去的记忆却不能不提。当时，我父亲的一个商界朋友曾住在那里。有天晚上，我们去看望他，然后还坐在一起喝茶聊天。和这个宾馆的豪华程度相比，我们住的那个宾馆那可够寒酸的了。一眼看上去，那里面的每个装潢细节都那么精致漂亮，璀璨夺目。那时的我还从来没见过这样气派的豪华宾馆。当然，宾馆里还住着在弥撒公园登台演出的歌手们，其中的传奇女歌手居纽尔·雅扎尔[①]就是这里的常客。许多人都说她的不好，说她喜怒无常，整天醉醺醺的，而且还乱说话，口无遮拦

① 居纽尔·雅扎尔（Gönül Yazar，1932—），土耳其著名女歌手。

等。然而,每个人却又不得不承认,她实在是一个绝色美人,她可以让天下所有的男人都为她辗转反侧,彻夜难眠。还有一个传奇人物就是泽基·缪伦[①],只要他的那些歌迷一见到他,他们顿时就会激动得到处抓狂,把他当作男神来崇拜。尽管他做过的许多荒诞事难登大雅之堂,但他还是能让所有的人都能接受他,并将他视为知己。对于其他入住的客人来说,能见到这些名人和自己同住在这家宾馆,那简直就是一种莫大的荣耀。那时候,还没有哪家漂亮的宾馆能吸引这些名人大腕前来下榻,但艾菲斯宾馆多年以来却一直独领风骚,以至于它在当时几乎就成了这个城市的一个象征。

那天晚上,当看到世上还有这等豪华宾馆后,我顿时感到很悲伤,因为我们竟不能入住于此。我真的想住进去,但父亲却不是那种非豪华宾馆不住的人。我知道,他有钱,掏这点钱对他来说根本不成问题。如果他愿意的话,他完全可以很轻松地为我们订一个房间。然而,我知道,他这个人在商场上摸爬滚打过多年,又是个品性良好的犹太人,对于钱的真正价值和真实意义他是绝对清楚明了的。毕竟,我们现在所住的那家宾馆还是每人一间房间,而且那些房间都面朝那条军事警戒线,或者说,都面朝大海,这难道不也是挺好的吗?是的,生活就这样教会了他,为了能说服自己和身边的人,他自己就应该先找到更充分、更合理的理由,这样才能让别人心服口服。当然,这里我也不想冤枉他,说他的不好。他有自己的观点,但同时也有自己的一套生活方式。比如他宁愿住在那里,也不愿住进巴斯马纳城区的那些没档次的旅馆里。还记得有天晚上,我们坐车穿过这个城区,当然,我们坐的是公共汽车。突然间,我们看到了一家名叫"卡巴达依"[②]的

① 泽基·缪伦(Zeki Müren, 1931—1996),土耳其著名作曲家、歌手和诗人。

② 卡巴达依,土耳其语为"Kabadayı"。在土耳其语中,该词有"欺负或欺骗别人的人"的含义。

旅馆，那名字会让人自然而然联想到“卖弄自己有气力的人”、“惹是生非的人”和“吹大牛的人”一类的贬义词，这真让人忍俊不禁，就连我都差点笑破了肚皮。父亲大概也看出了我因没能住进豪华宾馆所产生的不快，只见他一边指着那家旅馆，一边装作一副若无其事的样子告诉我说，我们应该对所住的宾馆感到满足才是。另外，我们不仅要感谢现有的条件，而且还应该懂得并尊重我们现有的人生价值观。如果能做到这些，眼前的各种人生际遇都会是明快敞亮和精彩美好的。对于这件事，他一定是想了好长时间才选择以这种方法来开导我的，所以，他才用这番人们所熟知的精辟话语表达他自己的观点。这以后，他一直要传授给我的这种人生智慧我也没能接收多少，反而像被筛子过了一遍，已所剩无几，这对我来说不能不说是一个新的人生教训，我真的无言以对。在那时的我看来，反正有父亲在，一切人生变化也不用我操心。他非常相信他这番见解的正确性，而且还深信自己已洞悉人生，深谙人生的真谛。有趣的是，在警告我做人不能有妄举的时候，他总是用一种间接的方式开导我和引导我，这就是他教育我的基本准则之一。

睡在宾馆的那个晚上，我许诺自己未来要办成两件事，或者说两个承诺。第一个愿望是，将来有一天，我一定要住进那家豪华的艾菲斯宾馆。也许我还要耐心地再等待等待，但无论如何我一定要实现这个愿望；我的第二个愿望是，尽管对于自己当时的年龄而言，这个梦想显得有些怪诞和荒唐，但在这个城市里，我还是想经历一次我的爱情之旅。终于，今天的我已能更好地理解和解释那些梦想的含义。不错，那时的我真的好渴望温暖，渴望爱情，但我哪里知道，与其说是渴望爱情，还不如说渴望温柔更贴切些。也许我在追逐一场不可能实现的梦，或者纯粹就是在猎奇。然而，尽管可以预计最终结果是一大堆的失望，但这种猎奇我觉得还是可以不妨一试的。虽然这些幻想有时不免会让人犯错误，但通过吸取经验教训人们还是可以更好地理解人生,将自己和幸福人生更紧密地维系在一起的。我的这个愿望可以说一直没能实现,甚至当年的那个晚上在海岸边的我也没能体验到什么是幸福的爱情。其实说到底,我从来就没经历过这种爱情。是啊,也许从来就没有过,而且将来也不会拥有。唉,如此的爱情体验啊!它好像只有在小说中人们才能体验到一般,至少在那里面还存在着各种各样的可能性,许多爱情故事会交汇到一起,就像汇聚到一起的滚滚河流,它们源于各地,且从不同的泉眼里汩汩涌出。是不是也有人和我一样,曾经历过这样的人生之旅呢?是不是会有人和我一样,也曾经历过这样的爱情心路历程呢?他们会像我一样曾梦想陶醉过吗?他们会觉得有必要尽情诉说或奋笔疾书吗?我不知道。然而,有一种声音,它不知从哪里发出,它仿佛在一个劲儿地劝告着,要我相信这种可能性的存在。它还告诉我,这样的体验可千万不能错过,一定要经历,而且还要把它真实地记录下来。为什么我会想到这些呢?谁知道啊?只有天晓得。也许我相信,只有当人生和小说里的各个情节结合起来时它才会变得更完美,更精彩,否则的话我又怎会相信,我所梦想的爱情也仅是小说的一个章回而已呢?

在从伊兹密尔机场去宾馆的路上,这些画面再次地在我脑海里不断闪现。在这个豪华的宾馆里,我再也不是个陌生客了。至少现在的我终于实现了这个愿望。记得当年第一次来此旅行之后,我就一直没机会再来看看这里的海岸了,要知道,它可是整个土耳其最美的一处海岸啊。当我终于长大成人后——如果可以这样说的话——因为生意上的事我经常来这里出差并作短暂的停留,我都要在这家宾馆过夜,为的是能渐渐抚平我当年不能在此入住的痛苦和创伤。在我眼里,它依旧那么漂亮,漂亮得连这里后来许多新开张的宾馆也无法吸引我,尽管它们一个比一个豪华气派。总之,我就像其他许多人中的某个人一样,总是对过去恋恋不舍，心有所念。虽然宾馆里再也没了当年那些歌星如居纽尔·雅扎尔和泽基·缪伦等的身影，但这里却仍保存着历史的遗踪和情感的遗痕。这里可是我青少年时代的梦魂之所啊。

这次再来这里拜访它也非同寻常。首先，我不是为生意上的事来这里出差的；其次，我在忙碌并期待着，能将我天天在苦心经营的这个故事框架搭建成型；再次，我听说，这家不仅给我而且也一定给其他许多人留下深刻印象的宾馆很快将不复存在，也许在原来的地基上将会盖起一个更漂亮、更舒适、更时尚、更金光四射的新宾馆来。然而，这再也不是原来的那个宾馆了，情况怎么可能会变成这样呢？另外，正如我对赛丽说过的，这次故地重游，我也给自己留了相当充裕的时间。总之，这些原因加在一起也足以让我对这次拜访充满了期待。和往常一样，这一次映入眼帘的还是只有在这里才能看到的景象：前台的正对面矗立着的是一尊女神雕像，旁边是个泳池，那泳池的下半部可是用玻璃做的墙体，如果想抬头看看的话，那里面的一切可都能看得一清二楚。另外，那个泳池前是一个餐厅，沿着台阶拾级而上，一个前厅酒吧便出现在眼前。

办好入住登记后，我进了房间。因为自己只想在这里度个短短的周末，所以也只带了个很小的旅行包。从包里取出行李之前，跟以往每次来这里一样，我都要先在房间里来回走走，好感受一下这里的氛围，然后便一头倒到床上，摊开身子，让自己彻底地放松享受一番。此时已差不多是中午时分。为了能告知赛丽我已入住下来，所以我也没必要再拖时间了。就这样，我拨通了她的电话，不过，这一次，我拨通的是她家的座机。带着满满的自信，我要给她来个惊喜，于是，我先开口向她问好。

"嗨，赛丽！你好啊！"

我感觉到，此时的她惊讶了片刻，不过跟着就反应了过来。她回答我的语调还是那么自信。也许是因为这一次自己有了心理准备，所以，她的话听上去已少了一些陌生感。

“你好！你好！你到底什么时候过来啊？”

这一次，再也没有什么能阻碍我以刚才的语调继续说下去了。

“我就在伊兹密尔。我已在你身边，离你可近着哩！”

我能觉察出，她又是一阵惊讶。不过，她的话语中流露出的是一种发自内心的喜悦。

“我的天啊！你不是说要先告诉我的吗？那好吧，告诉我，你现在在什么地方？”

“在艾菲斯宾馆！我正等你过来呢，亲爱的！”

此时，回答我的是一个异常激动的女人的声音。听上去，她好像已迅速作出了一个自己的决定。

“哎呀，还真的离我不远呢！好的，好的！我马上就到！”

我告诉她，我就在宾馆的前厅里等她。她说最晚不超过一个小时就会到达这里。毫无疑问，她需要时间将自己好好地打扮一番，因为生活已教会我应想到这样的可能性。此时的我真是高兴万分，激动不已。能在一小时内再次见到这个在自己人生中留下了深刻印象的人，我怎能不心潮澎湃，满心欢喜呢？我要让自己尽快平静下来，于是，我对着镜子看了看自己。我真的难以启口，自己的形象已发生了多大的改变。出现在她面前的我应该是一副饱经风霜后这般深沉老练的模样吗？我无奈地笑了笑，我告诉自己，见到她时，最重要的还是别失去我这股自然率真劲，一切都顺其自然，别有什么矫情。要是我强把自己变成另一个人的话，那这可就和我们重新聚首的这段故事以及它的精神主旨背道而驰了。总之，还是以简单透明、简洁干脆为好。都这个年龄了，我们不需要什么转弯抹角，也不需要什么虚情假意，一切都还是讲究“真我”二字吧。为了能更好地打发这段等待时间，我开始动手找些事做。我从小包里先取出长裤、衬衫、内衣和袜子，将它们叠得整整齐齐并放进衣柜，然后，我又拿出牙膏牙刷、剃须工具和香水等，将它们一一放到淋浴间的那个小淋浴架上。这个时候，我突然想到，要是返程离开宾馆的话，自己不妨顺便将淋浴间那些小袋装的香波浴液也一道带回家。其实，我本来就有这种顺手牵羊的嗜好，也许这不算什么顺手牵羊，更谈不上什么小偷小摸，但这却每每能给我带来些许快乐。我们家淋浴间里的那个淋浴架上，现在可堆满了我从宾馆里带回的那些从未开封过的淋浴洗漱用品呢，什么香波、浴液、液皂啊等等，应有尽有，一应俱全。不过，干这种事的动机只有我自己最清楚，它不同于那些真正的偷盗，因为它还有另一面最真实的东西需要保留下来，就像是这次一样。这一次，我还是以这种方式赢得一种回忆，为的是尽可能将这家宾馆载入自己未来的另一段历史回忆中。这一切的一切，只因为它会永远鲜活地存留在某些人的美好记忆中。那里所发生的一切是如此充满柔情，温暖着人的心房。我相信，随着时间的推移，它会更具价值，更有意义。

随后，我打开电视，拿起遥控器不断地在按来按去。那里面根本就没什么可看的节目，甚至连个清晰的画面也没有，我真是无可奈何。也许，屏幕上那些模糊不清的画面和寂静声会更有趣些。没办法，我只好重新躺回床上，然后看了看表。很好，还有点时间可以让我再养养神，顺带着做个美梦。就这样，我合上双眼，在想象着，待一会儿出现在我眼前的赛丽会有怎样的变化。不堪这番舟车劳顿的我慢慢合上眼皮打起盹来。在亦真亦幻的梦境中，我仿佛看见了什么，感觉来自于遥远过去的一幅幅画面此刻正乱七八糟地交织到一起，它们是那样的混沌模糊，又是那样的支离破碎。此时，它们越聚越多，不知怎么地那中间突然又好像发出了某些奇怪的声响，乍听上去，好似来自云雾里一般，一时难以辨清。就这样，我迷迷糊糊地一直处在半睡半醒的状态。突然间，我一阵惊厥，唯恐眼前的一切会随着刚才的梦境悄悄溜走，我连忙睁开了眼。此时，我的心跳开始加快起来。我又看了看表，哪知道，仅仅才过去二十分钟。沉思中的我仿佛已忘了自己从何而来，艾尔马达克、哈尔比耶①、奥斯曼贝伊、西斯丽等，所有的地名都搅在了一起，令我晕眩。就这么一会儿工夫，我脑海里怎么能一下子装进这么多地名呢？我真的有点犯晕，但我还是爬了起来，走进浴室洗了个脸，然后用柔软的毛巾擦干了脸上的水滴。这时候，我仿佛看见镜子里有一个人在对我微笑着，那神情就好像他在给我打气一般。随后，我拿起香水对着脖子和脸颊喷了喷。我这样做，就是希望自己能多赢得些自信，别跌了面子。就这样，我离开房间，乘电梯去往楼下。在前厅里，我找了个面对大厅入口处的地方坐了下来，因为这样我可以好让自己随时看到那里的一切。再一次地，我在内心问了一下自己，现在的她到底会有多大的变化，也许我根本无法一眼认出她来，而且随时从那个转门进来的任何一个女人都有可能是她。我忍不住又看了看表，重逢的时间在一点点靠近。我尝试着想分散一下自己的注意力，或者说想缓解一下紧张情绪，于是我干脆拿起眼前桌子上的一张报纸翻阅起来。可以说，这种精神状态下的我也不知道自己究竟看了些什么，而且也不可能读懂什么，只感觉到那双眼睛已无法移开，只是呆看着那里面的图片和文字。很快，我好像听到，有个声音在呼喊着我的名字。我赶快抬起眼，扫了一下四周，感觉很是莫名其妙，也很纳闷，是否真的有人在招呼我。将信将疑间，我突然看见，前厅正中间，正站着一位女性，此时的她正在环顾四周，像在寻找着什么。很显然，此时的她看上去很有些无助。只见她一手拿着一个精致的小箱包，

① 哈尔比耶(Harbiye)，伊斯坦布尔市的一处地名，位于塔克西姆广场和尼桑塔希之间。属伊市最重要的商业区之一。

感觉好像是路易·威登品牌的女士箱包。而另一只手里则拿着一个我们今天生活中不可或缺的手机。我真的不能断定,此时的她到底有几分无助,因为她的眼睛上始终罩着一副偌大的墨镜,乍看上去,就像是汽车前面的那对投光灯一般。那真的是她吗?这时,她摘下了那副墨镜,那举止就好像是在解答我心中的疑问一般。当我看到她的那双眼睛时,我顿时确信无疑,没错,那就是她本人!我仍记得,从前当她还是个姑娘的时候,她那头长长的秀发似乎很少修剪过,任其生长飘垂,而且浅褐色的秀发上会不时闪现着些许微红的光彩。而现在,那头长发不见了,映入我眼帘的却是一头修剪至下巴的短发。再看看那头秀发的颜色,呈现在我眼前的是却另一种色调,仿佛会让我想起那是一种洋葱外衣上所泛出的紫罗兰光泽来。此时的她慢慢又将墨镜推到额首,然后插进于我而言很新潮的发型里,那头顶上的墨镜看上去就像个王冠一般。就在她将墨镜插入发间的那一刹那,我们两人的目光交汇到了一起。慢慢地,我从沙发上抬起身子,迎着她走了过去。只见她也面带微笑,朝着我迎了过来。每靠近一步,她那黄褐色调的琥珀色眼球我就愈发看得清楚。就在这一刻,我更愿意相信,她那清炯炯的双眸还像当初那样晶莹闪亮,勾人魂魄。说真的,眼前的她可比以前更漂亮了。虽年逾五十,但要是不仔细辨认的话,我最多也认为她才刚刚四十出头呢。我们紧紧地拥抱在一起,好长时间都没说一句话,我们就这样一直在轻抚着对方的后背,为的是彼此能真切地感受到眼前我们可感受到的一切。此时的我能感觉到,我们的内心已震颤不已,难以自持。面对这种震颤,此时此刻的我们谁都不想再作什么克制隐忍,我们还有什么要克制隐忍的呢?我们又为什么要克制隐忍呢?难道这种震颤不是客体审视和自我观照的另一种表达吗?在她的香腮旁,我送上了深情的一吻,她跟着也报我以轻吻,激动的我们俩差点连嘴唇都碰到了一起。在这样的亲近中,也许我更能理解男女间这种轻吻的含义，它一定是双方心甘情愿，发自于内心的表达，也遑论什么羞愧和歉疚之情。在这一刻，我们更多感受到的却是那种牢不可破的友谊，那种生死不弃的友爱和多年来的日夜思念。我将双手搭在她的肩头。我笑了，她的脸上也跟着绽出了微笑，我以这样的方式先迈出了第一步，毕竟我们两个人总得有一个主动些才好。我知道，此时我们俩的激动之情就反映在我接下来的话语中。也顾不了这么多了，颤抖就颤抖吧，反正这种颤抖是我真情的流露，尤其是这一刻，它更显得意味深长。

“过来，让我们俩坐下来谈吧。看到你这般妩媚，我的双腿可真迈不动啰！”

她微微地眨了眨双眼，跟着又露出了迷人的微笑。我们坐了下来。她将双腿交叉叠放在一起。只见她身着一条不带半点皱褶的咖啡色筒裙，裙子前，还开有一条长长的缝褶。此时的我已无法将目光从她腿上移开。她告诉我，一见到城市里人头攒动的场面，她就感到很紧张。我问她是否来杯咖啡。她回答说，这会儿来杯甜味的土耳其摩卡会更提神解乏些。就这样，我叫来了宾馆招待，为我们各点了一杯咖啡。她一个劲儿地聊着，就好像在我们之间根本不存在这么多年的分别似的，我一直不吭声，只是面带微笑，仔细地打量着她。她的眼角已微微多了几道鱼尾纹，皮肤上显露的那些像孩童脸上常见的可爱雀斑却越发使她显得年轻。还记得那时候，她整日里为她这些恼人的雀斑感到苦恼并抱怨不已呢。这种显著特征是不是就是她幸福生活的某种反映呢？也许吧。说话间，她向前弯了一下腰，将地上的箱包拿起放入怀里。我注意到，尽管她白色衬衫上的那些扣子间距不小，但我还是没能看到她那对乳房，能看到的，也只是她弯腰时衬衫里露出的镶了花边的内衣而已。要知道，当她还是姑娘的时候，她那对乳房可长得十分好看呢。当我这会儿再细看的时候，这对乳房好像又丰满了不少。她会觉察到我在偷看她吗？凭直觉我很清楚，这种情况下的女人尽管不想让别人看出这些细节，但她们还是绝对能感受到的。不过，她装作一副若无其事的样子，好像眼前什么也没发生过。只是我看到她这会儿正从包里拿出香烟，然后在里面翻找着打火机，那神情看上去多少显得不安。哎呀，可不是嘛，她还有一种新变化我倒没发觉呢，我这样告诉自己。从前的她不但不抽烟，而且还经常劝我们也别抽，现在倒好，她也有了这个嗜好。此刻的香烟在她手里就像是一件小道具或者说一件小装饰品一般。再看看那香烟末端，上面印着的是一朵精美的野花图案。看来，仅是一根小小的香烟就足以令我愉悦，浮想联翩了。接下来，我试探着又往前迈了一步。

“你看看，现在的你是一个多么漂亮的女人啊。”

也许我这句话有些唐突，但这种唐突还真起了些效果。在听完这句话后，她的微笑给了我一种更温暖、更柔美的感觉。除此之外，我还能看出她脸上仍散发着那种纯洁的气质。我领略到的这种纯洁可正是我梦寐以求想见到的纯洁，我感受到的这种纯洁也正是我最愿意相信的纯洁，一切都还是那样纯白如玉，完美无瑕，一切都还是保持原样，未曾有半点消退。为了能让自己有更多的激动，我终于看到了自己想看的一切。要知道，我的这份激动不需要有任何隐藏的必要和理由。她的内心是否也和我一样五内翻腾，激动不已呢？看上去，她的眼神，她的呼吸，还有她的微笑，一切的一切，都在感受着我期待已久的那份激动与喜悦。对于这些，她也完全没有任何的遮掩，只是任由我细细品味。这会儿，我又开口了。我希望，通过交谈，我们能打开通往另一个空间的大门。

“看上去这些年你过得不错啊。”

这一刻，我不知怎么地感觉到她脸上透出了些许忧伤的表情。她现在的话语听上去既像是一个早已学会笑迎一切痛苦的女人，又像是一个欲言又止、早已疲惫不堪的女人，因为我知道，她这番话承载着的可是她那段艰难人生奋斗过程中留下的不堪重负。

“真的是这样吗？那就好，那就好。”

从她的话语中，说听不出其中的某些责备之意那是假话。然而，这种责备既不是针对我，也不是针对我刚才所说的话，而应该是针对她这辈子所经历的那一切，反正就我所听到的有关我们分离后那些年她所经历的事，不得不让我产生这样的推测和疑问。是不是还有其他更多的事会让她产生这样的责备情绪呢？我相信肯定还有。也许在随后的几个小时里我们还要继续就此细谈下去。在那一刻，我需要有这样的自信。要不要再等一会，看看到底是否有这样的可能性出现，这是不是会更好些呢？我觉得，最好还是跟随我们见面后的感觉走吧。就这样，我笑着摇了摇头，就好像自己已下定了决心，要一直保持我刚见到她时所得出的第一印象。不过，我也很担心，是否自己的眼神里已经流露出了那层意思，即我已知道她很多底细了呢？当然，我自己也不知道，我内心的这种想法究竟被她看出了多少。对此，我们可要好好聊聊，无论如何都要好好聊聊，任何的不自在也都没必要。此时的她看上去却显得有些不自在，就好像处在一种无法遮掩、无法隐藏的高压之下。完全可以预料且不必惊奇的是，此时她的心境已深受这次重逢和由此引发的各种情绪的影响。是不是给她来点药物镇静一下才好呢？就在我想到这种可能性的时候，我突然注意到，她好像很难继续再忍受这么长时间的沉默和停歇。为了能让话题继续下去，她不得不硬着头皮，把没说完的话接着说了下去。

“你看上去过得也不错啊。你看看，你也变胖啰。头发虽然白了点，但看上去却还是那么精神。你还是那个美男子哩。”

能听到这些，我自然心生欢喜。就像许多人一样，我也有这个毛病，喜欢别人奉承自己。就这样,我陶醉在这番逢迎的话语中。在这一刻,我不想错过机会,我要通过我的眼神暗示她,她的某些事情我还是略有所知的。

“今天我们可有个美好的开始啊。好多年我都在期待着了,这可是你跟我说的啊!”

听到这些,她笑了起来。说真的,她的微笑很迷人。是不是她在镜子前曾多次练习过这样的微笑呢?此时的我已找不出任何机会再提问题或深谈下去了。就在此时,她在烟灰缸里掐灭了烟头。做完这个略显不安的手势后,她露出自信的神情,并用自信的语调告诉我,说她早就为我们俩精心准备了一系列的见面安排。从她的话语中不难断定,一切都已事先想好了,且安排到位。

“走吧,我请你吃饭。你在这可是我的客人。饭后我们再去店里坐坐吧。”

此话一出,我即暗暗告诉自己,她可是话里有话。正好趁这个机会,不妨干脆让她解释一下。对此,话不需多,两个字就够了。

“店里?”

从她的眼神里我能看出,她颇为自己的那份工作感到自豪。接下来,她说话的语气和神态更进一步证实了我预感的正确性。

“就是一个女人内衣店。不过,到夏天的时候,我们也卖泳衣的。我想你一定听过高太丝①这个品牌的!”

要是我能想到这之前的那些年她曾在哪里待过以及她在那里所积攒的人生阅历的话,我是不难将她和这个内衣品牌联系起来的。而且,

① 高太丝(Gottex),世界著名的女性内衣时装品牌和运动装品牌,尤以女性泳装著名。该品牌由以色列女时装设计师蕾阿·格特克斯(Lea Gottex, 1918—2012)设计,并由其创立的公司——高太丝公司生产。

对于她所拥有的这份小小的自豪感和成就感，能多夸她几句对我来说也并不是什么难事。

“哎呀，真了不起啊！这不是说，我对面坐着的是一位成功的女商人嘛。”

此时此刻，已没什么能阻碍我们玩笑的继续。

“我们别越说越没边了，亲爱的。不管怎样，反正过一会你会看到的。而且还有更多精彩的等着你去品味鉴赏呢！”

我没有应答她。更准确地说，我已做好了准备，去欣赏领略即将看到的一切，只不过此刻的我应承她的是一种首肯的表情。就这样，我用双手轻拍了一下大腿，因为我已做好了随时就走的准备，只是她还坐在那里，像原来一样，两腿仍交叉叠放在一起。看到我先动身起来，她也跟着投开了双腿，只是这一次两腿间还微微多开启了一些。这个姿势可真撩人啊。是不是在她这种自然随便的动作后面，隐藏着某种暗示，或者说她有意也好，无意也罢，为的就是得到别人对她的某种认可呢？生活告诉我，为了提高自己的自信心，有些女人在某些时刻往往会使出这样的杀手锏，为的就是让别人领略到她们这种雌性权力的威猛。会不会又是我想错了呢？谁知道啊。但我清楚的是，女性之美，或者说，她那双玉腿诱惑意味着什么。是的，它在告诉人们，应当怎样欣赏这精彩刺激的一瞬。能看到这值得一看的一切，已不需要有任何解释的理由。很多年前，在我们结成友谊的那些日子里，我还真没注意到她性格的这一面，甚至连想也不敢想。我只能说，在那个时代，人的精神、人的情感完全是另一种状态下的精神和情感。那么，当今这个时代人的精神和情感又是怎样的一种状态呢？是不是我们都发生了改变，或者说随着时间的流逝，她已变成一个极其迷人、极具诱惑力的女人了呢？对此，能否真的找到一个合适的答案已完全没了必要。总之，我内心的声音在不断地告诫我，一定要控制住自己的情感，千万别让它肆意漫溢。在这种胡思乱想中，这种告诫毕竟还是大有裨益的，它能让我清醒。就这样，我们站起了身。这一次，她透出的是一种坚定的语气，而且怎么说好呢，甚至还带有某种命令的意味。这种行为是不是她藏得很深且让人难以接受的弱点展示呢？

“你很可能知道，在伊兹密尔，哪里可以品尝到上等鱼类美味。”

对她这样的表达，我一定要用一种小小的调侃之辞来应对。终于，我又有了机会，不妨来点自我展示。

“想吃鱼的话，很简单，干脆去德尼茨饭店吧。”

我哪里会想到，自己不仅没得到期待的赞许，看到的却是她略带鄙夷的目光。这个比我更清楚的女人此时才露出了庐山真面目来。

“是的，那里同样也不错。不过，去那里光顾的多是些来自于伊斯坦布尔的美食家呢。”

我不知道，她所说的是真是假，但有一点可以肯定，就是处在被直接冒犯和间接奉承两项挤兑下的我此时也不得不将此话理解成一种赏脸给面子的话了。对此，我又本能地和她继续调侃着。

“要是你刚才换一种表达的话，那我可就更高兴啰。我们这是去哪里啊？”

现在，她接着我的话继续调侃了下去。

“你待会儿就会明白的。我们再往前走一段吧。今天天气真好啊。我们就这样走一会儿吧。和我在伊兹密尔散步，这样挺不错的，不是吗？你瞧瞧，因为你的缘故，我可换了双最舒适的鞋呢，真的，我一点都不骗你。”

听到这话后，我很自然地朝她的鞋子看去。我发现，那鞋子的颜色跟她腰带的颜色一样，而这个腰带在我们拥抱时我的肚子就已明显感受到了。鞋子里,她所有脚趾都露在了外面。鞋子前面横系着一条白色丝带。鞋底后面,是一双木制的高跟。那鞋带子系得可真高,一直系到了小腿肚与踝骨交汇的地方。难道这就是她所称的最舒适的鞋子吗?我真不懂,她怎么能在这么高的鞋跟上走得如此轻松、如此平稳呢?我回答不了这个问题。当然,我也不放过对她的那双玉足做一番评价的机会。记得年轻的时候,我还真想不起来什么时候对她的那双玉足曾评头论足过呢。说真的,在我所见过的女人中,她那双脚还算不上最漂亮,不过它还是很吸引人,给人以诱惑。看上去,那玉足不算胖,指甲虽有点内嵌,但还是护理得很好,当然,脚指甲盖上也做了美容。那脚指甲油的颜色就跟她不太长的指甲上所涂抹的颜色一样,都是非常醒目的红色色调,这种色调,却总让我有点想入非非的感觉。再一次地,我用手势和眼神示意她,自己已做好了一切准备。就这样,我们离开了宾馆前厅,迈开步伐,向吃饭的地方走去。路上,她主动挽起我的胳膊。这种随意劲我很是喜欢,就连她的体温也让我感到愉悦。走在路上,她的身体还不时地和我的身体轻碰在一起。这时候,我更能嗅到她身上的那股香水味了。这股香味,在我们刚才拥抱时就已钻入了我的鼻子里。我会被带到一个我意想不到的地方去吗?这个问题我暂时还搞不清楚。不过,能想到这样的问题,却是很重要的。我的心跳在加快。岂止是高兴,此时我的激动之情也溢于言表。我竭力隐藏着这种情感。这一刻,我再次感觉到额头上写着“罪过”二字,它让我的内心煎熬不已。多少年来,我们中的大多数人,心里都一直有着这种罪过,它不知将我们扯拽到何处,也不知道将我们阻滞在哪个半途,最后剩下的也只是进退维谷,步履维艰。正由于此,我还是更喜欢那种激动之余的纯洁无邪。她的声音也微微有些颤抖,这种颤抖更加剧了我内心的颤抖。这种颤抖从何而来?究竟是怎样的情感催生了这种颤抖?我不禁又陷入沉思之中,我在想,不用担心,马上发生的一切自然会给出所有答案。对此,我的故事,或者说我们的故事正期待我能给出另一种答案。不管怎样,我还是更喜欢从一个可靠的地方先迈开步伐,然后慢慢上路,直奔终点。我估计,到达目的地我们大概会需要二十至二十五分钟的步行时间,所以,我们有足够的时间,打开话匣子,好好聊聊我心里早已准备好的话题。并肩走在这条路上,还有如此充足的时间,我们完全可以好好感受和体验一下我们的内心之旅。

“我特别高兴,你满口答应我的邀请来参加这场大戏的演出。谢谢你了!每想到这些,我就非常感动。”

想让她一同商讨这个话题应该不是难事,也许她也在期待着和我共商有关事宜。

“其实我应该感谢你才是。要是没你这个主意的话,也许我们永远都没机会再走到一起呢。”

她说得不错。我们每个人早就躲避蜷缩进各自的隐秘世界里去了。我们也曾相信过,即使不在一起,我们也可以将自己的人生继续进行下去。然而,我所做的一切真的是对的吗?此时此刻,这个问题又在我的脑海里闪现出来。对于这个问题,存在着许许多多的可能性,它们都无一例外涉及我所经历的事情。这一次,我尝试着尽可能准确地把自己的情感表达出来,尽管我的坦诚她听起来不一定舒服。

“也许是吧。很肯定的是我要给自己的生活增添一抹新的亮彩。不过,我不知道,这抹亮彩将会给我们带来什么。”

此时的她将我挽得更紧了。我敢肯定,她已明白了我到底想说什么,而且这番话将会把她引向何方。她不会就这样不回答我吧。然而,此时的她看上去却更愿意从更遥远的距离来观察事物。果然,她没有撇下我让我一个人独自孤寂,而是和我一同分担着这份隐忧。

“我们都需要这抹亮彩。你想说什么就说吧。不管你做什么,要不了多久,你就会感到生活会变得越来越乏味,越来越单调的。婚姻也好,工作也罢,还有一系列社会交往,莫不如此。人嘛,都总是要寻找一些新的刺激的。然后……然后你会突然发现,自己的余生已来日无多,屈指可数啰。呵呵,我不知道是不是这样。”

她说的这番话,我怎么解释也许都可以。一方面看,这些话应该说都是些敷衍我的空话,不过,对于打发这段路上的时间倒很适合。但是,从另一方面来看,她这番话是不是透露出,她要将自己某种压抑的情感,或者她内心某种隐秘的期待表达出来呢?是的,反正这番话会让人有种被撩拨且想入非非的感觉。为了弄清她内心的真实想法,我本该不妨再大胆一点试探她一下,可我还是暗自决定,就此打住,将自己这些所谓的各种可能性解释一股脑全丢进沉默中。我是不是还想继续在梦境中徜徉流连呢?也许吧。我没有再想下去。此时的我倒是想到了另一个细节,它一下子引起了我的注意。说真的,对于这个细节我可不能无动于衷,也不能没表示,因为此刻的我们正沿着那条军事警戒线,行走在海边的那条堤岸林荫道上。过去遥远时光里的那一幅幅人生画面再次闪现在我的脑海里,此时此刻,我从未忘记的人生回忆又再现了那一道道斑驳的历史印痕。

“从前的时候,这里可真漂亮啊。沿着海岸线蜿蜒着一条细细长长的林荫道,那些用碎石铺成的路面图案好像还在我眼前呢。”

是不是她脑子里也同样保存着那样的记忆呢?我当然不知道,此时的她在想些什么,或者又想到了谁,我看到的也只是她不住地点头,赞同着我的话语。随后,她朝四周看了看,就像我一样,好似又看到了那些熟悉的地方。看上去,她也有些话想说出来。

“那时候一切都糟透了,现在总算好了。老环境虽然没了,可是……"

就像我们每个人都会不断变化一样,眼前的城市也在发生着改变,这种感觉我熟悉,而且是非常的熟悉。然而,我还是更愿意保持沉默。慢慢地,我感到我们的交谈变得有些索然无味起来。就这样,我们一直往前走着,彼此间要么寂静无声,要么最多就是两三句话。终于,我们走进了一家饭店。现在这个时间,我们总算可以谈谈自己想吃的东西了。刚一落座,我就听到了她的这番话。

"这里可以吃到很好的鲷鱼①,这些都是从海里捞上来的鲷鱼。这个很值得推荐,要是你愿意的话,我们不妨看看有什么样的餐前小吃吧。"

我点了点头,再一次地我做了个手势。我想告诉她,关于她提出的建议我没有任何反对意见,而且我本身就非常喜欢烤制白鲷鱼。食用的时候,能将这种鱼刺去干净那可要一定的技巧,不过,对我来说,这不算什么难事。要是在上面浇上些柠檬汁,尤其是旁边放有洋葱的话,那它的味道可就比任何一种烤鱼的味道都鲜美了。此时的我们就坐在靠着窗户的一张桌子旁。一看表,现在居然已下午两点了。突然间,我觉得,自己来个小小的炫耀展示应该说不失为一个好时机。

"其实我们来得还不是时候呢。要是日落时分来这里就别具情调了,最好是夏日黄昏的时候,尤其是等夏天的季风平息过后。"

听到这些,她笑了笑。对于我这番小小的自我炫耀,报之以我的又是这自信女人意味深长的一瞥。在这一瞥中,她不给予任何回答。这种沉默分明在告诉我,她和我不谋而合,也和我是同样的观点。尽管自己经常会时空错乱,但我每每还是喜欢将夏日季风与薄暮时分牵扯到一

① 鲷鱼(Sparus aurata),又名加吉鱼,铜盆鱼等,主要产自于地中海以及欧洲、北非的大西洋沿岸一带,我国黄海海域也多分布。世界各地的许多河流中也有淡水鲷鱼分布。该鱼是一种上等食用鱼类,肉质鲜嫩,味道鲜美,富含多种营养元素。

起。可以说，那就是我自撰自写的伊兹密尔的个人情感传奇。

我们点的前餐来了。就这样，我们先抿呷了几口拉基酒。现在，我知道，我们可以慢慢上路，切入正题了，一探究竟的时刻即将到来。我也知道，接下来的这一刻将是我人生中最难忘的时刻。精彩的聚餐不正是得益于精彩的人生相逢吗？难道还有什么能比得上这生离死别所带来的精彩重逢吗？难道这些能给生命增添亮彩的每一份珍贵友谊、每一个坚实脚步、每一份真挚感动不让人对这精彩的聚餐更充满期待，更深受鼓舞吗？我们沉默了片刻。我不记得，这种静寂究竟持续了多久，也许不足一两分钟。和其他任何时刻相比，毫无疑问，这片刻只是俯仰转头间的一瞬，然而，要在如此短暂的时刻唤醒自己内心最深处的情感，并将自己人生故事清晰地梳理一遍，那该是件多么不容易的事啊！是的，此刻的我能感受到，我们即将去往何处，我们又要从哪里归来。然而她呢？在这片静寂中，她在想着哪里？又思念着何人？或者又有着怎样的感触呢？终于，还是她的话打破了寂静，而且以某种方式回答了我这些疑问。从这番话语中，我或多或少听明白了，在刚才短暂的那一瞬间，她的思绪曾飘落到哪里。

“能取得今天这样的结果，我真是不容易啊。”

此时，在她的脸上，我看到了一个女人的自豪、失望与愤怒。尽管她最后赢得了人生，但到头来却也是伤痕累累呢。她又笑了，但眼睛却有些湿润。这个“今天”，这个她刚才提到的“今天”，究竟会是一个怎样的“今天”呢？是不是她的一切都一帆风顺走上了正轨呢？是不是她在面对自己婚姻、工作、生活秩序以及周边环境时都不再重回老路，并做了彻底的诀别呢？走进饭店后，我注意到，不仅是那些招待们，就连有张餐桌边的那些客人也都认识她，并和她打着招呼。能看出，在这个城市里，她已有了一个很广的朋友圈子。不过，她的这些关系究竟有多铁，有多深呢？是不是她的生活都是由一连串无休无止的大错小错组成的呢？为了让她能回答我即将提出的这个问题，看来，我唯一能做的就是让自己往前再多迈一步，当然，也希望紧随其后的她能跟上我，或者，她能让我感受到，她已主动迈出了一步，并如我所愿，停落在那里。

“你的有些事我已听说过了。”

说完这些，我同样笑了笑，并希望自己能以这样的微笑再次表达多年来我一直相信的且不会穷尽的这份友谊，我要让她感受到这些。只见此时的她正怔怔地盯着我。很显然，她想知道，我听说过她什么，而且到底又是哪些事。这时候，我也不想再兜什么圈子了，如果再啰嗦一大堆也肯定不合时宜。就这样，我告诉了她我所知道和了解到的有关细节，比如，她曾在以色列待过很长时间，其间还经历了一段很不幸的婚姻，然后她又和丈夫最要好的朋友偷偷好上了，最后来到伊兹密尔，结婚成家等等。

在听我这番讲述的时候，她的脸上一直充满了惊讶的表情。她感觉自己就像是一个全身赤裸的女人暴露在众人面前，这令她羞惭不已。不过，这种羞惭倒是很让我感动。对此，对她下面这个问题所表现出的那种纯洁无辜，我是不存有半点怀疑的。

“这会很糟糕吧？听到我这些事，你一定会对我谴责不已吧？”

她是不是要表达自己某个无法解决的问题，或者说，她在表达一种自己无法摆脱的强迫症呢①？她是否在应对生活挑战方面根本就没取得过成功呢？要是她以这种方式提这个问题，那我又该如何解答呢？也许

① 强迫症，一种心理学词汇，又名强迫性思维，它是指反复进入患者意识领域的思想、表象、情绪或意向，这些意识表现对于患者来说没有任何实际意义，因此是多余和没必要的。患者意识到这些都是他们自己的心理活动，明知没有必要，但又无法摆脱，因此往往表现得很为苦恼。

她这样问的目的就是想更好地理解我的意思，或者说是在试探我。我不知道，这一刻，我怎么会有这种想法，可它偏偏就出现在我的脑海里。接下来，我尝试着，只要自己有什么情感，就不妨把它们表达出来。不过，在这里，我也要表明一下我自己的人生观点。

“每个人都有权利选择自己的生活方式，他想怎么过就怎么过，不是吗？反正生活教会了我，不要随意去评价和谴责他人，因为这个世界上还有其他的人生价值标准，而这些标准对其他人来说也可能是正确的哩。你别担心，我对你从来就没有过什么谴责。我感到的唯有悲伤，因为我知道，你遭遇过很多不幸，可却不得不忍受这些痛苦。唉，我只有伤心啊。”

听到这些，她一把抓起我的手，然后紧紧地攥在自己手里，那神情是那般的体贴，那般的温柔。她这么做，也许是因为她要以这种方式来感谢我对她的理解吧。话到这里，本应该停歇一下才是，可她却偏偏有些急不可耐。她觉得，她有必要给我一个明确的解释。

“那时候，我的个人生活真是一团糟啊。我本来就不该在伊斯坦布尔待下去的。所以，我想去另一个城市营造一种崭新的生活，我要把自己经历的那一切都忘得一干二净。当时我可就是这样想的。”

当时我可就是这样想的……这句听上去很简单的话可表达了许多情感，它听起来却怎么像是在表达诸多的悔恨、谴责、自责、无助、失败和绝望呢？不过，反过来说，它也喻示着一种胜利，一种听上去想一个人偷偷独享的胜利。不可否认的是，这种胜利既是一种付出了代价的胜利，也是一种理应收获喜悦的胜利，因为尽管她遭受了种种不幸，但她最后还是挣脱了命运的枷锁，找到了属于自己的幸福。是啊，只要是诚实的人，他就一定会有这样的表达和看法的。然而，她胜利的旗帜最终又插在哪里了呢？在做出那么多的牺牲之后，这种胜利的旗帜最终又对谁具有重要意义了呢？对此，我也不想再多问下去。我能说的恐怕也只有告诉她，即使有许多人对她的说法持不同看法，我们也绝对不会丢弃她不管，让她感到孤独。这就是我最简单的想法。

“是啊，你必须得经历这一切，你必须得离开那里。也许你还记得，那会儿，我是大多数人中最支持你的几个人之一。现在想来，我也不感到有任何的遗憾了。”

她又喝了口酒，接着又吃了几口菜肴。我也在她之后动起了刀叉。我们又陷入了沉默。此刻的我不想说出自己的感受，因为我不想错过这个话题。她应该接着讲下去，而且我也想接着听下去。此情此景就应该以这种方式继续演绎下去。很快，她又讲起了我想听到的事。

“那时候，我遇到的第一个问题就是语言障碍。突然间，年纪轻轻的我就这样变成了一个文盲。大概花了一年的时间，我上了个语言班。我十分努力，也非常用功。很幸运，在那里，我还有一些亲戚，如堂兄堂姐等，他们也都有了自己的家庭。要是我在此之前没见过他们的话，我还真不会去那个地方呢。不过，等见到他们之后，我觉得也没多大的必要去麻烦他们，因为他们毕竟都有自己的生活。尽管他们都各有各的难处，但他们还是给了我相当多的关照。在这里，我也一点都不否认这些。是的，他们都尽心尽力，做了该做的事。也许，他们像是事先被打了预防针似的。但有一点可以肯定的是，他们一定议论过我，说我在这里不知又要干什么蠢事。我还有什么蠢事可干的呢？我已经干过一次了，而且也因此一下子就把自己的人生给毁了。我不但毁了自己的梦想，而且也毁了另一个人的梦想。现在说这些又有什么用呢？要是我知道后面有什么在等着我的话，那我也许就对那时候所干的蠢事作另一番解释了。然而，那时候，我偏偏就是这样想的。正因为是这样想的，所以我觉得，其他的人也一定同样如此想着我。”

听到此话的这一刻,我觉得我有必要打断她的话,以便能让她有个小小的喘息机会。同时,我也希望能深入一下这个话题。

"难道这不是生活最有意义的一面吗?也就是说,我们只管走自己的路,别管今后会发生什么。"

为什么我要在这里扮演一个"智者"的角色?难道我害怕接下来自己会听到什么事吗?或者我是想做一番自我保护呢?可是,我到底有什么可怕的呢?究竟有什么我不敢面对的呢?这些老生常谈的话,究竟有几句是我的真心话呢?是不是还有另一个人生故事让我想到了另一个人生目标没能实现的事,为的是在她面前多暴露一下我自己的胆小懦弱呢?我为什么要这样做呢?而且偏偏又是在这样一个我难以把控的时刻。对此,我必须到此为止,别再对涉及我的这些问题纠缠不休,折腾个没完。就这样,我又微笑着看了看她。借助于这种友好的表达,我终于将自己刚才的那种尴尬劲随着笑意一同打发掉。这种情况下的我可以保持沉默,可以让自己保持平静,别再回味刚才内心深处所发出的那些嘈杂之音。此时的我感觉到她仍想说些什么。是的,她还要将她的故事说下去。看上去,这一次会持续较长的时间,而且这一次我真的要保持沉默。没办法,我只有认真地听下去,并尝试着去理解琢磨。我深知,正是因为她,我今天才来到此地,才坐在了这里。可以说,接下来我所听到的这些也让我有机会更好地审视自己的另一面。

"没过多久,那几个亲戚家就让我很厌烦了。虽然他们都是些很安静、很不错的人,也没过多干预我的生活,但正如我所说的,我还是不想被别人掌控,不想听他们的差遣。你知道,我有过那段不幸的人生经历,而且你清楚这段经历又让我陷入怎样的境地。在我的新生活中,我再也不想承受各种复杂人际关系带给我的压力。就这样,我渐渐地就不再和这些亲戚来往了。他们也很理解我,也没强迫我。反正在那里,做出这样的决定相对来说还是件比较容易的事，毕竟他们在那里生活了很多年，而且也接受了这个国家的思想理念。他们的孩子都在一种非常独立的环境中长大，这种独立甚至还是他们被教育的一项重要内容。学完希伯来语之后，我决定去学习时装设计专业。要是你还记得的话，我的绘画水平可是不错的，而且对各种服装我也很感兴趣的噢。大学期间，我找了份工作，在饭店当起了女招待，也就是说，我开始自食其力，挣钱养活自己。那时候，我和另外两个女同学一起租住在一套小房子里，就这样过了三年。那期间，虽然自己很想回伊斯坦布尔看看，但最终还是没能成行。很高兴的是，我家里人过来看望我了，而且还来过很多次。他们一直也没放弃努力，希望我将来能回伊斯坦布尔去。然而，我还是竭力尝试着，想让他们看看，看看自己过得有多幸福。其实，我不知遇到过多少困难，而这些我都要一个个去面对和克服。有时候，我一个人感到很孤独，我多么渴望有人能每天给我端来早餐，又多么渴望自己在大街上能吃上一份我喜爱的贝壳三明治，并且还能用土耳其语与人说话聊天啊。然而，我还是那么倔强，那么执拗，我必须要坚持下去。我一直在生他们的气，特别是我父亲，就是他不让我和自己喜爱的人走到一起。不知怎么的，这种愤怒情绪我无论如何都平息不下来，你明白吗？有那么一两次，他们也打听着，看看我是否和某人确立了真正的恋爱关系，以解决个人的终身大事。说实话，我根本没有，反正我就让自己吊在那个地方，让他们干着急。没办法，他们也无可奈何，也无法对这个问题再深究下去。我就是要这样在他们面前设置一道障碍，他们必须要接受，即使他们不喜欢，也不高兴。他们必须看到，在新的环境里，他们这个倔强且涉世未深的女儿还有许多事和他们不罢休呢，记得仅有那么一次他们说过，要是我能找到一个和‘我们’门当户对的人，那他们这辈子可就太幸福了。我很干脆地回答了他们。我告诉他们，现在的我身边可都是犹太人了，他们也不用为此担心了。就这样，他们也无法再指责我了。当然，我很明白他们的心思，他们就是想让我和一个土耳其籍的犹太人结婚。要是能这样的话，那他们可就找到了一个可靠且幸福的人生。其实，按道理我是不能和你说这些的，你知道我这话的意思。对我来说，生活还是要继续的，否则的话我也不能赢得我的那份自信。对此我也感到很吃惊，也就是说，我故意就是要这样率性而为呢。

然而，有天早晨，我接到了从伊斯坦布尔打来的电话。原来，我父亲病了，而且病得还很严重，他被诊断出得了胰腺癌。医生虽给他做了手术，但很快就给他缝上了伤口。癌细胞一天天地在加速扩散，已是癌症晚期的他身体也一天比一天虚弱，他已时日不多了。此时的他好希望能看我最后一眼，我没多说什么就挂了电话。我记得那是个礼拜六，那一天我是永远也不会忘记的。当时夏天也差不多快过完了。那时候，我刚刚和我那位法国男友分手，和他在一起，我们差不多相处了一年半时间。对于这段经历，我很是痛苦，也一直沉浸在这样的痛苦中。就好像自己没尝够人生痛苦似的，跟着又来了这样一件让我更痛苦的事。那是我大学最后一个学年，马上就到开学的日子了，不过好在这之前还有几天节日可以利用一下。那天，我独自一人沿着海滩走了好几个小时。我回忆着自己曾走过的路，我在反复思考，也在权衡斟酌。我是不是还要为自己做一番辩解呢？我在做着思想斗争，我犹豫不决，到底要不要回去呢，最终我还是做出决定，这一次无论如何都得回去，毕竟这是自己看父亲的最后一眼了。说真的，对于他的死，我并不感到悲伤，但我还是要看他一眼，否则的话，将来自己一定会感到不好受的，也一定会受到良心的谴责。总之，你想怎么解释就怎么解释吧，反正我是这样想的，我也就听从了自己感觉的差遣，这就是我当时的想法。我会回去的，而且能待多长时间就待多长时间，然后再回到自己所选择的生活里来，哪怕那个生活中还有别的什么爱情创伤，不过这一次我不想再逃避，我必须得回去。

当天晚上，我给母亲打了电话。我告诉她，我过几天就回来。听到这些，她高兴坏了。说是几天，其实我只花了两天时间就收拾好了行李，并乘飞机踏上了回乡之路。这期间，上语言班，中间又慢慢悠悠地过日子，再加上上大学，连头带尾差不多已过去了五年光阴。我离开伊斯坦布尔已经五年了啊！就这样，我告知家里我的出发时间和到达时间。到机场来接我的是我母亲，另外还有我舅舅。上了轿车一阵寒暄后，他们告诉我，目前，父亲身体非常虚弱，也很难下床了，而且医生也同意他干脆回家里静修调养。我知道，医生的同意意味着什么。我一句话也没说，只是不住地点头，那意思是我已明白了父亲目前的状况。两眼盯着窗外，我就这样长时间一直在愣神着。路上，我觉察到，伊斯坦布尔无论哪个方面都已离我非常遥远。我感到那些街道又窄又暗，两边的楼房就好像随时要压到我头顶上一般。在我孩提时代或是青少年时代，若是有人告诉我，说西斯丽商业区有一天会让我感到陌生的话，那我可真不相信，并大笑不止呢。然而，眼前的情况却完全变了样。现在，我不得不用另一种目光重新审视我们这个居民区，从中不难发现，我对自己挥手告别的生活曾表现出多坚决的拒绝态度，且相隔着多遥远的距离。越是接近家门，我就越感到陌生。终于，我们停在了门口。当我走进家门时，一种感觉一下子就向我袭来，仿佛家里到处都能嗅到一股死亡的气息。也许这种气息是药物的味道使然，反正我不知道。母亲和舅舅想让我先到客厅里歇歇。我看了看四周，一切看上去都还是我离开时的样子。我们坐下来喝了杯摩卡咖啡。这中间，我们聊了些家事。我很喜欢我这个舅舅，他是个很温顺的人，也许正因为这个方面的原因，他一直没结婚，过着单身伙计的生活。可以说，对我没有他不愿做的事，为的就是要让我开心，让我自在。所以，我从来就没为难过他，而且也从不想辜负他对我的一片爱心。然而,不知怎么地,我一直也没能问问父亲的身体状况。突然间,母亲起身告诉我,她要去卧室看看。此时的客厅里就剩下我和舅舅两个人了。对我这次回来,他表示非常感谢。听到这些,我无语了,心里有种想笑却笑不出来的感觉,反正我不能对他说,我是因为自己的缘故才回来的,不错,就是因为自己的缘故。就这样,我们一直沉默在那里。几分钟后,母亲走了出来,只听见她微微带着一种哭腔告诉我,如果我愿意,我现在就可以进去看看父亲了。看上去,她想让我觉得一切都是我的过错,因为自己离家出走已这么多年。我不理会这些,反正此时的我已五内翻腾。快进卧室的那一刻,我的紧张感在不断增加。此时,母亲告诉我,父亲已完全没了人形,瘦得也只有42公斤了。这时,我告诉她,我想单独一个人进去。听到这些,她又用那副可怜兮兮的表情看了看我。看到她这样,我有些恼怒。然而,这一刻,再恼怒也无济于事。就这样,我进了卧室,轻轻带上门,关门的一刹那,我竭力尝试着,别发出声来。我看了看屋里的一切,只见他真的是没任何气力了。此时的我不知道,他到底是在眯眼睡着还是醒着,只是他那种目光实在太吓人了。就是这个人,从前他总是说,要把命运攥在自己的手里,而现在却像是个病怏怏的孩子躺在了我面前。突然间,他吃力地睁开了他那眼缝,他想要微笑出来。他对我缓缓地做了个手势,要我坐到他身边。他看上去很无助。我相信,我不会对他有多少怜悯之心。然而,这一刻,不知怎么地,我还是动了这个念头。我抓起了他的手,他也一把抓紧我,并使劲地攥住不放。他告诉我:'我剩下的时间已不多了,我也就这样了。'他的声音听上去差不多就像在跟人耳语一般。我告诉他,要是他愿意的话,我可以带他到以色列去,那里有许多医术高明的医生。听到这些,他痛苦地笑了笑,好像在说,一切都为时已晚了。他问我,我过得是否还好。我过得真的还好吗?我明白,他这个问题问的不仅仅是我现在的情况,而是我整个这一生的情况。面对此时自己这种复杂的情感,我怎么能用一个‘好’字就能全部概括呢?刚和心爱的人分手,眼看着父亲又要不久于人世,我真是被迫无奈才回到这个我根本就不想回来的城市啊。而且,在我目前想待的那个城市,我却一直都还没找到属于自己的幸福生活呢。然而,在这一刻,对于我来说,我只能给他一个唯一的且怎么解释都可以的回答,那就是我一切都好,我过得很好。我的话语声是那样的平静,那样的从容。不知怎么地,我觉得自己的回答是那么的虚假,那么的敷衍。然而,面对此情此景,我们俩再也没有时间和精力来掀起一场新的口角风暴了。他告诉我,听到这些,他很高兴。我问他,我做的这一切可是真的如此。我很肯定,他明白我的意思,我了解他。虽然他没上过什么大学,但他却是个很聪明的人。另外他身边时时都还有个老师在陪伴着,它既残酷无情,又弥足珍贵,那便是‘生活’这个老师的魅力所在。他轻轻地点了点头,然后又合上了双眼,他没说半句话。也许他想同意我的观点,也许他不想给我伤害性的回答。我们就这样沉默了片刻。接着,他告诉我,说自己累了。此时的我还一直在握着他的手。我终于意识到,自我刚才坐到他身边后,我就一直紧抓着他的手,再也没松开过。我让他先休息一会儿,要是他愿意的话,我可以随时给他拿吃的东西来。听完我的话,他的眼里已噙满了泪水。是啊,此时的我才真正意识到,我在为谁真心付出,尽心尽力。

就这样在家待了几天。我们父女俩也做了该做的一切,为的是不想在人生诀别时刻彼此感到更伤心。我甚至还给他做了鸡汤细面,然后一口一口地喂给他。回家后过了差不多一个星期的某个晚上,母亲告诉我:‘他这会儿特别想你。’就这样,我又坐到他床前握住了他的手。他告诉我,现在也差不多是他与我们告别的时候了,我应该原谅他才是。我紧紧抓住他那只手,然后又吻了吻它。紧接着,他又说,他已向上帝祈祷,保佑我平安。他还说道:'现在我想一个人单独待一会儿。'我明白他的意思,他是想趁我还在家的时候安然死去。随后,我站起身来,静静地走了出去。此时,母亲就在客厅里。我立刻用双手向她示意,那分明是在告诉她'一切都结束了。'当然,这个'一切都结束了'可有着多重含义,它既可以表示他人生的终结,也可以表示我伊斯坦布尔之旅的终结,当然还可以理解为我对他怨恨的终结。总之,你爱怎么理解就怎么理解吧。母亲走进卧室,我听到了她的哭声。相反,我却没任何眼泪。也许将来的某一天我会哭的,但至少在这一刻我没有半滴眼泪。我终于长吁了一口气,这种感觉又岂止能用'轻松'二字来形容。

然而,对母亲来说,能承受这样的打击可不是件容易事。现在,这个和自己一起度过很多年艰难岁月的人突然不在身边了。她非常确信,她这辈子过的是一个幸福美满的婚姻生活,反正那一代的女人也没什么其他想法,他们俩就这样在一起生活了一辈子。这就是他们的命运,他们既不能有任何的反驳之辞,也不能有任何的反抗之举。他们能想到的也就是成家立业,娶妻生子,打拼事业,养家糊口,甚至连孙子辈的事都考虑得很周详。反正不管怎样,他们就是要以这样的方式让生活延续下去。他们是否会尊重别人的想法,考虑别人的感受,这些我不太清楚。而到了我们这代人,可以说,那些落后过时的东西都渐渐被摒弃。在今天看来,那些还顽固维系这种糟糕婚姻的人可是要受到指责的。这样的婚姻无疑是一种不健康也不幸福的婚姻。我个人认为,要是某个人渴望另一种生活方式的话,他就应该大胆追求自己的梦想,真的,无论如何都要如此。好吧,这个问题我俩就不多谈,到此为止吧。要是我们俩再深究的话,那我们俩一定会找不到我们原来的话题呢。

举办丧事的那一天,家里一定要有一个比谁都能干,且把一切丧事操办得井井有条的人,可以说,我就是这个最合适的人选。入殓下葬安排，丧宴筹办，还有接待前来吊唁的人等，所有的事都由我一个人忙活着。又待了几天后，我告诉母亲，'在我尽到了对他的最后一项义务后，'也差不多是我返程的时候了。按原计划安排，丧事办完后的第七天我就要坐飞机回去，可是，我又在家多待了七天。这之后的我也深知，自己究竟从何而来，而且这次返程一定比回家时要轻松得多。然而，我不知道的是，等我飞回那个我熟悉得不能再熟悉的国家后，等待我的又会是怎样的生活。这一次，母亲没再阻拦我。和她在一起的那几天时间里，我尽量避免和她争论，也不再和她拌嘴争执，反正我们也没必要再多说些什么，而且本身也没什么可说的了。你对此有什么看法？难道这不是我们这代人的命运吗？也就是说，要忍受彼此互不交心，老死不相往来的痛苦吗？这也可以说是我们当年一直探讨的主题之一，你还记得吗？很可能我母亲也明白这个道理，就这样，她也没再对我有什么强迫，至少她也算得到了些安慰，因为我毕竟尽了一个晚辈应尽的义务。让我颇感欣慰的是，父亲给她留下了这套房子，而且在银行里还为她存了一笔很可观的存款。我告诉她，父亲留给我的那份遗产我一分钱都不要。此时的她会不会认为这又是我的某种抗议之举呢？对此，我不敢肯定。不过，当时的我也许就是这样想的吧，毕竟我又找到了这样一个反抗的机会。按照她那种生活方式，我想，她会慢慢习惯她那份孤独的，就像生活所教会她的那样。你可以想象得到，对于我们的分别，我也没感到有多难舍难分。

在返程的飞机上，我觉得自己已越来越放得下伊斯坦布尔，也不再依恋它了。这之后的很长一段时间里，我都专心于我的学业。那时的我还不能确定，毕业后自己究竟应该做些什么，反正无论如何我想先完成自己的学业，一切等毕业再说。那个时候，我已认识了大卫。还记得我是在一个朋友的生日聚会上认识他的。这位朋友也来自于伊斯坦布尔，但我们俩是在以色列才认识的。认识大卫也纯属巧合，当时的那个场景就像在有些电影里所发生的一样，那场景之中，总会有人说，命运已张开了它那张深不可测的大网。本来我是根本没兴致参加什么晚会的，可那天我不知怎么地就像中邪了似的去了。晚会上，还有另外一些我们土耳其老乡，我们就这样相互介绍后认识了。据我所知，他也参与策划了我们见面相识这件事。几杯拉基酒下肚后，大伙儿慢慢开始动起了思乡之情。是啊，这么多土耳其人聚在一起，谁还没有这样的情结呢？不过，对我来说，说到土耳其这个名字，我还真谈不上有什么思乡之情。尽管如此，我还是加入到他们的行列，和他们一起尽力体验这种情感。这之后，只剩下我们两个人在那里了。我们一个劲地聊啊，聊个没完，而且话题也聊得越来越深。他是个很健谈的人。他来自于伊兹密尔，本来就当过医生。眼下在这里他刚刚完成了专业学习，也拿到了内科医生大学文凭。就这样，我们互留了电话号码。这也算是个小小的惊喜吧，老实说，在这种场合下，人们也都会这样做的。几天后，他给我打来电话，想邀请我去埃拉特①共度周末。我根本没想到会有这样的事。我觉得他这么做是不是太过于仓促了，所以，我对他的鲁莽和过于自信感到有点不快。然而，他能有这样的勇气我还是很欣赏、很喜欢的。你知道，我也是个耽于幻想，做事不太谨慎的人。另外，我觉得，来一次这样的冒险刺激也非常有必要。就这样，我立刻答应了他。通完电话后，我在想，他会不会感到很惊讶，因为我这么随便就接受了他的邀请。我没有想错，等到我们度假的时候，他承认了这一点。可以说，我们度过了一个极美好的周末。我不断地告诉自己，身为女人，这一次我可真正体会和享受到了一种被

① 埃拉特(Eilat)，以色列最南端尖嘴三角地带上的港口城市。该城市是以色列通往红海和印度洋的唯一港口城市，也是以色列著名的旅游度假胜地。天气晴朗的时候，人们可以从港口看到埃及、约旦和沙特阿拉伯三个邻国海岸。

宠爱的感觉。是的,这一次真的是这样。我终于去了那个我一直想去的地方。一切都进展得很神速。两个月之后,在没告诉任何人的情况下,我们私订终身,走到了一起。当母亲得知我就这样结婚后,她震惊不已。我们也没有如她所期待的那样,甚至连婚礼仪式也没举办。不过,后来我们还是把她给请过来了,为了表示对她的尊敬,我们最终还是邀请所有的亲朋好友,补办了一桌酒席。我们虽没按她所希望的那样举办传统婚礼,但当她看到我最终和一个犹太人走到一起,共度此生时,她还是感到非常幸福和开心的。尤其是我的丈夫还是个土耳其人。他虽然来自伊兹密尔,但他终究还是个土耳其人。此时的她还有什么更多的期待呢?就这样,她也算是心满意足,称心如意了。

对大卫来说,这场婚姻是他的第二次婚姻。对前一次婚姻他总是缄默不语。不过,从他平时的言谈里,我敢肯定,他一定有过一段很不幸的婚姻生活。他受到过很深的伤害,而且痛苦不堪,甚至很恼火。我很担心,他这种精神状况是否会对我们的婚姻生活产生某种负面影响。对此,我甚为担忧,颇感不安。你知道,我也有我内心的愤懑,我也非常恼怒我的生活,恼怒我所经历的一切。老实说吧,我们的婚姻就是在这种恐惧和担忧的基础上缔结而成的。当然,这种认知也是在随后的日子里慢慢形成的。感觉好像要是认识不到这个问题的话,那自己面对的又将是一个痛苦的现实。果不其然,大卫就这样一直处在一种很糟糕的精神状态下,更准确地说,他心理上或者说精神上已出现了问题。我说出来你恐怕不相信,婚后的他整个人已发生了很大变化,而且,你更不相信的是,这期间我已有了身孕。理性告诉我,应该立刻打掉肚子里的孩子。那时的我心烦意乱,不知下一步该如何是好。这场婚姻真的让我太失望了。然而,我的内心仿佛有个声音在告诉我,千万别打掉孩子,尽管自己也不清楚这声音究竟从何而来,当时的感觉就仿佛这是我人生的最后一次机会一般。要知道,这之前,我已做过两次人流。哎呀,反正这种事现在你也知道了。就这样,我决定生下这个孩子。最坏的情况也无非是我们分手,我一个人再把孩子养大。我将保持单身,我想怎么过就怎么过,而且身边再也没任何压力了。现在,该轮到你问我了,身为一个精神病患者,他都会干些什么。是的,一方面,从病因上看,他表现得极为妒忌。比如要是我穿件迷你裙或是稍微有点袒胸露背的服装的话,他都会干预我,数落我,而我呢,又偏偏喜欢穿这类衣服,而且是特别的喜欢;还有,要是我在饭店里和某个招待开点玩笑,或者在酒吧里坐在桌子边对那些跳舞的人报以微笑的话,他也会妒火中烧。他会骂我,说我是婊子,就喜欢卖弄风骚,整天尽想些男欢女爱的事。因此,我不断地反问自己,他为什么要这么待我。尽管我经常试着和他交流沟通,也费尽了心思,但我似乎还是无法改变他。你不知道,他曾被他的第一任妻子,也就是那个波兰籍的犹太女人骗过。对于这件事,他从未释怀过,甚至认为这就是自己的命。还有更糟糕的是,有天晚上喝得醉醺醺的他在和我亲热后曾亲口告诉我,他还清楚地记得,很多年前当他还是个孩子的时候,有一天他提前放学进家门时所看到的一切。当时一进家门,他竟然发现母亲和父亲生意场上一个好朋友睡在了一起,这种丑事正好被他撞了个正着。他想忘掉这件事,但不知怎的就是做不到,这种痛苦已慢慢渗入到他的梦魇中,没有办法,他只有将它深埋到心里。你看,他是不是就像个还处在心理理疗过程中的人?正是由于这种原因,我们各方面的关系都受到了伤害。也许他对这一切都习以为常了。许多问题堆积在一起得不到解决,许多要说的话郁积在心头又无法沟通,当时我能想到的也只有'分手'二字了。他亲口告诉我她母亲丑事的那天晚上,他喝得东倒西歪,反正他回家时经常这样酩酊大醉。我真的好害怕,担心自己有一天被他杀了。为此,能做的我都尽力做了,为的就是能挽救这场婚姻。我甚至给予他从未有过的母亲般的关怀，哪怕有再多的争吵、斥责和侮辱我也不在乎。就是在这样的环境中，儿子阿维在一天天长大。

就这样，日子又过了六七年，具体多少年我也记不清了。反正只要逮着机会，我丈夫他都要大发脾气，与我争吵，而我呢，却一个劲儿地试图平息和缓和着他的情绪。当年那个桀骜不驯的女孩早已消失，取而代之的却是一个能忍耐一切和愿牺牲一切的苦命女人。我就这样逆来顺受，默默忍受着一切。还有……还有，你听到后一定会感到吃惊的，就是有时候……有时候我甚至会遭受他的毒打。你能想象得到吗，伊子？我真的经常挨他的毒打啊。我真的想把他一棍子打死，送他上西天，可是我怎能这样做呢？随着他病情的逐渐加重，他施暴的次数也越来越多，有好几次我都差点被他打死。你也许会说，我为什么要忍受这一切。你恐怕也了解男女关系的这一面吧？我现在可以承认这一点，它有时候…… 有时候就是这样的刺激诱惑，令你捉摸不透。比如，当这个男人在你面前所表现的并不是一副漠然的态度，或者你会招致他的恼怒，或者他想打你。开始的时候情况还真是如此，可是慢慢地我也就完全听命于现实，我要放弃他，我对他已心灰意冷，我有了死心的打算，因为……因为终于有一天，他不想和我睡在一起……这后面剩下的也就是他对我的拳脚相加了，是的，剩下的也只有这样的家庭暴力了。只有这样他才能得到稍稍的平息。就这样，我们就这样维持着一种无性的婚姻。他…… 他有时甚至也能一个人躲在床上干出那种手淫的事来。你能想象得到吗？我怎么会碰到这种无聊透顶、见不得人的事，我真的说不出口啊。不过，你应该知道，我也想让你知道我生活里所发生的这些事。想到那些，就令人作呕。有好几次我都想亲手送他上西天。你相信我，我真是这样想的，我真的好难控制住自己。

儿子阿维并不是这场暴力的唯一见证人。赛里姆是大卫伊兹密尔老乡中最要好的一个朋友。他经常来我们家玩,他是个很好的人,一个真正的生活艺术家。因为他开了一家旅游公司,所以他经常会带旅游团到以色列来,而且生意也做得很好。如果他带团过来的话,有时候他也会顺便住在我们家。在我们交往的过程中,我也经常在他面前抱怨我的痛苦。当然,他也竭尽所能地帮助我们挽救这场婚姻。然而,正如我所说的,大卫已病入膏肓。作为一个精神病患者,他的病情也是每况愈下。随后,有天夜里,家里发生了一起令人难以置信的事。那天晚上,大卫像往常一样,又满身酒气回到家里。在骂完我们俩之后,他一头倒到床上便睡死了过去。那天晚上,我和赛里姆又聊了很长时间。突然间我再也无法控制自己,就将头靠在他肩上开始伤心地大哭起来。我终于可以痛痛快快地大哭一场了。要是一个人能这样大哭的话,他会很高兴畅快吗?我不知道,反正此时此刻,我好像在为自己人生所遭受的许多不幸而痛哭,为的是能让自己暂时有个彻底的情感释放,是的,就是为了让自己得到一个彻底的释放和解脱。这就是我当时的感觉。就这样,不知不觉中他很自然地将我搂到了怀里。突然间,我感受到了一种温暖,它像电流一样击遍我全身,令我不能自持。我要他!我想要他!你听到我说什么了吗?我能感受到,此时的他也想要我。终于,我心甘情愿成为他情感的俘虏。那一夜,就在起居室的那个沙发上,我们俩像疯子一样翻来滚去,沐浴在爱河里。当时,我俩的情感就像是紧绷的弓弦突然间被松开了一样,变得一发不可收拾。也不知怎么的,我的呜咽抽泣声在内心情感的宣泄爆发后突然就变成了那种对肉欲充满着渴望的喘息呻吟声。就这样,我第一次真正体会到什么叫爱,什么叫爱欲。你能够想象得到吗?我男人就在隔壁的房间里酣睡着,而我却和他最要好的朋友在起居室里疯狂地做爱,忘乎所以地纠缠在一起。也许这是最精彩刺激的场面吧。这期间,有那么一会儿我甚至还想着,真希望他现在就将我俩抓个现行。好吧，不说了，要是这样的话，那赛里姆又该如何是好呢？完事后，当我们俩躺在地板上紧紧搂抱在一起的时候，我想到了这个问题。当然啰，对此我也不想给出任何的回答。那个时刻，我只知道，在人际交往中，一切随时有可能会发生，更何况我们俩已到了如此如胶似漆的地步。从此以后，因为我的缘故，他会经常上我们家来。就这样，时间又过了两年。我们的关系就这样也变成了一种很微妙、很少有的三角情感关系。这段时间内，我也时而会和大卫睡到一起，当然，这些我自然是不能跟赛里姆说的。要知道，在人际交往中，有时候人们还是得撒点谎的。然而有一天，他把我拽到身边并苦苦哀求我，要我离开大卫，跟他一起回伊兹密尔，和他结为百年之好。对此，我必须得做出自己的选择。那可是个艰难的选择啊。说真的，一方面，我很想和他一起开始一种崭新的生活，至少我可以拥有一段崭新的人生航程。而且我知道，这样做很值得。不过另一方面，我良心受到的谴责恐怕也不会让我安宁。只是因为我的缘故，那个和我一起同甘共苦很多年的可怜人难道又要再一次遭受梦魇的折磨吗？这对他该是一个多大的打击啊。要是这样的话，他的爱不仅会受到伤害，甚至还会有性命之虞。谁也不愿被人看成是这样的一个恶人，你说对不？在犹豫徘徊间，差不多一年时间又过去了。说真的，我不想失去赛里姆。我告诉自己，生命就这样在悄无声息地消逝着，人生苦短啊。值得庆幸的是，自己好歹还是个有人要的女人。我也在劝自己，他的哀求应该也不会再持续很长时间了。我好害怕，我真怕自己的人生又会有闪失，要是这样，那我可又要为我的人生付出更惨重的代价了。然而，不知怎么地，我还是觉得不能抛弃这个受伤的男人，在他面前，我不妨再扮演一下母亲的角色，多给他一些关爱。某天晚上，等他醒酒后，我正式放开胆子，告诉了他一切事实真相。他没有打断我的话，只是低着头，仔细听着我的坦言。对于自己的事我倒是没多说，也只是说了个大概。我要让他知道,我虽然做了这些事,但我并不想伤害他,同时,我也想告诉他,自己去意已决。为了挽救我们的婚姻,我付出了百般努力,但最终还是没能获得成功。是的,我们两个人都没能获得成功。当他知道我最终下了这样的决心后,他大笑了起来。是的,很狂躁地笑了起来,不过,却没有任何愤怒的表情,看来,他对我也完全没什么气可生了。甚至他的反应都很奇怪,他告诉我,说我离开他是对的。听到这些,我不知该如何回答是好。他这样不为自己辩护,也不感到生气,这着实让我很难受。其实,我早已做好了和他交锋的准备,也不想轻易地就被他这样打发了。但是你知道,问题出在哪了吗?他告诉我,他早就觉察到我和赛里姆之间的那种关系了。听到这些,我惊诧不已,也不知所措,就想着要和他好好解释一番,可是,他对我摆了摆手,说已完全没那个必要了。不知怎么地,我的眼前第一次出现了这样一个男人,感觉这么多年来一直在用家庭暴力折磨我的人,怎么突然间一下子变成了一个圣人或光明使者。是不是他又在和我演戏呢?此刻的我无话可说,也只有沉默而已。我知道,要是我现在做出让步,或者临阵退缩,甚至放弃原来念头的话,那将意味着我会彻底放弃眼前改变我人生的最关键一步。正由于此,我告诉他,我马上就准备办理我们的分手事宜,具体的离婚手续我们可分别交给各自的律师办理。听到这些,他再次显得很大度,说自己绝不会在中间制造任何的麻烦和障碍。只是真正的问题倒不在于此。我们的儿子阿维并不想跟我走,他情愿留在他爸爸身边。可不是嘛,此时的他已是一个 11 岁的半大小伙子了。我能做出这样的决定真不容易啊。就这样,我还是决定让他待在那边,只是我不断地告诉自己,一定要经常去看望他,多关心他。我是一个多么狠心的母亲啊,不是吗?听了这样的事,我想此时的你一定会瞧不起我的。不过,我觉得,要是他待在那边的话,也许情况会更好些,因为我不知道,到了伊兹密尔后,我自己还将经历怎样的人生。通过我们母子之间这样经常的来回走动，也许有一天我能说服他，让他来到我身边。另外，随着他逐渐长大，越来越懂事，也会更加理解我这个母亲，理解我因为爱情的缘故而饱尝了这么多的人生之苦。这一次，我获得了这场爱情的胜利，我终于收获了这份美满的爱情。这之后我都做了些什么，你听了一定会觉得吃惊的。反正我坚信，这是我人生中做得最成功的一项决定。

这之后，我确实是三天两头往以色列跑。我做了自己该做的一切，为的是要向阿维证明我不仅不是个狠心的母亲，而是一个事事想着他，时时思念他和关爱他的母亲。当然，对大卫我也要报以同样的情感。我也经常帮助他，不时给予他无微不至的关怀。这种母爱关怀又是何等的奇异少见啊。令我吃惊的是，不知怎么地，他居然变成了一个很安详、愿和人要好的人。他再也不像从前那样贪杯了。这真的是令我难以想象，但事实就是如此。我甚至还给他，你听好了，找了一个新伴侣。他们觉得可以先尝试着相处一段时间，然后再考虑是否结婚。他的新伴侣是个很洒脱的女人，干的是记者这一行。她有过四段婚姻，并育有五个孩子。后面这些年，我发现，他们的婚姻生活过得很好，也没有谁觉着自己不幸福。真的，该做的我都做了，为的是我的良心最后能得到抚慰。有时候，我感到很悲伤，大卫在他的另一段婚姻中找到了他所要的东西。不过，我对自己现在的状况也没有任何的不满。随着时间的推移，我和儿子阿维之间慢慢地也出现了一些问题，我认为这些问题正是我为所做选择而付出的一种代价，我要尝试着去解决它，并勇敢地担当起来。是啊，毕竟每个人都是以这样的方式长大成人，然后选择自己的人生道路，学会他应该学会的一切。

那场婚姻风暴看上去也已平息。现在，因为生意上的事，我也经常飞往以色列。赛里姆一直都很支持我。毕竟我们也经历了当初的那种激情，尽管如此，我的生活过得仍是有滋有味，对此我也可以说是甚为满意。也许，他会给你一个他无所不知、无所不晓的印象，但他确实是个好人。他知道怎么生活，怎么与人交往，有时候他会想到一些你根本想不到的问题，并发表自己的见解，比如医学知识，古董交易，还有音乐欣赏啊等等。有时候他就是这样让你吃惊不已。他从哪，又是怎么了解到这些东西的，我真的一无所知。但这个老顽童就是这么可爱，让你觉着亲近。见了面，我想你一定也会喜欢上他的，我敢保证。

我们一直没有孩子，反正我们俩也不想要。有时候，阿维会来我这里。他长得可帅了，一看就是个调皮捣蛋的家伙，你就相信我好了。他已在部队服完了兵役，而且还是在一个特种部队里服役的。你想象不到，那时候我有多担心，多害怕。现在，他已在上大学了，他学的是社会学专业。你别把我说的'特种部队'不当回事噢，这家伙现在居然成了一个地地道道的反战主义者呢。身为学生，他会参加各种和平示威游行，甚至还在相关组织机构里担任了重要职务。也许由于他良知方面的原因吧，他还积极支持反战人士的正义之举。从前，作为一名战士，身经百战的他还有什么没经历过呢？我真不希望他再卷入到许多人生的漩涡中。然而，这就是他现在的人生，我们又能帮到他什么呢？在他面前，我早就不再像我母亲那样颐指气使，让他按照我的意志生活。而且要知道的是，他毕竟生活在另一个国度，是在另一个环境里长大的。可以说，我们这种家长意志在那里几乎没有市场，也绝对是行不通的。当然，要是情况或环境是另外一回事的话，那我可就不会这样做了，这要根据我自己所经历的情况而定，特别是根据别人待我的情况而定。谁知道，将来某一天，我们还能做些什么呢？哎呀，不知不觉已讲了这么多，这就是我的生活，我的人生，亲爱的。怎么样？我讲的这些一定给你留下了深刻印象吧？”

说完这些，她的眼睛已完全湿润了。紧接着，她又微微地笑了笑。此时的她看上去已不像是一个曾遭受过不幸或者对自己的所作所为感到后悔的女人，而是一个抗议曾为自己的人生付出过代价或必须要付代价后内心已饱受伤害的女人。尽管如此，她还是颇感自豪，因为她既承受得起那些差点要了她性命的痛苦，同时也能保持一个正直的人品。可以说，现在的我对她更刮目相看了。这一刻，她看上去真的很美，尤其是那张脸庞，简直比她少女时代的脸庞都还要美丽，还要让人印象深刻。她的这个故事我听得津津有味，只是偶尔用眼神传递了我的反应，而且这中间，我几乎也没怎么插话，也没发表任何见解。

看来，和她一起在伊兹密尔所经历与分享的还不只限于她那番人生讲述，甚至故事结束后她向我所提的那个问题就说明我们的交谈还远远没有结束。我知道，我不能只专注于倾听，更多的是在她的要求下，我要将自己设身处地地融入她的故事中。毫无疑问，我对此印象深刻，要是否认这种感觉那可是毫无意义的，也就是说，我能感受到，自己和她有着同样的情感。我拿出一根雪茄，正如她所期待的那样，我随即开门见山，发表了自己的见解。这番话，既坦率，又出于本能。

"不可思议！我怎会想到还有这些事发生。我不得不再说一遍，你所经历的这些事真是太不可思议了！不过，需要我对你说些什么吧？其实，有许多女人她们就喜欢经历这样的事。能把这些当故事讲的人生可真的不错，不是吗？不说这些了。真的很不错，你经历了这一切，尤其是现在的你看上去一切都很好。真的很好，请相信我好了。"

我的这番话意味着对她人生经历的一种肯定和赞赏。无论如何，我都是这个意思，不仅是我，甚至她自己可能都认为这很有必要。她是否还坚信自己曾经历过一个很正确的人生呢？这一点我无从知晓。也许这个问题又是一个需要我自己回答的问题。不过，听到我这番话后她脸上所流露的喜悦之情也等于让我回答了自己的问题，否则的话，我又怎么能解释她为什么那样急不可耐地将自己的过去原原本本、详详细细地告诉我呢？另外，从她的喜悦中，我也看到了痛苦和哀伤。当她回答我的时候，她的语调和面部表情已完全反映了她的思想情感。面对生活，面对自己，她所表达的话语中总能听出一些自嘲揶揄的语气来。唉，当年那个骄横任性的姑娘可早已不复存在啰。

“谢谢你了！那究竟是怎样的人生啊，不是吗？就像人们常说的那样：要是我将这些都记下来再整理一下的话，那它完全就是部很精彩的小说了。”

我没有理会她。我想更好地知道，对她来说，到底什么样的生活才是适合于她的生活，她究竟会选择怎样的生活，而且她又如何承担和面对她选择的生活。此时，那种友谊之情再次在我们内心萌生。毫无疑问，这一次我们将带着别样的情感来经历这些。不仅如此，我还要再越雷池一步，以恋人的口吻，和她调侃一番。当然，我能感受到，能接受我这个角色她也是内心窃喜，乐不可支。

“我们现在该做些什么？鱼我们也品尝了，酒也喝光了，话也聊得差不多了，而且我们的心也靠得更近了。现在，你是不是也想去宾馆，和我一起歇一会呢？”

在经历了上面所发生的那一切后，我们开的这种情感玩笑是多么自然，多么轻松啊，当某个人排解了自己心中的苦闷后，他又是怎样的如释重负，心情舒畅啊。这些话其实也是某种愿望的另一种表达，那就是，她应该带我去往一个新地方才是。换句话说，如果这些人生不幸带来的却是随后的意外之喜，那这样的表达又是何等滑稽，何等的不靠谱啊。对此，我深信不疑。没想到，我的这番话还真带来了我期待的效果。她的话听上去颇有些挑衅的味道。不过，这种挑衅既和我们根深蒂固的友谊协调般配,也和她无穷的女性魅力相得益彰。此时的她真可谓是很好地把控和施展了自己的魅力。在我看来,这种魅力真是和她太般配协调了。

“你会看到你想不到的那一切的！理所当然我要带你去我店里看看！我们就走过去吧,这样也有助于消化。我看,只要有一线希望,你最好还是减减你那一肚子油呢!”

听到这些,我差点从嘴里冒出“你看看你那水桶腰!”这句话来。就在我们今天刚见面时,我就发现,她那腰围显然比从前增大了许多,因为我已透过亚麻布裙将这些尽收眼底。在这种情况下,我本该对她说:你这身材可真令我喜欢。不过老实说,现在的我并不想将这种情色玩笑继续下去,也不想给她留下粗俗的印象。毕竟这个年纪的我已学会了,当玩笑已开得差不多且变得索然无味时,最好就此打住。这时,她准备结账。本来我想埋单,可她却执意不肯。只见她再次面带微笑,请求我别再多话,那神情一看就是个说一不二、特别自信的强势女人。

“你那钱在这可不作数呢,小伙子！你是客人,当然由我来请你啰!”

我也笑了笑,并做了个客随主便、悉听尊便的手势,我想以此来掩饰一下自己内心不安的情绪,但同时心里也美滋滋的,因为我那手势已明白地告诉了她,我是完全可以付账的哩。一句话吧,我这样做也是无可厚非的。特别是她已有言在先,那我就更不好反对了。不过,坦诚地说,不和她抢着付账也许是对的,因为在我看来,这顿饭一定不便宜。另外,不知怎么地,我也越来越有雅兴欣赏和品味她那种迷人的强势风采,而且还可以从不同的角度欣赏她的一切举止。是啊,从前那个叛逆的女孩现在已变成了一个成功的女商人,她一定也会像今天一样和她的朋友们一起在许多环境幽雅的地方度过一段段愉快美好的时光。这样的女人我真心喜欢。是的,我们生死相依的人生故事就是这般有深度,它会经常提醒我们,一切所发生的,一切所经历的,都不会无缘无故,都自有它深刻的原因和内涵。

让一个女商人来付账,尤其是让一个经历过这般人生故事的女商人来付账,老实说,这样的审视和思考不得不让我感动,但同时也让我觉得有些奇怪,我在认真观察着这些细节。终于,我留意到,在用信用卡付账的时候,她这番解释是多么的有必要。原来,这顿饭钱可以从她公司的招待费中开支,并计入公司的经营成本。在完成这些必要的手续后,她起身拎包离开了座位,并让我稍等片刻。不难猜出,此刻的她会去哪里。几分钟后,回到桌边的她告诉我,说我们可以离开这里了。看来,我还真没猜错,刚才的她就是上卫生间补妆的。于是,我要让她知道自己所看到的这一切。

“你今天打扮得真漂亮啊,漂亮得都令我窒息了!”

听懂我这番话后的那一刹那,她脸上露出了一丝羞赧的表情。说真的,我很喜欢她这种表情。只见此时的她正用她迷人的目光掩饰着这种表情。她越这样,我就越清楚,她究竟为谁,而且又是怎样施朱点黛,尽展芳容的。当她刚才在镜前补妆的那一刻,她到底想到了什么,而且又是在想着谁呢?我没再多想下去。真的,有时候,许多无厘头的问题不知怎么地就这样钻进我脑子里。我明白,生活已将她变成了这样一个女人:她生活在现在,已没有什么比现在、比当下更重要的了。也许她仅想到了,那一天的我们接下来还要做些什么,这些也只有等我们经历了才能知晓。

就这样,我们离开了饭店。慢慢地,我们沿着来时的路走了回去。这一次,是我先主动挽起了她的胳膊。有好长一段时间我们俩都没再说话,就一直这样往前走着。我无法知道,此刻的她在想些什么。突然间,我想到了约格斯,想到了已离我们远去的那段狂风暴雨的日子。在我的记忆里，这一切已不再像是我们生命的某一部分，更确切地说，它就像我曾看过的哪部电影一般，隐隐约约，真伪难辨。在我听到那些事情后，仿佛时间又离我更远了一步。是啊，有些伤痛可以以这样的方式得到缓解，而有些伤痛却是一些根本无法忍受的伤痛，它时时堆压在我们心头，也无法从我们的内心排遣，最后我们不得不深埋进自己的灵魂深处。看来，那种心灵创伤也只能用百般痛苦来医治了，是的，用痛苦来医治。只有这样，我们才不会在各自的人生路上迷失方向，才能更好地理解我们人生历练中每分每秒的价值所在。她是否有时候也会从相同的角度、以相同的观点来观看这部电影呢？会不会在某个孤寂深夜的幽梦里，在独自欣赏抒情小调的那一刻，那些青春岁月会突然间叩开她的记忆之门呢？记忆在慢慢回归……这句话，我是在哪里读到，又是在哪里听到的呢？

此时，双目低垂的她两手交叉着放在胸前，挨着我并缓步前行着。从表面上看，在经受过不计其数的狂风暴雨和遭受过不可估量的人生损失后，她已找到了一个宁静的港湾，但实际上，谁知道那些人们没看见的那些实际情况又是怎样的呢？是的，她那些还未显露出来的，未谈及的，或者未告知的情况背后又是怎么一回事呢？也许随着时间的推移，我们还要趟一滩更危险的深水。不过，我相信，凭借我们所经历的一切，我们会积蓄力量，安全地泅渡过去。我们还有很多话要说，也许只言片语甚至一两个字就能勾起我们的另一番回忆。比如我可以先跟她讲讲我在她之前所找到的这些朋友的事；我也可以说说自己的事；也许我只能讲讲我能说的事。我相信，她一定也在期待着我的讲述，我乐于相信这些。为了能再往前迈一步，也为了打破沉默，我相信，真正的这一刻已经到来。于是，我用听上去特别轻松的语调抛出了我的话语。

“内兹米我也找到了。你肯定想不到，他都干了些什么。”

我们走过了艾菲斯宾馆左边那条树荫浓密的街道。她察觉到，此刻的我是多么悲伤。她抚了抚我的后背，然后又挽起了我的胳膊。她的这番举动看上去就像是一个我极要好的异性朋友一般。可以说，她是最了解我的异性朋友之一。她知道，在那段岁月里，我和内兹米是怎样心心相依一起缔结了我们的友谊，而且我们之间还有过怎样的争吵，谈论过哪些日常话题。尽管有时候会发生互相朝对方头上扔东西的事，但我们之间却始终充满了体恤和友爱之情，而这些对于我们这些"剧团成员"来说也都是些家常便饭的事。内兹米也算是一个很保护她的人。记得因为她的缘故，内兹米还蹲班留级了整整最后一个学年。他帮助她复习考试，在最后一门文学课考试的时候，他还特地坐到她身边，让她抄袭自己的试卷。尽管他知道，艾斯雷夫·贝依先生已觉察到这些，但一切已为时已晚……很遗憾，这一次，她没从她喜爱的人那里得到任何帮助。是的，他们曾有过一段火热的情感。就像人们碰到每一段火热情感时所发生的一样，等到有一天他们再一次发生怄气争执的事情后，明明知道能重归于好，但最终还是做出了分手的决定。她总爱将他称为烦人的家伙或好管闲事的傻子，可是，要是没他的话，她又能做些什么呢？谁知道这之后还会发生怎样的事呢？我敢肯定，这些事她永远不会忘记，而且毫无疑问的是，不管是那些日子，还是其他的日子里所发生的事她都不会忘记。然而，面对我所说的这番话，她只是做了一个很普通的反应，那样子就好像他们俩未曾有过那种关系一般。她继续沉默着，没说一句话。她是不是心内窃喜而不想表露呢？或者她是否想和那时候的自己一刀两断呢？要知道，她可是有了要重新参演大戏的想法的，而且她也非常乐意地接受了我的邀请。此时的我暗自有些吃惊，且感到有那么点失望。然而，我还是尽量避免做出迅疾的反应，我最好还是等等再说，因为我不想让她感到任何的不安。就这样，我们一言不发，继续行走着。不一会儿，我们来到了一家很漂亮的糕点店门前。此时，她的眼神和话语都表达了她某种自豪感，显然她要给我介绍这个城市的另一个地方。

“这家糕点店的蛋糕人们从来就百吃不厌。来，就让我俩买一块小的吧。等到了我店里后我们再享用它。你是喜欢巧克力蛋糕还是水果蛋糕啊？”

听到这些，很长一段时间我都不知该如何回答是好。我一直都有这种印象，就是对她的这种行为不知该做出怎样的解释。不假思索，我跟着就脱口而出。

“随便随便，就巧克力蛋糕吧。”

就这样，我们走进了糕点店，来到玻璃柜台前。不过，更确切地说，我是被她领进店里的。店里的装潢布置、店员的服务态度，还有那些精致的蛋糕等无不展示了我们已身处一家档次颇高的美食店里。同样能看出的是，她也是这里的老熟人、老主顾。一个自信、乐观且强悍的女性又现身于此了。看来，这个女人早就告别了那个缺点不断、弱点颇多的女人，而那个女人几分钟前就在我身边，跟我讲述着她的故事。而现在出现在我面前的却是一个热爱生活、做事颇有能力、事业成功的女性。看来，这样的女性和她本人也很是相称。是啊，这也相称，那也相称，以至于我不得不反问自己，到底哪一种身份才是她真实的身份呢？也许两个都是，也许两个都不是，也许只有其中的一个会是，而这个身份我无法甄别，且她也没做任何的展示。就这样，我仔细观察着她，看她如何与那些服务员交流沟通，如何了解蛋糕，又如何挑选蛋糕。让我尤为受宠若惊的是，她还将我一一介绍给他们，说我是她的一位颇值得尊敬的朋友，今天前来此地看望她。在这种场合下，我唯有不住点头，频频微笑。也许她脑子里还在想着我刚才对内兹米的那番评价，随后，她又换了一副表情，那神情分明在告诉我：真给你面子，把你介绍给我的熟人，现在你就别臭美,别太把自己当回事啰。紧接着,我们走出店门。我们还像先前那样沉默无语着。看来,我得将自己的这种不快和恼怒清楚地表现出来。然而,没想到,就在此时,她又挽起了我的胳膊,嘴里说出了更撩人、更温柔的话语,那意思分明是她想看看我的态度,并想在我们之间制造出一种和谐的气氛来。

“你还在生我的气吗？你可真是个傻瓜啊！要知道,我好期待你赶快把那些事情讲给我听呢,等到店里再说吧。也许我还有什么要对你说的呢,你知道吗？你放心,我们还有整个晚上,甚至整个夜里的时间呢,而且明天还可以接着再聊。你是几点钟的飞机?”

听到这些,我有些不爽,因为她竟这样很冒昧地决定我的行程安排。不过,让我颇感轻松的是,对于我刚才告知她的事,她并没显出对于什么都不感兴趣的表情来。我告诉她,我乘坐的是明天晚上八点钟的飞机。看来,我们有的是时间,而且还有新的话匣子要打开。另外,有关伊斯坦布尔的故事讲述看来也能够期待到。尽管我不知道我们会有多深的话题要谈,但此时的我也只能接受她的建议。很快,我们就到了她店里,只是其间这段时间,我们也没有多聊其他什么事情。

一进店里,迎接我们的是一位个子不高,但体态却很匀称的年轻女孩。她皮肤黝黑,有着一头长长的黑发。脸上的妆显得有些过,而且裙子也是短短的。她看上去很活泼,应属于生性好动的女孩。我很快被介绍给了她,而且这一次是被作为长者但同样还像刚才一样是被当作一位尊贵的朋友来介绍的。面露微笑、灿若桃花的她实在是太可爱了。我注意到,她牙齿虽洁白,但有几颗却长得不怎么齐整,甚至还有点歪,所以,尽管她有一张漂亮的脸蛋,但真要是给某个牙膏品牌做广告模特的话,那显然还是有所欠缺的。尽管如此,她浑身还是散发着无穷的魅力,也许恰恰就是那几颗牙齿有点显眼,特别招人喜爱的缘故吧。或者又是因为她会和人打交道的缘故呢？总之，她一看上去就是个很有勇气、无拘无束的女孩，也一定是个很开朗喜欢和人打交道的人。我将手递给她，想和她握握手。她也将手递给了我，而且还用力地摇了摇。她看上去真的好年轻，大概也只有我女儿那么大，但在这个场合，我还是将她视为一位很受人尊敬的女性，并向她致意。毫无疑问，透过我的反应，她肯定能意识到自己在我面前所散发出的那种魅力。对此，我也不想刻意隐瞒，因为我俩刚一见面时，我心里不知怎么地就有了一种异样的感觉，而刚才的我却还是好好的，也根本没这种怪怪的感觉。一个人的情感怎么这样突然间说变就变，而且还一下子跌进自己都想不到的那种情感深渊呢？此刻，我不能断定赛丽是否看出了我的心思。不过，她很快就有了反应，而且待我仍像刚才那样，仍将我视为一位颇受人尊敬的长者。

“等等！让我来给你介绍一下，这是我们的贝尔芬。贝尔芬已经订婚了，不久她就要做新娘呢。”

她不明明在给我难堪吗？然而，如果这是调侃之辞的话，我还可以将玩笑接着开下去，这样既快乐了自己，也能让她们俩开心，而且这也是让自己从尴尬中脱身的最好办法。

“哎呀，还有这样的事啊！那真是太遗憾了，唉！怎么一碰到这样的事我就总晚到一步呢。”

听到她的名字时，我还一直在紧抓着这年轻姑娘的手没放。她明白，在她听到我这番话后所发出的笑声中，我已感觉到她是多么的热情和自信。我以一种长者的目光盯着她，不过，这种长者的感觉实在要打一个大大的问号呢。我的玩笑会带来怎样的后果，她的话语已给出了答案。只见她一边回答我，一边还目不转睛地紧盯着我，那神情可是妩媚极了，而且她那种做好挑战准备的语气中又夹杂着意想不到的柔情和诙谐。

“也许其他的人也来迟了呢，这您又怎么会知道呢？”

我真没想到她是如此的机智幽默。面带微笑的我此时心也跳得越来越快了。我此时的情感到底又是怎样写在我这张老脸上的呢？我不知道。就这样，我暗自决定，还是沉默为好。要是我听到了什么，就不妨高高地扬一下眉毛，报以微笑即可。总之，千万可别再干那些哗众取宠，招惹麻烦的事了。谁知道，要是现在赛丽不来点话题的话，我们的交谈又该怎样进行下去呢？就在此时，她来了个及时的救场。

“这姑娘就是本地人，我的老伙计！她真的人见人爱，会让所有男人为之疯狂的。你不知道，你刚才有什么样的表现吧？你先离开会儿，亲爱的贝尔芬！你让这位先生先安安神，去给我们端两杯咖啡来。我这就陪你去吧。我们把蛋糕切好放到盘子里。我要让我们的客人尝尝，看看蕾罕①蛋糕店的蛋糕到底有多好吃。”

一边说着这些，她一边微笑着看着我们俩，那神情俨然就是个女老板的模样。此时的贝尔芬也笑了。从她的笑意中不难看出，她好像就把赛丽看成是自己的大姐一般。只见她从我身边擦肩而过。我闻到了一股香味。那是一种很迷人的香水味，而且是一股香料味，很是特别，很是浓郁，这愈发给我留下了更深刻的印象。看样子，她很想让我闻到她那股芳香味。当她消失在后面那间看上去应该是个小厨房的房间里后，我发现也准备过去的赛丽正用一种揶揄的眼神在看着我。我赶忙趴在她耳朵上连说了几句“这姑娘够辣！”“够爽！”“够刺激！”，为的就是要表达自己对贝尔芬的那种火热情感。

听到这些，她“噗”地一声笑了出来，接着又赶紧将食指放到嘴边，那意思分明是她站在我这边，而且也让我别再做出什么唐突之举。我笑着

① 蕾罕(Reyhan)，土耳其女性用名。另也指唇形科植物。

点了点头，表明自己已明白了她的意思。

就这样，我独自一个人待了会儿。我打量着周围的一切。商店布置得很有情趣，也颇有情调，整个布置装潢就像出自于一个专业的室内装饰设计师之手一般。这时，她俩回到了我身边，手里还拿着杯盘餐具和纸巾等东西。每一样东西、每个细节都显示出女主人不俗的品位，一眼就可看出她已拥有了好生活，而且也为此奉献了自己的一切。她们把拿过来的东西都小心翼翼、整整齐齐地放在了小桌子上。桌子下的小格子里有许多杂志，看上去，每本杂志都和女性内衣及泳装品牌有关。此时，贝尔芬端起她的蛋糕盘子和咖啡杯走到了店里的办公桌边。她先是将有些衣物叠好，然后整整齐齐地将它们归类并放到货架上。不知怎么地，她的微笑似乎一直就挂在她的脸上。我无法将视线从她身上挪开。为了别让自己看上去呆傻痴迷，我特意从蛋糕上切下一块放进自己的盘子里。我这样做，不仅可以转移一下自己的注意力，想想还有什么话题可聊聊，而且我还可以多夸夸赛丽，她一定期许已久，正如她所说的，这蛋糕真是太好吃了！有这样简单的表扬之词就可以缓解一下我尴尬的处境了，而且这还可以让她聊聊这个城市糕点店的有关情况。是的，除了做精致的蛋糕外，这家糕点店还以做草莓酥饼见长，如果想品尝奶油面卷的话，那最好还是去斜对面那家名叫邦茹①的糕点店。若是品尝咖啡，我们俩本是可以去趟海岸边的哪家咖啡店的。我在听她说着这些事情，也曾想竭力听进去，但不知怎么地我却无法集中精神，只是因为此时的我老是将目光投递到贝尔芬身上，并想用自己的微笑来回报她的微笑。唉，那微笑是多么的迷人啊，她怎么那么认真仔细地在叠着手里的衣物啊。我在想象着她那黝黑柔滑的肌肤，又想着她穿上了那些性感的

① 邦茹，法语“Bonjour”的译音，即“你好”的意思。该糕点甜食店取了一个法语店名。

内衣,难道这种景象还不刺激撩人,令我意醉神迷吗?商店不大,尽管她不在意我俩的事,而且也没让人感觉到她就在一旁似的,但我很清楚,我俩所聊的东西她一定都听到了。说真的,这种到哪都不显山不露水的个性同样令我神魂颠倒。突然间,不知怎么地,我又感到那姑娘好像是有意甚至是故意在做着这些,她到底要唤醒我怎样的情感呢?这一刻,我仿佛已变成了一个小玩偶,正被她玩弄在股掌之间。随后,因为刚才赛丽提到了糕点店的事,我也顺便向她讲述了一下有关自己从前的事,比如我当初就觉得开个蛋糕店很不错,然后又好长一段时间在琢磨着想开个饭店,然而却遭到我父亲的痛斥,最后我不得不打消那些"荒唐可笑"的念头。说完这些,我们都大笑不止。说真的,只有以这种方式我才能将我的故事栩栩如生、绘声绘色地表达出来。当然,我也希望贝尔芬最好也能听到我所讲的一切。她的微笑仍像刚才那样挂在脸上,没有丝毫的改变。她仍还在那样忙着自己的事,就好像没听到我们在说什么,或者对我们的事一点也不关心一般。我再次地领略到了她那种隐含内敛的魅力,我还是无法从中跳脱出来。然而,我们不能老是这样一味地谈着这些肤浅没用的话题,还是想办法慢慢回到我们都关心的正题上来。还是赛丽先意识到了这个问题。她告诉贝尔芬,如果她手里没活儿的话,她现在就可以先走一步,下班回家了。听到这些,她很高兴自己可以提前下班。为什么一到关键时刻她就能听到我们所说的话呢?而且,在我们吃完蛋糕,喝完咖啡的时候,她也早已将桌上的那些衣物叠好后放到货架上了。在她弯腰收拾小桌上的那些餐具时,我已能相当清楚地看到她低领衣服里那对若隐若现的乳房。她穿的是一件绣有花边的黑色胸罩。只见她再次装出一副不知道我对她感兴趣的样子。但我知道,这是不可能的事。我敢肯定,她一定会喜欢我们俩这种半推半就、愿打愿挨的游戏。我们就这样用眼神和动作替换着交流,一会儿含蓄收敛,一会儿又欲擒故纵。随后，她去了厨房，在那里又待了一会儿。而此时的我们俩却在谈着商店的事。现在，生意做得还不错，而且赛丽已有了一批固定的女客户群。然而，她必须确保一个批量很大的花色品种供客户挑选，所以她要不断投资，扩大经营规模。我们就这样在交谈着。换句话说，我们就这样一直在找一些无关紧要、无伤大雅的话题闲聊着。此时的我们俩都意识到了这一点，只不过我们在等待着，等到只剩我们两个人的时候，就可以好好地深聊一番了。这样的深谈既必要，当然也是我们双方共同期待的。只是这期间，我的思绪还是有些控制不住，不时地会跑到贝尔芬那里。反正这一刻我也没什么其他的事可做了。在这短暂的时间内，我感觉自己如坐针毡，度日如年。她终于回来了，而且还化了新的妆容。只见走到我身边的她又像我进门时那样向我伸过手来，看来，她不想错过这个机会，她想告诉我，说自己特别高兴有这个机会能认识我。说话的那会儿，她还是那样面带微笑，那双黑黑的大眼睛也一直没离开过我的目光。我感觉到，这一次她又用力握了握我的手。此时的我很激动，感觉自己好像站立不住一般。于是，我吻了吻她的面颊，并告诉她，我也很高兴能在此结识她。只见此时的她笑得更灿烂了，而且脸蛋上居然还泛出了几朵绯云来。这就是我所经历的事。可以说，我既看到了自己想看到的东西，也明白了她所展示的一切。我能想象得到，在此之前，这姑娘一定学了很多逢场作戏的处世术，正是凭借这些柔媚之术她才能翻手为云，覆手为雨，将一切玩弄于股掌之间。而且，她也会将自己的工作做得很完美，同时给人留下一种值得信赖的感觉。要是赛丽就这样将商店交给她经营，或由她掌管，那结果又会怎样呢？她身上的那股香水味又给了我一种更刺激、更迷幻的感觉。她告诉我，她随时都欢迎我来伊兹密尔做客。我也告诉她，从现在开始，我会经常来此地转转的。从外表上看，这种相互道别的话语尽显了主人的盛情，实际上我的感觉也确实如此。不管怎么说，我已深深地为她所魅惑和陶醉，甚至已到了不能自拔的地步。回答我话语的那一刻，她还是那样妩媚地微笑着，而且还意味深长地和我交换了一下眼神。这一刻，透过那眼神，我更明白，她完全将赛丽看成是自己的大姐。而此时的赛丽却正用那种略带嘲弄，但又特别友好的神情盯着我。所有这一切都没能逃过我的眼睛，我也真真切切感受到了这些。就这样，她告别我们，离开了店里。唉，佳人已去，剩下的也仅是残留的余香，而且也没能聚留多久，很快就飘然而逝。我不知道，在今后的日子里，她那迷人的身影将引领我奔向何方，而且在我的内心深处还将会幻化出怎样的玉魂倩影。

现在，店里就剩下我和赛丽了。我发现，要是我三句话不提这姑娘的话，我还真憋得不行呢。看来，想再掩藏自己所看到的和所想到的已没了可能。

"她真是太迷人了，太有诱惑力了！如果你问我，她要是个不愿结婚的姑娘，那我该做何打算啊？哎呀，她真的好年轻，好年轻啊，浑身都充满着朝气啊。"

我无法知道，自己的话究竟在多大程度上表达了自己的情感，但我还是期待得到她的赞同与认可。她的话语不但印证了我的期待，而且还将我带入到另一段人生经历中。

"要是我现在告诉你，她的家庭来自于哪里，她现在又在哪里生活的话，你一定是不会相信的。你听说过'强制遣散村落'这个历史典故吗？"

我当然知道这些。这曾经是我们这个国家的另一种伤痛，关于这些也没人愿意多说了。我只是不吭声地点了点头。仅是这个贝尔芬就已经让我够好奇的了。我又沉默了。看来，我们所谈到的那些话中能给我留下深刻印象的，除了这个到现在为止我还很陌生的女孩的故事外，还有一个看上去我很熟悉的女人的另一张脸。对于这张讳莫如深的脸，要是我不仔细听它主人的故事的话，那我是永远也无法看清的。

“贝尔芬当年就是和她的家庭一起从那个地方被驱赶到这里的。她来的时候，正好赶上小学毕业。那究竟是一个什么样的小学啊？她给我的第一印象就是整个人又瘦又小。不过，她就像现在一样，有着那双闪闪发亮的大眼睛。她的家庭很穷困，那个年龄的她应该上中学才是。是啊，生活中就常会有想不到的事发生，而且有些事的发生也可以说就是这么巧吧，真的是这样。你不知道，贝尔芬的母亲是我店里一个清洁女工的堂姐。因为这名女工夏天的时候要陪她男人回他家乡，所以她就把她堂姐推荐过来了，于是我们就这样认识了。听那名女工说，她是个很好的女人，我可以完全信任她。很长一段时间，她和她男人，还有孩子都寄住在她家里。来到店里之后，她告诉我她家都发生了哪些事，而且他们一家人又在尝试着面对新生活，一定要从贫困的阴影里走出来。对此，我也施以援手，希望能帮助他们一下。就这样，我认识了这个小女孩。她每次都跟着她母亲一起来店里。她对什么都很好奇，而且所提都是些很聪明的问题。就这样，我很快就喜欢上了她。那时候，她的土耳其语还不算好。总之，我想办法给予她全力支持，就这样，我帮她交了学费，让她接着上中学。她是以优异成绩通过高中毕业考试的。随后，我什么都教她：站坐起立，礼貌交谈，穿着打扮等礼仪举止，只要是我知道的我都教她。我的话她都会一一记在心里，可以说，没有她不愿听的，而且她什么都想学。她父母也曾想办法留在这里，但最终没能如愿。等老家那边的局势平息稳定后，他们不得不离开这里，返回家乡。但贝尔芬没再跟她父母回去，她一直就住在她这个堂姨娘家。在我这上班，她可以用所赚的钱贴补家用，这不是很好吗，我说得对吧？哎呀，我怎么一张口就对你讲了这么多啊？后面还有更精彩的呢！那女孩的哥哥也没回老家。然而，这个家伙不知怎么地慢慢变成了一个流氓无赖。她很惧怕她哥哥，说真的，就连我也躲他三分。有时候那家伙也来我店里，有一次我居然发现他夹克上衣里的皮带上别着一支手枪。吸毒、赌博，没有什么坏事这家伙不干的。贝尔芬男友就是她哥哥的一个朋友。当然，她订婚之事也是迫于她哥哥的淫威才不得已而为之的。这可怜的孩子根本就不愿意，但是我又该如何是好呢？就像一个大姐，一个母亲一样，我已做了自己该做的一切，也觉得自己没办法再帮下去了。赛里姆也告诫我，让我别再管这些乱七八糟的事。也许他是对的。不过我很清楚，她是个勇敢的姑娘，她会将自己的这些事处理好的。我不知道她具体会怎么做，但我知道她深得要领。要是她向命运低头的话，那她将会承受怎样的人生不幸和生活之重呢？现在，面对这种尴尬的局面，我甚至在想，我给予她的一切，或者说我为她所付出的这一切是否是一种过失或错误。但无论如何，这么多年下来，我都没有丝毫的怀疑。”

听到这些，我还能说些什么呢？我沉默了，我想在沉默中试着去理解她这番话的含义。此时，我不禁想起，在某些人生画面背后，到底隐藏着多少凄惨悲伤的命运故事，而且在许多嬉笑怒骂背后，又隐藏着多少人生的伤痛和恐惧，而这其中，有些伤痛和恐惧可以通过嬉笑怒骂来表达，而有些却无法表达和揭示，此时的我要是继续思考下去的话，肯定还会有诸如此类的事会涌入我的脑海。现在听了这些，我甚至有可能会将一两个小时前所产生的那些思想情感抛诸脑后。是啊，细听那些精彩的故事，两个小时也就是一眨眼的工夫，可那两个小时足以让我以另一种方式彻底领略和感悟了另一番人生。不过，此时的赛丽是肯定没有忘记的。当她起身去厨房为我俩再煮咖啡的时候——正如她自己所说的——我只能将她的这种托词解释为，她在期待着我能原原本本地将内兹米的事讲给她听。我再次一个人独处了一会儿。这一次，我无须再东瞧瞧，西看看了，因为我内心在翻涌着复杂的情感：贝尔芬、内兹米、赛普内姆、约格斯，还有赛丽。各种画面和声音一下子全部交织萦绕在我的心头。我想，有些人的生活在另外一些人的影响之下怎么会发生如此大的改变呢？这究竟是一段什么样的历史啊？它究竟有多么的荒诞不经啊？是谁，是什么造成了如此的不公，如此的冤屈呢？这么多年已过去，现在的人们是怎么看待我们，又会怎么评判我们这些人呢？此时的我不禁又陷入沉思之中。于是，我站起身来，将双手插进裤兜，然后走到了玻璃门边。此时的我虽然在盯着路边的行人，但我却更像在审视着自己内心的一幅幅人生画面。正由于此，我也根本没注意到赛丽已返身回来，并且手里还端着咖啡。要是她没惊动我的话，我不知道，我的思绪还会飘到哪里。然而，她的话语，更确切地说，她很想了解内兹米本人以及他的个人经历的那些直截了当的话已将我直接拉回到眼前的现实中来。

“我真的好想听当年所发生的那些事，那究竟是个什么样的小伙子啊！像他这样的人，要么成为身居高位的国家总理，要么就是断头台上的刀下之鬼呢！”

此时的她无法想象当年曾发生了哪些事，也不知道他究竟都经历了什么，她只能凭借自己想象来评价内兹米。我转过身来，看了看身后，只见她已坐在那里往咖啡里添放着砂糖。就这样，我返身走了回来，慢慢落下身子，坐在了她的对面。说真的，刚才她那番话令我吃惊不小。所以，我要用自己的话语和情感对她的那番话再做一番强调和肯定。我在想，这个故事如能从这个方面切入正题，也委实不错。

“他还真被判过死刑呢！结果蹲了七年的牢房呢。”

听到这些时，只见她眨巴眨巴了眼睛，跟着又皱了皱眉，最后低下头来。她明白了我的意思，而且看上去显得很忧虑，这些我都已觉察感受到。这一次，她已没了任何调侃的话语。

现在，我俩都做好了准备。我开始了讲述，从我们当年认识的那一刻开始,所有我记得的细节,我都一一说了出来,同时还间或着发表一下自己的评论和看法。在她仔细听讲的那会儿,她有时会开心大笑,有时眼里噙满泪水,甚至有时候还会愤怒不已。对我们两个人来说,提及这些事却并非易事。此时此刻,我不仅仅在讲述着我们这些好朋友的故事,同时也在诉说着我们这个国家当年所发生所经历的那些事。在讲述的过程中,我们必然还会触及许多新的话题,并且能彼此提醒,重现当年的有关记忆。

同样,那些日子里我们上演的许多剧目又重新浮现在我们眼前:集体剧《阿西耶如何被拯救?》①,舞台剧《克桑城阿里的叙事曲》②,四幕剧《萨勒姆的女巫》③……尤其是提到舞台剧《怨女痴男》④时她的眼中已噙满了泪水。尽管我们的记忆已有些模糊,但这个剧目我们却记得清清楚楚。剧情中,那对男女主人公生死相依,不离不弃,共同反抗着世俗的偏见。面对此情此景,人们会掀起怎样的情感波澜呢?对于这种可能性我

---

① 《阿西耶如何被拯救?》(Asiye Nasıl Kurtulur ?)由土耳其著名剧作家瓦西夫·恩古伦(Vasif Öngören, 1938—1984)于1969年创作而成。恩古伦早年曾留学于前东德东柏林大学,其剧作深受德国剧作家布莱希特的影响。后由于政治方面原因被迫流亡到西德西柏林城。1984年,在荷兰阿姆斯特丹排练剧本时,不幸因病去世。

② 《克桑城阿里的叙事曲》(Keşanlı Ali Destanı)由土耳其著名作家、戏剧家哈尔顿·塔纳尔(Haldun Taner, 1915—1986)创作。该剧作系作家最著名的戏剧作品,充满着强烈的时代批评精神。1964年,该剧被改编后搬上银幕。克桑(Keşan)是一个位于土耳其和希腊接壤的边境小城,现有人口7万多。

③ 《萨勒姆女巫》(The Crucible)由美国剧作家阿瑟·米勒(Arthur Miller, 1915—2005)于1953年写成,原名《严峻的考验》或《狱炼》。剧情讲述了17世纪北美马萨诸塞州萨勒姆小镇发生的一场闹剧,展现了人性中固有的自私、软弱、卑劣、凶顽与良知的激烈碰撞,影射了20世纪50年代发生在美国的反共政治迫害运动。该剧自1981年起在我国上海、北京等地上演,曾演出50多场,反响强烈,深受好评。1996年,该剧由美国导演改编成同名电影。

④ 《怨女痴男》(Two for the Seesaw),又名《两个人的跷跷板游戏》。该剧系美国剧作家和作家威廉·吉布森(William Gibson, 1914—2008)于1958年创作的戏剧作品。1962年被改编成电影。剧情讲述的是一位离婚后徘徊在纽约街头的律师与一位跳舞女郎邂逅后尝试一起重新开始新生活的故事。

们还进行了详尽的讨论。那个时候,我们对生活可是怀着另一种希望,另一种期待的,当然我们也不免心怀恐惧。舞台上看到的那一切是不是我们将来也要经历呢？对此我们很害怕。我们是不是也在抗议父母,抗议家庭,只因为他们不想让我们经历这样的冒险,或者说非要强迫我们接受他们的生活方式呢？是不是我们的恐惧就是我们的某种反抗呢？我们获得过足够的人身自由吗？我们两代人做到了相互理解,相互尊重吗？我们已过上了真正的幸福生活吗？说真的,这些问题我俩都懒得提出,即便提出了,我们也不想做任何回答。生活就是这样天天在继续着,也只能如此,不得不如此。就这样,我们慢慢进入了我俩已无法绕开的话题。再看看她的目光,它已分明表达出面对这种无法回避的话题时的一种哀伤。我感觉到,她想说些什么,于是,我保持着沉默。她点燃了一根香烟。她的思绪究竟停落在何处,还有,她究竟要把我引向哪里,这些心思我早已一清二楚。也许那些日子离我们已非常遥远,但在此时,我感觉它仿佛就在我们身边。

“那天晚上演完戏后,我们俩就和你们分手了。我们随后去了艾尔马达克的某家餐馆。当时,我们还一直兴奋着呢,满脑子都是舞台上的那些情景。不过,我们俩好像有了某种希望,某种兴奋感。我们觉得,我们决不能向命运低头。还记得当时我们临街而坐,并一直注视着来来往往的行人。想着剧中那几对颇有‘生活经验’的夫妻的故事情节,我们又是沉湎于怎样的人生幻想啊？每谈到这些,我俩就笑个没完,乐不可支。”

我听凭自己为她的情感所感染。不过,我觉得,现在正是我插话的时候。反正她不说我也要说。总之,没有任何等待和拖延的理由。

“你知道吗,我也找到约格斯的下落了。”

她看了看我,并尝试着挤出一丝笑意。我看得很清楚,现在的她已没了任何伪装的表情。反正我们内心的那道防御高墙早已倒塌。带着微微颤抖的声音,她问了她想问的问题,而且这一次是那么直接,没兜半点圈子。

“他过得好吗？他现在人在哪里？”

这一次,我又跟她讲述了自己所知道的一切。他为那场战斗曾付出过代价,结果却只能逃到雅典,并在那里扎根,开始自己的新生活。尽管那期间他没回过伊斯坦布尔,但他和那个曾留下自己青春印记的地方却并没中断联系,尤其是他还多次来过伊兹密尔。然而,最后这句话可是这个讲述最令她感到震惊的地方。要知道,我们的生活中究竟有多少难得的机缘巧合会出现啊。都由于相同的原因,他们两个人都没再回到那个曾逃亡离开的城市,然而多年之后却居然有段时间生活在同一个城市里,但彼此之间却一无所知,更谈不上会面重逢了。这是一个多精彩的电影故事,又是一个多吸引人的电影题材啊！要是有个好的剧作家,再加上一个好导演的话,那拍成的电影一定会精彩极了。然而,这就是现实。它既和电影无关,也和小说无关。紧接着,她又问我,他是否同意回伊斯坦布尔参加这场演出。她的话语声还是有些颤抖,毕竟我的回答已超过了大戏本身的内容。我告诉她,他还没最后下决定,但在我看来他很有可能会回来的。听到这些,她点了点头。现在的她看上去不知怎么地却再也不是那个自信女人的样子了。只见她笑了笑。我不难理解,她这种微笑究竟意味着什么。乍一看,她那张成熟的脸庞上似乎显露出一点孩子气来。此时,她的话语中也只剩下一种痛苦的欢乐了。是的,一种痛苦的欢乐,它已将我们的那段峥嵘岁月用话语很好地表达了出来。

“看上去,剧团成员很快就能凑齐了。天啦！伊子,你这个坏家伙！你看看,你把我的生活全搞糟了,你可要加倍偿还我噢!”

听完这些,我哈哈大笑起来。我知道,她这番话中,根本没有责怪之意，相反，却隐含着一种真诚的谢意。这就是我为何大笑的原因。在这一刻，为了不让我这个计划失去魔力，我暂时还不能告诉她，说剧团成员要全部凑齐几乎不可能了。再一次地，我们又沉默了片刻。此时的我们俩已完全置身在我们精神世界的角落里。突然，她好似颤抖的声音打破了这种沉寂。

“尼索很可能也会来参加的……”

说这话的时候，她为什么会如此激动呢？是不是这颤抖又想让她说出另一场人生相聚和人生回忆呢？

从我对面这个女人的话语中，我仿佛感受到了她的某种失望之情，甚至还有那么些恼怒之情。此时的我感觉到，自己很有必要再往前多探一步。

“他会来的。要是我们能找到他的话，他肯定会来参加的，这一点我毫不怀疑。不过，鉴于这种情况，我还是想得到你的帮助。在那里，毕竟你还有一个熟人圈子，也一定和他们有联系。只不过……只不过，我怎么觉得现在的你突然给我一种说不上来的感觉。”

她笑了笑。她的这种微笑似乎在传递着和她话语类似的情感，还是有那么点失望，那么点恼怒。尽管她的问话很简单，但却让我更明显地感受到她眼前所处的境况。

“啊？你觉得是这样吗？”

我究竟该怎样回答她呢？此时的我脑子里犹如一团乱麻，也不知该说些什么好了。她这个问题究竟是指什么，而且又是指谁呢？是否指的是我刚才所说的，我希望能得到她的帮助，或者是指我刚才察觉出她那种奇怪的表情呢？看来，在这种情况下，我最好还是不要强迫我的谈话伙伴非得说些什么，总之，她想说什么就说什么，能说什么就说什么好了，毕竟，这种会谈不能以我个人的意志为转移，也只能就双方所讲的事情发表看法,或者从没说出的话语中推导问题。我不会对她有什么催迫之举,而且我也从未这样干过。所以,我的回答也充分表达了我的这种态度和观点。

“我不知道……我只是这样想而已。你还有什么好主意能找到他吗?”

她又笑了。我感觉到,从她的笑声中,我听出此时的她不但多了一份坚定,而且还多了一份刻意的隐藏。当然,这仅是我的想象而已。这种想象既有可能建立在事实基础上,也有可能建立在错误看法的基础上。而且更让我没想到的是,我居然还要和这样一个新问题对垒。不过,我还是能感受到,我即将听到的以及看到的肯定会让我大吃一惊,同时也让我充满着期待。

“据我所知,我最后一次看到尼索时,他和一个突尼斯姑娘遇到了一些问题,而且事情还相当麻烦。他们曾谈到过,说准备拍一部纪录片,它讲述的是伊斯兰国家移民家庭的后代在国外的生存状况问题。不过,这件事已过去很长时间了。记得当时我们是在一个我们都认识的朋友家里见面的。他跟我讲了他很多艰难的日子。不过,他对我说过,他过得还不错。那时候他已在海法[①]生活了。我会帮你找到他的,别担心,我肯定能找到他。”

现在,该轮到我微笑了,只是我的微笑中却隐含着那么一丝忧虑。我想再次相信的是,随着时间的推移,我将看到我一定能看到的事情。再一次地,我又玩味起我这句意味深长的套话来,因为令我感到紧张的是,现在的我不得不说说赛普内姆的情况了,要知道,她是唯一一个我们

---

① 海法(Haifa),以色列加利里省首府,地处地中海东海岸。它是以色列最大的港口城市和最重要的工业城市,也是以色列科研和高等教育中心。另外,海法还以电影艺术闻名于世。现有25万居民。

还没谈到的人。

“正如你所说的……”

她又笑着点了点头。现在的她看上去更加温柔,也好像对她刚才听到的那些更宽恕理解了。我不知道情况是否如此。是不是她所表现的那些也是她伪装的一部分呢?然而,不知怎么的,赛普内姆却并没有像我所想象的那样进入我们的话题。就在我俩准备歇口气想缓解下紧张的精神状态时,只见赛里姆从外面走了进来。为了让我知道进来的这个人是谁,赛丽得有所反应和表示。然而,我不知道,此时的我好像从哪里听到了某个声音,它仿佛在告诉我,我面前的这个人就是赛丽的丈夫。所以,相互的介绍认识也没让我感到多大的惊奇和激动。

一眼看上去,他会给很多人留下平易近人、自信十足的印象。进门的时候,他还戴着一副墨镜,还没等我们相互认识,他就迅速将那副墨镜摘了下来。当时的我就在想着,这对夫妻一定收藏了不少太阳镜呢。不过,他这副墨镜看上去和内兹米的那副是多不相同的啊。他那头略显灰白,但鬓角处却有些稀少的长发在后颈处被捆扎在了一起。他那胡子虽更显灰白,但却修理得很讲究。再看那身皮肤,似乎已被太阳烤成了棕褐色。他身着一条牛仔裤,上身是一件领口开得很大的亚麻短袖白衬衫,脚上穿的是一双深蓝色的运动鞋。他那个圆圆的大肚子,再加上他那副健硕的身板,看上去实在和一个男人形象太协调般配了。我能想象得出,在举杯畅饮的时候,这个家伙一定会发出爽朗笑声的。在他紧握我手的时候,我更有了这种印象。不仅如此,在这一刻,我还想到了,这家伙一定也是个玩牌的好手。就像平时每个人一样,我脑子里有意无意间已对他形成了这种印象,并很快确立下来。不得不说的是,和常人一样,我也有大跌眼镜的时候。没想到,这一次,还就是如此。差不多就在我们彼此介绍认识后,他所说的这番话就验证了我人生经验的正确性。

“欢迎你来伊兹密尔。抱歉,我搞到现在才过来。不过我早就想好了,你们俩这么多年没见了,你们肯定是想单独在一起多待一会的。”

与说话得体、有礼有节的人相反,那些第一次见面就显得自来熟并不拘小节的人让我感觉是很不爽的。我相信,在这家伙这番漫不经心、随便马虎的开场白之后,一定还有意无意间隐藏着什么不放心的想法。这一刻,我在揣摩着他的心思。不过,要是让他看出我这番心思来的话,似乎既没必要,也毫无意义。相反,我还要尽力让自己赶快适应这样的氛围。

“谢谢。这样做也不错嘛。我们聊得也不少了,也都把过去的回忆重温了一遍。不过,我们觉得还没聊够呢。要是你愿意的话,你也可以先到附近转转嘛。”

听到这些,他哈哈大笑起来。我不怀好意地笑了笑,然后瞅了瞅赛丽,只见她也在微笑着。毫无疑问,此时她的脸上露出了满意的神情。很显然,一方面,这表明了她男人是个多随和的人;另一方面,我的表现倒也很轻松自在。此时这种场面看上去就像没人会在意一样,管它这些话语有几分真正发自于内心。所以,我的这种感觉到此可以再次被隐藏起来,而且也没有任何必要去深究这些细节。人就是这样活着的,而且他想怎样活就怎样活,反正别人也无权干涉和反对。在这一刻,我只希望自己在今晚后面的这几个小时里也不要无聊,而且也希望在明天这个周末,尽管有可能会有这两个人陪伴,但我也能以自己的方式打发掉这段难挨的时间。就这样,站在那里一番相互问候致意后,我们终于坐了下来,然后尝试着,随便聊一些无关紧要且尽量避免给人带来不安的话题。渐渐地,我们的话题越聊越多,而且彼此都发表了自己的人生见解。反正,在这样的场合下,我们随时都能找到许多话题。他告诉我,他当年也是一个法语中学的毕业生。伊兹密尔可是座美丽的城市,和伊斯坦布尔相比，人们在这个城市生活应该会感到更轻松一些。当然，人们可不能忘记格茨特普①和阿尔泰②两家足球俱乐部，这两支球队可曾经有过一段辉煌的历史。另外，在饮食方面，他认为，能对美食有所了解的人一定会更懂得如何生活。他还建议我，夏天的时候一定要到切斯莫来度假，和他们俩在游船上待上个把星期，而且我一定要把妻子切拉，当然还有我的美酒也一起带来……然而，尽管自己也很想一直聊下去，可我还是渐渐觉得无聊起来。就这样，我一边聊着和应答着他们的问题，但同时也在不断思忖着，究竟怎样才能从这种不爽的交谈中抽身解脱出来。没想到，还是赛丽先想到了救场。她大概已觉察出我此时的感觉。只见她正以一个幸福女人的表情看着她的男人，而且还尝试着，以她那现在对我来说已很熟悉的说话方式来转移话题。还别说，她所选的话题真是太合适不过了。

"宝贝，我们今晚带伊子去喀拉塔斯③吧，你觉得怎样？我们还可以带他参观一下阿桑苏尔升降电梯④以及达里奥-莫雷诺⑤胡同。"

现在轮到赛里姆开口了。正如他这个角色身份所要求的，他也发表了自己的看法。他一边说着，一边看着自己的妻子。

---

① 格茨特普足球俱乐部（Göztepe Spor Hizmetleri ve Tic. A.Ş.）于1925年在伊兹密尔成立。该足球队属土耳其传统足球强队。曾于1950年夺得土耳其超级联赛冠军，1969年和1970年两次夺得土耳其杯冠军，另1970年还夺得土耳其超级杯冠军。该足球队现已降级为土耳其三级联赛球队。

② 阿尔泰足球俱乐部（Altay Gençlik ve Spor Kulubü）于1914年成立于伊兹密尔。该足球队也属土耳其传统足球强队。曾于1967年和1980年两次夺得土耳其超级杯冠军。该队现也降级为土耳其三级联赛球队。

③ 喀拉塔斯（Karataş），伊兹密尔的一个城区。

④ 阿桑苏尔升降电梯（Asansör）系伊兹密尔市的一大景观。它于1907年在当时犹太人居民区内的一个陡坡旁修建而成。电梯垂直落差有70米。通过攀升，可以直达一个名字也叫阿桑苏尔的饭店。在那里，人们可以俯瞰到整个城市及海湾的美丽景色。

⑤ 达里奥·莫雷诺（Dario Moreno，1921—1968），犹太籍土耳其歌手，出生于伊兹密尔。作为词曲作家和吉他演奏家，他大多数时间都在法国从事自己的演唱艺术。

“我本来想好了我们去福卡城①看看。不过去坐一下阿桑苏尔电梯也是个不错的主意。虽然那饭店不怎么样，但在那上面观赏市景的确令人赏心悦目。”

此时的我就好像在扮演着一个看客的角色。只见他看了看我，然后用一种很和蔼的语气问我道。很显然，他想让我一起参与他这个计划安排。

“你听说过那架电梯吗？”

我告诉他，我早就听说过这架升降电梯。不仅如此，我还知道它最近被整修过，不过，自己也一直没机会去现场感受一下。现在，机会终于来了。我告诉他，我很喜欢他这个提议。因为我们是去那里参观游览，所以是否在那上面用餐也就无关紧要了。等一切商量好之后，已没有什么能再阻挡我们出发的脚步。就这样，我们起身锁好店门，然后钻进赛里姆车内，然后便正式踏上了游览观光的路程。理所当然的是，路上自然少不了轿车款式喜好的话题。我注意到，他开的是一辆本田 CVR。他告诉我，他甭提有多喜欢这种越野型轿车了。不止这些，每途经一个地方，他们都会给我做一段简短的当地介绍。我认真听着，并不时地做出相应的反应，因为我相信，他们也期待如此。很快，我们到达了目的地。停好车后，我们先是在达里奥-莫雷诺胡同里边散步，边参观。我们谈论着这位歌手在我们青少年时代里曾演唱的那些美妙歌曲，而且还彼此提醒着重新回忆那一首首歌名，什么《大海与月光》、《别了，里斯本》、《每晚一杯伏特加》、《拉基酒与葡萄酒》，还有《她那红色的连衣裙》等。不知怎么地，我慢慢放松下来，而且我感觉到此时我们三个人都有了某种

① 福卡（Foça），土耳其伊兹密尔省的一个县级城市。它是土耳其国内著名的旅游城市之一。该市濒临爱琴海。城市港口不远处有一个名叫巴克西翁（Backchion）的小岛，岛上多古代宫殿和神庙。该市约有近3万居民。

轻松的感觉。这是否就是达里奥·莫雷诺歌曲的魅力所在呢？跟着那个时候的感觉走，再寻找那个时代的影踪，这让我们无比开心。在寻寻觅觅中，我们彼此分享着那段欢乐与忧愁的美好时光。还别说，这种感觉真的是好极了。总之，我们三个人都希望得到一种彻底的放松。随后，我们又开始谈论起那架有历史年头的升降电梯以及它的出资建造人内斯姆·莱维①。最后，我们走进一家餐厅。那些招待员们都认识他们，特别是赛里姆他们就更熟悉了。若是他们不认识这对夫妻的话，那我反倒觉得奇怪了。因为他个人职业方面的原因，难道坐在我对面的这个人不正是一个对这里的夜生活了如指掌，对每个地方都如数家珍的人吗？总之，我所看到的一切都和我脑子里所想象的各种画面很是吻合。一句话，故事还在继续下去……

点菜的时候，我还是更喜欢肉类美食，所以，他们也客随主便，点了这些菜品。而且，我们还品尝了葡萄酒。等用完正餐后，餐后甜点和咖啡也跟着端了过来。一切就像是平时的聚会用餐一般。要是人们想到这样的招待形式的话，那无非就是一般的礼节性招待而已。然而，今天这个招待从真正意义上来说并不像我一开始担心的那样，要不就没任何意义，要不就让人感到有些拘谨，但结果却完全不是这样，因为我们还要谈到一个人，而且这个人是必须要谈的。对于这个人，我和赛丽一整天也没捞着深谈的机会，她，就是我们都熟悉得不能再熟悉的赛普内姆。赛普内姆啊赛普内姆，你可让我在这么多年后终于在那个阴暗幽深的地方把你找到；赛普内姆，你可是我生命中印象最深刻的女人。不管我有过怎样的人生经历，不管我已做出了什么样的决定，我都会一直将她视为这样一个女人，此时的这种情感正在我的内心深处激烈翻滚着。而

① 内斯姆·莱维（Nesim Levi），一位犹太商人，曾于1907年出资建造了阿桑苏尔升降电梯。

且，根据自己在这个故事中的亲身经历和所见所闻，现在的我也不妨顺带着谈谈自己的某些小秘密。可以说，在今晚这种场合，我已做好了这种思想准备，而且这种想法也一直就在我心里翻腾着。然而，不知怎么地，我却突然决定，绝不能提这样的事情。抱着这个想法，我打开了赛普内姆的话题。我问她，为什么她不打听一下赛普内姆的下落呢？没想到，我得到的答案却让我完全始料未及。这个回答也一下子动摇了我所有的情感基础，让我惊羞不已。她告诉我，她已感觉到，我有什么心里话想说出来，尽管自己一直备受煎熬。其实，早在当年那个时候，她就已看出了我的心思，并觉察到我们之间的秘密。天啦，我哪里会想到，在今天这个场合，她竟会说出这样的话来，是啊，这都过去好多年啰！正由于此，这个回答也一下子提醒了我，同坐在一张桌子旁的我们，对于自己所经历的一切，我们已不需要有任何的掩饰，一切都大可推心置腹，坦诚相见。此时此刻，我暗自惊讶。虽有点像是被人扒光衣服不敢见人的害羞感，但更多的还是一种震惊的感觉。于是，我彻底地打开了话匣子，也没了什么顾虑，把自己所知道的有关赛普内姆的事情，当然还包括最近去看望她的事都一股脑全说了出来。听到这些，她岂止是震惊，呆愣，她早已浑身战栗，一脸悲伤，甚至有那么一会儿她已控制不住，失声痛哭起来。此时的她所道出的肺腑之言是那么的真诚，那么的令人感动。她说，她感到痛苦的不仅仅是因为赛普内姆，还有我们这群人以及我们所经历的一切；她痛哭我们的颠沛流离，她痛哭我们的满心哀愁；她痛哭我们隐隐作痛的伤口，她痛哭我们无法抚慰的灵魂……

在那天晚上的那张桌子旁，随着故事的慢慢深入，我终于意识到，在固有成见的影响下，我对赛里姆的印象和评价是何等的负面和消极，而眼前的这个人却是这样的情感细腻，善解人意。是的，在发生了那么多的人生不幸后，赛丽终于选对了自己的人生伴侣，将自己的命运和这个男人紧紧地维系在一起。眼前我看到的这真实的一切也足以让我为她感到欣慰。对于能否参演大戏之事,他也想给予赛丽最大支持,对此我们还要再找个合适的时间商定。更确切地说,只要赛丽能自己决定就万事大吉了。不过,我不能肯定,后面的她还会碰到什么样的事。但无论如何,差不多所有的人都会回来,重聚在一起。一切都要等等看再说了,看看后面还将会发生什么。

随后,我们起身离开了餐馆,并沿着来时的路驱车返回阿尔桑卡克。他们想邀请我去他们家看看,我没有推辞,跟着去了他们家。说真的,不给面子生硬地拒绝别人可是很不好的做法,所以我恭敬不如从命。看来我们还是想再小酌一番,然后结束我们其他未尽的话题。如果是这样的话,我也可以顺便看看他们的住房情况。要是我能看到的话,这在我们的交谈中肯定也是个少不了的话题。

还别说,房子相当大,不过,里面的布置却很是简陋。不管怎么说,这样的房子总给我一种空荡荡毫无生气的感觉。于我而言,不管房子大小,我都喜欢那种满当当的感觉。只是面对眼前境况,我明白,这些细节背后一定隐藏着他们的某种生活态度和生活方式,当然也反映了他们的人生经历。所以,这样的布置对我来说也说明不了什么问题,而且也无足轻重。当然,这些也仅是我的个人想法而已。也许,在来我们家做客的人当中,也会有一些一见到我那满屋子的家具就感到压抑不堪的人呢。此时的赛丽很有可能觉察到进屋后的我有些许陌生感,于是,她开口打破了沉默。从她的话语中能听出,此刻的她觉得自己有必要做一点小小的解释。

“有些时候啊人们更愿意把生活过得简单些。这样反倒会觉得更舒适、更快乐呢。”

我轻轻点了点头,并且笑了笑,只是没做出任何评价。对于我的这种沉默，人们可以有各种解读，也自然有着多重含义。在此，我不想深究。当然，要是我想说的话，也不是什么问题，哪怕我感觉到，此时的赛丽似乎在期待着我能发表一番见解。还是赛里姆先想到了要调节一下这种气氛。我们想喝点什么？是否来杯白兰地或者威士忌？当然，我也可以选择其他的饮品。我没多犹豫，对我来说，饭后来杯白兰地也没什么问题，而且他递给我雪茄时我也没做拒绝的表示，反正既来之，则安之。说实话，对于今晚的这些事我将来也不想有什么更详尽的回忆，我要回忆且不愿忘记的应该是我们此时谈到的重演大戏的事。赛丽已深深陷入她的憧憬之中。她甚至都已考虑好了如何从本市带一批观众前去观看演出，还有我们的门票收入将作何用途等。然后，我们又跳转到别的话题，什么白兰地、雪茄烟，什么伊兹密尔以及这个城市的女人、历史典故和特色美食等，我们无所不谈。正如赛丽事先所描述的，没有赛里姆不知道的事。我真的不懂，他这个人怎么会懂得这么多知识，而且对什么都感兴趣，且乐此不疲。等我脑子里被灌了这一大通知识学问后，不知怎么地，我突然间感到很是疲倦。差不多两个小时我已耗在了这里，现在确实也时间不早了。于是，我站起身来告诉他们，自己想回宾馆好好休息一下。他们想送我过去，可我并没接受他们的好意。我告诉他们，自己能找到回去的路，而且那里离这个地方也不是很远，此时的我只想着自己一个人单独走一走。就这样，他们也没再强迫我，只好听任我如此。另外，他们还告诉我，他们会在明天上午十一点左右的时候来接我。可是我告诉他们，如果我们能在港口附近那个名叫帕萨珀特的停泊处碰头见面的话，那就再好不过了。我很想在那里用早餐，因为自己对那些没任何变化总是老几样的宾馆早餐实在厌烦透了。他们告诉我，他们会过去的，而且见面时间也由我来决定。而且，要是我想尝尝伊兹密尔当地特色早餐的话，他们还可以顺便带一些人们都熟知的本地特色早点——伯约兹面包[①]外加几个煮鸡蛋给我尝尝。他们不厌其烦地给我描述回去的路该怎么走，但实际上一点也不复杂。我想我是不太可能会因为迷路而找不到住处的。要知道，在许多陌生的城市里，我最终都能在新鲜好奇中找回宾馆。尽管有时候会迷路，或者找不到来时的路，但我却总可以在探索新路的过程中沿着其他的路走回去。尤其是像我这样酷爱摄影的人，总想经历这样的感觉，而且也确实这样做了。在里斯本，还有阿姆斯特丹，我都尽情享受了这番经历。然而，伊兹密尔对我来说还算不上陌生，尤其是自己今天在这里有了更多的见闻之后，那它就更算不上是个陌生的城市了。

我带着满满的自信顺利走回宾馆。进了房间的我很快脱掉外衣并躺到床上。虽然觉得很累，可是我却怎么也睡不着。仅仅就这么一天，我的许多感受，还有那些我听到的许多故事此时一下子全涌入我的脑海。看电视我已没了兴趣，干脆关了台灯，尝试着将脑海里所有的谈话内容再回味一遍。突然间，我不知道为什么一下子想起了贝尔芬。她的笑声，她那棕褐色的肌肤，还有那股香水味……我在想象着她那副不着一丝衣衫的胴体。她那对迷人的乳房上，一定会长着一对挺耸饱满的乳头。当然还有那浑圆香脆的玉臀，那两腿间浓密的毛发……我多么希望自己能和她来一场猛烈的肉体撞击啊。真要是那样，那该是一种多刺激的场面啊。我还想象着，此时的她已怎么打开我房门，然后又告诉我，说她已感觉到我在静静恭候她的光临了。说完这些，一丝不挂的她就躺到了我身边，此时的她已欲火难耐。她在狂吻着我的双唇。她先用香舌舔了舔我的脖子，然后一直往下，我的胸部，我的腹部……最后，她一下子骑到我身上，央求我快快插入她的身体。她那急促的呼吸声，还有那微

---

① 伯约兹面包，土耳其语为 boyoz，伊兹密尔当地特色面点。

微娇喘声此时已让我心襟荡漾，意乱神迷……一番温存后，孤寂中的我唯一想做的事就是能美滋滋地饱睡一番。要知道，这种爽畅刺激的感觉我很多年都没经历过了。这一刻，我真的特别希望她也能感应到我与她做爱的每一个细节。当然，此刻的我也根本无法知晓她在忙些什么，她又在哪里，又和谁在一起。我能拥有的也仅是幻梦而已。然而，即使是梦，它也很甜蜜，也很唯美。终于，我慢慢进入了梦乡……

等我一觉醒来后，差不多已是第二天早上九点半了。我起床冲了个澡，穿好衣服后，背着相机走出了宾馆。这个早上，下了楼的我也没从早餐厅旁经过。这一天的天气不错，看上去等待我们的又将是个较热的一天。路上，我走得很慢。此时的这座城市正从沉睡中慢慢醒来。这个星期日是多么的不同于我第一次光顾这个城市时的那个星期日啊……来到帕萨珀特码头边的那家咖啡店后，我坐到了一张空桌子旁。此时，咖啡店里人还不是很多，我要了杯浓茶。我的桌子就紧挨着大海。此时，一艘轮船正从海湾对面的卡尔西亚卡①缓缓驶来。这个时刻，轮船上的人们又是怎样的情绪和感觉呢？谁知道啊。人生何尝不是如此，是不是许多别样的人生也在随时汇聚到许多不同的地点呢？我拿出相机拍了些照片。要知道，从前的时候我可喜欢拍轮船和码头了。我看了看所拍的这些照片，便立马想到，和从前相比，眼前的这一切又发生了多大的变化啊。今天这里的一切我哪样没拍过呢？今后还有什么在等着我前来拍摄呢？世事沧桑，岁月匆匆，今后的这个地方还会依稀如昨吗？今后的人生时光还会回流倒转吗？

就在我陷入沉思之际，赛里姆和赛丽来到了我身边。当然，他们随身带来了昨晚应允会带来的那些东西。也许这顿早餐对当地人来说是

---

① 卡尔西亚卡（Karşiyaka），伊兹密尔的一个城区。

一顿普通得不能再普通的早餐,但对于我这个伊斯坦布尔人来说,能一大清早就感受这份欣喜,实在是太难能可贵了。他们问我昨晚休息得怎样。我知道,这个问题本身仅是一般性的礼节问候,但此刻的我也只能说:我睡得很好,也彻底休息好了。看来,这一天我也只能这样度过了,那就是说我不但要将我的那个小秘密,或者说那个“小罪过”悄悄埋进心底,我还要像往常一样,日复一日地过着我平淡无奇的生活。然而,也就在这个早上,赛丽给我带来了一份小小的激动和欣喜。她告诉我,她已在互联网上找到了尼索的下落。她只是给特拉维夫的一位朋友打了个电话就获得了他网上的信息。尽管她这次特意克制着自己,但我还是听出了她说话时的那种微微颤抖声。也就是说,这一次,她的这种举动会让人产生更多的猜疑和联想,但却无法猜透此时她心中的所思所想。我没有再细想这些。我只想让她的秘密晚些时候能自动暴露在我面前,而且这种想法也更让我充满着好奇与期待。我隐隐觉得,我很快就要解开这最后一道谜面了。一旦我回到伊斯坦布尔,我马上就会迈出这必要的一步。既然我已为这个长长的人生故事写了个开篇,那就不妨再写下去,绝不能有任何的停歇。

随后,我就像一个游客一样,积极参与到他们夫妻俩安排好的游览计划里。我们开车去了切斯莫。此时的他们俩看上去就像是一对导游夫妻,在向我展示他们生活的另一面。我们所去的那个地方很美很美。我们开车在四周闲逛了一会儿,途中我们还去了达尔扬克伊①的一家饭店。在那里,我们品尝到的一切就更加美味了,因为我们再一次享受了一顿丰盛的鱼宴。餐桌上不仅摆放有海带色拉和黄油煎虾,而且还摆放

---

① 达尔扬克伊(Dalyanköy),伊兹密尔的一个城区。

着我心目中具有传奇色彩的伊兹密尔美食大蒜芥①色拉。当然还有饭后甜点乳香②布丁,它同样也是这一带特色美食。餐桌上应当算我的话最多,反正我聊了我能聊的一切,比如我对伊兹密尔的印象,我第一次伊兹密尔之旅的相关回忆,我的摄影爱好,我对音乐和经典电影作品的收集爱好等等。当然,为什么自己没学会吉他以及对重演那场大戏的渴望等也都成了我聊不完的话题。而且那些遥远的回忆也成为我们聊天的话题。这期间,我们甚至还聊到了约格斯。也许是因为对他的事不方便多谈,所以我们也只能用一些轻松的口吻简单聊聊。我告诉他们,他现在已是个剧作家和戏剧导演了。当然,还有我把内兹米如何看见他,又如何帮我找到他的经过也一并说出。另外,我还提到了那个塔哈尔先生。听我讲述的时候,赛里姆俨然就像是我喜爱的电影中的某个主角一般。我发现,在这样的深聊中,我越来越喜欢他了。他的话语,他的举止,他的评论,他的幽默,无一不反映了他深深喜爱着自己身边的这个女人。总之,我所听到的,还有我能讲述的也无不让我们更亲密地走到一起。可以说,这一刻是我这次伊兹密尔之行中最难忘、最感动、也是最幸福的时刻。很遗憾,天下没有不散的筵席,见面之时也即分别时刻。当我告诉他们我必须马上返程后,他们驱车先将我送回宾馆,然后直奔机场。

可以说,现在的我脑子里又装入了许多活生生的画面,这些画面既像在对我微笑,又像在痛苦的欢乐中提醒我要不断审视自己所经历的一切。我要尝试着和切拉一起分享其中的某些画面。那些不能分享的图画,也只有暂时先存放在我的记忆里。此时的我已明白,这种行为方式实际上就是一种游戏规则,一种我人生的游戏规则。说到底,人生要么

---

① 大蒜芥属(Sisymbrium L.),一种十字花科草本植物,可食用。

② 乳香(Boswellia carteri),为橄榄科常绿乔木的凝固树脂。或名乳头香,因滴下的树脂呈乳头状而得名。

就是一种要么能分享,要么不能分享的感情经历和情感体验。说是自己出门远行一个周末,但我怎么就感觉好像在那里已待了好多天好多天一般。仅就在这么短的时间内,却一下子发生了好多好多精彩的事,这些事正一股脑涌进我的脑海,涌入我的心房……

土耳其
当代文学

Karanlık

黑暗来临时，你在哪里

下

Çökerken

马里奥·莱维

Neredeydiniz?

江山 译

MARIO LEVI

上海文艺出版社

为尼索出场做准备

第二天早上，我一到店里就给内兹米打了电话。这时候的他正准备带团去安纳托利亚高原做一次长途之旅。我告诉他："你过来一下，我有话要对你说！"等他来了之后，我们在我们经常去的那家克福特西饭店吃午餐。我向他讲述了赛丽的情况，当然还有我这次在伊兹密尔的经历。我们时而大笑不止，时而又感到很悲伤。说到有些地方的时候，鉴于我们多年的友谊，我们也会来点"不怀好意"的小评论，以便能调节一下我们的情绪，让气氛活跃活跃。尽管女人们说自己好背后嚼舌根，说三道四，但男人们有时也不免会在背后说说别人的坏话，为的是能借此调侃逗乐一番。我很高兴，我又找到了一个我人生路上失散多年的好朋友。高兴之余，我又觉得，似乎还有什么我不愿多提的事情在我心底已成了破碎的回忆，也很难再修复起来。更重要的是，这个事情就如同一个奄奄一息的孩子，但在我们内心仍存有一线生的希望。那种情感我们可要认真保护好，而且一定要保护好，哪怕它会让我们一直在嘲笑我们自己所经历的一切。也正因为我们经历了这一切，所以我们才能笑看人生，笑对一切可笑之事。

吃完午餐，我们回到了店里，然后又谈了一些内兹米的事。现在的他对自己的工作很是厌倦。然而要想生存下去的话，他还真没什么好选择，也只有硬着头皮干下去了。当然，他也存了一些钱。毕竟这么多年的人生经历也教会了他：面对生活的严苛，人需要有足够的理智。然而，为了节省这点钱财，人们到底需要多大的理智啊！不过，要是他接着干下去的话，说不定一段时间后他会时来运转，存上一大笔钱呢。然而，命运不知在多少年前就把他抛向某个遥远的地方了。所幸他捡回了一条命，而且在身边许多人的关照下，他站稳了脚跟，以自己独特的生活方式走上了一条新的人生之路。他虽然还活着，但这个不知被抛到何处的人从某种意义上说根本就没再回归过，也根本没找到原来的那个真我。他怎么可能说回归就回归，说找回真我就找回真我呢？在那个远方，他不知经历过多少次死亡，也不知留下过多少无法治愈的伤口，而这些创口随时都存在着崩裂的危险。正由于此，他才想开始一番崭新的生活，为的是赋予自己人生更多的意义。他不知道，这样的新生活又该是一种什么样的新生活，对此，他既描述不了，也解释不了，但他却一直怀有这样的希望和梦想。他在期待着自己能迈出这一步，他期待着如此，只因为他内心的孤独，也更因为他要赋予这种孤独更多的人生意义。他要让别人听到他的呜咽哀鸣，感受到他灵魂的罢黜放逐。在网上，他和从前几个失散的战友取得了联系。他们在一起讨论人生，并不断提出新问题，现在的他们已更加相信这些问题的正确性和现实性了。之所以这样，是因为他们想打破麻木的思想状态，让僵化的思想得到彻底改变；另外，他也有了其他的人生经验。这是一种积极的进步。虽然这是种积极的进步，但我觉得，这对他来说还算不上真正意义上的进步。我所听到的一切已让我非常感动，而且在我这里也有了某种反响，这是期待的反响，是希望的反响，当然也是彼此音容消失多年后一种发自内心深处寂静无声的反响。是不是我们大家已在致力于这桩“最后的人生大事”了呢？只因为我们精彩的人生要我重演这台大戏，我的这种梦想会不会就是一场黄粱美梦呢？他注意到，此刻的我很是激动。为了能平复一下我的心情，他对我摆了摆手，还笑了笑，那意思好像在说：“算了，算了，别想那么多了！”就这样，我们彼此想让对方更明白，此时的我们俩已更加相互理解和信任了。想想能找到他，或者说能赢回他实在是一件让人感受至深的事，哪怕自己为此付出了很多努力。我们彼此就这样突然间又找到了对方。我知道，我在尽情享受着这种人生际遇，我还知道，我们不能仅止步于这样的欣喜与感动，所有命运曾赐予或褫夺我们的一切已让我们深深懂得，我们不但要学会探索和发现人生中的另外一些闪光点，而且还要通过这些探索和发现正确认识和剖析自己内心的各个方面。然而我不知道的是，那天的交谈会成为我们人生中的一个“历史性会谈”，它的影响肯定会在今后的某个时间里显现出来，为的是让我们能有所震撼，有所感悟。换句话说，我们俩实际上早就进入了准备状态，但我们对此却还一无所知。

谈话结束后，我们分手道别。他告诉我，他离开伊斯坦布尔至少会有二十天，一旦他回来的话，他就会打电话和我联系。我告诉他，我正好可以利用他不在家的这段时间，一个人好好地去看望一下赛普内姆。我们终于可以做我们想做的事了，随后，我们也跟着大笑起来。此时的我们既激动，又感动，因为在我们心中，这个女人仍像当年那样神采奕奕，精神焕发，我们无论如何都离不开她。另外，很有可能的是，我们也很喜欢和乐于承受那些宁愿生死相依也不愿抛弃彼此的痛苦，这些痛苦说白了就是一段人生故事，一种人性的自私，一种内心的挣扎。这种内心挣扎会强迫我们更多地去发现和了解对方，会让我们通过它所引发的各种情感去更多地感受对方和感受我们自己，同时它会给予我们力量，让我们更相互支持，更丰富我们的精神世界和内心情感。一句话，我已感受到了我们所经历的那一切，尤其是在这一刻。然而，只是他的内心挣扎我还无法感知，也无法看个明白……

我开始给尼索写信，这也是我平生第一次以电子邮件的方式写信。此时，我的眼前仿佛又浮现出我寻找内兹米时的那幕场景，它让我有了许多回忆，也有了许多感受。在这种印象的鼓舞下，我又燃起了新的希望。我需要再来一番讲述，借此我还要向他展示，我的人生并不是没有一点价值，否则我也不会坚信自己所选择的这条路。经过一番酝酿后，此刻的我已更明白，也更懂得，我究竟处在怎样的人生时刻，还需要做怎样的人生努力。

尼索，你好！

我是从赛丽那里得知你的电子信箱地址的。你也许会问，都过去这么多年了，现在的我怎会突然给你写信了呢？我只想说，我很想念你，而且也想知道，你都做了些什么，并且现在又在忙些什么，这就是我内心的真实想法。当然，我也很想知道你曾经历过什么。不过，待会儿我再跟你说，我之所以给你写信，还有其他方面的原因。眼下，我正在忙着准备一些事，为此，我必须要找到你才行。当然，你不用担心，我自会详细跟你解释自己的这个想法和打算的。但在此之前，你还是不妨先了解一下我的近况，这也算是我的一个开场白吧，这样，也许你能更好地说说你自己在那边的情况了。和其他人一样，自你离开这里后，我就感到非常孤独。你们也不知去往何处，就连我也寂寞难耐，逃出了家门。在伦敦，我游荡了一段时间，是的，说“游荡”一点也不过分，除了这个词，我恐怕再也找不到更合适的词来形容自己的那段生活了。我不知在那里忙了些什么，就好像自己真的在那里上了大学，然后又找到了自己的新生活一般。唉，也无所谓了，反正这些也都过去，而且在这里多费笔墨也没什么意义。等我游荡完回来后，我也没了读书的兴致。曾经有一段时间我还想过开一家小饭店来养活自己。可是，现实却不能令我称心如愿，长话短说吧，我所有的梦想都化为了泡影，我唯一能做的，也确信自己能做的，就是自己最终必须接过父亲店里的那些生意，并亲手掌管打点。就这样，家里所有的人都没了怨言。这之后，面对自己的人生大事，家人对我的这桩婚事也没提出什么异议。终于，正如你能想象得到的，家里人也从此相信，灾难终于结束，梦魇已经过去，那个叛逆的年轻人也总算回到了正道。然而，这种“梦魇”在他们看来虽已过去，但在我心里却依然还是那样的挥之不去。一句话，顽固的传统游戏依然还在继续上演，延绵不绝啊。对此，人们也大可不必声讨挞伐，说这些个传统扼杀我们的个性，并以静悄、缓慢和残暴的方式让某些人远离生命，甚至与生命绝缘。唉，传统毕竟是传统啊！

也许你还记得，这个问题我们那时候也谈了不少，所以，在这里我也没必要再做延伸了。然而，我不得不感谢传统，因为我有不错的婚姻生活。只要我一想到有个和自己在一起生活了24年之久，且和我同甘共苦的这么个人，我可以说，我的婚姻生活还是相当好的。当然，这样的婚姻生活还可以过得更好一些，因为只要人们放弃某些人生经历，它就完全可以实现。尽管如此，我还是要说，我们的婚姻生活过得确实不错，也确实没什么可挑剔和指责的地方。我不知道，这件事对你来说是否很重要，但既然我们已经谈到这些了，我不妨告诉你，我妻子名叫切拉。是不是这个名字本身就已说明，我为什么就相信，对于这桩婚姻我没有任何的异议或反对呢？另外，说起来你恐怕都不相信，我们是通过prop介绍后结为连理的！你还记得，我们当时是怎么拿“prop”这个词开心逗乐的吗？这个词的发音听上去是不是就跟我们方言中某人和某个女孩子在一起干那事的那个“prop”发音一样呢？是啊，男女之间要通过媒人介绍相互认识。你还记得你当时模仿这种发音的即兴表演都让我们捧腹不已吗？正如我们那时候一直所说的那样，只要有爱，就尽管结婚吧，这种小资情调的婚姻对我们来说可是一钱不值的。这些我们又怎能忘记呢？你还记得某天晚上的那件事吗？当时我们正好也谈到了此事，而且你也用你那搞笑的方式把我们逗得前仰后合。突然，赛丽却一脸严肃，她像在课堂上表现的那样一本正经地跟我解释道，“prop”这个词本身就是法语单词“proposition”的缩写形式，当然也就是“建议”的意思了。而且她还说，对于某些好建议，我们可是不能不理会或者听不进去的，尤其是以这种方式结成的夫妻显然要比那些只要爱情不要婚姻的人强得多。听到这些，你当场就站了起来，高声嚷道：“你还好意思说别人呢！你的教训就留给你自己吧！你这个赛发迪①村姑！”面对这种意外场面，她一下子将手里的那杯水果鸡尾酒泼到你脸上，并回敬道：“你爸爸才是农民呢！你这个狗娘养的！你这个赤化的野种！”就这样，你一直带着满身的鸡尾酒坐在那里。

① 赛发迪：指15世纪末从西班牙和葡萄牙两国被赶出的犹太人，他们属犹太人的一个支系。“赛发迪”一词本义为“西班牙的”，“赛发迪”也即犹太人称呼伊比利亚半岛的意思。

开始的时候我们可都惊呆了,但紧接着我们又哈哈大笑起来。最后,为了不让她一个人在那里忍受孤独,我们三个人就干脆去那家名叫希特的电影院看电影了,不过,具体放的什么电影我现在也记不清了。然后,我们又去了那家法语名叫“你好”的咖啡馆。当时的她看上去好像又和约格斯闹矛盾了,而且在家里心情也一天比一天糟。在那里,我们当然也知道,我们得赶紧回家。我记得中途你曾对赛丽说过,自己根本没想到她会那样激动。结果,她又把你臭骂了一顿。随后,我们就先把你送到了家门口。当你父亲出来迎接我们且看到你那番景象时,他嚷了起来:“畜生! 你看你这熊样! 今晚一定又在哪喝醉了!”听到这些,我们又是笑个半死。不过,和赛丽说话时,他却露出了父亲般慈祥的神情。当时的他一边对她说着,一边却指着我们俩:“唉,孩子啊,你为什么要跟这两个坏家伙在一起游荡啊?”呵呵,要是他知道她之前都说了些他什么坏话,他还会这样和蔼地待她吗? 不过在我看来,他要是真知道的话,他也会笑着待她的,而且肯定也会对着我们哈哈一笑了之的。在我看来,他是个很不寻常的人,也希望他还健在。不过,我父母都已故去,不在这人世了。唉! 那时的日子是多么的难忘啊! 你看看我扯哪去了。不过,我还想接媒人的话题再聊聊。对于媒人在中间的撮合建议,我觉得她那个“建议”也能接受。你知道,那时候,我母亲整天为我游移无定的生活担忧着,她一个劲唠叨着,要是再这样下去的话,我肯定会变成一个犹太人逆子,会被人指着脊梁骂的。面对这样的窘境,我母亲可没放过机会,他知道我这个儿子已心有所属,于是,她赶紧找到媒婆艾丽莎太太,求她帮助解决我的终身大事。她觉得,为了我的人生大事,她这一招想得很妙,而且也做得很漂亮。那个时候,艾丽莎太太正在享受着她那第三段婚姻生活,尤其是在享受着她从前两次婚姻中所赚来的一切呢。乍看上去她是个幸福的老太婆,其实还不如说她是一个快乐的寡妇更确切些。在受到我母亲的拜托之后,她开始四处打听,全力张罗,很快就促成了我们这桩姻缘,她也因此得到更多人的认可。就这样,那天在希尔顿饭店举行的婚宴上,她自然被奉为上宾,坐在了婚宴主席上。还记得当时的我挽着切拉一同走上那家饭店的露天阳台,为的是想当面认识和感谢一下我们这位月下老人。这之后,每当我路过那家饭店的时候,我都会情不自禁地想起当年的那个场面。那家饭店还一直都在,只是换了个名字而已。反正那些日子我永远都不会忘记。那时的我就像在抗拒自己的意愿一般,仿佛有种被人强行拖到某个陌生地方的感觉。不过,随着时间的推移,我也渐渐习惯,并从当时的那种纠结心态中慢慢解脱出来。那种经历至今想起来都还是那么陌生,感觉当时我这个新郎就像个局外人,总觉得这场婚姻跟我没半点关系。

这之后,我将父亲店里的生意一下子做大了,这可是我一开始想也没想到的事。要是有人在我学生时代对我说,我会在生意场上取得这么大成功的话,那我一定会笑死的。然而,一切就这样顺风顺水,进展顺利。就这样,时光又过去了很多年。商店虽然还在,但已完全换了一副新面貌,已完全不是从前你了解的那种过时的样子了。小商品杂货我也不再出售了,我做起了轻油贸易生意。另外,我们还卖一些原材料给许多大工厂。所以,这么多年下来,对这些生意我也轻车熟路了。慢慢地,由于自己没什么不放心的事,所以有时也不免偷点小懒,想清闲清闲。就这样,我也就不像一开始那样那么勤勉,那么讲规矩了,因为这中间我有了另一个梦想,这个梦想对于我来说可是非常非常重要的。对此,我不知道,我人生还剩下多少日子。哎呀,好吧,此事我们找机会再说吧。等下一次我们还可以再聊聊我的孩子,看看我这个父亲当得如何。另外,我还想再聊聊我的那个摄影爱好以及我的音乐和电影档案收集情况。从这些字里行间你也许能猜得出,我平时都干了些什么。对于这些细事我们不妨再找个合适的时间聊聊,不过你也许会问:我们又该怎么找呢?

现在,我想向你解释一下我刚开始时所提到的那个原因。你可听好了!我在尝试着,把剧团成员再召集到一起,为的就是能在这么多年后将那场大戏重新搬上舞台!对此你有何看法?你大概不会相信这是真的,可是我已想尽一切办法,找到了所有成员的下落,比如赛普内姆、内兹米、约格斯和赛丽。我和他们所有的人都谈过了,现在就剩下你了。你看,就是你我也能找到。我希望,我真的是找到了你。如果你知道,大家都发生了什么,都经历过怎样的奋斗,都克服了哪些艰难险阻,我想,你是不可能不为之动容的。我想,所有这些人生故事都可以被当作电影素材,一点不错,它们就是活生生的电影素材,请相信我的话好了。我相信,你的人生故事也同样属于这个素材。不过,说实话,这中间还存在着许多困难要克服。其中某些也许你能想到,但有些你是无法想象的。要是你过来的话,我想,这一切你就会明白了。对此,我心存希望,而且每过一天,我的希望就会增大一些,就是你也应该参与到这场冒险中来,并重新找回你原来的那个角色,无论如何!你明白吗?你能不能就花点时间来共襄盛举、玉成此事呢?我们还要解决一个棘手的问题,就是将剧本再重新加工改编一次。我们能再次汇聚到一起,这应该是个不错的主意,对吧?我们曾经是一个很好的剧组,对此我永远不会忘记。这种情同手足的友谊和相同的志趣不是每个人都能碰到的。舞台的事我可以安排解决，对此我已有了主意。观众的事你也不用操心，我妻子切拉就在一家协会工作，她和许多社会部门都有密切联系。就连赛丽也说了，她也要施以援手，鼎力相助。她现在就住在伊兹密尔。说来你恐怕都不相信，现在的她已变成了一个极富有魅力的女人。我已知道了部分细节，她，包括你在内，在哪里都经历了怎样的人生。我们见面了，也坐到一起长谈了一次。从谈话中我也获悉了一些你的相关情况，不过，我还是想听你亲口跟我讲讲自己的事情。

你也不要问，我为什么如此渴望做成此事。我知道，其实你也不会问这些的，哪怕你对我们的相聚感到欣喜，因为我了解你。我相信，你的性格不会有很大的改变。要是你感兴趣，并且能赏光前来的话，我无论如何都会跟你说说我内心的愿望。另外，如果你感兴趣的话，你还会了解到，你的这些朋友都发生了什么。就说这些了，本来不想多聊，结果还是收不住笔。是啊，要是一个人听凭他情感的河流任意流淌，或者他日近桑榆，垂垂老矣的话，那他一定会有说不完的话的。

就此搁笔，惴惴不安，唯望早日回复，幸甚幸甚！

祝一切顺利！

伊子

这就是我写的第一封电子邮件，当然几乎还是以传统书信方式写的。我虽然学会了使用电脑，但要舍弃传统的写作方式，却并不感到轻松。既然如此，那我也就没必要刻意去背离传统了。总之，也别指望我们这一代人像今天的孩子们那样仅三言两语就草拟一份信件了，而且我从尼索那里得到的回复也印证了我这个观点。没有等很久，可以说比我预料的时间还短，差不多也就两个小时的样子吧，我就在电脑屏幕上看到了他的来信。我怀着激动的心情读着他所写的一切。看着那一行行新写就的字句，我已感受到，在另一个国家，另一个时间，我又遗失了一位挚友。从他的措辞中我马上能清楚判断出，他并没有失去往日的那种激情和不服输的态度，当然还有他那种天生的幽默感。

伊子：

收到你的来信我真的好激动，以至于立马就想回复你。恰好就在我无聊透顶等着找新工作的这一刻，没想到我会收到你这个大大的惊喜，这是多么巧合的一桩事啊！说来你恐怕都不相信，这几天，我正在忙回伊斯坦布尔的事，而且将在这么多年后重踏故土。自我来这里后，尽管我非常渴望见到那座我出生的城市，但我一直因为各种各样的原因就没再回去过。我就是这般日夜思念着她。刚来的那几年我甚至还一直这样梦想期待着。我仿佛看见自己正在卡瓦克拉尔①享用大菱鲆鱼和拉基酒；在卡德博斯坦海滩边，我还租了一条小船，然后又跑到那家名叫“迪斯科33”的舞厅前的那片空旷海域内游泳嬉戏；我还曾梦见自己在艾尔马达克商业区里来回闲逛。当然，你们也在场，不过有时只有我一个人。搞笑的是，有时候连我自己都糊涂，到底哪些是我曾真实经历的事。我也在不断反问着自己，我究竟是怎么跑到以色列来的。就这样，我慢慢适应了这里的一切。伊斯坦布尔的大街小巷开始在我的记忆中慢慢变得模糊不清，而另一些街道却慢慢呈现在我的眼前。最重要的一件事是，我在这里甚至慢慢适应了拉基酒，这让我乐此不疲。我一直告诉自

① 卡瓦克拉尔(Kavaklar)，伊斯坦布尔一处地名。

己,再坚持一段日子,必须再坚持一段日子。我必须相信自己完全可以在这里打拼出一个崭新的世界来,然后我就告老还乡,荣归故里了。就像我们很多在德国打工的工人一样,他们总是不断地说着:我一定要开着辆奔驰回去,我要让他们好好看看我这番成就。不过,与他们不同的是,我只希望自己能带着这条性命安全回家。就这样,光阴似箭,日月如梭,我总是和来自于伊斯坦布尔的人玩在一起。另外,我还在屋顶安装了一个卫星天线锅,它真的帮了不少忙,这样我就能知道家乡那边都发生了哪些事。不过,那里所看到的一切和这边不一样,也完全是两码事。另外,正如你所知道的,尽管我生活在这里,但我并没有和所有的人都失去了联系。我知道,身为一个漂泊之人,这意味着什么。所以,在这里,我新结识了许多人,他们像我一样,来自于不同的国家,且有着不同的人生回忆。就这样,我们经常会在一起聚聚,一切也很是惬意。可以说,这是我人生的一面。然而,你要知道,我却将人生的另一面一直存寄在了你们那里。要是你了解我都做了哪些事的话,你一定会认为我所说的是对的。

现在再回到我最近为什么要回伊斯坦布尔的话题。为什么这么多年后我会突然做出这样的决定,要回去待一段时间呢?因为我母亲得了重病,伊子!你知道什么是阿尔茨海默病①吗?那是一种很麻烦、后果很严重的疾病。得了这种病,病人自己根本都觉察不

① 阿尔茨海默病(Alzheimer),是一种起病隐匿的进行性发展的神经系统退行性疾病。临床上以记忆障碍、失语、失用、失认、视空间技能损害、执行功能障碍以及人格和行为改变等全面性痴呆表现为特征,病因迄今未明。65岁以前的发病者,称早老性痴呆;65岁以后发病者称老年性痴呆。它由德国心理学家和神经病理学家阿洛伊斯·阿尔茨海默(Alois Alzheimer,1864—1915)于1906年首次发现并提出。

到自己一天比一天衰弱，也会出洋相，然而，对于他们周围的人来说可就看得很清楚了。没得过这种病的人他是无法想象这种病的痛苦的。以前的时候，我父母还经常来看我。最后一次来看我是去年，而且她在这里被诊断出患有这种疾病。尽管这里有很好的专家医生，但他们也不能阻止我母亲病情的进一步恶化，他们实在无能为力。就这样，我母亲的病情一直在不断恶化蔓延。另外，我父亲现在年纪也很大了。尽管对他这个年纪来说他健康状况还不错，但毕竟精力不济，大不如前了。他们两个人就这样相依为命，身边也没个人照应。他们就这样在一起生活了六十年，两个人的年龄加起来也都有一百五十多岁了。虽然他们现在住在养老院，很有安全感，而且也被照顾得很好，但你知道，我是他们唯一的孩子啊！唉，那个时候，我们起过很多争执，也吵了很多次。然而，现在的我也到了一定的年纪，有多长时间还可以让我们信心满满，说自己的心会永远年轻，说自己会永远青春不老呢？真正的现实却是，总有那么一天，总会在某个拐点，有人不得不做出人生的最后告别。所以，正因为此，我想回去好好陪他们一段时间。是啊，人们也无从知晓，人生的最后时刻会停留在何处。我父亲已给我找好一个歇宿的地方，嘿嘿！那就是一间屋子，一间位于一个宁静“小岛上”的屋子。他这么做，大概也是希望我能找到自己正确的人生之路吧！哎呀，好了好了，不和你开这种玩笑了！之所以这样，也无非是想让我们能轻松一下而已。反正我也习惯了，到哪都能倒头就睡，也没什么不适应的地方。这里，我还是要解释一下刚才的玩笑：我父亲当年曾在我们那个教会社区里工作过很长时间，所以他很容易在他们现在住的那个养老院里找间屋子让我临时借住一下。

我说过，我要到那边待一段时间，至少要待一个半月吧。过去的几年里,我也攒了一笔钱,希望能外出度个长假。为了这个长假我可等了好长时间,而且也做了周密的计划和安排。我准备来一次长途旅行,要横穿整个南美,就像当年我们的革命同志切·格瓦拉①一样!不过,这个计划我不得不推迟到下一次了,但我肯定会付诸行动的。也许,我这个梦想真的只有等一等才能实现了。没关系,哪个人还能不碰到点事呢?所幸的是,我也许能在两位老人人生的最后时刻给他们带去一点点惊喜。要是这样的话,我的良心也许就会得到些许的安慰,我的内心就会多一些平和与宁静。之所以有这些想法,是因为我迁居此地后,自己就像一个断了线的风筝一般,永远地离开了他们,我就是这样硬生生斩断了我们的骨肉之情啊!从另一方面来说,也许这些原因只是我重返伊斯坦布尔的一种借口吧,难道我就没有思乡之情、离乡之痛吗?谁知道啊,也许又因为这场疾病的缘故,我的心里便产生了恐惧和担忧之情吧。不说了,你爱怎么想就怎么想吧,反正,这一次我是肯定要回去的。

你说过,你想知道,我在这边在忙些什么。其实,我已实现了许多梦想,也做成了许多事,即使自己没你那么富裕,那么潇洒,但我感觉我过得还是挺不错的。请相信我,在这方面,我没有什么好抱怨的。我想说的是,如何看待生活,如何对待生活,完全因人而异,你的人生观不同,你所采取的方式不同,那么生活就会在你面前呈现它不同的面目。比如说,不管别人说什么,只要我愿意,我就干一

① 切·格瓦拉(Che Guevara, 1928—1967),原名Ernesto Rafael Guevara de la Serna。出生于阿根廷,马克思主义革命者和古巴游击队领导人。他先后在很多国家和地区领导过革命,于1967年被玻利维亚政府军杀害。他是第三世界共产革命运动的英雄和西方左翼运动的象征代表。青年时期,他曾骑车漫游过阿根廷、智利、玻利维亚、秘鲁、哥伦比亚和委内瑞拉等南美国家。今天,很多印在挎包、T恤或者马克杯上那个留着长须长发、头戴贝雷帽,并且帽子上有颗红五星的人即是这位革命英雄传奇人物。

些自己喜欢的事，对此，我是会一直干下去的。

另外，我在这里终于有机会干起我的老本行了，也就是电气工程师这一行，而且还一直在一家国有企业干了好多年。开始的时候我非常不喜欢这份工作。在那里所经历的事，听起来就像是一出出喜剧一般，就是现在我也觉得如此。慢慢地，我尝试着自行解决自己所碰到的问题，而且也学会了如何处理这些问题。反正我也没什么雄心壮志，也并非一定要在我的职业生涯中干出一番成就来不可。要是我有的话，说真的，也只会在其他方面，但是否能取得成就我就不好自我评价了。如果没有的话，那我今天在这里可要这样对你说了：伊子，我们的人生真他妈没一点意思啊！

值得肯定的是，我所处的生活环境也给我提供了各种生存的可能。后来跳到政府部门供职的我又体验了生活更丰富的一面。每天准时下班后我想干什么就干什么，也没人阻拦我。我很快就要退休了。这之后我就有更多的时间忙自己喜欢的事了，而这些事情在我现在的领导和同事看来根本就是些无厘头的事。是不是你很好奇，我忙的到底都是什么样的事呢？在这里，我还是想先对你保留点秘密。我不知道，我们剧团的其他成员都在忙些什么，而我呢，却还在一门心思地忙着戏剧方面的事。是的，我依旧乐此不疲，而且还用希伯来语演戏呢！要是你能看到这些演出该有多好啊！我甚至还在莎士比亚和贝克特①的剧作中扮演过角色呢。正如你所看到的，我从来就没中断过演出。对了，还有件事我想说一下，目前，我

① 塞缪尔·贝克特(Samuel Beckett, 1906—1989)，法国剧作家和作家，出生于爱尔兰都柏林一个犹太人家庭，1938 年加入法国籍。其创作领域包括戏剧、小说和诗歌等，其中以戏剧成就最高。他是荒诞派戏剧的代表人物。代表作有《等待戈多》、《剧终》和《啊，美好的日子！》等。1969 年，他荣获诺贝尔文学奖。

们正在排一出戏,我在戏里扮演了一个角色。你要是看到这个角色的话不但会吃惊,而且肯定会感动。你一定会说:人生中怎么会有这些稀奇古怪的事啊。为了能一起聊聊,我们要找个时间,不过,最好就我们两个人。看到这些,你也许会有那么点好奇吧,也许你会问自己,这个疯子又在瞎忙些什么啊?不过,你的建议很好!我会参加的,好兄弟!我们肯定会把这件事干得很出色的。只要我参与其中,而且我们能把事情做好,我相信,我的回程之旅一定是满载而归,值得终身回忆的,对天发誓!这些你能够想象得到吗?这么多年后我重回故里,为的就是要在我青年时代演出过的那场大戏中重新担任原来的角色,嗬呀呀,嗬呀呀,有这样的事岂不美哉?

另外,我想说的是,我太想念大家,想念各位了。我太好奇了,我想知道,有哪些人曾离开了伊斯坦布尔?他们是怎样离开的?他们又去了哪里?然后又经历了怎样的人生?你看看,我们现在就在做一件很有意义的事。说到我回去这件事,我估计,十至十四天以后我就会回到那里。正如之前说过的,我已有了歇宿的地方。你就把你的电话号码发给我吧,我会打电话给你的。到时哪个地方合适,我们就在哪里见面,当然,前提条件是,我一定能找到那个地方。谁知道,那里都发生了哪些巨变啊。每当我想到这些,我既激动,又有点惶恐不安。衷心希望自己到时候别以一个游客的身份出现在家乡,要是那样,那我可就太惭愧了。看看吧,看看后面还将会发生什么。祝一切顺利!

尼索

真没想到,他的回复比我预想的要快得多。这么详细的回复再次又将我的思绪不知带到了何方。通过他的叙述,我能看出另一种环境下的另一番人生奋斗又是怎样的一种情形，生活就是这样在进行着。毫无疑问的是，从他的表述中能看出，他肯定还有许多不想说也不能说的事没写出来。有关这个问题等我们见面的时候我们肯定还要详谈。在这封回信中还能看出这种隐藏着的承诺和期待。这是一种怎样的坦诚相待啊！我们之所以如此，就是为了我们能更贴心地交流，能更好地理解彼此。

又有一座沟通的桥梁被搭建了起来，更准确地说，差不多所有沟通的桥梁已搭建起来。殊不知，当初我们彼此之间曾有着多少条鸿沟啊。也许在这期间我本有可能和尼索见面，然而我却一直没有勇气，将之变为现实。然而，我又能做出怎样的努力呢？要知道，那时候，我连自己孩子的性命都难保啊。记得当时女儿内莉遭受了严重的病毒感染，而且不知怎么地身体一下子就消瘦了下去。我不确定，这里的医疗条件是否有治愈我女儿的可能，然而，切拉却坚持我俩带孩子去以色列治疗。再加上这里的主治医生也全力支持切拉的意见，所以我也就没再反对什么，而且这中间也根本没有时间让我们争来争去，否则的话，我们就要耽误孩子的性命了。那是段多难熬的日子啊！我们在那里差不多待了两个月。还记得回程的时候我们每个人都像换了个人似的，有说有笑，脸上充满了无限的喜悦，那神情就像我们从战争中逃了出来，又可以重新拥抱在一起了。可以说，那个时候，我更加理解生命的意义了。后来，女儿的病情也没再复发过。所以，人生就是这样，有些事情必须面对，这样也可以更好地感受生命的坚强和伟大。那时候，我知道，我和尼索也就咫尺之遥，赛丽也是如此，反正我知道，那时候她也是在那里生活的。然而，我不知怎么的就是觉得有些对不住尼索，因为自己没主动和他联系过，毕竟我和他一起经历过许多痛苦与欢乐。总之，我连给他打个电话的勇气都没有。不得不说，人生有时候就是这样，越是亲近的人，越是自已喜欢的人,我们往往就越不敢相见,越是躲避。我们就这样擦肩而过,也一直保持着分离状态。

就这样,为节约时间,我马上给他回了封信。在信中,我向他表示了感谢,感谢他对我还是那么信任,向我展示了他人生的另一面,虽然凭借的是互联网技术。另外,我给了他我的电话号码,并告诉他,我已迫不及待地在等着他回伊斯坦布尔来。随后,他又很快给了我回复,说自己准备再好好回忆一下当年那场大戏中的台词。他就是这么个激动的人,写起信来就跟讲话一样滔滔不绝,一发不可收拾。总之,他把能想到的事情都一一告诉了我。尤其是那些日子,那段我们人生中珍贵且难忘的日子。

在随后的几天里,我们就没再写信联系了,也许当时我们都是这种观点,即我们俩都想把有些话题先留存起来,一定要等到见面时才一吐为快,所以,我们也没必要再浪费笔墨,费心劳神了。

另外,这之后的一段时间,我也在继续我的准备工作,而且我也尽量不过问平时的一切琐事。由于受尼索最后一封信里的那番话的影响,我把剧本又浏览了一遍。我既阅读他要重新回忆的那部分台词,也更专注于自己的那部分台词。另外,我还在旁边做了一些注解。

这期间,我还给赛丽打了个电话。我告诉她,她给我的那个联系方式在为我找到尼索这件事上帮了大忙。而且,我还将我们俩的通信都读给她听了。我想让她知道,最近又发生了什么。她很有耐心地听着,既没打断我的话语,也没给出任何评论。我感觉到那时的她就好像在窃听一般,脸上肯定还挂着微笑。接下来,她还是做了番评论。不过,她这番评论的语调给我留下了深刻印象,只不过我感觉到的是,她想让我把注意力集中转移到另一点上。

“你知道吗?他本该讲的事情讲得太少啦。”

我听得出,她的话语中又有了和我们那天晚上说话时一样的微微颤抖声。这种颤抖声应该是由刻意隐瞒某个事实而引起,也因为毫无用处的讲述而产生。是不是她有所期待,想让我问她一下她到底想说什么呢？也许她正在期待这一点吧。然而,真要是有什么事情必须说出来的话,那我也不会在懵懂的状态下听她讲述,而应该直接找这个故事的主人公当面讲述才是。所以,我的回答应当表达出我的这个想法。

"毫无疑问,情况确实如此。要是他回来的话,我们肯定会当面详谈的。那我最终就会知道事情的真相啰。"

没想到,我的这番话却带来了一小段时间的沉默。随后,她终于反应过来,自己怎样才能显得更自然更轻松些。于是,她的这番话又引起了我更大的好奇心。

"随你便吧……"

话不多,但意味深长。我没再对此纠缠下去,更多地却是在想着去谈其他的话题。最简单的就是我要衷心感谢她这个周末为我付出的一切。当然,我也要感谢赛里姆,毕竟自己还算是个有教养的人,还是懂得一些人情世故的。我真想说：我真是度过了一个无法忘怀的周末啊！要知道,说出这句话来并不是出于一般性礼节的。到底是说出来呢,还是干脆憋在肚子里呢？我在两者之间犹豫不决。这当中,贝尔芬在我心中激起的欲火也算是这个难忘周末中的精彩一幕吧。可以说,我从她那里找到了一种肉欲的快感,而这种快感我可是好多年好多年都没经历过了。我觉得,这种肉欲快感正变得越来越强烈,只因为我觉得它是我情感损失的一种心理补偿,我能深深感受到这种损失源于我的心底,只是我不知已将它丢弃到何处,反正我永远都不想再承受。不知怎么地,只要我一想到伊兹密尔,我就会情不自禁地燃起这种腾腾欲火。于是,我心中窃喜,总觉得这次经历给我带来了一个新的惊喜。所以,我在想,要是自己被这种欲火吞噬,或者说心甘情愿地自投罗网的话,这也不足为怪了。就这样,我告诉赛丽:既然我们正好谈到了周末的事,我也别错过这个机会,请她顺便转达一下我对贝尔芬的亲切问候。我只能将我的情感以这种隐秘的方式表达出来。听到我这番话,她以她女人家那种特有的腔调回答了我,说她一定会将我的这种问候转达给贝尔芬。听到她的回答,我心里总觉得有点不舒服。我就这样把心迹暴露出来,这是不是有必要呢?我是不是中了她的某个圈套呢?或者我根本就成了一个赤裸裸的采花大盗呢?不用再问这么多了,我得赶紧先镇静下来。能做到这一点,对于我来说不是什么难事。看来,要摆脱眼前这种尴尬的局面就在于我要展示自己的强项,那就是我对自己的任何经历都会过目不忘,也不存在什么有心无心,反正想到哪就说到哪。于是,这一次,我并未给出任何的回答解释。也许她不相信我的任何话语吧。为了避免越描越黑,把事情弄复杂,我最好还是选择沉默,老老实实不吭声。反正这件事我就先这样让它到此为止了。在这种模棱含混中,我们结束了通话。搁下电话,我暗暗告诫自己,永远别再提这件事和这个人了,甚至连半句玩笑也别再开了。这件事也许我和内兹米还可以说说,当然也只能说些该说的话,毕竟自己曾和他经历分享过许多特别精彩刺激的人生时刻,而人生的这一面我们是不能让其他人知晓的。不过,还有别的一面至今仍是个谜,如赛丽谈到尼索时每每表现出的那种神情以及在她商店里我们第一次提到尼索时她的反应,当然还有那天早晨她将尼索的信箱地址给我时她的那种面部表情。除了这些之外,还有她谈及尼索时的那些语调也都深深印在了我的脑海里。总之,冥冥之中,似乎有什么在告诉我,我的这种联想,我所得出的这些结论都不是凭空想象,也不是随意捏造的。然而,除了相信"时间能检验一切"这句话外,我无法证明自己的推测是否正确。反正,如果有什么值得期待的话,到时候一切都会不言自明的。

油画中的小姑娘

故事仍在继续，我们每个人也在故事中慢慢汇聚到一起。就这样，我又找到了另一个人的下落。当然，只要有我们这帮人的下落，我都会全力去寻找。在这些寻找的过程中，我在不断思考，就我个人来说，自己在这些寻找路上迈出的每一步是否都是前进的一步。然而，还有另一个人的下落在等待着我的继续寻找，即使我不知道最终的结果是什么。不错，在这条路上，等待我寻找的就是赛普内姆，在我心中，她就是我最后要寻找的芳踪。这种可能性业已存在，并且已变成了现实，只是我还需经历更多的震撼与感动。看来，我即将经历我人生故事中的精彩片段，所以，这一天也可以说是我生命中最重要的日子之一。当然，我事先并不知道这一切。当我只身前往医院去看望她之前，我从未料到居然会有这样的一天在等待着我。去看望她，只因为这么多年来，我的内心深处一直在牵挂着她的生死，并感受着她跳动的脉搏。在去往医院的路上，我一个劲儿地告诉自己，千万别对她失去希望和信心。而且那位医生也说了，绝不能排除她会重新找回自己这种奇迹出现的可能性，另外，和她进行沟通交流的可能性也不能完全排除。到目前为止，尽管自己没听她说过什么清晰的话语，但我还是能从她嘴里听到一些不成句子的话，含混，断断续续，没有任何的逻辑关系和实际含义，也许是因为她本人正在另一个内心世界的边缘徘徊迟疑吧。她一会儿是土耳其语，一会儿又是法语，颠三倒四，嘟囔不清。这种行为毫无疑问都是些零碎不连贯的外在反应。不过，最重要的是，她还能手持画笔，画出一些画作来。所以，哪怕她用那种胆怯犹豫的绘画行为表达她的思想情感，我也一定要抓住这一点，争取有一些突破。除此之外，我别无选择。中途我停了一次车，我在路边一位吉普赛老妇人那里买了一束小野花。这一次，我没讨价还价，也许是因为爱的缘故吧。要是她知道我为这鲜花也会讨价还价的话，那她一定会对我生气呢。这之后，我又突然想到了一个小细节，这个我差点都忘了，就是我夹克上衣口袋里那个最有杀伤力的“武器”，不错，就是那只耳环！我这次真的要把耳环还给她吗？到最后我真的会说，我来这里，就是特地来还你耳环的吗？这一刻，这个问题我还真无法回答。

带着一股力量，我走进那个花园。可以说，正是这股力量给了我这种情感，也给了我这个秘密的武器。武器？我为什么要将它称为武器呢？而我是拒绝任何武器的！为了能保护我自己，我可是对任何不认识的或看不见的人都拒于千里之外的。不仅如此，我还和损失、诅咒、失败甚至是自己做一切的斗争。这一次，我很轻易地就找到了住院部。我和那位女护士长聊了聊。她告诉我，她很高兴，我再次来到这里。于是，她邀请我喝杯茶水，对此我没有谢绝，反正自己在心里已做好了见赛普内姆的思想准备。喝茶的那会儿，我们聊了些人们来此地一般都会聊到的话题。不过这一次有好消息。她告诉我,自我上次来过这里后,赛普内姆又画了两幅新作。她很勤奋。我们现在就可以去那间艺术工作室看看。她还说了,我能随身带一束鲜花来,这可是件大好事。总之,听到这些,我很激动。此时此刻,我已按捺不住这种激动的心情,想立刻起身去她那里。在这种情况下,任何伪装已没了意义,唯有以各种方式尽情享受眼前所呈现的意外之喜。就这样,她起身带我前往那间工作室,想让我单独在那里和她待一会儿。我跟了过去,并尝试着走进那间宽敞的屋子里。此时的我已开始有点发懵,我不知道,究竟要一间多大的屋子才能容纳下我这个灵魂躯体。看上去,她正在忙着作画。我慢慢走了过去,并努力克制自己别弄出声响来。我拿起一个高脚凳坐到她身边。我仔细观察着她在怎样作画,然后又端详了一番她的双眼,她的双手。我静静注视着她脸部表情的每一个变化,还有她每一个肢体动作,并思考着如何去理解她以及她的内心。看样子,她并没有注意到我的到来。

此时,那束鲜花就在我的怀里。我看到,在那幅画作中间有一条布满碎石的泥土路,它正在向远方延伸着。是的,上面仅仅只画了这条路,而四周却是一片空荡和孤寂,也许她想画的东西都还在看不见的远方背景中吧,这就是我所看到的一切。就这样,我们在那里静坐了一会儿,彼此都沉默无语。接下来我问她,这条路会通往哪里。她没有任何反应,是不是此刻的她还停留在自身无法回归的那一点上呢?她似乎没听见我的话。要是她听到的话,她不该连点反应都没有吧。我又尝试着试探了一步,并希望她能听到我的声音。于是,我又对着一片空旷、一片幽暗说了起来,我的声音在颤抖,就像我此时的内心一样。会有人愿让别人听到他内心的颤抖吗?我多想让人听到我的话语啊!我多愿意相信,这一刻能有人听见我的话语,以便我能打开自己的心扉,说出内心的话语。究竟说出怎样的话语才能让她停下手里的活儿呢?我尝试着再试探一次。

“这条路好荒凉啊，不过还好没什么危险，正因为它这么荒凉，所以应该是没有危险的吧。”

没想到，这一次她居然抬起了头，脸上也泛起了一丝笑意。这丝笑意可以以各种方式来解读。她真的有反应了吗？或者仅是我的想象呢？抱着她能明白理解的期望，我将鲜花朝她递了过去，并用刚才的语调继续着我的话语。

“你还记得吗？你一直都很喜欢原野里的那些小花朵。你说过，那些花朵都是真花，都是充满旺盛生命力的花朵呢。”

听到这些，她脸上又泛起了一丝笑意。只见她搁下画笔，然后轻轻抚摸着这些花朵。此刻的她看上去仿佛知道那就是她喜爱的小花朵。她轻抚着这些花朵，脸上还露出了些许羞怯之情。这一刻的她看上去是那么温柔，那么娇羞，就像是一只在花丛中翩然起舞的彩蝶。是否这些花朵仍充满着勃勃生机呢？是不是我们心里都存有这种幻想呢？面对此情此景，我觉得不妨再往前多迈一步，是的，再往前跟进一步，以便能走进她心里，也走进我心里，既走进我们的过去，也走进我们的现在，是的，我们就应该这样走进我们所经历的一切。我此时的话语已相当颤抖，要知道，那是一个随时想哭的人所发出的颤抖声。对此，我已无法自持。这一切真让我感到灼痛，我近在咫尺，但我们的心却远隔万里，我不得不忍受这深深的痛苦。

“我们现在该如何是好，亲爱的赛普内姆？我们还栩栩如生吗？如此孤怜凄苦，如此伤心欲绝，如此触手可及，却如此相隔千里。”

此时，我感受到的是疲惫，是衰竭，是无力，更是无助。然而，这种精疲力竭又是从何而来的呢？这个答案不知怎么地突然就消失得无影无踪，就好像它有意躲藏到哪里一般。在这一刻，我的说话声已完全失去了控制。是啊，这个时刻，也就在这个时刻，她正用一种僵滞的微笑在呆看着我。这一刻啊这一刻，这一刻为什么会如此漫长呢？我又被带入深深的谷底中，我的眼睛已充满了泪水。我想强颜欢笑，然而却没了话语，也许我在等着她的话语，但对面所传来的却仍是那种可怕的沉默，它仿佛要把曾经所掀起的狂风暴雨再次统统吞噬掉。随后，她又朝画作转回身去。她再次拿起画笔，凝神注视着那条蜿蜒小路。我思忖着，不妨再多陪陪她。我要让自己明白，不妨再引领她和自己朝同一个方向看看，这也不失为一种献爱心的表现，我希望自己能走进她正要进入的那片黑暗世界里，我要让她感受到此时的我也身临其境。在那个黑暗世界里，我要向她讲述我脑子里刚刚浮现出的这些日子里我所听到和看到的一切，我要讲赛丽的经历，我要讲伊兹密尔的故事，还有约格斯，还有尼索等。我要告诉她，我们这个剧团成员差不多快要凑齐了。此时的我已记不清自己到底说了多长时间，极有可能有一个钟头了。在这段自言自语的时间里，她看也没看我一眼，眼睛盯着的仍还是那条小道而已。只是和刚才略有些不同的是，此时她已将那只画笔搁在了怀里。这举止我无法揣度，我不知道她是否感觉到或者听到了我所讲述的一切。

突然，就在我接着说话的时候，她一下子动了起来。只见她"刷刷刷刷"挥起笔飞快地在小路周围着色起来。此时的她正在为一幅没成型的画拼命创作着。再看那神情，她双唇紧咬，不知怎么地嘴里突然发出了一阵低沉的呜咽哀鸣声。看上去，此时的她随时都有可能号啕大哭或者爆发出骇人的狂叫声。这时，她在那片空旷地涂上一层令人愉悦的草绿色，这种色调同样令我心情愉悦。看到这一幕，我停下话来，因为我觉得有必要对此做个小小的评论。

"哦，一望无际的绿啊，可我怎么反倒觉得有点恐惧了。"

听到这些，她并未转过身，只是摇了摇头，那意思好像是她并不同意我的观点一般。她有些激动,双颊也微微红了起来,此时的她看上去有一种想哭的意思,而且似乎想呜咽开来。随后,对着这幅一直好难成型的偌大画面,她开始在那片草绿色中绘出许多和画面很不成比例的朵朵白菊来。我看见泪水直在她眼里打转,我还看见她面带微笑,内心也在放声大笑,至少我是这样的感觉。不过,现在的这种微笑已完全不同于我刚才所看到的那种微笑。我觉得,这种微笑是一种蕴含了几分生机的微笑,它似乎在告诉我她想说些什么,但却又力不从心,无法开口,也许是她内心深处的痛苦所致吧,也许是她濒临痛苦临界点时那种欣喜即将迸发所致吧。尽管如此,我还是觉得很难找到真正真实可信的话语,然而,我又感觉到,我们已有了一点点的交流。是的,连她也开始带着累累伤痕架起一座和我沟通的桥梁,哪怕这座桥梁看上去随时都有跌落垮塌的危险。我要寻找一下不能进入她心灵的真正原因吗?我所迈出的每一步都对她有所帮助吗?她又在想些什么呢?也许是这幅画作还没完成,也许一个细节就能引出那些话语。我尝试着去接近一个有所欠缺的人,而对于这种欠缺我无法表述,也很难理解。否则的话,我也理解不了甚至无法感受到我俩刚才一同抵达的那个临界点。某些迟疑胆怯的话语能表达出我在期待什么,或在期待着何人吗?

“你觉得……你觉得你画这幅画是不是在等着某个人的到来呢,亲爱的赛普内姆?是期待着某个人呢,还是……”

我无法再说下去了,我只能到此为止。她还在盯着那幅画作。只见她又用笔尖在小路远方的最窄处使劲点染起来。她的手微微有些颤抖。此时的她究竟人在何处?她又去往了哪里?她在寻找什么?我可以跟她一起去往某个地方吗?我不知道。尽管如此,我还是要竭尽所能帮助她。此时,仿佛有一个声音在告诉我,我必须要再往前迈一步。于是,我尝试着,尽量让她听到这种声音。一种本能促使我抛出了这个问题。

“是谁在那里啊？你能告诉我吗，亲爱的赛普内姆？”

此时的她将画笔握得更紧了，而且眼里也饱含着泪水。是的，我们要好好谈谈，而且现在就应该用我们内心最真挚的话语好好谈谈。即使她迈出的是犹豫胆怯的一步，我也不能对她这种小小的进步视而不见，充耳不闻。要知道，在我来这里之前，我就希望着能看到这一步。然而，在这一刻，生活赐予我比自己朝思暮想还更多的一切。突然间，她竟然说出话来，而且还带着微微的哭泣声。那声音很显然是在表达某种恐惧，某种绝望，且近乎呜咽哀鸣。

“这个小女孩，这个小女孩已经永远消失了……”

突然，这种呜咽哀鸣声不知为何又变成了一种哭喊声。是的，我真真切切地听到了这种哭喊声。顿时，我的身体一阵惊寒，我感觉自己就像是在梦魇里一般，奇怪的是，这种感觉是如此的奇异。此时此刻，对于自己一直在等待并渴望的这种哭喊声，我本应该感到欣喜才是，然而，我却并没有如此，我唯能感受到的也只是自己好像刚从某个黑暗深处的地狱中爬出来一样。于是，我暗暗告诉自己，在此之后，她一定会好长时间都待在那里，没有半句话语。现在的我很是无助，一脸茫然，不知如何是好。在她面前，原本信心满满誓要帮助这个满是伤痕之人的我现在已像一个泄了气的皮球，所有的自信早已荡然无存。就这样，我们共同经历着眼下彼此境况颇为相似、彼此内心都很真诚的这一刻。我该如何是好呢？此时的她一边怔怔地盯着画作，一边嘴里还念念有词，只是眼睛里透着无比伤痛和无助的神情。

“那个小女孩已经永远消失了……”

在这一刻，我能做的并且也是唯一能做的，就是尝试着再听听自己内心的声音，然后将她揽入怀中，并紧紧拥抱她。其实……其实此时的我又何尝不想紧紧依附在她的身边呢？我不知道，此时的我是否真的需要去拥抱她，去拥抱这个我在黑暗中业已发现，并最后用我的双手将之挽回到现实中的女人。我也不知道是否该拥抱她一下，去拥抱这个我从来不敢对她表白爱意，也因此从未将她从心坎里抹去的女人。是的，非但没抹去，我还将她埋进我心底的最深处，其结果便是自己一直经历一个情感真空地带，也每每感到怅然若失，不知所依。或者，我所拥抱的爱情又是一种业已失去，且永不会再来的那种亦真亦幻的情感梦境呢？这一刻我所知道的就是想发自内心紧紧地拥抱她，而且我要从这紧紧拥抱中汲取所有力量，因为这一刻的我已感到自己就像她一样浑身无力，破碎不堪。在这一刻，我臂弯中的女人完全就是我所经历的失败、悔恨和孤寂的化身。那么她呢？此刻的她又是何种心境呢？要是我能读懂她的心思该有多好啊。这一刻我能看到的，仅是她的反应全然不同于我。她好像没有半点反应。此刻，在我的臂弯里，我紧拥的是一个自己也不知自己为何人的女人。她是何人？她来自于哪里？此刻的她又身处何地？我能保证这个女人她还能重新开口吗？她是否还想继续生活下去呢？此刻我能听见的也仅是她粗重短促的呼吸而已。我不知道，她这种用力的喘息究竟是在做最后的努力以重新寻回新的人生呢，抑或是要重新掩埋自己，并和这个世界做彻底的告别？或者，她身处于一场激烈的人生拼搏中，如果是这样，那这种拼搏又是一场怎样的人生拼搏呢？如果她所展示的是一种反抗的话，那这种反抗又是针对谁的呢？所有的这些问题都是正确的吗？或者，只是我自己在凭空想象，自我揣测呢？慢慢地我终于控制不住自己的情感，六神无主的我只想着要表达出自己的情感来，只是喉咙里不自觉地泛出了些许哽咽之语。

“你倒是说话啊，赛普内姆，你倒是说话啊！唉，请赶快开口，你总要说点什么吧？！”

我搂着她的肩膀，并使劲摇晃着她。无助的我这一刻也不知如何是好。就在我说话的这会儿，我看见她的双唇在微微颤抖。此时的我心里明白，我不能再这样催逼她了。我忍住了话语。这寂静的一刻未持续多久，只听她又说了些话。这番话，听上去也许是一种抗议，也许是一种无助，也许是一种恐惧。这一次，我也听到了一种呜咽哀鸣声。

“你给我滚开！你马上给我滚开！”

不理会这些，我的双手还紧紧地搂着她的肩头，我就这样一直紧紧搂抱着她。我只是静静注视着她，哪怕自己已感到心力交瘁，力不从心。此时的她却没有看我，看上去，她也不想多看我一眼。我必须离开这里了，至少今天是如此，我已看到了事情的最终结果。于是，我放开双手，站起身来。这一次，我一个人忍不住自言自语起来，目光也没停留在她身上。

“我喜爱这个小女孩啊，而且是特别特别的喜爱她啊！因为那个小女孩……那个小女孩不仅仅是你，就连我也是啊……”

她明白我的意思了吗？更重要的是，她听见我说什么了吗？我知道，对于我的这番话，我也不希望能得到什么答案，反正对这一天我也别抱什么新的期待了。于是，我朝门口走去。出门前，我告诉她，我会让人将那束鲜花送到她房间里的。

我又返回到那位护士长的值班室。在值班室里，我还遇见了扎福尔医生。我们一起喝了杯茶。我告诉了他自己刚才所经历的那些事。我还想继续来这里，我还想看到更多的事发生，反正要是自己在这里迷失的话，我也乐得如此。不仅如此，在这里，我也更明白，自己究竟曾遗失了什么，又遗失在何处。此刻的我已做好了准备，我要继续走进她的心里，尽我所能，触及她心灵深处最后的那个空白点。对此，我不想迈出有任何闪失的一步，要是这样的话，我所付出的努力很有可能会前功尽弃，付诸东流。所以，我深深懂得，真情的流露和真我的展示就是我迈出的最正确、最可靠的一步。刚开始的时候，接待我的护士长还用那种迫不得已的礼节接待我，而现在，她却完全用另外一种目光看待我了，也许我又给她讲了一些我自己的人生故事了吧，谁知道，她的梦想和人生故事又是什么呢。期间，扎福尔·贝伊医生一直在认真地听我的讲述，他并没有打断我，只不过不时用一种审视的目光打量着我的举动。不过，在我看来，他的这番评论既像是一种鼓励，又像是一种友好的暗示。

“这是一个良好的进展。我觉得她这些反应对我们来说是很重要的。您必须要经常来这里看看，应该这么说吧，现在的她非常需要您。”

这一刻，我开始明白，我有一种被需要的感觉。当然，我也需要帮助这样一个仅凭自己那点微光就想走出幽深黑暗的女人。不过，有些感受我是不能告诉他们的，甚至她在画作上的每一个笔触在我内心所引发的情感我也不能随意流露出来。带着欣喜的心情，我告诉他们，我会认真对待他们的这番建议，而且保证，尽自己所能，更好地了解和认识这里的一切，那些过道走廊，那些病房画室，我都将一一熟悉，深入了解。我要将那些过道长廊和她所待过的地方一一连接起来，并连接到她情感世界的最深处。当然，我还想看到她最终完成的这幅画作。不过，这幅画她会以一种怎样的方式完成呢？它最终能得以完成吗？这些问题我也只能搁在自己心坎里了，因为这些问题仅是我自己提出的问题，也只想和赛普内姆一同经历，一同找到答案。就这样，再聊下去也没有了必要，于是我起身告辞。总之，我会不惜一切代价来这里再看望她的，为了赛普内姆，为了我自己的人生故事，为了我曾经历的一切以及我即将经历的一切，也为了即将上演的那场大戏中的每一位成员……

走出医院大门后，我再次拿出那只耳环将它攥紧，并不断感受着它。我的感觉告诉我，随着时间的推移，我会更加相信，时间能给我带来力量，增添信心。就这样，我钻进轿车，开始回到我颇感轻松的世界里。我希望自己能好好休息一番，并希望能直面将来可能出现的其他问题。看来，这个故事的演绎需要一个小小的停歇，只有这样我才能承受住一切烦恼忧虑。然而，我岂会料到，没过多久，一桩意想不到的事竟会给整个故事进程带来新的转机。在赛普内姆所住的那间房子里，竟会发出召唤生命的回魂之音。这种回魂之音将充塞我的心房，让我内心的世界为之震撼，为之战栗……

生与死最终总交织在一起

那是个礼拜六的早晨。可以说,这个时候,家里的人和我是生活在不同的时间段里的。像往常一样,我比其他人都更早起床,然后我去淋浴,接着用早餐,最后懒洋洋躺到客厅的那张单人沙发上,开始翻阅当天报纸上的体育栏目。翻阅中,我还不时回味着这些天来自己经历的场景,无论如何,它们是无法从我记忆中抹去的。就在这时,电话铃响了,是尼索打来的,他现在就在那个名叫比于卡达的小岛上。今天他也一大早就起来了,现在正坐在码头边一家名叫德巴尔卡德[①]的咖啡屋里喝着早茶。喝茶的时候,他突然想起要给我来个电话,与我联系一下。他告诉我,他回到伊斯坦布尔已经三天了,虽然也休息了很长时间,但一直感

① 德巴尔卡德,原名为 debarkader。

到有些迷迷糊糊，还没完全恢复过来。另外，他还以一种调侃的口吻跟我赔礼道歉，说什么安息日这一天他也来电话骚扰我。就这样，他又立马打开了话题，谈起许多我们的近况以及曾经的那些故事。他的纯真以及诚恳之情也引发了我许多许多的回忆。我还记得，当年，我们一直都把他现在所在的那个咖啡屋称为"德巴尔卡德"，殊不知，我们虽然叫惯了这个名字，但却一直不知道它在法语中是"停泊处"的意思。"德巴尔卡德"这个词在我们的生命中可是个活生生且永不会忘记的名字，而其他的名字对我们来说也就可有可无了。另外，他能说出安息日也敢骚扰我的话也同样意味深长，它会一下子把我们俩带入当年那种无法忘怀的现实环境中。说真的，我俩也根本不在意这一天要遵守什么教义规定，尤其是尼索就更不顾这些了，因为他虽是一名犹太教经师的儿子，但自打我俩认识后，他就决定，说他这辈子要像一个无神论者那样生活下去。当时听到这些的我就觉得不大可能，一个犹太无神论者居然会走上这条信仰之路，说真的，他到任何一个比这里还自由的国度去当一个无神论者都不大可能。身处这种境况下的他最终也只能得到一种世俗的回答："够了，你这个伪君子！别信誓旦旦，夸夸其谈，继续着你的罪孽！对于你，我们还有什么良药可医治呢？"

这么多年后，我们又一次听到了彼此的声音。我很激动，他也是如此吗？这一点我一时还难以察觉出。只是在我们之间还有许多的话语要交流。

"你愿意过来吗？就让我们坐到这海边，喝喝茶，好好聊聊吧。现在这里人还不多，那些前来避暑的人都还没来岛上呢。"

我完全可以过去。突然间，他这个主意吸引了我。我问他是否有轮渡码头的电话号码，我要了解一下这边的开船时间，然后再告诉他我到达那里的时间。听到这里，他给了我一个肯定的答复。我觉得，就是这番话让他离我又更近了一步。

“我这里有一张航行时刻表,我现在就告诉你吧。”

听上去,他已做好了我即将过去的准备。尤其是他精心准备的这张时刻表以及他随口报出的那些行船时间都已表明,他和离开多年的这座城市并没有任何情感上的疏远和离间。就这样,他告诉了我轮渡出发的时间,我们俩正朝着一个崭新的方向、一个崭新的时刻逐渐靠近。几个小时后,我们将再度聚首,彼此重逢。

切拉也从电话铃声的惊扰中醒来,她听到了我和尼索的通话内容。这一次,我没有必要对她做任何解释。而且她也能觉察出,这件事是多么的令我欣喜。于是,我迅速穿好衣服,准备马上出门来个小小的航海之旅。出门前,我告诉她,恐怕自己今天要到很晚才能回来。听到这些,她默默地点了点头,更多的话似乎也没有必要再说,而且我们俩都很清楚,这一次的“人生迟晤”对我俩的感情是不会有任何伤害的。这一次,我取道直奔博斯坦茨①船舶码头,因为我希望自己能沉浸在更多的回忆之中。要知道,还在我青少年时期,我就一直在那个码头乘船去岛上的。而且每一次去那里,我都会有完全不同的体验与感受。

在游轮上,我的脑海里又涌现出一幅幅过去岁月里的那些画面。这些画面中,既充塞着悲伤、愤怒、孤寂和残缺,也隐含着许多我迟迟不愿开口甚至难以启齿的思想情感。而且每一次去岛上的时候,我心里都填满着这些情感,这些我自生自发的情感,要是我稍稍细究它们,或细细品味的话,它们就有如一丝光亮投进我人生故事的另一段黑暗中,若隐若现,令我分辨不清,如坠雾里。我多么希望自己能将这些情感深深掩藏

① 博斯坦茨(Bostancı),伊斯坦布尔市亚洲大陆部分濒临马尔马拉海边卡迪克伊(Kadıköy)城区内的一处地名,从该处码头乘船可直接南下抵达约30公里外的比于卡达岛(Büyükada)。

在自己的内心深处啊！说真的，在那一刻，我无论如何都不想再细究下去，更何况现在的一切已时过境迁，面目全非。唉，那些陈年往事对我来说就犹如一张张老照片，早已发黄陈旧，模糊不清了。不过，这种状况对我们后面的谈话却大有好处，因为它可营造出一种使我俩更愉悦的氛围来，当然，它仅限于某些话题，而不是所有话题。可以说，在这些陈年记忆中，一方面是些零星琐碎的记忆画面，而另一方面，则是些“绝不屈从妥协”的历史画面。若是让我来选择话题的话，那我一定会选择后者，反正我也特地做好了忍受一切欺骗和自我欺骗的思想准备。是啊，除了我，还有谁愿意暴露自己的弱点，或身处孤立无援的境地呢？此外，我相信，要是有一堵围困了很多逃亡之人的高墙能被拆除的话，那么，我们两个人中的任何一个人在倾心交流、促膝谈心的过程中都能将这堵高墙彻底摧毁。这种感觉在我和内兹米见面之前就已有过，而且和赛丽见面之前也是如此，很有可能在见到约格斯之前也是如此。从博斯坦茨轮渡口到比于卡达岛的行程没持续很长时间，但没想到，竟会有如此多的情感一下子袭上了我心头。当游轮慢慢接近终点码头时，我的紧张感也在不断增加。我和尼索已约好，我们将在停泊处桥头那边的一家书店门口见面。就这样，我离开游轮，径直朝目的地走去。在去书店的路上，我明显感到，自己的心在一个劲儿地怦怦跳个不停。过了一会儿，我终于看到了他。只见他的头发已相当斑白。就在此时，他也看到了我，面带微笑的他正朝我款款走来。他的脸上，那般欣喜，那份感动以及那种孩子般的神情仍未有丝毫消失，都全部写在了脸上。我们什么话也没说，只是张开双臂，朝对方迎了过去，然后紧紧拥抱在一起。这一刻，我真切地感受到了他的存在，要知道，我是多么地思念他啊。这一刻，我将永远不会忘记，并铭刻在心里。随后，我们走进他刚才待过的那家咖啡屋。果然，里面的人寥寥无几。显然，这种景象非常符合眼下这个时候和我们的期待。于我而言，这一切让我感到很是惬意，也很轻松愉快。

首先，还是我向他发问了。我问他，这么多年后重新见到伊斯坦布尔，此时的他又感觉如何。他告诉我，置身于这个城市的他已是相当迷糊，分不清东南西北，因为许多地方已发生了巨大变化。然而，对于我们来说，能看到这些变化实属不易，不过，他还是亲眼目睹了这翻天覆地的变化。与此同时，不得不说的是，面对这些变化，他的心里又会不可避免地产生一种巨大的失落感，更确切地说应该是一种难辨事物的迷失感。不过，也有些胡同还依然存在，它们也一同见证了时代的变迁，尽管略有改造，但依旧如昨，古风犹存。还有那些犄角旮旯也一如从前，静静卧立在那里，保持着往日的风貌。再比如岛上的有些房子也没有任何变化，连岛上吹来的丝丝海风气息也和往昔一样，没有多少改变。也正由于这未曾改变的一切让他没有产生什么陌生感，所以他很快就适应过来了。是啊，对他来说，我可得要适应好多好多这些环境变化和生活差异啊。就这样，我们慢慢打开了话题，畅快地聊了起来，就好像我们两个人正想尽办法去填补岁月曾留下的缝隙，或者去填平我们不想感受的那些岁月沟堑。要知道，与内兹米或者赛丽在一起时，我也是这样的感受，而且这本身也属于我们人生故事的一部分，我们应真切地经历和感受这样激动的人生时刻才是。

然而，我还是不想立马就踏上我们那些过去的岁月之旅，尽管这些话题绕不过去，也无法回避，所以我干脆还是从他母亲这个话题入手。我知道，他为什么要回到这里，而且他为什么会对母亲的疾病感到如此悲伤。他说了一下她目前的状况，只不过此时的他少了许多幽默而已。在我看来，尽管此时的他缺乏了一点幽默，但他无时无刻不在为自己的幽默寻找素材，也无时无刻不在为自己的幽默蕴藉力量，为的是能更轻松地对待自己所经历的一切。然而，在现实生活中，有时候看上去很滑稽、很幽默的人生场面会让人觉得是一场充满着痛苦的人生游戏。譬如，他母亲就曾当面斥责过他，而且还跟他讲述过自己的一些人生经历。她告诉他，在她这辈子的婚姻生活中，自己的男人就从来没在哪个晚上下班回家时给她带回过一束鲜花，尽管他知道，在她年轻的时候，曾有一大群喜爱她的帅小伙追着她不放。而且每当她在贝约格鲁城区散步的时候，也总会有许多男人都忍不住回头惊羡地多瞅她几眼……她母亲的这些话是真的吗？她的回忆是可信的吗？这其中，又有几分是可信的呢？或者她现在是以一种幻想的方式将这么多年来一直隐藏的秘密大白于天下了呢？如果真是这样的话，她所说的，或者更确切地说她无心说出的这些事，那该是多么的令人感动和惊奇啊！听上去很感动、很惊奇，但这又何尝不是件很糟糕或者说很痛苦的事呢？总之，对于涉及的人无不如此。更近一步说，对于一个经历过这些情感的女人如此，对于一个这么多年后才听到事情真相的男人也同样如此，更有甚者，对于他们这个儿子又何尝不是如此呢？因为他一直都相信，父母就是自己的榜样，这么多年来他们一直可都是举案齐眉，相敬如宾啊。总之，这个故事听上去就像是来自于一个遥远的梦幻世界一般，也许有过，也许根本就没有过，反正这一切要像曾发生过的一样被勾勒渲染。真要是有这种事情的话，那一个人可要直面自身的某些弱点和错误了，它会给人带来恐惧，让恐惧不断地侵袭和咬啮着自己。是的，当某个人的记忆轮廓变得模糊不清的时候，他的理智往往会让步于他所变耍的某些小戏法，然后，他要想尽办法来掩饰这些小戏法，为的是保护和掩藏好自己。殊不知，此刻的这些小戏法却是欲盖弥彰，愈发显得荒诞不经了。

就这样，我们的交谈也变得愈发热烈起来。现在，我们俩已无法再回避过去，需要深入地做一次往日的岁月之旅了。再次地，分手的那些岁月对我们俩来说已变得不再重要，而且我们过去的经历也要求我们如此，尤其是我对面此时此刻正坐着这样的一个人，尽管这么多年已过去，但他的怒气仍一点没消，甚至可以说是五内翻腾，怒不可遏。对于这些，他想也没想，立刻就在脸上表现了出来。而此时的我却在努力尝试着，要将我的这些感受以一种玩笑的方式表达出来。我这样做，就是想让他明白，此刻的我又在如何审视着他。我暗自决定，这一次，自己不妨再认真听下去。要知道，在讲述过程中，我最喜欢扮演的就是这个角色。还有，要是我们剧组的那些成员都急着讲述自己在当下或过去都做了些什么，或者没做过什么的话，我也是乐意去充当一个倾听者角色的，反正一切到最后都要九九归一，也就是说一切话题都要回归到某个正题去不可。就这样，我的沉默最终还是引起了他的注意，他觉得有必要向我解释一番。此时的我也不知道自己想说的话会给他带来怎样的反应。此时，只听他开口道：

"别，别，老伙计，别这样老盯着我不放啊！我怎么感觉自己就像个话痨一样。我就是想一直这样和你用土耳其语交谈，你明白吗？在那边，要是我和家乡来的一些朋友叙旧的话，我也是这样聊天的呢。今天，你就尽管用土耳其语和我聊好了。你知道这意味着什么吧？此时的你又怎能理解我的心情呢？另外，这么多年来我也一直远离了这边的熟人圈子。我想，只有这样，我才能慢慢改变我的生活。现在，我是不是很清楚地表达了我的想法啊？"

他真的表达了他内心的真实想法吗？我真的明白他心里的那些想法了吗？从他的这番表白中我清楚地了解到，他想方设法要在这里做某个告别，至少是他在和自己人生的某个阶段做彻底告别，而且他还心怀希冀，对于他当下所做的以及未来想做的一切都充满了信心。不过，他的话听上去又像是他在哪里曾隐匿过许多人生轨迹，而有些人生轨迹他要独自藏在心里,秘不示人,就好像他永不打算排遣和驱尽一般。否则的话,我又怎么能理解他内心的这种情感爆发呢?不管怎样,他那种孩子般的欣喜与感动还是深深感动了我。我一直都喜欢他的这种个性,正如我所看到的那样,他也一直保持着这种率真的个性,从未有过任何的伪装和改变。为了能更好地理解他,我试探着迈出了接下来的一步。

"说说看,还有什么其他的事值得你渴望和思念吗?"

听到这些,他笑了笑。此时,他脸上的那些皱褶对我来说也无关紧要了,因为此时双目盯着我的是一个从前的年轻人。只听他不假思索就脱口而出,而且他这个话题一直备受我们关注。

"当然是费内巴切队的所有比赛啰!"

再一次地,我没了任何话语。我只是淡淡地报以一笑,因为此时的我已无法有更多的表示。说真的,我有一种想哭的感觉,也差一点哀号起来。他看到我还在沉默,于是又跟着说了下去。这中间,我也根本没料到,他会突然停顿下来。

"唉!好多次我都在电视体育频道里看到了苏克鲁·萨拉屈格鲁体育场。有好多次我也对自己说,妈的!你也可以随时在那里显露一下自己的身影啊!你看看,偏偏就少了我,真他妈的活见鬼啊!心情好的时候,我总要喝一点拉基酒,另外再来点凝乳和甜瓜,有了这些餐前小吃我就开心不已,没什么好抱怨的了。然而,每当我看到费内巴切队的比赛,总感觉每场比赛就好像发生在自己身边一样啊。"

说到这里,他的眼眶已湿润了起来,我也感觉到自己眼里也有一种湿乎乎的感觉。在这种情感的翻滚激荡中,呼吸吐纳着的是一段历史,一种心跳,而这种心跳在局外人看来是根本无法理解,无法想象的。如果我们开始回忆那些过去的经历,或者提醒对方去翻开曾经的那段历史的话,那这一刻,我们的思绪又不知会漂移停留到哪里,甚至脑海里一刹那闪过的某个画面都有可能将我带到另一个地方，去做另一番怀想。可不是嘛，还记得我们逃学的某一天正好是土耳其杯决赛的日子，那时候还没有以苏克鲁·萨拉屈格鲁这个名字命名的体育场呢。当时的我就想着，我们俩加上内兹米这三个死党如何一起去米德哈特·帕夏体育场新露天看台看一场本队与加拉塔萨雷队的决赛。是的，那还是礼拜天早晨六点钟，我们就排起了长龙等待着入场。突然，人群里一阵骚动，只感觉一阵棍棒像雨点般地落在了我们这些球迷的头上，原来那是警察们打过来的一顿警棍，那真是钻心的痛啊，就算到现在我也未曾忘记。我们就这样被追赶得四处逃窜，狼狈不堪。还记得我们曾看过另一场争夺土耳其杯的决赛，当时是我们的费内巴切队对阵贝西克塔斯队，结果我们队以四比五输给了对手。比赛中，绰号"剃刀"的伊尔马茨[1]频频犯规并屡次受到裁判的警告，只要一犯规，他就像个军人一样摆出一副立正敬礼姿势的样子，毕恭毕敬地向裁判表示歉意。我还记得外号"狗熊"的前锋莱文特老是站在中圈开球。还有一次，也是在土耳其杯赛中，我们在主场对阵安卡拉居屈队[2]，结果，场上被罚得只剩下八个人在死守，最终还是未能抵挡住对方的猛攻，被科克萨尔攻入制胜的一球。还记得在我们那个时代，奥斯曼那脚任意球堪称一绝。那时候我们看比赛也只有站着才能看到，而且所有队员的名字我们都能如数家珍，倒背如流。还记得我们在淘汰赛中对阵曼城队时的情景，当时的阿卜杜拉和奥古恩[3]在

---

① 伊尔马茨·希恩(Yılmaz Şen, 1943—1996)，土耳其著名足球运动员，曾于 1966 至 1976 赛季效力于费内巴切队，共为该队出场过 213 次。曾长期担任球队队长。

② 安卡拉居屈队(MKE Ankaragücü)，土耳其老牌甲级足球队，成立于土耳其首都安卡拉。现已降级至乙级联赛。

③ 奥古恩·阿尔蒂帕尔马克(Ogün Altıparmak, 1938—)，土耳其著名足球运动员、教练员和足球评论员。曾于 1963 至 1968 赛季以及 1969 至 1971 赛季为费内巴切队效力，共出场 173 次，打入 67 颗进球。

比赛中就为球队打入两球①。塞米尔②的假动作那可是逼真，老是把对手晃得一愣一愣的，就连他那不断滑落的球袜我也记得很清楚。还有里德万带领下的整个球队踢的可是激情足球呢。坎·巴尔图③的远射可是太厉害了，对于他，很遗憾我们也只领略到他职业生涯最后那几年的风采了。别忘了，还有守门员伊利埃·达特库那些精彩的扑救，球队队长兹亚④和主力队员阿尔帕斯兰⑤的风采。唉，要是我们从这里开始话题的话，谁知道，我们最后会谈到哪里才能结束呢。对此，我根本没先碰及此类话题，因为我们还有其他的事情要谈，毕竟我们的生活多姿多彩，包含了许多个方面。另外，在我们共同回忆我们那些难忘的人生往事时，我们可不能缺少了内兹米这个重量级人物。然而，若是没有回应，他所说过的话语也不能称之为完美。就这样，这一次该轮到我来展示一下，我的激动与欣喜也未曾有过半点的消失。

“也许我还可以为你助兴一下。你知道吗，这个赛季也差不多快结束了，要是我有时间的话……”

话音未落，这个家伙就以他当年毛头小伙子那种很毛躁的方式打断了我。他想以他现在这张成熟的脸再次向我展示，有些鲜明的岁月反差

① 该场比赛即指1968年欧洲冠军杯比赛中费内巴切队战胜曼城队的一场比赛。

② 塞米尔·图兰（Semil Turan，1947—），土耳其著名足球运动员，曾于1972至1980赛季在费内巴切队司职前锋，共出场366次，攻入194粒进球。

③ 坎·巴尔图（Can Bartu，1936—），他是截至目前土耳其国内唯一足球和篮球双料职业运动员，曾于1956至1961赛季以及1967至1970赛季效力于费内巴切队，共出场162次，攻入62球。其间，他还曾先后效力于意大利甲级足球俱乐部佛罗伦萨队、威尼斯队和罗马队等，共出场100次，攻入16粒进球。

④ 兹亚·森古尔（Ziya Şengül，1944—），土耳其著名足球运动员、教练员以及资深的足球评论员。曾于1964至1975赛季效力于费内巴切队，共出场250次，攻入19球。自1970赛季起，他接过坎·巴尔图队长袖标连续五个赛季一直担任费内巴切队队长。

⑤ 阿尔帕斯兰·埃拉特利（Alpaslan Eratlı，1948—），土耳其著名足球运动员和教练员，曾于1973至1983赛季效力于费内巴切队，曾为俱乐部出场223次，攻入17粒进球。

该是多么的诱人和唯美。

“你真的能抽出时间来吗？太好了，老伙计！你知道，我们队所有的比赛我都一场不落呢。这一周我们有一场客场比赛，接下来我们主场的比赛对谁我现在记不得了。哎呀，也无所谓对谁了。兄弟，我们在一起，那会是怎样的一场比赛啊！要是我能再感受一下现场的那种氛围，那我可就太心满意足喽！”

这一刻，我也只好暂时先忘记我们要谈的其他话题。受他的感染，我对足球的挚爱也被重新唤醒。我能感受到，以此为话题我会找到谈话的突破口，这样我就能更好地理解他了。很自然地，一个问题将我慢慢导入到这个突破口。

“在那边，你从未去现场看过比赛吗？”

此话一出，场面氛围顿时活跃了起来。就这样，我们俩一同开始进入我们共同的话题。

“你看你说的！这期间，我还是另一家俱乐部的球迷呢。海法马卡比①！绿色之星！他们的每一场比赛我都要去现场观看呢！你知道吗，有时候我怀有什么样的梦想吗？我多希望在欧洲冠军杯中，这两支队伍能在一起碰面交手啊！甚至最后……不妨让我们来个最远大、最美好的梦想吧！进入决赛，干脆来个最后的巅峰对决吧！你知道，为什么要这样吗？因为马卡比为每一场欧洲杯比赛都要特地制作许多具有纪念意义的球队队巾。一条队巾，一半是我们俱乐部的传统色彩，另一半是对手的传统色彩。你可以想象得出，一条费内巴切队和马卡比队两支球队颜色汇在一起的特制队巾！谁要是拥有它，那他就是这天下最幸福的人

---

① 海法马卡比(Maccabi Haifa)，以色列最著名的足球俱乐部，成立于1913年，曾12次夺得国内联赛冠军，5次夺得杯赛冠军。主客队球衣皆为绿白相间的颜色组成。该队也是以色列国内截至目前唯一一支曾在欧洲杯小组赛中晋级过的队伍。

啰！到时候，我肯定会把它系在脖子上，然后走在大马路上，不断地向人们炫耀一番呢！”

这是一番多么令人惊奇的口才表演啊，这番话又充满着怎样的想象力啊！我没有问他，当这两个队交锋时，他会支持哪一个。说实话，我不能问他，而且也不想细问这些。反正哪个队他最喜欢，他自然就会为它祈祷，为它祝福。在这一刻，我们俩恐怕连自己也不知道，我们这两颗心究竟会倾向哪一边。这些已不重要，最重要的恐怕莫过于那条队巾，它真是价值千金，令我俩梦寐以求啊。有了这条队巾，它一定就会讲述，讲述它在那里所经历的一切，讲述它在伊斯坦布尔所经历的一切；它会讲述双方之间有哪些事可以被宽恕谅解，而又为什么可以被宽恕谅解；还有，它为什么又想使双方走到一起，为什么又不会让双方彼此分离，永远凝结在一起。既然我们谈及队巾这样的话题，那我们还可以不妨再细想一下，这条队巾不仅温暖着我俩的心房，而且也承载着许多深刻的含义和丰富的情感。此时，一个问题也随之从我的脑海里闪现出来，对于许多人来说，也许这个问题会显得更为重要和更切实际。对此能给出的答案恐怕也可以间接回答出许多其他的问题。

“这么多年过去，你觉得哪里才让你有那种真正的家的感觉？”

再次地，我从他的眼神里读出那种无法磨灭且永不会耗尽的欣喜之情。说实话，对我来说，给我留下深刻印象的，应该是他总爱用这种目光关注生活和展望生活。虽然过去的这些岁月向我们展示了它变幻无常且无法预料的一面，但我们还是精心呵护了我们这份纯真的眼神。借助于这双慧眼，我们也更有能力和意志从对方的眼神里读懂自己，读懂人生。正由于此，对于我的问题，他所给出的回答已印证了我们对人生的见解。

“我一直都怀有我的土耳其情结，这种情结我自然是永远不会放弃的，而且也永远不想放弃。你知道，不仅如此，我甚至还在不断尝试着去全力感受它和享受它呢。要是你知道我都做了些什么的话，你一定会赞成我，认同我的。我会跟你讲述自己所做的一切，是的，所有这一切我都会告诉你，我干了些什么，我经历了什么，我又是怎样经历的，这些我都会原原本本地告诉你。说真的，能真正适应那里的一切很不容易，不过，我还是适应了，不但适应，而且还适应得很好。好到什么程度呢？可以这样说吧，要是换个地方我还真不能生活下去呢。像我这个年龄真的不能再干什么冒险的事了。你看看，我这就提到了冒险事，你觉察到了吧？我觉得，要是我现在去另一个地方生活的话，那我可真把它视为一种冒险之举呢。在信里我也跟你提过，我马上就要提出退休申请了。一切我都计划好了，而且退休也正是时候。等拿到退休金后，我就搬到一个更大更舒适的房子里，然后再卖掉现在的房子。正如你想象到的，我已有了一大堆晚年生活计划。可不是嘛，在我剩下来的这段人生时光里，我还能有什么其他更多的奢望呢？”

能这样诠释自己的人生，我认为他的话很是正确。他有过这样的奋斗经历，我同样也认为正确无疑。当我从他的讲述中得知这个他曾经离开的国家是如何在他心坎里一直生生不息且让他魂萦梦绕的时候，我愈发觉得他的所作所为无可挑剔，且正确无比。我暗自决定，要把他的话听完，一直听到最后为止。聊到这里，再提个必要的问题也不是什么难事了。

“你知道，我们今天是怎么走到一起的吗，尼索？”

不仅我能想到这样的问题，我想，其他即将参与这场大戏的每一位剧团成员恐怕也会想到它。若换个方式我也不知该如何提问是好。所以，我只能以这种方式感召他再坦诚直爽些，为此，我也做好了相应的准备，如果时机成熟，我也要一敞心扉，向他表露自己的心迹，决不作任何保留。反正，我的这种意图就是一种观点的交换。我要和他交换观点，那么我得首先有更多的坦诚率直，这样才能赢得对方的理解，同时也避免只考虑自己，而忽略了别人的存在。随后，我们续了第二杯茶水，并且我们俩也一直燃着香烟，吞云吐雾，谈兴甚浓。可以说，正是这些小道具在我们之间架起了一座沟通的桥梁，并最终将我俩的心拉拢到一起。喝完杯子里的茶水后，他开始凝神注视大海。这一次，他的眼神里分明多了一份悲伤和哀愁。然而，尽管如此，他这种深邃的目光没能逃脱过我的眼睛，他话语中传递出的那种曾经历过许多人生奋斗的自豪感我同样也感受得一清二楚，尽管他这种自豪感隐藏在他知足简朴的自我价值观背后，但也没让我感到有什么困扰。当然，他那种坚定执着的精神，他那种向一切宣战的态度，以及他竭力学会接受自己，学会在和平宁静中静心独处的处事方式，自然也付出了它应有的代价。就这样，我们慢慢汇聚到某一点，那就是倾听彼此的赞扬和批评，并让这些一同振作我们的精神。又一个人生帷幕已正式拉开……

"那一切真的是不容易啊，而且怎么说都不过分啊。不过你要是想听的话，那我就从头说起吧。自我离开这里后，我都经历了哪些事呢？这些真的还一时想不起来呢。不过现在，每当自己偶尔回忆过去那些事的时候，我总会情不自禁地大笑起来呢。"

这确实是个很好的开场白。是的，这中间虽有许多痛苦的回忆，但现在的我们都能开怀一笑，从容面对。这些情感我是再熟悉不过的了，为了我们今天崭新的"此时此地""此情此景"，我也做好了准备要和他一起重温过去的岁月，重拾那段破碎的回忆。听完他这番话后，我点了点头，那意思分明在告诉他，我已做好了准备，既为了他的人生回忆，也为了自己的，而且此时的我也做好了随时出场亮相的准备。

"在伊斯坦布尔，我也不期待有什么美好的未来了，那个时候我就曾这样断言过。谁还会为一个小小的电气工程师提供工作呢？就算找到一份工作了，那也还是过着紧巴巴的日子啊。你知道的，为了生存，我最终还是找了一份工作。你还记得那个卖医疗器械的犹太坏老板吧，在我面前，那家伙感觉他自己就像是个仁慈的上帝一般对我关爱有加。有一次，你来公司看望我。当你看到那家伙的所作所为时，你对我说：‘要是你愿意的话，我们俩就好好地把这家伙给揍一顿吧，这样他就会消停了呢。’你是知道的，那个抠门的家伙付给我的工资真是太少了。他总觉得只要付给我薪水了，我就应该把所有的事都给他干好，甚至复印以及去邮局寄信的事他也要让我帮他跑腿。这种待遇真让我跌面子，所以没干多久我就提出了辞职。在那里，我总共干了不到六个月的时间。随后，我俩就跑到比约克德勒①的一家酒馆去喝了个痛快。你看看，这一下子都过去多少年了，尽管如此，一切都好像还在眼前一般。进酒馆之前，我们先是从一群渔民旁边走过，为的就是想闻闻那些海鲜所散发出的诱人的新鲜海味。另外，他们门口还挂晒着许多新鲜的鱼干。这期间，我还大声地问过一个老渔民，他晾晒的那些鱼干是马鲛鱼②做的还是乌斯库穆鲁③鲭鱼做的。还别说，这个问题可让那老人家高兴了。只听见他对着我们耳语了一番，那话语声既严肃又和蔼，甚至还带点嗔怪的意思：‘当然是马鲛鱼做的了，你们这些爱管闲事的小伙子！走开，走开！赶紧离开这里！’如此呵斥让我们开怀不已，我们觉得这老人家已很给我们这两个涉世未深的家伙面子了。突然间，我心情大好了起来，并在一个劲儿地告诉自己，生活原来也有如此美丽的一瞬呢！但很快，也就是几分钟不到的工夫，我突然间又清醒过来，我很快将不在这个城市里生活下

① 比约克德勒（Büyükdere），伊斯坦布尔萨利耶尔（Sarıyer）城区的一处地名。该城区位于伊市欧洲大陆部分的最东北端，北边濒临黑海，东边即为博斯普鲁斯海峡，

② 马鲛鱼，鲭鱼的一个种类，多产于海边，刺少肉多，体多脂肪，味道鲜美。

③ 乌斯库穆鲁（Uskumru），伊市萨利耶尔城区的一处地名。

去了。当时的我只觉得喉咙里一阵哽咽,鼻子也酸了起来。

小酒馆有四层楼高,最上面是一个平顶阳台。那些木制台阶都用地毯铺盖着,每当踩在上面时,总会发出吱吱的声音。那时候,夏天差不多已过去,天气已有些清凉,尽管如此,我们还是选择坐在了楼顶的露天阳台上。我曾说过:'就让我们在这里坐坐吧! 妈的,我再说一遍,谁知道,我们什么时候还能来这里呢。'那时候你当然不知道我这番话的含义了。也许你会觉得,我是因为天气要变冷才说这番话的吧。那时候,天气确实也一天天在变冷了,那个季节可是捕捞帕拉穆特鲔鱼①的季节呢。哎呀,那家小酒馆现在还在吗?"

我根本没料到他会提出这个问题来。此时此刻,当年小酒馆前发生的那一幕幕也浮现在我的眼前。有好些年我都没去过那里了,人生中有许多这样的景象就这样被我们无声无息地淡忘了,也许我们就是人为地将这些发生的景象从我们的内心深处擦拭掉,因为我们知道,我们不能心随所愿地永远存活在这个人世间;我们将会失去我们的朋友;我们想珍藏那些业已失去的一切;我们想在痛苦的陪伴下对着风中远逝的一切轻声呼唤"魂兮归来!"。总之,不管是有意无意,我们都要将某些珍贵的人生画面和情感保留在我们的记忆深处。我不知道,当年的那家小酒馆是否还保持着原貌,要是我们再看到它的话,也不知道,我们的感觉是否还一如从前,犹在往昔。尽管我们遭受过许多人生失败和打击,但我还是想赋予它一种希望,至少是一个机会,是的,至少一个机会。我希望,无论我走到哪里,我都要紧紧抓住今天,要更有意义地经历和享受人生的一切,要不惜一切,全力以赴。就这样,我们又尝试着再往前迈出了

① 帕拉穆特鲔鱼,属鲭鱼的一种,也叫帕拉穆特金枪鱼,主要在黑海深海区活动,肉质柔嫩鲜美,蛋白质含量高,脂肪含量低,是不可多得的健康美食。帕拉穆特(Palamut),也在伊市萨利耶尔城区。

一步。

“它应该还在的。是啊，总有一些人，他们会将这些难忘的地方永远珍藏在记忆里的。要是你愿意的话，我们可以再去看看的。”

听到我这番话，他点了点头，脸上又泛出了孩子般喜悦的神情。同时，在这种喜悦之下，我也看出了其中隐藏的那种痛苦，而这种痛苦同时又不自觉地赋予这种喜悦以更多的含义。是啊，我们也都年过半百，日近黄昏了。都这个年龄了，我们也完全可以从容地面对这种痛苦和喜悦，哪怕生活就处在这两种截然相反的情感世界里，我们也从容淡定，心如止水。我们既可以身处其内，也可以超然物外，为的就是要告诉自己，对于我们的有些人生价值观，我们仍没有摧毁，仍在坚持。我在回忆着，也在思考着。我要让他看到，我已沉浸在回忆之中。于是，我又试探着迈进了一步。

“你看看，我们也喝了不少茶了。你刚才说过：‘我要走的。在这个国家我没有任何栖身之所。’你还说了，你已经开始办理移民以色列的手续了。”

我注意到，此时的他已十分激动。只见他又笑了笑。尽管脸上挂着微笑，但这也掩饰不住他那份喜悦和激动之情。究竟是什么引发了他的这种情感呢？是我的回忆促发了他的情感，还是过去那些岁月让他浮想联翩，心潮起伏呢？我不知道。

“其实，和那边相比，我更爱这里的一切。然而，我人在这里，又该如何是好呢？我不像你，还有个商店等着你去经营打点，尽管你老是说‘我是不会过问我父亲店里的那些生意的’这样的话，可是你总还有个退路和靠山吧，而我却什么也没有啊。随后就是这个国家那种混乱状况的出现。那个时候，究竟谁是谁的敌人，这一点恐怕许多人也搞不清楚。而且局面也早就失去了控制。就是在大学里我们也看得出来，我们抱最大希望的那场革命最后也无法实现。尽管这里面的很多事我们不敢公开谈论和承认,但我们却完全可以看得清清楚楚。我们当中的有些朋友当时已在法特萨①的格赛康杜社区开展了革命工作,而且革命势头还发展良好②。哎呀,随后,随后就是一场巨大的政治风暴席卷而来,我们所有的人都未能幸免。在我们那所技术大学里,我们一下子失去了很多同学,甚至许多教授也成了被枪杀的对象。有些人最终进了监狱,就连我也感觉自己随时都有可能会遭遇不测。当时的你已变得有些退缩忍让,而我却还是那么坚定执着。那都是些怎样的日子啊！我们可是犯了一大堆错误的,尽管如此,那些日子都还是那么美好,那么温馨,兄弟！是啊,只要我们一同经历过那些日子就好,就是现在我们也可以这样问心无愧地说出来。我的那些恐惧以及那些痛苦到现在我都还记得很清楚。家乡没了,我们的前途也就此终结。然而,只要有一个我能去的地方,我就可以在那里继续战斗,我会和那里的同志取得联系,支持巴勒斯坦人民的解放事业。我们会找到一条新出路的。不管怎样,在这个广阔的世界里,还有其他地方在等着我们去战斗,去献身。我就是这样一直在安慰着自己。另外,我还可以发挥我的音乐特长。坦白说,要是自己能在这里挣钱的话,我本可以凭自己的一技之长去夜总会或是赌场找份工作,可是这对我们这些人来说已没了可能,你是知道的,所有的大门已向我关闭。还记得我那时候对你说过,我想离开这里,刚开始听到这些时你还竭力反对,并告诉我:‘这里可是你的家乡啊,你就这样甘心去那样

---

① 法特萨(Fatsa),土耳其黑海边的一座小城市,现有7万多居民。

② 这里是指20世纪70年代末一批共产主义者去法特萨开展共产主义思想宣传这个历史事件。当时的法特萨被国家政府特辟为一块社会主义试验田和自治区,特别是1979年10月至1980年7月间,它更处在社会主义者费克里·索恩梅茨(Fikri Sönmez, 1938—1985)市长的领导之下。随后,由于军人政府上台,这块先锋阵地宣告瓦解,森梅茨本人也被宣判为“国家分裂主义分子”而死于狱中。

一个帝国主义国家吗?'我知道,你这番话就是奔着我的软肋说的。然而,当你听到我这番话后,你还是做出了让步,同意了我的想法。"

不错,我是赞成了他的想法,只是所有人也都作鸟兽散了。我真的舍不得他走啊。然而,一切看上去也没了选择,因为我们已无路可走。说真的,我很佩服他那种勇气,虽然不断跌入沟坎之中,但他总是又爬起,拍掉身上的泥土,紧跟着迈步向前。还不仅仅这一点,就连他的战斗精神我也赞赏有加,他根本不怕什么枪林弹雨,暴雨雷霆,只要能赢得战斗,赢得胜利,他都在所不惜,万死不辞。就这样,酒馆相聚后的两个月里,我和他如影随形,总在一起。作为自己在伊斯坦布尔的最后一位挚友,我帮他拿着行李,陪他一起赶往机场,去"移交引渡"这个身份尴尬的外乡人。和他一样,那天的那个场景我至今仍记忆犹新,一切都仿佛还在眼前。

"我当然赞成了你的想法。在乘车去往机场的路上,你对我说,虽然我们有可能很多年都见不了面,但终有一天我们肯定会再见的。我们要学会坚持,尽管我们会面对死亡,遭受失败,但我们终究会赢得那场战斗,取得胜利。我们就这样互相勉励着。我们俩谁也没有哭泣,谁也没发生过动摇,也从未失去勇气和信心。我们相互鼓励安慰着,知道彼此的分离并不是人生最后的告别,这仅仅是一种决定,一种选择,要学会到不同的地方去扎根生活。你还要求我答应你一件事,你曾说过,要是我不愿意的话,那我们也就不用再联系了,那你就会待在那边,哪怕一个人也要继续战斗下去,而且你也永远排除了今后回乡来的可能性。你知道,都多少年了,我一直在遵守着这个诺言。只有一次,不好意思,我破了个小小的戒例。当时我在特拉维夫,正经历着我人生中最不幸的那几天日子。要是当时能和你见面聊聊,那该有多好啊。然而,我最终还是没给你打电话,这倒并不是因为我担心自己会违背诺言,而是自己当时真的没任何心思见什么人。唉，现在这一切都已过去了，等有机会我再跟你说说当时所发生的事吧。你要知道，直到今天，我也一直在遵守我们之间的那个诺言的，因为我始终这样认为，要是因为这场大戏不给你打电话的话，那我岂不是背叛了自己，背叛了剧团所有成员以及我们曾经拥有的那一切吗？另外，对我自己所经历的一切，这样的承诺岂不成了一纸空文，没了任何实际的意义？还是别谈这些了吧。要是我们能青春永驻的话，这样的承诺也无须贴上什么有效期限的标签了，对不？难道就非得有它不可吗？"

这一刻，我再次从他的眼神里读出了那种大爱、友好以及对生活的热爱之情。另外，我也能感受到，这些情感也完全是从他当年那种纯洁透明的童真中迸发出来的，尽管那些皱褶已爬满了他那张饱经风霜的老脸。无论如何，这些情感依然还是那么的明净如水，直透心脾。我知道，他的这些情感可还有另外一个鲜明的特点，那就是岁月赐予了他人生智慧，也给了他丰富的思想情感。只有当某个人自我观察，自我审视的时候，他才能领略到这些情感的细腻微妙之处。看来，有了这些情感做铺垫，我应该能更好地理解他接下来的讲述。于是，理智告诉我，要保持沉默，因为此时的他仍想讲述，仍想继续回忆下去。

"我去机场的时候，身边只带着两个箱子，那就是我的全部家当。当然，我肯定还背上了那把吉他。当时，一只箱子里装的是一些衣物以及一些个人生活用品，而另一只箱子里却塞满了书籍和我收集的唱片。你能想象得出满满一箱子全都是些唱片和书籍吗？说真的，我离不开它们，我不能没有它们。我不知道，你还记得这些事不？当年那个时候，过安检是没有任何仪器检查的。只有安检人员站在那里，他们会要求乘客打开行李箱接受检查，同时，他们会在箱子里查个仔细，看看里面是否有什么值钱的东西被走私到国外。那时候，也根本谈不上涉及什么国家安全的问题。那个时候我们还年轻，只要一出境我们便成为怀疑的对象。如果乘客箱子很重，而且背上还背着把吉他的话，那他就甭想逃脱了。就这样，我被拦了下来。一名警察叫我打开箱子。你完全能想象得出，他对我有多么的客气。首先，他在我的箱子里翻来找去，把我的衣服弄得一塌糊涂，结果什么也没找到。等到他在我另一个箱子里翻出那一堆书籍时，只见他不怀好意地盘问我，在路上是否会阅读这些书籍。我当时觉得，这家伙分明就是在刁难我。顿时，一股怒火就窜了上来。我冷冷地看了他一眼，我不想放过这个机会，并大声告诉他：'我这是移民出去呢！'。当他听到我这句话时，他先是看看我，然后又看看我的那些书。他又看了看我的手续，什么都不缺。是的，你是知道我那些书籍的。纳兹姆·希克梅特的那些文学禁书当场就被翻了出来。当那家伙看到这些书时，脸上顿时露出了丑陋的奸笑，只听他嚷道：'好哇，你想开溜?!你永远别想再看到这些大毒草了，你这个小混蛋！'说真的，那一刻，我真想跳出去和他大吵一番，我真的很难控制住自己的情绪。我暗暗告诫自己，别在出关的最后一刻闯什么祸了，干脆还是闭口不语吧。当时的我真是怒火中烧，又恼又恨。然而，我还是一言不发。只是淡淡地报之一笑，就像什么也没发生一样。此时的我万万不可招惹这个坏家伙。突然间，我想到了内兹米。只要这些家伙们还大权在握，只要他们对自己的主子还那般阿谀奉承、卑躬屈膝，只要我的家乡还是这般暗无天日，我随时都可被定性为'祖国的叛徒'和'人民的公敌'。这里，我又不得不再次诅咒那些捉弄我们这个时代命运的野心家和阴谋家了。现在，我又想起了我们正在行进的游行队伍，想到了我们当时如何云集广场，最终汇集成一股势不可挡的革命洪流。我还想到了那些摧残我们精神肉体的牢笼，还有我们的忠贞誓言，我们的齐心协力，我们的游行呐喊：'我们革命者要抛头颅，洒热血，生命不息，冲锋不止！'……这一切的一切，我又怎么会轻易忘记，轻敢背叛呢？然而，有些事又是多么的令人不堪回忆，不想提起啊。就像眼前发生的这一切，我不能再有什么抗议之举，唯有沉默而已。眼前这一切可不是闹着玩的，我的书随时都有可能被没收掉，如果我再逞什么英雄，那也不是时候，不是场合。另外，有些违心之类的话如‘其实我真的很爱我的家乡’等也少说为妙了。这种场合下，最佳之策便是自己能顺利过检，早一点逃离魔爪。俗话说，留得青山在，不怕没柴烧，说的就是这个道理呢。扯来扯去，我还要这些东西干吗呢？要是我再继续缠着那些书不放的话，我恐怕都会有性命之虞。你知道吗，当我一口气跑进机舱，一屁股坐到座位上时，我是多么的满怀希望、激动万分，但同时又有些悲伤啊！那种心境下的我本该大哭一场才是，谁不觉得如此呢？就连我自己也觉得如此。我不知道，自己为什么突然变得忧伤起来，是由于自己从此如释重负，还是对新生活充满了向往之情呢？抑或就这样远离故土，要独自飘零呢？想到这些，我真的差点号啕大哭了起来。”

说着说着，他真的一下子就呜咽了起来。此时的我在思考着什么。是的，他所叙述的这一幕又唤醒了我的各种情感，同时我也完全可以想象得出，当年在他身上所发生的那些事。是啊，在那个特殊的年代，这个国家曾经历了怎样的社会动荡和是非曲直啊！我们又忍受了多少人生不幸和痛苦啊！为了挽救我们的革命事业，我们又生活在一种怎样的恐惧阴影里啊！还有那些书籍，那些我们偷偷藏匿的书籍，我们可都是不惜冒着生命危险也要将它们藏匿起来的啊，因为我们深知，那些书籍远不是几本小书那么简单，它们已远远超出了它们自身的意义，已成为我们那个时代必不可少的精神食粮和指路明灯。现在的我一定得说点什么，因为一方面，我要让他从悲伤的情绪中缓解过来；另一方面，我要表达出我此时的感受。为了能让自己从刚才那些幽暗的画面中走出来，或者说能让自己的心情也有所缓解,我还是要感受到别人的存在,也千万别把我的好友冷落在一边。

"你知道,当年所发生的那一切对于今天一二十岁的年轻人来说不就像童话故事一般吗?他们会觉得我们好像曾生活在另一个国家呢。"

这就是我们那一代人的命运,在与日俱增的孤寂和异化中,我们经历和感受着那段特殊的历史时刻。然而,好歹我们还可以聊聊它。尽管遭受过千百次的死亡威胁,但我们内心的人生价值观仍依守故处,既未发生过任何动摇,也从未被我们抛却过。另外,我们这样的谈话也有助于我们所经历的那一切能在此得到更好的再现和进一步印证。也许我们谈及的内容带有很多伤感的成分,但我们还是要勇敢面对,不能有任何的回避,因为这恰恰就是我们所需要的最精彩的人生一页。尽管我们曾犯过各种错误,但对现实的任何一种拒绝和否认可以说都是对祖国、对人生和对历史荣光的蔑视与轻侮。在我们两人沉默相对的这一刻,接下来的也唯有继续讲述了。是啊,我们就是在这样历史讲述的环境中不断长大,我们不但彼此间讲述,我们还向他人讲述,而且要永远地讲述下去……

"我们所经历的一切也着实教会了我们很多东西啊,比如,我们对危险和伤痛就更有心理准备,也更能承受啰。你还记得当年那个水性杨花的姑娘吗?我和她相处了两年,整天吵来吵去,我们也一直维持在这样的关系中。后来,她也没任何交代就撇下我跑了。"

我当然记得这些,这样印象深刻的事我怎么会不记得呢?于是,我赶紧说出我脑子里所想到的那些事。我希望我俩一起能把这个话题继续下去。

"是啊,那个阿维瓦,她长着一头多漂亮的金发啊!那时候我总告诉自己:你们的关系是不会结束的,而且你们也不会轻易分手的。恐怕你多少也是因为她的缘故才去了那边吧。尽管你一直没承认过,但我可是这样认为的呢。”

听到这些,他点了点头。他之所以这样点头,一方面是为了证实我所说的话;另一方面,他还想说出一些令我感到惊讶的话来。就这样,我也没打断他,任他一直说了下去。

“还是在我去以色列之前的那一年,她就已经去了那里。你说得很对,我是不可能忘记她的。我们中间也电话联系过一两次。当她听说我也要来以色列时,她说她会去机场接我。当时的我也不知道,她在那里已经历一个怎样的新生活。然而,从长期压抑中解放出来的我还是获得了一种全新的力量,借助它我又有了一丝新的希望,我要在一个陌生的国家里开始崭新的人生。当然也存在着这种可能,那就是她不一定守信,不一定前来接我,也不一定会将我安置好。但她还是来了。在机场出口处,她突然出现在我面前,我惊奇地打量着她。看见她之后的我只是一个劲地对自己说:‘我要是没看见她该有多好啊!’她变了,而且变化得也太大了。此时的她变得比以前更让人捉摸不透了。她以前就很调皮顽劣,现在的她看上去似乎更调皮顽劣了。另外,从她的这种调皮顽劣中,我不但觉得她和我有一种说不上来的距离感,而且还多了某种自负感。看到这些,我脑子里顿时有了一种乱哄哄的感觉。我多想见到我心目中的另一个女人啊。尽管如此,我还是尽量不让她看出我内心的想法。她开着一辆很小的轿车。就这样,我们将行李放进了车里,直接朝海法驶去。在那里,我要参加一个希伯来语语言班,那是我在一个新国家里参加的语言强化班,而且在那里我至少要待六个月的时间。另外,我们很有可能还会有一个口语交流班。她听着我的话,只是一言不发沉闷在那里。突然间,她对我说:‘在这个国家里,任何事都别指望他人,一切都是要靠自己的。’她还告诉我,叫我也别指望能继续和她相处了，因为现在的她已和一个阿根廷籍的犹太人生活在了一起。她对现在的生活很满意，甚至在考虑马上要结婚的事了。不过，要是我想得到她的某些帮助的话，在一定程度上，她还是可以做到的。听到这些，我哑然了。我不知从何说起，我到底还有什么好说的呢？我本想对她说，正是因为她，也因为我们两个人的缘故，我才怀揣着新的希望来到这里，没想到现在却……我不知道，她对我的这番沉默能作何解释。进入海法后，她直接就把我放在了内城边沿的一个路口。不过，这条路我现在倒是很熟悉了。她跟我描述了一下去语言班的路该怎么走，并告诉我，那个地方不远，就在附近，而且很容易找到。另外，她还叮嘱我，叫我最好别再打搅她，除非有什么急事非找她不可。听到这些，当时的我感觉自己像是被人猛抽了一记耳光。再一次地，我没了半点话语，剩下来的也只有感谢而已。然而，当时的我却不知道，我究竟有什么地方需要真正感谢她的，我真的不知道。也许我要感谢的是她能前来机场接我，然后又把我送到我即将逗留的这个城市吧，也许又因为她把我撂在半途中，以便我能尽快适应未来的生活呢？这期间，我也没办法去细琢磨这些问题，这些很可能也仅是我一时的感觉而已。就这样，我在那里重新登上了我另一座人生舞台……我完全不会希伯来语，也只会一点点英语。我找到了语言强化班。那里面的人翻看了我的注册材料，他们告诉我必须再等等。就这样，我被安排进了那里的寄宿学校。好长时间我都在问自己，管事的那个女人为什么要这样待我。就这样，我最终还是放弃了这个语言强化班的学习，反正我能很快适应我的新生活，对此我也没什么可怕的。没办法，我首先还是参加了当地的一个初级语言班，然后很快就进入了高级语言班。在那个班上，有许多人都和我一样来自于不同的国家，都有着不同的文化背景。他们之所以来这里，也跟我一样都是为了在这个新国家开始一种崭新的生活。这就是所谓的多元文化大碰撞吧。

不过，班上也有好多女孩子呢。她们也都学会了这样的处事原则，即从不和某个人确立固定的个人关系，因为她们都想有更多的自由以便能尽快融入这种新生活当中。是的，这些人都在为自己的生存而奋斗。不过，在那些日子里，我一直都享受着那份难得的自由和喜悦。还不错，在语言班里，我算是个好学生。差不多就在我从这个高级班毕业的时候，我被直接保送到海法技术大学一个职业语言进修班去学习，在那里，我要继续深造与我职业相关的希伯来语。当时我们那个班上共有九名学生，其中八个来自俄罗斯，只有我一个人来自土耳其。整个课程要上四个月。因为这个课程是由劳动部和移民局两个当地部门联合组织安排的，还没学一个月，我就被遴选出参加他们提供的最好的就业岗位的招聘面试。没想到，一切都进展得很顺利。就这样，我被录取进一家项目公司，而且一直工作到 1985 年，直至这家公司破产倒闭。公司倒闭后，我也跟着失业了。这之后，我干脆就跑到特拉维夫去上一所戏剧学校了。那家戏剧学校的名字我现在还记得，对，就叫贝伊特·茨维戏剧学校。当时，我报的是一个为期七个月的培训班，所招收的学员也都有年龄限制，年龄必须是超过法定上大学的年龄。在那些日子里，我结识了一位朋友，他很多年前就从伊斯坦布尔移民到这里来定居了。他曾告诉我：‘在我们这样的国有发电厂里，像你这样的电气工程师总是受欢迎的。’要知道，他本人就在那里的一个领导岗位上供职呢。就这样，我申请了那里的工作岗位，也很快地被录用了。我那个工作岗位可真是个很好的公职岗位。虽然收入不是很高，但总能享受到许多一般人想不到的优惠待遇。总的来说，我那份工作可是份薪水不错的工作呢。你知道的，以色列是一个具有自身特色的发达的社会主义国家，只要资本主义国家有什么长处，它马上就会仿效学习。所以，你所得的收入一定会让你充分地感受到你做人的尊严，也就是说，凭你的收入，你过的完全是一种有尊严的生活。你会有你的社会保障,你会有足够的吃喝穿用,生计问题也根本不用你发愁。如果你还有什么别的要求的话,那就要看你怎样看待生活,而且又用什么标准去衡量你的生活了。

我不知道,要是自己没找到这份工作的话,我是不是就跑到基布兹①集体农庄去了。我认为,这种组织形式是活学活用社会主义最经典、最成功的模式。要是我能被他们接纳吸收,那可真是件不容易的事呢。不过,我还是没有去尝试,也许我根本就没那个胆量吧。另外,我也想着,要是合适的话,自己是不是应该加入某个群众运动组织更好些呢。就这样,我加入了以色列劳动党,并成为其中反战游行组织机构的一名成员。有时候,我甚至梦想自己能当选为一名国会议员。然而,当我进一步深入了解后,我从那些人身上看到了我不想看到的一面。原来,政治这个行当无处不充满着肮脏和污垢。我终于明白,这个行当对我来说一钱不值。于是,我干脆退出了那个政党组织。从个人信仰上说,我并不想退党,但在我经历了某些失望后,我不得不做出这样的决定。反正这对我也不重要了,因为没有人能控制得了我的思想,也没有人能剥夺我的信仰。这期间,我慢慢开始更深入地了解以色列这个国家了,而且对它发起的战争我也理解得更透彻了。然而,不管怎样,我的观点并不妨碍我会反对它在军事占领区的那些帝国主义行径。我们曾和巴以双方的同志一道付出了百般努力,我们还将努力下去。慢慢地,我也认清了一个事实真相,而且我对此也理解得非常透彻,那就是还没有哪个国家,包括土耳其在内,能在以色列问题上给出一个公正公允的评价,而这个问题

---

① 基布兹,本义为"集会"、"公社"等意思。自1910年以色列第一个"基布兹"诞生之后,它遂演变为"集体农庄"的意思。它是以色列这个具有自身特色的发达社会主义国家在农村实行的一种基层民主组织形式。每个农庄最多可拥有1 700个农村居民。目前,以色列境内约有280个这样的农村基层组织。

甚至连我这样的普通百姓都已意识到了，可不是嘛。确实，在国际事务关系方面，这个国家的确还存在着许多严峻的问题亟待解决。你看看，我们也组织了多次大规模的抗议游行，抗议以色列军队在拉马拉①、杰宁②和黎巴嫩所实施的非法占领行为。我们之所以如此，是因为我们不仅得到了以色列国内很多人的支持，同时也得到了许多国际著名作家和记者的支持，他们都积极声援和支持我们的正义之举。别忘了，在这个国家到处都有我们的影子。你瞧瞧，在那里，我们虽是少数派，妈的，但也请你相信我，当时以色列国内绝大多数人对那种混乱的局面也感到非常的厌倦，那里的老百姓早就恨透了战争。你知道我的意思吧，普通百姓的日常生活里经常都会发生些什么样的事呢。要是某个人正坐在咖啡屋或者饭店里，或者某个人乘着公交汽车正行驶在下班回家的路上，要是你的孩子正坐着校车去上学，而就在这时，有颗导弹突然落在这些人头上，你会作何感想？整天生活在这样的恐惧中，你说你的日子能过得轻松吗？还有，你好不容易把你的孩子拉扯大，而你又不得不送他去上前线，这不明明是把他往火坑里推吗？你能不为你的孩子担惊受怕吗？唉，这些可都是大问题啊。不过，你也许对它们并不是很感兴趣。总之，你是了解我的，要是我滔滔不绝，尽说些自认为很重要的话题，或者我处在一种很激动、很亢奋的状态下，那我可是不容易打住话头的呢，哈哈哈哈！”

的确如此，就是在我们那时候很要好的日子里，他也经常会突如其来有一阵莫名的激动，兴头上的他可是很难收住话题的。这么多年后，

① 拉马拉（Ramallah），位于约旦河西岸的巴勒斯坦城市。该城市曾于1967年为以色列占领，后于1994年归还给巴勒斯坦。

② 杰宁（Dschenin），巴勒斯坦城市，位于约旦河西岸，该城市也于1967年为以色列所占领，后于1996年归还给巴勒斯坦。

能再次看到他还一直保持着这种个性，说心里话，我打心眼里为他高兴。倾听他的故事，并不时报以微笑，而且其中的有些老画面我也不时能从自己的记忆中搜寻出来，这是何等的惬意啊！和他一样，我也想好好享受一下他悉数吐露后的这种快感。能有此体验，并保持沉默，不打断他的话语，这其中自有这几方面的原因：第一，他刚才的这番讲述已完全不同于他的某些胡编乱造，所以，他的讲述很让我感兴趣，也很令我着迷；第二，在他讲述的过程中，他会时不时来个没必要的或者不合时宜的问题，甚至还会来点评论什么的。所以，为了不影响他的情绪，也让他把故事连贯地讲下去，我干脆还是克制一下自己，少插嘴为好；第三，我很确信，在他这番详尽的人生故事叙述中，随着讲述的自然进行，他一定会提到某个细节，而这个细节也一定会为他的人生经历增添一抹令人难以置信的亮彩。

对于我来说，很重要的一点是我能听到他对世界某些地区时局发展的观点阐述，对此，我从来没抱过什么无谓的态度。然而，若让我更诚实地表态的话，我对他的戏剧和音乐生活却要感兴趣得多。我知道，他在这个领域里所做的事同样也离不开他的政治信仰，至少在我听到他这番讲述后，我觉得他就是这样的一个人。正由于此，我要将接下来的话题往他过去的事情上引，要知道，我还想听他更多这方面的讲述。

“好的，说说看，你这个音乐人的生活又是怎样开始的呢？你都在哪里演出过？你不至于跑到什么夜总会去挣那点可怜的糊口钱吧？”

听到这些，他哈哈大笑起来。透过他这种爽朗的大笑声，我不仅能感受到他并不打算隐瞒的那点自豪感，而且还能感受到他那种天生的风趣幽默感。在这么多年后，他还能有这样的性格，我觉得，这真是和他本人太协调了。

“你知道吗，我早已不弹吉他了。这期间，我只玩巴古马①这个乐器，而且长杆和短杆我都会玩。在那里，我就以这种方式尽情享受着我们土耳其民族文化，我已全心投入到这样的音乐世界里了。其实，这些故事我应该跟你从头讲才对。在这里，我首先得跟你提一个大名鼎鼎的人。唉，说到大名鼎鼎，这又何尝不是那些世俗之人送给我们这类人的一个褒奖之词呢？哎呀，还是别扯远了吧。既然我们现在提起这个人了，那我就直说了吧。这个“名人”叫奥古茨，一个典型的土耳其名字，不是吗？他曾在美国好几所名牌大学学习过，具体哪些大学我现在也记不清了。所以，只要他一张嘴，十个单词里总会有两三个是英语词汇，否则他根本就说不好土耳其语，这就是他的语言表达方式。另外，他这个人一直都喜欢听他的爵士乐，而我呢，却喜欢我的土耳其传统歌曲。他喜欢他的威士忌，而我呢，却一直喝着我的拉基酒。现在，连我都想问问自己，我们两个人中到底谁更像是土耳其人呢？哎呀，无所谓，什么都无所谓了，谁愿意拿自己开涮，就尽管开涮好了。好吧，我还是跟你从头说起吧。你知道，有时候，一个偶遇巧合就可能会改变一个人的命运，不是吗？记得有一天，当时的我对党内现场的一些小争论感到很厌烦。这期间，我不知怎么地却找到一个机会，和身边的一个年轻姑娘攀谈起来。当时，这位姑娘在党内并不很活跃，我对她也只是面熟而已。不过坦白地说，我很早就对她产生了兴趣。当我这次和她做一番交流之后，我觉得这个人很落落大方，既无拘无束，又和蔼友好。就这样，我暗暗地告诉自己，不妨尝试去邀请她喝杯咖啡。没想到，她竟然爽快地答应了我，并和我

① 巴古马乐器，一种三弦弹拨乐器，发音清亮。该乐器主要流行于中亚、西亚和巴尔干半岛等地区。琴身上半部为一根长杆，类似于二胡长杆，下半部为半葫芦型的小琴箱，整个乐器外形很像我国新疆地区流行的都塔尔民族乐器。巴古马三弦乐器分长短杆两种。在土耳其语中，长杆巴古马乐器被称为 saz，短杆巴古马乐器被称为 bağlama。

一起走进了附近的一家糕点店。在那里,我们一个话题接着另一个话题地聊个没完。不知什么时候,她开始聊到了音乐这个话题,而且还谈到了当今世界各种音乐风格流派等。哎呀,我就是一个再普通不过的土耳其籍的犹太小民,我哪能接得了这个话茬啊。而她呢?她出生于以色列,是一个地道的'扎巴尔'①,也是个受过家庭各种不同文化的熏陶和影响的人。原来,她母亲是委内瑞拉人,他父亲是波兰人。正由于这个原因,她也会说西班牙语。所以,在我们的交谈中,我们俩也偶尔来几句西班牙语以活跃一下气氛,这让我很欢喜。顺便说一下,在那边,我参加过一个西班牙语强化班。而现在,就连我当年从我奶奶和外婆那里学来的犹太人土话也派上了用场。不错,我就是这样一分钱不花和这些人在一起就学会了许多语言。当然,并不仅仅如此,我也从书本中学到了很多语言知识。现在还是回到正题吧。我告诉那女孩,说自己曾弹过吉他,但现在却更偏爱巴古马乐器了。就这样,我们的交谈变得更为活跃和热烈了。你知道,我这些乐器是我父母给我买的,我特地拜托过他们,请他们在伊斯坦布尔为我买两件这样的乐器。他们可真好,也不嫌麻烦,不仅给我买了,而且还给我带了过来,唉!这个时候,那姑娘一个劲不断地问着我问题,我也很高兴能为她一一解答。问得越多,她对此越是感兴趣,而且还尝试着,要进一步地了解这些乐器。从她所提的那些问题中可以看出,她是个很懂音乐的人,这一点没有逃过我的眼睛。你知道,我是个爱说话的人,要是某个话题有趣,或者某个美人伴在身边的话,那我聊得可就更带劲啰。就这样,我一直谈性甚浓,情绪超好,连我自己都难以相信此刻的我怎么会有这样的聊天兴致。就这样,在她聚精会神听了

① 扎巴尔(希伯来语צבר),它是指1948年以色列国家建国后犹太移民回到以色列本土后所生的孩子。

我很长时间的讲述后，她突然告诉我，说她们有一个民族乐队，她就在乐队里担任歌手，甚至有时也客串拉一下小提琴。她还特地告诉我，想邀请我加入她们的这个乐队，和她们一同演奏和表演一些民族歌曲……就如同你现在所听到的一样，这是我的强项，也正合我的心意。不管怎么说，在以色列，我好歹也待了八九年了，当然具体多长时间我也记不清了，反正我很了解当地的风土人情和风俗习惯。我还记得，当时的我就曾暗地里告诉自己，这可是份最好最难得的‘工作岗位’呢，说是截止到目前我最难得的一个也一点不过分呢。当然，那时候的我也不知道后面还会发生怎样的事，而且也不知道事情是否还会有什么意外的进展。另外，我不知道，这份‘工作’是否就是份很专业的工作，而且我的人生是否会因此发生什么改变。我不管这些，我只听凭自己情感的驱使，我觉得，只要这一切能给我带来快乐就好。你知道，眼前所发生的这些事真让我欣喜。于是，我告诉她，我马上就可以过去，这样的工作只会让我的生活更丰富多彩，也更平添一份情趣。能看得出，我的这份热情很让她感动，而且她的那份感动也深深打动了我。此时的我已喜不自胜，几乎很难再入座。就这样，带着这份欣喜，我在那天顺便邀请她到我住的地方去做客，并且告诉她：‘跟我走吧，我要让你看看，究竟什么是巴古马乐器。’没想到，她非常爽快地就接受了我的邀请，二话不说就跟着我来到了我的住处。进屋后，我给她斟上了拉基酒，并请她品尝了一番。随后我给她作了番小小的乐器介绍，并让她听了鲁西·苏的一两首民歌。我想，听到这些曲子，她的情感一定会迸发出来的。果不其然，随着旋律声慢慢进入高潮，她的情感也变得一发不可收拾了，此时的她已深深为激情如火的曲调所打动。突然间，不知怎么地，我们俩一下子就狂吻到一起。说起来你都不相信，兄弟，那是多么激情的场面啊，就是现在想起来我都激动不已呢。你相信我的话好了。说真的，到那天为止，我也记不清到底有多少女人进过我屋子了，但她却是那样的特别，就连我自己也说不清，她究竟特别在哪里，反正我感觉她就是个很特别的女人。一场酣战之后，我们就这样赤裸着摊开四肢躺在了地板上。困倦中的我们很快进入了梦乡。醒来后，我们每个人都点了一支香烟，一支很特别的香烟，我说这个你不会不明白的。突然，她一脸平静地对我说了一番话，而这番话却是如此的令我难以置信：'我可是结了婚的人，我丈夫就在这乐队里吹单簧管呢。'听到这些，当时的我真是一脸茫然。我相信，我的这种神情她一定也看了个一清二楚。见我这番模样，她突然大笑起来。老伙计，你简直想不到眼前竟会有这样的情景。我告诉她，鉴于这种情况，我是不能加入她们那个乐队的。没想到，她对我的这种想法感到很诧异，以至于这个浑身赤裸躺在我身边的女人紧跟着又大笑了起来，而且，这一次她笑得更恣意放纵了。于是，我也大笑了起来，为的是别让她觉得扫兴，并让她觉得我这个人还是个很有情趣的人。然而，笑是笑了，但我却稀里糊涂，自己到底为何而笑，是笑这位多情的姑娘呢，还是笑我自己眼下所处的这个尴尬境地呢？我不知道。只见她看了看我，她的微笑是那样的迷人，而且眼里也充满了妩媚的神情，就连话语中也透着温柔的语调：'你这个土耳其傻蛋！别担心，慢慢地你就会习惯的。我们会在一起慢慢享受我们这份甜蜜友谊的。不但现在，就是今后我也是这个想法呢。我们不妨就这样保持着我们这份纯粹的情爱友谊吧。'说真的，要是换个人说我是'土耳其傻蛋'的话，我还真对他不客气呢。然而，在这一刻，我和她却有着相同的观点，也就是说，我打心底里相信我们之间的这种友谊是一种两性间的情爱友谊。同时我也在不断地反问自己，这位姑娘身上是否蕴藏着某种魔力，以至于自己就这样心甘情愿地成为她情感的俘虏呢。尽管自己全然不知，自己究竟会撞上怎样一张情感大网，但我就是这样撞了个结结实实，并束手就擒。不过，有关她魔力如此诱人的想法我并没有说出来，否则的话，她会对我这个‘土耳其傻蛋’更抱有成见呢。你知道，‘傻蛋’这个词只会让她联想到我们的文化传统和我们的根源血脉呢！

好了，不说这些了，还是换个话题吧。几天后，我还是去了那个乐队。那姑娘的丈夫真是个不错的小伙子，人很好，乐器也玩得好。不过，第一次见面，我就有一种感觉：他似乎知道我和他妻子的事。我装出一副若无其事的样子，不让他看出有任何异样的表情来。我暗暗告诉自己，到一定的时候，我肯定会和他谈这个问题的，只是现在还不行。如果谈的话，那肯定也是在特定的条件下，并且要以一种完全不同于那天的情感和感受与他详谈。很快，我就融入了那支乐队。我们所演奏的歌曲都是我很喜欢的曲子。我们将从不同国家、不同文化中吸收来的歌曲按照我们的演奏风格进行改编，于是，我们便创作演绎出另一种风格的音乐曲调。说起来你恐怕不相信，我们就这样在一起演奏了很多年，而且这种风格也一直保持到两三年前。本来乐队还可以坚持下去的，但一切已大不如前，这其中的原因自然有很多，一方面，这么多年来有许多乐队成员在不断换来换去；另一方面，我自己的兴趣重点也慢慢发生了转移，你知道，我的兴趣不知怎么地又回到戏剧表演这个老行当上来了。唉，这么多年下来，还有什么我们没经历过的呢？这期间，我们一直和一家市场运作机构保持着良好的合作关系。通过他们的运作，我们不仅在以色列国内巡回演出过，而且还跑遍了世界各地。可以说，哪个地方都留下了我们足迹，香港、巴黎、罗马、西西里岛、纽约、阿姆斯特丹等等。你相信我好了，这一次我根本没有吹牛，你要是愿意听，我还可以说出一长串我们那些演出地点来。另外，在我们到过的城市里，我们还在当地的音乐节上和很多音乐界名人相识并同台演出过，如施泰凡·米库斯[①]、玛利亚·法兰杜丽[②]、帕科·德·卢奇亚[③]……我们曾有多少次坐在世界各地的酒馆里举杯共饮，一起演奏歌唱，一同开怀欢笑啊。唉，要是我还在土耳其的话，我哪会有这样的人生经历呢，是不是？我还能续写我这些精彩的人生传奇吗？”

看上去，又到了谈话该中断的时刻，我们也该喘口气，好好歇一歇了。对于他这个问题，有什么最简洁的方式能回答一下吗？或者最正确的方式呢？是不是最正确的回答方式就在我们的沉默中，或在我们一直想治愈的那道伤口深处呢？尽管我们很不情愿将这道伤口暴露给别人…… 在世界的每个角落，每个人都有他各自不同的命运，只要有人愿意和他一起共同承担这样的命运，那他就一定会历练自己的良知。毫无疑问，别的某些人都可以在伊斯坦布尔闯出一条自己的人生路来，而他凭着这些历练的良知就更可以在这里打拼出自己的一番天地了，没办法，他真的是时运不济，命途多舛啊。然而，在这一刻，我感到他那个问题似乎还隐藏着另一个他没提出的问题。也许，这正是他再次对自己人生充满信心的问题。此时的我又该如何是好呢？难道答案又要隐含在沉默里吗？我不能再沉默了，这一次我无论如何都不能再沉默了，既因为他的缘故，也因为我的缘故，我不能不有所表示。为了不让我这些可信的想法化为泡影，我再次相信了话语的力量。

---

① 斯蒂芬·米库斯(Stephan Micus, 1953—)，德国音乐演奏家，他能用世界各地的民族乐器演奏各种民族音乐。16 岁的时候，他就只身来到东方，后周游世界。所到之处，他都学习、改编和创作形式多样的民族乐曲，从而赢得了“世界音乐大师”的美誉。

② 玛利亚·法兰杜丽(Maria Faranduri, 1947—)，希腊著名女歌手，从二十世纪八十年代开始闻名世界歌坛。她以演唱现代希腊歌曲见长，并融入希腊传统音乐和现代流行音乐等演唱风格技巧。

③ 帕科·德·卢奇亚(Paco de Lucia, 1947—2014)，西班牙人，世界最著名的弗拉门戈吉他演奏家之一。二十世纪六十年代即闻名世界。他将拉丁美洲以及爵士乐中的和声成功运用到弗拉门戈乐曲中，并深深影响了新一代弗拉门戈吉他手。他的演奏技巧高深，出神入化，深受广大歌迷和吉他演奏者的喜爱。

“你不也说过，人生际遇往往会改变一个人的人生轨迹吗？其实，有时候死亡就是在为一场新生做准备呢。就像两朵云彩一样，当它们交汇到一起的时候，它们就会幻化成雨滴来。否则的话，我们又怎能承受命运的不堪重负呢？”

听到我这番话，他沉默了。看上去，他那眼神里已有了几分赞许。谁又能或者谁又想表示一下，他真的喜欢我这番话吗？然而，对于他所提的那个问题，我也只能给出这样的答案了。就这样，我们又开始沉默起来。只是这一刻的我觉得，他的讲述还没结束。于是，我又试探性地问了他一句：

“这期间，你们之间就没再发生别的什么事吗？”

他正盯着大海，那眼神就好像他已看到了大海的深处一般。看上去，他的思绪又不知飘落到哪里了，所以，他一时根本就没反应过来我问的话。毕竟他在沉思着，而且是在做着深深的思考。沉默了片刻，我终于听到了我想听的答案，只不过这一次我听到的那种关系以另一种方式被表达出来，且这种关系又是他和另一个当事人之间的关系。

“你是说我和米丽娅姆的关系吗？哦，对了，她叫米丽娅姆。她是个好姑娘。自打那天起我们就有了一层很深的关系，也正如她自己所承认的那样。她经常关心我，并和我共同分担着痛苦。而我同样也给她以回报，尽我所能地做着一切。和阿里一起，也就是她丈夫，我也同样经历了很多难忘的人生时刻。不过他和她不一样，他完全是另一种性格的人。好多年下来，他们一直就这样维持着他们的婚姻生活，尽管如此他们最后还是离婚了。说得更准确些，是米丽娅姆先离他而去的。现在，她和一个带着三个孩子的美国富人生活在三藩市。有时候，我也很想念她啊。对于她离开他这件事，有一个很重要的原因，这个原因也只是我随着时间的推移才慢慢了解的。她一直想要个孩子，然而，阿里却不愿意。

他说,要一个孩子,那该是件多么愚蠢和自私的事啊。他对这件事根本不在乎,也从来不认为这是一种罪过。当然,对于他选择的这种生活方式我还是能理解的。相反,我对米丽娅姆的固执却不能理解。在我眼里,她的生活方式、她的喜好偏爱以及她到目前为止的那些生活都让她远远偏离和违背了我们众所周知的做母亲的标准。有一天,只有我们两个人在一起的时候,我问她,她为什么要这样固执己见,非要孩子不可。听到我这番话,她眼里顿时充满了泪水。她带着颤抖的声音告诉我,说这里有个很深很深的原因。她很相信这个原因,但又无法启口。稍微沉默了片刻后,她终于又带着刚才那种颤抖的语调告诉我,就好像她在对自己现今的生活表达着抗议一般:'说出来你相信,我为什么要经历这一切吗?'听到这些,我不知所措,要知道,这是目前为止我听到的最让我震撼的一个问题。这个问题不得不让我有一种揣测,那就是一切事情的发生都不是我想象的那么简单。我真的不知道,她究竟想对我说些什么,但我能看出,她正经历着别人难以想象的痛苦。然而,不管怎样,我还是不能一直纠缠着她去问清这些原委。一切好像也都可以从她的眼神里读出,就这么简单。所以,我应保持克制才是。我不知道,你是否也经历过这样的事。也许当时的我也只有这样的感觉,那就是务必保持冷静,克制自己,因为我别无选择,唯有如此而已。"

不用问,我自然经历过这些。事情发生的情形虽不尽相同,但我的感受却完全一样。在这一刻,说真的,我更喜欢他这个人了。他那种无助的神情,还有他那种对什么都想了解的渴望之情……这些我都再熟悉不过了。我甚至可以听到他不断地向自己提出各种问题。这一刻,我们俩不可避免地都要分担我们共同的命运。于是,我抛出了一个他一定想过的问题。就这样,我自己对此先做一番理解判断,然后再将它慢慢从自己的嘴里表达出来。

“你肯定有时候会问自己，是不是那一刻她在期待着你迈出你人生新的一步，不是吗?”

听到这些，他怔了一下，两眼直愣愣地看着我，脸上也泛出了一种半是痛苦的欢乐，这一次，他显然听明白了我的问题，而且脸上也多了一份激动之情，只是这一刻，他想克制和藏掖起这份情感。我看出了这些。不管怎样，也许我们存有的疏远感却并不能褫夺我们越来越靠近的亲密感。

“那大概是她第一个，也许是唯一一个没向我吐露的秘密吧。现在，她带着这个秘密离我而去了。不过，我还是有机会和阿里谈谈这其中的隐秘之情的。就这样，我告诉了他，说他妻子曾和我提起过这件事。他知道他妻子的难言之隐吗？也许吧。然而，要是他知道的话，他本不该说出来才是，尤其是在我告诉他这件事之后。然而，他就是这么个可敬可爱的人，既然连米丽娅姆都不愿跟我提起，那他就更犯不着向我透露半点秘密了，可他还是向我道出了其中的原委。看上去，他已做好了离婚后一个人默默承受孤独之苦的准备，他要把所有的痛苦都埋进心底。还记得米丽娅姆离开前，她在我们最后一次的交谈中曾告诉我，说他们在一起本是犯了大忌的，而且也根本算不上是一种真正的婚姻生活。正像刚才所说的，我不能祈求她能给我做出什么进一步的解释，也只能听她诉说而已。这其中的秘密无人知晓，估计也永远不会知晓。她还告诉我，他们是因为萌发了一种很奇异的情感才共坠爱河，走到一起的，而且这也过去很多年了，更准确地说，自打他们童年时代即已开始。她要诅咒这些，因为这给她的人生带来了巨大的羁绊，让她失去了自由。然而，这种诅咒又有谁能公开发泄，公开声讨呢？现在，好聚好散的机会终于到来，哪怕为此付出生命的代价。她还说了，他们俩的结合其实根本算不上人们从表面上所看到的那种自由，而真正的自由大概也只有在经历过一番死亡后才能获得。听到这些,我的内心真是混乱不堪,同时,也自感没有丝毫力量去刨根问底,打探出这其中的隐秘之情。此时的我只觉得自己还没真正懂得这个女人就失去了她,她对我可是至关重要,不可或缺啊!我们之间的这种情感又是一种怎样的情感啊!接下来,还有许多事我也亲眼目睹,亲身经历了。就这样,我们乐队的这位独唱女歌手最终离我们而去,在我眼里,她可是我们这个乐队中最重要的成员啊。雪上加霜的是,她离开之后不久,我们当中一位打手鼓的成员,一位来自伊朗的朋友也随之离开了乐队,原来他儿子在巴以冲突的一场战争中在巴勒斯坦不幸阵亡。愤怒之下的他开始诅咒人生,痛恨命运的不公,他就这样永远地离开了这个乐队。唉,他就是这么个很情绪化的人,我们怎么劝也没把他劝住。当时的我很沮丧,也感到很失望,我觉得此时也该是自己和乐队分手的时候了。你看看,我们这些人可不都是一帮混账家伙吗!就这样,我把自己的想法和团长阿里说了,他表示完全理解。这些成员接连离去后,他也同样没了把乐队带下去的兴趣。现在,已到了所有成员各奔东西的时候,原来那个红红火火的乐队已不复存在,反正能做的我们都做了,而且大家也尽了自己最大的努力。还记得散伙时告别的那一刻,阿里告诉我,对于我和米丽娅姆之间的那种关系,他有时候想起来真有那么点醋意呢。这倒并不是因为几年前我和他妻子之间发生的那件事,而是我和她的个人友谊,和她的专业探讨要远胜过我和他本人的一切相处。另外,他还说,在他妻子面前,我应该算得上是她愿意敞开心扉的为数不多的几个人之一。听到这些,我真是无言以对,一时间不知如何回答是好。我真是羞赧万分,而且也被他这番发自肺腑的话深深打动。此时的我感到自己的脸滚烫滚烫,好像一下子已红到了耳根子一般。面对这样的一个男人,我真的不知道到底说些什么才能让自己得到些许的宽慰。

现在，我们也经常相聚在一起。虽然机会不多，但我们一定会找个地方坐下来，好好交流一番，而且一聊就是大半天。我们有一大堆话题可以交流：从巴勒斯坦问题到全球化会给我们带来什么影响，从妇女问题到足球话题等，我们无所不聊，无所不谈。有时候，乐队其他成员也会加入进来，一道发表自己的见解。然后，我们就会在一起吹拉弹唱，载歌载舞，享受着这些难得的好时光。在深深怀念我们曾共同经历过的那些美好人生的那一刻，我们会举杯痛饮，一醉方休。我们往往通宵达旦地喝着、聊着、唱着、弹着，共同追忆着那份荣耀，共同畅叙着彼此未来的人生。你知道，我和阿里什么都聊过，唯独米丽娅姆这个人我们只字不提。这种忌讳的话题我们俩都藏在了心里。只要一聊天，我就格外留神，千万别提及这个女人，因为我知道，她在那里已找到了自己梦寐以求的人生。在我看来，她肯定会说，自己终于找到了幸福，我也相信她一定会这样说的。尽管次数不多，但我们之间也有过几次书信往来，而且从她的来信中我也能看出她就是有这样的想法。此后不久，她和那个美国人终于生了一个她做梦都想要的孩子。”

真没想到我们会停留在这么敏感的结尾部分。说句老实话，在我们一开始谈话的时候，我哪会想到故事会以这样的方式演绎发展，而且这令人颇感意外的结尾部分也给我留下了深刻的印象。然而，这就是人们所说的故事的影响力或者说感染力，它既让人感到意外，但又在情理之中。在我看来，米丽娅姆已给他留下了不可磨灭的印象，也深深扎根在他的记忆中。这一切我觉得有必要再感受一下，而且要趁热打铁，继续了解下去。

“你好爱这位姑娘啊……”

他点燃了一支烟，然后猛吸了一口。我能感觉到，此时的他即将又要进入另一个故事的最深处，或者说又要去叩开另一扇伤痛之门。此时，我也能感受到，我的情感也在跟着他的讲述朝同一个方向慢慢发生着位移。

“是的，我很爱她，而且还不是一般的爱她。然而，我并不是你想象的那样爱着她。可以说，我们之间的情感不是那种轰轰烈烈、激情似火式的类型，而是另外一种情感，是的，可以说是一种波澜不惊式的情感。这里，也不必再把我们的情感归属到哪一类情感了。这之后不久，想不到我居然又邂逅了另一位女子。哦，那可是一段急风暴雨式的情感经历，一段真正惊涛骇浪、刻骨铭心式的情感体验。我和她一起生活了六年时间，到最后都差点结了婚，也差点要了孩子呢！”

说到这里，他停了下来。很显然，这样的回忆又勾起了他无尽的酸楚。只见他又猛地吸了口烟，我也陪他在抽着。我不知道，此时的我抽的是第几支香烟了。我们也早就停止了讲述，而且也不知道服务员已给我们换了几次烟缸。说真的，这期间的我们哪有那个闲心去关注这个细节，我们不可能有这个闲心的，绝不可能……我们要重新正视我们的历史，为的是能更好地认清自己，也能更好地了解对方。理解也好，倾诉也罢，我们唯一的希望就是把自己的命运掌握在自己手中。直觉告诉我，他还要讲述什么事情，对此，我确信无疑，他一定会敞开心扉，和盘托出的。这里我还在思忖着，没想到他那边就开了腔。此时的我抚了抚他的肩头，我想告诉他，是不是我们该出去透透气，走一走，然后再回来接着讲下去。然而他没听进我的话，又接着说了下去。从他的语调中可以听出，他能将下面这个故事告诉我，这对他来说是多么的有必要啊。

“这个女孩是摩洛哥人，她也见过我父母。尽管只能说几句简单的法语，但我父母还是很高兴地接纳了她。她是做电影制片这一行的，也拍一些纪录片。有那么一两次我们曾一起合作过，而且还合作得挺好。只是我们两个人曾犯过一个不小的错误呢！”

这时候，我突然想起，赛丽曾跟我提起过这个女孩。此时的我们也正好谈到了这个故事的主人公，有关她的事情我们是必须要谈的。尼索会向我透露一二吗？看来，不试探的话我就无从知晓。就这样，我又试探了一次。只要能了解他的生活，这对我来说就不失为一件乐事。然而，我哪里会知道，此时的我又在轻叩着另一个人生故事的大门，而且还意想不到地扯出另一种关联来，这让我始料未及，吃惊不已。

“是的，赛丽曾和我提起过她。不过，她当时好像说这女孩子是突尼斯人……”

听到这些，他笑了笑，而且脸上还多了一点激动之情。我当然了解他那副激动的样子。不过，他这一次的激动表情可明显不同于以往的表情。看上去，他似有所隐瞒，而且在竭力隐瞒着，唯恐被人看出端倪。尤其是在他那副激动的神情之后，似乎还隐藏着一种罪责感。此时的我不得不面对他提出的这个问题。这个问题听上去简单，但却不那么好回答。然而这一刻，这个问题对我来说却是异常的重要，我不得不做回答。

“她还跟你说了些什么吗？”

对于现在的我来说，最简捷当然也是唯一的办法就是给他施加点压力，能让他有所触动。为此，我直接告诉他，我已知道了哪些事，而且还特地强调了一下，还有哪些我不知道的事需要他做进一步的解释。在这一刻，我深信，以这样的方式我肯定能了解到赛丽为什么会对他产生那么大的失望情绪，而且还生那么大的气。毫无疑问，这种深信也来自于他刚才所提的那个问题以及那个问题的弦外之音。也许我的想法是对的，当然，对与不对现在已无关紧要。要是他不开口的话，我也只能出此下策，继续给他施压了。

“我把你写给我的那封信读给她听了。一开始的时候，她还一声不吭，但后来她终于憋不住还是开口了，她说你根本就没把你的事讲清楚。

所以,她大概对你有些生气呢!”

他又燃了一支香烟。此时他所说的我听得更明白了。

“她说得很对。她生我的气也是应该的,唉!”

这番话又明显暗示,他的讲述中肯定会有新内容。顿时,激动的热血涌遍了我全身。我们的思想总算汇聚到了一起,对于这一点,我始料未及,又令我大感意外。

“那时候,她和她男人正过着一段很糟糕的日子。有一次,她给我打了个电话,说想和我聊聊,并想向我倾诉一下她心中的那些苦楚。就这样,她到了海法,我们在一家咖啡屋见了面。当时,奥拉因为要外出拍纪录片所以就去了拿撒勒①。之后,我俩就一起去了我们的住处。没想到一切发展得如此迅速,此时的每个人心里都在想着自己的事。我们既谈我们大家过去在一起的那些事,也谈我们各自的一些嗜好,当然还有我们的一些隐私,我们当年那些被扼杀的希望,与他人在一起相处时所产生的恐惧感以及对不公命运的愤懑之情。聊着聊着,我们不知怎么地就忘情地纠缠到了一起。没想到的是,奥拉此时突然回来了。打开房门的瞬间,她发现床上躺着的竟然是我们俩……这就是事情的全部。不管你怎么看,反正干这种事真不好意思见人啊!这真是一桩既荒唐、又丢人的丑事啊!在那一刻,我感觉自己已成了一个个性全无、灵魂尽失的人。这就是我当时的想法。唉,我真是既对不住那两个女人,也对不住我自己啊!随后会发生什么呢?这些你可以想象得到了。没说一句话,赛丽走了;几天后,奥拉也走了。我想尝试着跟她解释一下,但我实在没了这个勇气。我也想尽办法去挽留她,而且也不知劝过她多少次,但一切都

① 拿撒勒(Nazareth),以色列北部一座古老的城市,相传耶稣曾在此居住过。市内有著名的天主教天使报喜大教堂。该城市现约有6.5万居民。

于事无补。没有任何缘由我就这样把我们的关系弄得一塌糊涂。而且，我和赛丽的关系大概到此也结束了。后来我也反思过这件事。我们的关系真的是结束了，因为两个人都不敢面对事实，都对自己所做的事羞愧不已。”

从他遮遮掩掩的讲述中，我仿佛又听出了一些弦外之音。我很纳闷的是，尽管赛丽当时是那样的镇定、坦诚和自信，但她怎么最终还是没告诉我她俩的这个小插曲呢？特别是当我再回味她所讲的那一切，包括她告知我与此相关事情的时候，我就更感到惊讶不已了。她不可能没想到早晚有一天我会搞清这个事实真相的。要是她知道我了解到她的这些底细后，她又会有怎样的表现呢？她会不会有什么心理障碍，会走进某条死胡同里呢？这个秘密非得她一个人独自承担不可吗？或者这又是尼索编造的某个谎言，一个她根本不知道的弥天大谎呢？毕竟我能理解，他们之间所发生的这件事绝不是她人生中值得炫耀的什么成就，就像她经历一番拼搏后现在所取得的那些成就一样。是啊，能承认人生中的某些失败可真的不是件容易的事啊。是否愿意承认这一点，这在某种程度上也表明了她是否真的看清了自己的某些缺陷，或者意识到一场内心的斗争仍还没完结。然而一切已既成事实，现在的她又是否能坦然面对这些呢？看来，一切也只能如此了。要是赛丽再次回顾一下这件事的话，她也许还要和自己的罪恶感做斗争，这可是一时半会无法解决的心理问题。是啊，在这样的情感斗争中，人们有时候必须得将这种罪恶感转移到另一方当事人身上由他来承担。这样的话，她也许才能缓解一下自身的罪责感。唉，说起来容易，做起来难啊，一时的糊涂就这样导致了正常人际交往关系的彻底破灭！在这种情况下，要是有人说别谈什么罪恶感，说真的，这可不是件容易的事。如果仅从这方面来观察此事的话，那就不难理解，为什么赛丽一直在期待着尼索把整个事情真相说出来了。另外,从他们俩所干的这桩苟且之事中可知——姑且这样说吧——也许还有其他问题并不是很轻松就能回答得了的,比如为什么恰恰就在那个时候会发生这样的事呢?再细想尼索刚才所说的“每个人心里都在想着自己的事”,那他又是什么意思呢?是不是人的心思有时候会不自觉地有某种位移偏差呢?突然间,我想起了当年那个晚上他们吵架时的情形。当时的赛丽如何将一杯水果鸡尾酒泼到尼索脸上,而且尼索又做出了怎样激烈的反应。就这样,我们三个人走到了一起,也许那是最后一次我们在一起的日子。我不知道,我为什么突然间会想起那个夜晚。不止赛丽的这些事让我烦神,就连奥拉的命运我也不能不为之担心。我当然可以理解,当时的她一定饱尝了屈辱和受伤的滋味。是不是她当时的反应看上去会失态或者失控呢?看来,如果受到伤害的情感不能再维持,那似乎也就没了维持的必要,难道分手就是一种最好的选择,能更让人接受吗?唉!一切都只考虑自己,只打着自己的小算盘啊!说真的,我很不喜欢用“小算盘”这样的字眼来形容他,是尼索迫使我想到了它。反正这也不算什么重要的事,重要的事情倒在于我一直在思考并咀嚼着这些问题。是的,向我们呼喊求救的那些人诚然重要,但那面反射他们自己的镜子却更为重要。在这面镜子中,也许就出现一个尼索,他正向我们展示,此时的他已无法逾越他心中的那道坎,已无法忍受一个人的孤独。不仅如此,镜中的他已坠入一个噩梦,这个噩梦似乎正把他裹进一层往日忽明忽暗的面纱里。这个噩梦似乎还在冥冥之中告诉尼索,为什么奥拉对这场情感欺骗要夸大其词,然后借口转身离去。尼索值得同情,难道赛丽就不值得同情吗?不能不说,从赛丽身上不难看出,她过去人生中所经受的那些失败挫折让她有了一种我能感受到的报复情绪,但我认为,她的这种情绪发泄不能称之为随便和轻率,尽管这对她会产生不好的影响。这中间,我还在思忖着,是不是这场风波之后,他们俩会再次碰面呢？如果碰面的话，他们会谈些什么，而且他们又从哪谈起呢？他们俩还敢面对面直视对方吗？对于这些问题，我当然可以以我的方式给出答案，即使我不回答，我相信它们也会不言自明，一清二楚。然而，就在我还在想着这些问题的时候，他的一番话却把我引到了另一个地方，以至于我没机会对他说出这样的心里话：兄弟，你偷得了短暂的肉体欢愉，这不能不说会给你的人生带来很多负面影响。你们这种“苟合”无论如何我是不能认同的，它是不能归属到一种健康正常的人生体验中的，它既不合乎情理，也纯属多此一举。为了能让他变得更轻松些，我还想对他说的是，要是这种关系被当做小说里的情节讲出来的话，那我就觉得太离奇，太不可思议了。然而很遗憾，现实之中它却发生了，这让人如何是好呢？所以，人生有时候真他妈的比小说中的有些故事还荒唐啊！这些念头虽然刚才在脑子里动了，不过，我觉得还是不告诉他为好，因为我思绪被他带转的这一刻，他所说的这番话很是感人。但很遗憾的是，这番话却并不怎么令我信服。

“和奥拉结束关系后，我再也没和谁维持过那种很严肃的情感了。我有时候和这个相处一段时间，有时候又和另外一个相处一段时间，反正我和谁也没一个固定的关系。到最后我是两手空空，一无所获，甚至连个家庭都没有，就别说跟你比了。我真心希望你能珍惜你眼前的一切啊。”

毫无疑问，他的这番话显然是不公平的。我认识许多人，尽管他们饱受挫折和伤害，也犯过很多错误，但一听我说起他的经历时，他们也对他感到很是欣羡，甚至还有几份妒忌呢！而对于我来说，每当听到这种人生讲述的时候，这其中的某些画面便会在我的内心中占有非常重要的位置，哪怕就是我在听内兹米讲述的时候，我也有着同样的感受。然而，值得关注的是，在故事讲述的过程中，他们两个人也总会提到一个相同的问题,那就是他家庭缺憾的问题。难道非得有个家庭吗?难道家庭的组建成立是如此重要吗?也就是说,要是一个人不组建自己家庭的话,那这个问题就大了。这话果真如此吗?是啊,在人生面前,这可是个骗人的谎言,而且还是个很大的谎言。正由于此,我告知了他我此时的心理感受。我告诉他,请不要这样不待见自己,也别冤枉了自己,他所拥有的是一个很让人钦佩、很受人尊重的人生,也一如我对内兹米的人生所发表的那番见解。

就这样,这一次该轮到我来开口了,而且也正是时候。我跟他说了内兹米的事,我把自己所知道的都告诉了他。然后我自然也谈到了赛普内姆,而且我将自己能说的事也跟他说了,最后当然是关于约格斯和赛丽两个人的事。他认真听着,而且还以他那种特有的方式听着我的讲述,有时候会来两句调侃的话,而更多的时候却显露出愤怒或欣喜的表情。就这样,在不知不觉中,时间一下子就差不多过去了两个小时。然后,我们起身离开那家咖啡屋,沿着海岸线慢慢散起步来。我们先是沉默了片刻,然后我对他所讲的事情又做了些评论,此时的我们真是心潮起伏,感慨万千啊。此时,太阳已渐渐下山了,天色也慢慢跟着暗了下来。他问我,我们是否去哪家饭店用个晚餐,然后再接着聊下去。这一刻,我非常希望自己能陪在他身边,而且这本身也是我的想法。就这样,我马上给切拉打了个电话,我告诉她,说自己要很晚才能回来。正因为她早已预料到今晚我会这样,所以,她也和她的那些姐妹们事先有了约会。另外,她又补了一句,说我们就只好晚一点回家见面了。听完这些,她的这番话又不免让我有了一些歧义解读,是一种小小的责备呢,还是一种善解人意的话语呢?尼索看着我笑了笑,显然他看出了我的心思。等我结束通话后,他告诉我,我有一位好妻子、好女人。他还说,能在星期六晚上独自一个人待在家里,这可不是每个女人都愿意的事,所以能看出,切拉是一个宽宏大量、善解人意的女人。他说得不错,切拉确实是一个好女人,这一点我从来就没怀疑过。不过,这么多年下来,我们也不可能再整出什么激情来了。就在我准备评价自己的婚姻生活时,他突然间打断了我的话,问道:在我们这么多年的婚姻生活里,是否有其他女人在我的生命里出现过。此时的我很能理解他为什么会问出这样的话来。我很诚恳地回答了他,我告诉他,除了自己的妻子外,我从来就没太严肃认真地对待过此事,而且也认为没那个必要,比如我在国外旅游度假时就有过几次小小的艳遇。对于这些事,切拉有时候似有觉察,有时候却浑然不知。在她有所觉察的时候,她一般会话里带点小刺,既刺刺我,又挠挠我,好让我有所收敛,无论如何,她从来都不是那种母老虎般的女人,非要把我踩在脚下不可。不但不会这样凶狠,相反,在某种程度上,她有时还像一个母亲那样宽恕和谅解我。一句话吧,从这一点上来说,我们的婚姻生活就像这个世界上千千万万对夫妻那样,既过着普通平常的日子,又执手相牵,经受着一切风雨。这就是人世夫妻相濡以沫和永不离弃的最高境界和最好表现。当我俩谈到这个问题时,此时的我俩已坐在了海滩边一家饭店的座位上。等坐下来后,我又在思考着,在我向这位已倾吐了很多情感的人生挚友面前,自己到底要不要把暗恋贝尔芬的那个小秘密告诉他。也许我可以说给他听听。于是,我向他道出了这些秘密情感。他告诉我,我应该把这件事进行到底,要抓住一切机会,尽情享受自己的人生。而且不管怎样,只要我还活着,就应该时时想着他这番忠告,把他的话牢记在心里。然而,这里有一个很现实的问题,这一点他可忽视了。要知道,我们两个人有着截然不同的两种性格,在看待人生、看待生活方面我的人生观和他相比是有很大不同的。即使我们也有着许多的相同点,但我既有着不同的恐惧担忧,也有着不同的思想情感。所以,在我的这个小故事中,我无论如何也不能告诉他,那些肉欲想象曾给我带来多大的感官刺激,是那么令我魂不守舍,意乱神迷。尽管如此,随便聊聊,能彼此开心一下,这倒也是挺好的。不用说,能倾诉一下这种情感,我还要感谢他刚才所提的那个问题,也就是他所谓的“是否还有其他女人在我生命中出现过?”这个问题。

很快结束这个话题之后,我们开始谈论我们即将上演的这场人生大戏。对此,他也是非常的欣喜。能重演他当年的那个角色,他倍感温馨,尤其是在他这么多年大量戏剧表演经验的积累沉淀之后。他再一次提及自己曾在一所戏剧学校受过良好的培训。在那里,从他结识的那些人身上,他得到了许多很受启发的点拨和评论,比如他在观看接下来的一台戏剧演出时就进行过仔细的推敲和反复的研究,真是收益颇丰。他还记得,那台戏是由一个业余剧团演出的,不过那个剧团是在海法市剧院的援助之下成立起来的。直到今天他对此还记忆犹新。在观看过那台大戏之后他告诉自己的朋友,说他想加入这样的剧团。

“我很快就接受了那个剧团的邀请。他们也没对我做什么过多的劝说,反正大家都是一群业余的戏剧爱好者。虽然这项工作是自愿的,但并不是什么责任都不承担的,比如你每年至少要交三千个舍克尔[①]的会员费,这样,你们就可以每个周四晚上从八点到十二点在一起排练学习,交流心得。当然,你想多排练一段时间也是可以的。你会有好多机会和一群志同道合的戏剧迷们在一起工作。就这样,我们一直要工作到五月份,然后就进行年度筛选,一般情况下我们都能最后胜出。在经过两场彩排之后,角色就被分配到每个人头上,再过两个月我们就可以正式登

① 舍克尔,原以色列货币单位。1985 年后,以色列引入新舍克尔货币体系,根据最新外汇牌价,现 1 欧元可兑换约 4.8 舍克尔。

台亮相了。不是吹的,我们什么戏没演过呢?在伊奥内斯科[①]荒诞剧《没头发的女歌唱家》中,我曾担任过史密斯先生这个角色;在莎士比亚的喜剧作品《第十二夜》[②]中,我担任过托比爵士这个角色;还有,在吉劳多[③]剧作《特洛伊不会发生战争》中,我演的是普利亚摩斯国王这个角色;而在贝克特的荒诞剧《等待戈多》[④]中,我们却做了一个特殊的处理加工,分别改由十二个人担任各种不同的角色,我在其中也担任了一个角色。现在我说了你别惊讶哦,我们正在准备上演阿瑟·米勒的《代价》[⑤]这部大戏呢!你猜猜看,我会在剧中担任哪个角色。"

一边说着,他脸上还洋溢着一种微笑的表情。等他差不多快说完的时候,只见他在注视着我,只是脸上却多了一份疑问的神情。我能感受到,他又在把我的思绪引到了另一个地方,而那个地方也正是我们留下过最深刻印象的地方。当然,我还感受到的是,他想要看到或者听到,此时的我能有怎样的回忆,而且究竟能回忆到哪个遥远的地方。对于这些,我当然能回忆得起,而且还非常清晰。不仅如此,此时我的脑海里甚至又出现了另一幅我们人生记忆中无法割舍的画面。是啊,不去记忆就等于是一种对现实生活的否定。所以,我一定要向他展示,我还能回忆什么,而且又如何做精彩的回忆。此时的我也用同样微笑的眼神盯着他。

---

① 奥伊格纳·伊奥内斯科(Eugène Ionesco, 1909—1994),法国剧作家和作家,荒诞剧代表人物。荒诞剧《没头发的女歌唱家》(La Cantatrice chauve)创作于1950年。

② 《第十二夜》(Twelfth Night),莎士比亚早年喜剧经典作品,又名《随心所欲》(What you will)。作品讴歌了人文主义对爱情和友谊等美好理想的赞美。

③ 让·吉劳多(Jean Giraudoux, 1882—1944),法国剧作家。二十世纪三十年代法国戏剧中坚力量的代表人物。其戏剧作品创作多以古希腊罗马历史为背景。《特洛伊不会发生战争》(The Trojan War will not take place)创作于1935年。

④ 《等待戈多》(En attendant Godot)系法国剧作家和作家塞缪尔·贝克特于1952年公开发表的戏剧作品。

⑤ 《代价》(The Price),由美国剧作家阿瑟·米勒于1968年创作而成。

"担任这个角色对于你来说还不是小菜一碟吗？不过让我感到好奇的是，你最终用什么样的方言土话来进行表演。"

听到这些，我们俩再一次陷入过去许多年前那段深深的回忆里。在上演这部戏剧的过程中，我们又曾经历过怎样的难忘时刻啊！这一刻，不去想它是不可能的事。那时候我们都还很年轻，我们经常去拜访一个犹太人戏剧协会，而且在那个协会里，我们还把米勒的这台戏搬上了舞台。当时，尼索扮演的是一个糟老头子。我们也让那场面完全符合戏剧创作中的那种文化背景，然后就让那个糟老头子既说现在原始地道的以色列土话，也说当地那种口音很重且十分夸张的赛发迪土话，总之，根据剧情，两种土话会不断交替使用。没想到，演出取得了巨大的成功，在场的观众都笑得前仰后合，捧腹不止。我再次看到，我们犹太人是怎样喜欢拿自己逗乐，让自己开心的。当然，尼索可成了大家关注的焦点人物，他那种天才的语言表演天赋可以说已发挥到了极致。他在尽情享受着潮水般的好评。要知道，他那些舞台经验可是太丰富了。在表演过程中，面对经常出现的意外场面，他那种救场的本事也无不展现了他是一个怎样的戏剧表演天才。巧合的是，在演出那场戏时也偏偏发生了这幕情景。当时，那个糟老头子正在一家商店里一边买东西，一边享受着从家里带来的午餐。只见他先从随身拎来的袋子里拿出事先已煮好了的鸡蛋，然后一边剥，一边享受了起来。在平时演出的时候，我们中的某位女演员一直都有这样一个任务，就是在这台戏上演之前她一定先将鸡蛋这个道具煮好，而且还要特地多煮上一段时间，然后再放进尼索提的那个袋子里。她每一次都把这件事做得很好。然而，这一次却发生意外了。当时，她不知怎么的没按时间把鸡蛋煮好，结果在进入那个情节时我们也根本没觉察到这些。就这样，这一次，尼索又开始慢慢地剥起了鸡蛋。突然间，没煮熟的蛋黄一下子流了出来，而且沾得他满手都是。

这时候，他幽默的才华又开始得到了淋漓尽致的发挥。只见他突发奇想，临时来了几句台词，而且是张口就道："我可跟这孩子说过了，叫她把鸡蛋好好煮一下。可她就是不听我的话，随便这么煮煮就扔在了这袋子里，唉！"坐在台下的观众根本也没感到这是个意外场面，还以为他的念白本身就是这台词，听到这些，他们个个都哈哈大笑起来。回头再看看我们，说真的，我们不笑都困难，而当时的我们可就在舞台上呢。在那个场合，我扮演的是那个女店主男人的角色。说真的，我们演得很不错。鉴于当时有限的场地条件以及我们本身这种业余水平，所以，免不了在演出过程中会犯不少的错误，但无论怎样，这种演出都使我们的热情与才华得到了充分的展示，也让我收获了更多的信心。不仅如此，我们已不单纯把它看成是一场演出，而是一种真正的艺术享受和人生享受。我们就是在这样的演出过程中传递着我们的友爱之情，而且这种情感也变得越来越浓，越来越具价值。在那些日子里，还有在当时的那种条件下，除此之外，我们还能有什么更多的奢望和要求呢？

这就是我在那一刻能回忆起来的事。毫无疑问，他也肯定记得那难忘的场景。他的话语已清楚显示，此时的我们又回到了当年那同一时刻。

"那糟老头子说的是一口带着本地口音的犹太人土话。正如你所看到的，正因为我学说过这种土话方言，所以我模仿起来是没有任何困难的。"

这番话很让我开心，不过老实说，它又让我感到有些伤感。开心的是，对于一个怀着新希望，同时又心存失望和恐惧的他来说，来到这个国家不但学会了本地方言，而且还能在舞台上对它驾轻就熟，运用自如，这不能不让我感到钦佩；但令我伤感的是，我觉得，和他相比，自己怀里的心仪之人却早已被人劫走，而我这个心仪之人对于我来说也正是我很重要的人生一面,那就是我的母语世界和母语情结。同为犹太子民,他的心仪之人他已找到,而我却不知将她遗忘在何处。她已散落到某个远方,已遥不可及,无法寻觅……这一刻,我仿佛又有了一种被同类排除在外的感觉,既感到羞惭,也感到惶恐。不过,我很清楚的是,要是自己老想着把他的能力定格在语言这个狭小的范围内,那我的目光可就太狭隘了。我更应该清楚的是,他不仅在经过自己的一番打拼后跨越了语言这个界限,而且还以此作为成功的阶梯,将它和自己的人生紧紧联系在了一起。现在,让我既伤感又高兴的是他的脸上所绽放出的那种笑容——一种微微显露出的那种孩子般的胜利者的笑容。对此,我要表达出我的情感,不过,我最好还是藏掖住我的伤感之情。

"真不可思议,你能做到这一点,真的是很不简单呢。你离开这里的时候,你哪里会想到,你能取得这样的成功呢?不妨再多回忆回忆吧。你也要看到,你现在过得多潇洒啊。"

听到我这番话后,他又用那种友好的目光看了看我。那种目光意味深长,就好像他还想接着讲述,还有更多的话要和我说一般。我了解我对面的这个人,他对什么都充满着好奇,浑身也总有着使不完的力,并随时释放着澎湃的激情。我对他可是太了解了。

"是的,我过得确实很不错。我知道,你还想听我说下去,呵呵,就是你不问我,我也要说下去的。我就是想和你聊聊。说真的,我并不是个完全幸福的人。尽管我成天乐呵呵,看上去也忙个不停,但有时候我还是感到自己很寂寞。尽管如此,我过得还是很好,真的。我现在和人家再也没什么冲突了。让我倍感幸福的是,我还能一直保留着我土耳其的那一面。在我们所演奏的音乐中,它总能散发出这个国家那种独特的传统魅力。我还继续品尝着我的拉基酒,并阅读欣赏着纳兹姆文学大师的诗歌作品。像从前一样,费内巴切队还让我那么热血沸腾,激动不已。

说起来你恐怕都不相信，不知怎么地，我比以前更喜欢这支球队了。比如在看电视转播的时候，我少不了要捶胸顿足，张口骂人的，这些你可是知道的。现在已没有谁能夺走我这些爱好了。今天，我最大的梦想就是想把纳兹姆的有些诗歌改编成戏剧作品再搬上舞台，而且还要用希伯来语表演出来！你能够想象得出吗，老伙计？每每想到这些，我心里都有一阵畏惧的情绪，因为这其中的翻译工作可是件相当困难的事，除了我之外还没人能翻译它，更确切地说，我不想让别人沾手，我也不会让别人沾手，我不想让这件功德无量的事就这样旁落到别人手中。再看看吧，这就是我目前的境况，不过说句老实话，如果你要我现在回土耳其生活的话，那我可是不想回来的呢。你知道，我这大半生都是在那边过的，也很有可能在那边度过我的余生。在那边，我已经历过我人生许多大大小小的拼搏，不过，这场拼搏还远远没有结束。能做这些，可以说，既为了我自己，也为了我所在的这个国家。我们会尽自己最大所能把一切做好，也希望着能把一切做得更好。总之，能看到这一切，能经历这一切我们也就心满意足了。如果我问你'我们为什么要组织我们的集会与和平游行？'这个问题的话，你对此会有怎样的看法？这个回答其实很简单：为的就是别失去我们的梦想。你不知道，在拉宾①被那个无耻流氓暗杀的那个晚上，我哭得有多伤心。我曾问过自己：'难道为巴以和平进程所付出的那么多努力都是徒劳的吗？或者我们又要重回起点，一切又要重新开始吗？'不过，你看看，我们终究没有被任何困难所吓倒。是啊，巴勒

---

① 拉宾(Jitzchak Rabin, 1922—1995)，以色列前总理。刺杀拉宾事件发生于1995年11月4日一个礼拜六晚上，当时正值犹太教安息日。在特拉维夫国王广场，群众正举行支持巴以和平进程的盛大集会。在现场，拉宾发表了集会讲话。在其和集会群众握手道别并即将迈入车内时，他被身旁窜出的凶手——犹太青年伊加尔·阿米尔举枪射杀。拉宾是以色列建国后首位被谋害的政治领袖。

斯坦那里所发生的事也在时时拷问着我的良心。不过，我也想提醒那些单方面指责以色列或者甚至信口雌黄的那些人不妨注意一下，要是从那边飞过来的火箭弹落在我们海法人头上，而我们又不得不带着一家老小钻进地下室，你说我们这些人是什么感受？要是那些人也去亲身经历一番的话，我倒真的很好奇，他们又会怎样重新来看待这样的事情。”

此时的我停了下来。我们在经历着另一种沉默。这会儿，我也没了任何话语，因为我感觉到他还有话想说。果不其然，我停留了片刻，我觉得我刚才的感觉没错。再一次地，我又从他的话语中感受到了他的欣喜之情以及他对生活那种积极向上的态度。不过，话语中也隐含着某种悲伤与真诚。

“你知道，我为什么要做这些事，并且还一直在做着吗？你看看，我一直都是个“左派”分子，甚至在有些人眼里我就是个疯子、无政府主义者，或者就是个饭桶，正如你也曾这样称呼我的。然而我就是这样在尽情享受着我的人生。我为什么要这样做呢？对此你考虑过吗？我为什么要做这一切呢？”

听到这些，我没有回答他。说真的，我不想给他一个错误的或者不恰当的回答来伤害他。我能感受到，此时的我们俩已触碰到一个非常敏感的话题。紧跟着，他的回答再次告诉我，我的这种感觉没有骗我。

“只因为我害怕孤独，不堪忍受孤独的痛苦啊……”

这可是一番感人至深的话，而且也会令人浮想联翩。我可以根据他向我所展示的人生经历品尝这番话语，也可以更好地理解他所经历的一切。他的这种恐惧会另有所指吗？如果是的话，那又是指谁呢？这种恐惧会将我们带到不同的地方，让我们不得不去面对种种残酷现实，而在这些残酷的现实面前，我们又不得不纷纷逃窜，无处藏身。也许，这种恐惧是一种我们自己给自己施加的恐惧，也是一种我们相互倾诉后所形成的莫名恐惧。在这种情况下，我不可能问他，究竟是什么人生错失会让他产生如此悲伤之情。这一点，我是肯定不会问的。他到底在想着什么，思念着什么，我都会只字不提，免得他伤感，反正他前面所说过的话也多少透露了一些这方面的情况。至于其他什么感觉，或者更深层次的感觉，那也纯属我自己个人的事，不需要给他带来更多的惊扰和悲伤。说句实话，谁的生活中不充满着遗憾？谁能说自己什么都经历过？谁没经历过一些白白错失的人生机遇？难道那些没经历体验过的人生就不精彩，尤其是我们尚未尽情欢愉的那一切？业已失去的一切往往会给人带来一种迷幻的情感，是不是这种情感会更诱人，会更让人垂青，更让人追忆呢？我们是不是甚至更愿意卷入自己编织的那些虚谬谎言中呢？我们已经历了这样的人生，曾有过五彩斑斓的梦想，也曾有过书写历史的豪情壮志，既享受过胜利的喜悦，也曾承受过失败的痛苦。为什么在这一刻我们会这样百感交集，感慨万千呢？难道是因为自己也曾有过这样的恐惧，或者因为过去岁月曾在我心中留下过阴影吗？难道在我充满失望的、内心封闭的精神世界里，这种恐惧，这种阴影是不是也像鬼魂一样魅影不散，幽灵四窜呢？我们曾经历过各不相同的人生拼搏，而且所经历的也是完全不一样的人生，但结果却是殊途同归，也差不多回归到我们很相近的人生理想终点。这种恐惧之情也算是他对我即将道出的这番话语的一种回应吧。之所以说这些，我就是想告诉他，他所做的一切都是正确的，也没有必要自责。而且，针对他那番话我所给出的这个唯一的回答也表明，他的恐惧就是我的恐惧。即使遭受到任何抛弃和轻视，我们也不能有任何的恐惧，而是要勇敢地抬起头来，不为任何困难所吓倒。就这样，我竭力想安慰他一下，也想借此来向他展示我们人生的另一面。

“我何尝不是啊，我也一直心存恐惧啊！说实话，要是没这些恐惧的话,那我们也许就不会冒那些人生之险了,你说对不? 那种感觉可是一种死亡般的感觉啊。”

他笑了。在得知绝不是仅自己才有这样的感受,尤其不是自己一个人形影相吊这样的安慰后,他会有一种如释重负的感觉吗? 他没有回答我,我也因此没再说下去。看样子,在这个问题上,我们俩已停留了不少时间,并且也相互有了充分的感受。尽管如此,他还想把自己想说的事接着说下去。于是,我们从他一开始备受良心煎熬、拒服兵役的经历谈到了后来他参军当兵时自己军旅生活的愉快体验。这种体验可不同于男人们在酒桌上经常胡吹乱侃的那些军旅故事。尽管当年他在土耳其已服了四个月的兵役,但在他新的家乡,他必须还得服兵役,因为对于一个移民来说,这是最基本的必要条件之一。而且在成为那个国家的公民后,他还要像所有的人那样,每年去服两次兵役,而且是无条件的,一直坚持到四十五岁。总之,他所讲述的煞是有趣,给我留下了很深的印象。

“那些日子可真是有趣啊! 当时,我在北边的海上当海军,我每天的任务就是在瞭望台观察执勤,特别是夏天的那几个月,我更要特别观察岸边的情况,比如海边那些度假的人我就要倍加关注。我们可是一帮很要好的战友,也总是原来的那帮老伙计。还有什么事是我们没干的呢? 酗酒,在海上兜风,还有那些女兵们,呵呵,一切可都是悄悄地,但最终大家都知道我们干了什么。呵呵,那些日子可是真够刺激带劲的啊! 然而这还不是全部,还有更刺激的夜晚在等待着我们呢,炸弹、水雷、帆船上的爆炸物,还有从岸边悄悄溜到我们身边搞偷袭的恐怖分子,一切可怕不可测的事都有,我们对此也司空见惯,见怪不怪了。呵呵,人生到哪都差不多,生与死总紧紧交织在一起。一句话,生中有死,死中有生,你觉得我说得对吗? 所以,现在一切对我来说也无所谓,也都看惯了。不过,你要知道我当时的想法和感受,我的任务是执勤,而不是去送死呢,哈哈哈哈!”

是啊,生与死总交织在一起。仅从这个问题出发,谁知道,我们会将交谈引到哪个方向,会延伸到哪个尽头。然而我突然觉得,尽管他很轻松愉快地叙述了这段往事,但他还是不想将这个话题无限延伸下去。这中间,他所提到的有些字眼甚至在他嘴里也发生了转义,也许那些日子已潜移默化深深嵌入他的内心世界里了吧。比如那当中我就听到了“恐怖分子”这样的字眼,而从前他可是从来都不说这样的词汇的。在他说出这样的词汇后,你想想,我又会是怎样的感受。要是他想刻意表达的话,他本可以赋予更强烈的感情色彩,或用更偏执的话语来表达。然而,尽管我听到了这一切,我还是不想再深究这些问题,因为我知道,作为人,就不得不和矛盾打交道,并生活在一种矛盾对立的状态中。同样我也知道的是,尼索就是这么个人,他总会将我不知不觉带到不知是真是假的故事陷阱里。是啊,对于今天这个日子来说,我们已聊得够多的了。午夜已悄悄将至,我得看看,我还能否赶上最后一班轮渡。就这样,我们起身朝码头走去,路上也没再交流什么话语。他给了我他现在住处的座机号码,并告诉我,打这个号码可以找到他,而且他也会经常给我打电话的。另外,我千万不能忘记的是,下周还有费内巴切队的那场主场比赛。就这样,我们分手道别了。

是啊,那个小岛上的许多美好回忆已深深存入到我的记忆里,同时,也还有许多苦涩的回忆,而我却怎么也不想再去唤醒它。然而,我知道,我会将这些苦涩的回忆移存到我心中的另一个地方,并将其永久地保存起来,因为在这些回忆中,也同样镌刻着我们精彩的人生画面,它已深深扎根在我们的内心世界中。夜色很静谧,而且还有点微凉的感觉。在船尾甲板上,也只有零散四五个人还在那里,他们也和我一样,在这个午夜时分行色匆匆,若有所思。他们从何而来,又要去哪里,这些又有谁能说得清呢？我们就这样彼此远离着静坐在那里。我在倾听着耳边呼呼而过的风声，也在尝试着再次感受着海风的气息。我凝神注视着船尾两侧不断翻滚飞溅的浪花，此时的它们已将我的思绪不知带向了何方。渐渐地，我看到了岸边房舍里的灯火依稀在微微闪烁，它们正变得越来越近，也越来越明亮了……我终于回到了伊斯坦布尔，回到了这个生我养我的地方。我坚信，我的余生还将和它紧紧相依在一起，只是谈死的问题恐怕还为时尚早，为期遥远……

我那个老花园好小啊

在度过那个漫长的周六和随后的夜晚后，我又度过了一个非常安静的周日。那一天，我开车带切拉去奥塔克伊享用了午餐。吃饭的时候，我跟她讲了尼索这些年来的情况，不过话间，我对自己不想说的事还是做了一些适当的保留。我们也谈到了剧团其他成员的一些情况。在讲述过程中，我在思考着，我还得将自己的故事深入下去，而且还要重新审视自己到目前为止所做的一切。是的，我对自己没什么抱怨，因为是我自己执意要走这条路的。说真话，要是自己一开始就选择了其他道路，或者就像现在一样一心只经营着自己的小日子的话，那我这么多年的人生之旅也就完全失去了它自身的意义。尽管经历了无数次的心灵震撼与感动，但我知道，这一切也仅是一个新的开始，一个崭新的人生开始……眼下的我还真的陷入某种困境中。现在，我必须要将我这台大戏的所有主角召集到一起，然后再汇聚到舞台上，再来一次精彩的人生演绎。一切既然已开始，就必须得坚持下去才是，也别管这个舞台最后呈现的是怎样的人生，或者它会向我展现它怎样的一面，反正我都要将这一步坚决果敢地走下去。这一次，我已不再有任何的彷徨和恐惧之情，只是我得认真考虑好我应走的这条路。我应该怎样走下去呢？趁着尼索还在伊斯坦布尔，我能够完成我们这次难得的人生聚首吗？和约格斯我已通过一次电话，而且我们还彼此写了一封长长的书信。反正内兹米会马上回来的。赛丽也可以随时到来。只是赛普内姆……她能够来吗？她能够在某一天回归到我们中间来吗？对于这个问题我似乎还没有答案，还得不到一个肯定的答复。要是真不行的话，那我们就干脆去她那里一趟，所有的人都不妨前去看望她一下，至少看在我们过去那段日子的情分上，而且也看在我们这个剧团的情分上……

就这样，在那天用餐的时候，我和切拉谈了我不久要把大家召集到一起的梦想，当然，也谈到了各种有可能会出现的事情。我们将尽我们一切所能把此事做好，就连妻子也表了态，要全力支持我实现我的人生梦想。对此，我家的大门也随时向各位敞开。也许一个月后的某天晚上，我们可以邀请所有成员来我们家坐坐，共叙当年的情谊。这样的想法应该说表达了一种希望，那就是它将我们各自的人生更紧密地联系在了一起。我很愿意怀有这样的希冀，而且发自肺腑，只因为看在我们过去的情分上，也看在我们未来人生的情分上。只不过我不知道，这一天它什么时候才会真正到来……

这种希望又催促着我向前迈进了一步。就这样，第二天，也是在过了多少年之后，我又踏进了母校的大门。正因为这次演出我必须得经历一次这样的回归之旅，而且还要大胆地去走一遭。说真的，必须回母校这件事还真没少困扰我，因为我们当年可并不是带着什么愉快的人生回忆离开校园，离开母校的。我不得不为我们接下来的友谊续写做考虑和打算。这种痛苦的回忆对我们剧团其他成员来说又何尝不是呢？在那里，我们所有人都经历过种种失望和愤怒，甚至充满仇恨之情。所以，那里的那个舞台也在期待着他们回来，以便在相聚中重新唤起我们对分手的那些日子以及曾经历过的和未曾经历过的人生的回忆。他们会重新登上那个舞台吗？这一刻，我的人生经验告诉我，随着时间的推移，人生中许多挫折失败的情感可以慢慢得到恢复，而且有些由于人生机遇的错失和所犯的过错所导致的心灵痛苦也自会慢慢得到消解。不仅如此，随着时间的推移，还有许多曾一再阻止我们去回忆某些人、某些地点的恐惧也会慢慢消失。同样，我们曾发生过记忆偏差的事又何尝不是如此呢？可以说，我曾有过许多这些重获自由新生的感觉，就像有些人从死神手里夺回生命时的那种感觉。看来，我们可以将一堵堵横隔在我们面前的高墙慢慢摧毁，至少我们可以从中寻出许多突破口来。总之，在去往母校的路上，我觉得自己必须寻求出这种可能性。至于自己在路上的所见所想也更让我坚定了这份信心。一切对我来说也应该不是什么难事才是。

校门口的大铁门紧闭着。我按了下门铃。只见一位值班人员迎着我走了过来。他看上去像是个聘用人员，为了自己的生存，或者至少可以说，为了能做到爱岗敬业，他会像他的同行一样告诉站在门外的人，他是不能随便让人进入这扇大门的。于是，我告诉他，说自己曾是这所学校当年的一名毕业生。这次来，是因为个人方面的事想见见校长，和校长谈谈。我一边说着，一边做出很有礼貌的举止，以示对他的尊敬。身为一名值班人员，他的角色可扮演得真不错，他随即给校长秘书打了个电话，并说明了一下情况。从他的请示以及他所得到的答复中我能听出，我不是一个什么危险之人。只听见他告诉我，说我可以进来。就这样，我被放行了。顿时，一幢学校大楼呈现在我的眼前。现在的我就置身在母校的那个花园里，一个我青少年时期所待过的花园。此时，当年的许多场景和话语声又一下子涌到我的心头。随后，我走进了那幢大楼。这一次，我向里面的另一位值班人员打听校长的办公地点。从他那里我得到了一个满意的答复。原来，当年的那个校长办公室早已不在这里，已搬到了别处。在楼内，我很快找到了校长办公室并走了进去。迎接我的是一位四十来岁的女性，外表很是妩媚迷人，穿者打扮得也很是讲究。她先请我落座。一举一动都显得很得体，也训练有素。她看上去很是彬彬有礼。她在一个劲儿说着，说她很高兴，能接待一个回母校来看看的毕业生，而且这又是一件多令人开心的事啊。她还问我，我究竟是哪一年从这里毕业的？我今天来这里究竟又为了什么？总之，我没有和她多寒暄，只是尽力保持着安静和沉默。很显然，我得经受一番她小小的盘问审查才是。慢慢地，我越来越感到了一种不自在，此时的她看上去是一脸的虚情假意，那样子就好像在问我她应该如何帮助我才是。就在这时，我突然听到她用英语问我："我能帮您什么吗？"，此话一出，我就明显感觉到她所谓的那种真诚离她有多远，而她所说的这种语言又让我产生了怎样的感觉。老实说，我更愿意听她用土耳其语问我："您为什么要来这里？""您来这有什么事？"哪怕她没显出多少礼貌也没关系，毕竟这才是她真正关心的事，至于用英语说话已根本没那个必要，完全多此一举了。不过，我根本没在意这些，只是一个劲儿地保持镇静，努力控制好自己的情绪。于是，我简单跟她做了番解释。我告诉她，说自己很长时间一直在忙着一场舞台剧的上演工作，而且也非常想在这场戏中和其他毕业生一起重新登上舞台，以了却自己的一桩心愿。另外，我也没错过机会告诉她，说这台戏早在很多年前学校的舞台上就已演出过。不过，如有可能的话，具体事宜我还是想和校长再当面深谈一下。作为一般人来说,他的行为也只能到此为止,而且事实上也是如此。就这样,她下意识地看了我一眼,分明已理解了我的来意,于是起身快速打开她身后的那扇房门,跟着向里面的那间屋子走了进去。约莫十五秒到二十秒钟的样子,她走出门来。站在门口微笑着告诉我,说我现在就可以进去。听到这些,我也朝她笑了笑,尽管自己清楚,在这种情况下,微笑是可以掩饰很多没必要表达出的情感的。没想到的是,我刚一进门,就一眼看到一个外表实在是太普通、但看上去却是很友好的人。尤为重要的是,他那种友好的表情可不是故意显露出来的,而是从他的谈吐中就可断定的。是的,这一次我所遇到的礼貌举止是一种真正的礼貌举止。我也不知道,他的这种礼貌举止是不是出自于他那种真诚的谦虚朴实。如能这样开始我们的交谈可真是好极了,它唤醒了我内心的希望。也许这才是最重要的呢。他那间办公室很小,比我从前所见过的那几任校长的办公室都要小。而且让我印象尤为深刻的是,那几任校长可都是脸上戴着一副礼貌的面具,而心里却隐藏着许多不可告人的秘密呢。难道今天的这所学校已发生了许多让人意想不到的变化吗?特别是当我们被校长召见并接受惩罚的时候,只要一想到校长办公室那间空荡荡的大房子的话,我们就会两股战战,不寒而栗。此时的我也不敢多问,自己的母校如今究竟已发生了怎样的变化,反正眼前所看到的这一两件事也足以说明了一切,并让我有了新的感悟。当然,也包括我内心深处被唤醒的或被告知的一切,反正此时的我已明白了很多。是啊,都这多年了,有些魔力也慢慢禁不住岁月的侵蚀被消磨殆尽。就这样,我带着几分敬畏的心情向校长表达了我的问候。听到这些,他示意我坐下。我也老老实实坐了下来。没什么寒暄,我们便开始用法语交谈了起来。应该说,对于一个从这里毕业出去的学生来说,也没别的什么可以谈的,也无非以这样的形式开场而已。其实,这么多年下来,我的英语水平也更有进步了,然而，只要一张嘴说法语，我还是能轻松胜任的。要知道，我可是经常逗留巴黎，并经常收看那里的法国电视五台节目①的，而且有时候还翻阅《新观察家》报②呢。总之，我和他谈了不少，我相信自己也一定给他留下了好印象。一进入话题，我首先肯定要谈的自然是那几位曾我留下深刻印象的"frères"③，而现在他们早已离开了这里。然后我们又谈了些课程设置情况以及其他事宜。甚至谈到了教室分布和坐椅摆放情况。这可以说是最好的谈话方式，因为这既向他展示、同时也说明自己并没有忘记自己在此所经历的那一切。随后，他告诉我，我们俩可以一道在学校里转转看一下。不过，起身之前，我们不妨先来杯摩卡咖啡。我告诉他，我很乐意于此。要知道，这么多年后，能再看到当年的那些走廊过道和教室，可不是件容易的事呢。他真的很有礼貌，也很友善，尤其在这一刻我更能感受和领悟到了。可以说，在此番彼此相互认识之后，我所看到的已给了我极大的信心来向他讲述自己过去在这里所经历的那些事。当然，我也不能扯得太远，也只能跟他讲讲在这里所上演的那些大戏如何给我们带来成功喜悦的事。正是那些大戏才将我们紧紧召唤到一起，并组成了一个情同手足的小剧团。而且我还告诉他，我正在尝试着把这些现在散落在各地的好朋友重新召集到一起，并再将那场大戏搬上舞台，总之，一切都要以一种全新的面目展现在观众面前。为此，我想请求校长能否提供一下那个舞台，让我们做一次精彩的历史性演出。要是他同意的话，我这个梦想最终就可以圆满实现了。他耐心地听着我的讲述和

① 法国电视五台(TV5 Monde)，该台于1984年开播。它是法国第一个国际性法语电视频道，也是继CNN、MTV和BBC之后的第四大国际新闻媒体。

② 《新观察家报》(Le Nouvel Observateur)，法国主要新闻周刊之一，日发行量约为50万份。该报注重深度报道和连续报道，其言论观点较为激进，经常对政治、经济、文化以及道德观念等采取批判立场。

③ frères，法语"兄弟"的意思。这里是指对那些违反学校纪律的学生进行惩处的教职人员。

请求，嘴角边还不时泛起微微笑意，那感觉就好像他对听到的话非常感兴趣一般。当他意识到我讲完之后，既没有提问题，也没有要我做进一步的解释，只是告诉我，对于我这个梦想，尤其是这个跟我们母校密切相关的梦想，他无论如何不会无动于衷，没任何表示的。为此，他可以周末将那个戏剧沙龙提供给我们用于排练和最后的演出。当然，如果万不得已的话，一周当中使用一两个晚上也是可以的。为此，他还要另找一名值班人员来协助我们的工作。我明白他的这番话是什么意思。只不过我很委婉地告诉他，说对于这名值班人员的工作我们是不付任何报酬的，同时也希望他能予以谅解。接下来，他问我，我们会在什么时候开始工作。对此，在时间问题上我还不能给他一个明确的答复，也只能估计我会在一个月内将所有剧团人员召集到一起。听到这些，他告诉我，若是那样的话，那也将是暑期时间了，如果是那样的话，我们的工作将会进展得更轻松、更顺利。对此，他答应我，叫我尽管放心，没有任何问题。毕竟我们仅是一场演出，而且我们还可以将过去其他的同学好友一起邀请来观赏演出。另外，他也相信，过去我们那些同学好友所组成的另一个戏剧协会也可以给予我们一定的帮助。说实话，这样的帮助对我们来说可是个莫大的安慰，要知道，戏剧演出可是离不开观众支持的，毕竟这是它存在和发展的基础。此时，他的激动欣喜之情我已完全很清楚地感受到。不过，他对此还有些疑虑需要做一番解释澄清。他问我，那到底将是台什么样的戏剧。对此，我将自己所知道的一切都告诉他，好让他放心。总之，这个城市不同文化背景下的一群人的故事将以一种略带点讽刺调侃，同时还兼顾各种情感诉说的演出形式最终表现出来，而且这其中还穿插进一个感人至深的爱情童话故事。对此，他一定能够想象得出这台情景剧了。听到这里，他告诉我，一切他已明白，事情到这里也可以说谈得差不多，我们也可以在此握手道别，说声再见了。另外，他还补充道，说舞台已属于我们，而且将再次属于我们。而且对于这样的演出他已迫不及待，并期待届时能坐到第一排认真欣赏我们的精彩表演。就这样，我们热忱地握手道别，我也向他表示诚挚的谢意。对此，他也向我表示感谢，并告诉我，我们现在可以一同去参观一下学校了。正因为他一再坚持要带我去看看，所以我也更明白，这个小小的参观对他来说一定会非同寻常，就好像他要带我参观他自家的房子一般。总之，这种请求我不能拒绝。另外，我也相信，或者更坦诚地说，这样一个小型的校园参观也一定会引领我走进过去，并产生些许激动之情来。就这样，带着这样的情感我们离开了他的办公室。

就这样，我们开始了校园参观。在楼底的两个教室里，现在正有学生们坐在教室里上着课，这些从外边也能看得见。对于眼前的我来说，这些教室窗户上的玻璃就从未发生过任何改变。在这两间教室里，当年的我可也是坐过的。离这两间教室前面较远的那间屋子可是我们当年的相片冲洗室。在那里面，我还曾学习如何冲洗那些黑白相片呢。对于我来说，那可是一段极不寻常的人生经历。每当那些相片在显影液中慢慢显露成型的时候，那一刻又该是我多痴迷陶醉的时刻啊。冲洗室对面，是一个器具室。在那个地方，我们还曾出售过我们的书籍呢。不过，还是在那间屋子里，还住着一位我们那个时代曾惩罚过我们的还健在的最后一位老师，而现在他已是一位垂垂暮年的老者了。看上去，他这辈子就好像全在那间屋子里度过一样。这一刻，对眼前一切越来越熟悉的我已不再像是一个淡定的看客，会漠不关心地打量着身边的一切，我仿佛感觉到，不知从哪里传来的声音又将我带入到当年的那场人生大戏中。在这场大戏中，我仿佛已失去了自己，我只觉得，我再也看不到眼前这幕我熟悉的人生大戏了。随后，我们走进了那间戏剧沙龙。说真的，和那时候的那间戏剧沙龙相比，现在的这间已不知发生了多大的变化，也不知变漂亮了多少。要知道，那个时候，它还根本算不上是间正宗的演出大厅呢。那是一间相当大的沙龙，可以说大得都看不到尽头。然而，却有一种变化，尽管它没有显露出来，但我却真真切切地感受到了。虽然也许我一进校门的时候就立马感受到了，但我却怎么也说不清楚，也无法表达出来。此刻，就在我离开演出沙龙的一刹那，再放眼一看校园内的这座花园，我顿时明白了过来。原来，当年我上学时的这所学校在我眼里是那样的大，而现在却变得如此之小。同样，我也反应过来，刚才在我走进校长办公室的那一刻，我对他屋子所产生的印象可也是这种印象呢。想到这些，我尝试着将自己的印象向他表达出来。只听他再一次很有礼貌接过了我的话语。

“是啊，一切发生改变的也只是您的目光而已啊……”

他说得很对，这么多年的岁月已将我们的人生做了彻底改变。这一刻已到了我该离开这里，和这里道别的时候了。就这样，我向校长告辞，并期待着我们下次的见面。他告诉我，他会恭候我再次光临的。就这样，他一直陪我走到了校门外。我们终于就此告别……

出门的时候，我再次有了一种复杂的情感，悲伤与喜悦两种情感同时袭上了我的心头，而且我觉得这一次我有了一种更强烈的情感。这一刻，母校看上去已是如此之小，这种感觉顿时让我觉得对母校的那些幻景全垮塌在一起，难再拼接，也难以恢复……

我好怀念那个内维瑟尔·哈尼姆啊……

能回母校已是我梦想实现的重要一步,这一步将有助于我更大梦想的实现,因为这一步并不仅仅意味着我双脚曾踏进过那个花园,也意味着我离那场大戏的舞台更接近了。此时的我已能更清楚地听到舞台上的那些声音了。我能将所有这些人邀请到我家来相聚吗?我能够找到一个对所有人来说都适合的时间吗?最好的办法是能确定下一个日期,然后提醒那些受邀的人按照这个日子行事。不过,这一步我在当天就实现了,因为我想到了"趁热打铁"这个成语。所以,等我在外面办完那些事之后,立马就回到了店里。我决定,要好好地给各位打个电话,以确定一下最后见面事宜。我觉得,差不多一个月之后的那个星期五晚上应该是比较方便且合适的。

我首先给内兹米拨通了电话。他是我最要好的朋友。和他在一起时我早就开始了这件事。我告诉他自己已去过母校了，另外我还跟他说了自己当时所看到的和感受到的一切。在仔细聆听的过程中，他没少做评论，而且还不时地来几句和他本人性格很般配的“我操！”之类的惊叹话。另外，我还告诉他，说自己已将我们戏剧沙龙的事落实好了。听到这些，他很是高兴，也觉得没有理由不按照我确定的那个日子前来赴约。而且，到那个时间的话他也该回来了。另外，我还叮嘱他，若是他回来的话，不妨去跟尼索见个面。他带着激动的神情问我是如何找到尼索的。不过，我和赛普内姆又经历了怎样的事，这些暂时还不能说出来。我们必须尽快结束通话，因为此刻的他正带着他的一群游客正在卡帕多其亚①那边用午餐呢，所以想多讲一会也是不可能的。反正其他什么不重要的事情也可以等他回来了再说。真正重要的倒是，我总觉得他随时都在我身边，所以，只要能听到他的三言两语也就可以了。

和内兹米通话后，这件事我就这么简单处理了，中间也没碰到任何问题。不过，我更应该多一些勇气才是，所以，就这样，我给赛丽打了个电话。此时，我又听到了她那种我很熟悉的欣喜的语调。她告诉我，无论如何她都会赶过来和大家见面的。可以说，她那种激动之情已溢于言表。和上次谈话一样，这次交流也没耽搁多长时间。说真的，我很难想象，恐怕也只有反问自己，结束通话的她会有怎样的感觉和反应。这些日子里，她的这种激动之情会变成一种发自内心的喜悦之情吗？当我们提到约格斯时，当时的我有一种感觉，那就是她对自己这么多年来所经历的一切并没有表现出什么哀伤之情。一切真的如此吗？是不是这些

① 卡帕多其亚（Kapadokya），位于土耳其安纳托利亚高原中部地区。该地区的格莱默（Göreme）是土耳其最具游览价值的景点之一，有世界第八大自然奇迹之称。它以其独特的喀斯特地貌以及久负盛名的拜占庭风格的岩窟教堂和地下城著称，因而被联合国教科文组织于 1985 年评为世界自然和文化双遗产。

伤痛又被她其他人生经历中的许多伤痛所遮掩，并难以察觉了呢？我不知道。我知道的仅是，我应该对他们那场轰轰烈烈的爱情故事深表赞赏和钦佩。另外，我不但怀着好奇心将它发掘出，而且还将它珍藏进我生命中一个很重要且肯定不会忘却的记忆位置里。我相信，这些记忆将来肯定会一一再现的，并且也坚信，我们不但要经历还未曾经历的一切，而且还要经历一个我们应该学会有所取舍的人生过程，只有这样，我们才会活得更充实，也更精彩。同样，我们也坚信，如果我们懂得，有时候，要是冥冥之中有些魔力的产生会和我们的命运紧紧联系在一起的话，那么，痛定思痛后的人生快乐也还是无处不在，无时不有的……

在这样的心境下，我无论如何也要给约格斯打个电话。到现在为止，我还一直没得到他任何明确的答复。所以，我还得要做好什么答复都有可能的心理准备。面对这种情况，我不由自主地感到了一丝不安，所以，我按下了连接我俩情感纽带的那些键钮，心里也是一个劲儿地在狂跳着，并且还多了一份恐惧和担忧。我在等待着电话那边的声音，这一次，我等了很长时间。随后，我终于又听到了老朋友亲切友好的话语声。他问我最近过得怎样，语调却不高。还没等我向他表示问候，就听见他就给了我一个直截了当的回答。他告诉我，此刻的他正在舞台上忙着一台剧目试排的事，所以他不能和我做过多的交谈。不过到晚上的时候他会给我回电话的，然后我们再商议见面的时间。就这样，我别无选择，也只有等着他的回话了。这期间，一个念头从我脑子里一闪而过，为了能让他早点回话，我应该告诉他事情目前的最新进展才是，不过，我转而一想，还是不这样做更好，如果这样，是不是我自己表现得太自私了呢？无论如何，此刻的他正在忙着，是万万不可以打扰的。不管怎么说，反正他会给我回话，这一点我是不用担心的。就这样，我们草草结束了通话。确信无疑的是，在刚才简短的通话中，我不但和他说了话，而且也让我听出并感受到他说话时颇让人放心的感觉，然而，我还是不能摆脱那种紧张不安的情绪。为了能消除这种情绪，我必须晚上的时候等他给我来电话。我意识到，这可是个问题，对此，我要能掌控并妥善解决这个问题才是。总之，我没有忘记，我和约格斯联系那还是上个月的事。等他电话的那个白天我也不知是怎么过的。这期间，我无聊得要死，要么上网去浏览一下那些无聊的网页，要么就是偷偷进入那些经常遭封闭的黄色网站猎奇一番，甚至没事干的时候，我还翻阅一下那些老爱吹大牛、却总是赚大钱的所谓评论家的报刊评论，其中就包括那些用很烂很蹩脚的土耳其语撰成的讽刺性时事评论文章。在别人眼里，这些评论家的独家评论真可谓是金玉良言，意义深刻，可当问这些人意义究竟深刻在哪里时，他们又顾左右而言他，根本说不出其中的道道来。就这样，好不容易我终于挨到了天黑，紧跟着一路疾驰，回到家里。我那种紧张不安的心情自然没逃过切拉的眼睛。坐在一起用晚餐的时候，我告诉了切拉我的心理感受。听到这些，像往常一样，她还是一个劲儿给我以鼓励和安慰。她告诉我，她的直觉告诉她，约格斯是会接受我的邀请前来赴约的。当然，尽管她确信无疑，但仅凭她这样的信心以及这样的情感表达，对我来说还是远远不够的。要是我真的一旦陷入这种情绪的话，那我也不用再听任何人的忠告了。要知道，我们两个人都了解我的这一面。幸好这种状况也没有困扰我很长时间。就在我们刚吃完晚饭后，家里的电话响了。我很激动地拿起了话筒，果然是他！我首先听到的是他那番赔礼道歉和谅解之辞。他告诉我，自己白天的时候因为忙着是无法和我说话的。这一次，我尝试着，尽量长话短说，在电话里将事情的最新进展对他叙述了一遍，比如我已将母校的戏剧舞台落实好了；尼索收到邀请后已赶了过来；而且内兹米和赛丽无论如何也会过来的；另外，赛普内姆也有可能会来的；当然，大家都在期待着约格斯你的到来……他在静静地听着我的讲述,中间也不说什么话语。说真的,要是他对自己所听到的没半点反应的话,那这一切可就更加剧了我不安的情绪,不过这一刻,这种情绪还好我几乎没感觉出。所以,我就这样大胆地跟他讲述,并在说服和打动他前来参加这样的演出。没想到,等我说完后,他却一下子沉默了起来。现在该是我等他开口说话的时候了。等他反应过来我已经说完了后,我所听到的是他那种略带迟疑的语调。他告诉我,他根本没想到,事情进展得如此之快,而且该落实的已基本到位。此时此刻,他所说出的"事情"二字又该如何理解呢?是不是这番简短的话语中又隐藏着他的某种恐惧之情呢?听到这些,我一直没有开口,继续保持着沉默,因为现在该轮到我来保持沉默,并听他讲述了。终于,他以他那种简洁的方式告诉我,说很巧合的是,在我确定那个见面的日子时,他已计划好在这前后坐飞机去一趟伊兹密尔。当然,既然飞到那里,那也可以顺便再飞到伊斯坦布尔来。他还告诉我,这么多年后,要是大家见面了,那一刻的他还不知自己会有怎样的感觉。但不管怎样,他会赶过来的,无论如何,也要赶过来一次。看来,一切也不会再发生什么意外的变化了。随后,我又听到他补充了几句,说他将这次伊斯坦布尔之旅看做是他命中早已注定好的旅行,他也只能这样接受了。另外,这场大戏也有助于他从自己各种的借口中解脱出来。听到这些,我很是高兴。另外,令我很高兴的还有,我说自己届时不仅去机场接他,而且还准备在他逗留期间邀请他来我家做客。对此,他说心意已领,只是这些都大可不必。另外,他很可能会提前几天就赶到伊斯坦布尔,然后一个人到处走走,毕竟对这个故乡城市的语言他已感到陌生,但无论如何他还是能找到他脚下的每一条路的。听到这些,我该如何是好呢?也许针对他这番话语,还可以找到其他别的什么解释。我知道,一个城市的语言并不只是用做人们之间相互交流的语言,更何况在一个真正的城市中,也不仅仅只有一种语言存在着。也许,在约格斯内心深处,他还在尝试着寻找和辨别着另一种语言呢。对于有些人来说,我的这种解释也许多了几分诗意,也多少有点玄奥,但对于我熟悉的约格斯来说,这可是再贴切不过的了。很有可能的是,在这趟崭新的伊斯坦布尔之旅中,他会重新寻找那些他从前熟悉的街道房屋,为的是能再次更好地理解他已经失去的那一切,也为了能更好地去触摸感受那从前未曾擦拭尽的青春痕迹,更为了能在多少年之后用另一双温暖之手抚摸那一具具已经冰冷的死亡之躯……总之,他肯定会将他所领略到的一切存放到生命记忆中的某个位置。所以,无论如何,在我们见面之前,我不能也不许这样打扰他,也不要随意扰乱他内心所泛起的一切情感。就这样,我没有多说什么,也只是品味着他刚刚所说的话。他告诉我,他肯定会看到一个已发生翻天覆地变化的伊斯坦布尔,而且,他已做好了应对一切现实的心理准备。既然见面的日子已确定,那他也只有先安排好手里的事,然而再根据约定好的日子给我来电话。听到这些,我没有再多问下去。他同样也没问我什么,觉得再表达自己的情感也是多余。他心里明白,等待他的将会是什么。对此,他要做好一切心理准备。通话结束后,我再一次不禁问自己,这次来这里,他究竟会看到什么,会看到谁,他会用怎样的心情和感觉去看待一切。当然,我这些问题归结起来也差不多是一个问题,即我想问的无非涉及他和赛丽这个女人的问题。不过,他留给我的印象也差不多是他早就将当年的那种痛苦遗弃到某处,并深深掩埋起来。然而,只要他没向我敞开他内心的那些情感世界,我就不能断定他所经历和感知的这一切。反正我感受到的是,他早已承受住了那种伤痛,这当然也许仅是我的一种感觉,甚至也许还是一种错误的感觉呢。看来,这个故事又不知将这其中的正确答案藏匿到了何处……

现在,我可以很轻松地就能找到尼索,而且也马上和他取得了联系。

我们聊得不多。我告知了他我的邀请计划。他只简单地答复我说他会来的。乍听上去,他对此好像并不感到怎么高兴,没想到我等到的却是完全另一种答案。对此我感到很是惊奇。他的声音听上去好像给人一种闷闷不乐的感觉,就好像某个人不愿说话一般。我问了他这其中到底是什么原因。他告诉我,昨天夜里,他母亲经历了一个糟糕的夜晚,而且他也跟着受了一夜的罪。不过具体细节我也没多问,要是他愿意说出来的话,他也早跟我说了。对此他没有跟我多透露任何细节。不过,我还是安慰了他。我告诉他,要是他愿意说的话,我是很愿意听他说说的。听到这些,他沉默了一会儿,然后回答我,说他已知道并领了我的好意。就这样,为了别让我们两个人的沉默这样一直僵持下去,我们也就谈到这里,并结束了通话。临挂电话前,他告诉我,他会给我来电话的。说真的,即使他不这样向我作保证,我也能听出他肯定的声音。总之,说到这里也够了。是啊,有时候,期待又何尝不是一种幸福呢。

到目前为止,除了赛普内姆外,我和其他所有的人都联系上了。鉴于目前的状况,我尝试着,还是想再次维持赛普内姆这种不确定的现状,也干脆就把自己交给时间,让时间来引领我沿着正确的方向向前迈进。是啊,她就在那里,那个她已蜷缩并封闭其中的幽深黑暗里,抑或她又栖身在她自己所选择的且根本不让人试探触碰的沉默中。她要永远待在那里吗?这个问题怎么也不能从我的脑子里排除掉,我也摆脱不掉原来的那种想法或固定思维,去赢回她,把她引领回我们这个世界里。殊不知,这个世界又曾为她设置了多少深沟险壑,多少禁界高墙啊!若真能重新赢回她,那这又意味着一个怎样的生命奇迹啊!所以,我不能就这样让她一个人独自忍受着那份孤独。另外不能忘记的是,此时的我们俩已成功地触碰到那一点了,在那一点上,我们俩已能或多或少做心的交流,并有了些许理解。这一点我必须深信不疑。我必须相信这座沟通桥梁正慢慢搭成,我也不允许自己再另费周折,拐到根本没必要去的另一条岔路上去。现在,我真的不允许自己再有什么别的乱绕乱拐了。从某种意义上说,这个人生故事就是我的人生故事。明天,我将满怀希望再去医院一趟。我还要将那只耳环揣在我的夹克衫兜里。我要再一次怀着那种焦躁不安的情绪,也不想多指望她能回答我什么问题,只因为我不想放弃的那个希望。在这样的希望中,我始终摆脱不了这样的情感,那就是我似乎正行走在一条通往我往日情人的道路上,而今天,这样的情人关系已到此戛然而止,不复存在。和她相比,我这种情感的区别在于,我是较少拥有这种亏欠感和罪责感的。现在,我已相当熟悉去医院的那条路了。不过,最重要的是,我应该知道,在去往这条我不再陌生的医院路上,我多希望自己能向某个人倾诉一下我内心始终坚信能赢回她的那股信念啊。这种感觉一方面会让我充满希望,另一方面,它也能让我变得更轻松,能继续沿着原来正确的方向行走下去。另外,生活也教会了我另一个最根本的道理,那就是如果某个人能相信自己所做的一切,他在为什么奋斗,并且有一个坚定的信仰,那他一定会将自己的这种信仰传递并影响到人生舞台上的其他参演者,而且自己也会变得更加坚定不移,为自己的理想拼搏下去。所以,在这样的人生舞台上,为了能唤醒和赢回赛普内姆,我们需要所有的参演者都应有这种信仰。换句话说,那一天我迈出前往医院的第一步,也就是我坚持自己人生信仰的第一步。这一次,我很幸运,我见到了扎福尔·贝伊医生,他正在那位护士长办公室里。这也意味着,我们可以多一点交流,也许我还能跟他提提自己想邀请他的事呢。和上次一样,茶又端了上来,而且所谈的又是那些我早就想好准备要说的客套话和陈词滥调,最后话题终于回到我关心的焦点——赛普内姆身上。现在看来,未来什么结果都可能会出现,而且我所听到的消息也很令人鼓舞。不过,上一次画过那幅画后,她就再也没动笔了。我所听到的这些倒也没让我感到有什么担忧。看上去,她的心情很好,尤其是最近一段日子她看上去就更显得欢快愉悦了。她会经常一个人出来散步,而回来的时候脸上总挂着微笑。随后,我问扎福尔医生,她是怎么完成那幅画的,或者她是否真的已完成了那幅画。是否她所画的小姑娘所处的那条迷途中最终会有某个人出现呢?当然,这些他们是不清楚的,我们倒也是可以一起去看看的。然而,他们所知道的是,她很是开心地将那幅画挂到了自己屋子里的墙面上。也许她现在就坐在那里。这一刻,我看到,在场的人也很为之打动,也和我一样为赛普内姆所做的一切感到欣喜。看到眼前这番景象,说真的,我很感激,同时也感到了一种莫大的安慰。于是,在这些情感的鼓励下,我鼓足勇气,向他们道出了我的一个想法或请求,也就是几周后的某个晚上,我是否可以将赛普内姆接到我家里,和大家一道共度良宵呢?若是被允许的话,那我们这些多年没见的知心老朋友们将悉数到齐,一起共度那个难忘的时刻。真要是能这样,我相信,多少年来我们之间所形成的那种陌生感一定可以因为我们相互亲近与彼此传达的温暖而冰融雪消。在那个场合,赛普内姆所看到的以及所感受到的,一定可以帮助她搭建成一个回归到我们当中来的桥梁。对于这种回归我从来都坚信,也从来没放弃过。现在,我知道,部分桥基已奠基而成。尤其是上一次我们见面时我就经历了这一切。那样的场合,那样的时刻,那样的她已给了我可能性,已将某些基石作了成功的奠基。并且我看到,在那里,我将不再迷失自己,也不会找不到通往她心灵的通途。面对这些,这些医生们也肯定不会忘记这中间所发生的一切。此时,我看见那位女护士长看了看扎福尔医生,那神情好像在告诉他,赛普内姆对什么可都是一无所知的。现在该轮到他一个人来做出最后的决定了。这一次,他给出的答案却并不是我想要的结果,无论如何都是一个不能令我振奋,让我开心的结果:这万万不可能！只要这样的病人没有一个明显的症状改善，那她是决不允许离开这医院的。听到这些，我并没有做出让步，而是暗自下了决心，誓要将自己的这种说服力一直坚持下去，一定要让他们有所触动。就这样，我首先提醒他们不妨回忆一下，到目前为止，病人的病情已明显有了好转，这些大家也都看到了。尽管我知道，她被接出去的条件尚不完全具备，或者说这种病情还没得到彻底的改善，但至少这是个明显的进步。然而，我所得到的答复却远超过了我的想象。他告诉我，说我们大家还需要再继续努力一下，还需要再观察观察，所以我们还需要有足够的耐心才是。能听得出，他这番话的意思显然是希望之门到此并没有完全关闭。这就是我从他话语中得出来的结论，也许在此境况下，我自己也太想听到这样的话语了。于是，我鼓足勇气对他说，自己完全相信，到她受邀的那一天，她的病情一定会有一个明显的改善。对这一点，我信心满满，是敢于接受和时间赛跑这个挑战的。比如说我们现在就可以去看望一下赛普内姆，也别在这里多浪费时间了。是的，这一点我们完全可以做到，至少他也没提出任何的反对意见。就这样，我们站起了身子，准备去赛普内姆的屋子看看她。这一刻，她就在那里。只见她正坐在一张床边。我估计，那应该就是她睡觉休息的床位。我之所以这样不确定，是因为这么多次我从来就没进过她的屋子。是啊，这之前我可是一步都没踏进过她屋子的。这一刻，对我来说，这句话可真的是意味深长，不能不说啊！在她所坐的那张床上，此刻正摊放着几件衣物。这些衣物会是谁的呢？它们又是她哪个时候的衣物呢？也许只有时间才能为这些问题找到答案吧。此时，她的怀里正揽着一件很旧很旧的深颜色针织背心。再看看她的脸部表情，好像她随时都有可能要放声大哭一般。我坐到了她身旁。扎福尔医生也跟着坐在了对面的那张床边。就在刚才进门的那一刹那，我看到了墙上所挂的那幅画。只见那条路的最远方，她用画笔点了一个很醒目的红斑点，乍一看，完全就像是一个令人惊悚的血渍一般。一滴血渍，谁知道，她从哪里滴下来，又会向哪个方向流去呢？看上去，此刻的她并没有意识到我们的到来。果敢中略带着一些忐忑——只是这种忐忑我尽力克制着——我开始轻轻抚摸着她的头发。我要让她感受到我的爱意，就像多少年前的那个午夜我在海岸边的那条长凳子上轻轻抚摸着她那头秀发一般。这幅画面在我脑海里如影随形，也完全就像眼前的这一刻。就在这时，她有了一点反应，这可让我们俩都感到很惊奇。只见她轻轻靠近了我，跟着又将头枕在了我的肩上，只是这一刻，她将怀里的那件背心攥得更紧了。我一动不动，眼睛直愣愣地看着扎福尔医生。只见他笑了笑，随后，我也看见她脸上绽开了笑容。她在看着我，只是她的目光看上去还是那么的遥远，那么的捉摸不定，而且还流露出些许恐惧。尽管如此，我仍能看出，她的目光中似乎正泛着微微爱意，那是不是就是她当年浓浓爱意中所固存的一丝余痕呢？此时的我也对她笑了笑，我希望自己能以这样的方式将那种忐忑快快隐藏起来。我告诉她，说现在的她看上去好多了。我知道，这也只是我这一刻能找到的大白话而已。然而面对此情此景，恐怕也只有这样的话才能让她接受。至于这番话语想要说明什么，那已是完全不重要的事了。眼下最重要的莫过于一刻别停，别有任何沉默。只见她脸上还一直保持着那种含蓄深沉的微笑，然后她松开手里的背心，慢慢将手放到了我的头上。她开始轻轻抚摸起我的头发来。面对这番景象，我一时不知如何是好。这一次，我脑子里一片空白，也想不起任何可说的话语。我只是在那里微笑着，任凭她就这样继续抚摸着我。慢慢地，她抓起了我的手，我也跟着做了。然后，她开始将我的手放在了她的头上，她想让我继续抚摸她的头发。面对这一切，我自然要做她欢心的事，而且这本身就是一种无声的最深沉的内心表白。我又看了看扎福尔医生。他带着极为关注的神情仔细观察着我们的一举一动，而且脸上也继续露着微笑。突然，我怎么感觉自己就好像某场戏中的某个演员一样，仅在为一名观众表演着节目，不管如何，对于自己这个未曾想到要扮演的角色，我还是想将它一直扮演下去。说真的，和她就这样在一起，我待几个小时是没问题的，只是此时的她浑身所散发出的气味很是难闻，这些恐怕她也没觉察到。要是换个时间在平时其他某个时候闻她身上这股味道的话，我会觉得很不舒服的，但在这一刻，这种气味不知怎么地却让我感到很有点迷人，因为这种气味是她曾经历自我迷失那段岁月中的那般气味啊！就这样，我们俩静静地坐在那里，只是她的手仍一刻不停地在抚摸着我的头发。就在我想打算谈谈那幅画的时候，没想到她却突然先开了口。此时的我听到的仍是那种颤抖哽咽的声音，而且她的话语听上去又像是某种召唤，只是我不知道，这种召唤究竟从何而来。

“我好想念她啊……”

应该说，这一次，我们俩又往前迈了一步，此时的我必须问出自己想问的话来：

“亲爱的赛普内姆，你到底在想谁啊？”

只是这一次，她的话语似乎多了些坚决，同时也多了些哭咽声。

“我真的好想念好想念她啊……”

听到这些，我仍还像刚才一样有些丈二和尚摸不着头脑。只是这一次扎福尔·贝伊医生主动发问，再次重复了我刚才所问的那句话，而且从他的问话中能明显听出一个医生行家所发出的友好且权威的语调。在短短的沉默后，她终于回答了起来。

“我好怀念内维瑟尔·哈尼姆啊……”

听到这些，我顿觉得一股热血涌上了脑门。对于这番话，扎福尔·贝伊医生当然不可能知道这其中的含义，不过我却很明白，而且也知道得非常透彻。原来，内维瑟尔·哈尼姆是她曾在一幕戏中所扮演的那个女主角的名字，而且这幕戏我也想重新将它搬上舞台。对于眼前所发生的这一切，我可真没有料到。然而，既然一扇大门已微微开启，哪怕里面仍充满着黑暗，我也要果敢地走进去。只要能走进去，只要能找到一个歇脚的地方，我就可以说出我的心里话，也让她尽可能说出自己的心里话来。另外，我也必须向扎福尔·贝伊医生说明一下，内维瑟尔·哈尼姆这个名字对我来说可不是个陌生的名字。看来，她能有这样的反应，是和我前几次来这里跟她讲述诸多事情后她内心所产生的影响分不开的。只是这一刻我不知道，她在回忆着什么，又在如何回忆着，且她在哪里会看到我所扮演的那个角色。于是，我试探着再靠近一步，想触摸一下她心里的最后那道防线。

"要是愿意的话，我们不妨去看望一下他们……"

听到我这番话，她的脸上顿时露出了一股神情，那样子好像她根本承受不起这样的话语一般，只见她神情异常激动，头也跟着摇得像拨浪鼓似的。毫无疑问，她这种矛盾心理至少也说明了我们的沟通交流并没有被堵死，只是刚才突然开启的那扇大门随时都存在着可能又关闭的危险。看来，唯一不让大门紧闭的办法也只有向她提问题，用问题来启发她思考，并让她跟着我的问题走。于是，我赶紧又抛出了下一个问题。

"你是不是也很想念那个名叫柏霍尔的木材商啊？"

这一次，她使劲点了点头，像是给了我一个积极而肯定的回答。看上去，在这份激动中，除了喜悦之外，既有着深深的痛苦，也有着孩子般的那份纯真。尽管她饱尝了人世间的酸甜苦辣，但这种纯真却还是那么清晰地写在她的脸上，一看便知，也仿佛永不会失去。在那场戏中，演木材商柏霍尔的就是我本人。我们所扮演的角色都是两位年逾古稀的老人，他们就住在同一个社区的同一条街道上。柏霍尔的儿子已远走他乡，去了美国，而他的老伴埃斯特拉却终年患病，卧躺在床上。而内维瑟尔也早就失去了丈夫，自从她女儿去了巴黎之后，就杳无音信，没了踪影。就这样，他们两个人渐渐走到了一起，并彼此感受到年轻时他们未敢尽情享受过、但却从未泯灭过的那种激情之火。看上去，在他们晚年生活中，他们俩是那么的渴望找到彼此心灵的慰藉和人生最后的庇护所。在这种情况下，我不能沉默下来，我必须得说下去，在我内心不断发出的催唤声的驱使下，我得大胆地尽我一切所能将我的心里话继续说下去。

“我们真的已垂垂老矣，内维瑟尔，我们真的是老得不能再老了！我们已风烛残年，正一步步走近人生的终点。”

这几句话是我舞台上的台词。剧情进行到这里，也是我和她一起经历我内心最激动的时刻。那么她呢？面对此情此景，她真的能重新回到从前她那个角色意识中吗？就这样，我道出了这几句台词，我在期待着她的应答。突然间，她给我一个回答，而且话语声中仍带着那种颤抖的声音。

“我一点也没老啊！我一切都很好，你明白吗？你那些话也只能是说你自己呢！”

这些话是剧情中她回答我的几句台词。她说到这里时，我很是激动，已完全陷入我当时的情景角色中，我的口音已完全变成那个年代的口音，我的语调也变成了那个年代的语调。这一刻，我得把控好自己，别轻易地哭起来。然而，事已至此，我还得给她一个必要的回答。剧情还得继续演绎下去，也绝不能到此沉寂下来。

“哎呀，也别管这些了！昨天你不还在抱怨，说我面对我老伴一天比一天糟的病情，我是寝食难安，如坐针毡嘛！”

说到这里，只见她再一次地将头靠在了我的肩上，并很自然轻松地接过了我的话语：

“你可千万别放弃啊！你快点走吧，你快点走吧！喝完这杯咖啡你就离开这里吧。你还有你要做的事呢，你别让你那个埃斯特拉在家里苦等了！”

这可不，我们还能接着对白下去，我们完全可以再接着对白下去。此时，我撤出身子，面对面静静地注视着她，然后一把抓起她的肩膀轻轻地摇了摇，就像在剧情中所表演的那样。我又跟着说了下去。

“我肯定不会这样离开你的，内维瑟尔。现在就请别再提埃斯特拉的名字了，这会破坏我俩的好心情的。我们还要在这好好聊一会儿，我们可要好好享受我们这份浓浓的爱意啊！”

听到这些，她脸上露出了一丝微笑，只是那种笑意是一种痛苦的微笑。此刻的我不能断定，她这种微笑究竟是表演中需表现出的微笑还是我们当下共同经历这一刻时不自觉所流露出的微笑。然而，她的回答却是剧情中的台词，这一点我清清楚楚。

“我们这样做是不是有点晚了啊，柏霍尔？都这把年纪了，我们还能有什么作为啊！”

她的这番话是不是在影射我们人生的现实，或者说我们眼前的人生呢？为了别毁坏我们眼前共同经历的这一魔幻时刻，我还是不想再细究这个深层次问题中会出现的这种可能性。也许，她根本就没提出这样的问题。然而，能有这样的回忆，能从这样的沉思中清醒过来，或者说能从那样的幽暗中重新显露她心灵深处的火花，这何尝不令我惊喜，百感交集呢？更重要的是，为了能重现这一微亮的火花，她不知付出怎样的努力，在记忆中苦苦寻觅，细细寻找。她还会有怎样的记忆呢？就这样，我听凭着剧情的自然演绎。以剧情为依托，我要向她展示我们的那种友谊。只要是我俩都曾经历过的事，不管走到哪里，我相信，她一定会身不由己，随我而动的，无论如何，她都会如此。

"要是你愿意的话，我们就一起去看望一下内斯玲吧。她在另一家夜总会里找到了一份工作，虽然很辛苦、很卖命，但看上去她对自己的一切都很满意。在尼科斯那里我们不妨来点餐前小吃，还可以来一些腌金枪鱼、鱼子酱、鹅肝、熏肠和奶酪，然后我们就可以喝上几口，来点醉意人生了，呵呵。当然，在去往那里的路上，我们还可以在内卡蒂那里歇歇脚，稍作停歇一下。在那里，你肯定还会给那家伙钱去让他买点劣质酒一醉方休的。还记得那个胡赛因吗？我还可以拿他开一下玩笑呢。这一切，你都会看到的。甚至那个内丝丽罕她也会来的呢。"

听到这些，她先点点头，然后跟着微笑了起来。剧情中，那个内斯玲是由赛丽扮演的；美味食品店老板尼科斯由约格斯扮演；还有那个我们社区里的醉鬼，也就是从前当过税务官助理的脑子有点不着调的内卡蒂则由尼索扮演；而胡赛因呢，也就是那个来自于锡瓦斯省①的内维瑟尔·哈尼姆租住屋里的楼管，则由内兹米扮演。这个胡赛因对楼里楼外的关系可了如指掌，对什么事情也操持得得心应手。那个内丝丽罕也就是内维瑟尔的女儿，她一直被期待着出场，但最终在整个剧情中还是没能走上舞台，和观众打个照面。通过自己的这番话语，我也在尝试着，慢慢让自己重新回忆起这幕戏来，并让有些难忘的场景重新在自己的记忆里变得更鲜活。此时的扎福尔·贝伊医生也许仍一头雾水，不知道我们在说些什么。不过，他肯定很清楚，我们俩正在朝一个很重要的节点慢慢汇聚到一起，否则我也解释不了，此刻的他为什么会慢慢撤出房间，并尽可能不让我们察觉到。现在，屋子里就剩下我们两个人了，这也更让我有

① 锡瓦斯省(Siwas)，安纳托利亚高原中部地区的一个省份。其省会也叫锡瓦斯，距西边的首都安卡拉约450公里。

了一种轻松感。此时此刻，虽然我不能准确揣摩赛普内姆的所思所想，但至少我可以心怀希望，我们可以更靠近一步，一同回忆和感受我们曾一起走过的那些岁月。我们沉默了下来。就在扎福尔·贝伊步出屋子的那一刻，我们俩也随之从当年那台戏的剧情中走了出来。尽管如此，我们还可以再继续交流下去。我们之间的互动还得继续进行下去。就这样，我将双手从她的肩上挪开。她仍坐在我身边。这一刻，她仍紧盯着她怀里的那件针织背心，而此时的她却又紧紧地攥住了它。现在的这个时刻应该说已到了说些什么或者问些什么的时刻了。再一次地我大胆尝试着，想找到一条通往她心灵的通途。

“亲爱的，你是想穿上这件背心吗？你穿上它显得好协调、好般配呢。”

听到这些，她露出了小女孩那种天真且胆怯的神情，双手也将背心攥得更紧了，那神情很是恐惧，就好像生怕有人会从她手里夺走一般。她的眼里已噙满了泪水。只见她又在使劲地摇着头，就好像她想抗拒什么一般。很显然，她在抗议着我的话语。我知道，这一次我的话似乎有些不合她的心意，于是，我赶忙住了嘴。看来，我还是沉默一会儿为好。我敢肯定，这件我从未见过的背心，一定是勾起了她对某个完全不同场景的回忆。面对这些，我也只能见机行事，一步一步、一点一点地了解这其中的秘密。就这样，我们沉默着坐在那里。然而，既然已走到了这一步，我也不能就此收手，让自己的努力前功尽弃。于是，我尝试着用另一种办法来试探她。我先看了看我们身后墙上的那幅画，然后告诉她，说自己很害怕画中的那条小路。这一次，她已不再无动于衷，而是点了点头，那神情就好像是同意我所说的话一般。现在，我要提出这个问题。我必须得提出这个问题，以便自己能清楚地看到她的反应，并更好地了解她的想法。总之，若有什么问题就尽管大胆地问吧。

“你小路上的那块红点点究竟是什么意思啊？”

听到这些，她的双唇又开始微微颤抖起来，整个人也好像正处在一个似喑非喑、似哭非哭的临界点一般。是啊，一个临界点，一个正处在隐忍不发的无声抗议与痛彻心扉时大嚎一声之间的临界点。看也没看我，她只是再一次地用一种幽怨的口吻回答了我，就好像自己在对着远方轻声呼唤着一般。

“这个小女孩已经永远消失了……”

这句话可意味深长，而且还不是一般的意味深长，因为她肯定会想起上一次我们沟通交流时她所说过的这句话，而且更重要的是，她很乐意回忆起这样的话语。至此，我可不可以这样说，现在的她终于开始尝试着在恢复某种情感联系呢？或者我在以我的方式引导她与自己的这种情感联系慢慢串联到一起呢？毫无疑问，这一刻，能引导她萌发一种对小女孩回忆的强制思维已变得十分重要。那么，这个小女孩会是谁呢？是她自己吗？或者又是她那个当年被烈火吞噬的可怜的女儿呢？换个表达，或者说就是那个我永远了解不到的人，而这个人却正是她永远失去的那个宝贝女儿的化身呢？我在尝试着去理解这其中的含义。我要让她也感受到，我们俩正处在相同的思考点上。

“是啊，我知道，她一定是跑迷路了。要不要我俩一起去找她啊？”

只见她怔在那里，两眼出神，也没有回答我，只是脸上多了些某种愤懑的表情来。她跟着站起了身子，听凭那件背心掉落到床上，然后一言不发，急匆匆跨开了房门。看到这一切，我一脸迷惘，呆呆地坐在那里，一下子不知如何是好，也不知怎么地没能跟随她而去。也许我觉得这一天有这么长时间在一起对我们两人来说也足够了。另外，我内心里又一种声音也告诉我，我必须得尊重她个人静心独处的权利。就这样，我一个人有独自呆坐了一会儿。随后我站起了身子，径直朝护士长办公室走去。她告诉我,赛普内姆应该是有些激动,到外面溜达去了。对此,我不用担心,一切都会过去,而且晚些时候,她也会安然无恙,平安回来的。所以,在我看来,护士长想让我放心的,也无非是对于这些小小的轻率举止,赛普内姆是完全有能力做到自我控制的。不过,她还是忍不住问了一下我们俩之间刚才究竟发生了什么。就在我想开口跟她讲述的时候,扎福尔·贝伊走了进来。接下来他所讲述的话语很是鼓舞,好像又给我们所有的人重新带来了勇气和希望。

“您刚才表现得很不错。我还从未见她有如此开朗和充满生命力的表现呢。”

于是,我将自己能讲的事情都告诉了他,并且也讲述了一点有关我们当年所演的那场戏的有关情况,就像刚才我内心完全所表现出的那一幕幕。我告诉他,所有我们能回忆起的事以及我们的感受,都是十分重要且无法替代的。当然,还有每一个细节,每一句话语,每一个我们内心话语中所隐藏的每一段故事以及它们在我们内心所引起的反响等都非常的重要。面对此情况,我没忘记补问一句,对于我们所经历和所看到的一切,扎福尔·贝伊医生是否可以将此看成是一种能积极改善病症的有效方法。听到这些,他只是笑了笑,也没给我任何的回答。也许他在想着,对于每次出现的机会,哪怕是一点点显露的机会,我这个人是不会轻易放过,要尽力利用的。当然,也存在着这样的可能性,他会看到,对于这样难得的机会,我这个人无论如何也是要参与其中,竭力挽救赛普内姆的。正由于此,我也就无法理解刚才他面露微笑时内心的想法。但无论如何,他没说出任何否定的话语,而且也没有以一个专家的眼光看待我这个外行的欣喜之举,或者让我在他面前保持应有的克制和距离。总之,对我们两个人来说,该做的我们也做了,接下来的我要向他表达我此时的心情,那就是我真的已无法再等待,并想尽快挽救她的迫切心情。

就这样，我告诉他，几天后，我还将来这里一次。说完这些后，我离开了屋子。

在回程的路上，我尝试着将自己刚才所经历的点点滴滴又在脑子里过了一遍。在我们内心深处，那幕场景中的每一幅画面、每一句话语和每一种情感又该如何深沉地向我们讲述那段精彩的人生，它好像就处在给我们带来某种恐惧感的死亡线上，随时让我们惊骇不已一般。我做梦也没想到，一开始的时候，那些纯洁无邪的话语，也就是那些多少年前我们对白时的台词一下子就将我们俩带回到过去，并且一发不可收拾。我就这样将我们引进了一条窄窄的小胡同里，只是没有了多少回旋的余地。不管怎样，我还是将自己的希望押在了另一把钥匙上，而这把钥匙我已随时揣在兜里，以备自己的不时之需。毕竟我很清楚，她那扇心灵之门还没有完全开启，而且也没能完全开启，因此我还要继续付出更大的努力。总之，不管我碰到什么样的障碍，我都不能放弃，一定要咬着牙顽强地挺过去。正是这种情感增添了我的信心，让我迈着稳健的步伐跨越了那道难以逾越的小桥。另外，这种信心也让我的这个邀请变得更有意义，也更充满着激动与欣喜。是啊，到了那个晚上，真正的大戏主角们都会应约前来，我必须要说的是，自己所走的每一步也都在一条正确的道路上，扎扎实实，一步一个脚印，完全朝着一个正确的方向在迈进。是的，我所走的每一步都处在一条正确的道路上，这句话我想一直不断地重复下去，要一直不断地重复下去，为的是别再让自己感到有任何的困惑和迷惘，为的是能让自己一息生存，为的是能从我们的死亡躯体中爬出来，去克服一切死亡、痛苦和悲伤。到了那个晚上，赛普内姆也自然肯定来参加的。此时对她的这种坚信也意味着我对自己这场人生大戏的成功上演有了百般信心。

又过了四天寻常的日子。这四天里，虽没有什么值得回忆和提起的时刻，但它却别具含义，因为有一个声音在我心里不断发出回响，它就在那间画室里呼唤着我，并引领我不断思考，那幅画作它究竟会告诉我什么。此时此刻，在那里所经历的每件事仿佛又浮现在我的眼前。那间画室，我到底踏入了几步，迈进了几分，又做了怎样的深入呢？为了能找到这个问题的答案，或者说继续守住自己的这片希望，并和在那里所发生的一切做一个恩怨了结，我得再去一次，我要带着手中仍在颤动的微弱火光再一次走进那片幽深的黑暗里。就这样，我又驱车前往了医院。当我走进住院部后，还没等我打听，就过来一位护士，只见她脸上带着一种意味深长的微笑。她告诉我，赛普内姆这会儿散步去了，她应该不会走远，而且老爱停歇在附近这一块。她真的不会走远，也真的就在附近这一带溜达吗？这一刻，我也向自己提出了这个相同的问题。说真的，即使我问这位护士了，我也不能从她那里得到一个绝对准确的答案，所以，眼前的我还不如静心听她说下去为好。她还告诉我，她们已看到，这几天下来，赛普内姆的病情已有了很大的好转。听到这些，我再一次不做任何回答，只是简单道谢而已，并走出了住院部。这一次，我内心的声音告诉我，我将不再有任何困难，会立马找到她。说实话，我只是小跑了一会儿，为的是别让自己找错了人而已。只见她正坐在离住院部不远的一条长凳子上。对于眼前的这种景象我自然不会忘记，因为眼前的这条长凳也正是我第一次来这里时我们一起肩并肩坐着的那条凳子。然而，时过境迁，我们眼前所经历的这一切可又是另一番景象了。我慢慢地走了过去，并尽可能轻声地靠近她，然后坐在她身边。此时的她看上去又仿佛在凝神注视着远方。虽然她没有任何反应，但我很确信，她已觉察到我的出现。凭着本能，也凭着我内心的话语，我自信她是这样的感觉。另外，这种话语也告诉我，自己应该要让她有所觉察，要真真切切感觉到我的存在。于是，我趁着这会儿工夫先开口向她问好。

“早上好！赛普内姆！这是一个多意想不到的朋友来访啊！至少你也该说句欢迎的话吧！”

听到这些，她朝我转过脸来。这一次，她又用那种僵硬的微笑眼神盯着我，对于这种眼神其实我也早已习以为常了，只是在我们第一次见面时我还是大为惊恐的。在这种微笑眼神之后，仍可揣摩出她不仅在笑对万丈深渊中的一张张脸庞和一声声哀鸣，也在笑对她曾坠入无底黑暗之中所遇见的一个个冤魂。尽管如此，我还是能从她的眼里读出她的那种怜爱、那种困顿、那种痛苦、那种失落，还有那种孤独。像上一次一样，我又轻轻地抚了抚她，然后就这样一直抚摸着，之所以如此，是因为我们在向所有人生做道别并回归。接下来，我还是没能控制住自己，忍不住轻轻在她的面颊上吻了吻。这一次，她的脸上又多绽开了一些微笑。这就是我眼前所见到的一切，当然，也仅此足矣。这时候，她又掉转头去，又开始凝视着远方，至少这一刻她给我的感觉是这样。也许她会在那里就这样一直待下去。随后，我也开始深思起来。我告诉自己，在我闭上眼睛之后，我脑海中第一眼能见到的一定是那些最恰当不过的画面。此时此刻，我的眼前肯定将再一次出现那样的时刻，那就是多少年前那位姑娘在塔拉布亚的那个夜晚所说过的一切。她曾说过，她有一种感觉，她会遭受到一场暴风雨的袭击，而且还要经受一场说不上名字的灾难的洗礼。而现在，当年的那位姑娘又重新坐在了我身旁。一切看上去也好像没过去多长时间，就像是那么一瞬，或者说是无声无息的一瞬。在我的生命里，那时候我所经历的那一切又给我留下了多深刻的印象啊！唉，那个夜晚啊！要是那个晚上我和她一起再往前迈一步的话，那我们是不是还会经历现在这样的人生时刻呢？此时此刻，我的双眼还一直紧闭在那里，我差不多开始要哭泣起来。我感到自己是那样的虚弱，那样的无助。是的，浑身乏力，无依无靠，心力交瘁。然而，我还是我自己，哪怕到最后我也没有任何的矫揉造作之情，我就是要把这张真实的面孔呈现在她面前，并和她相聚在一起，哪怕自己有一身的缺点和许多错失过的机遇。也许为了这一刻，我已等待了好多年，尽管自己对此浑然不觉。是不是我将她重新唤回到她的生命中来，或者说我将她唤回到我生命中来的这种尝试就是一种我想将自己也从睡梦中唤醒来的方式呢？在这个梦境里，我可是有意无意一下子沉睡了好长时间啊！在唤醒她之后，我真的想和她一起重新回到现实人生中来吗？是啊，我给了她那些抚摸、那些轻吻，为的就是要让她从长长的睡梦中彻底醒来……也许我对她所发出过的有力的呐喊声曾将我拖入无尽的黑暗里，而此时此刻，这种声音也在呼唤并告诫着我要学会对往日那些黑暗的宽容谅解。可以说，此时的我就处在这样一种欢乐与痛苦相互交织的悲欢时刻，这种大喜大悲留给人的又何尝不是一模一样的激动情绪，或者说，就像是在极度的疯狂中人们所表现出的那种行为举止呢？无论如何，这一刻是令我激动与欣喜的一刻。在这充满激情的一刻，它会让人们身不由己大声喊出：我还活着！在这一刻，我也只能这样告诉自己，让自己有这样的感悟。是的，我的思绪已不知飘落到何处。我不知道，在那里，我一言不发已待了多久，也许十分钟，也许一刻钟，也许只是短暂的一瞬。然而，这短暂的一瞬对我来说却如同好几个小时。这一次，我内心的声音告诉我，鉴于她曾品尝过的那份痛苦，我要用话语将自己的情感表达出来。像所有真正的痛苦一样，这份痛苦也在炙烤着我们。

“真抱歉，是我把你一下子推到了火坑里。”

直到今天我才更好地明白，为什么自己要在这样一个灼痛了的幻象中告知她我这种情感，只因为在我前半生的人生经历中，有许多事可是和“火”这个字眼密不可分的。然而，就在我刚要开口时，我一下子不知怎么地又变得后悔起来。我突然想起，只要我一提起“火”这个字眼，她又会联想到什么。这个字眼一定会再次将她逼到情感绝望的边缘。这可是我第二次犯下这个错误了。慢慢地，我睁开了眼睛，并将目光停在了她的脸上，我已做好了她各种情绪都有可能会爆发的心理准备。是的，她可以随时叫我走开，或者一句话不说离我而去，然后躲到某个地方去呜咽啜泣；她甚至还可以扇我几个耳光，然后是一阵抽搐颤抖。根据自己从前所经历和所知道的一切，我完全预想到这种场面的出现。然而……然而，类似这样的事不但没发生，她反而用一种温柔的目光看着我，那目光中充满着爱意，仿佛是一种来自于无尽深处的浓浓爱意。没想到，在我坚定执着行走的这条道路上，我又一次碰到了一个心智迷惘的人，她不知道，她该有怎样的反应。这一刻，说真的，连我自己也不清楚，她这种目光是否还是我从前心上人的那种目光，尽管世事沧桑，光阴荏苒，但她会忘掉所有一切对她的伤害吗？是不是她的目光又是一个朋友般的目光，哪怕我们往日曾彼此相隔，不在一起，但她却从没有失去对我的关爱，并全身心不离不弃陪伴着我呢？或者，她又像一位大姐，在永远呵护和支持着我呢？这一切的一切我也没必要完全知晓。当她看到我这一脸迷惘神情的时候，她的脸上也跟着多了一丝笑意。只见她抬起手，轻轻地抚了抚我的脸颊，然后道出了她的感受，只是话语中还透着一丝颤抖的气息：

“你来了就好……真的，你能来就好……”

听到这些，我感到现在的她正在慢慢回归到我日夜召唤的她真实的人生。我的感觉告诉我，此时此刻，从她的话语中，我已分明能感受到她对我多少年来所梦想期待的这场人生相聚所表现出的激动心情。

“你来了就好……欢迎你来这里……”她又微笑着摇了摇头，那样子就像是她从无底深渊中爬出来一脸疲态时还想提出的某种抗议一般。是不是她想说她还不能回归人生，因为她还没做好足够的思想准备呢？

对此,我无法知道她内心的想法。要是我想明白得更透彻点的话,现在的我也唯有一件事可做,那就是将手插进夹克衫口袋里,掏出那只耳环,再给她展示一番。这一刻,耳环就静躺在我的手心里,它在期待着有人能认出它来。我对她笑了笑。又是一番感召的话语不经意间从我的喉咙里发了出来。

"这只耳环我一直都保留在身边,正如你希望的那样。你还记得它吗?"

更多的我也做不出什么了,该展示的我也展示了,该倾诉的我也倾诉了。无论如何,这一刻我都这样做了。这又是人生中多么漫长的一刻啊!只见她看了看耳环,然后又伸出她的食指,用指尖碰了碰,这又是多么轻柔而胆怯的触碰啊!突然间,她放声大哭起来,哭声是那样的凄厉,那样的哽咽。我挪了挪身子,靠紧了她一些,然后攥紧耳环,将她轻轻地揽入怀里。就这样,她很温顺地依偎在我的怀里,然后又开始拥抱我,只是整个人还在一个劲哭泣着。此时,只听见她带着哭泣的语调在我耳边轻声说道:

"我好冷啊……我心里好冷好冷……我感到身子骨都是冰冷冰冷的……"

此时,我的话语又是不经意间冒出,而且是发自内心,发自心底深处。

"从现在起你再也不会挨冻受冷了,我再也不会抛弃你不管了!"

我真的不会再抛弃她不管吗?我在我们之间搭建的这座桥梁究竟在多大程度上是坚固可靠,让人放心的呢?在这一刻,说真的,我没有多少时间将这个问题辩个清楚,我要做的,也只有让她感知我这个人的本质而已。就这样,我们一直拥在一起。我在不断反问着自己,我们相拥的这每一分每一秒将向我们做怎样的人生展示。可是,我无法回答这样的问题，而且我也不想回答这样的问题，只有如此，我才更相信时间的魔力，任由这一刻就这样无止境地持续下去。终于，我们松开了彼此，在一起又静坐了一会儿，这期间我们两个人什么话也没说，直至她用她那种颤抖的话语声终结了这段沉默。不过，这一次，她的话语中显示的却是另一种我们身临其境所感受到的那种坦诚。

“我好冷啊，带我回屋子里去吧。”

其实，这一天本来就是个阳光和煦的一天。说真的，她的这番话既不符合实情，也根本没那个必要。然而不管怎样，我们还是站起身来，慢慢朝住院部走了回去。我将她领回屋里，然后她就坐在了床沿边，那样子看上去就像是她更喜欢一个人静心独处一般。要是她此时开口的话，我还会再陪她待一段时间，可是她看上去更愿意一个人待在那里。当我告诉她我要走的时候，她也没提出什么异议。就这样，我慢慢拿起她的一只手，将耳环塞到了她的手心里。终于，我告诉了她我该告诉她的话语：

“为了这一刻，我可等了大半辈子啊。至于你托付给我的事，我相信，它已成了我们美好的回忆。有此重托的人，他是无论如何都不能随便死去的啊！”

这一次，她又默默地点了点头，好像已明白了我的意思。她真的什么都明白了吗？我能够和她做心灵的沟通吗？这些都无所谓了。无论如何我知道，时间将会解决一切有待解决的问题。我再一次吻了一下她的面颊，然后慢慢走出了房门。出门前，我告诉了她那天我想告诉她的最后的话语：

“我很快还会再来的。现在你可听好了，我会有一个惊喜给你的。”

她笑着看了看我。那眉宇间所展现的就好像是一个小姑娘所显露的那种天真、好奇与喜悦的神情。我知道，她这种喜悦源自于她无尽的痛楚深处,所以,她完全有理由展现并享受这一难得的时刻。就这样,我微笑着朝她使了个眼神,因为我想让她感受到我对她的那份爱意,同时我也希望自己能让她感受到她作为女性所拥有的那种细腻温柔的情感。随后,我将食指放在了嘴边,就好像自己在告诉她:请保持安静,也请耐心等待吧。这一次,我看见她咯咯地笑了。看来,我这种滑稽怪诞的举止终于收到了意想不到的效果。然而,是不是还有一个惊喜已为她准备好了呢?这个我还不清楚,不过,对于我个人来说至少还有一个惊喜在等待着我。是的,我相信这个惊喜,且完全发自于心底。可以说,这个惊喜不仅对于我即将上演的那场大戏十分重要,而且对于我的人生也很重要。正是以这种方式,我才能更好地认识和了解自己目前已处在什么地方。

像往常一样,在离开医院之前,我都要一敞心扉,和扎福尔·贝伊医生谈谈本次来访的经历感受。这一次,我同样也想把自己所了解到的赛普内姆最新的病情进展情况和他说说。然而很遗憾,这一天他却没来医院上班。因为自己不能和他当面作一番交流,所以这一天对我来说是谈不上完美的,更确切地说,我所经历的这一天是有所欠缺的。不过问题不大,倒还有补救的办法,因为在这之前我就记好了他的电话号码。我知道,我随时都可以给他打电话的。就这样,我走出了医院,只是自己的内心充满着一种既悲伤又喜悦的心情。然而,若是现在随口谈及这种喜悦,或者告诉某个人这种喜悦之情,这可不是件容易的事,特别是和切拉在一起时,我的这种情感是绝不能和她共同分享的,所以,我干脆还是再推迟一下,晚一点告诉她为好。内兹米那里我已电话联系过,他告诉我,过几天他就会回到伊斯坦布尔。如果他回来的话,无论如何我们也要见见面,并且再好好聊聊。不过,他说话的语气给我一种感觉,就好像他有什么重要的事想和我说一般。而且我也很肯定,他也在仔细倾听着我的每一句话，而且也应该感到我有某些重要的事要和他商谈。我们就这样先谈到了这里。其实，我们早就学会了任何时候都得有耐心，比如我们既不提那些不合时宜的问题，也不会对任何意外之事一惊一乍，惊魂失色。然而，回到现实中来，我却又是如此的心神不定，不知他是否会接纳我独自一个人所经历的这一切。到时候要是他仔细听我讲述的话，我倒是要好好留神观察一下他会有哪些表情反应。不管怎样，此时此刻，我最大的希望莫过于我能带上赛普内姆一起来参加我的邀请晚会。要是拨通了电话的话，我可是非常希望自己能和扎福尔·贝伊医生谈谈这个想法和可能性的。所以，眼下这个时候也正是和他交流的最佳时机。就这样，我一五一十地向他讲述了自己所看到和感受到的一切，而且我还竭力尝试着不放过中间我所经历的每一个细节。他饶有兴趣地听着我的讲述，我能感觉到，他听得非常仔细，也非常认真。他就这样一直听着我的讲述，中间也没有插半句。我知道，这么长时间的只听不语可不是医生行家的职业行为，然而他的回答却反映了他和我之间应保持的那种必要的距离和态度：这些病情好转的情况十分重要，后果也无法估量，不过，一切都还需谨慎才是，对待这种病人我们是万万不可掉以轻心的。很显然，对我来说这种回答还不能遂我心愿。我在期待着一个更让我感到温暖和欣喜的口头确认，于是，我再次斗胆提出了我上一次来这里曾提过的问题：是否可以将她的病情进展情况定性为是一种“明显的或显著的症状改善”呢？听到这些，他沉默了片刻。我在揣摩着，他一定在思忖着该怎样应答我的提问。就在这时，他开了腔，而且非常坦率，一点也没兜圈子。

“是的。不过她的病情还是不怎么稳定，甚至还有复发的可能。另外，现在我们也不能轻易地下结论，她的病情有多大的改善。不过，这无论如何是一个很好的迹象，也正如我们所期待和盼望的那样。”

听到这些,我高兴异常,以至于自己来不及反应如何应答他的话,也一时不知如何回答是好。我终于听到了我想听到的话,也终于没白费力气,将一个人从黑暗里挽救出来。我不知道我会引领她前往何处,但我至少可以在自己的内心里好好地为自己的这场人生胜利庆祝一番。真的,我可要好好地庆祝一番。那个医生会明白我的所思所想吗?我觉得他很有可能会明白这其中的一切。而且他肯定也看到了,我为什么会付出这般不懈的努力,尤其是我在他面前从未有任何的遮遮掩掩,让他觉得我在做着什么见不得人的事。现在,我唯一缺少的就是我努力奋斗后自己应得的那份犒赏。这份犒赏,它会让我私下里的胜利庆贺变得更有意义,也更具光彩……我真的不能再拖延等待了。就在此时,我听见电话那边传来一个问题,这个问题一下子也让我感觉到,他已明白了我内心还没说出的话语和期待。

"您打算什么时候安排这次邀请晚会啊?"

对于我们来说,日子已所剩无几,邀请的日子也就是第三个星期五后的那一天了。是的,也就剩三个星期五了。此时的我想竭力掩饰自己那颗激动不安的心,但无论如何我很难做到。我如何才能将自己话语中的那种颤抖声完全遏制下去呢?相反,他却是那么平静,而且是不一般的平静,甚至平静得让我感到有些惴惴不安,让我为此烦躁不已。我竭力让自己别老想着这个问题,因为他所说的话才是我最后关心的事。于是,我屏住呼吸,并做好了准备,认真听清他所说的每一句话。

"我们会找到解决办法的。您放心,我会想办法让赛普内姆参加这次邀请晚会的。不过,一定要有一名心理理疗师陪在她身边。"

这正是我所期盼的犒赏!能解决这个问题,哪怕再额外附加一个条件,这也无法阻止我梦想的最终实现,所以,此时能把这件事情尽快确定下来,这对我来说已不是什么难事了。再一次地,我向他表露了这份欣喜,也展现了自己的决心。

“理所当然,您也是我们尊贵的客人,要是您能赏光前来参加的话,那我们可是荣幸之至啊!要是这样的话,那可就是最理想的解决方案了。”

此时的我能感受到他有些迟疑,也许他根本就没想到会得到这样的答复。这可是第一次,我真真切切感受到他那种彷徨踌躇的心情。

“这也未尝不可。不过,我还得考虑一下才是。我看差不多应该可以吧。不过,我还是不能明确答应你呢。”

听到这些,我没再催促他。虽然自己不知道他这样摇摆不定的原因,但我还是没对他有任何的催迫,反正他能找到一个妥善解决的办法,这对我来说已经够了,更何况他已尽了很大的努力。至于到时候他有可能会把我丢在半道上,这一点我也大可不用担心。总之,不管以什么方式,或者和谁一起过来,只要赛普内姆能来就行。这一点我当然是不能告诉他的,我只能告诉他自己能说的话。

“这件事我就拜托您了。不过,我得做些什么呢?”

此时的他还是用那种平静的语调回答了我的问题。

“我会促成此事的,所有要办的事都由我来处理。这期间你就不用再来这里了。我还要对她做进一步的观察。既然已说好了星期五那一天,你就不妨先过来一下。要是能让她在所有客人之前进您家门的话,那就太好了。她应该先熟悉一下身边的环境才是。如果她见到她那些老朋友的话,她一定会经历一个‘休克过程’的。”

有这么长时间不允许我去看望赛普内姆,这个想法可真让我感到不快。然而,如果做出不恰当的反应,并人为制造一种紧张气氛是既没理智,也没有任何实际意义的。最好的办法莫过于同意他的看法。

“好的好的!要是合适的话,那我就经常和你保持电话联系了。”

不知怎么地，我突然变得这么有礼貌，感觉自己就像是一个谦谦君子一般，也许这种做派是根本没必要的吧。

“要是您想打给我的话，随时都可以，毕竟您也参与了挽救她人生这一义举嘛！”

不错，这话可是一番鼓励之词，然而它又何尝不是一种警告威胁性的话语呢，只要我想想现实就不难理解它的真实含义。慢慢地，有些新问题又不禁钻进我脑海，让我不得不思考起来。比如，正如我所盼望的，要是赛普内姆最终能安然回归人生起点，或者回到我生活中来的话，那我又该怎样面对呢？要是她在医院外重新开始她新生活的话，是不是我已做好了准备，来承担我所有的义务和责任呢？我们这场大戏很快就要上演，但这之后她又该怎么办呢？这之后何处才是每个人自己的归宿呢？说实在的，要是我想着自己今后余生的话，我还真的害怕这些问题呢，尽管有百般托词，我也寝食难安呢。然而，让这些问题把我吓倒的这一天可还没到来呢。这算不上什么。即使这一天真的到来了，这些问题也完全可以以别的方式重新提出，做新的解决。不管我们走进怎样的生命竞技场内，也不管我们其他的伤口会重新迸裂，抑或痊愈，我们也要以崭新的姿态迎接人生，翘首未来。

那一天的这一刻，我只想着要体验我人生的这种喜悦。我给切拉打了个电话，我很是激动地跟她讲述了自己这天里所经历的这些事。我告诉她，将赛普内姆邀请到家里来的日子已为期不远了。此时此刻，她的病情正在逐渐好转，而且也大有希望能回归她的人生。当然，我还不能说出，我甚至连自己也不清楚，自己到底要不要对她的人生未来给予必要的帮助支持。要知道，这个女人可是一个好不容易从长期噩梦中醒来的女人，而且也是一个我拼尽全力才让其从梦魇中醒过来的可怜人啊！对她的所有人生情感我都经历过，品尝过。说真的，要是对她还有什么别的复杂的情感那我也无法列举描述了。

另外，内兹米和赛丽两个人我本该是可以给他们打电话的，但坦白地说，我还是不想让自己所经历的这些事就这样一下子失去它的魔力。所以，在最后这一刻，什么事都可以发生，只是人们还必须再等待等待，还必须有点耐心才是。

接下来的这些日子充满让人备受期待和煎熬的等待。在这些日子里，各种不同的情感再一次袭上我心头，让我心神不宁，五内翻腾。我又一次和约格斯通了电话，他告诉我，他已完全做好了准备，并很快回伊斯坦布尔来。另外，我还和尼索在一起吃了一次午餐。至于自己从他那里所听到的，又让我们回到了从前那段无法诉说的黑暗人生。是啊，我们的人生就是在如此多的痛苦上累积而成，而这些痛苦是如此的晦暗不明，无法让人洞察其里，更遑论做彻底深入的探究了。我已和医院那边做了沟通，一切都没有问题。在那里，另一场回归伊斯坦布尔的行动之举已在悄然发生。最后一次会谈将在邀请日的前两天举行。扎福尔·贝伊医生想让我在邀请日那一天早点去他那里，因为我们要一起为赛普内姆出院的事做好准备。是的，这么多年之后，她将走出医院，将迎接一个完全不同的崭新人生。

石头可以扔进大海

就这样，那个星期五终于来临。这一天应该说是我人生中最重要的日子之一，这一点我很清楚。另外，我还清楚的是，我所付出的努力终于有了回报，即使我尚不清楚，在我们这个故事里，来的人中有谁，故事还会有怎样的进展……

那个星期五一大清早，我能从睡梦中醒来，不仅仅是因为我想着这一天是我人生中很重要的一天，也是因为我从此可以实现一个崭新的愿望。约格斯来到伊斯坦布尔已经好几天了。虽然我们还没见面，但我知道，他就在我身边，已近在咫尺。他也打电话告诉我了，说他想就这样一个人在这里待一待。其实这也并不难理解。就拿我来说吧，要是我有勇气回到这个多年来一直都在回避的城市，我想我也肯定会和他一样做的。现在，只要自己知道，他已来了，且已置身于这座城市，这对我来说也就大可满足了。赛丽那里呢,她已经上了飞机,而且当日上午就能到达。至于内兹米,我已将所有事情的经过都详细地跟他说了。他本想和我一起去医院的,但当他看到我如何从头到尾在忙着此事时,他也就不想给我添麻烦了,所以他干脆放弃了原来的打算。不过,他还是坚持要赶在所有人之前到我家里,以恭候赛普内姆的光临,对此我也没表示任何反对的意见,毕竟他是当初陪我一起去医院看望赛普内姆的领路人嘛。另外,在我们这个剧团里,他和我一样,也可算是个用同一种眼光看待和审视这个可怜女人的人了,而且他本身也是我最亲近的朋友。还有尼索,这段日子已住进了西斯丽他一个亲戚家里。那里的那些曾印入我们记忆深处的大小胡同,想必他一定会感到很陌生吧?如果再见到那些胡同,它们会让他忘掉那些陌生感吗?还记得期间有一天,我们又聚在了一起。那一天正如这期间所有的日子一样,也是一个我们对即将到来的那个星期五很期待的日子。当时,在艾尔马达克的一家的小酒馆里,我们俩共进了午餐,而这家小酒馆在我们还年轻的时候根本就不存在。在那里,我们聊了很长时间有关赛普内姆的事,既谈到了她所经受的那场暴风雨,也谈到了她曾坠入的那个无底深渊,当然还有那场黑暗,那场我曾试图闯入其中并将其挽回的黑暗,还有我们在人生回归路上所经历的一切,这其中就有着她如何回忆我们舞台上的那些对白……说完这些,我曾感叹道,我们这代人是遭受了多少人生不幸的一代人啊。听完这些,他陷入了深深的沉思。就这样,我们一直沉默在那里。我在期待着他的回答。终于,我得到了他的回答。不过,这一次我所听到的话语又将我拖入到我根本没料到的另一场黑暗中。在这一刻,我又重新想起,我们的人生可真是充满了许多血淋淋伤口的人生啊!

“前几天,在奥斯曼贝伊,我偶然地遇见了一个我当年的女同学,那还是我在技术大学学习时认识的。呵呵,就在大街上,你说巧吧。我们彼此差一点都没认出来呢。尽管已过去这么多年,但我们还是认出来了。就这样,我们赶紧找个地方坐了下来。看上去,她有许多心里话想和我说。你知道吗,在我离开这里后,她被抓了起来,几年后她才被放了出来。唉！那期间她可是受尽了无数的严刑拷打啊！被释放的时候,那些家伙们对着她还有另外两个同学嚷道:‘对你们我们可是特别关照呢！哈哈！你们等着瞧吧！要不了多少年你们就会品尝到另一种痛苦的滋味了,哈哈哈哈！’就这样,出狱后的这位姑娘重新开始经营自己的新生活。她结了婚,也有了一个孩子。然而很不幸她离了婚,然后又再婚重建了一个家庭。更不幸的是,最近她得知,自己已患上了可怕的子宫癌。唉！这就是她的人生啊！听到这些,我真的不知道自己该如何是好啊！”

别说她了,听到这些,就连我也一时不知如何是好。毕竟我们还要继续生活下去,难道除此之外我们还能有什么良策吗？尽管世上还有着许多不公平不公正的事,可我们还是要继续生活下去的。在我回想到尼索人生故事的那一刻,我又情不自禁地想起了这段人生故事。唉！是的,能产生别的联想可不是件容易的事,然而,不管如何,我得继续走下去,只要我一息尚存。所以在我看来,最简单的就是从人生回忆中学会如何将抗议和希冀有机地统一到一起,并顽强地生活下去。在现实生活中,我们又何尝不是以这种方式在续写着自己的人生呢？很有可能到我们人生的最后一息也是如此。

正由于此,更容易让我想到的是,切拉对于这场邀请将会有怎样的激动与欣喜。我注意到,第一眼看上去她就深为此事感动,要知道,她那句“你就让我来嘛！”应该说要远远胜于“你尽管相信我的经验和能力好了！”这句话的含义,不是吗？她为什么一直要坚持主张她的掌控权和操办权呢？这自有它多方面深层次的原因。这种苗头其实早在两天前就已显露出来了。这一次,她想专门和多年来一直在我们家干活的女佣一起精心准备餐饮美食。而且她还说，要是我们还像往常一样，一遇到客人来时就请一帮厨子来我们家掌锅颠勺、端茶倒酒的话，那她的创造性以及好客的诚意可就大打折扣了。所以，她还是要亲自来为这些尊贵的客人们掌一次勺，哪怕这在一个伊斯坦布尔犹太人家里是件绝对不被允许的事。换句话说，这个家必须让人感到是个真正的家才是。它必须是个家，它要让所有客人感到在那里就跟在自己家里一样，无拘无束，轻松自在。当然，没逃过我眼睛的是，这一次，在家庭权力主宰方面，她明显又占了上风，而且她所做的就是要让客人们真真正正感受一下我们传统的礼节氛围。对于这些，我为什么欲言又止，非得表现出一种极不情愿的态度呢？坦率地说，她这样做，其实于我并无大碍，反正只要我们给予客人应有的尊重就可以了，其他的也仅是形式而已。正由于此，先上哪道菜，后上哪道菜，这对我个人来说根本就是件无所谓的事。但是此时此刻，我的心思并不在此，因为在我的内心深处还有着其他的隐忧，而这些隐忧则有可能会引发出许多新问题来。说真的，这一刻，我已不再能与这个和我朝夕相处的女人分享我所有的情感了。此时，我内心掀起的巨澜已将我高高抛起，并扔进远方那一望无际的大海里。

大清早出门的时候，厨房里就飘出了早餐的香味，这种香味不管我走到哪里都能回忆起。像每天早晨一样，出门的时候，我们总是要拥抱一下。然而这一次我们拥抱的时候，我虽然感受到她的温柔，但她却表现得比以往更殷勤，更专注。只听她在我耳边轻声地说：她在期盼着赛普内姆的到来，也许她还可以为她的晚餐另做一些特别的安排。对于她这番话，我真的不明白她葫芦里到底卖的是什么药。不过，我很清楚的是，她想给我一个明确的态度：她是积极支持我这样做的。另外，我也能感受到，她也在有意让我感受到她内心的这种想法。对此，我也没任何意见，只是告诉她：请放心，我们俩会有足够时间单独在一起相处的。就这样，告别她后，我走出了家门。

在去医院的路上，我更明白了，我的许多情感在不知不觉间正引领我慢慢接近事实真相，尽管我没有看清，甚至不愿去正视它。然而，若再重提这些问题，似乎既没那个必要，也不是时候，反正这一刻在通往人生彼岸的桥梁上，自己的内心已荡漾着另一种喜悦：我要在回来的路上按我个人的行事方式来为她做一个小小的安排，也就是说我要给赛普内姆营造一个很恰当的环境氛围。我要在车子里让她和我一起好好倾听回味一下我们至今仍未忘记的那些抒情小调。等我俩的情感慢慢靠近后，我不妨自己再细听一遍那些曲子，为的是不让她有更多的惊吓和不适。应该说，每一首曲子都将呈现出别样的人生画面，而这些画面也恰恰就是我内心世界的各种镜像，在这些镜像中，不朽的永远是我那些难忘的抒情小调。然而，赛普内姆内心世界中的那些镜像又会是怎样的呢？很有可能的是，我也最多只能窥见她内心世界的冰山一角，也有可能永远是一个猜不透的谜。对此，我也就不想再煞费苦心，枉费气力了，我能做的恐怕也只有在这怀旧时刻尽力让自己陶醉在那些缠绵悱恻的歌声里了。对于我来说，眼前的这一切就好似已被上苍安排好似的，也就是说她的人生只能向前，不可再回头倒转了。然而，就我个人来说，我要尽我所能引领她勇敢地走下去，因为只有这样，我才更有信心了解并找回自己，让我的人生变得更有意义，也更精彩。怀着这种希望，我跨进了医院大门。

当我走进女护士长办公室的那一刻，我的眼前呈现出一幅令人惊讶的景象：整个赛普内姆就跟换了个人似的，她的着装打扮已不像从前，完全变了个样。只见她身穿一件短袖裙装，那料子看上去很像是用印度巴提克蜡染印花布制作的。再看看那布料的颜色，色调以淡紫色和青绿色为主。她脖子上围着一条深红色的丝巾，而玉腕上则戴着一个很大的银手镯。在棕色脸庞的映衬下，涂过口红的双唇以及涂了眼影的双眸看上去给人以一种时光倒流的感觉，仿佛她就是来自过去岁月里一尊不老的青春女神，永远停驻在我的心间，并散发出无穷的魅力。还有那头秀发，看上去也是刚刚修剪过的，并染成了黑色。那种黑看上去就像是她当年头发的自然黑一般，也仿佛某个仙人在她头上施展魔法并让其秀发永放华彩一般。这魔力究竟从何而来？她的那件裙装又是从何而来的呢？又是谁这样精心制作的呢？此时此刻，扎福尔·贝伊医生已在那里，旁边还有那位女护士长及两位护士。显然，所有的人都在尽全力帮助她，精心准备着要让她走出这道高墙，帮她做一次真正的"人生之旅"。总之，眼前的这一切既让我欢喜，又让我多少感到有些悲伤。毫无疑问，欢喜也好，悲伤也罢，这两方面都和我有着密不可分的联系。说来也怪，在某些场合，幸福居然也会给人带来某种伤感呢。于我而言，我可是深深了解这种幸福的，同样我也懂得，这种幸福又是多么的真切和理所应当啊！在这种情况下，面对这个让我产生如此情感的女人，我得更靠近她一些才是。就这样，我走到她身边坐了下来。我告诉她，她现在可漂亮了，而且已变成了一个妩媚动人的女人。只要见到她，所有的人肯定都会对她惊呼赞美的。这一刻，在众人面前，我知道，我们已迈上了一个新舞台，而且这台戏最多也只能由一些很简单的交流对话组成。不过，无论如何，感激的话语我还是要表达出来的，不管是对直接还是间接帮助过她的人，只要是让她重回人生、焕发青春的人我都应该深表感谢。感谢之余，我轻轻握住了她的手。她终于笑了。这一次，她的微笑就像我们普通人开心时所发出的微笑一样，同时也更是一种发自内心的和对未来充满着无限希望的微笑。接下来，我问她是否知道我们将要去哪里，只见她点了点头，脸上依然挂满了微笑，那样子好像在告诉我，此时的她心里已明明白白，一清二楚。不过，看到她这种反应和微笑，我心里顿时有了些许不安，因为我在看到她喜悦的同时，也仿佛看到她正做着百般努力,在无助和屈服于命运的情况下还要继续拼搏人生,以觅得自己最后的幸福。想到这些即将出现的可能性,心情沉重的我一时难以言语,幸好还是扎福尔·贝伊及时开口,打破了眼前的沉默。

“赛普内姆自己都准备好几天了呢。”

说完这些,他将脸转向了赛普内姆,跟着又补充了一句。

“今晚所有的人都会来到你身边的呢。”

什么?所有的人都会来到她身边?要是人们想到她苦难人生的话,是不是这句话就是个错误的表达呢?听到这些,她又点了点头,脸上还洋溢着刚才的那般微笑。谁知道此时的她又是什么样的感觉呢?她的内心又会是怎样的想法呢?我告诉她,我们可以动身了。说完这些,我站了起来。在场的人也跟着站了起来,感觉他们就好像在等着我这一指令一般。为了能更好地上路,或者说为了在出发前缓解一下我忐忑的心情,我要来一些客套话,以便为自己找到一个很好的心理安慰,毕竟在某种场合下,人们是可以用一些惯用的客套话来掩饰一下自己内心的某些恐惧的。

“今天真是个好天气啊。走吧!就让我们上车去吧。放心好了,一切都会安然无恙的。”

她看了看我。我注意到,这一刻,她眼神里似乎露出了一丝狡黠顽皮的目光,那样子好像她根本不会被任何引诱所蒙骗似的。这一次,她又开口了,只是感觉她很难开口一般。

“你那屋子也很漂亮吗?”

谁知道,她这个问题背后又隐藏着什么含义呢?然而,不管这背后隐藏着什么,这可是她向前迈出的重要一步,因为她这番话里一定还隐藏着另一个问题。一个很天真的问题,一个她也许会在自己平常日子里随便提的问题,但同时也表明她在理解和想象着什么。对于她能提出这样的问题,人们不可能不对她取得这样的进步表示应有的尊重和欣赏。

"是的是的,它很漂亮的,我可喜欢了。要是你能去的话,那可就蓬荜生辉了。"

对于她刚才的那番话,我该如何回答是好呢?反正谁听到它,都会想着,我一定是带着一个相好的上我家了。果真是如此吗?我没有多想下去。反正这一刻,她那种感动,还有她那种天真的喜悦之情已将我的思绪牵引到另一个方向。只见她凝神注视着扎福尔·贝伊医生,那样子就好像她带着一种疑问的神情,或者至少是一种期待能得到帮助的表情。此时,看到面带这种表情的人,人们一定也会有这样的感觉:面对扎福尔·贝伊医生这么多年来煞费苦心一直在观察的女人,一般人是不能不给她一个诚恳的解释的,哪怕仅三言两语也好呢。是的,扎福尔·贝伊医生将和我们一同前往,而且他会一直陪伴在赛普内姆身边。我敢肯定,他一定知道自己所肩负的责任。毕竟,我们现在已往前迈了一大步,而且这一步对我们来说可是颇有勇气的一步。就是那位一直陪着我们的女护士长也道出了一番和此场面很协调的话来。

"你一定会感到开心的。别担心,你那间屋子还是你的哩。"

她的这番话应该说可以有多种解释,不管是从赛普内姆的角度,还是从说话人的角度。不过,在我听来,我首先关注的倒是她所表达的这份温柔和体贴。撇开赛普内姆这么多年后终于走出高墙的激动心情不谈,女护士长很可能想到的是她还要经历一次不能再回到自己这个人生庇护所的内心恐惧。所以,从这一点上来说,女护士长的话不能不说已饱含着一种体贴入微的情感,尤其是她们费尽心力,在很大程度上已消除了赛普内姆内心的担忧和恐惧。就在我们离开住院部时,其中的一个女病人走过来问我们,她想知道赛普内姆这是去哪里。她得到的回答是赛普内姆要去散散步溜达一会儿。可以说,这种回答对她来说既是一个保证,也是一个承诺。这时候,又有一个女病人在朝这边叫喊着什么,还有一个则向我们展示着她内心的狂喜,尽管她或许自己也不知道,她在为什么狂喜。此时的赛普内姆在友好地注视着这些人,毕竟她们都是一群遭到各种不幸命运打击的病友。是啊,这么多年来,她们可都是和她一起在分担着各自人生的痛苦。

随后,我们走出了医院。我们走得很慢,因为我们随时要将她保护在身边,避免发生意外。她看了看周围,就好像在期待其他那些病人也能看见自己离开一般。

几分钟后,我们来到了车旁。想想自己,我好不容易才将这女人带到这里,也有幸为她打开车门,请她入座。不知怎么地,打开车门的那一刹那,我仿佛有了一种已夺得某个局部胜利的自豪感。我知道,这一刻,她想听到我的话语,无论如何她也想听到我的话语。在这种想法的驱使下,我亮开嗓子,终于表达出我的喜悦之情。

"现在出发啰,赛普内姆·哈尼姆!新的旅程已正式开始啰!"

听到这番话的她看上去有些迟疑,那感觉就好像她在走和不走之间犹豫着。那一刻对我来说,就好像是我人生无比漫长的一刻,无边无际,也不知何时是个尽头。然而,她再一次点了点头,仿佛自己已接受了命运安排或者正敞开怀抱要迎接一切新生。上车之后,她坐了下来,愣神注视着自己的那个座位,感觉那里就好像是个仅属于自己的地方,她也许会双手紧抱在胸前,然后蜷缩在那里,一动不动,静候着命运的安排,是的,整个行程中,她会一直坐在我身边的那个副驾驶位子上。然而,有谁知道,并肩坐在一起的我们又该谈些什么,或者又有哪些不能谈的呢?此时的扎福尔·贝伊医生已坐在了车后排的座位上。就这样,我终于发动车子,踩着油门,开了出去。上路后,我问她,是否想来些音乐听听。她没有回答我。不过,从她的表情可以看出,她至少没反对的意思。于是,我打开激光唱机,放起了恩里科·马奇亚斯①的《别了,我的故乡》。顿时,整个车

① 恩里科·马奇亚斯(Enrico Macias, 1938—),阿尔及利亚裔法国抒情小调歌手,同时也是一位人权活动家,曾于1997年被任命为联合国和平使者。其抒情小调多演绎地中海风情,深受世界各地听众喜爱。

子里开始回荡着这首抒情小调的旋律:“我已离开了我的故乡,我已离开了我的恋人,我仍能看见她的双眼……”我是多么的喜爱这首曲子啊。对我来说,这首曲子将永远不会过时,也不会失去光彩。那么,她又是怎样的感觉呢?唯一能了解她内心想法的方法还是不妨问一下她本人。

“还记得它吗?”

她依然只是点了点头,那神情就像孩子一般,但此时的她眼里已充满了泪水。人们可以想象得到,此刻的她很是感动,又很是悲伤。其实也可以这样说,这一刻的她又何尝不心情舒畅,格外幸福呢?她的眼神分明表达了她的喜悦与幸福。同时,从我个人来说,我也时刻保持着镇静和克制,时刻想着扎福尔·贝伊医生告诫过的话语,生怕自己会走错任何一步。接着,其他抒情小调也一首接一首地播放了起来。我像收音机里的播音员一样,向她报着每一首歌名。杰奥杰斯·穆斯塔基、雅克斯·布雷尔①、乔治·布拉森②、伊夫·蒙坦③、朱安·巴亚兹④、莎莉·贝希⑤和维克多·亚拉⑥的歌曲,还有切姆·卡拉卡、蒂穆尔·塞尔楚克、菲克雷特·吉兹洛克、鲁西·苏和厄兹德米尔·埃尔多干⑦等的歌曲也在

---

① 雅克斯·布雷尔(Jacques Brel, 1929—1978),比利时著名抒情小调歌手和电影演员。

② 乔治·布拉森(Georges Brassens, 1921—1981),法国作家和诗人,同时也是二十世纪五十至七十年代法国著名抒情小调歌手。

③ 伊夫·蒙坦(Yves Montand, 1921—1991),法国著名抒情小调歌手和电影演员。

④ 朱安·巴亚兹(Joan Baez, 1941—),美国著名乡村女歌手,同时也是著名的人权主义者和和平反战人士。她积极参与政治活动,反对美国的越南战争和种族分离政策,因而被誉为是一个“有良知的人”。她的歌声也被誉为二十世纪六十年代的“金色之声”。

⑤ 莎莉·贝希(Shirly Bassey, 1937—),英国著名女歌手,英美流行歌坛和舞台剧领域的传奇巨星。她于1961年进军美国歌坛,并很快在纽约百老汇奠定了自己的地位。其表演热力四射,演唱激荡人心,因而被观众称为是一种“迷幻的攻击”。最著名的是她曾为詹姆斯·邦德007系列电影配唱的许多主题曲,如《金手指》和《钻石恒久远》等歌曲。1999年,她被英国女王伊丽莎白二世封为“大英帝国女爵士”。

⑥ 维克多·亚拉(Víctor Jara, 1932—1973),智利著名歌手、作曲家和戏剧导演。1973年被军事政变者谋害。

⑦ 厄兹德米尔·埃尔多干(Özdemir Erdoğan, 1940—),土耳其著名的民歌手和作曲家。

一首接一首地播放着。是啊，这些都是我们的歌曲，我们的故事，甚至是我们呵护有加的孩子啊。随着歌曲的慢慢播放，她的情绪也随之变得开朗明亮起来，而且这中间她甚至连蒂穆尔·塞尔楚克的《白鸽》也能跟着我哼唱起来。我们的心越来越靠近了。我们在回忆着某些歌曲，同时也吟诵着某些歌词。这期间，我瞄了一眼扎福尔·贝伊医生，只见他同样是一脸的感动。此时的我更相信自己所走过的路了。我在回忆着我的那次探望。那一天，我们也在细听着我们的歌曲。想想在我们中间曾笼罩着多大多深且多远的一片黑暗啊，而此时此刻，那些日子仿佛刹那间离我们而去，没了踪影。不过，这些所赢得的一切再一次提醒我，得而复失的可能性还依然存在。所以，一想到这些，我倒是更喜欢此刻我内心的这种悲伤情绪，是的，我就是这么喜欢自己的这种情感。我开得并不快，其实也是有意为之，因为我想以这种方式让她再仔细回想一下这么多年来她曾走过的路，同时也让某些细节能从她的记忆中重新浮现出来。此时的我又怎么能知道她看到了什么，或者又带着怎样的目光在审视她周围的一切呢？这时候，我们已沿着海滩边的街道绕行起来。我向她指了指大海。哦！这片大海，这片大海，谁要是了解这座城市，或者谁曾在这座城市里有过真正经历的话，那他是一定不会忘记这片大海的，不管他有多长时间未见过它，我想他也是不能忘怀的。我总觉得，无论身处何地，这片大海总在我们身边，也总在我们的生命里，而且任何人也无法从我们的心里夺走这片大海，让我们形影相吊，孑然一身。此时的她又在如何回忆着这片大海呢？她没有应答我，对此我也只有保持自己的沉默，尽量不打扰她为好。过了一会儿，我问她是否想再走近一点看看大海，只见她轻轻地耸了耸肩。这个动作既可以理解为一种无所谓的态度，也可以理解为一种害怕或生气情绪的表现。这时候，我看了看扎福尔·贝伊医生，只见他没让自己错过这个给我们以极大支持的机会。

他的声音听上去很是友好。

“来吧，就让我们到岸边去走走吧！你看，今天就连阳光也是这么灿烂呢！”

这一刻，我很明白，医生的话可是非常起作用的。就这样，我们下车后沿着海滩慢慢散起步来。今天真是个走运的一天。轻轻吹拂的海风偶尔夹杂着淡淡的碘盐咸味。海浪也在轻轻拍打着堤岸。一切的一切都仿佛知晓我们的到来，就好像要让我们能更好地回眸从前的那段浪漫岁月。我们继续着我们的脚步。时不时地，我们会捡起路边的几颗小石头将它们扔进大海。在我们为时不长的散步中，她一直就这样一言不发，默不作声。然而，尽管如此，我还是能感受得到，其实在我们心里，我俩早已心有灵犀，在相互传达着彼此的情感。此时，我俩内心所有的话语已汇聚到另一个地方，它来自于我俩的另一段人生岁月，也正将我们俩紧紧凝结在一起。这一刻的她又是怎样的感受呢？至少我感觉如此。在这个时刻，我觉得非常有必要，自己不妨再体会一次这样的情感，再回味一下这些话语，再唤醒自己内心能唤醒的一切。

随后，我们又上了车继续我们的行程。那些令我们愉悦的歌声又开始回荡起来。我们继续保持着沉默。我们慢慢地靠近了泰斯维基耶。我问她，是否还记得我们眼前所闪现的这些地方。她在努力地回忆着。也许，此时的她正在经历着一段漫长的情感之旅，她正在尝试着将自己遥远的回忆慢慢唤醒。这就是我此时对她的印象。除此之外，我似乎对她已没什么其他印象，要有的话也仅是她可能会强忍泪水，故作欢颜了。是啊，这么多年已过去，她甚至连整个人生也都这样赔了进去。眼前消失的不仅仅是这座城市里的那些街道房屋，而且有多少人也在我们的记忆里随风消逝，化为灰土。尽管如此，我们还在回忆着，我们也想趁此再作一次深深的回忆，因为我们所经历的都是那么的有意义，有价值，不可忘记,也不能忘记。歌曲还在播放着。在这片沉默中,我也在重新找寻着自己,我要让我们失去的那一切再一次在我的心海里激起涟漪。我相信,和赛普内姆一起分享我们的寻找发现一定会让我们这趟回家之旅具有特别的意义。随后,我们穿过鲁梅里·卡德希大街,然后又经过奥斯曼贝伊、西斯丽、梅茨迪耶克伊[①]和盖伊雷特普,直到最后停在这座这么多年来我一直居住的房子前。当我按响门铃时,我心里不知怎么地有了一种感觉,感觉我们又朝切拉迈进了一步,而且心里也获得了一种莫大的安慰。然而,就在此时,我的心里又好像有了另外一种感觉,这种感觉很是怪异,它正在不断地侵扰着我,因为我怎么感觉自己正把赛普内姆介绍给切拉,就好像一个异常激动的小伙子正把自己的女友介绍给母亲一般。我们没等待多长时间。很快,出现在我们面前的正是这个家庭的一家之主。说真的,在我心里,我早就做好了会出现热情相见场面的心理准备,而且这也着实没让我感到失望。这一次,我们家的这位还是那么的神采奕奕,光彩照人,一眼看上去便知道她是这个家庭的女主人。只见她一点也没敢怠慢地把自己精心地打扮一番,而且这一次她打扮得更漂亮了。一番热情温暖的欢迎话语后,她迎上前一下子拥抱住赛普内姆,那感觉就好像赛普内姆是一个她特敬重且多少年一直在盼望着想见到的老朋友一般。再看看她们,一个是热情好客、活力四射要主动上前拥抱的女人,而另一个却是手足无措、无精打采的被拥抱的女人。尽管如此,赛普内姆的脸上还是绽出了笑容,而且微笑中也漾着融融暖意,令人倍感温暖,那神情就好像她已做好了准备,要用爱意和温柔回敬我们所有在场的人一般。也许,此刻的她认为,面对眼前突然出现的这个世界,她也只能通过此种表达方式被大家接受和理解。现在,该是切拉向

① 梅茨迪耶克伊(Mecidiyeköy),伊斯坦布尔市西斯丽城区的一处地名。

扎福尔·贝伊医生欢迎致意的时候了。只听她欢迎的话语中既充满着友好之辞，同时又给人以一种安全感。我相信，我这个精神焕发的女主人一定给两位客人留下了深刻印象。听上去，她对自己的话似乎早已打好了腹稿，做了精心准备。

“衷心欢迎您到我们家来。伊子已经告诉我您所做的一切了。您的努力，您的付出，他都告诉我了。”

说这番话的时候，她也没忘记用她那友好的神情注视着赛普内姆。接着刚才的话她又说了下去。

“正是有您这般的关心照料我们才有今天呢，谢谢您了！”

说真的，对于她所表现的这般友好我本身没什么可说的，不过，凭着多年的职业经验，扎福尔·贝伊医生是否会听出这其中的某些矫情味儿呢？对我的这个女管家我可是再了解不过了，是不是他也会像我一样对她了如指掌，洞悉其心呢？要是他看穿了她的话，他会不会发出一种“人的差别怎么就这么大”的感慨呢？在这一刻，所有在场的人也别谈什么坦诚直率了，当务之急的恐怕是都能感到轻松自适就好。所以，面对此情此景，她开始着力营造出一种融洽良好的氛围来。

“请进请进！这份功劳应该说是我们所有人的功劳，既是我们医务团队的功劳，也是伊子团队的功劳，当然，更是赛普内姆自己付出的努力。”

应该说，这不算一个糟糕的开始。所有的人都在拿出自己最好的状态，试图让其他在场的人都能轻松下来。妻子说这番话的时候，所有人的目光都落在了赛普内姆身上，只见她又微笑了起来，只是脸上多了份不安的表情，而且跟着又在偷偷掩饰着什么，但见她抬起双手蒙在了脸上，那神情就像是个害羞的少女一般，一举一动都是那么的妩媚和自然。看到这一幕，大家都哈哈大笑起来，就连赛普内姆自己也禁不住跟着笑出声来。终于,一番寒暄后,轻松自适的时刻总算到来。此时,大家都已站在了进门过道上。毫无疑问,现在该是女主人尽义务的时候了,她应该以自己一贯特有的干练方式,照应好身边的这些客人。

"现在,我们就别准备在这站一整天了。我们的房子里可还有许多地方呢,至少我们还可以去客厅里坐坐吧。"

此话一出,前厅过道里又爆发出一阵热烈的笑声。就这样,大家都纷纷走进客厅,找座位坐了下来。说这是个庆祝场面再也合适不过了。此时,茶水和咖啡已端了上来。再看看那位常年在我们家干活的女佣人此时也是那样的经验十足,浑身好像有使不完的劲在忙前忙后,她把一切都安排得妥妥当当,让客人大可放心这场面不会出现什么差错和纰漏。突然,赛普内姆开了口,她说她很喜欢我们家屋子里的一切。听到这些,我不知怎么地很是感动,因为这其中不仅透露出她的某些天真,同时也反映了她的纯洁无瑕。此时,切拉回答了她。她告诉她,过一会儿,她自然会带着她看看家里的一切的。我知道,要是她不说出这样的话,那我才真的感到很奇怪呢。不过,我知道,她这样应答她也是没任何恶意的。然而,让我不得不思考的是,在这番建议背后,又何尝不隐藏着她的某种意图,或者说她想要让人意识到她在这个家里的女主人地位呢?接下来,我们闲聊了些别的话题。当然,天气这个话题在这种聊天场合肯定是少不了的。随后,切拉很关心地询问着我们今天回来路上的情况。听到这些,没想到赛普内姆先抢答了起来。她又像刚才那样,在扮演着一个少女的角色。那些话语既让人感到意外,但又出自于她的本能。

"我们还朝大海里扔石头了呢!"

听到这些,扎福尔·贝伊医生和我都哈哈地笑了。只见赛普内姆先是眨巴眨巴眼睛,然后跟着狡黠地笑了起来。面对此情此景,切拉自然不知道我们为什么会这样，只是用一种似懂非懂的神情在看着我们，脸上也陪着许多笑意。为此，我给她做了解释。说真的，能想起我们今天在大海边散步的情景，还有扔石头这样的细节，特别是把这件事当作一件很有意义的事在这里提起，这不能不让我们对她的未来人生看到了巨大希望。也就在这一刻，切拉抓住机会跟进了一步，她像和一个老朋友说话一样跟她聊起来。

“来吧！我们别管他们男人的事了，让他们聊吧。你跟我一起进厨房好了。你要是想着你在这里是个客人，然后舒舒服服地坐享其成，妹子，那你可就错了。你可以过来看看我们在怎么准备晚餐呢。还有很多事没完成呢。你会看到，将来有一天你也要做这些的呢。”

这番话究竟是玩笑话还是另有所指呢？这个我不知道。我只知道自己在顽固地坚持着一种可能性，那就是她什么都没想到，而我却不能不想到这些。这一会儿，我得保持沉默，千万别有任何的话语。若是人们从善意的角度来看待她这番话的话，那一定会觉得她这番话是完全发自心底且坦率真诚的。在这种情况下，她这一步走得真是太好了，而且这一步也只有我这样的贤内助才走得出来。为了不让这番话影响自己，使自己产生某种迷惘的情绪，赛普内姆突然看了看扎福尔·贝伊医生。在此之前，我早就看出他是个对她有着巨大影响力的人。尽管他俩年纪相差无几，可看上去他俩一直就跟父女一般，因为他俩在一起所经历和面对的一切也自然让他俩形成了这种亲近关系，而且随时随地他俩的关系看上去都给人以一种彼此相互满意和认可的感觉。可以说，这个“小晚辈”在有些事情方面总爱听她“长辈”的发落，她对有些事总不愿过问，就好像她要完全落个轻松一般；而这位“长辈”呢，却一直在扮演着他的强势角色。很快，他给眼前的这个“小晚辈”一个必要的同意许可。

“去吧，赛普内姆，你尽管去好了。你可别老让人觉得你仅会画一手漂亮的画,你也要到厨房里去展示一下你的手艺才是呢!”

有了这份鼓励,赛普内姆就尽可放心地跟着去了。这中间扎福尔·贝伊医生含蓄巧妙的插话不仅让我们想到了赛普内姆的绘画天赋,同时也让我们领略到他个人那种巨大的自信力。像大姐一般,切拉挽起了我们尊贵客人的胳膊。看上去,听到这番话的赛普内姆的脸上尽管挂着喜悦,但此刻起身的她仍显得有那么点迟疑。可以说,这一刻,每个人都好像在想着要尽力展现自己的存在,同时也要让别人感受到这些。也许这一刻的我正落在这样的思维陷阱里。然而,人的这种举止表现又是从何而来的呢?是出于某种忐忑的心情,怕在赛普内姆身上看到我们不愿意看到的事吗?是出于某种恐惧的心理,只因为这种恐惧源于我们这种忐忑的心情吗?或者又是出于某种愿望,那就是我们要克服我们自身的弱点,并怀着一种更强烈的情感,从一种迷惘,或者说从另一个人所遭受的失败中汲取力量呢?所有这些存在的可能性不得不让我们作出反思,毕竟我们每个人都想摆脱这种情感的纠缠与困扰。就在切拉挽着赛普内姆走出客厅的那一刻,只见她正对着赛普内姆在耳语着什么,很遗憾,我什么也听不到,她对她究竟在嘀咕着什么。看着她们走出去的背影,此时的我无法看清赛普内姆是怎样的反应。这种场景也让我心里的这个秘密一下子变得更神秘了。这一刻,我意识到,这一幕势必成为我人生记忆中无法忘怀的一幕,并深深映入我的脑海。我不知道自己为什么会这样。但是,我所看到的这一切却在我内心深处唤起了这种情感。切拉到底会对她说些什么呢?赛普内姆又听到了什么呢?她们所交谈的话语又会把她们引向何处呢?此时此刻,我已清楚地看到,我们的这个精彩故事在很大程度上正是由这两位女主角写就而成,而且我也相信,她们一定会将这个故事续写得更精彩。

现在,客厅里就剩下我和扎福尔·贝伊医生两个人了。趁着这会儿，我压低嗓音告诉他，说要是他愿意的话，他也同样可以一道跟着去看看的。他告诉我完全没那个必要，因为此时的他已看见赛普内姆正由一位放心的人在照顾着。另外，大家这样换换手轮流照看一下赛普内姆也未尝不是件好事。就在此时，我提醒他，现在的切拉恐怕还不太了解我对赛普内姆的真实情感，是不是还需要我去她身边一下。我甚至还努力尝试着，要把自己内心最真实的想法表露出来，因为我相信，只有这样我们才能让一切朝着有利的方向发展。总之，不知怎么地，这一刻我感到自己的心里又产生了某种罪责感。听到我的提醒后，他劝我，要我大可不必对自己这般苛刻，而且就我个人来说，我也没任何义务必须要向某个人敞开我内心世界的所有秘密。他让我知道，这个小小的情感世界应是我个人的情感世界。在这个情感世界里，我要相信，我会活得更精彩，也会更强烈地感受到自己的存在和人生价值。听到这些，我终于平静了下来，心里也宽慰了许多，更何况我听到的这番话又是出自于一个医治心理问题的专家之口呢。总之，是不是这么回事就姑且不论了，反正我已做好了接受一切安慰性话语的准备，不管它最终出自于何人之口，因为和相信现实相比，我更愿意相信我个人的情感世界，所以，从这一点上来说，我们的谎言假象有时候其实也就是我们的真面人生呢。

在晚宴上与往事干杯

正如前面所提到的,我们为赛普内姆安排时间,让她走出了那家医院。应该说,重新回到外面世界的她已很快适应了新环境。在这番忙碌之后,从现在起,我又不得不开始忙于眼前的事,并酝酿新的情感。这一刻的我自然免不了会有一种紧张感,然而,这种感觉又为自己浓浓的情谊所遮掩。不管怎样吧,我内心里的忐忑还是无法抑制,也无从说出。再看看在场的各位,他们也深知必须扮演好自己的角色,决不能有任何的闪失和妄举。现在,也差不多是客人们慢慢到来的时间了,更确切地说,我们人生大戏的另一些主人公即将闪亮登场。这样的时刻又何尝不是我们人生相聚的美好时刻呢?这些有着精彩人生故事的主人公们不但帮我续写着人生故事,而且今天还要亲自到场,和我相聚,共享这团圆的喜悦。我们这些剧团成员今天终于团聚到一起了!回想刚开始梦想启动的那一刻，不是碰到“是否”之类的疑惑，就是遇到“也许”这样的疑问，而现在这一切终已成为现实。这种现实，想当初我们是多么的梦寐以求，而每每又失之交臂啊。现在，它就被我们活生生攥在了手中，不管今后生活给予我们什么，或者还要剥夺我们什么，我们都誓死同舟共济，相濡以沫，不离不弃，生死相依。

内兹米第一个按响了门铃。他脸上的激动之情已一览无余。此时的赛普内姆看上去好像仍然还陶醉在她厨房里所忙的那些事中。这种快乐不仅表现在她微笑的脸上，而且也反映在她的举手投足间，尽管我深知，此时她的内心仍残积着一时无法抹去的忧伤。但和来的时候相比，现在的她显得精神活泼了许多。然而，真正开始活泼的，却是她在回答内兹米提问时所表现出的那种俏皮劲。在看到她这次大不一样的容光焕发后，只听见深为她着迷的内兹米故意先抛出一个问题逗她：“你究竟是谁啊？”听到这些，她立马反应过来，跟着向他投过去温柔的一瞥，并俏声回答道：“赛普内姆，我就是赛普内姆啊！你这个胖家伙！”然而，内兹米问话中那微微的颤抖声却并没有逃过我的耳朵，甚至他心里的那种担忧我也感受得一清二楚。说真的，我对他可是太了解了。不过，他为什么要这样担忧呢？这一点我还真不好去理解。不过，从赛普内姆的眼神里我仿佛也能窥见她的内心世界，那神情就好像在告诉内兹米，虽然他们当年曾有过那些无休无止的争吵，甚至最后到了怒目相向的地步，但她最终还是原谅了他。我为什么突然间会有这样的印象呢？对此我也无法给出答案。我本可以告诉自己，我现在是可以重新杜撰一个他们的浪漫故事的。不过，这也没了必要，因为过不了几天，我就可以大胆地说，我的第六感官将比我的推测还要准确，并将得到一一验证。一番俏皮的开场白后，他们两人紧紧相拥在了一起，那情景既好像他们因远隔万里有多少年没见面似的，同时，又仿佛他们彼此之间的情感之火一直没熄灭一般，他们得克服好长好远的时空距离才能接近到这最后一刻。所以，看到这一幕的我也不禁为之感动。不仅如此，他们这种热烈的拥抱也给人这种印象，就好像他们消失在某个遥远的地方，已永远不会再重逢一般。尤其是我们三个人此刻心里都明白，经历过此番内心震荡后，它还会有怎样的余波仍让我们震颤不已。是啊，过去所发生的那些事可不是一种没有代价的经历。慢慢地，他们停止了拥抱，然后彼此打量着对方，也不知在寻觅什么，或者想再看到什么。谁知道呢？这时候，还是内兹米先开了腔："欢迎你啊，赛普内姆！"他一边说着，一边试图遏制住自己的哽咽。听到这些，赛普内姆说了声谢谢，脸上也跟着露出了痛苦的微笑。这就是我们亲眼看到的一切。随后，他们又热情地拥抱了一下，并且还相互轻抚着对方。我敢肯定，这个细节不能说不重要。再看看赛普内姆，她对于我们在场的人来说都一直是那么漂亮，因为要是我们换副眼神的话，那可再也找不到比她更漂亮的女人了。唉，也许此时的我们就身处在一场人生游戏中吧。在这场游戏中，我们不仅编织着谎言，而且更多的都是在扮演着伪君子的角色，逢场作戏，自欺欺人。正由于此，我们也大可不必动辄触景生情，悲从中来了。还好，酒水饮料来得正是时候，这也让气氛缓和了不少。特别是对于内兹米来说，他更期待着这些酒水饮料的到来呢。

还没个把钟头，门铃又响了。这一次进门的是赛丽。她比上一次我在伊兹密尔见到她时更漂亮，更迷人了。从她的表情上人们完全可看出，她对今晚的这次聚会抱有多大的渴望，难道这还不容易想到吗？也许这场相聚她已盼望多少年了。也许她有时候都已有了放弃这场相聚的打算，而现在终于梦想成真了。我注意到她有种不安的神情。尽管她兴冲冲进了屋子，但她的神情还是给了我这种印象，我感觉到她有一种害怕被人忽视的感觉。她很快地向周围瞟了一眼，脸上也没忘记一直挂着微笑。这一刻,她究竟第一眼想看见谁,我也不难猜出。然而,当她还是没发现自己想看到的人时,她也没让人看出她心里的想法,因为正如她内心清楚的,这个人今天是肯定要来这里的。她首先和内兹米相互致意。对于他们俩来说,这可是他们长长分手岁月后的第一次见面。当两个人拥抱在一起时,他们俩也激动不已。然而,尽管如此,他们俩还是克制住自己,没号啕起来。是啊,看到这些,我们所有在场的人又何尝不是在拥抱过去,拥抱我们曾经的岁月呢?我们不能不为我们死去的那些战友们哭泣,正如我们有时候也为那些已消失的大街小巷和社区城市哭泣一般。接下来,她也和另两个女人相互致意了一番。我注意到,在和赛普内姆的拥抱中,赛丽也显露了某种忐忑不安的神情,因为她听说了赛普内姆的情况,所以也自然给我留下了这种印象。当然,面对此情此景,她也在克制自己,尽量不让别人看出她内心世界的真实情感来。不过,对于这些,我还是看了个清清楚楚。这样说吧,要是她很早就见过赛普内姆,或者看到一直消失在黑暗中当年的那个小姑娘的话,她又会是怎样的反应呢?至于这一刻赛普内姆的心里反应如何,我是无法猜出的。此时的她正打量着赛丽,脸上露出了这期间我已渐渐熟悉的那种陌生的微笑。此外,她的脸上显露出一种意愿,一种奋争,那神情就好像她在告诉我们她要快快回到我们中间来一样。毫无疑问,这是一个很重要的举止。然而,尽管她百般努力,那种遥远的距离感依然存在,这一点她也没做任何的遮掩。我们能感受到她俩有多么深的思念之情。这种思念我可以从赛普内姆的眼神中清楚看出。这一次,赛丽怔在那里,一声不吭。她不知道,面对赛普内姆的这种目光,自己该如何是好。就连我们也不知道,我们该说什么,或者做什么是好。我看了看扎福尔·贝伊医生,然后又看看内兹米和切拉。他们也在等待着,并尝试着去理解眼前所发生的这一切。这一次,没想到还是赛普内姆先站出来帮我们缓和了气氛,显然她觉察到了我们此时的内心感受。只见她充满深情地看着赛丽，那样子就好像自己想抚慰一下她一般。果不其然，她的话印证了我的这番猜测。

“你还是那么可爱呢，你真的好可爱啊！”

乍听上去，这番话就像是出自于一位大姐姐之口。眼前的这种场面可很是罕见，也很突如其来，只是必须有人接话才是。这一刻，还是赛丽接过了这个角色。她知道，自己必须得投桃报李，给她一个满意的回答。就连此时的我也能感受到，尽管她对赛普内姆所说的话很是惊讶，但她还是知道自己该怎样做为好。我们所有的人都在看着她们俩。终于，我们听到了回答声，而且这一次又是那么发自内心，让人愉悦。

“嘿，你也是那么可爱呢，小赛普内姆，我的小宝贝！”

她的声音在颤抖着。毫无疑问，她本可以再多表达一些内心的话语，然而，面对此情此景，她也只能说这些了。这种场面可真的让人感到很难受，她这种情感也让我们个个都为之动容。看来，必须得有人站出来缓解一下这种尴尬气氛了。就在我想招呼大家享用酒水饮料时，内兹米开始发话了。只听他用我们从前演戏时一贯使用的那种说话方式爆起粗口来。

“要是让别人看到你们两个这样的话，他们一定会认为你们两个过去是一对小情人呢！罕见罕见，哪见过这样的事啊！真他妈的见鬼！哈哈哈哈！”

对于这种突如其来的场面，切拉不知道究竟发生了什么，就连扎福尔·贝伊医生也惊骇不已。我也哈哈大笑起来。此时的我真的控制不住了，只知道一个劲儿地哈哈大笑着。我这样做，倒不仅仅是为了声援内兹米，而是要看看，接下来会发生什么。在这一刻，我看到，我的推测并没有蒙骗我，虽然已过了这么多年，但我俩之间还是那么心心相印，情投意合，就连我们的许多相同习性也从未改变过。听到内兹米的这番话，两个女人先是冷笑了一声，然后装出一副嗔怪的表情，咬着嘴唇，故作恼怒地盯着内兹米。首先是赛丽开了炮，不过斥责声里并没有什么犯忌或违背传统的成分："你这个臭不要脸的！"话音未落，赛普内姆也跟着劈头盖脸骂了过来："你这个管闲事的家伙好不要脸噢。我们在一起关你什么事啊？"此时的我笑得更厉害了，就连内兹米也笑得前仰后合。看到这一幕，两个女人也跟着大笑起来。这时候，旁边的另两位也不禁会心地笑了。相互的介绍认识仍在继续。趁人不注意的时候，赛普内姆从身边小桌子上的那只碗里拿出一粒开心果朝内兹米砸了过去，赛丽也朝他扔了一个。我们真的又情不自禁，仿佛回到了从前那些嬉闹的时光。那时候，就是在女孩子面前，内兹米也经常这样冷不丁地说些粗鲁话，对此，他也经常被那些女孩子们劈头盖脸骂了回来。当然，这种情况往往多出现在场面气氛很紧张的时候。不过，此时此刻，我更坚信，我们今天的这个聚会才算是一个真正的聚会呢！我们既没对各种人物的出场顺序做过安排，也没为见面的话语做什么准备。一切就这样发生，那就尽管让它发生好了。是啊，我们就应该这样乘兴而来，尽兴而归，为的就是能经历一次这样的感动，是的，一次全身心的感动。更何况在酒精的刺激下，我们更是忘乎所以，逍遥自在了。就这样，在尽情地聊天、相互的嬉戏以及彼此的重温旧梦中，时间不知不觉又过去了一个小时。就在这时，门铃又响了。我们期待中的另两个客人中的某一个此时将出现在我们面前。这一次，是我迎到了门前。打开门我抬头一看，只见站在我面前的是一个身材瘦削、头顶半秃的男人。他上身穿一件白衬衫，下身穿的是一件蓝裤子。满脸友好神情的他手里捧着一束相当大的花束，另外胳肢窝里还夹着一瓶葡萄酒。说真的，要是我在大街上看见他的话，我还真不容易一下子把他给认出来呢。然而，这一刻，我知道，我迎接到的是谁。终于,约格斯又站在了我面前。这时候,切拉也跟了过来向他表达了欢迎问候。只见她愉快地接下了他带来的礼物,然后小心翼翼地将它们放到了前厅过道里的小柜子上面。没说一句话,我和约格斯就拥抱在一起,别的也没有更好的表达方式了。在这样喜悦的气氛中,我将切拉介绍给了他。此时,我终于说出“热烈欢迎”这样的话语,是的,打心底里蹦出了这样的话语。另外,我虽以这样的方式欢迎他上我们家来,其实不也正是衷心欢迎他来伊斯坦布尔做客吗?听到这些,他是否也会有同样的感觉呢?我不知道。只见他对我们示以友好的微笑,并应了一句感谢的话语。看样子,他似乎是明白了我的意思,也许只装着没听懂而已。这时候,我告诉他,除尼索外,所有的人都到场了。此时的我不知怎么地仍希望自己还能以这样的方式欢迎尼索,而且也让他明白我心里的想法。我刚说完话,约格斯就接过了话。他告诉我,他反正已来到了这里,为的就是想和大家见上一面。是不是这个隐藏在一副颇感自信、洞悉世事面孔背后的人,他明白勇敢地直面人生对他来说意味着什么呢?此时此刻我看到,他已经很激动,而且这种激动是一种真正的激动,他的友好也是一种发自内心的友好,一切都不容怀疑。然而,在这一刻,他的话语,或者说他的回答又不免让我揣测是否还隐藏着其他含义。我不知道。没关系,好在自己对这种场面见得多,也早已习惯了。我知道,这么多年后,我们当年人生大戏的那些主人公今天第一次登上这个新舞台,他们免不了会产生一些恐惧和疑虑的情绪,甚至内心还不断地冒出新问题。对此,他们既感到困惑,又渴望能得到满意的解答。能迈出这一步该是多不容易的一件事啊!尽管当初约格斯一再吞吞吐吐,犹豫不决,有许多的托词和借口,但他很有可能还是一直在期盼着这一刻的到来。此时,若是自己还冥思苦想这些问题就没有任何意义了。这一次,等我俩一起走进客厅后,我接过了这个家庭主人的角色,为的是让他能有些轻松的感觉。此时,所有人的目光都对准了他。只见他来了个幽默且富有才智的开场白。那话语听上去就像是话里有话似的。虽然也许话里有话,但这却是他的心声:

“各位好!我可来了!我相信你们肯定还认识我的!”

这一刻,站在他面前的我已更好地明白,凭着第一印象,他会给我带来怎样的感觉。和所有在场的人相比,他的言谈举止已完全给人一种被“西化”了的感觉。对此,说真的,这也没什么可指责的。这就是我对他的第一印象,我相信,我的感觉应该不会有错。这时候,他看了看大家。很自然的是他第一眼就看到了赛丽。只见他微笑着朝她走了过去,先抚了抚她的肩膀,然后热情地和她打着招呼。紧跟着,他又在她两边的面颊上吻了吻,那神情就好像赛丽已不再是过去的恋人,而像是自己的爱女一般,既深爱着她,也渴望着再见到她。此时的赛丽也回敬了他一个吻礼。只见这位“爱女”在他的胳膊和后背上也抚了抚,这就是我们所看到的一切。当然啰,这一切也该如此发生才是。当然,这一切也是我亲眼目睹的一切,我见证了他们彼此相见的时刻,也见证了他们向我们所展示的这一刻。在他们的眼神里,此时的他们既没了对彼此的愤怒,也没了对彼此的伤害,一切看上去也只剩下含情脉脉的对视而已。也许他们这种神情并不是在凝视着他们自己,而是在凝视着另一个岁月里那对春心萌动、两情相悦的痴情恋人吧。此刻的他们在回忆着什么?在各自的回忆中,他们又在回想着对方的什么?在众人面前,他们该做怎样的展示和隐藏呢?毫无疑问,这些问题的答案也只有他们最清楚,或许他们也不一定明白。反正,我只关注眼前我看到的一切,也只听着他们在这种场合里所谈到的一切,其他那些老生常谈、空洞乏味的话语我也早就撇在了一边,就像电影剧本和舞台剧本里所编造堆砌的那一大堆啰嗦话一般。再看看他们俩,此时的他们依然面对面紧拉着对方的双手。这一次,又是约格斯先迈出了一步。

"你看上去真是好极了！真是相当相当的好啊!"

说完这些,他还在微笑着,只是这一刻他似乎很难再微笑下去。赛丽的表情也好不了多少。不用多看我也知道,此时的她也在努力地从自己的脸上挤出笑意来。只听她回答他道:"你看上去也过得很不错啊!"话语中可听出还带有那么点细微的颤抖声。我知道,这种场面对于此时的我们来说既是很自然的场面,也是不可避免要出现的场面。紧接着,约格斯又迈进了一步。我能听出,刚才他似乎有些颤抖的声音现在已得到了很好的把控。

"我们可都老了！你看看我们大伙儿。"

听到这些,赛丽给出了回答。看样子,她早料到他会这样说的。

"是啊,这么多年都过去了,老小伙子,我们毕竟挽留不住岁月啊!"

只见约格斯摇了摇头,嘴里没了话语,他只是附和着笑了笑,那神情就好像他又在把自己的脸隐藏到某个面具后面一般。就这样,我们在注视着他们的一举一动。然而,让这种场景一直再延续下去也不太可能,更重要的是,要想让内兹米闭嘴别说话可就更不可能了。和前一次相比,这一次他的表现可以说已明显中规中矩多了。

"嗨,你这个伙计,你可看好了！你别忘了,还有我们这些人在场呢!"

此时,一只手还搭在赛丽肩上的约格斯很快转过头来。循声望去,他一下子就认出了内兹米,只是自己的脸部表情还沉浸在刚和赛丽相悦的绵绵情意里。尽管戴着副墨镜,体态臃肿,且头发已稀疏,一句话,尽管他整个人已发生了很大改变,但约格斯还是一眼就认出了他。约格斯的脸上顿时绽出了喜悦的笑容,且完全发自内心。不仅如此,就是从他的话语中人们也能听出这种喜悦之情。除了他从前所知道的那个内兹米外,我最近告诉他的有关内兹米的新情况也被他用这番话语表达了出来。

“是内兹米！你这个一身传奇的共产主义分子！内兹米!”

人们完全可以听出,他的话语给人以一种发自内心、深表敬意的感觉。只见两个人都张大着眼睛,彼此朝对方迎了过去,脸上还荡漾着喜悦的笑容。这一次,我们所有人的视线都被他俩吸引了过去。就在我内心里提醒自己“这一次年龄话题估计又要引发一场伤感”的这一刻,突然间,从另一个方向传来了一个声音,它一下子又把我们的注意力吸引到那里。

“别急别急！这里还有一位共产主义分子呢!”

大家定睛一看,原来是尼索！他就这样突然出现在我们面前。此时,切拉觉得有必要给大家来个小小的解释。

“我刚才出门把垃圾交给楼管师傅的时候,我面前突然站了一个人,他向我打听我们家在哪里。我很快就反应过来他是谁了。而且他很可能也知道我是谁了。”

现在,所有的人终于到齐了。这时候,约格斯和尼索两个人也拥抱了一番。他们彼此看上去是那样的陌生,也许吧,我不知道自己的想法是否正确,因为他们离开伊斯坦布尔,在异国他乡已生活好多年了。然后轮到了内兹米,两个人又热情的拥抱在一起。眼前的这一幕幕突然让我有了一种在荒诞剧中才能体验到的感觉,因为我知道,在这些拥抱中,其实蕴藉着多少强烈的个人情感。紧接着,尼索挨个儿和其他人拥抱了下去,还有没拥抱的人也彼此拥抱了起来。说真的,要是我不知道他们每个人所经历的那一切的话,我敢说,那间离效果①一定会在我身上产生

① 间离效果(Alienation Effect),简而言之,就是让观众看戏,但并不融入剧情。它是德国戏剧家布莱希特(Bertolt Brecht, 1898—1956)创造的一个专门术语。“间离效果”的德语表达为“Verfremdungseffekt”。

作用呢。好在眼前这幕情景剧背后还有许多我曾领略过的东西，而且有些情景也得到了充分展现。在某种程度上，我总算看到了我想看的东西，也印证了我所听到的以及所想象的一切。远不止这些，除此之外，我还有一些其他才能，我可以对有些场景、演员的反应甚至他们的眼神交流进行正确判断，并给出合理的解释。比如，在赛丽和尼索看上去很亲切友好的拥抱中，就隐藏着一种别人不易觉察到的难为情的感觉，而这种感觉也只有我这个深知其中秘密的人才能看出和感觉到。尤其是赛丽，虽然这一刻她看上去面带微笑，但更多的却是她表现出的那种令她尴尬的表情。因为她知道，我曾和尼索有过一次很长的谈话。而且从她的眼神里仿佛也能看出，她对我没说的那些事，在她看来，尼索已大概跟我全部兜了底。她可真让我感到好奇啊！此时此刻，她很有可能已觉察到我已了解到她的全部底细了——而且我本身也确实都知晓了——就在我们眼神交流的那一刹那，我向她传递了这个信息，也就在我们几秒短暂的拥抱和眼神交流中完成。可以说，我现在就是他们两个人故事的知情人，既是他们罪过感的知情人，也是他们隐私的知情人。我敢肯定，此时的尼索一定还没意识到这些。是啊，在这件事上，女人们往往都不是些省油的灯，她们就喜欢打听别人的小秘密，喜欢嚼舌头，搬弄是非，而受伤的男人往往是那样的无助，甚至还要备受她们的伤害。应该说，约格斯就是这样的人之一。无论如何，尼索和赛丽之间的这个秘密可绝对不能告诉他。就在这时，约格斯走到了赛普内姆身边，并对着我问了一句。那神情看上去不但显出他有一副好心情，而且话语里还透出几分调侃的意思来。

“呵呵！这到底是哪位姑娘啊？”

不用问，他当然知道自己面前的这个女人是谁，然而他并不确信自己所看到的这一幕是否是真的。然而，透过这番话，我很清楚，这么多年下来，他的表演才能一定得到了长足发展，否则的话我也解释不了，这一刻他为什么会显得这么漫不经心，我甚至连问也没问自己一下，这种漫不经心的背后是否还隐藏着某种惶恐之情。听到这番话后，只见赛普内姆慢慢站起身来。她友好地注视着约格斯，但目光中也同时显露出某种责备的眼神。这一刻，我的眼前又浮现出她年轻时所经常表现出的某些行为举止，她要么有时候会颐指气使，让我们听从她的安排，要么有时候会冷不丁给我们来些惊吓，以此为乐。现在的我真的很好奇，面对约格斯，她究竟又会说出怎样的话来。所有的人都很好奇，尤其是约格斯他本人。果不其然，她所说的话语也正是我们想从这个娇小女人伶牙俐齿间听到的话语，同时，也是我们想聆听和见证我们青春岁月的遥忆之音。

“你恐怕认不出我了吧！你这个秃老头！”

好家伙！她一下子说出了我们大家都不敢说的话来。听到这些，我们自然都乐不可支，跟着哈哈大笑了起来。就连约格斯也大笑不止。只见他轻轻地在自己没剩几根头发的头顶上摸了摸，然后又故意用那种色眯眯的眼神挑逗着赛普内姆并回答道：

“可我一直都还是这么性感，不是吗？”

他还在大笑着，那样子，就好像做自我调侃一般。很显然，他已接受了眼前的现实，也不想再和岁月做无谓的抗争了。另外，这个年纪的他也没有任何问题，敢拿这种透着情色吸引力的话语对自己的人生下这番定义。不过，人们对于这句话也大可不必深究，也只能把它理解为是现场情景剧中专门为此情此景想好的一句台词对白而已。听上去，这句对白是那么的直率坦诚，又是那么的纯朴无邪。也许它仅是对一名观众的独白，而且偏偏就是对这位女观众的独白，或者说，它就是一句专门逗这名女观众开心的娱乐台词吧！只是这一次，赛普内姆并没有理会他，也仅是温柔地报以一笑而已。谁知道，她这般笑意中又隐藏着什么呢？此时的她愣神站在那里。在这种愣神中，性这个话题对她来说就好像是对一个老处女破天荒第一次提及，也被永远禁闭在她早已消逝的另一个世界里。愣神中的她显得是那样的手足无措，六神无主，仿佛性爱这样的字眼在她这么多年的漫长人生岁月中已不能用言语解释清楚一般。尽管这个现场情景剧中的台词提到了“性”字，但这样的表达却又是那么的纯洁，不带有任何杂质。对于这样的暗示，难道她就没有一点触动反应吗？此时的她显得那样深沉，尽管微笑中也含着深沉。应该说，她微笑中的这种深沉既和我们的过去有关，也和我们所经历的生活动荡密不可分，同时也和我们无法忘记的一些事不无联系。比如接下来为什么尼索又扮演那个众所周知的滑稽角色我们就可以理解了。他不想让两个人就那样尴尬地站在那里。于是，他表演起不知从哪个电影场景里学来的那种夸张和丑化技巧，先是向赛普内姆投过去那种大男子主义的一瞥，然后又像一个流氓无赖一般神气活现地耍起嘴皮子来。

“姑娘，别理会这个色鬼！他就想让你吊死在他那棵树上呢。你知道吗，这家伙可是早有家室的人了。千万别犯傻啊！你看看我，我可还是个单身汉呢。你尽管放心好了，我会把你娶回家的。”

听到这些，内兹米可不干了，他也搅和了进来。这一次，因为尼索抢先下手，比他早了一步，所以他索性将尼索当成了攻击目标。

“你瞧瞧这个狡猾的犹太鬼！这一次怎么又给他占便宜了！亲爱的赛普内姆，你可千万别相信这个什么信仰都没有的可怜虫噢！”

听到这些，切拉和扎福尔·贝伊两个人的眼珠子一下子瞪得溜圆，都好像惊呆了一般，只有我们还在开怀大笑着，因为只有我们最清楚，我们有着怎样的情感，以及他们为什么会说出这样的话来。可以说，这些情感之根这么多年来已深深扎在了我们的心坎里。也许在其他人那里，这种情感之根还很肤浅，然而在我们心里，这些情感根脉已深深扎下，也永远不会再被轻易刨起了。我敢肯定，尼索和内兹米两人也一样会是这样的情感。他们接下来的插科打诨、玩笑调侃同样还在增进着他们情感的交流。

“在监狱里你也没做自我了断啊，你这个长着四只眼的赤化分子！”

对于这番影射，内兹米也干脆把话挑明。

“你还不如直接说我是个长着三只眼的赤化分子好了！”

听到这些，我们顿时敛住了笑容。他真的想让我们对他的这番言论报以笑声吗？或者这是否又是某种抗议的表达，也就是说，他已心甘情愿接受命运的不公，并要让这种荒唐可笑的不公变得更发人深省呢？他提出这样的问题真让我伤感。谁知道，在我们的生命里，我们心中过去的那段岁月还摧毁了我们别的什么呢？我一点都不怀疑，我们剧组的所有成员都感受到了这种痛苦。我想，还有许多我们根本不愿提及的痛苦也一定都被我们遗弃在那遥远的记忆里。

我们就这样经历了人生的重逢时刻。此时，我们没停杯又喝了一些酒水饮料，并且还彼此逗乐，相互开了一些玩笑。也许在这一刻，我们都深信不疑，我们这么多年来的人生失落感恐怕也只有以这种方式才能得以消除。

随后，我们走到了桌子边。内兹米一屁股坐在了赛丽和切拉中间，约格斯则坐到了赛丽对面，他旁边紧挨着的是赛普内姆，自然，扎福尔·贝伊坐在了她身边，还有尼索则坐在了扎福尔·贝伊身旁。待桌子两边的客人们落座后，我这个一家之主已别无选择，也只有坐到桌子的最上头了。不过，正如我所注意到的，大家对此并没有什么微词。说真的，各找各的位子也不是什么难事，具体怎么坐对我们来说反正也没什么意义。只不过这么多年后我们如此难得能悉数到场，再一次聚首，难道还有什么比这个更有意义呢？是的，也许今天我们中间少了一些我们当年的同志战友，但该来的也都如约而至了。

正如我们所期待的，桌上的美食真是可口极了，它理应得到大家的褒奖。此时的切拉也格外开心，因为她也觉得，她理应得到这份尊重和肯定。这一次，她再次证明了自己是个很能干的家庭主妇，尽管她对各种褒奖已习以为常，但她还是不想错过任何机会，享受褒奖所带来的喜悦。不仅如此，桌上的各种葡萄名酒也得到了大家的好评。这些可是我本人的得意之作，对于这样的褒奖我当然也一样早习以为常了。然而，这时候，我慢慢地意识到，大家的话题已扯得越来越远了。我敢肯定，觉察到这个的肯定不止我一个人。这个时候，一定得有个人站出来将话题引入正题才是。然而，除我之外，还没有谁能担此任，恐怕只有我先站出来吧，毕竟我是今天的主人，而且也是整个事情的发起人和策划人。就这样，我开始了我的欢迎致辞。首先，我感谢各位的光临，同时也希望大家能把我想要表达的心里话听完。我告诉他们，一开始的时候，我真的不相信自己能把剧组全部成员再次召集到一起。然而，我很幸运，一切都进行得很顺利，并超出了我的想象。尽管中间碰到了一些困难，也费了不少周折，但最终还是很顺利地促成了这次重逢。不过，对于这件事，总得有人先站出来发起和倡议一下，而我就不揣冒昧地担任了这一角色。老实说，我真的没想到，今天在这个场合，我们自己会续写这么多的精彩故事，我们就这样真真切切体验和感受到了这些。我们曾艰难地存活在这个人世间，并为之奋斗过和献身过。我们饱尝过一切酸甜苦辣，也曾经历过悲欢离合，尽管我们面前曾横隔着千万条沟壑和一堵堵高墙，但我们还是克服了这些艰难险阻，最终走到了一起。另外，我想说的是，我没有特地准备今天的欢迎致辞，我也只是想表达一下我此时的心情而已。至于先打稿子做准备，那可不是我的风格，而且也不是我擅长的事。所以，我怎么想也就怎么说了。否则的话，你们马上就会觉察到我的做作和刻意之举，而且我肯定还要被你们奚落一番的。是啊，我们就是这样一帮生死相依的好兄弟姐妹啊！正如人们常说的那样，我们就是这样彼此都能发现对方的不足，并相互学习，取长补短，这种优点可不是一般人都能做到的，而我们却做到了。所以，尽管我们曾经历过无数令人恐惧的折磨，岁月的洗礼，还有生活的嘲弄和生命的摧残，但我们对这次重逢可没说半个不字，也没说再推迟推迟。当然，对于其他的人来说，我们这个剧团的存在可能没什么意义，但对我们来说却恰恰相反。这一点，我是深信不疑的，也不管是什么时候。我注意到，当初在找你们谈心的时候，你们总面带微笑倾听我内心的想法，而且态度还非常的严肃认真，也根本看不出有什么不屑的神情。正因为如此，我们每个人才显得如此成熟和完美。另外，在有些躲不掉的战斗面前，尽管我们不太情愿面对，但我们还是要咬牙坚持下去。我相信，我们一定会不负此生，到最后赢得一个崭新的自我。也许，对于世俗的某些人来说，我们将自己的人生大戏重新搬上舞台似乎没什么意义，甚至荒诞不经，但我们必须得冲破这种世俗的观念，得有更高的精神境界和人生追求，因为我们的过去在期待着这一庄严而神圣的时刻。要知道，这场演出可不是一场简单意义上的演出，我甚至认为，它应该是一场充满激情的演出。正由于此，我们每个人都需要这种激情，让热情的火焰燃遍全身。我对此深信不疑，是的，这一次也会是如此。要知道，在我的人生中，我不知道曾有多少次摇摆不定过，且整个人生都充斥着错误和迷惘，但这一次我再也不会迷惘，也决不会犹豫和彷徨了，否则的话，我无法向大家交代，也辜负了我们的契阔之情。一番情真意切的开场白后，为了能顺利将这场大戏搬上舞台，我把我个人要落实的有关事宜搬上桌面，拟和大家做一番商讨。

“各位，剧本我早已找出来了，而且也对它做了一些修改。但改了一些我就没再往下改了，因为我觉得我们最好还是一起做这番必要的修改才是，或者对有些地方做新的补充，就像从前一样。另外，在这方面，我自己还有许多事要完成。我只希望我们最后能像从前一样享受这份喜悦和感动。最近,我去母校找了校长,也和他商谈过了,最后很高兴得到了他的许可。你们知道吗?现在的那个剧场可不是从前的那个小剧场了,现在的那个可大了,完全就是一个演出大厅了。另外,我们还获得了特别优待,就是周末的时候我们可以在那里排练一两次,这些都是没问题的。"

听到这番话后,大家的脸上一下子显得更兴奋了。就在此时,切拉也插进话来。她一边说着,一边看着大家。

"现在有些小事情我也想跟大伙儿说一下。第一,你们还需要服装道具才是。你们过去的那些服装可不能再穿了,即使想穿的话,你们也是穿不进去的!为这些新服装我已找好了一家裁缝店。第二,舞台背景画的制作我也安排好了。我找了一个年轻的室内装潢师小伙子,他就在我们协会里上班,他曾设计制作过好多舞台背景画。不过,对于这些安排可是要花一点钱的,这个你们自己协商解决好了。第三,一部分门票我可以在我们协会里帮你们出售掉,这应该不是个大问题。至少不能让你们自己掏腰包来参加这场演出吧!"

这一席话自然引起了不小的笑声和惊奇的欢呼声。没想到为这场戏,妻子切拉这么简单轻松地就把这些事给搞定了。就像在场的人一样,我也是第一次听到这样感人的话语。惊奇之余,我不禁内心窃喜。只见面带微笑的她偷偷瞄了我一眼,仿佛正看见我脸上既惊喜又满意的神情。可以说,她正是以这种方式抓住这个机会,要在我尊贵的朋友面前显示一番:嫁给我的是个多能干的女人啊!难道我有什么对不起她的地方吗?也许吧。所以这一刻,我得注意点,小心为妙才是。说真的,居然能让她为我们的大戏操心,这已够不寻常的了。我想,桌子边其他人也肯定和我是一样的想法。没想到,此时的赛丽也接过了话题。她告诉我们,她也想拿一些票帮着分发出去,而且还向我提出建议,说我们对外也别说什么卖门票了，还不如干脆直接说“邀请”更好听些。同时，她也愿意帮忙，个人来处理门票印刷方面的事。另外，每个人趁此机会也不妨来个善意之举，捐些钱给某个我们认为合适的慈善机构。大家能捐多少捐多少，不做硬性规定。不过，她自己也不知道，是否大家会同意她这个想法，这也仅是个建议，供大家参考。没想到，有了这两位女人的帮衬，后续许多我自己都没想好的事居然由她们做了周密安排。这真让我万分感动。可以说，受感动的恐怕还不止我一个人，其他在座的人也一定会感动不已。尽管免费赠票或者说一场纯邀请的演出方式看上去是一种我们在过去会断然拒绝的“资本主义”制度的产物，但通过筹款捐赠这样的善举，至少也说明我们有着“社会主义”的伟大理想和崇高行为！交谈变得越来越热烈了。接下来，我告诉大家，这种场景让我想起了一部电影。在那部电影里，也是一群乐队成员在几年离散后重新团聚到一起，他们一边演出从前的乐曲，同时又把演出的收入捐了出去。更准确地说，他们以此成功地保住了那家曾哺育过他们的孤儿院。想不到今天这个地方也坐着这样一群人，呵呵！要是赛丽刚才不提到捐赠这件事的话，我还不会想到电影中类似这样的情节呢。尽管我们的故事是另一个版本，我们这些人也是完全不同的另一群人，但这些经历又是何等的相似，何等的巧合啊！此时，尼索似乎也和我有着相同的观点，只见一遇事就激动的他连忙接过话来，他在提醒着我们这个故事的出处：

“那可是《布鲁斯兄弟》①那部影片里发生的事呢！哎呀！那是一部

---

① 《布鲁斯兄弟》(The Blues Brothers)，又名《福禄双霸天》，是美国导演约翰·兰迪斯(John Landis，1950—)于1980年执导的一部喜剧影片。电影讲述了一对擅长布鲁斯音乐的好兄弟为挽救当年曾养育过他们的孤儿院，不惜冒着许多风险，召集乐队，四处演出，筹募资金所经历的一系列奇异故事。最终，他们筹足资金，成功地赎回了那个即将待售的孤儿院，并保住了他们童年记忆中的那片圣地。

多好的影片啊！你说得一点也不错。”

这一刻，我有了一种印象，感觉桌子边每个人的脑海里似乎都在闪现着电影里出现的各种场景。也许，我们是在当时各自完全不同的生存状况下观看了这部影片，因而也就有着各自不同的回忆，当然这仅是我此时的感觉。不过，我敢肯定，这一定也是所有人的感觉。那个乐队的思想一定也和我们这个剧组团队的思想很契合，他们对人生一定充满着乐观精神，对生命也一定充满着无限的向往。突然间，赛丽打破沉寂，说起话来。她想让大家知道，她也很熟悉这部影片，而且还能回忆起许多情节来。

“至少我们还不像那个主人公那样，一下子蹲了三年牢吧①！”

能说出这样的话，她显然没经过慎重的思考，也只想着要让大家哈哈一乐而已。这一次，对于她这样的口无遮拦，人们大可不必去寻找什么理由，或作什么无厘头的解释。只是在这一刻，我看也不敢看内兹米一眼，因为在我们这些人中间，偏偏就是他蹲过大牢，吃尽了苦头。他可领教过蹲监狱的滋味，也为此付出过昂贵的人生代价，只是这一切都是那样的万般无奈。在这一刻，一种奇怪而荒唐的罪责感突然袭遍我全身，我非得有这种罪责感不可吗？不！当然没这个必要。在我看来，今天的这个现实环境已没什么监狱内外之分，或者说两者之间的界限已相当模糊，我敢说，我们所处的这个现实空间又何尝不是一个偌大的牢笼呢？若能以这样的心态透过铁窗静观人生，那我们大家对自己所见到的人生不平事还有什么不能释怀的呢？毕竟现在的我也早已学会了如何

① 这里指的是影片主人公杰克。他因为这之前抢劫加油站被判刑三年。出狱后，他和另一位布鲁斯好友艾伍德一起去探望当年曾抚养他们长大的修女玛丽。玛丽告诉他们，现在这个曾养育过他们的孤儿院即将被迫出售，除非有人能在 11 天内拿出 5 000 美元赎金交给税务部门。于是，便发生了上述故事情节。

将那些模糊不清的记忆从有些深裂的伤口边转移开的本领。此时此刻，我似乎感觉到有什么在阻止着我叫我别出声，继续保持沉默。可是我多不想让人说我是一个没担当、不光明磊落的人啊！在这样的思想斗争中，我进退维谷，举步维艰。这一刻，不仅赛丽没了言语，无法再说下去，就连我也没勇气提醒大家再换个话题了。此时的桌子边笼罩着一片寂静沉闷的氛围，大家也只能用一种尴尬的微笑掩饰自己不安的心情。很显然，赛丽的那番话不禁让我惊慌失措，就连她自己也是惊愕万分，这一切从她的脸上也完全可以看出。然而，一切都已发生，也没了挽回的余地。还是内兹米打破了这种可怕的沉默。在我看来，他很清楚，这种沉默因何而起。

“不过这两者之间有一点可是不相同的。因为我们不知道，我们最后到底把捐资交给谁呢。”

此言一出，所有人脸上顿时露出了一种轻松的神情。从他的声音里，大家根本听不到他有过什么受伤害的感觉，而且他也根本没有提及从前那段日子的意思，尽管那段岁月已很遥远，它的痕迹却无法抹去。既然一切已发生，就让它发生，且将它搁置一边吧。至少在这一刻我还能听到他这样根本不在意的话语。只是现在也没有时间多考虑这样的问题，因为新的话题被提起，我们也只能跟着将思绪转到另一个地方。和刚才相比，现在已平静得多的约格斯在咀嚼着内兹米的话语，看上去，他已找到了内心的平和与安宁。他所说的话似乎又在强调着内兹米所提建议的可能性。

“我觉得，捐赠之事目前还不是最重要、最紧急的事，朋友们。难道这么多年下来我们就是为这件事来的吗？我们的目的难道不是要重新聚首吗？”

听到这番话，人们一定会想，他这样说话岂不是在哗众取宠，博取人的眼球吗？而且从这番话语中，人们也不难听出他有何等的自负和高傲。尽管如此，不得不说，他这番诘问也自有其道理。难道我们的目的不正是要借助于演出这样的机会来重新相聚，并倾吐和聆听彼此的心声吗？然而，不能不说的是，约格斯的这番话也许会另有所指，因为在我们这个剧团里，存在着的也不一定就是我们普通朋友间的友谊。所以，不可避免的是，他的问题肯定还会在赛丽的心里激起涟漪，因为是她先提起了捐赠这个话题。所以，这一刻，她在努力寻找着挽救场面的话语。

"好的好的，到此为止！我们也许把这件事看得过重了，忘记它吧。你们说得对，我们来的目的就是要好好地相聚并庆贺一番。这可是我们最想做的事。正因为如此，我们才坐到了这里。"

很显然，她说这番话的意思是想让大家对其建议以及她本人别产生反感。此时的这个女人不仅是个极自信的女人，同时也是个绝对能驾驭大场面的女人。这一刻，出现在我们面前的又仿佛是那个遇事总爱激动的年轻小姑娘了。尽管如此，她那种妩媚却依然没有褪去，仍让人暗生爱意，喜爱有加。要是有人能看清这一点的话，那第一个一定是约格斯。是不是在这番话语的交流中还隐藏着那种爱火已熄、但余温尚存的情感互动呢？

约格斯微笑着看了看他对面的这个女人。此时的我很清楚地看到，他们的目光如何交汇在一起。只见赛丽的脸蛋微红了起来。这一刻，我再一次懂得，有些眼神的交流完全可以替代交谈，甚至漫长的交谈。眼前我看到的这一切告诉我，这次相聚之后，他们肯定还要在一起待一待，并且尽可能多经历一些他们曾失去的一切。就在我沉思的这一刻，扎福尔·贝伊医生发出了声音。他的话语一下子把我们拖回到眼前的现实中。

"要是你们想捐钱的话，我倒有个主意。"

这一次，大家总算把目光聚集到他身上。我敢肯定，所有在场的人都想听到这句话，一种松了口气的感觉顿时在桌子边蔓延开来。大家都在侧耳倾听着。看上去，他已知道自己的话会引起一番轰动，只听他说道：

“很长时间以来，我们都想在赛普内姆所待的地方成立一个劳动发展部。我们不妨将那间艺术工作室再扩建一下。比如，我们可以购置一台电视机，甚至还可以安装一套电影放映设备……”

这时候，我特地朝赛普内姆看了过去，只见她的脸上露出了一种难以形容的喜悦之情。看来，这种喜悦我们既可以和她一起创造，也可以和她一起经历和分享，而且，在这么多年之后，这样的经历也赋予我们的重逢更多的意义。此刻，我的脸上也泛起了喜悦的浪花……真的是喜悦的浪花吗？难道它不也是一种痛苦吗？更确切地说是一种恐惧吗？是啊，一种源自于恐惧的痛苦。此刻的我不得不再次面对一种新的残酷的现实。很有可能的是，这个我一直在尝试着从沉睡中唤醒的女人，她真的要把医院里的那间屋子当做她永远的栖身之所了。是啊，都过去这么多年了，也根本没一个人前去看望她一下。也许她觉得自己早已适应了那里面的生活，就是因为没有人前去找她或认领她吧。那么现在呢？她现在该如何是好呢？难道现在醒来的她就不会产生一种新的恐惧、新的陌生感和疏远感吗？现在，我好不容易将她从梦魇中唤醒，可是，哪里又可以找到那扇能引领她走向外面这个世界的大门呢？还有，她的那个新住处又会在哪里？那里真的会有一间新屋子，而且是让她感到更安全的屋子在等着她吗？也许，此刻的内兹米，这个领着我开启这段人生故事的内兹米，他一定没琢磨过这些问题吧？也许这一步我们走错了，更何况这又是极为重要的一步。有关这一步在我心里所引发的恐惧我一定要和他好好谈谈。不过，现在还不是最佳时机。我不知道此刻的他或者另些时候的他是否也和我有同样的感受。不过,他随后的反应至少还是和桌子边的这番交谈很协调般配的。

“没问题,扎福尔·贝伊医生,我觉得您的主意很好!你们呢?你们意见如何,各位?行动计划已经诞生,我们马上就可以开始了!”

这番话,还有这种说话方式可以说都是他典型的行为举止,而且这也让我们不自觉想起了从前的那个内兹米。我注意到,等他发表完自己的意见后,酒桌边的每个人脸上又泛起了喜悦的浪花。尽管没有一个人发表意见,但从我眼前所看到的这一幕来看,每个人都已深刻感受到大家的喜悦之情。还像原来那样,这一次,内兹米还想充当一回老大,而且看上去他也在鼓动着所有的人。只见他看了看赛普内姆。能听出,他又在用自己的话鼓动着她。

“姑娘,你是什么看法?”

这一次,所有人的目光都转向了眼前这个被提问到的“姑娘”。顿时,一阵极短极深的沉默出现了。每个人都在惴惴不安地期待着她的回答。只见她稍愣了一会儿神,然后面带微笑给出了回答。能听得出,她的语调是一种人生悲喜交集时所发出的颤音,先是让我感到一阵惊寒,然后又是一阵痛苦,紧跟着又是一种说不上来的那种对生命的欣喜。

“那我们就看看《巴比龙》①这部影片吧……那个人可是从悬崖上跳

---

① 《巴比龙》(Papillon)是由美国著名导演富兰克林·沙夫纳尔(Franklin Schaffner, 1920—1989)1973年执导的一部影片。影片讲述了一个被囚禁在法属圭亚那岛监狱的无辜犯人为洗清自己莫须有的罪名屡次越狱,寻觅自由的故事。影片主人公查理尔毫不动摇地坚持着一次次注定失败的逃亡,为的就是要回到家乡,重返自己自由的世界。在他最后一次逃亡中,他告别狱友德加,任凭肆虐的海浪和震颤的岩石,抱着装满椰子壳的麻袋从悬崖跳入大海。这部影片被誉为是一部“伟大的越狱影片”。其中的两位主人公查理尔(绰号“巴比龙”,因其胸前刺有蝴蝶文身得名。在法语中,“巴比龙”即“蝴蝶”的意思)和德加分别由二十世纪六七十年代著名的好莱坞硬汉影星史蒂夫·麦克奎恩(Steve McQueen, 1930—1980)和达斯汀·霍夫曼(Dustin Hoffman, 1937—)扮演。

下去的呢……”

我知道，扎福尔·贝伊和我一样也是个对电影很感兴趣的人，因为在平时的接触中，我们曾就这个彼此都感兴趣的话题长聊过。我不知道，此时此刻，当年这部电影中的情节他还能记得多少，尤其是那位主人公追逐自由、寻求光明的场景。不过，对于那些场景以及当时的观影感受我还是记得很清楚，尽管有些细节我已模糊。是的，别说那些场景了，就连那天晚上我们在一起看电影时的那个场面我都还记得，尽管其间的有些事已从我的记忆中永远消失。那家电影院，我无论如何也是不会忘记的啊……从她所说的这番话中我已明白，她不但一直在关注着大伙儿的交谈，而且也在做着自己的思考。同时，我也清楚的是，我们之间也在一点一点小心试探着，慢慢靠近对方。这一刻，桌子边其他的人又在想些什么呢？他们看到了什么？又在把目光转向何处？又有怎样新的感受？此时的内兹米看上去一脸迷茫，那样子既像是有些恼怒，因为大伙儿将他刚才赞同的那个捐赠话题给引开了，同时又像是感到很高兴，因为他觉得自己能驾驭场面，把大家的话题串到一起，不至于冷场。接下来，他的话反映了自己就是一个与人不一样的内兹米。

“那我们就看一下吧，他奶奶的！我们这就去看一下，妈的！这就走吧……”

听到这些，尼索也跳了出来，并跟着嚷道：

“嗨！再看看史蒂夫·麦克奎恩和达斯汀·霍夫曼演的影片，那叫一个字，值！天哪！赛普内姆，你怎么就正好想到了这部影片呢？！”

现在的赛丽看上去也耐不住寂寞了。所有的人都在跃跃欲试，想表达点什么。

“那家名叫科纳克的电影院又重新开张了，走吧！”

看到这番景象，只有约格斯一个人在乐呵呵看着大家，而且嘴里也在不断念叨着：

“你们真是一群孩子，一群孩子啊，哈哈哈哈！”

说完这些，他狂笑了起来。听着他这番话，再看看他那副傻笑的模样，此刻的他看上去比我们还多几分孩子气呢，我们也忍俊不禁，跟着捧腹不止。就连赛普内姆也跟着咯咯地笑了起来。这种笑意看上去给人以某种困惑，然而却又是那么的无拘无束，那么的轻松自然，那么的感情真挚。突然间，一阵从未有过的轻松愉悦感一下子弥漫在桌席间。所有的人都如释重负，长吁了一口气。这时候，尼索又从他面前的那只沙拉盆子里捡起一个橄榄果朝内兹米的头上扔了过去，这自然引来了报复，内兹米也跟着把一杯水泼到了尼索脸上。此时，差不多所有在场的人都失去了控制。狂笑不止的赛丽不知怎么地突然间身体失去重心，一下子跌倒在地上，而约格斯呢，也没失去这个良机，一下子站起身，冲上前将她从地上扶了起来。这幕场景就像刚才所发生的许多感人场景一样，既令人愉悦，又是那么的令人难忘。就在这短暂的几秒钟内，我们所有的人一下子都没了话语，只是彼此会心地看着对方，私下里一个劲偷着乐，然后又将脸慢慢对准了那两个人。突然间，哈哈哈哈！我们又狂笑了起来。重新落座后的他们俩彼此对视着笑了笑，这在我看来可是意味深长，情真意切啊。此时的扎福尔·贝伊医生和切拉两个人虽友好地看着我们这般举止，但仍然是那种一脸不解的表情，只是一个劲儿在盯着我们发呆。看来，我得出来把控一下场面了。我的脑子里也跟着有了要说的话。于是，我带着严肃的表情对大伙儿说道：

“朋友们，现在的我们还真碰到一桩麻烦事呢。”

此话一出，大家的目光一下子都被吸引到我这里。所有的人都看着我，虽然脸上还挂着微笑，但慢慢也起了严肃的神情。这一次，我的提问听上去就更显得严肃了。

“难道你们就没想过，我们怎么才能找到这部电影吗？”

听到这些，所有的人都怔在了那里。大家都直愣愣看着我，因为他们既无法回答我，也不知道我这个问题怎么会问得这么突兀，这么蹊跷。终于，我的话收到了我想要的效果，于是我也跟着诡秘地笑了笑，因为我自己知道这个答案。于是，我没让大家一直就这样被蒙在鼓里。

“你们想不到吧？这部影片可就在我收藏的电影档案资料里呢。”

又是一阵欢快的波浪在酒席间翻滚着，又是一阵欢声笑语。这一次，大家共同举杯，为能在医院里新建一个电影小沙龙而举杯畅饮。

毫无疑问，这个梦想不但让我们觉得很有意义，而且也让我们为之欣喜。对于我这个电影迷来说，没有什么计划比这项计划更好的了。现在，我完全可以想象得出，正因为赛普内姆的心中怀着新的梦想，所以她一定会回到我们中间来的。

对于我个人来说，这个晚上最重要的恐怕莫过于我们大家在一起做新的熟悉和了解，尤其是这么多年后彼此还能重续前缘，共叙人生。此时此刻，剧团成员的各种思想火花在迸发闪烁，甚至有些已变得更清晰，更明朗。是的，我们每个人各不相同，都有自己的长处。就我个人而言，我却更了解自己，因为我知道，我能为自己，还有为其他人做些什么。就这样，在欢乐声中，在玩笑声里，我们一直欢聚到深夜。每个人都在讲述着自己的故事，尽管屋外已灯火阑珊，夜色已笼罩在我们周围。每个人都在讲述着，诉说着，倾吐着，除了赛普内姆……反正对她我们也不能有过高的期待和指望。我了解她的故事，而且还知道得很多。所以，从某种意义上来说，这也是她的特权，她不用说，只管听，还尽可对这样的一次人生重聚发挥自己的想象。尽管时辰已晚，但我们仍没有分手道别的意思。我们将切拉复印好的剧本台词过了一遍，并决定两天后，也就是礼拜天一大早，剧组成员再来我们家一次，好好地将剧本讨论一下。也许,从其他地方赶回伊斯坦布尔的舞台合作者们也要和我们在此期间合作一下,尽自己所能将这台大戏成功搬上舞台……

等客人们都告辞后,我和切拉坐在一起歇了一会儿。我们还在回味着这份喜悦,同时也为我们自己能通过一场这么重要的相聚大考而感到自豪。我们又倒了杯酒。她还是想多聊聊赛普内姆,这一点我能理解。不用说,和别人相比,赛普内姆的故事完全是另一个故事,而且比别人的故事要痛苦得多和辛酸得多。然而,此时此刻,面对自己的女人,我又该说些什么好呢?我该如何向她倾诉我内心曾掀起的那些波澜呢?也许她已明白了我的心思,或者说,她觉着自己不能把事情挑得太明,甚至干脆就不敢向我表达。所以,她想让我亲自开口。然而,此时的我还是更愿意将思绪转移到别处。她看出了我的表情,也觉得差不多只能到此了,因为在她对此发表了一番深刻评论后,她沉默了下来,而且脸上还露出了一番微笑,那样子既像是发出了某种挑战,同时又带着某种居高临下的表情。还别说,这番表情和她的性格可是太般配了。这就是我所了解的她。我只能对此做出这样的解释,而且这也是我早就形成的惯性思维。如果她这种微笑真是一种挑战的话,那我也真的没气力,和她做一番正面交锋了,更何况现在已夜深人静了。也许在某个时候我会和她谈谈我这些感受的,只是一定要选择一个合适的时机……至少在这一刻,我们似乎已达成了默契,就在这无声无息中。其实,这也算不上什么新鲜事,否则的话,我们又怎能被称之为老夫老妻,知根知底呢?另外,在我们这么多年相濡以沫的岁月里,还学会了一些事,那就是彼此相互尊重,特别是个人隐私方面的事。尽管存在着许多失望,甚至不满,但我们还是学会了忍耐和坚强。我知道,我们都有同感,对此我们也做过深入的交流。正由于此,我才可以放心地告诉她,说自己想一个人再待一会儿。还记得,类似情景在另一个晚上也出现过,当时我们也是提到了赛普内姆,也同样碰到了类似的问题。这件事过去的时间还不长,还仿佛就在眼前。我想,她也和我一样是不会轻易忘记这件事的。不过,细细想想,前后这两件事之间明显还有个不一样的地方。那一次,在这个问题上,我们两个人还没有做任何沟通,双方的心也谈不上碰在一起。不过这一次对于我来说,我想一个人再待待则有了另一番含义。我知道,对于这种细微的差别切拉不可能没有感觉。只见她看了看我,那眼神好像在提醒我,此刻她仍在我身边,而且那眼神里也充满着爱意,似乎叫我大可沉浸在自己的人生回忆中。此时的我当然知道自己身处何处,身边坐着何人。只是此刻,任何话语都没有必要,也纯属多余。这时候,她站起身来,慢慢靠近我,并坐在了我怀里,一只手也跟着在我的头发上轻抚着。接着,她的双唇在我的颈项间慢慢轻吻起来。我感受到了她那滚烫的气息,心里也在涌动着一种无法抗拒的情感波涛。此时,她那亲昵的语调又在我耳边响起。这种亲昵,我知道,正是在我们这么多年举案齐眉、相敬如宾的夫妻生活中培养而成的。

“别待久了,亲爱的,也别折磨自己了。你会看到,一切都会好起来的。”

一切都会好起来的?是不是这番话透着真诚的鼓励,要我拿出十二分勇气,或者又是一种不敢说的恐惧或隐忧呢?是不是让我鼓足勇气的她也想给自己打打气呢?我沉默了。在这样的深夜里,若是再苦苦纠缠这样的问题恐怕也没了多大的意义,因为在这个夜里,我还有好多好多问题要思考,而且这些问题又肯定会将我带到更遥远的地方。于是,我朝她笑了笑,以此方式算是给了她一个回答,为的是能向她回敬自己的这份爱意。随后,我们互吻了一下。就这样,她在我肩上轻拍了一下,然后起身慢慢离开了客厅。我又燃起了一根香烟。我知道,这个晚上,我已抽了许多,不过这也无所谓了。现在我终于一个人了,就这样一个人,带着痛苦，载着回忆。此时，有如此多的问题不断在我脑海里一一闪现，比如，赛普内姆是怎么回到她那间屋子里的呢？她又是带着怎样的情感回去的呢？在和我们相聚之后，她对自己的那间屋子又有着怎样的感受呢？她也会把戏剧台词看一遍吗？要是再阅读的话，她还会进入她那个角色吗？如果入戏的话，她又能入多少的戏呢？约格斯和赛丽又怎样了呢？他们真的会待在一起吗？我敢肯定，百分之百他们会厮守在一起。不用问，随着时间的推移，有些大门会自动打开的。也许他们事先就约好了，要再见面，并做一次彻底的交心。也许他们又去了某个地方，为的是要在这迟来的幸福之夜缠绵交颈，共渡爱河，尽管他们清楚，他们所经历的一切不会有任何结果，而且之后的他们也不可能有共同的未来。他们所剩下的时光也不像年轻时那样可大把挥霍了，而且未来的日子也谈不上很多了。归根结底，这些问题都可以理解成是这些问题：这种爱值得去尽情享受吗？他们心里真的还有那种仍没熄灭的爱火吗？是啊，至少这一次，也是最后一次。他们之所以如此，我想，为的就是能让自己的情感再一次得到彻底的宣泄和补偿，同时也为了能经历另一种别样的情感和回忆，好以此与自己遗憾的过去做一个了结。要是他们不经历这些的话，我真不知道，他们还会有怎样更精彩的经历。总之，事已至此，我们这些故事的主人公们爱怎么经历就怎么经历吧……

这些问题就这样在我脑海里一一翻腾着。我看了看表，都快凌晨四点了。此时的我浑身就跟散了架一样，我拖着疲惫的身子走进卧室，然后脱掉衣服，一头倒在了床上。躺下之后，我发现，切拉仍然没有入睡。这一次，她又慢慢靠近了我。她勾起我的胳膊，然后轻轻在我身上抚摸起来。又一次地，睡衣之下的她什么都没穿。她又是那样浑身赤裸着，一丝不挂，玉体横陈……很显然，她在渴望着什么，我听凭着她情感的差遣，和她共同经历着情感的位移。她仍在抚摸着我。我们相互的抚摸已远胜过一切爱的誓言。其他一切已成为多余……回想不久前的那个晚上，我们可也是这样经历了相同的时刻和相同的情感体验。不知不觉地，恩爱之后的我又开始有了那种担心和恐惧，一切就这样不期而至。看来，这个夜晚也是以同样的方式在迎接一个新黎明的到来。

一番激情之后，我们搂在了一起，只是彼此又沉默起来。很难想象，夫妻恩爱也能让交心的话语不翼而飞，没了踪影。我心里明白，这种沉默是一种深沉的沉默，一种意义非同一般的沉默，它本身就隐含着许多旧时的话语和曾经的默契。这之后，我们也没了什么动静，我只能告诉她，我已精疲力竭，缴械投降。她明白我的意思，我敢肯定，她完全听懂了我的话，否则，我就不明白，她为什么还一直那样紧靠着我，并默默地再次抚摸着我的头发。我必须相信她对我的这份浓浓爱意，也更相信我们之间的亲密无间。我会继续这样走下去，并且全力以赴，不会发生任何的动摇。我相信，我们两个人也同样会这样继续着我们的人生，彼此忠诚，肝胆相照。不过，哪个地方才是我们真正的人生归宿呢？这个问题我从一开始就提出过，为的就是能更好地反省和了解自己。然而，这个问题的答案我们还远远没有找出，也只能暂停在黎明破晓的这一刻。随后，我进入梦乡，我要让自己彻底沉暗在一番酣睡的沉默里。

还有个地方

第二天早晨,一觉醒来的我一方面感到很高兴,因为终于实现了自己的梦想,并取得了阶段性胜利;然而另一方面,我还是感到很困惑,因为昨晚的那些问题仍在困扰着我,还需要我去一一弄清。事已至此,我敢肯定,那台大戏将会搬上舞台,我们也将做最大的努力,争取获得成功。然而,这之后我们又该何去何从呢? 很有可能的是我们每个人又要重新回到各自的生活里了。是啊,我们今天好不容易走到一起,然而等待我们的却又是分手。也许这些人有着各自的理由,也许是因为出于自我保护的需要吧,反正大家有可能从此不再见面了。应该说,我们中的有些人将再一次彼此消失,为的是要继续生存下去,或者说继续过着他们现在的生活。想到这些很可能会发生的事,我很是闷闷不乐,它也强迫着我去面对一些我永远都不想面对的现实。尽管如此,我还是不遗余力地为自己、为大家成功迈出了这可喜的第一步。这一步是属于我们所有人的一步，也是我们无论如何都要尽力的一步。是不是我们这场大戏的其他主角也会这样想呢？是不是这一步对他们来说也很重要呢？我敢说，肯定是如此。否则的话，他们怎么会这么听从我的召唤呢？最终，所有的人都来了。所有的人，一个不缺，一个不少，带着他们曾经历的一切，带着胜利和失败，发自心底，走到了一起。

带着这种强烈的情感，我将剧本台词又看了一遍。不时地，我仿佛仍能听到遥远过去的那些笑声。只是这些笑声现在已有了完全不同的新含义。

谈到大戏策划导演这件事，我们现在大可将它托付给约格斯。现在的他可以说已是一个真正的专家了。不过，尼索的那一套经验也不能小觑。这样说吧，在我们当中，也只有他们俩长期以来一直在舞台上摸爬滚打着。然而，其中的一个人可也是当年最喜欢从事舞台表演的，但她早已从舞台上销声匿迹，并彻底地告别了舞台。不能不说，现在的我们可碰到了这个大难题。这个人究竟能做些什么呢？我们对她又该怎样安排呢？看来，她再重新担任主要角色已没了可能。她真的还能重登舞台吗？我敢肯定，我们当中，绝不是我一个人会提出这样的问题。那么，这问题又该如何解决呢？尽管存在着许多障碍，但这个问题肯定会得到妥善的解决。等明天见面的时候我们肯定会商讨此问题。然而，此时此刻，不知怎么地，我有了一种不能再等下去的感觉。于是，我拿起电话，给内兹米打了过去。想和他说的还不仅仅是这个问题，还有昨天夜里我想到的那些问题。我就是这样把他看成是自己最信赖的朋友，因为我们彼此分手后他经历的那一切让我不得不对他刮目相看，不知不觉他在我眼里也就成了一个颇值得我信赖的“战略家”。对于这个称号他可不是浪得虚名，因为他学会了应对各种挑战的本领。说真的，他这种能力对我来说尤为重要,哪怕这不能在那段岁月里让他成为某个广告公司的老板或者某家著名报社的共产党领导。就算是取得这样的“成功”又能怎么样呢?而且,那些获得“成功”的人又到底是些什么样的人呢?这些人是不是其实就是一帮打着某种所谓“价值”的旗号,到处招摇撞骗,自欺欺人,干着投机钻营,窃取功名利禄的龌龊之人呢?这些问题我也经常不断地反问着自己,而且其中的答案我现在也明白了不少。然而,在这种肮脏的现实环境里,仍然还有那么一些人,他们能洁身自好,保持着自己的节操。他们不但拥有敢于对丑恶之事说“不”的美德,而且还拥有对一切都敢提出质疑的大无畏的挑战精神。至于其他那些庸碌之辈又表现如何呢?每当我思考这些问题的时候,我总不免想到内兹米这个我值得信赖的人。在我面前,可以说他就是这么个人:他在有意放弃某辆人生列车的搭乘,并毫不犹豫地和它挥手作别。此时此刻,如果再让我思考我们人生真正含义的话,不得不说,我很欣慰,因为我已悟出,每辆列车所驶向的那个终点其实也正是它下一站的出发点。可以说,内兹米就是以这样的态度面对人生的,难道他不是我良知的一面镜子吗?我知道,面对停在自己面前的这趟列车,拒绝登上它就是他唯一的抗议之举,而且他本身也做了这样的拒绝。当然,在这个早晨,我肯定是不会在电话里和他谈这种抗议之事的。但是,不能不说的是,这种感觉我怎么都不能从心里排遣掉。带着这种矛盾的心理,我还是拨通了他的电话。

等接通电话后,我告诉他,我们必须马上找个地方见个面,然后就有些事好好商谈一下。他没任何犹豫就答应了我,说一个小时内他就可以赶到奥塔克伊,我们可以在广场上的那个喷泉边见面。这对我来说很适合。就这样,按照约定的时间地点,我们又见面了。见面后,我们找了一家自助咖啡店坐了下来。还没等话匣子打开,我们每个人先要了一杯咖啡。和他一样,我也很喜欢我们在一起时的这种沉默。然后,我试着慢

慢进入了话题，

“我们经历得已够多的了，一切该经历的也差不多都经历了。可是，不知怎么地，我们好像又回到了原来的那个起点，就拿我们都知道的人和事来说吧。”

我敢肯定，他明白我的意思。然而，他就是不回答我。这一次，他又给了我一个微笑。不管这些，我还是接着说了下去。

“这么多年后，我们终于又坐在了一起。这在以前也只能是个美好的愿望而已吧。昨天晚上，我想都不敢想，我们会经历这么多的事。我真的没想到。不过，一切都发生了，而且还很完满。我们终于将剧组成员召集在了一起。其实，何止是这些，从某种意义上说，我们在一起已远胜过了一般相聚的意义。谢谢你所做的一切，也谢谢你没将我抛弃不管。”

这一刻，他在出神地看着什么。能看得出，此时的他表情很激动。我不知道，他这种激动之情是因为我感谢的话语所致，还是因为我让他回想起过去所致，这一点我无从知晓。反正我能看出他很是激动，而且他的话也明显表明了这一点。

“是啊，别的做法也不行啊。其实，我也是为自己才这样做的呢。”

我们又沉默了片刻。随后，他又接着说了下去。他的话语声中已听出某些颤抖声来。为什么会这样呢？其中的原因我一时无法解释清楚。看样子，随着我们的交谈，我们的话题恐怕还会停落到另一个地方。我在等待着他的继续。我已做好了准备，倾听他的一切，要再一次好好听听，看看他还有什么新鲜的话题会在我面前道出来。

“该干的事我们都干得很漂亮，不是吗？还有哪个地方的人我们没召集到呢？”

他的这番话又有了歧义，也不可避免地会让我产生一番新的联想。

我们是不是又回到刚才一开始我没点明的那个话题上了呢？现在该是我说话的时候了。而且这个时候也正是我把他引到我所关注的话题上的好时机。

“我正好想和你谈这个问题呢。我们俩真的干得很漂亮吗？还是我们俩又白忙活了一场，什么收获都没有呢？”

说实在的，这种情感可不是我想表达的真实情感。不过，我能感觉到，我俩此时已慢慢接近了同一个话题。他回答了我，只是神情若有所思，就好像他不同意我的看法一般。

“不！你怎么能说是‘白忙了一场’呢。我们不是又走到一起来，不是又见面了吗。对此，你还有什么要说的呢？”

这些我当然一清二楚。而且今天早上在我见到他之前，我就明白了这番话的含义，现在，我哪还需要他在这里重新提起呢？这不是我感到担忧的事。于是，我又给他来了个点拨。

“是啊是啊。其实我不是这个意思。我还有另一个要关注的问题。嗯……我……”

看到我吞吞吐吐的样子，他打断了我。这一次，他的话中已充满着友好的情谊。

“你在想赛普内姆的事，对吧？”

我点了点头，嗓子里也哽咽了一下。除此之外，我不知道，我又该怎样表达自己忐忑的心情才好。我看了看他，只见他的脸上也写着这种表情，而且他刚才说话时的那种颤抖声也更明显了。不过，在这一点上，我们两个人之间还是有点区别的。和我相比，他更像是有了要随时做好与一切困难做斗争的准备。他的话语中道出了我俩都在企盼的事。

“别多想演出的事了。我已考虑过了，我们不妨将赛普内姆那个角色的台词再作些修改。不过，无论如何，我们都要让她登场，无论如何都要如此。你会看到，到时候，她的精神很可能会变得更好。如果你同意的话，到时候她肯定会有超常发挥的。至于会有怎样的好结果，我们在此完全可以期待。说真的，要是这件事我们没办好的话，那可就有我们后悔的了！难道我们是冲着阿费夫·雅乐[1]戏剧奖来参演的吗？要知道，我们可没创作出什么了不起的大师级作品。这本身也不是我们的初衷，就是那时候也没有这样想过呢。”

当然没这样想过。我当然也和他一样是这个想法。我们就是想再走到一起，共同经历一个欢乐的时刻，一个历史的时刻。不仅如此，这一次，我们会将这场戏当做完全不同的另一场戏来体验。一切就是这么简单。另外，此时的我们已有了足够的人生经验，已完全有能力将这场戏演得更真实，更精彩。

说句真心话，我根本就没多考虑过赛普内姆在这场戏中会扮演得如何，考虑更多的则是在我们人生中她将扮演一个怎样的角色。正因为这样，我们俩才走到了一起。这就是我俩急需面对的问题。现在已到了提这个问题的时候了。要是我现在还不提及的话，那我可就要再另找机会了。所以，这一次我不能再有任何的耽搁。

“刚才你问我是否在想着赛普内姆的事，那你一定明白我心里想说的话，对吧？”

他默默地点了点头。我又接着说了下去。

“我现在的脑子里可真是一团糟，全乱了，兄弟！首先你看看我们所做的事。我们好不容易在她身上取得了一些进展。现在她已开口说话，

---

① 阿费夫·雅乐（Afife Jale，1902—1941），土耳其著名女戏剧演员，生于伊斯坦布尔。1997年，为纪念她在戏剧表演方面所作出的贡献，土耳其著名保险公司——雅皮信用保险公司（Yapı Kredi Sigorta）资助并设置了这项年度戏剧大奖，以专门颁发给国内优秀的戏剧表演者。

而且还差不多回到现实生活中来了，这很好。可是这之后又该怎么办呢？如果她能以这样的方式重新回到我们中间来的话，那她到最后似乎就真没地方可以落脚了。另外……”

说到这里，我突然停下话来。因为就在我继续要说下去的时候，他突然不再愣神，并打破沉默，脸上露出了一丝微笑，这就是我刚才为什么没再说下去的原因。这种微笑可意味深长，而且还会引发出许多新的疑问来。不过在这一刻，我既没那个功夫去琢磨这些问题，也没什么兴趣去问他为什么会露出这样的微笑，因为我想告诉他我此时的感受，而且我想让他和我一样也能体会到这种感受。可是，他那种若无其事的表情很是困扰着我，让我觉得很别扭，因为我感到他根本就没把我说的话当回事。此时的我为什么会有这种感觉呢？为了弄清它，我得重新回到过去才是。只是在这一刻，我连提这个问题的勇气也没有了。这就是我此时的感受，就连自己对自己所处的这种窘境也大为不满。也许这正是我进行自我救赎的唯一机会。无论如何，我也要让自己从现在的这种窘境中摆脱出来。我要说下去，我要更多地敞开心扉，将自己的心里话说出来。就这样，我又说了下去。这一次我不知道，我该说些什么，又该怎么说是好。对此，我不得不承认我这方面的不足。

“另外，我也在问自己，我为什么就想做这件事，而且为什么要把这件事全揽到自己身上。难道是因为友情的缘故吗？也许是吧。不过你也知道，仅是因为友情的缘故这可是说不过去的。老伙计，我告诉你，我从来就没刻意要对切拉撒什么谎，这些你是知道的，而且也从来就觉得没必要对她撒谎。不过，话又说回来了，有时候，我像许多其他结过婚的男人一样也在梦想着得到一份甜蜜的爱情。说句老实话，这样的爱情我既没邂逅过，也没敢主动寻找过。也许在这种爱情来临时，我还没来得及体验，就稀里糊涂把自己给封闭了起来。可是现在……现在所发生的一切也都是另外一回事了。也许这已不再是那种惊天动地、海誓山盟的爱情了,就连说一说我也不愿意了。我不知道这究竟是为什么,也许只有让我经历的一切来告诉你了。我为什么会对别的爱情麻木不仁,无动于衷呢?或者,我根本就不想去从别的什么爱情中寻找精神慰藉了。”

我所说的这番话,听上去可真像是一个迟来的表白。一种表白,一种到目前为止我根本没想到要做的表白。对这种表白我到底还有怎样的期待呢?我究竟在寻觅何人?我又在寻觅着什么样的事呢?

“我俩都清楚,你一直在寻觅着什么。”

说话间,他抓住我的手臂并狠劲地攥了一下。我感受到了他的友好以及他对我的信任。就这样,我们又慢慢开始触碰到一个敏感点,它让我们又不得不面对现实,和现实做一次真正的对垒。

“这个赛普内姆可再也不是从前的那个赛普内姆了。她早已离我们远去,消失得无影无踪,正如我们那时候的那股激情一般。唉!现在的我们也只能寻找从前那部分影子了。唉!这部分回忆,我们已不知把它遗忘在何处了。所以,也正因为此,我们才坐在这里了呢。”

现实真的就这么残酷吗?在这样的现实面前,我们真的是百般无助吗?难道现实真的把我们变得如此自私,如此自我吗?我想得到他的明确表达。也许在他的这番话语中还隐藏着某个问题的答案,而这个问题我根本不敢提出,也无法提出。然而,我还是往前试探了一步,誓要做最后的自我抗辩。

“是不是正因为我们的这种自私自我,才导致了这种谋杀行为的发生,而这种痛苦我们又无法承受得起呢?我们怎样才能伴着这种痛苦继续生活下去呢?而你又怎么伴着它过下去呢?”

听到我这些问题后,他松开了我的手臂。我默默地坐在那里等待着他的回答。我的等待不能说没有道理。接下来,他说的这番话远远出乎我的意料。

“我已作出决定了，是的，就在昨天晚上。我已经考虑好了，该怎么跟你说出来呢？也许现在正是时候。不过，这件事我还要和扎福尔·贝伊再谈谈。我想把赛普内姆接到我身边。我想和她生活在一起，当然，我是说如果她愿意的话。如果她真的愿意，我甚至考虑好了我和她结婚，永结百年之好呢。要知道，这么有意义的姻缘我是绝不会放弃的呢。”

这一刻，我当然不知该如何回答了。我真没想到他会说出这样的话来。此时的我顿觉天旋地转，一下子不知如何是好。惊奇、喜悦、痛苦、妒忌等一下子全搅和在一起，令我窒息，令我眩晕。也许，我接下来的这番话正是由于这些情感搅在一起中和发酵所致。另外，我也在竭力适应此时这个不适的氛围。

“你认为，他们会让她出来吗？你要知道，我们可不是在电影里呢，伙计！那里可是有它自己的规章制度呢，何况你本身又不是她的亲戚。我觉得这事有点玄乎。”

他点了点头，那神情好像在说，他已想到了这种可能性的存在。另外，从他的这个动作中，我也能看出他一种很坚决的态度。看来，他似乎已找到了答案，而且他所说的话也印证了这一点。

“我知道，我知道。说容易那绝对是不可能的呢。不过，我肯定要去尝试一下，并尽自己最大的努力。你知道吗？昨天晚上我可通宵没合眼呢。我一直都在考虑着，该怎么把这件事跟你说清楚，同时也让那位医生信服。我们肯定还要作咨询了解，看看是否可以通过法律途径来解决这个问题。也许……也许我可以以法定监护人的身份来照看她。要知道，我们毕竟不是在拐卖这位姑娘嘛！另外，他们也肯定愿意把她交给别人照管嘛！你说对不？这样的话，他们不就不用再对她尽责任了吗？

对他们来说，这难道不是再好不过的事情了吗？到时候，你一定会看到，他们一定会给她一个吻手礼，送她出门，和她告别的。”

看来，他已有了为自己找好新出路的打算了。除此之外，我也没任何别的想法。然而很遗憾的是，我还一直呆坐在那里，茫然不知所措。一方面，我想趁着这会儿工夫来理解一下他这番话的含义，并体会他的情感；另一方面，我也想对自己做一番保护，并让我心内生出的这股妒火能慢慢消退下去。他这番话可真让我妒忌啊！在这些情感的驱使下，我很想知道，对于他提出的这种想法，赛普内姆听到后会有什么感想，毕竟她也是我们这个故事的另一个当事人啊。

“按照你的想法，你觉得她真的会跟你一道离开那里吗？”

听到这些，他将头从一侧慢慢转向了另一侧，而且在慢慢转头的时候，他的双眼还一直紧盯在那里愣神着。他终于有了一丝笑意，不过，他还是沉默在那里，那样子就好像他要在这番沉默中讲述着什么，只是这一次他在自己的内心里自言自语着什么。毫无疑问，我这个问题的提出自有它一番道理。尽管如此，我还是装作一副若无其事的样子，就好像没把这个问题放在心上一般。是不是我在阻止他叫他别干此事呢？就这样直统统提这么个问题可不是我的风格，而且这也让我感到了浑身的不自在。不过，我知道，我的这些感受可是一种人之常情的感受，也是真切的感受。难道他就理解不了我的这种感受吗？或者是不是正因为他理解了我的感受，所以才不敢抬头看我，也只能在沉默中对我微笑呢？接下来，我觉得很有必要再向他抛一个问题。就这样，我又向他挪近了一步。这一次，这个问题对我们来说根本不是个什么陌生的问题，也仅是我提问的时间和地点作了改变而已。

“告诉我，你为什么要这样做呢？”

他还愣神在那里。听到我这个提问后，他开始慢慢抬起头，然后将墨镜摘了下来。很显然，他想让我更清楚地看到他的表情反应。在这一刻，我终于看到他目光里所隐含的那种深深的悲伤之情。同样，他的回答声里也充满着深深的哀伤，令我感动不已。

“只因为生命在渐渐远逝啊……”

此时此刻，我感到自己的内心有了一阵无尽的酸楚，它让我难以喘息，难以安宁。说句实话，要是我没控制住自己的话，我真的会当场放声大哭起来。现在的我又面临着一直以来就有的担忧，那就是我要为自己的生存进行一场新的战斗，不管发生什么，我也要确保自己的生存。他明白我此时的处境，而且我本身也看到了我必须看到的一切。这种隐忧甚至在提醒我应为自己的这种隐忧感到羞惭，毕竟我们都忘不掉那道历史的遗痕。在那道遗痕上，无处不是不公和痛楚。现在，该轮到我来抓他的手臂，然后再狠攥它了。说真的，我们所经历的一切可都是有代价的，这其中也不知有多少人付出了自己宝贵的生命。就那一个早上的工夫，许多生命，许多希望，许多梦想就这样付诸东流。然而，我们却挺了过来，并且一直坚持到了最后。说真的，正因为他迈出了自己想迈出却没能迈出的那一步，我心里对他可妒忌了。这种真情实感我得不断向他坦白才是。如果以这种方式向他坦白的话，我想，它一定也会给我带来一个崭新的希望。我知道，此时的他已看到并感受到我内心的这种挣扎。是啊，要是他主动先问我或者先告知我的话，那我可是根本没必要这样隐藏自己的，更何况我俩就是这样一对知根知底的好兄弟，也从来就没有什么要隐瞒对方的地方。只有这样，我才能解释清楚。接下来他的这番话显然是一种安慰我的话语。

“我真的无路可走了，伊子。我人生的一部分，我人生那非常重要的一部分早已不知遗弃在了何处。我不知道，你对此究竟能明白多少，也不知道究竟怎样才能让你明白。你相信我的话好了，我这部分人生真的是给毁了。现在的我已是一个赤裸裸的我,我还有什么不能失去的呢?”

这一次,他的这番话我终于听懂了,尤其是他的那种真诚,那意思…… 那意思无非就是他比我更需要赛普内姆。也许这本来就是他应付出的努力,而且也是他最后的一次努力。对于他来说,这种努力可非同寻常,意义重大。不过问题是,他为什么从前就不敢付出这样的努力呢?说实话,对于这一点,我真的已迫不及待,很想现在就把它弄明白。是啊,我们自身的缺点,我们所处的困境,还有我们所遭受的那一切损失都在迫使我们不得不有这样的行为。这一刻,我发现,自己更加喜欢他了。这种喜爱又开始将我们的思绪引向另一个地方,因为要是我从这个角度来看问题的话,那我还真的会生出嫉妒心来。不过,对于这种嫉妒心,我在此可以做出自己的承认表白。

“你把我的心上人给活生生抢走了,你这个混球!而且还是当我面抢的呢!”

听完我这番话,他哈哈大笑起来。而我这个爱吃醋的男人呢,面对此情此景,也不由得跟着发出了笑声。这一刻,我好想再回到我们从前那个天真莽撞的时代。我们想起了逛窑子的日子,我们想起了寒冷冬夜里烟囱煤烟味弥漫在尼桑塔希大小胡同里的日子,我们想起了我们在那帮打牌小青年面前说出的那番大言不惭的话语,我们想起了我们偷看沾着脏兮兮油墨的裸体女人画报时那种亢奋的心情……现在,有些人生片段离我们已那样的遥远,就连那座城市也同样离我们很是遥远。此时此刻,我们遗失在那里的一切也只能以这样的方式追忆了,也正因为如此,我们必须抓住眼前生活赐予我们的一切。我再次看了他一眼,坐在我对面的可是一个受到了很深伤害的人啊。这时候,我别无选择,也只有告诉他面对眼前这幅景象我内心的感受,同时,我也想告诉他,我为他目前的境况感到高兴。只是说这话的时候,我虽把他看成是一个玩笑对象,但所开的玩笑也只是一种温柔的情感表达而已。

“这就是说，我们革命者不讲情面，尤其在生活面前那就更冷酷无情的噢。还是看看你吧，你都做了些什么，你都有什么样的感觉，而且你又让我生出怎样的感觉来。”

听到这些，他顿时露出了不屑的神情。接下来的这番话听上去就像是他在为自己所遭受到的不公做着辩解。

“为什么？你所说的根本就不是这么回事嘛。并不像人们所想象的或者自己所展示的那样，革命者也是有血有肉讲感情的人嘛。不错，他们是一群讲原则、守纪律的人，这是由于战斗的需要他们不得不坚强，不得不冷酷。即是如此，他们仍然是讲感情、重情义的人呢。正因为这个世界上还存着许多不公平的事，所以他们别无选择，唯有反抗而已。为了这种反抗，他们甚至不惜冒着生命的危险。在许多充满着诱惑的‘阶梯’面前，他们本可以不顾一切踩着别人的肩膀向上攀爬，但他们却深明大义，高瞻远瞩，做出了另一种完全不同的人生选择。”

他话语中的颤抖声我听得清清楚楚。只是他似乎有什么事在瞒着我，无法向我开口。这种情感的爆发是因为他个人方面的原因，还是因为我们必须应正视的某种现实呢？不管如何，我觉得他这番话很有意义。可不是嘛，我们的人生也正需要这番话来转变我们的惯性思维。然而，我还是回答不了他的话，所以也只有握住他的手，让他再一次感受到我内心的情感。这本身就是一种回答，一种默默的回答。此时，他再次看了看我，我很了解他的这种眼神，我感觉他还有什么想对我说的。我在等待着。我也看了看他，那神情在告诉他，我已做好了倾听的准备。此时的我异常平静，因为我不知道，他到底还有什么要对我讲述的。如果真有什么讲述的话，那我将马上让自己进入到那种特别的讲述氛围中，也不管它会带来多大的反响。无论如何，我也慢慢适应它，我要让我们所经历的一切在我们的心里打下更深的烙印。就这样，他这番开场白一下子就在我脑海里划下了一道深深的印痕。

“其实……其实我对你隐瞒了一件很重要的事，它涉及赛普内姆，更确切地说，它涉及我们三个人。也许……也许我对你讲过的事最好从头再说一遍才是。你还记得我们第一次见面的那个晚上吗？在那个晚上，你可是向我打听过赛普内姆的。然而，我不能，也真不忍心说出这里面的实情来。”

听到这些，我的呼吸顿时加快了起来。我想控制住它。他的声音更颤抖了。此时的我唯有沉默而已。我俩都认识到，一场我们要面对的现实现在已无法回避。他接着又说了下去。

“你还记得，第一次去探望赛普内姆的时候，我在花园里都跟你说了些什么吗？”

我当然记得他对我说的那些事。对于那些事，我怎么会轻易忘记呢？在引领赛普内姆前行的人生路上，我不仅让自己遭受到心灵重创，也让她尝到了许多人生痛苦。我再次看了他一眼，那意思是想告诉他，他那天所说的那些事，哪怕是每一个小细节我都记得一清二楚。于是，我又让他说了下去。只是这一次，他已不在乎他说话的颤抖声了。

“那个故事……那个故事是我编造的一个假故事呢，伊子！当然，前面我讲的那些事，比如她父母的情况，她孩提时代所经历的那些痛苦以及她对绘画感兴趣的事都是真的。不过，那场大火就是我编的了。其实，赛普内姆根本就没去过巴黎，而且她也根本没跟什么法国演员结婚生子。另外，那个房子也没有被烧掉，因为……因为她最终和我一起跑到安卡拉去了！这个决定就是我们在那个夏天快要结束的时候做出的。开始的时候，她真的做出了去巴黎的决定。这一点，她对你也没有撒谎。不过随后……随后的那个夏天里，我们俩已更近地走到了一起，可以说如影随形相伴在一起，你明白吗？我没让她去巴黎，而是劝她去音乐学院学习。你知道，当时的我们已爱到了如痴如醉的地步。就这样，我们俩怀着欣喜的心情去了安卡拉，为的是要在那里开始一个崭新的生活。对不起，当时的那些事我们必须瞒着你才是，因为我们知道，你有多爱她。这让我们颇感压抑。然而，尽管如此，我们还是尽情享受着我们的那份甜蜜。说真的，这些事我甚至连我母亲都没告诉。我们的事就这样一直在偷偷摸摸地进行着。我说这些你应该是懂的。我们始终认为，终有一天你会理解我们，原谅我们的。每想到这些，我们心里就多了一份安慰。”

此时的我已没了话语。这一刻，我既摆脱不了一种被蒙骗、被愚弄的情感纠缠，也无法回避赛普内姆怎么会疯狂到如此地步这样的问题。此时，我的内心已像团乱麻，根本无法再理出一个清晰的头绪来了。他似乎很理解我的感受，接着又说了下去。

“也许你现在很恼火，真的，肯定不是一般的恼火，既对我恼火，也对她恼火，不过，还是请你再耐心等我把话说完，因为你要是听到后面我所说的这些事情的话，那刚才我所讲的这些事可就根本不算一回事啰。正如我刚跟你说的，在安卡拉的那场人生奋斗还在等待着我呢。就这样，赛普内姆上了音乐学院。我们各自住在自己的宿舍区里。随着时间的推移，我们的生活也在不断发生着新的变化。我们一起参加游行，一起接受新思想教育，同时一有机会，我就叫她放下手里的事，多加入到我们组织队伍里来。反正她也不想在音乐领域取得多大成就。这种两头都能照应的事很好，尤其对我更是如此。这一切给了我莫大的安慰，它让我相信，我能保护她远离危险，远离不幸。另外，随着斗争的深入，我已变成一个越来越坚强的人。我也知道，那些女儿情长的事我应该在自己的心里慢慢收起，因为这是革命斗争的需要，也是一个无法回避的残酷现实。只有这样,我们才能承担起历史使命,并将战斗进行到底。有她在身边,我的有些缺点也在很大程度上得到了纠正和克服。这就是一般人不知道的我人生的最大收获。是啊,我人生的最大收获,你明白吗?这对我来说可不是一般的重要,毕竟我们都不知道,我们的人生中接下来又会发生什么。这样说吧,开弓没有回头箭,我们已走上了一条不归路。尽管她会有恐惧,但她告诉我,她还是愿意和我在一起。她就这样一直和我相守在一起,直到后来发生了那场军人政变。那些日子真是令人恐惧的日子啊,我们所有的人一下子都跌进了黑暗里。于是,我做出了一个决定,一个虽然我不愿意但却是绝对必要的决定。我们必须再次分手,因为我随时都有被抓的可能。我不想再让她受我牵连,因为我连累她已经够多的了。就这样,我告诉了她我的这个想法,同时我也建议,我们得各寻出路,希望都能安全地返回伊斯坦布尔。听到这些,她坚决反对,誓死不从,并告诉我说她绝不会抛弃我,无论如何我们也要相守在一起。然而,我还是一再坚持着自己的想法,最终说服了她。我告诉她,等局势平静后,我肯定还要来找她的。我不知道我们的分手会持续多长时间,但我敢肯定,只要风声一过去,我立刻就联系她。即使我不得已逃到国外的话,我也会想尽一切办法,把她接到那里。现在你恐怕想象不到,我们最后是如何分手的。当时的我想都不敢想,她会有怎样的感受。我们不得不为各自的生存做最后的拼搏。这之后所发生的事你也知道了,就像我跟你所讲过的那样,我怎么在那户同情我的人家躲避追捕,又怎么偷着跑回家探望母亲,然后又怎么被抓,又怎么顽强地忍受着一次次的审讯和严刑拷打。唉!那一次次生不如死的审讯啊!在那里面,我经历了无法形容的死亡场面。我……我真的跟任何人都无法形容那样的场面。终于,这么多年后我告诉了你,而且是第一个告诉了你,是的,能说的我全都告诉了你。我最终还是顽强地经受住了那场考验。就这样,我们俩彼此失去了音讯。不管怎样,我要拯救她的信念一直给我以力量。也许你会问我,什么时候是我最绝望的时候。那时候我对此所作出的回答应说是绝对正确的。只是有一次倒是发生了一件意外事,而且是件很重要的意外事。上一次,我差点就告诉了你,只是最后的那一刻我还是忍住了没说出来,因为我害怕,而且也不敢对你说出来。你知道,那是件什么样的事吗?你要知道,在审讯的时候,我可从来就没向他们屈膝求饶过。然而接下来的有一天,他们突然将她带到我面前。原来,她同样也落入到他们的虎口!她被捕了,是什么原因导致她遭此不测的呢?此时再问这些已没了任何意义。那个时候,一切可都要比照那些所谓的法律规定来审讯。他们对她叫嚷道:'我们倒要看看,看你还能撑到哪一天。也想看看你现在能撑多久!'然后他们就当着我的面用电棍电击她的脚趾。我知道,她在默默忍受着。当她被带到我面前时,她睁大眼盯着我,并使劲地摇着头。谁知道她想说什么呢?好长时间我都在想,这下子我完了,我真的受不了她遭受这样的痛苦。然后……你知道吗?你知道我然后又做了什么?我什么也没说,我一个字也没从嘴里冒出来。就这样,我垂下头,合上了眼。我虽然闭上了双眼,可我的耳朵还能听到那恐怖的一切。要是我的双手不被反绑着的话,我肯定会捂上我的耳朵,什么也不想听的。我的双手就这样被反绑着,而且被绑得结结实实,不能动弹一点。此时的我一言不发,你知道吗?我什么都没说,而她也一句话没说。等我再次睁开双眼时,我看见,她在痛苦地望着我,眼里也充满了痛苦。她那种痛苦,还有那种无助。当时的她会是什么样的感觉呢?她在期待着我什么?我不知道。我唯一知道的就是自己绝不能中他们的招,上他们的当。然后,他们停止了对她的折磨。晕死过去的她被拖了出去。他们锁上门后,我听见其中的一个打手说道:'这家伙嘴好紧啊,他还真的能挺住呢!'也许这句话就是他们其中的一个骗招而已，或许又不是吧。对于我来说，我永远不知道这是不是个骗招，反正这已不重要了。在经历了这番折磨之后，你不觉得赛普内姆是个更可亲可敬的人吗？从此，我更不怕他们的残酷折磨了，甚至一场折磨在某种意义上让我变得更幸福，更坚强。最终，他们在我身上白费了力气，也从此停止了对我的折磨。随后，他们对我也一直不闻不问，把我关在那里。然而，赛普内姆的命运仍牵着我的心。我多方打听，可就是得不到她的一点消息。这期间，我想都不敢想，我好害怕她会有个三长两短。我不断在给自己打气：她还活着！她肯定还活着！她一定还在和他们做着顽强的斗争！我知道，也许过几年我会被放出去，也许这辈子就永远在那里面了。就这样，一天天，一年年，时间在无声无息地流逝着。不管时间过去多久，那一幕始终像一个可怕的噩梦一样，总在我的心里挥之不去。我也告诉过你我出狱时的感觉。当然，你肯定要问每个人都会问的问题，那就是：这之后，你寻找过赛普内姆吗？是的，我找过她，而且到处也找遍了。不过，要是我对你说，我找她为的就是要做做样子，或者我根本就害怕找到她，你会相信这些吗？这样的寻找真的还有意义吗？也许是因为我没花足够的气力去找寻她吧，毕竟我们同志和战友的圈子也太小了，而且一直是这样。而今天，这个圈子就更小了，因为我们中的许多人都没了音信，而且彼此之间都不再有交流。是啊，出现这种情况，一方面是因为他们要谋求自己的新生活，而另一方面，他们也不想活在从前那段日子的阴影里。对他们，我既不会指责，也不会生气，我要做的就是多理解他们。哎呀，这一切也都无所谓了。我现在只想说的是：要是当初我真的发动我那些老关系的话，我早就把她找到了，绝对如此，对此我一点都不怀疑。然而，要是找到她后我又该怎么办呢？那时候，我真的感到自己已精疲力竭，而且两手空空，一贫如洗。凭这个样子，我到底能给她带来什么呢？如果你能理解我的话，身处这种境况的我是无论如何也不想在她面前出现,就像我当时不想见你一般。或许,当时的她也在为自己的新生活打拼着;或许,她根本就想忘记自己所经历的那一切;或许,她甚至已经有了一份新生活,而拥有新生活的她也许已不想再见到我,唯恐我会去惊动和打扰她了。说句真心话,要是被她视为累赘的话,我还真的忍受不了呢。另外,我想说的是,我曾答应过她,待局势缓和后,我会去找她。而事实上,后来的局势对我来说也根本就没出现过转机。毋庸置疑的是,我的心还在她那里,特别是在我们那次监狱里的最后一面之后。然而,尽管如此,我还是不敢再往前多迈一步。其实,从我做出去希腊的这个决定中,也可看出我在有意回避着她。你知道,我当时可不愿意承认这样的现实,只是过了若干年后,我才真正承认了这些。也就在那个时候,伊拉成了我的精神支柱,一个暂时的精神支柱。我们俩都知道各自所经历的一切。不过尼哈尔呢?我们为什么就没能将我们的那种关系进行下去呢?对此你又有怎样的看法呢?因为我始终对赛普内姆都心存希望,是的,她一直都是我的希望。要是她在等我怎么办?冥冥之中我一直都能感受到她那无声的呼唤。日子就这样又过去了好些年。那个时候,我虽然明白自己能感受到她的这种召唤,但我还是谈不上能看清现实真相,不过,那种感觉却始终在那里。而且隐约中我感觉到,自己好像已离她越来越近,在一步步靠近着她。人们会说,我们的人生有时候往往会存在着许多巧遇,也就是说,往往会存在着某种命中早已注定的见面安排。这期间,我在尽可能地忘掉那些痛楚,并把那些痛楚深埋在心里,更准确地说,我要通过遗忘的方式燃起新的希望,同时我也不想就这样否认我自己。某个新党成立了,他们找到了我,想让我加入。对此我也没拒绝,加入了进去。之所以这样做,一方面是因为我想有一番新的经历;另一方面,我也想了解一下,看看我们还有多少同志和战友还幸存着,看看他们都以怎样的方式幸存了下来。结果,那些幸存下来的人要远比我想象的多。这其中就有我们当年的一位老战友,他对我们当年的情况很了解,没想到这么多年后我们还能有幸再相见。然而,见到他后,我又不得不面对新的残酷的现实。从他那里,我打听到赛普内姆还活着,并且处在什么样的境况。不过,时隔多年,若再去了解她怎么进了那家医院,是谁把她送进去且丢在了那里,这些统统都不重要了。对此,我没问这些,也根本不想再费脑筋去打听这些事。我所知道的重要细节是她在那里都经历了什么,更重要的是,我还知道,她生活在那里,而且已到了不能再开口说话的境地。唉!这可是我做梦都没想到的事,我怎么会打听到这样不幸的事呢?现在的我可再也不能躲着她不见了。这再一次触碰了我的心理底线。现在她所待的那个地方离我不远,也就那么几公里的距离。然而,虽距离很近,但还是让我犹豫了好一段时间。在我们那些年一同经历了那些事之后,我应该怎样出现在她面前呢?我真的还敢在她面前露面吗?要是她真的见到我的话,她会有怎样的感受呢?这些问题可真让我伤透了脑筋。然而,在自己经历了许多内心挣扎后的某天早晨,我还是去了医院。在那里,我找到了她,因为那时候我真的开始想找她了。我觉得,你应该也要看看那幅场景才是。等我们再次见面时,她看我的眼神完全就跟上次你们见面时她看你的眼神一样。尽管我们在一起有过共同的往日,可她看上去就一直一个人在呆笑着,无动于衷,并陷入在深深的沉默里。我想和她说说话,并告诉她我能说出的一切。可是我不能断定,她是否能听见我在说话,更别提她能认出我来了。看到这一幕,你不知道我的心有多痛啊!一下子,又有好多往事涌上我心头,让我伤心不已。我感觉自己又像是经历了一次死亡。这难道就是我苟延残喘在这个人世间的最后回报吗?你相信我好了,在这一刻,我脑子里真的想到了这个问题。我到底都干了些什么?我到底是个什么样的人?在那里,我认识了扎福尔·贝伊医生,也和他做了一些沟通。他所讲的情况也跟他第一次见你时所说的一模一样。他告诉我,好多年了都没人来这里看望她了。只是在此之前,她母亲倒是来过这里几次。一个言语不多、特别显老、神色忧郁的中年女人,这就是她当时留给扎福尔·贝伊医生的印象。从她那里,他了解到,她已没了男人,家里除了剩下的那座空荡荡的房子外,其他什么也没有了。由此他得出一种印象,这个可怜的女人恐怕再也不想见她这个女儿了。据他所知,后来,那个女人就搬进了养老院,最后死在了那里。这种不幸让他对她的女儿更多了一份同情。然而,医院里的医疗条件毕竟还是很有限的。虽然他在关照其他病人的同时更关照赛普内姆,但这样也不能从根本上改善她的病情,让她彻底地恢复。就这样,在我和他交流的时候,他耐心地听着我的讲述,脸上也满是同情。他已经知道了我的一些事,不过具体情况他不是很清楚。他要我对她多些耐心,不要强迫她,给她什么压力。是啊,面对眼前的这般现实,我该如何是好呢?我还应继续让她一个人待在那里吗?难道那次见面后,我还能继续闭上眼,装作什么都没看见吗?这显然是说不过去的了。就这样,我经常去那里看她,也一直怀着希望,能当面向她做一些解释,多做一些交流沟通。然而……然而我始终没能找到一个克服我们之间距离的良策。她没和我说话,我想尽一切办法把自己能想到的都告诉她了,可她就是不和我说一句话。好多次我就这样去看望着她,可她一直就像是没感到我的存在一样。随后,我就从远处观察她,看着她如何在花园里散步,然后又如何一个人默默地坐在凳子上愣神。对此,我真是束手无策,也只能默默祈祷着,她能活着就好。另外,我还自欺欺人,一个劲儿对自己说,她终于找到了她自己的那份宁静,也回到了她那个和平宁静的内心世界里,她从此不用再折磨自己,也不用忍受我对她的折磨了。就这样,我尽我所能改善她的生存条件,为的就是让她能生活在一个更好的环境里。从此后，我人生的一部分就放在了那里。也许她要一直待在那里，也许我的人生就要这样一直坚持到我生命的最后一息。我知道，我这样做，其实也是在惩罚我自己，为的就是能减轻一些自己的罪责感。不过我知道，我会这样永远陪着她，不管发生什么，我都会如此。随后呢？随后就是你我的见面重逢。也因为今天你在场，很抱歉，我这个故事又做了一些新的改变。”

现在，终于该轮到我来说些什么和问些什么了。此时的我已深深沉浸在一片痛苦中。说真的，这片痛苦本可阻止我，让我沉默不语，一言不发，但不知怎么地我还是有问题想问问他，哪怕自己不愿意听到接下来我所听到的一切。无论如何，我一定要问问他，为的就是能更好地了解事实真相，也尽可能让自己面对眼前的现实。

“我不明白，你为什么要编出那个火灾故事来呢？”

他笑了笑，那笑意很是苦涩，那样子就好像他已做好了再次忏悔的准备一般。

“你不妨想想我们第一次见面后的那天夜里我都做了什么。我独自一人，我就这样将我们从前所经历的那些事又在脑子里过了一遍。我在深深地思考着。你我彼此之间都为对方做了什么，我们所过的又是一种怎样的生活，当然，还有你的无辜和你的真诚，这些无不深深地感动着我。另外，你的出现以及你重新找到我之后所表现出的那般欣喜，这对我们三个人来说可是一个天大的喜事。无论如何，它都是一个好机遇和新希望。我知道，只有你，伊子，才能让她真正回到现实生活中来。是的，也只有你那份纯真的爱才能感化她，让她回归到自己的生命里来。我确信，她会感受这种爱的召唤，也愿意听凭这种爱的驱遣。在这个问题上，恐怕连你自己也没想到自己会有这么大的魔力吧。唉！我们可都是一帮形象丑陋、伤痕累累的人啊。说真的吧，要是在医院的那个上午我对你讲了这些事实真相的话,那你的那股热情很可能早就烟消云散了。而且你还会感觉自己就像是被骗了一般,也肯定会将我们拒于千里之外。现在,你该明白我的良苦用心了吧。这样说吧,我们每个人都无可指责,我们每个人都有丑陋不堪的一面。然而正如你所看到的一样,我毕竟还不是个糊涂人。她回来了,因为她看到了你内心的那种纯洁和真诚,也最终告别了自己的暗暗沉寂。所以,和你相比,在她面前,我实在是黔驴技穷,无计可施,这也就是你去医院的那些日子里我为什么一直躲着不见你的原因。我知道,也许现在的你恐怕要生我的气了,因为你有可能会有一种上当受骗和被我利用的感觉。可是……可是你要明白,你同时应该也有一种受人尊敬的感觉,特别是受到赛普内姆的尊重。"

我真的被他利用了吗?在这一刻,我无法回答这样的问题。我只感觉到,我不能让任何人感到有什么不快。另外……另外这件事还可在我今后的岁月里继续温暖着我的人生。我已看到,我身上蕴藏着怎样的力量。我们三个人的人生又何尝不是一部生死相依、紧密相连的命运史呢?在这个世界上,有多少人又能经历到这样的人生传奇呢?眼前我对面坐着的可是这样的一个人,他已向我完全展示了他过去人生中最黑暗的一页。在这里,我不想让他那一页黑暗人生给别人带来什么不良影响,更何况他的某些短处也给我平添了许多力量。另外,还有更重要的一点,那就是我从心底里对他产生的那种友爱之情。我能感受到,他对我又是多么的敬重啊。这时候,我抓起了他的手,我告诉他,我不会责怪他,也不会对他生气的,只不过自己感到有那么点受到伤害和被冤枉而已。人生在世,谁还能没个受伤害和被冤枉的时候呢?当然,我也感到自己受到了一些欺骗和愚弄。但总体上来说,我既不对他生气,也不责怪他。难道我们所受的伤害还不够吗?难道我们还不明白,从这些伤痛中走出来的我们哪个不是遍体鳞伤,身心俱损呢?身为一个人,他总免不了要对自己所做的事进行思考。我们深知,我们是何人,同舟共济,共克时艰对我们来说又意味着什么。听完这些,他也握了握我的手,并回答了我。他说,人生最怕的就是什么都不经历,和这些相比,能经历些奇妙的情感关系显然要更刺激、更有趣。我理解他的意思。对此,我也无法做进一步深入探讨,也只有点头并保持沉默而已。到此为止,该说的我也对他说了,我不知道,我还有什么可告诉他的了。

带着这些情感,我们从桌子边站起了身。此时此刻,对我俩来说,可还有个故事在等着我们,它还远远没有结束,还要将我们带进另一个无法预知的现实里。尽管如此,我心里还是有种很宁静的感觉。这种宁静我可好多年都没有感受到了。我敢肯定,此时的他和我一样,一定也有着相同的感受。要是我们知道,后面的我们还会有怎样的经历,我想,现在的我们肯定就不会这样平静了。不过我知道的是,从现在起,再也没有什么可将我们轻易分开了,尤其是在他对我袒露心扉之后。对此我深信不疑。我已感到,现在的我们正慢慢走近一个这样的人生阶段,在这个人生阶段里,我们对自己错失的每一个精彩时刻都将感到无比惋惜,无比遗憾……

为了不再死去，也为了重获新生

从现在开始,我们所经历的这一切既将给我们带来更大的震撼,也将给我们带来更多的感动,而且这些还将在我们每个人之间得到更充分的体现和展示。对于我们来说,时间每前进一步,我们就多了一份对离别的恐惧;事情每往前发展一步,我们就多了一份“最后一次”的伤感。然而对我们大家来说,这也未尝不是一扇大门微微开启的良机。透过它,我们会看到,还有许多想不到的新景象和新团聚在等着我们去经历和感受。在我和内兹米见面后的第二天,也就是礼拜天这个日子里,我们又做了许多感人的事。每个人都带着各自的欣喜、各自的期待来到我家,他们都想展示一下自己为大戏上演所做的一切。不过,每个人所做出的努力都不尽相同。我布置的剧本修改任务大家都出色地完成了。约格斯甚至做了更多的事,他居然把编排方案也给草拟出来了。另外,赛普内姆也带来了修改内容，只不过里面是几幅她手绘的场景画面，很显然，她想用这些场景画面来更好地说明修改内容。这一次，她是和内兹米一起来的。这可是我想看到的结果，更确切地说，这其实是我们俩昨天就商量好的事。另外，昨天晚上，内兹米还给我打来了电话。他告诉我，在我们昨天谈话之后，他接着就给扎福尔·贝伊医生打了电话，他把自己的那一整套计划和想法都跟他说了。为此，两个人做了详细的商谈。就这样，既带着兴趣，又带着同情，扎福尔·贝伊医生接受了他的想法。所以，一切看上去都很有希望。有这么多人的支持，还有医生的关怀照顾，我相信，赛普内姆告别医院的日子指日可待。内兹米还告诉我，扎福尔·贝伊亲口告诉他，说赛普内姆的病情已有了很大改善。他认为，再等等看，再多些耐心观察她一下还是有必要的。如果其病情真的没反复的话，他会积极赞成她出院，并希望她能找到自己的新生活。当然，如果赛普内姆能回到“正常世界”中某个温馨环境里去享受生活的话，那将是最好不过的事了。另外，他会促成此事，也就是说，他很快会带赛普内姆去一趟市医疗安全管理委员会，向他们递交一份赛普内姆的出院申请报告。他认为，他们很有可能会做出一个积极的决定来。在和我道出了扎福尔·贝伊的那番见解后，他告诉我，第二天他仍想把赛普内姆再接过来，当然还得在医生的陪伴监护下。听到这些，我很是惊讶，没做任何评论，也仅是说了句“很好很好，干得不错”而已。此时的我当然明白，我听到了什么，听懂了什么，而且这番话现在又出自何人之口。不管我现在承认与否，一股妒火不由得再次在我的心里燃起。尽管在这种情感下我感到自己的威望在发生着动摇，但同时我也感到很高兴，我既为他感到高兴，同时也为赛普内姆感到高兴，毕竟他们两个人都在以各自的方式为生存而拼搏着，更何况这两个人和我是这般的亲密无间，心心相连。尽管他们不确定最终是否能牵手到一起，但他们已在人生拼搏的道路上循着光明在大踏步前行。就这样,带着这样的情感,我在这个礼拜六早上将他们迎进门。此时的赛普内姆看上去和我们更融洽、更亲密了,只不过在我们商谈剧本的时候她的见解还是那么的稚嫩,那么的不成熟。这期间,她脑子时而一片空白,像是没了记忆,时而又很清楚,居然能说出我们从前的许多事情,特别是有些我们早已忘掉的细节,这很让我们惊奇不已。

那一天,我们感觉像是经历了一个很漫长的一天。我们一直商讨着剧本,而且也差不多商讨完毕。另外,我们还将每个人的对白串了一遍。约格斯的导演工作做得很出色,而且尼索在台词补充改写方面的才能也有力地支持了他的工作。赛普内姆还将继续扮演她那个角色,只不过她对白很少很少。应该说,她这些台词对她很合适,而且差不多都是后来新创作的内容。辛苦工作中的我们真是又饿又渴,于是,我们叫来了比萨外卖和一大堆啤酒可乐等。就连扎福尔·贝伊医生和切拉也为我们忘我的热情所感动,在许多小事情方面也向我们施以援手。就这样,我们根据剧情需要,一会儿组成两人小组,一会儿又组成三人小组,所有我们商谈的内容对剧情来说都非常重要,不可或缺,至少我的感觉是这样。当我和内兹米单独在一起的时候,我问他是否向赛普内姆表达了他的意愿和想法,他告诉我没有,但他已做好了准备,将会在几天后迈出这关键的一步。对此,在来时的路上,当他坐在扎福尔·贝伊车子里的时候,他就和赛普内姆开了这方面的玩笑,这也算是一种暗示吧。当时的他曾这样说道:“哦,现在的你怎么这么漂亮啊! 你可要当心噢,说不定哪一天我会把你拐走呢!”听到这些,她也是很调皮地回答道:“那你就记好了别忘了噢! 哼! 天底下哪有你想的这等美事啊!”在沉默了片刻后,她又跟着补充了几句,就好像她要对自己刚才所说的话做个解释一般。只听她又说道:“哼! 我会逃到我想去的某个地方,或者某个人那里。你等着瞧吧。你知道，我可是有这个能力的呢。”

谁愿意，或者谁还想从她的这番话里找出更多的含义呢？在这一刻，我们已完全没有必要再深究这些了。反正有了这番意味深长的话语，内兹米的希望之门已微微开启，这对于目前的他来说也已足矣。就在我们简短沟通的时候，我突然撞上了赛普内姆的目光，只见她在观察着我们，而且脸上还露出一丝甜甜的微笑。此时的我无法知晓，她到底在为什么而笑。我倒是更希望她能以一种友好的眼神来观察我们这两个曾挽救过她的老男人，当然，她要是能把我们看成小伙子那就更好了。要是这样的话，那可是我最开心的事了。说真的，在这一刻，我仿佛看见，在她那种捉摸不透的笑意之后，一定还隐藏着某种风暴，而它正在她的内心里掀起一场巨澜，让她经受着情感的颠簸起伏。我感受到了这些，正因为如此，我准备单独和她待一会儿。等我们两人结成小组的时候，我问她这两天过得咋样。她的回答既真诚，但同时——坦率地说——又让人不免感到有些担忧。

“我很害怕。我在想着，我怕是永远不能再回到这个世界里了。”

要知道，这一刻可不是我和她谈论什么害怕的时候。即使我们想谈的话，我也不知道，这个问题我们谈到哪里才算是个终结。坦率地说，我对这种害怕也是很恐惧，不敢轻易开口的。所以，我只希望这一天能再找个时间和她好好聊聊这个话题，只有这样我才能让自己轻松下来。就这样，我按了按她的胳膊，否则的话，我又怎能向她表示，我是个永远都站在她身边的人呢？另外，我还有一些其他的信息要带给她。难道我就是以这种模棱两可的方式在表达自己的意图吗？谁知道呢？看来，想再有更多的表达，此刻都不是什么好时机。

在这一天中，我还想瞅个机会，单独和赛丽在一起聊聊。想来想去，我还是鼓足勇气问了她是否和约格斯在一起又有了一番新的人生体验。

说“新体验”也没让我俩感到有多么尴尬,她当然明白我的意思,只不过回答我的却是她那妩媚动人的一笑。我太喜欢她这种微笑了,而且这种微笑也和她的气质、她的神采相得益彰。她没有说一句话,然而,不知怎么地,我隐隐约约又从她那微笑中感受到了某种痛楚,一种痛楚,一种她不愿隐忍,但也只有通过眼神才能向别人诉说的痛楚。不仅如此,我还能看到她内心的某种悲伤,而这种悲伤也应该来自于她的这种痛楚。就这样,该停止想象的地方还得要停止。随后不久,约格斯开始在我耳边嘀咕了起来:“嗨! 伙计,要是你不把我们召集到一起的话,我们俩哪有这个好机会在一起享受人生呢,嘿嘿!”不过,对他的这番话我可大不以为然,因为我对他可是太了解了,他的话有几句能当真呢? 同样不能当真的还有尼索的话。此时,这家伙走到了我身边。当他看见他们两个人在一起窃窃私语的时候,他就提醒我注意留神他们俩的举止,并且还添油加醋地对我耳语道:“这两个家伙一定是在一起干那事了。”一边说着,一边还故意让我听出他那种色眯眯很激动的声音来。

该发生的已发生,该聊的也聊了。现在我们要做的又是为自己的明天打算,再回归到我们现实生活中各自的人生位置里。一句话,在这个日子里,难道不是每个人都做了他该做的事,每个人都说了他想说的一切吗? 所以,这一天既是个平凡的日子,同样也是个不平凡的日子,但无论如何,不管从哪方面来说,我们都完成了一项很出色的任务。不仅如此,在商谈修改完台词之后,我们还来了次小小的对白排练。这已够了,对于这一天来说,这已完全足够了。至于正式排练,我们将在下个礼拜举行,而且再过一周我们就可以将大戏正式搬上舞台了。我会把修改过的台词人手复印一份,并在两天内分发给大家。后面的这段空闲时间内,大家又会在哪里呢? 对于内兹米和尼索两个人来说,他们没什么问题,因为他们反正都在伊斯坦布尔,更何况离尼索回程的日子还有许多的时间。另外，对于赛普内姆来说，其实这也不是什么大问题。可以说，她现在已属于我们，也差不多是我们的人了。然而，赛丽还是要回伊兹密尔的，她还要打点店里的生意，另外，还要为我们张罗邀请观众。当然，她想回去应该还有另外一个原因，这个原因在强迫着她不得不回伊兹密尔，只是这一刻她不愿向我们展示她人生的这一面而已。而约格斯呢，他也要先飞回雅典，然后再返回。和赛丽一样，他也有自己的事情要回去处理一下。等他回来后，他大概还会在这里再待八到十天的样子。另外，我们对其他后续事宜也都一一做了相应的安排。我会去学校再落实一下演出场地的事。下个礼拜六，我们将排练两次，一次安排在上午，一次在下午。到那个时候，我们的服装道具也应该全部到位了。到礼拜天那一天，我们也只能利用上午这个时间段排练了。在我说这句话的时候，大家都将目光对准了我，并露出了一种疑惑的神情。我在全身心地享受着大家都盯看我的这一刻。我最终还是说出了下午不排练的原因。我一边说着话，一边诡秘地朝尼索和内兹米两个人笑了笑，只见他俩此时正好挨坐在一起。在一片期待中，我终于向大家公布了这个秘密："呵呵，不好意思，各位！那个晚上我要和内兹米、尼索两个人一起去看费内巴切队的主场比赛呢！"

说完这些，我很高兴，也很激动。他俩哪会想到，我竟向他俩发出这样的邀请呢。等他俩反应过来后，甭提有多高兴了，惊喜之余，一时也不知道说什么是好。在他们的感染下，此时的我也感到格外高兴，格外兴奋，就好像我们这就要上路，去寻找我们不知遗落在何处的那个精彩刺激的时刻。此时的我们已沉浸在即将比赛的现场气氛中。尼索说，尽管他同时已是一个好几支球队的球迷，但他仍一直关注着费内巴切队的每场赛事，所以不难看出，这里仍有他那股永不熄灭的热情火焰在熊熊燃烧着。是啊，要是这家伙不扭扭捏捏的话，他可以按顺序将我们球队这个赛季的对阵场次一口气报出来呢。比如他就知道我们球队下场的对手是布尔萨队。他甚至还知道,在上一轮战胜了加拉塔萨雷队后,我们球队现已成为积分榜上的领头羊。

现在的我已记不清,我们当时究竟花了多长时间聊费内巴切队,恐怕至少也有半个小时的样子。在穷聊海侃的时候,我们突然发现,坐在客厅里的那几个人都在微笑地盯着我们,那神情就好像他们在观看一场颇让人感动的滑稽戏一般。看到这般场景,我们自己先是彼此看了看,然后他们也彼此看了看,大家都面面相觑,似乎都觉得有点不好意思了。不管这些,我们还是朝他们笑了笑。只见约格斯在向我们微微招手,那神情就好像在对我们说:“别穷聊了噢,我们可还在场呢!”不仅如此,赛普内姆也没闲着,她也报以我们她那种姑娘般喜悦的神情,这种神情似乎又赋予她一种特别的妩媚感。

“你们也带上我吧,我也想跟你们一起去。”

我们三个人又相互对笑了一番。因为我们早已买好了球票,所以我觉得有必要和她解释一下。

“很抱歉,赛普内姆,球票早就卖完了。我们带你去看下一场比赛,可以不?我们就这样说好了。”

只说了这几句,看来我的意思还没有表达清楚。只见她态度显得很坚决,她想把话题接下去,大有一股不达目的誓不罢休的架势。能问这个问题,她实在是太可爱了。

“什么时候?那会是什么时候啊?”

我给了她一个回答,只是在这种场合下,这种回答听上去是那么的敷衍,那么的苍白。

“你放心,会很快的。”

我得承认,我的这种表达仅是一种敷衍的陈词滥调而已。然而,在这一刻，除了能做出这样的表达，我实在找不到什么更好的话语来回答她。我看了看内兹米，从他的脸上我能看出，他要接过我的话，也想和赛普内姆来番调侃。果不其然，他没让我失望。

“你到底想咋样啊？这可都是我们男人的事呢，你明白吗？”

听到这些，我不明白，他这番话是想开心取乐呢，还是想试探一下她的脾气，又或者干脆就是一种怜香惜玉的表达。然而，没想到，赛普内姆的回答可是一语惊人，让人感觉太精彩了。只见这位受到挑衅的姑娘立马露出了愤怒的表情，她那激动的话语声顿时又让人不禁回想起过去的那段岁月。

“你说什么？男人的事？你们这帮粗野的家伙！不妨让别人看看你们那般模样吧。要是他们看到的话，他们一定会说的：就你们有楞有角有性格！”

这番惊世骇俗的话又让我们捧腹不止。在气冲冲怒视了内兹米几秒钟之后，连赛普内姆自己也忍不住“扑哧”一声笑了起来，尤其约格斯那孩子般淘气的狂笑声更是把我们逗得前仰后合。他从哪里学来的这般搞笑的模样，这真的是令人费解。要知道，在他年轻的时候，即使他笑出来的话，也是一脸的严肃呢。他这是怎么学来的呢？而且这和现在的他怎么这么般配，这么协调呢？这一点我估计自己永远都不会弄明白，即使真的哪一天弄明白了，我觉得这也没多大的意义。反正在这种孩子般淘气的狂笑中，既有可能隐藏着一种永不会失去的天真无辜，也有可能隐藏着一种他对自己人生经历的某种发泄。看来，他也只能以此宣泄郁积在自己心底的愤懑之情了。难道这种笑声不是他想从不堪忍受的过去中汲取力量的一种外在表现吗？难到这种笑声不是他想将自己的人生托付给美好未来的一种纵情欢呼吗？狂笑也好，欢呼也罢，不管怎样，在我看来，最重要的是他终于苦尽甘来，实现了自己的人生目标，也有了一个我们都看到的美好结局。此时的赛丽也在看着他的一举一动，而且眼睛里也充满着怜爱之意。

带着这些情感，以观看足球比赛这个话题收场，这一天很快就这样过去了。临近黄昏的时候，我突然有了个主意。我总觉得，我们重新相聚的这一天对于我们大家来说似乎更有意义了。就这样，我干脆提了个建议，叫大家马上动身，去尼桑塔希那家名叫叶克塔的饭店聚餐去。那个地方我很多年都没去了，当时也是因为各种各样可以理解的原因没能去成。对于我来说，能在那里用一次餐，那可是天大的赏赐啊。我想，此时的他们也一定和我有着同样的感受，因为我这个建议给他们带来了巨大的欣喜。就这样，我们循着另一个和我们过去有关，且早已在我们记忆中消失的岁月遗痕驱车而去。这种回忆自然不免会让我们有些感伤，一种人们熟悉的忧伤在我们心中随之产生。说到底，这毕竟是一种失落的情感。不过，这个晚上我们所经历的一切却给我们带来了巨大的快乐，它也不断提醒着我们，人生除了有不幸的一面外，可还有它许多值得期待、值得享受的幸福。一番推杯换盏之后，大伙儿又开始彼此交流对过去岁月的那些感想感怀。这种回忆如此深沉，如此珍贵，它可比我们眼前所经历的这番喜悦还要珍贵得多。这时候，赛普内姆和内兹米坐到了一起。我很喜欢看到这样的景象。此刻的他们俩之间又是怎样的感觉呢？时间真的会让有些伤害变得不再重要了吗？是的，我们的人生经历可不是那种毫无人生意义的经历，谁知道，我们还会有怎样的人生经历呢？现在，我终于相信，尽管我们犯过不少错误，有过不少过失，但我们最终还是找到了可托付的心灵之所。接下来……接下来大家又要面临短暂的分别，再回到自己的生活里了。不过，这种分别也不是什么令人伤心的分别，要不了多久所有的人又将团聚到一起。彼此道别的时候，赛丽告诉切拉，要不了几天，她就会回来的。然后她可以帮助切拉去学校物色一个衣帽间，届时好供排练和演出之用。她这种热心相助我很是喜欢。尽管我们不知道事情的结局会怎样，但彼此之间这样的帮助和体贴关怀着实让每个人都感到温暖和感动。

不知怎么地，我总觉得某个地方还存在着尚未回答的问题和尚未满足的期待。对于这场大戏来说，我们的激动与欣喜显然已展现得很充分。不过，这份激动与欣喜显得还是很稚嫩，我敢肯定的是，剧组其他成员也一定会和我一样有此感受。不过，真正让我感到激动和欣喜的倒是另外一个方面。此时，各种疑问、各种恐惧在不断困扰着我。我们和赛普内姆会一起去往何方？赛普内姆又会去往何方呢？我觉得，自己还是别多想医院的事更好。自从内兹米看望她并努力为她探寻一条新的人生路以来，我就一点没怀疑过，他会最终赢得这场拼搏的胜利。另外，我还认为，要是自己这段时间不插手他们事情的话，也许结果会更好些。我会默默遵循我内心的这种想法。我不知道，自己的这种克制是否正确，也只能坦率地说，我还是想再等候观望一段时间，无论如何也要等等，反正只要他们有谁需要我，我会毫不犹豫，挺身而出，从原来停歇的地方重新起步，去支持他们。我在等待着内兹米发出的信号，我希望它能告诉我，我们的故事又该如何接着往下进行……

还别说，这个信号还真在礼拜五这天出现了。当自己看到手机显示屏上显示出内兹米这个名字时，那种痛苦等待的心情不知怎么地一下子就变成了一种激动欣喜的心情。我连忙接通手机，我的说话声是那样的激动。听上去，他也很激动。他告诉我，他想过来找我聊聊。此时的我就在商店里。我回答他，他可以马上过来找我。那一天，店里的事可多了。两个小时前，切拉和赛丽就来过这里。她们把新买来的服装道具给我看了一下。看上去，此时的她们俩相处得可好了。就这样，她们俩很出色地完成了这件事。另外，她们也一起把衣帽间的事解决了，这算不上什么难事。同样取得进展的还有观众邀请的事，一切都进展得很顺利，当然，这同样也算不上什么难事了。随后，我们一起去博尔萨饭店吃午餐。要知道，在那里，我们还有好多好多的事要商谈呢。用餐的时候，我跟她们讲了内兹米想和赛普内姆结合到一起的想法，同时我也告诉她们，我们三人之间这种新的亲密友好的关系势必将赋予我新的力量和希望。听完我这番讲述后，她们两个人都很感动。也许她们的感动看上去有些过，但无论如何，都是那样的真诚，那样的发自内心，这令我很是感动。可以说，我所看到的这一切不仅给了我勇气，同样也给了我希望。我很需要这种希望，为的就是要战胜我内心的一切恐惧。听完这些后，切拉也开始安慰起我来。她说，在赛普内姆回归人生这件事情上，我已经尽了全力，所以，这份功劳是绝不能只记在内兹米一个人头上的。不难听出，她的话语里充满着一种强烈的占有欲。听到这番话的赛丽对着我笑了笑，只是那微笑间带着某些意味深长的含义。这时候，她也开口了。她告诉我，他们的事我本该早一点告诉她，让她先"听"为快才是。另外，我所走的这条路是一条很令人信服、很令人钦佩的路，尤其是最后我能把大家召集到一起，这就更显出不一般的意义了。就我个人来说，从她的这番话里，我不得不揣摩她这番话是否还有什么别的意思，因为我就是这种性格的人，好琢磨别人的话，但凡别人说过的话我都要暗自揣摩一番，她刚才的这番话不能不说又让我感到有些困扰。我知道，有这种性格的人一定活得很累，然而不管我怎么告诫自己，我就是改不了我这个性格。所以，我的直觉让我感到很恐惧，要是女人们在一起走得很近的话，她们肯定会对别的女人情感方面的事品头论足，嚼舌根的。此时，默然的我已深深陷入这种恐惧和隐忧中……随后，我告诉她们，一群高尚的志同道合的人走到一起很是难得，也只有极少数的人才能经历和感受到我们这个剧团的精神风骨。我们不但将我们共同打拼所实现的人生价值视为珍宝，同时也将我们在过去岁月里一同所经历的人生痛苦视作一笔财富，因为我们从中学到了一切，也更能豁达开朗地笑对人生。对此，她们也是同我一样的观点。就这样，每个人又开始忙自己的事情，回到自己的日常生活里。她们想要去贝约格鲁转转，然后再买一些服装道具上还缺少的东西。要么去阿特拉斯商店廊街，要么去阿兹纳乌尔地下商场，反正在那里都能购买到她们想买的东西。而我自己呢，还有一些简单的事要去处理。虽然简单，但它们对我们的生计来说可是至关重要的，也就是说，我还得要查看一下店里的货款进账情况。店里的资金可不能随时停止周转呢。

也是在同一天，内兹米也怀着激动的心情前来找我了。还不到一个小时他就赶到了我的店里。这一次，我从他脸上又看到了那种喜悦，那神情既像是在表达着某种希望，又像是在焦急地等待着什么。自上个周六之后，他每天都和赛普内姆保持着联系。他们一起在医院的那个小花园里散步，并商讨着他们未来在一起的安排打算。当然，很久以前他们不得不为之放弃的那段美好的日子也是他们谈论的话题。这种两个人单独在一起的聊天谈心会给他们新的人生增添希望，尤其是在经历了这么多年的情感别离后能做出这样的心灵沟通，说真的，这可是件再好不过的事了。他告诉我，扎福尔·贝伊医生会打一份报告上交到市医疗安全管理委员会，而且几天后他就带赛普内姆去那里。接下来，她应该可以考虑组建家庭方面的事了。他们真的能从他们内心的那片废墟中组建出一个新家庭来吗？要知道，这在从前可是他们绝对不敢想的事啊。面对外面这个看上去更凶残的世界，他们真的愿意再一次牵手，一起面对他们新的人生吗？在我看来，这些在他们眼里都已不再是什么问题了。另外，他还告诉我，他的母亲，也就是我的法图斯大姐在得知这些事后，甭提有多高兴了。见到我们的那一刻，只见她一个劲儿地笑看着我们,脸上简直就乐开了花。听到这些,我告诉他,面对这种情景,可以说,没有谁的母亲会像她那样感到幸福,感到欣慰。也只能说,在那个时刻,在另一个曾经疯过的女人眼里,她可也是个差不多疯了的女人呢!说完这些,我们俩也是感动不已。内兹米还补充道,当时的他已分不清,在场的那两个女人中,究竟哪一个疯得更厉害,疯得更离谱了。此时此刻,那些曾经的日子重新浮现在我们眼前。我告诉他,我一定要去看看法图斯大姐。对此,他回答我道,说老人家对我可生气了,说都到今天了我也没去看望她一下。唉,为得到她老人家的谅解,看来我真的要努力一番,争取多带些礼物,要好好让她高兴一番才是啊。之所以这样说,是因为我们都清楚,这句话究竟是谁第一个说起的。现在,当我俩再次提及时,我们都忍不住哈哈大笑起来。现在,内兹米再也不像从前那样生她母亲的气了。他为什么也会这样呢?难道是因为他自己这番经历让他有什么感悟了吗?唉!要是那个时候我们都知道我们后面所经历的这一切的话,那我们还会听凭自己对他们的不满情绪就那样任意宣泄,肆意妄为吗?一句话,生活就是一所真正的学校,在这所学校里,随着时间的推移,人们会学得越来越多,也明白得越来越多。也只有随着岁月的流逝,人们的各种情感才能回归到它本该属于的那个最本真的地方。此时,我们简短地沉默了片刻。也许在这一刻,我们两个人都意识到了这一点,并且也在尝试着在相同的内心画面中寻找自身,反省自己。就在这时,他表达了自己的恐惧,而且他的话更能表达出他此时的内心情感。

“我也好害怕啊,伊子,不是因为我,而是因为她的缘故啊!”

我不想让他再这样说下去。在这一刻,我要给他勇气,因为也只有这样我才能给自己增添勇气。我要从下面的这番话语中寻找到力量。我知道,他肯定会喜欢我的这番话语。

“别说了!千万别退却!我们已走上了一条光明的大道。只要我们还有一口气，我们就要坚定地走下去啊！”

这时候，他一把抓住了我的手，我也跟着紧紧抓了上去。我紧紧地盯着他，然后轻轻哼唱起纳奇姆·希克梅特作词、蒂穆尔·塞尔楚克作曲的那首我们终生难忘的歌曲……

像船儿迎着巨浪，
我们已勇敢起航，
我们要用坚强的躯体共担那黑夜的悲伤。
迎着寒风呼啸的崇山峻岭，
迎着深不见底的沟堑壕梁，
直奔那最明亮耀眼的东方。
身后的路曾布满黑暗，
它有如敌人的眼最乐得看到我们的死亡。
黑夜已去，手边的金盏银杯已闪闪发光。
让我们一抒胸臆：
请太阳神为我们斟上玉露琼浆！

我刚一哼起，他也跟着我轻声吟唱了起来。不管是歌词还是当年在一起歌唱时的情感我们都没有忘记。等我们唱到最后两句重唱句的时候，我们一下子提高嗓音放声高歌了起来：“让我们一抒胸臆：请太阳神为我们斟上玉露琼浆！”这一刻，也只有我们俩能感受到我们那种激动之情了。若是那些和我们一同经历了那些岁月的人也高唱这首歌的话，我相信，他们一定也会激动不已的。此时，我的眼前仿佛又出现了那个歌唱大厅，在那个大厅里，这个重唱句又被重新唱起，歌声在不断回荡，经久不息。这个时候，我们也不管那些了，任凭我们的歌声穿过中间楼层我办公室的窗户，飘向了街面。这一刻可是极珍贵的一刻。正如人们所知道的，在唱一首歌的时候，如果今天的人们所寄予的希望与往日有区别的话，那他的情感也完全是另一种不一样的感觉。然而，此时我们的情感却还像从前那样，没发生任何的改变。再一次地我俩又觉得我们肩并肩，手挽手走在了一起……如果非要说有什么区别的话，那也只能说我们带着更真实的情感和我们的人生紧紧相拥在了一起。随后，我们喝了杯茶。这会儿，他告诉我，他要给自己的房子换一套新家具。在此之前，他从来就没觉得有什么必要再换一套家具，然而，现在的情况已完全是另一码事了。另外，他还得为赛普内姆再购置一些新衣服，为此他将请切拉当参谋帮忙参考一下。看上去，他已相当忙碌地在为自己的未来做着精心的准备。我认真地听着他所说的一切，我知道，无论是共同回顾我们的过去，还是共同展望我们的未来，我都要在这一刻全身心倾听他的每一句话语。就这样，不知不觉中，我们两个人又喝了杯茶水。接下来，我们还聊了些其他方面的事，当然还包括我们这场大戏的事。聊到兴头上的时候，我们不但扯到了赛丽和约格斯的私事，甚至还想到了他们俩有可能会干出的那种床笫之事。要是他们听到我们这样在背后说坏话的话，我想他们肯定会没好脸色的。就这样，我们聊了这么多，内兹米刚才的那种恐惧之情也稍稍得到了放松和缓解。然后，他起身告辞，并对我说，他想一个人到哪里再待一会儿。他这句话听上去既像是个好兆头，但又像是个坏兆头。不管怎样，我也管不了那么多了，因为我知道，既然他开了这样的口，那他一定会单独上哪里待待的。另外，这个时候，我提醒他别忘了礼拜天那场球赛，等看完比赛，我们可以再找个地方坐下来喝点什么。听到这些，他很高兴地表示赞同，并说这是个好主意，而且我们现在就应该把这件事定下来。我知道，这件事我们肯定还要再提起，因为我们明天还要在一起落实试排的事。我们先是在我家碰头,然后一起前往母校。此时的他又很是激动地对我说,明天他又可以去陪陪赛普内姆了。说真的,这句话他根本没必要说,因为我们都知道,我们的故事还要继续往下进行呢。

多年后又走在了那些走廊里

去母校之前,要是大伙儿都先在我家碰头的话,这怎么都给人一种不符合逻辑的感觉,尤其是想到有几个人就住在学校附近的时候。然而在经过短暂的商量之后,我们还是达成了统一意见,也就是说,大家结伴一起回母校去看看。一想到这些,我们每个人都很激动,这一点我完全能理解。而且我还能理解的是,当我们真要回母校看看的时候,我们中有几个人显得很迟疑,甚至干脆躲到了一边。另外,要是我们一同前往的话,就意味着我们每个人都要从自己的某些恐惧担忧中汲取力量,再拿出百倍勇气来。所以,无论是在我们早上碰头的时候,还是在我们去母校的路上,他们的许多表现都证实了我的这种感觉。至于他们所表现的具体细节已不重要。我看到,这种感觉最后每个人都有那么一点,都感到有那么点坐立不安。这一次去的时候,我们开了两辆车子,一辆是我开的，而另一辆则由扎福尔·贝伊医生开着。切拉、约格斯和赛丽坐在了我的车上，而尼素、赛普内姆和内兹米坐在了另一辆车子里。我们就这样前后紧跟着朝母校的方向驶去。等我们到达后，我们将车子停在了一个很好找的位置。然后我走到校门边按响了门铃，为的是想让里面知道，我今天来此，就是要以一个陌生团队领头人的身份尽力把大家交给我的这份差事办好。我知道，我们还要再等等才是。另外再多说一句，两天前，我又来了这里一次，而且和上次一样去找了校长。我告诉他，这个周末我们将赶过来看看。听到这些，他马上就把这项接待任务委托给了他的秘书，由她来安排接待我们。当时在出门离开校园的时候，我还特地找到楼管师傅，并说明来意，同时还塞给他一些酒钱小费，以示感谢。我就是这么个人，做事不喜欢临时抱佛脚，也不想凭运气办事。还别说，我这一招还真收到了很好的效果。当然，我知道的是，玩这种游戏规则——正如人们平时就喜欢这样表达的——也是一定要按规则行事，按套路出牌的。想到这一点，我的心也稍稍平静了一些，并期待着自己的付出能马上得到相应的回报。

当那位楼管师傅迎到我之后，他对我显得很是敬重，也显得特别的客气和友好。当然，不用说，他待他眼前的这些“客人们”也莫不如此。他悄悄问我，他想知道，随我前来的这些人是否也是本校当年的毕业生，很显然他想对他们表现得更友好、更客气一些。听到这些，一旁的内兹米回答了一句“是的，只是感到很抱歉”这样的话语；而约格斯呢，则用“真不好意思，我们确实是这里的毕业生”这样的方式回答了他。所有在场的人都笑了起来，就连楼管师傅也笑了，只不过他的笑意是挤出来的而已。能看得出，对这番回答他很是惊讶，显然他所期待的应该是另一类人的到来。为了不让他扫兴，我赶忙抓住机会向他解释一下，说我们这些舞台演员经常会有想不到的机智反应，也给人想不到的机智回答。

其实他有所不知，有这些反应，也是因为他们今天个个都为能重返母校而感到激动。此时的他用一种更陌生的眼光打量着我们。不过我的这番解释还是让他宽慰了不少，毕竟我的话也不是什么假话。说句实在的，真要是在舞台上，或者我们刚才真的憋住气不吭声的话，那也就没这种让他颇感意外的话以及我们这种激动的表现了。他们怎么不会感受到自己这种激动的心情呢？就连我这个曾来过这里的人也莫不如此，就更别提他们了。在花园的小径里，我问这位师傅，我们是否可以去依然“健在”的那幢教学大楼里看看，而且我也想带着我的朋友们在校园里转转。没什么问题，我们得到了他的许可，而且他还告诉我，他可以给我们备好茶水。这倒是个不错的主意。没去喝茶，我们想先在校园里转一圈看看。就这样，我们走进了那座教学大楼，参观了那些空荡荡的教室。所有人的脸上不仅显露出激动的表情，而且还透露出一种喜悦之情。不过，这种喜悦的表情在我看来多少有点勉而为之，为的就是想掩饰自己激动的心情，不让人看出来而已。突然，赛普内姆叫了起来：“瞧！恰恰来啰！”。我们知道，“恰恰”就是当年我们这些调皮捣蛋的学生送给那些让我们人人害怕、对我们进行体罚的老师的一个绰号。凡是那时候上过学的人都知道，听到这个绰号就意味着什么。紧跟着，内兹米也开始仿效着用法语喊了句“约格斯，retenue！”。一听到这个，我们顿时明白，他是在模仿老师当年体罚约格斯的训话声。那意思是：“约格斯，放学后你给我留下！”谁会忘记这些当年曾剥夺过我们很多自由的训话声呢？然而没想到的是，此时的约格斯又像当年的学生那样接过了他的话，而且还装出一脸无辜的表情，这种表情可是那时候我们最爱装的表情了。只听他也用法语回答道：“Mais cher frère！”那意思就是：千万别这样待我啊，亲爱的老兄！

我们走进了一间教室。尼索让大家都坐到了凳子上。他开始扮演起当年艾斯雷夫·贝依老师上语文课时的样子。再一次地他把这个人扮演得惟妙惟肖。可以说，他那种喜剧表演能力似乎就是天生的一般。等他一结束，赛普内姆就跑到讲台前扮演起那个我从来就没喜欢过的历史老师法吕尼萨·哈尼姆来。可是现在这一刻我再也没有理由不喜欢她了，因为我不知道，这位老师现在是否还健在。就这样，我们再一次地坐回到座位上。等到她一打开话匣，我们就听见她开始批评起内兹米来了："内兹米啊内兹米，你还会摔得鼻青脸肿的呢。一旦你再摔倒的话，这一次非摔烂你那脑袋瓜子不可！你这个笨蛋！"这么多年后，当我们再次听到这些训斥的时候，这些话又是多么的意味深长，而且应验得又是多么的准确啊，尤其是当人们想到，这些话究竟出自谁之口，而且又是对谁说的。然而这一刻，我不可能有时间想这么多了，因为我最关心的是我们要尽可能享受眼前这稍纵即逝的精彩时刻，而且还要再次细细品味一下我们曾拥有过的美好人生才是。这时候，我转脸看了看扎福尔·贝伊医生，只见他也微笑着看了看我。我觉得，他很有可能注意到我在看他了。只见他又对我挤了挤眼睛。从这种表情我能断定，现在的我们还真坐对了地方呢。

接下来，我们走进了校园建筑物围成的那块庭院里。每个人都在回忆着什么，而且也在提醒别人回忆着。只见我们这些男的快步走向了庭院那边的那块场地上。那里过去可是个足球场。我知道，此刻的他们又在期待着什么。现在，当年的那块足球场早已没了踪影，取而代之的却是两幢高楼矗立在那里。那两个球门也不在了，也不知被谁给拆了，剩下的也只是两栋楼间的那一小块楼巷空地而已，而这块巴掌大的地方恐怕连当年处罚教室那么大的面积都没有。第一眼看到这个地方的时候，他们会像我一样还能听到那种似曾遥远的进球欢呼声吗？还在愣神的时候，我就得到了这个答案。只见内兹米跑到附近的垃圾桶里翻出一个可乐易拉罐空罐,然后扔到了场地中央。这时候,他的脸上露出了友好的表情,那样子像是在招呼大家快过来来几脚,好找找当年踢球时的那些感觉。一见到这番情景,我们立马冲了过去,开始将空易拉罐当球踢了起来。顿时,我们又仿佛听见了我们进球时的那种狂呼声。在这样的想象中,内兹米、尼索、约格斯,还有我,都在尽情地追逐嬉戏着,为的就是能多回忆一下从前的那些日子。是啊,我们今天的这场角逐也只能算是一种游戏而已,更确切地说,也只能算是一场人生的追忆了。这时候,听到呼叫声和欢笑声的那位楼管师傅跑过来了,只见他面带微笑,看着我们这滑稽搞笑的场面,只是他的那副表情看上去有点茫然,估计他无法理解,都这么大岁数的一帮人了,居然还在干这种荒唐可笑的事。然而,不管怎样,对于这种滑稽场面,他并没有无动于衷,脸上也显露出那种很感动的神情。这个时候,扎福尔·贝伊、赛普内姆、切拉和赛丽也没闲着,他们在一个劲儿地为我们加油鼓掌,呐喊助威。不过,这场嬉戏并没有持续很长时间,也很快就停了下来。就这么短短十分钟的工夫,我们就已经气喘吁吁,上气不接下气了。就这样,我们一头瘫坐在地上,并彼此相视着笑了笑,那意思显然是我们已成为老朽,不再青春年少了。此时,我朝楼管师傅笑了笑,跟着将手放嘴边做了个手势,那意思是在告诉他,想请他给我们端些茶水来。很快,他离开了我们,也终于脱身,去做一件更具理性、更有意义的事了。随后,我们爬起身来,又开始到花园里散步去了。这当中,大伙儿也向我们当中那两个不知情的人从头开始说起当年球场内外所发生的那些事。总之,只要我们能想到的,都统统说了出来,为的就是能勾起更多美好的回忆……

就这样,时间又过去了差不多半个小时。都这么长时间了,楼管师傅也差不多该镇静下来,把茶沏好端过来了。还别说,就在我想着这件事的时候,他果真端着个大茶盘跑了过来,只见大茶盘里已摆着好几个倒得满满的茶杯。此刻的他看上去显得更镇静了，而且也没了那种胆怯的神情，他甚至还和我们开起了小玩笑来。其实我们本该就没有那种陌生感才是。还不错的是，在他刚才一个人独处的时候，他已克服了这种陌生感，这也再次证明了他善于应对场面的能力。是啊，在待人接物方面，他得处处小心谨慎才是，否则的话，像他这样一个乡下人，到最后很有可能会从这个大城市被清除出去呢。于是，我们朝那边的剧场走了过去。要是我们在那里再喝些茶水也许会更好些，我们不妨把茶水带过去得了，这样的话，心神安定后的我们就可以更好地进入排戏的氛围了。

一进剧场，我们每个人都是一阵惊讶。当年还是一间简易的多功能大厅现在居然已变成一个真正的演出剧场。那舞台，还有那些沙发座位以及那些灯光照明设施等一下就映入到我们眼帘。看到这些，还有什么不让我们感到印象深刻的呢？我们一边喝茶，一边在记忆中搜寻着当年那个小剧场的某些画面。还记得每当学校里举办音乐会的时候，我们的舞台都是临时搭建而成的，我们尤其记得当时坐在舞台前那一排排高脚凳上欣赏音乐会时的情景。我们还能回忆起那个简易大厅里举办的各种音乐会，特别是切姆·卡拉卡的个人摇滚演唱会，至今还令我们记忆犹新。另外，还有各种论辩赛以及毕业典礼庆贺的场景也让我们难以忘怀。那一幕幕我们无法忘记，也是不可能忘记的。也许其中的某些细节我们不记得了，或许它们已被遗忘在过去岁月里的某个地方，或者已永远不能再回到我们的记忆里，但那些激动人心的场景我们无论如何都不会忘记，也永远不能忘记。此时的回忆已打开了闸门，正一个接着一个闪现在我们的脑海里。还有在垫子上练习空手道的难忘时刻也同样成为我们的美好回忆。还记得我们当时曾向校办主任哈吉·科萨尔请教过如何学习空手道技巧，他很快就教了我们。当时的我们一直渴望自己有一天也能像他那样拥有一条黑腰带呢。我父亲很反对我练习这个，然而那时的我正处在一个不听话的年龄阶段。不管这些,我们每周两次就这样兴冲冲跑去参加练习。是啊,当时我们在这方面的梦想可大了。然而,由于有一次在练习过程中不小心伤了一个脚指头,我的这个练习也就就此终止了。随后我再也无法说服父亲,说自己能坚持下去了。哎呀,反正自己在这个方面也不怎么行,算了,也就到此为止吧。不过,内兹米和尼索他们俩比我多练了一个赛季,我对他们可嫉妒了。还好的是,没过多久这门课程也结束了,他们也无法再练下去了,我终于松了口气,心里也好受了许多。当时,约格斯一直就没参加这门练习课,因为他完全不符合参加条件。唉,这个地方,这个让我们一下子想起过去好多精彩场面的地方,此时此刻又再次将我们带回到另一个难忘的岁月里……

随后,我们正式开始工作。切拉首先给我们大家看了一下她请的那个室内装潢师设计的几幅舞台背景画。看到这些,大家都在评头论足,只有约格斯一言不发,没任何意见。大家知道,他在舞台戏剧这个行当里可干了很多年头了,他的每句话、每个姿势可以说都是一个专家的范儿。对此,我想着,我们每个人心里对他一定很认可,也愿意把舞台导演这项工作交给他,由他来担纲。就这样,我们这个未来的导演立即摆出一副很自信的架势,跟着询问起舞台布景师明天是否能来的事。听到这些,切拉很快打了个电话,并得到了一个很肯定的答复。随后,他检查了一下服装道具,我们对此也很感兴趣,这些也都没什么问题。接下来,约格斯要求我们首先来一次台词对白练习。此令一出,大家立即跟着行动了起来。尼索和赛丽两个人甚至能将他们的大部分台词背诵出来,这很是了不得。就这样,整个上午我们收获颇丰,取得了不小的进展。等我们感到饥肠辘辘的时候,我向大家建议,我们是否去哪里吃个午餐,但约格斯没同意。他告诉大家,我们不能再浪费时间了。就这样,我和内兹米干脆去了附近一家小卖铺买了些煎饼，算是将就将就，临时给大家填一下肚子了。

下午的时候，我们正式开始登台排练了。所有的人都在关注着赛普内姆的一举一动。看上去，她似乎已知道自己的台词做了一些更动，而且她看上去还有点悲伤的感觉。然而，因为她已接受了这样的改动，所以也不想再给自己和别人添麻烦了。毫无疑问，此刻的她毕竟离过去的那段岁月也太遥远了。不过，要是人们能想到她究竟来自于哪里的话，那我们应想到她所带来的应是某种巨大的希望和喜悦才是。难道我们这些人不也是远离了过去，并在那遥远的记忆中留下了一张张破碎之脸吗？接下来，我们看到，也感受到，在整个排练过程中，尽管这么多年下来在我们和她之间还有着一道暂时难以逾越的沟堑，或者说，她的内心里还残留着那道一时难以驱散的黑影，但她正在一点一点靠近我们，和我们做着心的碰撞和交流。这应该算是个不大不小的奇迹吧！趁着台上没有我对白的这段时间空隙，我坐到了台下正观看我们排练的扎福尔·贝伊医生身边。此时的赛普内姆已深深沉浸在舞台表演的氛围里。能听得出，除了那种哽咽外，她的声音里还透出某种兴奋与欣喜之情。这时候，我朝扎福尔·贝伊医生欠了一下身子，并和他耳语起来。

“您注意到了吗？通过这个剧情角色的扮演，她正在回归人生，回到我们的现实里呢。我觉得，这完全可以作为一个经典案例写进教科书里呢。”

听到这些，他点点头，然后笑了笑。我不知道，他这种微笑我应该如何理解才是。他是对我刚才的这番话感到满意，感到喜悦或是给予赞赏呢？还是他根本就觉得我这番话很幼稚，甚至很“外行”呢？有些心理理疗师就喜欢摆出一副这种我根本不喜欢的微笑表情。要是人们跟他们讲什么事的话，他们总爱这样面带微笑，颔首不已。人们也不知道，他们对他人所说的话是真听懂了呢还是没听懂，或者干脆就装着在听，以便显示出他们那种自我良好的感觉来。或许他们就干脆沉默在那里，一言不发，但脸上仍挂着微笑，因为他们本身害怕会误诊，或者根本就不能确定某种病因。而有些病人呢，每当他们看到这种微笑的时候，他们又会觉得这无形中又给自己增添了很多战胜病魔的信心。然而，对于我来说，每当自己看到这种场景的时候，就总想把它移植到某个舞台场景里，好让这些医生看看自己的这般嘴脸……此时此刻，他的微笑恰恰就是这种微笑，反正不管他怎么想，我就是坚信我的这种想法。我甚至还想象着，赛普内姆的命运故事说不定也可以当做一部电影或一部小说的好素材呢。我不知道我这种想象对其他人来说是否很重要，但对我个人来说确是如此。另外，我也在想着，眼前这台大戏的标题在我心里会产生怎样的联想。此时的我别无所思，也只能一直这样在想象着。这时候，我又一次欠着身子对他耳语了几句，我想说说我此时的感受。也许以这种方式，我可以更好地了解他的所思所想。

“我们这台戏的标题现在应该更贴切了，不是吗?”

好家伙，现在的他还是那样点着头，并且还保持着同样的微笑。不过这一次，他也对我压低嗓门，在我耳边轻声提了个问题。这个问题已清楚表明，他如何理解我刚才的那句提问，而且到底已明白了多少。

“你这个标题在某种程度上也是专门为她起的吧?”

其实，他这个问题本身已很好地回答了我刚才的那个问题，所以我的回答已完全是多余的了。现在，该轮到我来对他报以淡淡的一笑了，而且我们俩也无须再深聊下去。总之，这番简短聊天的场景我将永远不会忘记，并铭刻在心里。就这样，时间不知不觉已到了傍晚五点钟，约格斯告诉我们可以结束今天的排练了。此时的我们已精疲力竭，甚至连句欢呼声也没了。他还告诉我们，明天将着装彩排。听到这些，尽管现在的我们感到很累，但也没人提出任何反对的意见，相反，一种孩子般的喜悦从每个人脸上轻轻掠过。是的，我们还将感受更多的情景氛围，这种喜悦也将在我们的心里一直荡漾下去……

就这样，我们带着小小的成就感离开了学校。临走的时候，我也没忘记对那位楼管师傅耳语一声，说自己明天再送他个小礼物让他高兴一下，同时也确保他明天能有更大的热情来学校继续帮助我们。移步换景，呈现在我们眼前的是我们脚底下奥斯曼贝伊城区那一幅幅令人心旷神怡的画面。此时的赛丽有了一个主意，她建议我们可以先去哪里喝个咖啡，然后再商量一下我们晚上的安排。就这样，我们一起沿着那条我们永远也不会忘记的陡峭胡同走下山去。路上，我们一个劲儿在寻找着那家名叫“你好”的咖啡馆。当年，我们可是有事没事都耗在那里面的。然而，这样的寻找已是徒劳，我们记忆中的那个地方现在已成了历史。对此，我们尝试着不再多想，也尽量不显出难过的心情。还有它对面的那家赛特电影院现在也没了踪影。这些我们也都看在了眼里，只是没有一个人想再重提它了。反正，在这个傍晚时分，我们已不想再用任何不快的话语和回忆来破坏我们今天一天的好心情了。我们缓缓地朝西斯丽城区方向走去。此时的我们更想谈的是有关这场戏的事，而且我们也在一直热烈地谈论着。这个时候，我向大家提了个建议，我告诉他们，我们不妨开车去塔拉布亚那边，在那里，我们可以更好地感受一下我们当年的许多经历。我对自己的这个建议很是期待，也觉得它肯定不会让我感到失望。此时，大家眼睛里所泛出的那种喜悦之情也仿佛在告诉我，我们马上将到达一个完全正确的地方。就这样，我们又回到学校边钻进了车子，然后缓缓向刚才说好的那个地方驶去。虽然和从前一样，海岸边那些宾馆饭店的灯火依然还那么璀璨明亮，但不同的是，今天的我们不仅拥有过去的回忆和未来的人生，而且我们也不再像当年那样一文不名，囊中羞涩了。我们再一次前后紧跟着向前驶去，这一次轮到我打头阵在前面给大家带路了。当我们到达一家看上去很合适我们的饭店门口时，我们停了下来。这时候，两个服务生迎了上来，他们将我们的车子开到一旁停了下来。随后，我们走进去坐到一张很漂亮的大桌子边，希望马上能品尝到一餐我们当年在这附近某家饭店曾品尝过的美味佳肴。此时，我们刚进来时的那种紧张感慢慢平息了下来。我们在相互提醒着，不妨再回忆一下我们当年在这附近某家饭店曾举行过的那场很特别的毕业晚会。我们就这样回忆着，为的就是要能听到彼此的欢声笑语。

用完餐之后，我们前往岸边想去散步溜达一会儿。约格斯和赛丽并肩走在了一起。另外，切拉和扎福尔·贝伊医生两人走在一起，而且还一边走一边聊着。他们在说什么，我可听不见。不过我能猜到，她一定在以她协会领导的身份，邀请他去协会给大家做个专场报告。她就是这么个人，无论走到哪里，她的言谈举止都表现出她那种领导才能，而且她也一定在向他介绍着自己协会的有关情况。就在我思忖之际，赛普内姆一下子窜到我身边，她一把挽住我胳膊，并含情脉脉地告诉切拉，她想把她的老公先暂借一会儿，然后，她又转过身子对正走在尼索身边的内兹米温情地调侃了一句：

“尊敬的先生，要是您能允许我……”

话音未落，只见内兹米就做了个表情，那意思分明在告诉她：没关系，你爱怎么样就怎么样好了，大可不必有什么拘束。从她这句话中也可听出，他们俩有可能在很长时间的交心中已做了情感的进一步交流。正由于此，在这种场合之下，人们已大可不必有什么敏感之心或过于矜持的行为了，尤其是接下来内兹米对我发出的这番友好却严厉的话语更清楚地证明了我的猜想：

"你可给我听好了哦！要是你弄碎了这姑娘芳心的话，你小心我会打断你的狗腿，你这个没心没肺的花花公子！"

听到这些，切拉也转过了身子，只见她以她那特有的方式加入进来，并对赛普内姆说道：

"替我好好地教训他一下，姑娘！对这个家伙我也早就厌得不行了呢！"

现在该轮到我了。要是我不来对这番话作出回应的话，那可就少了不少的乐趣了。

"你们看看，我早就知道自己多招人喜爱嘛！谢谢你给面子噢，姑娘！"

玩笑也开了，每个人疲惫的身心都以各自的方式得到了不同程度的缓解。夜色渐浓，除了在聆听我们的这些玩笑外，这个夜色大概也在聆听着这些小小的开心咒语吧。对于我来说，这个散步可以说既是我应得的一种犒赏，但同时又给我提供了一个痛苦交心的机会。看来，我还是别将我的这种情感吐露为好。反正，要说的话我自然会慢慢说出来，不该说的也就只好先憋在肚子里了。我们俩就这样继续往前行走着。在这一刻，我们完全可以这样一直沉默下去，彼此不说一句话，以便能静静享受一下这份沉默中的宁静。我看了看岸边的那些长凳子。我从来就没想过，我还能和她一起再来这里，是啊，我早就不敢再有这样的梦想，也早就告别了这些幻想的可能性。这时候，我指了指自己身边的一条凳子，我问她，是否我们可以在此稍歇一会儿。这个夜晚的月光真明亮啊！它不仅映亮了我们眼前的大海，也让我们的脸庞轮廓变得格外明晰起来。在这样的光影里，我已能清楚地看出她双眸中所射出的那亮闪闪的目光。这可是我最想看到的一切。此时，她看了看我，并跟着问了我一句话。此话一出，我就知道，她已经明白了我内心的一切感受。

“事已至此，我们还能如何是好呢？”

我没有回答她，更确切地说，我也不知如何回答她才好。我们就这样坐在那里，一起盯着大海，沉默在那里，嘴里已没了任何的话语。然而，还是她先打破了沉默。

“内兹米已经跟我说了。他对我说，来吧，就让我们俩相依为命，共度此生吧！”

我的双眼仍没有离开大海。这一刻，我向她提了一个唯一我能问的问题。

“那你又是怎么回答的呢？”

短暂的沉默后，她回答我道：

“什么都没有，我还什么都没答应他。”

听到这些，我又默然了。此时的她看上去似乎在等待着我给她一个明确的表态。这种表态显然应是一种支持的态度和鼓励的态度。此时的我已是进退维谷，一时不知如何是好。一方面，我要竭力隐藏住自己内心的真实情感别外泄；另一方面，我还要考虑到我至交好友的内心感受以及他对生活的热切期盼与向往。也许这是他人生最后一次的期待和向往了。这个时候，我试着将话题转了一下。

“那个地方你现在可不能再待下去了。”

她突然没了回音。她能站在我的角度想这个问题吗？或者她还没认识到那个医院是她早就该离开的地方吗？难道她就没感觉到自己离我们的这个世界已近在咫尺了吗？难道面对这样近在咫尺的世界她就没一点点觉醒，或者就不想重新再认识了吗？尽管我很想向她提出这些问题，但我最终还是没提出。在我看来，她还没到能回答这些问题的地步，或者我也做不到这些，更何况我也无法告诉她，人生在遇到新转折的时候将会面临多少的艰难。正由于刚才内兹米对我发出了暗示，叫我对她别轻举妄动,所以,我还是把自己的另一面隐藏起来,千万别越雷池一步,引来不快。看来,我得换个方式再问她一下。

“下一步你有何打算？这一点你是怎么考虑的呢?”

简短的沉默之后她回答了我。

“很有可能我会接受内兹米的好意,我想不妨再往前走一步……”

听到这些,我觉得自己都很难解释清楚,这一刻我的感觉如何。我再一次尝试着,要站在内兹米的位置上多为他想想,他如何在对我发出痛苦般的微笑啊,他又在如何向我讲述那些已被毁掉的一切啊。此时,我的脑子里又冒出了一个问题,我希望将她刚才所说的话理解得更明白、更透彻些。

“他知道这些吗?”

这一次她没让我多等待。她的回答中,隐藏着的与其说是希望,倒不如说是悲伤。是啊,与其说坚决,不如说迟疑更好些。

“不知道。我就是想先对你说一声。”

为什么要先对我说呢？在她心目中,我会是个什么样的人呢？她又觉得她在我心目中是个怎样的人呢？也许她就是这样认为的吧,也许她的自我感觉已远远超出了我推测的范围,或者她期待的一切已远远超过我支持她、鼓励她和赞成她的范围,为的就是要给我也能给她以更多的自由吧。或者她又在想着,尽管事情已过去多年,但我最好还是保持必要的矜持和克制才是呢？或者虽然时过境迁,但我们的情感却始终还保持在那个最原始纯真的地方呢？再一次地,我做了自己能做的一切。这一次,我根本没考虑自己就说出自己该说的话来。

“你做得对。我也这样认为,尝试着再往前走一步是值得的。”

说完这些,我将目光又转向了大海。这一刻,我感觉到,她的目光却转到了我的脸上。我的眼眶湿润了。我知道,那是眼泪,那是我无法隐藏和克制的眼泪,也是让我的心思直接暴露给她后的眼泪。虽然我不想让她看到这些,但我能感受到,她在注视着我。就这样,我也身不由己地将目光也转向了她。刚才的我没有猜错,是的,她真的就是那样一直在注视着我。她笑了,那神情像是在告诉我,现在的她已看到了我内心隐藏的许多秘密。她轻轻地抚摸了一下我挂满泪珠的双颊。此时的我什么也不想再藏掖了。我知道,我的这些泪水有着许多别样的含义。这些含义,既涉及她,又涉及内兹米,同时还涉及我们所经历的那一切。想到这些,我还有什么要隐瞒的呢?正由于此,我才告诉了她,叫她尝试一次,再往前勇敢地走一步。不管曾发生过什么,能最终和他走到一起,尝试一种新的人生,这无论如何也是值得的。这就是我唯一能做的事。接下来,在她一边给我擦拭泪水一边抚摸我脸庞的时候,又提了个问题。不过这一次,她这个问题倒像是在和时空对话,并想在已翻过去的历史的那一页中寻找出什么。

“值得么?真的会值得么?”

此时的我真没办法问她这个问题到底是什么意思,我也只能就自己的理解来思考这个问题了。我会怎样思考呢?我又想怎样思考呢?我是否已做好了心理准备来应对这个问题呢?我不得而知。这时候,我轻轻地抓起了她仍放在我面颊上的那只手。我说出自己想说的一切了吗?我终于能一吐为快吗?就这样,我们又沉默了片刻。这片刻虽说是一瞬,然而在残酷的现实里,这却是一个许多情感渐渐汇聚到一起的漫长时刻。随后,她慢慢将手从我的手里抽出来,然后插进了自己的裤兜里。这一次,她面带一种悲伤的微笑看着我。看样子,她像是从裤兜口袋里掏着什么,然后将那个东西紧紧地攥在了手心里。此时,她将攥紧的拳头递给了我,那样子她是想让我握住她的拳头再慢慢打开它。我照着自己所想的将手伸了过去。现在,她的手已放在我的两掌之间。我简直不敢相信，她摊开的手心里躺着的正是那只我交还给她的耳环！我的眼前，又出现了那只耳环……我该说什么是好呢？此时的我们俩一起在紧捧着这只耳环。接下来，我能听出，她的话语在怎样委婉表达我们眼前的这种真实情感，或者说，又在怎样表达我们业已收获的那种情感。

"请原谅，这一对中的另一只我没能保留下来，不过，如果我没记错的话，我可能把它保存在了哪里，是的，一定保存在了哪里。现在，当年的那一切已不存在，也离我们远去了。你看看，我再也不能把它戴起来了，因为这是你的耳环，它应该属于你才是。如果我知道你拥有了它，那我也就心满意足了。"

听到这些，我一下子惊呆在那里，嘴里也没了话语。这一次，我已不想再问自己现在究竟在什么地方。而且这一次，我接过了这个信物，并攥紧在手心里，然后一声不吭地将它放进了自己的口袋里。她再一次将脸转向了大海。在一阵沉默之后，她从紧闭的双唇中发出了那种我早已熟悉的低回呜咽声。尤其是在这样的时刻，她这句话的含义也让我领会得更深刻了。

"我们总是在错失我们的人生啊，伊子。"

要回答好她这句话还真不是件容易的事，而且现在也没机会来回答她这番话了，因为就在此时，我听到了赛丽的声音。

"我的天啦，你看看，这两个家伙多像一对旧情人啊！"

类似的场景我记得内兹米也和赛丽调侃过，那还是前一段时间大伙儿在我们家第一次见面时所发生的事。毫无疑问，她不知道我和赛普内姆当年的有关事情。只见此时的她正挽着约格斯缓缓而行，而且两个人也正注视着我们。此时此刻，听到这番话的我真想反问她一句："你说我们，那你们又像不像一对老情人呢？"然而，我还是没说，把话又咽了回去。不过，尽管如此，我还是装出一副恼怒的样子。

“你们可不能这样搞突然袭击啊！是不是我们要来个接吻你们才欢喜啊？”

难道我们没接吻吗？我们从某种意义上说不是接吻了吗？这时候，赛丽的反应很是迅速。她的话很是俏皮，但没给我什么难堪的地方。

“你看你都有家室了，你还这样！好哇你！太好了，我们来得正是时候呢！”

听到这些，我真想回敬她一句“你不也结婚了吗？”这样的话来。然而，我还是没说出口，因为此时的他们俩看上去是那样的纯洁可爱，幸福开心。很快，其他的人也跟了过来。内兹米和尼索两个人不知怎么地陷入一场激烈的政治话题论辩中，这一幕就好像多年前他们之间所发生过一样。此时的切拉和扎福尔·贝伊医生两个人看上去还是那么谈性甚浓，有说有笑。他们又在谈论什么呢？对此我仍一无所知。此时的我已完全不在状态，去想着他们在谈论什么了。等到所有的人走过来后，我们俩站起了身子。尽管在这个夜晚我们俩遇到了一些阻力，但我们还是以自己的方式尽力又向前多迈进了一步。从某种意义上说，这又是一个新的人生起点，而且新的一天又在等待着我们。看来，这个夜里，我们每个人都需要好好休息一番，无论如何都要好好休息一番，因为明天还有更多的事在等着我们处理哩。就在我们去往停车场的时候，我觅得一个机会，在内兹米的耳边悄悄逗了他一句：“你那只可人的小鸟她马上就要飞出笼子啰！”我这番话也差不多说得够明白的了。我没再多说下去，就想让他能仔细品味一下这句话的含义，然后再让他做出自己的下一步行动安排。然而，我不得不说的是，扎福尔·贝伊医生上车时的那一席话也许是这个晚上最重要、最令人欣喜的话了……

“在此我想跟你们说一声，明天我就不用再过来了。赛普内姆有内兹米陪伴，再加上你们都在她身边，这一切都好得不能再好了。看来，我们也不能老守着死规矩不改啊，我们还是可以见机行事，对事情做灵活处理的嘛。”

拥抱，飞翔，只为了情感不再疏远

现在,时间又带着我们进入一番新的繁忙的景象。在这样的繁忙中,我们既想更好地了解自己,也想更好地了解彼此。正由于此,这个礼拜天也在许多新问题、新事情的解决中正式开始。说是新问题、新事情,其实也可以说是一种震动,或一种感动,它完全发自我心底,源于我内心的深处。是啊,要是一个人遇到了什么激动的事,他何尝不是如此呢?就这样,我们决定,这个上午十点钟我们再次在学校里碰头见面,对此,所有的人完全同意这个决定,没任何异议。当然,即使有点迟到也没有任何问题。不过,和昨天相比,今天的情况倒是有两点不同之处。第一个不同之处在于,今天每个人得自己想办法赶往那里了;第二个不同之处是扎福尔·贝伊医生已给了赛普内姆一些自由,这一次,她终于可以像个小鸟一样,自由飞到她向往之处了。另外,切拉请来的那位舞台布景师今天也要赶到学校，他将与我们一同商讨最重要最紧急的相关事宜。约格斯还是那样，他做事一直都很细致到位，他的耐心倾听、他的对策反应以及他的有关评论见解等都清楚表明，通过这么多年在舞台上的摸爬滚打，他在这个行当里都学会了什么。特别是在现实环境里，生活可以说给他的人生带来了更大程度的改变，正由于此，我们对面的这个人现在已完全变成了一个很安静的人，也早就改掉了他原来爱生气的脾气。所以，这一刻，我对眼前的他又有了一番新的认识和了解。不过，我尚不清楚的是，他的这种镇静是否已让他能坦然接受某种失败，或者说它是否意味着他已战胜了自己人生中的一切困难，并赢得了最终的胜利。看上去，他对自己人生的每场战斗都早已忘记，因为这从他和赛丽这几天所经历的那些事中可以清楚看出。这不，今天的他们俩又一起来到了学校。对此，我真的无法想象，他们俩在一起是否又经历了什么秘密开心的事。

随后，我们开始试穿我们各自的服装。现在的我们对自己的台词已完全烂熟于心，身披服装道具的我们看上去也更滑稽、更逗乐了。我们就这样在顺利地进行着排练工作。这时候，尼索又在滔滔不绝，口若悬河了，他的很多即兴表演都让我们大笑不止。就这样，我们决定，他这些颇让我们受启发的即兴表演一定要原汁原味保留在演出里。当然，我们也知道，对于演出过程中有可能会出现的意外场景如台词口误等我们要尽量避免，确保万无一失。

接下来，我们又从头到尾将整场戏排练了一遍。不过，中间的时候，我们也休息调整了一会儿，而且就所想到的问题进行了商讨。此时的我们心里明白，我们决不能违背当初的意愿，认为这场大戏仅是个幌子，其目的却是来见个面、大家彼此开心一下而已。正由于此，我们都不敢掉以轻心，拟严肃对待，决心做好后面那项最重要的工作，也就是说，下一周我们要正式在观众面前登台亮相，把我们最好的一面呈现给大家了。掐指算算，我们还有六天的时间，这几天，我们一定要把台词背得滚瓜烂熟，要做到一字不差地记在脑子里。下个礼拜六，我们还有一次排练，而且礼拜天上午还要再来一次。我们每个人都要做到，绝不能让自己的伙伴在舞台上出洋相，或遇到什么其他的麻烦。这番话可是那位导演亲口告诉我们的，我们对此深表赞同，而且也不想有什么异议而妨碍我们事情的进展。这时候，又有一种激动在侵袭着我们，因为我们很明白，今晚约格斯和赛丽一定又要到哪里共度良宵，交颈共眠了。呵呵，尽管我们也很清楚他们会去哪里，而且还要干些什么，但我们还是尽量不打扰他们，多给他们一点安宁为好。另外，切拉也为赛普内姆精心做了一个安排，也就是说她们俩晚上会先看电影，然后去哪里用餐，最后回到我家里。赛普内姆已好多年没进电影院啰，人生一眨眼就过去了这么多年。我在想，今晚的她很有可能还会遇到什么激动的事。如果有的话，我不知道，她最终是否能克服它。她和切拉将会有怎样的经历呢？一想到这些，我也是激动不已。她们到底会谈些什么呢？会在吃饭的时候谈，或者又在我们家里谈呢？对于彼此所倾吐的一切，她们又会有怎样的感受或分享呢？她们会谈到我们三人之间的那些事吗？想到这些，我的心里顿时有了一种很复杂的感觉。是啊，我既希望她们聊聊，但又不希望她们如此。当然我也不可能知道，她们的话题最后会落在何处。我能想到的也仅是她们不会对话题做深入细致的沟通交流而已，更确切地说，她们最好还是别触及此类话题，或者彼此最多感受一下对方的一点点情感即可。说真的，切拉可不愿意听这些事，而且赛普内姆也肯定不愿将自己心中最隐秘、最有情感价值的事暴露给她。另外，我不怀疑的是，在这两个女人彼此的倾诉中，这个晚上她俩共度的时光一定会给我，当然还有赛普内姆镀上一层更迷幻的色彩。这番长谈之后，我们这帮看球的人肯定还要和她们在哪里碰头见面，而且就在这之后。今天晚上，我们还有一场重要的足球比赛要去观赏和参与，因为这场比赛的结果将直接关系到我们球队最终是否能夺得联赛冠军。我们这几个人中间，最急不可耐的就算是尼索了，因为他这种激动的心情完全可以从他的话语中感受出来。

“我们终于可以出发啰，兄弟们！我好想立马感受到球场里的那种氛围啊！”

现在的我们也在经历着这激动人心的时刻，而这种心情我们可是从来都没有经历过的。此时，他的这种情感深深感染了我们，就连那几个女人也被感染了。这时候，切拉已描绘出一幅她想象中的场景，听上去，她这番话很像是一番挑战之辞。

“希望你们能看到一场精彩的比赛，亲爱的先生们。我们女人也终于能坐到一起，做我们自己最喜欢的事了！”

我敢肯定，她这番话绝对没有其他别的什么想法。然而，在这一刻，我突然有了另一种感觉，感觉自己的内心深处仿佛有某种话语声在回响着一般。对此，我没有理会。对于这些，人们也大可不必去理会它，更何况我早就被这件激动的事弄得心神不宁，亢奋不已了。就这样，在一片吵吵嚷嚷声里，我带着很复杂的心情，和他们一起离开学校，直奔球场而去。离开之前，赛普内姆先看了看我，然后又看了看内兹米，开始和我们挥手道别，那神情似乎在向我俩传递着她各不相同的思想情感。不管怎样，反正我接受了她给我的那部分情感，当然，也仅是她在挥手作别刹那间的情感。不用说，内兹米也肯定这样做了。要知道，这一刻对我们来说可又是一个彼此都不想再有什么话题的一刻。

在驱车去往位于东边亚洲大陆部分的那个体育场的路上，我们又谈起了往日我们观看的那些比赛，当然还有我们队今年夺冠的可能性。是否能夺冠，这个谜很有可能要到最后一场比赛才能被揭开，所以，在这种情况下，我们期待的是一个很不情愿看到的赛季收官战。也就是说，最后一场比赛，加拉塔萨雷队将在主场对阵特拉布宗队，而我们队却要去客场打萨姆松队。毫无疑问的是，加拉塔萨雷肯定会战胜对手，为的就是要让我们队夺冠的愿望落空，而他们却成为最后的冠军。所以，如果要夺冠，我们必须至少在客场打平拿一分。可想而知，届时那场比赛一定是一场艰巨的比赛。而且，这在我们队今晚的比赛中就应该能看出。这个晚上，我们还是第一次看我们队和布尔萨队交手。要知道，在自家门口比赛，我们还是很少输给其他对手的。不过，不能忘记的是，这个赛季一定要夺冠的想法肯定会给我们的队员带来不小的压力，因为只有赢得这场比赛，我们才能为最后夺冠扫清一切障碍。

带着这样几分担忧的心情我们步入体育场并坐到了看台上。今天开赛前的这个场面气氛真是火爆啊，对此，尼索是肯定不会感到失望的。当广播喇叭里宣布两队出场阵容时，整个球场激动的情绪一下子上升到了顶点。随后，开场哨终于响起，场内所有支持主队的人的脸上都写着必胜的表情。只见我们的小伙子们一刻不停地向对手发起了猛攻，而且在开场十五分钟内我们就获得了三次得分良机，其中有两次是安德森①颇具威胁的头球攻门，一次是塞尔哈特②的一脚劲射。紧接着，塞尔哈特又是一脚爆射，结果被对方守门员赛诺尔③扑了出来。然后，安德森又来了一脚补射，结果又被他挡了出来。没想到这个球就是这么的难进。就

---

① 科内特·安德森（Kennet Andersson，1967—），瑞典著名足球运动员，2000 至 2002 赛季为费内巴切队效力，作为前锋，他在 56 场比赛中为该队攻入 15 粒进球。

② 塞尔哈特·阿金（Serhat Akin，1981—），土耳其著名足球运动员，2000 至 2005 赛季为费内巴切队效力。在 125 场比赛中，他曾为该队打入 41 粒进球。

③ 赛诺尔·坎（Şenol Can，1983—），土耳其足球运动员，曾于 2002 至 2003 赛季为布尔萨俱乐部队效力。

这样，上半场双方以零比零平局收场。这个时候，我们每个人的脸上都开始露出焦躁不安的神情来。精彩的下半场很快开始了。首先是安德森一脚劲射擦出了球门，紧跟着又是拉帕伊奇①的一脚冷射。终于，一个难忘的进球场面出现了！只见于素甫②带球首先从右边突破到禁区内，他一下子吸引了对方两名防守球员，然后一个漂亮的分球，将球横传给埋伏在小禁区左边球门旁的利维奥③。好个利维奥，只见他一个漂亮的外脚背弹射就将球送入到网窝。真是一脚太美妙的射门了，连对方守门员也只能眼睁睁看着皮球飞进了网窝死角。顿时，整个体育场成了一片沸腾的海洋。尤其是当利维奥在进球之后做了个空翻动作的时候，球场内的气氛可就更热烈了，球迷们的心情个个也都跟过节似的，甭提有多高兴了。然而，最高兴的还是我们三个人，此时的我们已紧紧地抱在了一起，我们为进球欢呼，为进球喝彩！万千情感此时一下子袭上了我们心头。在这种拥抱中，我们不仅体会到进球后的那种幸福感，而且还品尝到重新坐到这个看台座位上的那种喜悦感。是啊，这种拥抱不仅让我们深深回想起过去岁月里的那些比赛场面，而且也让我们深深回忆起我们那段灰暗的人生历史，尽管已分手这么多年，但我们最终又相拥在一起，没让彼此的情感有任何疏远，也让自己还保持在那个最原始的真我，否则的话，我又怎么解释，在我们相拥的那一刻，为什么我们的眼泪那样一个劲儿哗哗直流，不能自已呢？是啊，要是没有这样的时刻，我们怎会有如此的内心震撼和情感爆发呢？难道我们不早就在静候着这一刻的

① 米兰·拉帕伊奇（Milan Rapaić, 1973—），克罗地亚足球运动员，曾于2000至2002赛季在费内巴切队司职中场，在51场比赛中打入15粒进球。

② 于素甫·西姆塞克（Yusuf Şimşek, 1975—），土耳其足球运动员，曾于2000至2004赛季为费内巴切队效力，司职中场，在89场比赛中打入11粒进球。

③ 海姆·利维奥（Haim Revivo, 1972—），以色列著名足球运动员，曾于2000至2002赛季在费内巴切队司职前锋，在68场比赛中攻入30粒进球。

来临,并要在这一瞬间做彻底的爆发吗?

此时,比赛还在紧张激烈地进行着。进球后不到十分钟的样子,拉泽蒂奇①失去了一次扩大比分的机会,他一脚劲射,结果球擦着球门从球网边飞了过去。然而,就在比赛慢慢接近尾声的时候,整个球场看台又经历了一次山呼海啸的场面。当时是第83分钟的时候,安德森接到守门员吕斯图②从后场开过来的一脚球门球,他将球直接摆渡给正游弋在大禁区前的利维奥。只见利维奥得球后连晃过两名对方防守队员,紧跟着拔脚怒射,皮球应声飞进球门的左上角。就这样,我们一直将二比零的比分保持到终场,并最终拿下了这场比赛。两个漂亮的进球,而且一个比一个漂亮。另外,我们获悉,我们的死敌加拉塔萨雷队也在客场战胜了对手。正如我们一开始所预测的那样,谁最后拿到联赛冠军也只有等到最后一轮比赛才见分晓了。尽管如此,我们还是带着十分喜悦的心情离开了赛场。此时已是晚上九点多了。我们慢慢有了一种饥饿的感觉,看来最好去哪里弄点吃的才是。就在我们去停车场的路上,突然间,我们看到了一家土耳其汉堡店。此时的尼索看了看我们,眼睛里露出了那种孩子们的微笑,那神情仿佛在说:你们一起去不?二话没说,我们就快步朝那个飘出香味的地方直奔而去。我们每个人都要了一个土式汉堡包,当然洋葱是必不可少的夹心馅料。眼前的这一幕又会让我们想起从前怎样的美好时光啊。在那里,我们个个就像孩子一样,狼吞虎咽地吃着那些我们最喜爱的食物,一幅幅遥远记忆的画面仿佛又浮现在我们眼

---

① 尼克拉·拉泽蒂奇(Nikola Lazetić, 1978—),原塞尔维亚共和国、现科索沃共和国足球运动员,曾于2000至2002赛季效力于费内巴切队,司职中场。

② 吕斯图·雷切贝尔(Rüştü Reçber, 1973—),土耳其著名足球守门员,曾于1994至2003赛季以及2004至2007赛季效力于费内巴切队。其间2003至2004赛季曾为西班牙巴塞罗那俱乐部足球队效力。

前……眼前的我们是不是个个都满嘴洋葱味呢？嘿！要是这样，就尽管如此吧，谁还会在意我们这满嘴异味呢！是啊，在没任何准备的情况下还能经历到我们过去曾经历的那一切，此时的我们还有什么不心内欢喜的呢？这其中，该又蕴藏着一种多大的魔力啊。在这么多年后的今天，我们这群五十多岁的人还能观看到这样一场比赛，而且还能有眼前这番经历，谁能不为之感怀呢？

随后，我们钻进车子，驱车回家。一路上，我们自然在谈论着刚才球场上所发生的一切。能在分手这么多年后经历这样一个激动人心的晚上，我的心里甭提有多高兴了。在我们驶过博斯普鲁斯大桥，回到这边的欧洲大陆后，尼索请求我在梅茨迪耶克伊停车，将他放下来，他想一个人步行回到他临时住的那个地方。他的这番话听上去似乎在向我们吐露着什么，而且他还请求我们，叫我们抓紧时间早点回去，因为家里还有人在等着我俩。是啊，有些话语就是以这种方式在背后隐藏着人们的真实意图。听到这些，我看了看内兹米。他也能明白我此时的所思所想吗？于是，我们告诉尼索，叫他不必担心，我们会把他送到他的住处。然而，我们的安慰却没得到他的任何反应，看来，我们也不能再多强求他了。不知怎么地，我还是未忍住告诉他，说自己不能就这样随便把他放在半路上不管，毕竟我们有车子，可以很方便地把他送到他的住处。听到这些，他还是一言不发。就这样，我们都沉默了下来。可以说，他的这种行为让我们三个人都感到有点吃惊。为了别让这种尴尬的沉默再蔓延下去，于是我赶快又打开了足球这个话匣子。我告诉他们，等下个赛季，我们可以一起再去那个球场，找一场激动人心的比赛看看。是啊，在我们未来的人生中，我们就应该以这种方式让我们之间原有的那些距离慢慢消失。听到这些，他苦笑了一下，然后给出了一个回答。这个回答，是那么的令人震惊，但同样也令人感动。

“这就是命啊！谁知道，什么时候还会……”

能听得出，他的话语中隐含着痛苦。此时的他会有什么样的感觉呢？这个还很难猜出。这一次我还是只能做这样的猜测而已。他这种忧伤的心情也很快感染了我。我也只能和他一样说出这样相同的话来：谁知道，什么时候还会……用这句话来说明我目前的心情可是再贴切不过了。在这一刻，我感觉到，下一次我们还能在一起看球的机会对我来说可是太渺小了。然而，不管怎样，今天所经历的一切让我和他又有了一种亲近的感觉。于是我尝试着不时来点玩笑的话语，想缓解一下气氛，同时也给他一些安慰鼓励。说真的，我这样做，又何尝不是在给自己一些安慰鼓励呢？为了在充满不幸的人生面前不低头、不气馁，嬉笑人生不也是一种很好的解脱方式吗？就这样，我们停好车将他放了下来，然后接着往家里赶去。此时的两个女人还在继续深聊着她们的话题，而且看上去聊得很是投机和开心。只见内兹米很快走到赛普内姆身边，两个人很快拥在了一起，这一切可没逃过我的眼睛。是不是他们这种亲近的关系早在很多年前就不自觉形成了呢？或者这么多年的生离死别又让现在的他们彼此更加心心相印了呢？谁知道啊！不管怎么说，这些问题的答案都是很令我悲伤的答案。此时的我也上前拥抱了一下切拉，否则的话，这种场合下的我还真不知如何是好呢。就在她张开臂膀拥抱我的时候，不知怎么地，我一下子感到自己眼前的这个女人既是那么的亲近，但同时又是那么的严厉，因为此时的她虽面带微笑注视着我，然而紧皱的双眉却一直没舒展开，那神情俨然就像是一位母亲，很显然，她在用一种责怪的神情打量着自己的孩子。终于，她开口问起我来：

“告诉我，你们到底都吃了些什么！”

很有可能的是，她闻到了我满嘴的洋葱味。这个问题一下子涉及我们两个人。站在那里的我们俩真是有口难辩，只有面面相觑，像两个孩子被大人审问一样，只好装出一脸干坏事后那种充满罪责感的表情。不过，还是内兹米反应神速，他也没放过这个机会，要反唇相讥，对眼前的这两位女人做一番回击。

“你们一定也喝了什么！你们闻上去可有一股酒精味呢！”

一个绝好的反击终于让我们摆脱了尴尬的困境，紧随其后的就是我们都开心大笑起来。不能不说，现在的我们可都是犯了一些小“罪过”的人。罪过就罪过吧，管它这些，我们每个人又来了个满杯的葡萄酒。于是，我们跟她们大致讲述了一下我们晚上看球的情况，她们也跟我们简单讲了一下她们看电影的情况。这就是当时我们经历的场面。双方具体的细节也没多说，看球赛也好，看电影也罢，彼此双方的情感反正也没做更多的交流。每个人都经历了自己想经历的一切，而且也更愿意将自己的情感暂时隐藏起来。对于我来说，这种情感的隐藏，或者说这种小把戏也是挺让我感到很惬意的一件事。

过了一会儿，他们俩起身准备告辞。我告诉他们，我可以送他们俩回到各自的住处。只不过内兹米告诉我，他们自己完全可以。另外他觉得，老是用车子这样迎来送往，也够让我折腾的了。而且赛普内姆也应慢慢更好地适应、熟悉和了解这座城市才是，更何况这个时间市里仍还有公共汽车呢。听到这些，我没做任何的回答，因为他说话的时候，我看见了他一个劲儿在对着我挤眉弄眼，我明白他的意思，因为他准备乘的士送赛普内姆回医院去。这个意思也分明是他们俩想单独多待一会儿。现在的我们都对他的话深信不疑。现在的这个时间，赛普内姆如何回医院，或者人们想着他们俩路上会经历什么，这些都已经不重要了，重要的是我现在所看到的一切，或者说我想要看到的一切。那个地方可是另一个活生生的残酷的现实世界啊。一想到这些,我们大家立即就陷入一片沉思之中。此时此刻,我们所有在场的人都不知道,我们在赶往自己的哪一个人生目的地,等待我们的又将是一个怎样的人生目的地……

后面这几天,我终于第一次有了几分难得的清静。由于自己对一切事情从一开始就承担了所有责任,所以,我本该在这几天里给每个人打打电话,问问他们各自在忙些什么,或者在这里过得如何。然而,我还是听凭自己内心深处某种情感的差遣,或者坦诚地说,自己还是别打搅他们的私生活为好。另外,这期间,他们也同样没给我打电话,所以,我也感到很欣慰,他们都没什么问题,也一定对自己在这里的生活感到很满意。然而,这种宁静还没保持三天,事情可就来了。当时约莫是中午十二点半的样子,在我正准备从商店去苏莱雅饭店尝尝那里的皮拉基美食①的时候,没想到我的手机响了,我看了看显示屏,是内兹米打来的电话。我立马接通了手机。没有一声问候,他便单刀直入,直奔主题。

"伙计,你躲到哪去了?明天医院这里可有一个小小的庆祝餐会呢!赛普内姆刚刚获得了医疗安全管理委员会出具的出院批准,她终于可以离开这里了。大家都想为她举行个小小的庆祝。你就开车带他们过来吧,一定要来啊!明天上午十一点一定要赶到,你听明白了吗?"

再一次地,我不知该说什么是好了。此时的我已无法开口,唯有沉默而已。最终,我还是用一种微微颤抖的声音回答了他:

"好的,你放心,明天我会召集好大家,把他们都带过去的。"

---

① 皮拉基美食(pilaki),土耳其传统美食,即清蒸大葱,食用之前需添加些食用油和柠檬汁。

仅凭这三言两语就能表达出我的思想情感吗？显然不能。此时此刻，不管对他，还是对我，仅这几句话是远远不能表达我这一刻的思想情感的。说真的，听到他这个邀请，我真的一下子想喊出声来，并且要大声欢呼，将我内心的喜悦从心底里呼喊出来。此刻的他会是怎样的感觉呢？唯一能知道的办法就是我现在来问他一下。他告诉我，他好多年都没这样激动狂喜过了。我深深地理解他。现在的他已找到自己正确的人生之路，尤其是将另一个人也引上了这条道路，这可不是件容易的事。另外我知道的还有，他多希望自己能有这样欣喜若狂的人生时刻啊。尤其是我更明白，他为什么会如此欣喜若狂，喜不自胜。所以，无论如何，我都要尽全力支持他，让他心想事成，了却自己的这桩夙愿。正由于此，我必须向他展示自己的情感，我要随时做好准备，向他伸出我热情的双手。为了能让他更开心一些，我必须再给他添些兴致才是。就这样，我开始打开另一个话题。

"对这件事，法图斯大姐又是怎么看的啊？"

我能想象得出，电话那头的他听到这些后脸上一定会绽开幸福的笑容。果不其然，从他的回答声中我已明显感受到了这些。

"这话你还用问吗？你肯定会看到，我们家这老太太会有多高兴了！哈哈，她都去过理发店了，而且把家里收拾得干干净净，一尘不染呢。另外，她已经在动手为一些美食做准备了。而且有些美食她甚至还要亲自用葡萄叶子来包裹卷扎呢。"

听到这些，要想不开心不爽朗大笑起来根本就是不可能的事。法图斯大姐，还有她做的美食，这两个概念听上去根本就是一种毫不相干的绝缘体组合。我知道，当年那个时候，她可是从来都不愿意下厨做饭的。所以，每当内兹米上我们家蹭饭的时候，他都是那样的开心惬意。突然间，我的眼前又浮现出那一幕幕场面。我还记得，有一次他在品尝我母亲手艺的时候，曾无意间说出过“这里可就是我真正的家啊！”这样的话来，我不知道，我父母听到这番话后，他们会作何感想。不过，当时的我是深深懂得他这番话的含义的。自此以后，他那句话就一直深深铭刻在我的脑海里，而今天，这句话又重新从我的脑海中浮现了出来。面对此情此景，我想让法图斯大姐再一次慢慢从我的记忆里走出来，我想看到一个真实的她，一个活生生的她。不管怎样，在我心里也好，或者在我们俩心里也好，那是我们人生中无法抹去的美好回忆，尽管这么多年已过去，可那一页还是那么鲜活地保存在我的记忆中，从未褪色，光亮如新。在此，我无论如何也要表达出我的这种情感。

“哎呀，我终于可以去看望她老人家了！你知道，我心里好紧张好紧张啊，不过，无论如何，我都会赶过去的。也许我们这帮人明天顺便就去你们家呢。”

没做任何思索，他便立即回应了我：

“我也正准备这样对你说呢，那就来吧！现在可是最合适不过的好机会了！不过，在赛普内姆面前，老人家第一次见到她也许会有那么点放不开，但慢慢就会好的。问题是，老人家可不会放过你，她肯定要把你臭骂一顿的！”

话音刚落，我们又哈哈大笑了起来。就这样，我答应他自己明天肯定会赶过去，另外，我也告诉他，明天我们即将经历的这一天对我们所有人来说也是极为重要的一天。等到明天，我们又要在另一个新地方欢聚庆祝，不管明天的一切会给我们带来怎样的情感起伏。和他打完电话后，我又怀着激动的心情给每个人打了电话，并告知了明天的安排。我终于有了一个充足的理由，又可以在短短的几天内再见到他们了，对此，我真是开心极了。当听到这样的喜讯后，他们个个和我一样也喜出望外，一口就答应了。具体见面地点我们也约好了，就在大家都知道的塔克西姆广场边的那个阿塔图尔克[1]文化中心前。我们在那里不是曾和许许多多的人有约，并演绎过各种精彩的人生故事吗？那么这一次呢？我敢肯定，还有更多更难忘的精彩时刻在等待着我们……

① 穆斯塔法·凯末尔·阿塔土克（Mustafa Kemal Atatürk，1881—1938），土耳其政治改革家，土耳其共和国第一任总统。他被誉为“现代土耳其奠基人”或“土耳其之父”。

马赛克蛋糕和床上的行李箱

当那个礼拜五我们动身前往医院的时候，每个人都在以自己的方式为赛普内姆感到高兴。毫无疑问，我的喜悦之情和其他人都大不一样，至少我觉得我的这种喜悦要更强烈，我的情感也要深沉得多。可以说，去医院的那条路我太熟悉了，随便哪个弯道、哪个路口我都记得清清楚楚。然而，这一次去那里的感觉和以前的感觉完全不一样，因为这是我最后一次去医院了。面对此情此景，我再次回忆起我和内兹米第一次去那里时的情景，当然还有其他时候我一个人去那里时，脑海里所涌现出的各种疑问、各种希望、各种期待等，这些也都在我的脑海里一一闪现出来。在这些来回多少次的往返周折中，我还有什么没经历到的呢？我该如何向其他人讲述自己的这段经历和思想情感呢？很显然，一般情况下我会很少很少谈及，甚至也不愿意开口。然而，这一次，不知怎么地，我反而愿意向他们讲述这一切了。这可是个精彩的故事,我愿意在此和盘托出,也不打算再保密下去。就这样,我告诉了他们自己第一次如何去看她,我所见到的她那种凝望远方时呆滞的眼神以及我给她播放的那些抒情小调,当然,她的那些画作,还有我对她的倾诉,甚至我从她那里每一次得到的无言的回答我都一一说了出来。另外,我还告诉他们,她如何在那里回忆起我们当年剧情中的台词和场景,甚至她扮演角色时的那些情景。当然,我所见到的她那个房间我也没忘记告诉大家。还有在那里内兹米告知我的一切以及我们彼此分担的那些痛苦,也都是我路上未停歇过的话题……不过,耳环那件事我可没提起。这件事,我是绝不能轻易向他们透露出来的,因为这件事是我一个人的故事,而且也只能是我一个人独享的故事。一路上,我可是滔滔不绝,眉飞色舞,就是到了停车场了,我也没停下唠叨,还在起劲地说着。我的这些讲述给他们留下了深刻印象,只见车停稳了后,他们也没有立即打开车门从车里下来,而是仍呆坐在那里听着我的讲述,我当时所感觉到的就是车内的一片寂静声。还是尼索先打破了沉默,他的话语一下子转移了我们的注意力,而这一点我却一直没意识到。

“你们看看,我们都赶到这里了,后面还会有怎样的事发生呢?看样子,赛普内姆早就在恭候着我们的光临了呢!”

对于尼索以此方式来转移我们的注意力,我没有任何的异议,只是有一个声音——也许是自己一时还没能从自己刚才讲述的那一切中回过神来——在告诉我,今天赛普内姆的人生故事绝不能成为她人生的最后终点,到此作结。对于尼索来说,今天的这件事也许到此为止,因为还有新的生活在异国他乡等着他去营造,对于约格斯,情况也应该同样如此。然而,对于我来说,我是没有任何地方可回避的了。在这里,我还要继续生活下去,我还要和他们朝夕相处,我要付出我现在的一切,还有我将来的一切，只要有可能，我都会不遗余力，遵守自己的诺言。想到这些，我并没有按他说话的方式回答他，也只是道出了我的期待和隐忧，反正他怎么理解那是他的事，我对此也大可不必再做什么进一步解释了。

“等着瞧，后面还会发生什么。我们也仅是走在一条正确的路上，这还不能算是个终点呢。”

说完这些，刚才还在沉默的赛丽终于开口了，她的话一下子让我的心变得温暖起来，也让我感到了一股力量。

“太好了！你们俩可真是做了件功德无量的事呢！”

是的，按她的说法，我们确实做了件“功德无量”的事，这种赞扬我可以毫不惭愧地代表我们三个人坦然接受下来。就这样，我们一起下车朝医院的方向走去。能走在大伙儿前头给他们带路，这让我感到很开心，但要是换个角度来想，不知怎么地，它又无形中给我平添了某种悲伤。

“待一会儿你们看到的场面也许会让你们有些惊吓，可要做好心理准备啰，那里面你们所期待的可不是什么令人愉快的场面呢。”

一边走着，内兹米一边对我说出了这样的话，一同前往的人也一定都听到了。只见他们都点了点头。我觉得，他们都听懂了他这番话的意思。就这样，我们走进了医院。只见住院部中央已经摆放好了一张大桌子，而且桌子上已摆着许多装满了各种食物的塑料盘子，那里面既有糕点饼干，又有一块块小比萨饼。看来，这就是为赛普内姆特地准备的出院送别餐会。此时，那位女护士长热情地迎接了我们，而且其他的护士也都纷纷到场，赶来为赛普内姆送行。所有在场的人都喜笑颜开，很是开怀。另外，还有几个女病人也站在桌子边，并绕着桌子在转来转去，看来她们有可能永远都不能告别这个地方了。就在我愣神之际，在一片掌声中，赛普内姆和内兹米正款款地朝我们走了过来。我抬头一看，觉得他们没少在那身靓装打扮上下功夫。此时的我仿佛觉得他们刚从某个屋子里缓缓走出，就好像要和我们大家一起庆祝一场隆重的婚礼一般。就这样，他们和我们挨个热情地拥抱了一下。这期间，只听见赛普内姆开口说了话。她告诉大家，此时的她心里有一种很奇怪的感觉，这感觉就像是自己要离家出走一般。是啊，离开那里可不是件容易的事。在那里，她不知度过了多少春夏秋冬，和外面的世界没了联系。如果非要说那里不是她家的话，那至少也可以说是她人生的最后一个庇护所吧。现在的她很快就要离开这庇护所了，而且是一别永去，再也不回来了……很快，扎福尔·贝伊医生来到了我们中间。我们彼此相互问候了一番。这个时候，有几个女病人开始和他逗乐了，其中有一个问他，为什么她们苦苦等待的蛋糕到现在还一直没端上来。终于，在翘首期盼中，蛋糕出现在众人面前。那可是块很大的蛋糕，而且上面还写着“赛普内姆，我们爱你，祝你前程似锦，万事如意！”的字样。当她看到这些祝词时，她非常感动，双手情不自禁地捂住脸庞哭了起来。此时，站在她身边的内兹米马上搂住她肩头，并轻轻地吻了吻她的秀发，以示安慰。这个时候的我们也都站在了桌子边，也同样为眼前的这一幕所深深感动。不管这些，有几个女病人已等不及了，她们开始伸手抓进了盘子里。对于眼前的这一幕，女护士长也不断地向她们发出了警告，只是这种话语听上去很是友好，颇是善意。现在，就剩下蛋糕还没切了，因为还有一些发言随即要举行。

扎福尔·贝伊医生首先向大家致辞，其实也本应如此。他的发言既真诚，又简洁。他说他为赛普内姆感到非常自豪，而且他坚信她所选择的这条人生路是正确的。另外，他感到特别欣慰的是，她最终能和她真正喜爱的这些人一起笑迎人生，继续寻找自己幸福的未来。当然，他也没忘记感谢医院里的所有医务人员所提供的一切无私帮助，当然还有内兹米也付出了很多努力。说完这些，他看了看我，很显然，那意思该是我来对大家说些什么了。就这样,我告诉大家,说我能帮助赛普内姆重新回归人生,并让她回到我们中间来,这应该是我这辈子做得最成功的事了,对此我是一点不夸张的讲。而且从现在开始,赛普内姆她再也不会感到孤独和寂寞了,因为我们永远都在她身边,永远和她心连心相伴在一起,直至我们生命的最后一刻。说到这里,我的这些朋友,还有那些在这场奋斗中一直在我身边支持我的所有医务人员都向我投来了微笑的目光。特别是在这一刻,我看见赛普内姆也在对我报以微笑,对此我真是开心极了。看上去,她很是激动。我知道,我帮助了她,我终于如愿以偿,也终于让她明白我所付出的一切都是为了她。同时我也知道,我会告诉她我想告诉她的一切,因为她始终相信我是那么的坦率和真诚。随后,内兹米接过了我的话,不过他并没有发表很多感慨,只是表达了自己深深地爱着赛普内姆,而且誓要把这种爱情进行到底。大爱无言,他已不需要更多的表白和誓言,仅从他激动颤抖的话语中我们就可以清清楚楚地感受到。最后,该轮到赛普内姆说点什么了。她告诉大家,现在的她脑子里已乱得像一团麻,等自己出去后,她会很怀念自己曾住过的那间小屋子的。另外,她肯定还会常常想起自己曾在里面散步休息过的那个小花园。当然,还有身边和她一样有着许多不幸命运的病友她也会很想念。不过,她所画的那些画她就不带走了,它们应属于这里,所以她要把它们统统都留在这里,让它们去见证自己所经历过的那些岁月。就在她向我们道谢的时候,我注意到,她的脸上虽洋溢着一种欢愉且充满希望的神情,但同时又显露出某种隐忧的表情来。就在这时,她又说话了。

“我这就走了。可是我不知道,我这到底是去哪里啊?”

话音未落,一阵短暂且深沉的寂静出现了。面对这种哀叹,我们这些人个个都找不到一句安慰性的话语能让她平静一下。她先是哽咽了一下,然后很快又平复了下来。很显然,她在尝试着,要把自己,还有在场所有的人都拉回到这个欢庆时刻的气氛中来。

“各位,动手吧,现在就让我们把蛋糕切开吧!”

就这样,她拿起餐刀,并朝站在自己身边的内兹米笑了笑,心领神会的内兹米跟着将手伸向了她手中的那把餐刀。这时候,他朝我眨了眨眼神,很显然,他想叫我过去帮他俩一起切蛋糕。此时的我岂敢怠慢,赶快朝他俩身边走去,我们让赛普内姆站在了中间。就这样,我们三个人一起握住那把餐刀,手叠着手开始切分那块蛋糕了。那一刻可真是个美妙精彩的时刻,它犹如一段人生总结,已将我们所经历的一切全部汇聚到一起。是啊,在经历了那么多的生生死死之后,我们终于等到了这一幸福的时刻。一阵雷鸣般的掌声随即爆发出来。我知道,报以我们掌声的不仅只有他们,还有那些不在场,或者说已不知消失在这个世界哪个角落的人们,虽然我们此时此刻看不见他们,但我仿佛仍能听见他们暴风骤雨般的掌声和喝彩声。这就是我们曾遗失的那一面,它不能不让我们为之感动,尽管它曾让我们感到无比的压抑,无比的悔恨。虽然它已逝去,并和我们挥手作别,但无论如何它都会永驻我们心里,永不消失,永不褪色。这就是眼前的我们,尽管我们的心曾遭受过无尽的摧残,并变得破碎不堪,但我们还能将它们重新找回,并拼接到一起,誓要在每一颗仍能跳动的心的驱使下,勇敢地在漫漫的人生征程中顽强地行走下去。今天的我们虽曾心碎过,甚至已面目全非,但我们就是这样能彼此接受,不离不弃,永远坚持原来的那个真我,坦诚相待,肝胆相照,誓将人生活得更精彩,也更有意义……

切好的蛋糕在等待着我们品尝。此时的我们个个都垂涎欲滴,迫不及待了。这是一种发自内心的喜悦,也是一种我们理应得到回报的喜悦。就这样,我们带着欣喜愉快的心情分享着这一美好的时刻。当然,这中间少不了的还有照片的抓拍,尼索、约格斯和赛丽身边都带着相机。

就这样，我们将今天的这一幕幕永远地载入到我们人生的历史史册中。

餐会在这样喜悦的气氛中慢慢结束。可以说，我们经历了这一天中最令人感到震撼的一刻。这个时候，赛普内姆告诉大家，她想一个人待一会儿，然后再去花园里走走。对此，我们什么也没说，只是告诉她我们会耐心等她回来的。这个时候，内兹米去了她那个屋子，他去干吗呢？谁知道在那间屋子里，这个女人曾经历过多少失落、迷幻和孤独啊。很快，她回来了，而且手里还拎了个小箱子。这么多年下来，她想随身带走的东西用这么个小箱子就可以全部带走吗？那里面又到底是些什么呢？那里面的一切和她在这里所度过的日子又有怎样的关系呢？难道那里面的一切就那么有价值，和这个地方密不可分吗？要是我们像她一样走出这堵高墙，她也能将我们自己的人生全部装进这只箱子，一物不剩，全部带走吗？也许此时的她比我们更加自由，或者又比我们更了无牵挂了吧。半个小时后，她终于回来了。当我们看到她脸上所呈现出的类似悲伤但同时又像是快乐神情的时候，此时的我已更愿意相信她真的比我们更无所牵挂了。对于她出去散步溜达的这种举动，我们都尝试着去接受和理解它，并觉得它是一件再正常不过的事了，所以，我们也让她感到，我们这次来，纯粹就是像接一个普通病人一样接她出院。现在，该是赛普内姆和大家说再见的时候了。只见她一一拥抱了所有在场的人，先是扎福尔·贝伊医生，然后是其他护士和她那些病友。所有的人都对她发出了真诚的微笑，并送上了真诚的祝福。当我们走出医院大门后，内兹米走近了我，他要我别离开他们俩，再多陪他们一会儿。面对这种场景，在场的其他朋友也很知趣，并告诉我，说他们自己打的回去了。就这样，我们大家一起慢慢走向了停车场，路上也没了任何玩笑的话语。说真的，要是这幕情景发生在一部电影里的话，那肯定会有一首浪漫的背景音乐。可是，在我们这幕现实情景里，却是没有任何浪漫曲调的。然而，这首浪漫之歌我们曾谱写了多少年，也早已在我们的心里不断回荡，经久不息。这就是我们眼前所经历的现实一刻。不过，还有另一个现实在等着我们，万不可忘记，那就是我们明天的彩排工作。和上个周末一样，我们还要在学校里碰头，然后继续排练。

在车子里，赛普内姆坐在我旁边的那个副驾驶位子里。看上去，她似乎不像是沉浸在幸福和喜悦中，更多的是像从外面一个冷静的视角审视着她所经历的这一切。于是，我想用一些轻松愉快的话语来缓解一下她的心情，以便我们能顺利地朝我们的目的地驶去。

“别担心，法图斯大姐可比你还要疯狂呢。在这个家里，你肯定不会有什么陌生感的。哈哈！刚离开了一个疯人院，马上又要进另一个疯人院，你明白我的意思吧？哈哈哈哈！”

听到这些，她点了点头，脸上也露出了微笑。不过，这一次，她仅是微微地笑了笑，而且还一直保持着这种微笑的神情。和我一样，内兹米也没放过这个机会，跟着补充了几句。

“哎呀！到现在，我都在家里和一个疯子打交道呢。现在倒好了，我一下子有两个疯女人了。其实，真正的疯子可是我自己呢，因为我所干的事，别人可是从来都不干的呢……”

听到这些，我们彼此看了看，也笑了笑。我们正是以这样的方式在为彼此打气，为对方增添信心。随后的整个路上，我们也几乎没做什么交流，否则的话，我们既给自己施加压力，又会给对方施加压力，这可是件根本没必要的事。而且我知道的是，其实在我们的内心里，我们每个人和自己，或者我们彼此之间，早就有了这种无声的交流。终于，我们来到了内兹米家的门前。此时，我的心愈发跳得厉害了，这种激动之情已无法控制，也更难以言表。是的，我马上就要和这个我多年没见的法图斯大姐见面了！是啊，我们人生相会的日子一再被推迟，而今天总算在我的人生中又翻开了崭新的一页。我知道,在我这本人生的故事书里,我们迟早是要翻开这一页的,而今天我们真的马上就要见面了。这一刻,内兹米似乎从我的眼神里看出了我的心思。就在我们准备迈进那栋公寓楼大门的时候,只听他在我耳边小声嘀咕了几句。那话语充满了友好之情。

“她已经老了,你马上就能见到她了。不过,尽管如此,她还是那个疯婆子,只是现在她真的是年事已高了。”

他的话听上去很悲伤。我能听懂的是,他显然在为母亲的健康状况感到担忧。不过,这一刻,我们可没工夫再闲谈这些了。我只是附和着点了点头,并说出我能想到的最具安慰性的话语来。

“你说说看,我们这些人谁还没有衰老的那一天呢?”

这是不是个敷衍性的回答呢?很有可能是这样的吧。就这样,我们按响了门铃。我们知道,老人家肯定早就在等着我们了,于是我们俩相互对视着笑了一下。之所以如此,为的就是要掩盖我内心的某种胆怯之情啊。思忖之际,没多等待,门就开了。此时,她已站在了我的面前。看上去,她并没有像她儿子说的那样已变得老弱不堪,也仅是体型比以前矮小了一些,正由于此,他刚才的那番话中显然隐藏着另一种情感,或者说另一种评判。当然,我的这种想法也只是晚些时候才有的,更具体地说,是仅在我们见面的几个小时后。正因为在这个家里我亲身感受到了这里的一切,所以我才有了这样的想法,并得出如此的结论来。或者还可以再推迟一点,即是我回家之后,当自己重新将这一切在脑子里过了一遍,并有了更好的领悟感怀。只是,当自己面对这位老人并向她发出问候的这一刻,再细想这些已没了可能,因为像往日一样,此时的法图斯大姐又马上用她那脆生生的话语开始数落起我来了。不过,她那眼神里还是充满着那般怜爱,那般关怀。正如她儿子所说的,老人家待我永远都是那么的亲切和蔼,视如己出。对于我的到来,眼前的她丝毫没有隐藏她的喜悦之情,激动之情也溢于言表。

“你这个不守信的家伙!你说你到底都躲到哪里去了啊?你有事没事总要跟我打个招呼,问候我一声吧。你也不关心我一下,你总要问问我过得怎么样,身体可好吧!可我一直什么都没听到啊!你们这些年也不知躲到哪里去了,不过我可是很清楚的呢。哎呀!你可老大不小,看上去也不年轻啰!”

说这话的这会儿,我们还站在门口。我们都大笑了起来,尤其是赛普内姆,她的笑容显得更灿烂,也更动人了。我一边笑着,一边回答了老人家。

“你可一点没变老呢,法图斯大姐!我敢发誓,你可还是像当年一样那么漂亮,那么迷人呢!你这是怎么保养的啊?是不是这些年来,你一直都蹲在冰柜里,把自己保鲜着没出来啊?哈哈哈哈!”

门槛边开心的交流,更确切地说,主人的欢迎仪式一直在以这样的方式进行着。很自然的是,我这番友好的浑话受到老人家的阻止:

“够了够了,你这个捣蛋鬼!你们看看,没想到这家伙还是这么风趣呢。”

随后,她又掉转了脸,亲热地注视着赛普内姆。

“对不起啊,孩子,衷心欢迎你到我们家来。你们就进来吧,你们看看,我一直就这样让你们站在门外了。哎呀,多漂亮的姑娘啊!来吧,来吧,进来好了,只管进来好了。”

这个“漂亮的姑娘”眼下可都五十好几的女人了。然而,法图斯大姐就这样称谓着她,在老人家眼里,赛普内姆就好像一个二十岁左右的年轻新娘刚走进自己的家门一样。对于这种场面,说真的,我们既不想装什么天真烂漫,也不想装什么完美无瑕,老实说,这一切变化都跟我们有关，我们对此可都是有责任的。无论如何，在这个场合下，老人家的这番衷心问候还是十分令人感动的，更何况这种称谓也是一种非常亲密无间的体现，能经历它，能感受到它，对我们大家来说又何尝不是件很有意义的事，而且肯定还会给我们留下深刻印象的呢！这个时候，内兹米开始尝试着，要将现场的气氛再缓和一下，只见他看了他母亲一眼，然后跟着说道：

“哈哈，我们在盘算着，你肯定不让我们进门呢！”

听到这些，法图斯大姐立马回敬他儿子道：

“别瞎扯了，你这个爱管闲事的冒失鬼！今天要不是这姑娘在场的话，你老娘今天可要给你好看的呢。”

她一边嗔骂着儿子，一边友好地看了看赛普内姆。就这样，我们走进屋子，并坐到了客厅里的沙发上。这个时候，我环视了一下身边的一切，屋子里的那些布置摆设几乎都没有什么变化，那感觉就像时间在此停滞了一般。同时，我也感觉自己就像是走进一幅让人颇感几分悲伤的老照片里一样。在这里面，我所看到的一切，无不给我另一种印象，那就是这个屋子里的人和物又曾经历过怎样的岁月沧桑，并承受着怎样不堪重负的岁月人生啊……突然间，我觉察到，内兹米在诡秘地朝我笑着，他已明白了我所看到的一切吗？作为回答，我朝他点了点头，并挤了个眼神，说真的，这也是我此时唯一能做出的举止。我想，等到有合适机会的话，我会告诉他我此时的这些感受的。

此时，法图斯大姐正在照料着赛普内姆。首先，她领着她在屋子里转了转，然后又带她去了为她新准备好的那个小房间。那是一间老储藏间。现在，那里面的一切已被收拾得干干净净，完全成了一间她能惬意居住的小屋子。不仅如此，那里面的很多布置都已考虑到了细节，甚至在屋子的一角还摆好了一个画架，而且上面连各种颜料和画笔都放好了。是啊,这间保存了多少年美好回忆的小屋子现在可正在迎接一位新人的到来,并将呈现它的勃勃生机呢。在我们走进这间小屋子的一刹那,一束柔和温馨的亮光已透过门帘缝隙映照在我们脸上。这个时候,只见内兹米走过去掀起了那两块布帘,就好像他在对我们说"演出已正式开始"一般。果不其然,他对赛普内姆说道:

"现在,这就是你的房间了,如果还需要什么的话,你就尽管告诉我们好了。"

听到这些,赛普内姆显得有些不好意思,但却脉脉含情地看了他一眼。这一幕可真是太感人了。此时,法图斯大姐一把挽起我,拉着我走进了客厅。一边走着,一边还故意用一种调侃的语调大声对我嚷嚷着,那样子就好像她想让大家都能听到她的催促声:快走,快走!我们最好还是让这对"年轻人"单独多待一会儿。看来,今天的她无论如何也要让这位新来的女客人充分感受到自己就是这个家里的一员,或是自己的准媳妇,或者干脆就是一位已过了门的新娘子。我很确信,而且她也知道,他们的生活从此将完全是另一番新景象了。然而,眼前的这位老人家却仍然还是当年的那位法图斯大姐,因为她无论如何也要经历这人生难得一遇的场面。她要尽情享受眼前这美好的一刻,也不在乎自己的生命何时会走到尽头。无所谓什么残酷现实,或者强加到自己头上的什么厄运,总之,她已做好了一切准备,要勇敢地面对和承受这一切。这一刻,赛普内姆即向我们展示了这现实的一面,更确切地说,她展示的是我们现实人生那颇为残酷的一面,这从她此时的一番低语中可以清楚听出。

"我可以一个人待一会吗?我想把我的东西收拾整理一下……"

乍听上去,这阵低语怎么像是一阵呜咽一般,一种颇让人担忧的低回呜咽声。对此,我们颇感意外,既无法找到她伤心的理由,也无法阻止她这样的心情蔓延下去。还是内兹米先站了出来,在他准备离开屋子的时候,只见他轻轻地抚了抚她的肩膀,此时的她跟着也抚摸了一下内兹米还搭在她肩头的那只温暖大手。就这样,我们关上了那扇房门,走进了对面的客厅里。刚一进客厅,法图斯大姐就问我们,是否她刚才做错了什么,惹得这姑娘不开心了。我们都向她保证并安慰说,这跟她没有半点关系,所以,她用不着担心和顾虑。我们大可保持镇静,不必有什么惊慌。听到这些,她点了点头,那神情像是在告诉我们,她已明白了这些。话虽这样说了,但此时的她仍是一脸茫然,好像她还在对我们的话将信将疑,也不知自己该如何是好。

此时的我一屁股坐进了沙发,开始回味着我们刚才所见到的那一幕。这个时候,从他们两个人脸上我也看到了这种令人费解的表情。看来,如果此时能和法图斯大姐一起再回到我们今天重新见面那个话题上的话,也许这种压抑的氛围会得到很好的缓解。而且此时的她看上去好像也做好了准备,要把我们以往的那种调侃劲继续保持下去,看样子,她似乎还是不给我情面,要把我数落或责怪一番。不管怎样,我还是要竭力扮好那个始终有罪过感的毛头小伙子的角色,否则的话,我们又怎能像从前那样,彼此你一言我一语,愉快地进行我们两代人的心灵沟通呢?当然,此时的内兹米别无选择,也只能陪我们聊天了。唉,我这真是应了“既来之则安之”这句话啊。可以说,我们当年所经历的那一切是一种痛苦的欢乐,或者又可以说是一种甜蜜的痛苦。乍听上去,这种表述可能不合乎什么逻辑,然而,如何能更准确地表达出我们此时的心境,除此表达外,我已找不出任何合适的话语,说句真心话,就是今天我也没找到对此更合适的回答呢。随后,法图斯大姐想了解一下我这么多年来的个人情况和家庭情况。这一次,我再一次忍受着很多平时难以启齿的痛苦,将我能说的事都告诉了她。她先是问了问我妻子以及我工作方面的情况，对于这些，我都竭力将自己美化成一个很幸运、很成功的男人。然后，她又问了一下我孩子的情况，我同样也以这种方式回答了她，只是这方面的回答并不轻松，也颇让我费了一番脑筋，反正一切拣好的说，能掩饰的就尽量掩饰吧，只是这方面的事到目前为止我和内兹米还没进行足够的沟通呢。不过，我能感觉到，我的这些话她很有可能都没听进去，因为在我这番讲述之后，她就没停止话语，一个劲儿开始数落起她儿子来了。她告诉我，内兹米这家伙一辈子过的可都是一种飘忽不定的生活。看来，她也只能期待儿子最后以这种方式给她添个胖孙子了。不管怎样吧，要是自己最后能有个孙子抱在怀里那该有多好哇！我在思忖着，这番话可不像是一个真正的法图斯大姐说出的，因为我了解她，她绝不是一个脑子里整天装着这种想法的女人。毫无疑问，她肯定还有别的意图和打算。也许她还要和儿子继续冷战下去，也许这场战争永远都不会有停歇的时候。这时候，我看了看内兹米，只见他对我淡淡地笑了笑。看到这些，我要让他明白，任何时候，我都是站在他这一边的。之所以这样，也是为了能更好地理解我自己这个做儿子的处境和难处。

“是啊，法图斯大姐，一个人要是没有孩子的话，有时候他会过得更好呢。没有孩子，他也就没那些乱七八糟的烦心事了。你看看，你现在不就是个例子嘛，这烦心事还少吗？相反，内兹米他可自由了，他就像只小鸟一样，想飞到哪就飞到哪，多自由啊！另外，他所做的事，可以毫不夸张地说，在这个国家里，有几个人能跟他比啊？”

更多的话我已无法再说出。说话的这一会儿，我的思绪其实也早已飞出了我的这番话语之外。这番话的真实含义只有我懂得，也只有我最清楚，尤其是在这样的时刻。这个时候，我瞟了瞟内兹米。他明白我的意思，因为他知道我在为他解脱，帮他跳出刚才那种我们一起所面临的尴尬处境。虽是在帮他摆脱困境，但此时的我也多多少少感到了某些缺憾,只是这种缺憾不知是什么而已。鉴于我道出的这种实情,老人家也附和着点了点头。是不是我多此一举,又揭开了她人生的某个伤疤了呢?谁知道,因为自己所遭受的那些不公,她这辈子曾付出过多惨重的人生代价啊。在这种情况下,最好还是换个话题才是。无论如何,人们要学会解脱,学会自我超越才是,不管自己在过去岁月曾遭受过怎样的打击,一个人都要学会让这个很难愈合的创口不再遭受新的创伤。此时,赛普内姆来得可真是时候,她来帮助我们摆脱困境了。在她走进客厅的那一刻,我们所有人的目光一下子都被她吸引了过去。看上去,此时的她又多云转晴,心情变好了起来。只见她慢慢坐到了那个没人坐的长沙发上。再一次地,我们经历了一阵短暂的沉默。这一次,内兹米开始抢先发话,他要打破这种有可能会带来新担忧的沉默,只见他先看了看自己的母亲,然后说道:

"哎呀,母亲,茶水都准备好了吗?"

此话一出,跟着就有了反应。还别说,这两个人真不愧是一对母子,对彼此的一举一动都心领神会,心照不宣。所以,对于这样的场面,法图斯大姐真是太会附和了,已经深得要领了。

"茶水我早就准备好了,孩子!而且其他一切我也都准备好了呢。"

这种积极互动的场面还在继续着:只见老人家一边站起身子,一边告诉我们,说自己这就去厨房里拿茶水来,就连赛普内姆也心领神会,朝我们笑了笑,很显然,她也想跟老人家一起过去,给她做个帮手。对于这样的举止,老人家可是高兴坏了。这一刻,每个人都在尽自己的努力,要让这种喜悦和欢乐相互传递,彼此感染……

此时,客厅里就剩下我和内兹米两个人了。再一次地我们彼此看了看,想要有一番新的交流。突然,他站了起来。他告诉我,他想去一下赛普内姆的那间屋子,看看她到底是不是将她的那些衣物都挂在了柜子里。对于他这般举动，说真的，我感到很诧异。我没有回答他。也许那间屋子里此时正有某种声音在呼唤着他吧，或者因为我们两个人此时无话可谈，或者根本不想交流，所以他干脆就找了这么个借口吧。就这样，我沉默在那里，等待着他的答复。还好，他没有让我多等待，刚去了一会儿，很快就溜回到我身边。他的表情看上去有些诧异，同时还有点伤感。随后，从他的话里我得出结论，我对他表情的判断很是正确。

“她那箱子怎么一点没动，还放在床上呢。她根本就没打开它！”

这一次，该轮到我感到诧异了。但是，我还是尝试着说些什么，这样既好安慰安慰他，也能让自己镇静下来。

“还是别过问的好，她需要的是时间呢。现在，乍到一个新地方的她还需要时间适应自己的环境呢。是啊，我们真的不知道，此时的她都看到了什么，又在想着什么。也别管这些了，反正我们所做的这一切，就是要让她感到，我们正在全力支持她，让她重获新生，你说对不?”

他点了点头，很显然，他很赞同我的这番话。我们本该还可以就此再多说几句的，但就在这时，两个女人端着茶水走了进来。赛普内姆的托盘里放着的是三杯倒得满满的茶水，而法图斯大姐的托盘里都是些盘盘碟碟。等她再走近时，我终于看清那些盘子和碟子里都装了些什么：其中的一个盘子里装的是切得整整齐齐的烤肉，而其他小碟子里装的则是已切好的马赛克蛋糕。哎呀！这种蛋糕可是她老人家从前经常给我们做的啊。都好多年了，我都一直没再品尝过它了，也差不多忘在了记忆深处，而她却还这么清楚地记得这些。等她将蛋糕放在旁边的小桌子上后，她露出了微笑的神情。那目光里，既有着母亲般慈爱的眼神，同时也放射出几分痴癫但又很诱人的光彩来……此时的话语已是多余。在那段长长的岁月回忆中，在那段难以倾诉的思想情感里，好长一段时间我们都没了话语，好像彼此都不存在消失了一般。等到内兹米看到这蛋糕时,他告诉我们,距他母亲上次做这种蛋糕已过去好多日子了,他还清楚地记得,上一次母亲做蛋糕的时候,还是他刚从牢里被放出来回家的那一天呢。所以,眼前的这番景象对于我们人生的这次重逢又赋予了另一番不同的深刻含义。

接下来所发生的一切也都是不值得一提的事了,烤肉也吃了,蛋糕也回味了,茶也喝了,话也聊得差不多了,我也该就此道别,打道回府了。于是,我站了起来。无论如何,我还是忍不住要说此时的我该上路了,我要让这个新家庭的所有成员在这个晚上都能好好休息一番。

回家的路上,我在思考着,我应该有许多理由相信我们在自己的人生里又迈出了极为重要的一步。这倒不是我从此不用为赛普内姆的事操心了,我必须要说的是,如果老是再怀有这样不好的想法,那是万万要不得的,至少眼前这一刻是如此。是的,我们必须给她时间,同时也要给自己一些时间。我这场人生大戏即将上演,不到最后,我们这个梦想还不能算真正实现。毫无疑问,我们不可避免地还要面临许多新问题,而且这个时间已慢慢临近。在后面这段日子里,我们只能为这场大戏奋斗坚持着,难道不正因为有了这样的希望,我们才百折不回,勇敢前行的吗?

我们相聚在比约克德勒那家酒馆

第二天,我们又在同一时间来到了学校。此时的我们都很激动,因为明天将是我们和观众最终见面的日子。一切该做的事看上去都已落实到位了,舞台背景画已全部制作完成,服装道具也早已准备好了。最重要的是,大伙儿都把台词很熟练地记在了脑子里,个个都能背得滚瓜烂熟,简直能倒背如流了。很显然,每个人都很在乎台词的内涵表达,唯恐发生意外会破坏台词的完整性,从而影响我们最精彩的人生意义的流畅表达。正因为这样,我们每个人都要拿出十二分力气,全方位展示我们的激情与才华。是啊,这一次,我们这台大戏看来又要收获人们的赞誉和好评了。在这样的心境下,我们大家都做出了一个决定,这个晚上,我们将不会和一周前的那个礼拜六晚上那样,而是要自己单独过好这个晚上,更何况还有很多精彩的时刻在伊斯坦布尔的每个角落等待着我们去体验和经历。也就是说，排练结束后，每个人都更愿意撤回到自己的那个小世界里或者自己能主宰的那个时间段里。在这个时间里，他不允许有任何精彩的人生经历再被错过，哪怕是自己一个人经历或者是两个人一同经历。总之，现在的我们都想到了要给自己留一个私密空间。是啊，这一切都是拜生活所赐，因为要是一个人肩上的压力多一分的话，那他生活的乐趣也自然会少一分。毕竟明天晚上演出结束后，我们肯定还要在所谓的“大获全胜，大功告成”的赞誉声中庆祝我们的这番成就，尤其是我们大家要一起经历这个精彩的人生时刻。这个即将共同庆祝的精彩时刻，同时很有可能也是我们最后在一起庆祝的欢乐时刻，至少在我们现在的这个人生阶段可以说如此。有谁知道，如果下一次我们再聚首的话，我们当中会不会缺少某个人呢，现在的我们可是全部在场，悉数到齐啊。尽管我们曾碰到过许多困难，尽管我们有着不同的人生经历，但我们大家最终还是全部到齐，聚在了一起。难道不正是因为我们缺失了什么，所以才走到一起，做相互的弥补吗？如果有缺失的话，那我们又该做怎样的弥补呢？而且用什么弥补？和谁一起弥补？又该用我们人生的哪一面做恰当的弥补呢？是啊，内兹米和赛普内姆两人已走上了一条人生坦途，尽管两个人现在还没有任何的名分，然而我一点都不怀疑，他们的结合一定会给我们留下深刻而美好的人生回忆。为了让他们尽情享受自己的那份甜蜜生活，且不被打扰，所以，我准备花一段时间，好好恢复一下自己的心情，远离他们，和他们保持一段距离。毕竟每个人最终都要回到自己的生活里，我也是如此。而且，为了下一次能重新聚首，我们也许还要在另一个地方继续积攒各自更多的人生经验，是啊，另一番人生经验，另一番失望、渴望与希望……看来，我们这些人生经验既可以让我们汇聚到一起，也可以不汇聚到一起。鉴于这种情况，我再一次告诉自己，我一定不放过眼前的每一分、每一秒，好好珍惜和他们在一起的美好时光,以尽情享受我的人生……

就这样,等排练完之后,舞台边最后就剩下我和尼索两个人了。想不到的是,这种孤单的场面却给我俩一个很好的机会,来经历一下我俩理当经历的人生快乐时刻。突然间,我脑子里想到了一个地方,一个我们俩都很熟悉的地方。在回忆让我倍感激动的这一刻,我向他使了个眼神,并表达出我激动的话语。我知道,我就是想把自己的这种情感尽快传递给他。

"走吧,我俩去'让人暴揍'一顿吧!现在可正是时候呢!"

"我俩去让人暴揍一顿?"这句话我可好多年都没说过了。我怎能忘掉这种精彩的表达呢?然而,为什么我在和剧组其他成员相聚时却偏偏没想到这样的表达呢?更奇怪的是,为什么我们中间就没有一个人会想到此呢?看来,我们人生中许多秘密的行话暗语就这样被我们埋在各自的记忆深处了。要知道,这种表达在那个年代可就是一个行动口令。一听到它,我们就会想到我们又要一起去哪里开怀畅饮,一醉方休了。更何况我们都懂得,要是我们真的都东倒西歪的话,那我们就会感觉到自己像是被人暴揍一顿,立刻有一种莫名的快感一般。还别说,我的这句话立刻让他有了回应,他似乎听懂了我的话,而且还一阵惊喜。很显然,我这番话背后所隐藏的含义他已全部领会。当我们行驶到博斯普鲁斯海峡边的那条堤岸大道上之后,我们俩都开始变得有些激动起来。当他最终反应过来我们究竟要开往哪里时,他没有任何迟疑,随口就大声惊呼了起来。

"好啊,兄弟!我的天啊!你这是去……你真是太了不起了!你这才是真正的兄弟啊!"

就这样,我们向比约克德勒那个方向的某家酒馆驶去。当年在那家酒馆里,他曾亲口告诉我说他已作出决定,要离开伊斯坦布尔,去另一个崭新的国家开始他另一段崭新的人生。此时此刻,心情倍好的我们已没了可能还有当时那种悲伤的情绪。现在再回到这里,我们一定要好好地感受一下这个地方,再唤醒一下我们当年的那些回忆以及我们没敢忘怀的一切。是啊,此时来这里可真是时候。路上的时候,我怎么感觉这条路好长好远,要一下子认出它确实好困难,毕竟自己有好多年都没来这里了,这倒不是我迷路的缘故,只因为我很担心,它有可能早就不存在,也早就从这一带消失了。就这样,我老是在这一带绕圈子乱转,并不断钻进根本不是我们酒馆的那些小胡同里,这对我来说可就像噩梦一般。难道这家酒馆是在报复我们,只因为我们这么多年都没来光顾它吗?终于,在一番苦苦寻找之后,我们终于找到了我们要找的地方,然后停好车子,慢慢向酒馆走去。我们一边走着,一边还不时打量着周围,只见那几家渔舍还像当年那样矗立在那里。我们从这些渔舍旁走了过去。来到酒馆前,我们开门走了进去。眼前一切还是那般熟悉,就像某个欢庆场面一般,任何一样东西都没少,它们是那样的让我们眼熟。一切看上去还像我们离开时那样,那些踩上去嘎嘎作响的木头台阶,还有那些酒香味,若是它和鱼香味以及餐前美食等香味混在一起的话,那可就更诱人了。此时,眼前的一切已让我们感觉到时光在此停滞了一般。在这里,我们也许看到了自己想看到的一切,然而,不得不说的是,有许多细节我们肯定也忘得差不多了。在我看来,尼索应该也差不多和我一样。许多人生细节就这样已慢慢没了影踪。是啊,在我们俩的人生故事里,尽管这家小酒馆里的许多细节会被我们有意无意淡忘,但只要涉及在这里所发生的我们和这座城市同呼吸共命运的有关故事,我们是不会忘记的。带着这样的思绪,我们点了几道餐前小吃,然后又品尝了这里的绝佳鱼肴,当然,拉基酒也是我俩必不可少的助兴酒饮。在一番觥筹交错之后,我俩的话题开始慢慢展开,我们曾经历过的或者没经历过的事,都成了我们津津乐道的话题。另外，还有很多在等待着我们去经历的事也融入我们的话题。就这样，我们谈论着我们的希望，还有我们的期待。反正不管谈到什么，都离不开我们所希望和期待的话题。我们深知，这个夜晚要求我们如此，我们可不能虚度此良夜。随后，我们又谈了许多著名剧目，比如米勒的《代价》，我们至今还记忆犹新。如果要是再让他重演这个剧目相关角色的话，凭借他多年的人生积淀，尤其是他所付出的如此多的人生代价，我想他一定会演得更传神、更精彩的。所以，从某种意义上来说，戏剧艺术表演本身就是演员对他所表演的一切进行深思、感受和体验的过程。另外，我们还谈到了他的一项宏愿，那就是他要把纳兹姆·希克梅特那些诗歌译成希伯来文，然后再运用到戏剧表演中，因为这位诗人的诗歌作品以及他的思想非常契合舞台表演这种形式，比如，根科·艾尔卡尔①在《了不起的凯雷姆》②这部舞台剧中的表演曾给人留下了多么深刻的印象啊！我问他是否还记得我们当时在他家念那些台词时的情景。他说他当然记得，而且就像是在昨天刚发生过一样。另外，他还记得，那天夜里，当我们在大声咏诵台词的时候，他父亲悄悄进了我们屋子，他要求我们压低嗓音，别发出大声来，而且出门的时候，他还跟妻子诅咒道："这些可恶的政治分子！个个都是害人精！他们非把我们带到地狱里不可！"一想到这个场景，我俩顿时便哈哈大笑起来。那些日子离我们是何等的遥远啊。它们很遥远吗？它们真的很遥远吗？也许它不像我们所想象的那样远吧，也许它就在那里，尽管我们已历尽了千辛万苦，饱尝了人世间的酸甜苦辣。然而，不管如何，我们都不能忘

---

① 根科·艾尔卡尔(Genco Erkal, 1938—)，土耳其著名戏剧表演艺术家兼戏剧导演。

② 《了不起的凯雷姆》(Kerem Gibi)，根据土耳其诗人纳齐姆·希克梅特长篇叙事诗改变的同名戏剧作品。凯雷姆系土耳其长篇史诗《凯雷姆和阿丝丽》(Kerem ile Aslı)中的主人公原型，他因为表达自己对女主人公阿丝丽的忠贞爱情而付出了巨大痛苦和惨重代价。

记,尼索曾为此奋斗过,并为此做过不懈的努力。就在多少年前的那个晚上,当我们谈到他即将离开这里的时候,我们都不知道,摆在他前面的又会是一条怎样的道路,而且还会有怎样的人生经历在等待着他。眼前的酒馆还是那个酒馆,然而,在我们的内心里,现在的我们可以说已经历了一次漫漫的人生之旅,并留下许多无法抹去的岁月遗痕。这一刻,我意识到,时至今日,尼索的生命之火仍是那么的旺盛,他的人生信仰仍是那么坚如磐石,这一切又该是多么的难能可贵啊!而且更珍贵的是,从此以后,我们再也没有彼此分离,永远心心相印在一起,就像我和内兹米一样,这种人生友谊又是何等的弥足珍贵啊!

还有其他人呢?此刻他们的内心又是怎样的感受呢?他们又在如何想着其他人呢?这个晚上,我们同样也提出了这些问题,比如我们就谈到了约格斯和赛丽。我们不知道,今晚他们在一起会有一番怎样的经历。而且,我们也不想了解这里面的究竟,除非他们愿将自己的事说出来。尽管如此,我俩还是相信,他们俩一定为自己的人生增添了很多精彩难忘的故事,正如人们总爱津津乐道的那样。殊不知,这可是他们的权利。在这个人世间,每个人都以各自的方式在探寻着自己最好的生存之路,这本身就是无可厚非的事。另外我们还谈到了内兹米和赛普内姆,当然我们首先谈到的是赛普内姆。尼索告诉我,他很为赛普内姆担心,其实我又何尝不是如此呢?也许我们俩的担心在某种程度上还是有所不同的,但无论如何都可称为一种担心,一种隐忧。后面的一切我们也只有拭目以待了。不过,令人欣慰的是,他们最终有如此胆量,坚持在一起走完幸福的人生之路,仅这一点就足够令人钦佩的了。于是,我向尼索做了进一步解释,他们为什么会走到一起,而且又带着怎样的情感走到一起,这些我都原原本本地告诉了他。对于他们所选择的这条人生路,我们俩都认为他们做得很正确。我在想,我们人生故事所留下的许多创伤会不会更让我们依附于生命,会更加信奉人生呢?此时此刻,我还真一时难以回答这样的问题。我只能对自己说,我们人生所遭受的一切已教会我们,在厄运面前,我们已更具韧性,也更具忍受力了。另外,我还想说的是,有时候,我宁愿去死,也不愿承受那些令我无法忍受的伤痛呢。

这个晚上,我们又少不了会谈到夜深人静的时候。终于,我们结束了谈话,起身离开了酒馆。我首先将他送到西斯丽城区他的住处,然后返身驶往家里。此时的切拉早已进入了梦乡,女儿也睡了。“醒来!不要贪恋温柔的睡眠,那只是死亡的表象,瞧一瞧死亡的本身吧!”①为什么我会突然想到这些台词独白呢?管它呢,反正自己还远远没到对死亡做深刻思考的时候,尤其是明天这个重要的日子还在等待着我们。明天下午正式演出前五个小时,我们将在一起碰头,并进行最后一次总排练。届时,还会有什么新问题吗?也许会有吧。即使有的话,现在对我来说也不是什么重要的事了。要是想到我们这些人有那么多舞台经验的话,明天的新问题也都是区区小事,不足挂齿了。另外,今后的我们还有更多的舞台剧要表演,尽管这些台词还没有创作出来,但随着时间的推移,我们肯定会将它们一一写出。是啊,为了能更好地享受人生,其他一切已是多余,也无须有更多的期待,仅凭此也足以共享余年,快慰人生了……

---

① 这段台词出自于莎士比亚经典悲剧作品《麦克白》第二幕第三场中苏格兰贵族麦克德夫的对白。该译文摘自于著名翻译家朱生豪先生的翻译原文(世界图书出版公司第 81 页,2014 年 1 月第 1 版第 1 次印刷)。

我们的歌

那天早上，在一种可以称之为痛苦的喜悦中，我激动的心情一直在持续高涨着，因为演出完毕后，我们大家就要各奔东西了。在我们准备这台戏的过程中，我们还有什么没经历的呢？刚开始着手准备的时候，我就想知道，我这样做，是否会给我的人生增添一抹真正崭新的亮彩。对于这样的反问以及它背后所隐藏的答案，说真的我非常想知道。或者，如果有谁能告诉我，说我所经历的这些事很值得，或者我有可能会为此失去什么，不管怎样，我都觉得自己所做的是件很有意义的事。正由于此，这期间所发生的事都让我感动不已。另外，我了解到的还有，在另一些地方，在其他人的生命里，也同样存在着许多像我这样的感动。这些故事听起来一定会让人心酸，让人心碎，而更让我心酸心碎的正是发生在这个城市里的许多故事，因为每当我置身于这个城市的时候，我就会感到自己有一种本能的归属感和认同感,正是这些情感将我和这座城市紧紧联系在一起,并达到了密不可分的地步。也正因为有了这样的认识,我最终还是找到了所有问题的答案。对于我来说,每一个生活画面都能为我的人生增添亮彩,尤其是这么多年后我又经历的每一瞬、每一秒,这难道不是我精彩人生的最佳答案吗?当然,这中间我曾经历过许多受伤的事,而且还总是一而再再而三地受到伤害,但这并没有影响我选择走这条路的决心,尽管它一直让我痛苦难耐,伤感不已。不管怎样,我还是不会把它放在心上,并学会,即使自己遍体鳞伤,也要以积极的心态笑对人生,顽强地生活下去。总之,自己所经历的一切再次提醒我,遇到困难的时候,自己不妨再换个态度来对待人生,因为眼前的我正处在一种毫无退路、别无选择的艰难时刻……

这个早上,我们夫妻俩一起坐在餐桌边用早餐。此时的我不知怎么地又陷入一片沉思中,召集剧组人员的那些经历以及这中间所发生的一幕幕又闪现在我的脑海里。我知道,我的这种沉思并没有逃过切拉的眼睛,于是,我开始和她谈了一些自己的感受:我的担忧、我的希望、我的喜悦,还有我的激动之情等等,都和她做了一些分享。听完这些,她开始安慰我,叫我多相信自己,因为我所做的是件很有意义的事,是的,既正确,也很有意义。她的这番安慰对我来说就是一种肯定和鼓励,也让我摆脱了很多思想顾虑。我一点都不怀疑,我们俩所说的话,还有彼此的感受都那么坦率,也那么真诚。在这样一个颇为融洽的氛围中,我本该问她一句,处在当下这个局面的我后面还会有什么事在等着我呢,然而,我还是将话忍在了嘴边,也更愿意和她谈谈今晚这台大戏的事。我知道,她和赛丽一起把该做的事都已全部落实到位。而且今晚的那个剧场肯定会人头攒动,座无虚席。另外,所有的参演人员都对自己的角色一清二楚,而且台词都全部记在了脑子里。应该说,现在的每个人都在按捺着激动的心情,就等着上场的那一刻了。反正,我今天有许多理由,开始这美好的一天,并满怀信心地赶往学校。就这样,我又翻阅了一会儿报纸,为的是能平复一下自己的心情。然而,越往后翻阅,我的欣喜之情越是按捺不住,因为今天晚上,就在我们演出的同一个时间,我的大脑,我的思想,或者我的身心,反正不管怎么说吧,我的灵魂都早已飞到了萨姆松,和我们心爱的球队紧紧相拥在一起。是啊,这个赛季,我们的费内巴切队最终能不能夺得冠军,现在还是个未知数呢。我们必须在这最后一场比赛中打成平局或者说拿到一分才是。在我们知道这样的胜负关系后,我们可不想听到一个让我们失望的结果,然而,这种可能性却也一直存在着。不得不说,很遗憾的是,今晚我们这些人可都看不上这场球赛了。为了弥补这种缺憾,我做了个小小的准备。我知道,我们的演出在晚上八点钟开始,而且我还知道,我们家里还有一台多年都没用过的便携式无线短波收音机。虽然很多年过去了,但它使用起来一点问题都没有,效果还跟以前一模一样,至少上半场比赛我们是可以通过它收听到的。是啊,通过收音机收听,这又让我想起了在没有电视机的那个年代里我所干的那些事。随着这种情感的翻腾,今晚登台演出的激动情绪一下子又陡涨了起来。对于今天这样的好日子,我这辈子还能有怎样更多的期待呢?看样子,晚上的下半场比赛实况我们是收听不到了,因为那个时候我们肯定已在舞台上了。当然,这中间我们肯定还会不时下场,撤到舞台背景之后,也就是说,我们中间的有些人在没有台词的情况下就可下场,也没必要和大家同时待在台上。那么这个时候,我们就可以随时掌握到比赛情况了。当我带着收音机来到学校,并向大家做了这番解释后,尼索的脸上又绽开了他孩子般喜悦的笑容。同样,在内兹米脸上,我也看到了这种喜悦之情。不过,这种喜悦之情并没有在约格斯的脸上反映出来,因为他身为导演,今天已明显处在紧张的压力之下,尽管平时看上去是那样的一脸轻松，满不在乎。同时，不能不看到的是，虽然他不愿意承认自己是一名忠实的加拉塔萨雷队球迷，但当他看到我们这般兴高采烈的神情时，他的脸上却明显露出了那么点闷闷不乐的神情来。然而，很快我们又让他变得开朗起来，更坦诚地说，对于这些我们也不必做任何刻意的努力，因为他知道，今晚的我们将要演什么，而且为什么要进行这样的演出。正是因为这些情感我们才奔这场演出而来。就这样，我们都穿上了服装道具，切拉和赛丽还给我们每个人都化了妆。等到七点的时候，我们的总排练已告结束，同样我们这些球迷也做好了准备，围在收音机边静候着球赛的现场转播。

很快，比赛开始了，从现场转播的声音里可以感受到，场上的皮球在飞来飞去，两个球队之间的进攻也越来越激烈了。比赛还没踢半个小时，场上就发生了可怕的一幕。只听见萨姆松队核心球员伊尔汗·曼希兹①带着同伴在自己主场踢得风生水起，不断制造着杀机。他们所进的那个该死的球当然也有他很大的功劳。在一次快速反击中，他一个头球摆渡给了阿里②，得球后的阿里衔枚疾走，连晃过我队数名防守队员，跟着一脚劲射，皮球“嘭”地一声飞进了网窝。这不幸的一幕果真出现了！我们就这样处在了零比一落后的被动局面。带着这样的心情，我们还怎么能登上舞台，向台下观众展示我们最好的一面呢？然而，就在上半场快结束前一分钟，我们队终于攻进了一个关键球，这让我们登台表演就更满心欢喜了。当时，拉帕伊奇在禁区前被吹犯规后我方获得了一个任意球，只听见利维奥走到球前，他抬腿便罚进了这个任意球！当播音员

① 伊尔汗·曼希兹（İlhan Mansız，1975—），土耳其著名足球运动员，曾于1998至2001赛季为萨姆松体育足球俱乐部队效力。曾代表土耳其国家队参加了2002年韩日世界杯足球赛。

② 阿里·阿克德尼兹（Ali Akdeniz，1975—），土耳其足球运动员，曾效力于萨姆松体育足球俱乐部队，司职左前卫。

播报这个球已飞进网窝的时候，我们就像当年在球场内一样，顿时拥抱成一团，我们个个都欢呼雀跃，开心不已。现在，比分终于被扳平了，一个平局就可以大功告成。正如我们事先所料到的那样，加拉塔萨雷队在家门口轻易就取得了领先优势。然而，不管结果怎样，这对于我们来说已不重要了，即使他们赢了这场比赛，我们到最后反正也是这个赛季的冠军。更何况还有我队狂风暴雨、摧枯拉朽般的下半场时间在等待着我们，一想到这些，我们就感到更激动，更兴奋，也更充满了期待。也就在这同一时间，我们所有演员马上就要正式登台亮相了。就这样，舞台上在进行着演出，舞台下我们在收听着球赛的进展情况。只要我们谁登台演出，我们就将我们最好的状态和演技呈献给观众。这其中，赛普内姆的表演更是精彩，她的演技出神入化，真的可以说达到了忘我的境界，她的这种热情也极大地鼓舞了我们。过了一会儿，在幕后已等了很长时间的内兹米终于可以上场了。只见他在上台前对着台上的我伸出了两个手指，那意思分明是我们队又打进了一粒进球。这个时候的舞台场景正好进行到我和赛普内姆前不久在医院里所说的那段台词，当时的那个场景真是令我难以忘怀啊。正因为有了这段对白，我和她之间才达成了一座心灵沟通的桥梁，当时的那一幕可以说是预示着她即将回归的一幕。所以，眼前的我怎能忘记这难忘的一幕呢？现在，这一幕又重新出现在了我们面前，而此时的我们又是多么的激动和欣喜啊！这一次，我扮演的还是那个木材小商贩柏霍尔，她还是那个内维瑟尔。两个处在人生暮年的一对老相好就这样在共同表达着追求晚年幸福生活的心愿。这一次，我又告诉她，说我们两个人都已垂垂老矣，我们俩的人生也快差不多走到尽头了。还像上次那样，她又回答了我，说她并没觉得自己有多老，而且我应该为自己竭力辩解才是。接下来她又说出了那番让我记忆犹新的话来："我们这样做是不是有点晚了啊，柏霍尔？都这把年纪了，我们还能有什么指望啊……”这一刻，我们俩已更加懂得，这番话对我俩来说又意味着什么。是啊，也只有我们俩才能真正明白这番话的含义啊！也许正因为如此，此时我们俩的表演已完全进入一种忘我的境界，且彼此以真实的情感在撞击着对方的心灵。我相信，这一刻我们的顿悟多年后一定还会在我们的心里产生涟漪，发出回响，哪怕我们真的会日薄西山，垂垂老矣。此时此刻，置身于舞台上的我真的在梦想着将来有可能会出现的这种可能性，而且我们的这些对白也仿佛就是我们自己内心的话语，既没有任何做作，也完全发自心底。在一番短短的对白后，我下台了。接下来，轮到赛丽和赛普内姆表演了，而且内兹米也加入到其中。现在，台幕后就剩下尼索、约格斯和我三个人了。那边的比赛还在如火如荼地进行着，而尼索马上就要出场了，他扮演的是某个社区里的一个酒疯子。只要观众见到他那副打扮模样，一定会笑个半死的。比赛此时差不多已接近了尾声，常规时间已到，现在已进入了延时阶段。这时候，我们俩已紧紧地拥抱在了一起，我们就等着终场哨响起的那一刻了。我们终于是联赛冠军了！是啊，为了这一刻，我们已等了整整五年！就在这时，收音机里在播报着我们队终场前的最后一次进攻机会。只听见利维奥一记猛射被守门员挡了出来，紧跟着，他又补了一脚，球进了！我们队现在已三比一领先，我们已牢牢地将冠军奖杯捧到了自己手中！伴随着播音员进球的宣布声，我们俩又是一阵狂呼，此时的我们连自己也不知道，我们的叫喊声是否传到了舞台上。我们终于夺得这个赛季的土耳其联赛冠军了！比赛在这样的气氛中结束了。此时的我们俩甚至没感觉到约格斯还在我们身边呢。然而，他那番呵斥终于让我们回过神来，并让我们感受到了他的存在。

“你们简直是疯了，简直是疯了！该你出场了！妈的，蠢货！还不快点上场！”

他一边骂着，一边拽开还在紧紧拥抱着我的尼索，并一把将他推上了舞台。只见他跌跌撞撞，踉踉跄跄，就像个喜剧小丑一样一下子出现在观众面前，只是一脸亢奋的他嘴里在冒着像是喝醉酒后的那一连串醉话来：

“费内巴切队真了不起！费内巴切队真了不起！冠军永远属于费内巴切！”①

这个家伙显然已忘了台词，他居然想到什么就从嘴里冒了出来！然而，台下的那些观众此时有多少人会意识到这根本就不是他场上的台词呢？我相信，很少人会意识到，甚至连一个人都不会意识到，因为这期间舞台情节一直在连贯地进行着。既然观众没察觉，这也说明尼索的表演实在是太逼真，不露一丝痕迹了。这时候，台下已是一片笑声，鼓掌声也接连不断。观众们都对这一幕情景表示很惊奇，同时也投来了赞许的目光，感觉这个酒疯子所发出的呼喊声完全符合他这个人物的身份和个性，所以，一切既在意料之外，又在情理之中。接下来，他那般疯劲也越来越率真，越来越狂放，并一下子将整台戏推向了高潮。根据剧情安排，收场结束部分，所有人都要上场，以共同庆祝我们的婚礼场面，并且还要在一起合影留念。是啊，在一起合影留念，只为了将我们这一幕永远定格在这一难忘的大团圆时刻。在我们看来，今晚的这场戏我们演得实在是太精彩，太投入了。而且在谢幕的那一刻，观众们经久不息的掌声和欢呼声也说明了这一点。一句话，今晚的一切都让我们特别满意，特别尽兴。此时，我们已很难描述我们内心的真实感受，尤其当我们臂膀挽着臂膀，一同走到台前向观众鞠躬致意时内心所迸发出的那种情感。我们注意到，当观众对赛普内姆的精彩表演报以更热情掌声的时候，约格

① 这几句话是费内巴切队球迷在观看主队比赛时所发出的呼喊口号声。

斯则把赛普内姆往前多推了一步，他想让她向观众表示更诚挚的谢意。此时，赛普内姆的眼里已饱含泪水，并动情地哭了起来……我们就这样经历了如此人生悲欢时刻。是的，在这个时刻，既品味着悲伤，又享受着这难得的人生欢乐。散场之后，快乐的气氛还在我们舞台后的这群人中间幸福地萦绕着。我们卸了妆，将舞台服装换成自己日常穿着的衣服，准备融入另一个戏剧沙龙的台下观众里。这个时候，切拉和赛丽已一起准备好了一些简单的鸡尾酒饮料来犒劳我们。很显然，我们已成了这个夜晚的舞台大明星。我们就这样在那里待了一会儿，尽情回味着这幸福难忘的时刻……

在我们看完另一台戏剧表演后，我们聚到了一起。我们知道，这个晚上，我们可以有各种理由来尽情享受这美好的夜晚了。说实话，我们做到了，而且是再一次做到了，不但我们能在一起成功上演那台大戏，而且我们的球队还成功圆了我们期盼已久的冠军梦。也许，这种喜悦不是我们每个人都有，但能在开心的人心中激起涟漪，这已足矣。另外，这个晚上对于我们大家来说很有可能就是我们在一起的最后一个美好夜晚了，至少是最近一段时期内的最后幸福时刻。约格斯已说过，明天早上他就要飞回雅典，而且伊兹密尔的生活也在等待着赛丽的回归。不过，尼索还要在这里待一段时间，因为他想多花点时间好好陪一下他病重的老母亲以及年老体弱的老父亲。正因为这样，我还是多让他一个人待待，不打搅他为好。生活就是这样，人们还得要将它继续下去，尽管大家依依不舍，难舍难分，但为了生存，每个人最终还是要回归到自己的生活里。不管怎样，在这个美好的夜晚，我们应该认识到我们所经历的这一切将具有怎样的人生价值，当然，未来我们要经历的也同样有着很重要的人生价值。这个时候，我发表了自己的见解。我告诉大家，今晚舞台上的我们个个都是出色的戏剧表演家，在经历了今晚如此成功的“首演秀”后,我们一定要找个地方好好庆祝一番。更何况这台大戏也不会再有第二次或第三次上演的机会了,也就是说,仅此一次,到此已正式画上了一个圆满的句号。既然要开怀畅饮,赛丽出了个主意,说我们不妨去贝约格鲁城区那条花街廊道里的某家饭店看看。听到这些,内兹米给出了一个更好的建议,他告诉大家,既然今晚的夜色这么美好,还不如干脆去内维扎德①那边的某家小酒馆更好些。结果,后一条建议得到了大多数人的赞同。虽然现在已是晚上十点钟了,但对于我们这群喜欢泡在小酒馆的人来说,这并不是什么很晚的时间,更何况今天又是个周日的晚上,所以,我们就更想找到一个理想的庆祝场所了。这一次,切拉、赛丽和约格斯坐上了我的轿车,而赛普内姆、内兹米和尼索则打了一辆出租车跟随前往,并且我们也商量好了,大家待会儿在阿塔图尔克文化中心旁边的那个停车场入口处碰头,然后再一起沿着那条伊斯蒂克拉尔·卡代西大街步行赶往贝约格鲁城区。就这样,我们最终在说好的停车场边碰了面。此时的塔克西姆广场边又一次拥集了许多人。看到这一幕,而且又处身这群人中间,我们不禁又回想起当年。唉,那是怎样难忘的人生回忆啊,一种无法医治的创伤,一种随时要面对的死亡……是啊,当年的激情岁月早已逝去,那广场上剩下的也只是一段苦涩的回忆。然而,在这一刻,也恰恰就在这一刻,我们要说的是,我们不能不为眼前的这番景象所感动,因为呈现在我们面前的则是另一番感人的景象。这一刻,我们身边已是人山人海,原来他们是费内巴切队的球迷,此刻的他们正在为本队夺得联赛冠军而欢庆着。汽车鸣笛声,球迷的欢呼喝彩声,再加上他们手中不断挥舞的旗帜,整个广场已成了一个节日的海洋。面对这样的场景,尼索他还能把持得住吗?显然不能。只见他跟着艰难前行

① 内维扎德(Nevizade),也在伊市贝约格鲁城区。

的车流队伍一口气窜到广场上，并跟着那些球迷一起鼓掌欢呼起来。看到他这样，此时的我丝毫没犹豫，拽上内兹米跟着他一起跑了过去。对于我们这般傻帽儿劲，身后的同伴们都跟着大笑起来。他们越是大笑，我们就越是要和那些球迷们一起尽情欢乐一番。这一刻，我们每个人都清楚，我们究竟在欢庆着什么，同时又在嘲弄着这人世间怎样的一切……

走在伊斯蒂克拉尔·卡代西那条大街上，我们同样又在相互提醒着我们当年在这里所经历的那些事。一边走着，我们一边在回忆着那些老电影院以及与它们有关的趣事。等走到那所加拉塔萨雷贵族学校①旁边时，我们穿过那条同样载着沉甸甸回忆的巴里克·帕扎利鱼市，径直朝内维扎德走去。等到了那里之后，我们随便挑了一家小酒馆走了进去。很快，几张桌子被拼在了一起。我们先是点了些餐前小吃，然后要了一盘烤肉。说实话，这个时候的我们并没感到有多么的饿，也无非就是想举杯庆祝一番。另外，这一刻的我们可真是渴得要死，因为这个晚上我们一直说个没完，不是说这台戏的事，就是舞台后所发生的那些事，当然还有尼索在台上即兴表演的事，反正最要紧的是我们先来杯茶水再说。接下来，就是我们人生今后的话题了。我们首先举杯向赛普内姆和内兹米这对新人表示祝贺，然后我们并没感到什么不好意思，也一同举杯向赛丽和约格斯两人的这次重逢表示祝贺。一番祝贺之后，我们又兴高采烈地扯开了话题，凡是我们想到的，或者能说出来的，我们都谈到了。可

---

① 加拉塔萨雷贵族学校(Galatasaray Lisesi)，位于伊市贝约格鲁城区。该学校由奥斯曼帝国的苏丹王巴耶兹德二世(Bāyezīd II.，1447—1512)1481年建立，曾培养出大量的国家精英，如20世纪70年代的国家总理尼哈特·艾妮姆(Nihat Erim，1912—1980)、作家雷萨特·奴里·君特金(Reşat Nuri Güntekin，1889—1956)和作曲家塞马尔·雷西特·雷伊(Cemal Reşit Rey，1904—1985)等。

以说,眼前这个场面也就是我们在现实生活中经常见到的最普通的场面。是啊,虽然我们很坦诚,也互不设防,然而我们又何尝不戴着一副我们无法揭开的人生假面具在进行交流呢?在残酷的现实人生中,我们很了解这个假面具,就连它背后所隐藏的那一切我们也知道得一清二楚。正因为我们对这个现实人生太了解了,所以我们只有花更大的气力才能彼此触摸对方,感知对方的存在。我们不愿意舍弃对方,我们不愿意舍弃我们中的任何一个人。另外,我们很清楚,我们就是这座城市的象征,因为《伊斯坦布尔就是我的生命》这台大戏就是我们人生的真实写照,也是最令我们感动的人生代表作。不管如何,我们不但要将自己的这台人生大戏继续演下去,而且还要尽一切力量演得更好、更精彩。正由于此,眼前我们共同的欢愉时刻也是我们人生大戏的一个重要组成部分。时间一分一秒临近子夜,此时,服务员将一大盘水果放在了我们桌子中央。不管怎么催促,我们还是想再来杯咖啡和薄荷酒。这一刻,不知怎么地,我已感觉到分手的时刻正在一点点逼近,而且也就在这一刻,我又不知怎么地在这些让我有如此美好经历的人面前突然有了一种愧疚感,甚至对内兹米我也不敢表达出我的愧疚之情。是啊,要是现在还不说出我内心这种感受的话,那很有可能就没机会再向他们表达了。就在我们大家将咖啡和着薄荷酒一道喝下去的时候,我感到最合适的表达机会终于来了。此时此刻,那些震撼的声音和画面又在我的内心里不断翻涌。没有人知道我在回忆着什么,又在做着怎样的回忆。我在思忖着,我该如何开口,并在努力找寻着最恰当的话语。然而,我就是开不了口。尽管我百般努力,尽管我知道我要对他们做个必要的解释,但我就是无法开口,不知怎么说才好。我想要说,我想要说,可是再一次地,我又感觉到好像有个什么东西卡在了我的喉咙里。我之所以这样吞吞吐吐,也许是因为不想破坏眼前这充满魔力的一刻,或者是想让他们能尽情享受一下这无拘无束的人生吧。看来，此刻的我也只能说出感谢的话语了。这些话语，将发自我的内心，也发自我的灵魂深处。于是，我也只能这样表达我对大家的感谢之情了：

“各位好友……我要感谢你们能来这里，让我拥有这段精彩的人生故事。其实，我非常想表达出我内心更多的话语，可是……可是我就是无法表达出来……你们……正由于你们来到了这里……是的，来到了这里，你们挽救了我，给了我一个新的生命……”

说到这里，我再也无法把话接下去了。此时的我只觉得喉咙里一阵哽咽……要是我能继续说出来的话，说真的，我非得放声大哭一番不可…… 这时候，身边的切拉紧紧抓住了我的手。她能理解，她的丈夫此刻为什么会说不出话来。而且围坐在桌子边的每一位也能感受到，此刻的我又是多么的激动和难以自持啊。这一次，所有的人都高高举起了酒杯，都要为我干掉手中的这杯酒。借此，他们也表达了对我的谢意，只因为我将他们召集到一起，共同完成了这台大戏。这时，尼索的情绪又上来了，在露出他那种孩子般欣喜的表情后，他似乎有了某个提议。只见他先看了看我，然后又看了看各位，随后轻声地从嘴里唱出了一首歌来，这可是一支好久远的老歌了，这首歌就好像特地为我们大家所写的一般。是啊，在这么多年后，这首歌似乎又找到了它的知音，并在我们的心里慢慢回荡起来……“一点星火已开始诞生……慢慢地它已变成火花在逐渐明亮……”①

这一刻……这一刻，我们感觉就像是事先已商量好的一样，都不由

---

① 这段歌词包括下文两段均系土耳其著名电影导演、电影剧本作家兼演员伊尔马兹·居内伊（Yılmaz Güney，1937—1984）为其在1974年执导的电影《朋友》（Arkadaş）插曲所写的歌词。在电影中，身兼主角的著名女歌唱家梅丽科·德米拉克（Melike Demirağ，1956—）演唱了这首歌曲。

自主地跟唱了起来。我注意到，我们这个举动完全出于一种本能，不着一丝刻意的痕迹。可以说，在我们的情感世界里，这首歌应该算得上是我们最难忘的经典老歌之一。正由于此，我们又怎么能将它忘记呢？我敢肯定，我们中的任何人都不会轻易忘掉它的……“火山已骤然间爆发。朋友，你已捕获到火种。无论是你的母亲，还是你的兄弟，他们都无法扼住你这种渴望。朋友，这可是人世间最美好、最温暖的感觉。就让我们一起同甘苦，共患难，唱尽这人世间最美妙的歌曲。我们要永远心连心，手挽手，相濡以沫，不离不弃，在前进的道路上奋斗终生……”

此时，我们的情感已完全被歌声所召唤，个个都手拉手，挽在一起，激动不已。尽管如此，我们的脸上还努力地挂着微笑。我们有什么理由不绽出这开心的笑容呢？然而，不知不觉中，我们的眼睛湿润了起来。此时，我注意到赛普内姆的眼里也噙满了泪水。她在为什么而哭泣呢？是喜悦，一种这么多年后她突然发现自己已走出深渊的喜悦吗？抑或是悲伤，一种她深知无法从自己内心排遣且永远摆脱不掉的人生悲伤吗？这一切的一切，此时的我已无从知晓。我只知道的是，她还像刚才那样在一直唱着：“请别让我们心中的泪水遮住我们的双眼。亲爱的朋友，即使有一天我们会彼此分离……”

这时候，酒馆里另三张桌子边的客人们看上去也都喝得差不多了，他们好像对我们的歌声没了反应，只有我们身边的那张桌子还有一点，就在我们唱完这首歌的时候，他们报以我们热烈的掌声。听到这些，我们大家也都向他们致意，表示感谢。听到这些，就连酒馆里的那些服务员们也在微笑着打量着我们这群疯子。为了能平息一下这个过于喧闹的场面，此时的尼索开始对那些服务员开起玩笑来。

“你们可别因为我们喝多了就乱收我们的酒钱噢！”

听到这些，那些年轻人也都跟着开心地笑了起来。这个时候，我给他们打了个手势，叫他们把今晚的账单送给我。这可是我在这个剧组中的最后一幕“表演”了。看到这些，大伙儿也都纷纷表示了各自的态度，有的向我深表谢意，有的因为我主动付账而表示惭愧。最终，大家对我的这个做法也没表示什么反对，甚至内兹米还认为这顿饭就应该由我来付，而且是不折不扣，理所当然。

“各位，今晚这顿饭钱当然应该由这个卑鄙的资本家来付啰，反正这个吸血鬼的钱多得数不过来呢！”

我们还在顺着尼索的思路在交锋着。不过，若是在一种悲伤氛围中我们大家不欢而散，这可不是我们这个剧团的处世风格。面对内兹米的调侃，我没有丝毫犹豫就给他以痛击。

“你给我滚远点，你这个不要脸的家伙！要不要我在大家面前将你干的那些见不得人的事拿出来晒晒啊？”

听到这些，大家都大笑了起来，尤其是约格斯那孩子般放纵的大笑声更是逗得大家捧腹不止。此时，尼索站起了身，并做了个看上去似乎要平息我们冲突的举止。然而，我们俩却并没有再争执下去，相互的对呛也到此结束。随后，我们大家又静坐了一会儿，彼此都默默不语。看来，我们已到了该散场的时刻了。就这样，我首先站了起来，对着大家，道出了今晚这最后的“舞台独白”。

“各位多保重！现在就让我们上路吧……”

就在我说出这句珍重道别后，大家也很快跟着站了起来。等我们步出小酒馆后，突然，尼索以他那特有的方式向大家发出了一个倡议。可以说，这个倡议为这个美好的夜晚以及我们所付出的一切又赋予了一种更深刻的含义。

“朋友们，我很想从你们每个人这里得到一份承诺。首先，请在你们的记忆里记下今天这个特殊日子。我们今晚是什么时候过来聚餐的？

对了，大概十一点的样子……那就将这个时刻永远铭刻在你们的脑海里吧。我提个建议，两年后，是的，一天不差，两年后的今天，你们同意我们还在同一个时间，同一个地点再来一次这样的人生相聚吗？是的，就在我们现在的这个地方，你们都听明白了吗？这期间，我们大家写不写信，见不见面都不重要，重要的是我们能遵守这个彼此的承诺。各位意下如何？”

他一边说着，一边用脚在脚下的那个地方点了点，很显然他在强调我们两年后能再续前缘的这个地方。没有任何犹豫，只听见大家异口同声地道了句“没问题！”。这可是一句允诺的话语。我不知道，这一刻，在场的其他人会有怎样的感觉，只是我的内心里却泛起了一种无法忍受的痛楚。回顾自己所经历的这一切，此时的我不得不说内心有着许多的感怀。两年时间，这可是一个漫长的日子啊。谁知道，两年后的我是否又会置身在另一个黑暗的世界里呢？想到这里，我还是沉默了下来，我再一次将自己的这种情感深深埋进了心坎里。这个时候，尼索又聒噪了起来。看上去，此时的他还是那么兴奋，未能平静下来。

“你们可别反悔啊，听明白了没？”

话音未落，内兹米也跟着跳了出来。此言一出，就知道是他的声音。

“千万别爽约啊，各位！我这里再强调一遍哦，他奶奶的！”

没想到，这个时候，赛丽却插进来打断了他们的话语。

“你们看看！这两个家伙怎么这么啰嗦啊！真受不了这两个这么八卦的男人！各位，别耗在这里，我们走吧。”

说完这些，她一把挽起了约格斯，很显然，她已给他一个催他上路的信号。此时的内兹米和尼索两个人什么也没说，只是对着他们俩先弯了一下腰，然后做出一个“请”的手势。看到这些，这一对男女也没做什么推辞，顺势抬头挺胸，胳膊挽着胳膊，迈开了步伐，就像是一对正走在婚礼红地毯上的才子佳人一般。此时,他们的脸上绽开了幸福的笑容……他们真的是普通朋友吗?抑或他们在众目睽睽之下,已勇敢地走到一起,并成为一对幸福的情人了呢?对此,我无法断定,也无从知晓。但是,此刻的我却真真切切看到一股喜悦正荡漾在他们脸上。反正这一刻我看到的这一切已让我浮想联翩。这个时候,赛普内姆也挽着内兹米走在了一起。在她脸上所泛出的微笑中,她内心深藏着的痛苦似乎仍没逃过我的眼睛。然而,在这一刻,我还是更愿意相信,她已尽了最大的努力,正蕴藉所有力量,誓要重回到这个崭新的世界里……

不知不觉中,我们又回到了那条伊斯蒂克拉尔·卡代西大街,并沿着它缓缓行走起来。这一次,我们似乎更沉默了,而且此时的大街也沉寂了许多。等回到塔克西姆广场的时候,我们终于到了说分手再见的时刻。是啊,每个人都要回到自己的生活中去了。就这样,我们不想过多地渲染这分手的气氛,反正两年后我们还会重逢在一起。是啊,两年之后再见面,我怎么感觉我们就像是说了一句“两天之后再见面”这样轻松随便的话来……对于我们这几对人来说,这个夜晚还没有结束,可是尼索呢?他一个人怎么办?就在我思忖之际,他开口了。他告诉我们,他想一个人再溜达一会,然后再等待黎明的来临。他度过这个夜晚应该会没问题的。反正在这个城市里,还有许多他可以打发时间的地方。很显然,他最后一定会去某个很早就开门营业的咖啡屋。在那里,他将迎接黎明的朝阳,迎来崭新的一天……

等到大家都告别后,广场边就剩下我和切拉两个人了。我们一起上了车。是啊,毕竟我们俩还有个家,还有个幸福宁静的港湾啊。这就是人生,这就是当下,毕竟我们还有个可期待的明天……此时的我们都没了话语。是不是我们两个人都在想着同样的事,同样的问题呢?是不是我们都在惦记着我们该惦记的人呢?就在此时,她的一番话打破了沉寂。这番话对我来说可意味深长,令我回味不已。

“真是个太精彩的故事,太精彩,太不可思议了！是啊,每个人都已经历了他该经历的一切。”

她说的这个“精彩故事”究竟是什么意思呢？我更愿意相信,她所说的是我们这个剧团成员在一起团聚,然后在一起所经历的那些事。我不敢想象的是,她所说的话有可能会影射到赛普内姆。反正我能听出,她要表达的绝不是“我已明白了,我也看到了,你所做的都是最正确的选择”这个意思,而更多的是我已向参演这场大戏的剧组成员充分展示了,人生还有许多它更精彩的、决不可错过的一面。另外,她还应该懂得,也应该看到,为什么我会坚定不移地迈出这一步。正由于此,我给了她一个回答。同样的是,我这个回答也意味深长,颇值得玩味。

“亲爱的,你要知道,我还能有什么更好的选择呢?”

是的,我别无选择,面对漫长人生经历对自己所产生的这种影响,我实在做不出别的选择,即使面对赛普内姆时我也是如此。看来,在这种情况下,我也只能用这种话来表达我想要表达的情感了,哪怕这些话听上去就像是空话一般。至少我不会说,此时的我们什么都没交流吧。听到这些,她只是点了点头,然后沉默在那里。不管怎样吧,反正她已明白了我的意思,而且我也说了我能说的话。我们真的是看到了我们应该看清的一切吗？我看了看车窗外这个城市里的阑珊灯火,在这个时刻,我能再看看它,别说我有多喜欢了。车厢内的激光唱机里,此时正慢慢播放着莱奥纳德·科恩①的歌曲……她在抚摸着我的头发。我并没有感到一个人的孤独,相反,在这一刻,我感受到我们夫妻间那种永恒的恩爱。

---

① 莱奥纳德·科恩(Leonard Cohen, 1934—),二十世纪七八十年代加拿大著名的流行乐歌手,他被歌迷们誉为“现代都市里的行吟歌手”,其代表歌曲有《哈利路亚》(Hallelujah)和《奇异恩典》(Amazing Grace)等。2010 年,他荣获第 52 届格莱美终身成就奖。

我的情感开始变得有些混乱迷惘起来。不知怎么地，我的内心里又陡生出各种复杂的情感来，它们又引领我不知游弋到何处，既像是要去拥抱某种欢乐，又像是要继续品尝某种痛苦。我知道，在我的人生中，每当我身处在复杂的环境里时，我所遇到的这些窘境总让我变换着不同脸谱，乃至于到最后我已很难找回自己，所以到最后自认为一切还是沉默为好。看来，沉默应该是我身处窘境时的最好选择。此时的切拉能猜出我几分真实的感受呢？这一刻，我的思绪离这个问题还很遥远，然而，我的内心活动也足以让她感受到，她应该给我燃起一点希望之火，好让我笑对自己所经历的一切才是。只听见她的话语中既包含着一种敦促，也包含着一种要求，尽管我面临复杂的情感，但我还是要对人生充满信心。

"无论如何，这一次，我们俩都要好好地歇一下了。这个夏天，我们找个安静的地方度个长假吧，而且就我们两个人。"

她一边说着，一边还在温柔地抚摸着我的头发。我是多么需要这种敦促，这种要求啊。要是在平时，对于度假地我们可是很少谈论的，然而，这一次，我突然间觉得选择一个安静的地方倒不失为一种很诱人的选择。不经意间，我说出了一个地方，就好像这一刹那已有人在我耳边轻声絮语了一般。

"那就去博茨卡达①吧。"

听到这些，她笑了，然后又重复说了一下这个小岛的名字。那里我们可从来没去过，也因为一直想去而拖延至今。这一次，我们终于可以前往那里了，而且我们也由此学会，对于人生必须要做的事，今后可绝不能再拖延等待了。我们也因此懂得，每一次的拖延等待就意味着人生机

① 博茨卡达(Bozcaada)，土耳其达达尼尔海峡出海口南边的一个小岛，隶属于恰纳卡莱省(Çanakkale)。该岛面积为 43 平方公里，现有近 2400 名居民，是土耳其著名的度假胜地之一。

遇的某种错失。是的,其他人也许会乐意等待,但我这一次却不想再等待了。最好的选择应该是,在这一刻,我突然掉转车头,带着切拉径直朝恰纳卡莱方向驶去。然而,此刻的我还没癫狂到如此地步,更何况我们所经历的也不是一部小说中的某个情节。不过,我所经历的已教会我更多,就像是一部小说所教会我的那样。就在这时,我又有了一个更喜欢这个夜晚的理由。什么时候?在什么地方?我曾最后一次想过这些呢?死亡,还有那种死亡感,它们会让我对人生又有怎样更强烈的感受呢?

我们究竟在寻找谁?

在经历过那个难忘之夜的几天后,我和切拉终于一起踏上了我们一直期待的度假之旅。正如有些人能想象到的那样,那可不是我们夫妻俩的什么第二次蜜月之旅。我们可不敢有这样的奢望。我们想要做的也无非是让自己能好好休息调整一下,同时也尽可能多地给自己一些时间好好反省一下,就像审视自己面前的一面镜子一般,好好端详一下自己,看看自己究竟是何模样。不知怎么地,我感觉到我俩这么多年来所经历的这一切以及我们所感受到的一切,就像是一潭浑水一般,让人捉摸不透,看不清个中就里。正由于这方面的原因,我们俩才聊在了一起,而且还聊个没完,收不住话题。不过,准确一点说,能聊的也无非是我自己,而切拉一直在耐心地听着我的讲述,很少有开口插话的时候。我再次向她讲述当年剧组那些成员纷纷逃离国内后,我自己一个人如何在伊斯坦布尔艰苦度日的。这中间,我提到了我在大学里所经历的那几个黑暗的日子,其中包括5 月1 日[①]、3 月16 日[②]这两个特殊日子里所发生的事,还有拜亚兹特广场、齐纳拉尔第咖啡屋和萨哈夫拉尔书市[③]也是我想提到的话题。另外,我还谈到了那个令我倍感温馨的电影资料档案馆[④]以及那场军事政变。唉,一提起这场政变,我顿时就感觉到好像有辆载重货车正从我身上碾过去一样。当然,我自己在伦敦冒险游历这个话题少不了被重新提起。当然啰,也还有这样的时光我们也一一谈及,那就是在那个万马齐喑的时代里,我们竭力尝试着,在书籍美酒中觅得快乐逍遥。不止如此,我们还谈论那个年代里我们的孩子,我们的剧组成员以及我们这些人在这个国家里所面临的种种命运……就这样,一番彻底的身心放松之后,我们返回了伊斯坦布尔。一种新的生活在等待着我们,我们必须继续生活下去,哪怕现实还会将种种磨难和伤害强加到我们头上……

回到家里后,我发现,我的邮箱里有两封信件,原来它们是赛丽和尼索写来的。另外,约格斯还寄来了一张明信片。看来,他们都安全返回了各自的住处,一切也恢复了往日的平静。在信中,赛丽写道,她永远不会忘记这次故乡之旅,因为她终于经历了多少年来一直都想经历的这一切,而且,她已学会开始用另一种眼光来重新审视自己当下的生活。而约格斯呢,他也和赛丽一样这样写道,他将不再对伊斯坦布尔有任何的恐惧之情,而且他也坚信,尽管自己一再迟疑,寻找各种借口拖延伊斯坦

---

① 指1977 年5 月1 日几名左翼分子在塔克西姆广场被处死的政治流血事件。

② 指1978 年3 月16 日在伊斯坦布尔大学药物研究所前,七名左翼学生被处死的政治事件。

③ 拜亚兹特广场(Beyazıt Plaza)、齐纳拉尔第咖啡屋(Çınaraltzı Café)和萨哈夫拉尔书市(Sahaflar-Bazar)是1980 年土耳其发生军事政变前夕,伊斯坦布尔大学附近学生经常集会的三个重要场所。

④ 指当年伊斯坦布尔市内唯一一处可租借外国电影影像资料的公共文化服务机构。

布尔之旅,但他最终还是做出了这个自己一生中最正确,也是最明智的选择。对此,这两个人以不同的措辞方式表达了他们的感激之情,因为是我在他们每个人之间重新架起了一座桥梁,让他们能重续前缘,共忆往事。另外,他们还表明了自己的下一步打算,那就是今后还要经常和大家相聚,多交流沟通。至于其他的内容他们也没多提及。从这些情真意切的话语中我能够看出这次相聚所带来的积极影响,这也让我们誓要终生在一起的愿望变得更强烈了。是啊,我也许应将这些话视为他们的真心话,但我同时还要适可而止,万不可唐突冒进,做自己不该做的事才是。尽管如此,我很清楚,这两个曾在自己汹涌的命运河流边试图寻找一个栖身地的人,从此又将和从前一样,不再谋面,恐怕也只能藕断丝连,彼此思念一下而已了。这一点,我可是一直都这样认为的。

尼索的表达和他们的也差不多,只是他多写的几句话是,由于母亲生病的原因,他是经常要回伊斯坦布尔来看看的。另外,他还有个意愿促使他非再回来一次不可,那就是下个赛季有一场欧洲杯预选赛将在这个足球的风水宝地举行。所以,无论如何,这么重要的比赛,任何人可都是不愿错过的,更何况我们的尼索呢。

我给三个人都回了信,并充分表达了自己的欣喜之情。对于他们的到来以及他们对本次欢聚所给予的充分理解,我表达了深深的谢意。尤其是能再次上演我们这场“人生大戏”,这让我们对人生又有了一番新的理解和感悟。所以,整篇回函中,我都竭尽所能用那些热情洋溢、风趣含蓄的话语来充分表达我这份喜悦之情。尽管这么多年的陌生疏远,我还是想在我们之间建立起一种新型的友谊,是的,我要充分享受这种重新觅得的喜悦。正因为有了这些情感基础,我们才能一直保持着彼此的书信来往,当然这其中仍免不了还有许多心灵上的距离需要缩短。对于我们来说,在我们各自所处的城市里,我们的生活中还会产生其他的担忧、期待和希冀,无论如何,对于我个人来说,我完全可以接受它们,甚至完全能承受得起。反正我清楚的一点是,不管生活怎样继续,这世界发生怎样的改变,也不管我们身处何地,我们都会生死相依,肝胆相照,永远相拥在一起。这一点,现在的我已深信不疑。

然而,赛普内姆和内兹米这两个人我好长时间都没见到了。当然,保持一段时间不见面也是我们事先商量好的。这个主意可是我出的,他们对此也表示赞同。在我看来,他们必须尽可能多地单独在一起相处一下,不仅要多相互倾听,而且还要尽量远离那些会给他们生活带来负面影响的事。还记得那是不久前的一个礼拜天晚上,我们一起去奥塔克伊的一个小茶屋里喝茶聊天,并谈到了我们想去某个小岛度假的事。正因为有了这样的好心情,所以,在这之后的第二天,我干脆就向他们提出了我的这个建议。开始的时候,内兹米还表示不同意,然而,当他发现赛普内姆很是闷闷不乐,且低头不语的时候,他开始不再反对,更确切地说,他开始让步,并做出了妥协。她为什么要那样低头不语呢?在那一刻,我无法提出这样的问题。反正我看到了,她很听从我的那个主意,而且我也是真心为他们好。可是,此刻的我又怎会知道,她真的是这种想法吗?不过,随着时间的推移,我一定会搞清楚她内心这些真实想法的。我相信,时间自会让我们每个人一一揭开我们内心所有的谜底。

不过,我为什么想和他们保持这段距离呢?是的,要是我想这样做的话,我完全可以想出许多条理由对此作出解释。也许我就是想让他们单独在一起多相处一下,为的是让他们不再离群索居,承受孤独,能更好地从对方身上发现并找回自己。如果我老是在他们面前出现的话,那一定会给他们带来许多不好的干扰和影响。或许,面对他们已走到一起的这个残酷现实,或者说,鉴于我内心对赛普内姆所固有的那种情感,我最终还是想逃避这个现实,眼不见心不烦吧。还有,我之所以如此,也许是因为我既想向他们，同时也向自己展示我颇有教养、颇为大度的一面，那就是要让他们多单独相处，汲取生活下去的勇气。应该说，所有这些推测都是我很充足的解释理由，还有更多的推测我也不想在此一一列举了。不管怎么说吧，当时的我就是希望自己能远离他们，而且是躲得越远越好。

我的这番讲述本该可以到此为止。是的，不管怎样，每个人到最后都应该各得其所，回到自己本该回归的那个角落里，而且还要蜷缩进冥冥中早已设定好的界域内，万不可越雷池一步。然而，不知怎么地，这世间却总会有出乎意料的事发生。接下来我所经历的事，或者说，我必须要面对的事，完全改变了我这个故事发展的脉络，让我不得不再接着叙述下去。这么说吧，我随后所经历的这一切，已赋予这个故事以新的内涵，也更彰显出这个故事不平凡的一面来。我真的愿意看到这一幕吗？对此，我无法给出准确的回答。尽管我百般遗憾，尽管我万分悲伤，可是对于自己亲身所经历的一切，我无论如何都无法给出一个准确的回答来。反正不管怎样，我们还得要默默承受这一切……是啊，我记得，那是礼拜五早晨所发生的事，一眨眼都差不多过去三个月了。当时的我正在店里，那是个很糟糕，或者说相当糟糕的夜晚。那天夜里，我做了个梦。开始的时候，那个梦好像还很令我愉悦，然而不知怎么地却逐渐变成了一场噩梦。我梦见我们剧组成员先是跑到了某个娱乐广场，然后又爬到那些转得飞快的木马上面。我们可高兴了，个个都笑逐颜开，神采飞扬。突然，我注意到赛普内姆从木马上掉了下去。在她跌下去的一刹那，我仿佛看见她正在向我微笑，并挥手致意呢。此情此景，除我之外，还没有一个人注意到她。只见大伙儿仍在有说有笑，开怀不已。我想赶快告诉大家已发生了意外，然而，不知怎么地，我就是发不出声来。而我们的木马呢，仍还像刚才一样一个劲儿地转着，丝毫没有停歇的意思。这一刻，我想喊出声来,我想让他们赶快停下来去救赛普内姆,然而,无论如何,我就是喊不出声来。在挣扎中,我突然醒了过来…… 面对这种情形,我本该立马抓起电话,将自己刚才所梦见的事说给内兹米听听,可是,我没有这样做。也就在这个时候,天色已开始慢慢泛起了鱼肚白。说真的,我并不想卷进他们的生活。那一天,一直在店里的我脑子里全是那场噩梦,我被折磨得很是困倦,甚至想早点回家,好好休息一下。突然间,我手机响了,是内兹米打来的。怀着惴惴不安的心情我接了电话。不知怎么地,从他的说话声中我能听出一丝异样,这愈发让我感到不安了。根据惯例,他总是要先问候我几句,可这一次他却停顿了很长时间。终于,他的话语声听起来很是恐怖,令我惊骇不已。

"伙计,我们必须马上见面! 要快一点! 越快越好!"

这一刻的我当然没要求他给我做什么解释。如果他以这样的方式给我打电话的话,那一定是发生了什么事。这个时候的我能问的也只是我应赶往哪里和他碰面会合。他告诉了我见面地点,也就是特斯维基耶清真寺附近的那家咖啡屋。在那个地方,我们曾多次碰面过。我告诉他,我马上就到。他说他就在那个地方等我。这就是我们电话交谈的所有内容。我随即挂了手机,赶快动身,并告诉店员说自己今天就不再回店里了。就这样,我飞身离开商店,三步并作两步,跳进我车里,径直朝和内兹米约好的地点驶去。此时此刻,我脑子里闪现的是各种麻烦事出现的可能性,而且这些可能性要不和赛普内姆有关,要不就和法图斯大姐有关。反正我隐约感觉到,一个很不好的消息似乎在等待着我。我没再多寻找,而是将车子赶快停在了采矿系后面的那个空出来的停车位上,然后一路小跑就朝着我们的见面地点奔去。他正在那里,而且就他一个人。看上去,他的神情很是忧郁。我坐了下来。没说一句话,他伸手递给了我一张纸条,那上面写着几行字。我瞄了一眼,此时的我已仿佛听见自己的心在狂跳不已。

“我真的受不了了。我已经尽了最大努力,但还是没能成功。现在,我必须得离开你们。你们不用再找我了。你们对我都很好,大可问心无愧。黑暗已悄悄来临,是的,黑暗已来到了我面前。很抱歉,我让你们失望了。”

再看看字条的结尾,那上面分明写的是“赛普内姆”这个名字。她走了,她带着她那只箱子消失了。内兹米不知道,她身上是否带着随时要用的钱物。在这夜深人静的夜晚,她离开这所屋子究竟会去哪里呢?是不是这张字条又预示着她会寻短见这种企图呢?我尽量不让自己有这种不祥之感,哪怕是自欺欺人我也要相信她还活着。也许她现在就在某处。无论如何,这一刻的我都不放弃这种希望,并紧紧抓牢它。我又反复将字条看了几遍。是的,一切皆有可能。对于我来说,毫无疑问,她这分明是出走,并消失得无影无踪。唉,此时此刻,我怎么会让这两个人陷入如此孤独不堪的境地呢?渐渐地,我的眼眶湿润了。我胆怯地看了看他,就好像这一切全是自己所犯的过错一般。此时的他开始呜咽起来。我紧紧抓住他的手,我想告诉他,我随时准备着,和他一起去找寻每一个她有可能的藏身地。眼前的这张字条仍静躺在那里。等他似乎听到我内心所发出的这些话语后,他开口告诉我他所能告诉我的一切:

“我到处都打听了,只要我脑子里能想到的地方我都找了,伙计!波蒙蒂、医院、扎福尔·贝伊医生、学校,还有我们当年一起待过的那些地方,我都一一找遍了,可哪里都没有她的影子。我不但给警察局打了电话,而且给其他医院也打了,可就是没她的下落。”

此时的我该如何回答是好呢?要是换成他的话,我肯定也会去相同的地方找,也会向相同的人打听她的。他已尝试了各种可能。就这样,我们俩开始陷入一阵寂静的沉默中,仿佛我俩已永远不可能再走出这可怕的时刻。我在脑海里不断寻找着能给他带来轻松的话语,为的是能让他获取新的力量和勇气,然而,此时的我已哑口无言,找不到任何合适的话语。我们到底做错了什么?我们如何,而且又为什么会以这样的方式失去赛普内姆呢?在我们好不容易找到她,并将她带回到我们身边的时候,她又为什么会这样不辞而别呢?她这种离家出走,从我们视野中消失的原因到底又是什么呢?其实,那张字条本身已清楚地说明了一切,只是我控制不住自己,要提出这些问题。我们为什么要唤醒她?我们为什么就没对她内心从未平息的那些狂风暴雨给予足够的重视呢?然而,我们为什么就不能接受,她有权无拘无束地生活,甚至过着她甘愿四处漂泊的生活呢?我们为什么就不能在我们的生活中给她腾出一个这样的归属地呢?我们又为什么要对她苦苦相逼,最后让她走上这条不归路呢?看来,这些问题一个比一个难回答,也一个比一个难以寻求到解决的途径。唉,每个问题啊,每个问题看上去都是一种难以承受的孤独。这岂止是孤独,在某种程度上,它难道不是一种哀怨的悲诉吗?此时此刻,当他感受到我的这些情感时,六神无主的他也在尝试着,要把他内心的那些精神状态向我表露出来。

"我真的拿她没办法。我不知道自己是否想尽了办法,也做了自己该做的一切,但我就是没能阻止她做这种事。唉,我怎么从来就没当过一次人生赢家呢?我怎么会感到这么无助呢?"

我无法回答他这些问题。更何况我此时的精神状态也比他好不了多少。然而,不知怎么地,我还是想问他我能想到的一切问题,我想要让自己明白这其中的究竟,也为了能更好地面对我们眼前的现实。基于这种情感,或者说出于这种情感需要,这一刻,我脑子里所想到的这个问题也许不是一个最合适的问题,但话到嘴边,我已无法再咽回去了。此时此刻,所谓的对与错已完全交织混杂在一起,更确切地说,此刻的我们俩又一次徘徊在所有区别差异已荡然无存的临界线上。

“怎么会发生这样的事呢?”

问完这些,我没再问下去。问题虽然是一句话,但却一清二楚,含义深长。听到这些,他摇了摇头,脸上也跟着露出了一种悲伤的微笑。看上去,他这种表情也已足够表达此刻他那种沮丧失落的心情。他最终还是开了腔。听上去,他这番话不仅像是说给我听的,同时也好像是在说给他自己听的。看来,他想让我们俩对他所说的话都深信不疑。

“开始的时候一切都很好。我母亲也同样尽力了,要让她在这里有一种家的感觉。她所付出的努力,就连我也感到很惊讶。可是没过多久,我也不知道,也就一个月工夫吧,她又开始时不时地将自己掩藏起来了,甚至有时候好几个小时都一直待在自己的屋子里。她很少说话,只是一个劲儿地在那里来回走动着,脑子里也不知在想着什么。我母亲和我也不知道,我们究竟该如何是好。要是我们出门的话,她会对自己身边所见到的事物感到越来越恐惧。我觉察到了她的这种恐惧。要是我俩在一起的话,她的意识不知怎么地又好像变得清醒了很多。请相信我所说的这些话好了。我能觉察到这些,这倒不是她爱说话的缘故,而是她的眼神告诉了我这一切。你明白吗,她就是这样看待她周边的人,还有她自己的人生。不论是在看电视的时候,或者在轮船上,公共汽车上,或者早晨晚上,只要是有人的地方,她都有这样的眼神。也许,也许就在她意识变得更清醒的时候,她已在为这次出走做着一次彻底沉睡的准备。这些我们可都是一无所知啊,可以说,我们当中的任何人都不知道她会有这样的举止。也许甚至连她自己也不清楚这些呢。你没觉察到这里面有什么矛盾吗?如果她回来的话,她仿佛会失去得更多,也会离自己心中的希望越来越远,你明白我这些话的意思吗?有一次,她好像受了某个电视节目的影响,想让我带她去一家购物中心。我不敢对她说,我很不喜欢去那样的地方。然而,要是她非去那里不可的话,我是一定要陪她去的。就这样,我们去了那里。当然,你可以想象得出她的思维当时有多混乱。在那里,她始终瞪着一双大眼注视着周边的一切,看上去她很是惊恐。等我们走出购物中心后,我们打了一辆出租车。你可知道,当时她所说的话,至今还在我耳边回响呢:'这到底是一个什么样的城市啊?它太令我窒息了!我怎么感觉自己像是被人暴抽暴揍了一番。'从这一刻开始,和她一样,我也对这个畸形的消费社会和异化世界慢慢失去了兴趣。对此,我也只能这样回答她:'是啊,这些拥挤不堪的人流,这个喧闹的世界……'为此,我尝试着,想让她慢慢适应她多少年早已远离的那种生活,同时也尝试着,让她勇敢地面对现实,哪怕现实很残酷。唉,我要是给她出个主意,让她搬到一个很安静的地方就好了。然而,我又怎么会料想到,她的内心里却已悄然无声地发生了这样令人意想不到的变化呢?此刻的她已不知置身何处,我仿佛感觉到她正被这座城市里的那些灯火引入到漆黑漫长的大街小巷里。我真的没想到会发生这些,也根本不清楚她内心会有这样的感受。我不知道的还有,在这个我们能看得见的世界里,还有她的内心世界里,她正一天天越来越深地在给自己挖掘着坟墓,而且就连扎福尔·贝伊医生恐怕也没料到她所出现的这种状况。有一次,我去拜访他的时候,我曾跟他讲到赛普内姆病情的这种不稳定状况,可他却要我们不必在意,并要我们将其视为一种很自然的症状反应。当然,从他医生的角度来看,他无疑是对的,而且我当时也是这样想的。尽管我注意到赛普内姆不但对周边所发生的事感到恐惧,甚至对电视播放、新闻报道或者文艺性文章里所看到的内容也是如此,但当我听到医生那些安慰性话语的时候,我也就彻底地放心了。然而,她身上所发生的变化很惊人,我们却没有什么察觉,这就像一针毒剂慢慢注射进她身上一样,所产生的结果我们是不可能一下子察觉到的。正由于此，我们也真的不知道，反应明白过来后的我们该如何是好。总之，她的情况已完全发生了改变。时间对她来说也仿佛停滞了一般，然后不逃避并接受这样的结果……‘你看，那块漆掉了，就那样突然间掉了’，我还记得有一次她在看一台电视娱乐节目时曾说出这样的话来。也许当时她所说的真的是指电视机底座正脱落的那块烤漆，也许她又在暗示她自己个性品格正像那块烤漆一样已悄然退失。终于有一天，她开始蜷缩进自己的屋子里，足不出户，将自己封闭在一个与外界隔缘的世界里。尽管如此，我们还是想方设法多给她一点自由，而且一直都这样认为，我们就应该这样多为她着想。唉，我们要是不让她离开医院就好了。要是当初不把她从医院里领出来，那该有多好啊！要是我们不以这种方式向她施压，而尝试着从她的角度多理解她，那该有多好啊。说到底，会发生这样的事，是因为我们太长时间将她一个人丢在她内心世界的那个监狱里了。这个错误可都是我们犯下的啊。我们可是犯下了这个不可饶恕的错误啊！”

要是我继续这样让他说下去的话，他肯定还会说个没完的。看上去，在这一刻，他也只能以这种方式来表达他的那种无助和后悔之情了。然而，面对此情此景，我可还是有话要说的。我可不想让他这样无止境地对自己采取这样不公的谴责方式。难道这个故事不是我们所有人的故事吗？此时的我别无选择，我要做的，就是要让他重新感受到他的存在和我的抚慰。

“别这样自责了，伙计。如果真的有某种罪过的话，那也是我们大家一起的罪过呢。”

他透过墨镜看了看我，脸上仍透着那种忧郁的表情。看上去，他丝毫没有辩解的气力。于是，我又接着说了下去。

“也许这种罪过根本就不在我们身上呢。”

此刻的我也在尝试着以这样的话来掩饰自己的某种无助感。然而,不管怎样,我丝毫没有要竖白旗立马投降的意思。我想多给我们俩鼓鼓劲,是的,多给这一刻的我们俩。怀着最后一线希望,我使出了吃奶的气力,我不但要让自己,同时也要让他跟着一起振作起来。此时此刻,我的话语听上去根本不像是一个愿接受失败的人的话。我很清楚的是,我们俩一定要赶快适应我们目前所面临的现实情况,并为此奋斗不止。不管这些,既然发生了就要敢于面对,而且还要积极行动起来,不能有丝毫的松懈和放弃。

“还不快点出发,伙计!我们再去找一下那些地方,一定要再去看看!我们要找到她!我们必须要找到她!”

听到这些,他笑了笑。此刻,我们心里很清楚,我们所做的这些只不过是个美丽的幌子而已。其个中就里,也不难一眼看出,因为这么多年的岁月不仅教会了我能看清自己,同时也教会了我看清他人。为了能付诸行动,我至少得有这样的催促才是。我知道,哪怕这是一场人生游戏,至少这也是我们俩共同为赛普内姆所上演的最后一场人生游戏。就这样,我们一起钻进了车子,又朝他曾经找过的地方一一驶去。找完一个地方,我们又赶往下一处,就这样,能去的地方我们也都去遍了,可就是见不到她的影子。我们寻找的最后一个地方是博斯普鲁斯海岸边的塔拉布亚。在寻找的路上我们再一次重新审视了一下身边的这座城市。是啊,这一刻,我们这座朝夕相伴的城市是如此的陌生。眼前现实的一幕幕从我们的车窗边一一滑过,我们也在和现实一一做着告别。看来,我们所上演的那场大戏还真是一场真实版的人生大戏。所以,《伊斯坦布尔就是我的生命》可以称得上就是一场大戏,一场反映这座城市历史的大戏,或者说,是反映这座城市现实历史的大戏,而这场大戏随着岁月的流逝也一天天离我们越来越远,直至变得模糊下去。唉,我们那场大戏又何尝不是一个玩笑，一个悲伤歹毒的恶意滑稽玩笑呢？我们的那场大戏啊！此时此刻，这场大戏俨然已变成一场死亡游戏。此时的赛普内姆仿佛已站在悬崖边，命悬一线，心理正接近崩溃的边缘。此刻的她仿佛正朝着万丈深渊跳下去，或者她早已跳了下去。也许只有通过这纵身一跃的方式，她才能获得真正的自由，也从此不再为恐惧所困扰。然而，对于我们来说，我们所跳的地方不一定会给我们带来死亡，所以也总存在着另一种可能性。为此，只要我们还没有最后弄清这些事实真相，就总存在着这种可能性。所以，我还是更愿意相信她还活着，而且还一定幸存着。不管怎样，这个时候，我们必须要相信她就是活着的，无论如何，我们两个人都应该坚信如此。这种可能性我们可一点都不能放弃，为的就是能更紧密地和另一个生命相依在一起。这个时候，我们向大海投去了目光。无论如何，我要把自己此时此刻的情感从心里表达出来。

"那个最终她选择逃亡进的世界也许是她最正确的选择。如能再找回她的话，眼前的这个世界对她来说也许已没了任何活下去的价值。一切悉听尊便吧，我们也不想再费周折。就让我们相信，她所去的那个地方要比我们这里更幸福，也更宁静吧。"

我们沉默了。再一次地我俩又坐到了那条长凳子上，然后一齐将脸转向了大海。是啊，这片大海，还有我们那些故事，我在不断自言自语着。我们的呼喊声，还有我们青春靓丽的色彩，无不是我们当年奋进的动力源泉。我们的孤独，我们的流亡，我们的精神漫游，我们的内心挣扎，我们的心心相印，我们在苦难命运中缔结的终生友谊，这一切也只有眼前的大海最清楚，最了解了，是它掩盖隐藏了我们当年的许多秘密，这就是我们在伊斯坦布尔所经历的精彩人生。是的，在这样的人生中，我们相互感动，不被一切困难所吓倒。这一刻，我相信，他一定也有着同样的感受。有谁知道，在后面的人生路上，我们还会经历怎样的人生呢？

我们还要为这座城市、这个国家进行怎样殊死的拼搏奋斗呢？不管怎样，至少有一点我是清楚的，那就是我们将永远不再分离，不管发生什么，我们都会不离不弃，生死相依。当年的人生故事我们曾一同书写，而现在我们俩又重聚到一起，并继续书写着我们的人生，而且就在这里，就在这座城市的海岸边。我们之所以如此，就是要继续与命运抗争，也为了我们在人生拼搏中不会败下阵来。这一次，他终于打破沉默开了口：

“你说得对，老伙计。就是找到她的话，这个世界对她也无所谓有什么价值了。说说看，今天我们这些人中间到底还有多少幸存者啊？”

我将手放到了他的肩上，我想对他说的，其实也正是对自己想说的。

“至少我们还健在嘛，不错，至少我们还健在！来，我送你回去吧。”

就这样，我们站起了身子。一路上，我们什么也没说，因为该说的我们也说了，该看的也都看到了。一切都是那么的不可思议。这个让我们经历了如此多震撼的赛普内姆就这样骤然间消失了。我们已没任何理由相信，她会在某一天重回到我们身边。我们甚至已越来越清楚地知道，我们的希望正成为一个个泡影。然而，我们又怎能让自己相信这样的现实呢？这又能为我们今后的生活带来怎样的勇气和信心呢？我们讲述这段故事的时候，我们自己又会在多大程度上相信它的真实性呢？作为一个人，她会如此快，如此轻易地就从另一个人的生命里突然消失吗？尤其是在这样一个故事发生之后，或者说这样一场人生拼搏和让人感动的经历之后。我敢肯定，任何一个小说家都乐意将这种冲突场景作为他的创作素材。一个消失的人，在他的笔下，也将会被慢慢寻找，而且毫无疑问还会被借用到其他创作对象中。不管怎样，我们眼前所发生的事就属于这类故事，人们既可以相信它，也可以不相信它，毕竟它是曾发生过的事。这就是我们所看到的全部。是啊，我们早就学会了什么叫失去，我们也早就教会了自己要和失去相伴为生，并永不妥协，不被任何困难所吓倒。只有如此，我们才能在那些用死亡威胁我们的刽子手面前凛然大义，视死如归。正因为我们已经历了这样的人生故事，所以我们已百炼成钢，将自己锤炼成一个个真正的大无畏者。

带着这样的心情，我们回到了各自家中。当切拉一声不吭听我讲完我们所经历的那一切后，她告诉我，说我该做的事也都做了，而且已完全尽力了。不管怎样，我们剩下来的这些人还将会在一起，还将会让每个孤独的心灵在这个集体中不断得到抚慰和拯救。无论如何，任何一个个体都不能离开这个集体，离开了集体，他就要付出代价，所以，唇齿相依，生死与共应是我们永在一起的人生箴言。

难道整个这次寻找，包括我们这台人生大戏的再一次上演不正是源自于我们对人生承诺的忠贞坚守吗？

震后余波

第二天早晨醒来后，当我尝试着更好地理解我的那份孤独并不得不重新选择它时，我又不自觉地陷入一阵惊悸里。不管我愿不愿意，那些声音，还有那些场景画面都一一钻进我脑海，并浮现在我的眼前。看来，我也要和这起死亡故事相伴为生了，而这个故事，我是无论如何也和我们这个剧团的成员讲不清，道不明的了，甚至向内兹米也无法讲清楚。若是我向他们讲述的话，他们会作何感想呢？他们最终会听到怎样的故事结局呢？他们会不会推测，我这个人一定是病得不轻，在胡言乱语了呢？是不是他们猜想我又要把他们召集到一起，想再次经历一次短暂的人生相聚呢？如果这个故事真是以这样的情感来讲述的话，那岂不是更无聊和更荒唐了吗？不，我还没病到如此癫狂即死的地步，至少是这样，对于这一点我可是心里清楚，无须任何人提醒的。相反，差不多还是一年前的时候,我就曾让一位吉卜赛老妇人看过我手心生命线,她给我算了一命,说我能活到92岁。到现在我都很清楚地记得,当时,我是在博斯普鲁斯海峡边东海岸坎利卡①那个地方的一家咖啡屋里。我去那里,纯粹是为了摆脱某种莫名的烦恼,同时,也想尽情享受一下我内心里突然涌出的那种对伊斯坦布尔的故乡情结。到现在我都不清楚,为什么那位老妇人算我能活到92岁,而不是90岁或者95岁。不管怎样,我的这个命算得还是很不错的呢。更令我高兴的是,我的人生才刚刚过去一半多一点的时间呢。不过,这样的好心情也仅是那一刹那而已。在那个场合下,当我想到自己所经历的某些事,尤其是不久前经历的那些事的时候,我就一直在问自己还愿不愿意在这个人世间继续这样苟延残喘下去了。那个晚上,我深深地陷入这种纠结的矛盾心理中。我想要回味一下这么多年的时光,想多审视一下这么多年来自己所走过的路,并想重新认识一下这个我早已陌生的世界,渐渐地,想把这个故事讲述出来的希望之火在我的心里慢慢燃起。当时的我又怎会知道随后所发生的这一切呢?

那个傍晚,天气好极了,还记得天空是那样的湛蓝,一碧如洗。就在太阳快要落山的时候,我再一次敞开心灵,怀着强烈的情感,将这座城市的每个角落仔仔细细看了个遍,我深深为这座城市的魅力所吸引。当时,切拉也在我身边。然而,我们没什么交流,甚至好像连句话也没说。在当时的那个环境下,我们感到任何交流已是多余。我们心里只感到有一种从未有过的无助感。在这个难熬的时刻,我们必须得共同寻找一个精神庇护所。是的,这一刻,我们是如此的无助,就像两个被扒得精光的人一般,在凛冽寒风中瑟瑟发抖。当时的我们很悲伤,是的,是一种极度

① 坎利卡(Kanlıca),位于伊斯坦布尔博斯普鲁斯海峡东海岸亚洲大陆部分贝伊科茨(Beykoz)城区的一处地名。

的悲伤。在为我算出我的吉祥人生大限后，那位老妇人还告诉我们，将来某一天，我们自会从某个遥远的地方得到一个我们一直在期盼的消息。听到这些，我们更是悲从中来，不知这位老妇人预言的又是什么。当然，这种悲伤并不是指众所周知的那些死亡。然而，还有一种死亡，对于它，我们无论如何在我们的人生中也不可能找到它最终的寄身之所。可以想象，它向我们展示的，将肯定会让我们难以承受，甚至撕心裂肺，痛彻不已……是的，我们的爱子内迪，这个在学业上取得不俗成绩的小伙子，这个同样以他活泼快乐、喜好交友的个性向我们展示他阳光可爱一面的小伙子，也这样暂时告别了我们，他已远远地离开了我们，甚至还做出了这样的决定，他将永远不再回来，不再回到我们身边。不仅如此，他还请求我们平时没事不要和他有什么电话联系，除非碰到什么特别之事。另外，他还请求我们给他机会，让他根据自己的意愿来规划人生，设计未来。他还说，他既不需要我们物质方面的资助，也不需要我们精神上的支持。我怎能忘记那个让我感到震惊的即将分手的夜晚呢？在那个晚上，我第一次发现，我这个经过这么多年拼搏后终于没辜负我们希望的儿子为什么会对我感到如此失望，并由此在自己的心中慢慢堆积了怨恨。是啊，这还是这么多年以来我第一次见他这样呢。是的，现在的他已慢慢长大成人了，尽管我自己当年也是在这种积怨中长大成人，但在那天晚上，我却丝毫没有察觉到他的这种怨恨，更别说感受到了。这其中，我人生第一次经历了这样的震撼，也渐渐感受到儿子对我来说是那样的陌生，那样的遥远。然而，一切都为时已晚。那天晚上，除了能将我们父子之间这段最后的人生台词做一个对白，尤其是我能倾听他那些令人心碎的最后告白，我已没了任何选择。面对那种场景，我再一次经历了人生最真切的一幕，已深受过伤害的一代人又在教育着另一代正在受伤害的人。遗恨的是，对于这样的认识我已觉醒得太晚了。我居然没感受到我身边最亲近之人的这种怨恨之情，甚至还用我人生的许多颓废画面来消解他的不满。所以，我不能原谅我的这种盲目和愚蠢，每每想起，我的心里都会隐隐作痛，感到愧疚不已。然而，在那个我们父子既是第一次也是最后一次相互对峙的晚上，内迪所说的话已让我们将这些盲目和疏忽远远抛到一边，并将之忘了个干净。他的那些话就像是一面镜子，它正等待着我们去触摸它自身所展示的一切，甚至还包括那些镜像之后所隐藏的一切。

就这样，一场我们没任何准备的谈话由此开始。然而，内迪可是做好了一切准备要去加拿大的，对此，他也一直没告诉我们。像我当年一样，他也做出了去那里学经济学的决定。当时，他要走的那一会儿还是在国内大学二年级的时候。如果他去那里的话，他要么继续自己的学业，要么走自己所选择的路，而这条路当时他还未曾知晓呢。不管怎样，一切都要由他到那里做出最后的抉择。反正他所知道的是，在这个城市，在这个国家，他无论如何是没有前途的。听到这些，我没了话语。作为第一个沉默的人，我在尝试着去理解他内心的这些想法。不过，切拉反应很快，她开始阻止儿子这样滔滔不绝下去，只是一边阻止，一边也没控制住自己恼怒的情绪。然而，内迪表现得却还是那样的坚决。是的，他是那样的坚决，以至于他对母亲的反应也只是报以一笑，甚至是轻蔑的一瞥。总之，不管我们怎么劝他，当时的他已是去意已决，尤其是他离自己出发的日子已仅剩几天而已。在一片迷惘中，我不禁问他为什么要做出如此决定。然而，他所给出的回答至今仍还在我的耳边回响。

"你们这么多年来的生活我也都看到了。说真的，这可不是我想要的生活，更别说我会参与其中了。自从我了解自己后，我就更是这样想了。如果你们非要问我，这究竟是为什么，我也说不清这其中的道理。反正，我所看到的，都是让我很不开心的事呢。"

听到这些，此时的我还有什么可说的呢？也许，他说出了我这么多年来一直都没勇气想说出的话。而且接下来，微笑中带着忧伤的他对我所说的这番话也从此成了我的回忆。只见他看了看我，当时的我怎么感觉自己就像是亏欠他许多一般。

“是的，尤其是你所做过的事我是无论如何都不愿再做了。你要知道，爸爸，这么多年来，你在不知不觉中已成了自己人生的奴隶，它光鲜的外表也一直让你陶醉不已。更为可悲的是，你从来都不承认这一点，即使你为其所累，不堪重负，你也不愿放下这个包袱。你总是在自欺欺人。你看，你的那些想法，还有你的那些梦想，它真能对你的人生来一次彻底的改变吗？你的婚姻生活，我们这一家，你的那些照片，还有你的那份工作，难道这就是你人生的全部吗？现在是，它们过去也是吗？爸爸，你可别指望我这些了！请你千万别将你的儿子拖进这样的生活！就请你再瞧一下你自己吧，在你这个家庭或者在你的人生里，究竟有什么能给你带来无限的宽慰和欢愉呢？即使有了，那真是你想要的吗？你还是过去的那个你吗？而现在的你又置身在何处呢？”

听到这些，我沉默了，而且所选择的是再一次的沉默。这一刻，我不想再一路谎言到底，我要为自己的人生作一番辩解。我选择的人生是否正确呢？此刻的我也慢慢开始表示怀疑了。我曾认为，事情本已结束，更确切地说，我对自己的那些事都已一一做了了结，或者说，我也学会了，要继续生活下去。而眼前的境况却并非如此。我的各种情感在不断提醒我，并将我又推到这么多年来我一直都不愿面对的现实面前。此时此刻，我什么也不愿说，也只是一个劲低着头，在期待他们能说点什么。我就这样一直在耗着。最终，还是切拉不想再这样沉默下去，她大声责怪着儿子，就好像内迪对我有什么大不敬一般。她相信自己那些责怪的话语吗？至少这一刻，她所做的看上去是如此。现在，该轮到她被儿子数落了。他告诉母亲，此刻的他对母亲有着怎样的看法和感受。

“而你又做了什么呢，妈妈？你所选择的是一种惬意舒适和幸福安全的生活。你也同样为觅得这样的生活付出了一切。你特别在意你圈子里那些人对你所表示的敬重。你不妨细想一下，这到底是一种什么样的敬重呢？你要这样的敬重作何用途呢？说真的，你到底为你的人生做了什么？你又到底为自己的人生真正做了什么呢？在我看来，除了做了那些能打发无聊，填补空虚以及减轻心灵罪过的事，你可什么都没做呢。在这样的日子里，你们待我们不是一脸严肃，就是为自己骄傲不已，就连对你们身边周围的女性也没有给予足够的尊重和关注。你们最乐意做的就是彼此向对方炫耀你们所拥有的一切！你们所追求的温馨住所，你们所追求的锦衣玉食，还有你们所追求的游山玩水，哪一样不是你们虚荣的标牌和炫耀的对象呢？你们到底在忙碌些什么啊？你们所做的这些，就像是你们要把自己所拥有的这一切打包放进一个精美的箱子里一般，可是，这只箱子是如此的空洞，你知道吗？是的，空洞无物，一无所有，因为那里面并没有任何值得你们炫耀的东西，所存在的也仅是一个个商品标牌而已，甚至在这个箱子里你们连自己孩子的容身之地也没留下，尽管你们深信，你们所做的一切全是为了我们。不得不说，这恰恰又有个新问题，那就是你们为我们付出了一切，但你们又是不是善待了自己呢？因为在对待我们这个问题上，你们可也是把我们视为你们人生虚荣的标牌的。说白了，你们的大富大贵恰恰就是你们人生的一场赤贫！这就是我要对你说的一切，妈妈，是的，就是你儿子想对你说的心里话，你明白吗？我是个局外人，妈妈，你明白我的意思吗？”

尽管切拉平时是个颇自信，且善于应对问题的人，但在听到儿子的这番话后，她也变得局促不安起来。对于儿子的这番真心话，她完全有足够的理解力和丰富的情感理解这些。毫无疑问，此时此刻，她很是不安，然而，她仍没有打算放下武器，接受投降的意思。从她的话语中，别人也许会感觉到她在给儿子施加某种精神压力，然而，在我看来，她这番话不自觉中却更透露出她那种无助的情感。

“我们的传统，内迪，你要知道我们可有我们的传统啊。为了这个家庭，我们可是尽了力的，我们好不容易才有了这样一个家庭。难道这当中有什么过错，有什么不好的地方吗？”

我一点都不怀疑她这番话所包含的真实情感，而且我还很清楚，对于自己所说的这些话，她同样也坚信不已。她就像其他女人一样，在选择自己生活的同时，也在安心过着自己的生活。然而，内迪却不愿放弃自己的主张，尽管他很能理解母亲的这些情感。他真的理解了他母亲的这些情感了吗？是啊，从他出生的那一天起，他就和这个传统深深地联系在了一起。这个传统就是一场人生游戏，而这场游戏就是人生，就是现实。对于这一点，我相信他也是一清二楚，不需有任何的怀疑。然而，他所表现出的却是一种愤怒的表情。他很是恼怒，因为我从他回答母亲的话语中完全可以感受到他这种激动的情绪。

“别喋喋不休了，妈妈！你也别再自欺欺人了！你就干脆承认，你选择了这份宁静不就得了？你之所以做出这样的人生抉择，也正因为你真的不想要为自己的人生做一番拼搏并有所作为呢！毕竟，将自己隐匿到传统背后还是件很惬意的事嘛。你很喜欢这样的做法，因为这没有任何风险要你去承担，也没有任何危险要你去经历。这种传统游戏一贯就是你们女人为自己选择生活的最好借口，是的，所有女人，所有天下的母亲，不管她源自于怎样的传统。要知道，当你们这些女性在决定要严格遵守传统，并放弃自己鲜明个性的时候，这一刻的你们又是何等的相像，又是何等的分不清你我啊！你不是生儿育女，就是相夫教子，却始终没有为自己做点什么，取而代之的却是仰承鼻息，逆来顺受，投进别人怀抱,过着靠别人供养的日子。难道这就是你所说的那些所谓受过良好教育的新女性吗?妈妈,我想说的是,深深扎根于传统这一点没错,而且大家也到处都这样遵守着。然而,要是这个束缚人的传统会毁灭人的个性,或者妨碍人过他所憧憬的日子,那么我可要说,这样的传统将一无是处,是糟粕,也是一堆狗屎呢!”

儿子的这番话既让我感到震惊,同时也感到很惊喜。说真的,此时的我心里不知怎么地多了一股喜滋滋的味道。除了喜悦,甚至还有一种很骄傲的感觉呢。说真的,他的话对不对,或者他的思想正确与否,这些都无关紧要。我知道,所谓的正确性都因人而异,处在不同的角度自会有不同的看法和观点。同时我明白的是,每个人都有权选择他自认为正确的生活,别人也毫无权利去干涉。对于儿子内迪来说,在他的人生中,他所选择的最重要的生活方式是,他会反抗,他会对一切不认同的事物说出“不”字来。是啊,我本该能看到这现实存在的一面,也应该尽情享受这种喜悦才是。然而,无论如何,我却难以舒眉,让自己开怀起来。之所以如此,是因为他所做的事是我做不到的事。对此,我只能从他的眼神里读懂他的想法,或从他的话语中听懂他的心思。是啊,我本该可以这样问他:“孩子,你为什么要去加拿大啊?难道你的家乡不好,或者它有什么地方亏待过你吗?你为什么就不能在这里打拼人生呢?难道你这样的做法不也是一种逃避,一种躲避吗?”然而,这样的话我还是忍住了。我知道,这不是真正的问题所在,因为正确与否的问题只能是相对于我而言,或者说,我对这个城市是否有一种相依相恋的感觉,那也仅是我的感觉而已。所以,从这一点上来说,我本可以通过这样的愿望让自己释然,那就是他能在远方找到一群志同道合的人与自己为伴。然而,在这一刻,我的愿望却截然相反,与其相左,他应该认识到自己的错误,他应该对自己的抉择感到后悔才是。渐渐地,我又不知为什么感到了某些羞愧。我这样羞愧,是因为我竟会这样杞人忧天,担心着那些没必要担心的事。突然间,我看到了我父亲所处的那个位置,这个位置又何曾不是我现在所处的尴尬境地呢?是啊,我的儿子已做好了人生拼搏的准备,要是我能坦然接受这个现实的话,仅此一点,也已足矣。因为他也要追求自己的人生,也会对人生有着不同崭新的认识……

在一番交流之后,我们又回到一个时刻,一个又彼此无法交流思想情感的时刻,至少这一刻持续了很长时间。这时候,切拉走出了屋子。此时的屋子里就剩下我们父子两个人了。我累了,此时的他看上去也很是疲倦。看来,困倦中的我们俩要想再继续交流下去已没了可能。我们都坐在各自的沙发上,也都陷入各自的沉默中。我不记得,我们在那里冷坐了多长时间,彼此一言没发;我也不知道,那个时候,他心里又在想着什么。然而,在那一刻,在我的脑海里,许多鲜活的画面不禁又浮现在我的眼前。我父亲,我母亲,我动身前往伦敦的那些日子,我的回国,我们家的商店,还有凯马莱廷·贝伊等等。什么时候,在哪里,或者哪些又是我个人经历的起点和终点呢?我隐隐感觉到,在渐已远逝的和所幸尚存的一切事物与人之间,我都经历了我最精彩的人生时刻,既有成功,也有失败,既有错误与谎言,也有我坚信的人生真谛。随后,随后就是这个故事的延续和发展。这其中,又有我怎样的孤独与寂寞,哪一处又不是我人生的囹圄和死亡陷阱呢?在我的这个人生故事中,哪一处才是我们剧团成员人生经历的真正开始呢?我们这些人可都是一群受过伤的人,每个人的心都在滴血,个个都遍体鳞伤,体无完肤。尽管如此,我们仍没放弃人生希冀,无论如何也要紧紧相守在一起。若彼此分离,等待我们的将个个都成为风中的碎片,狂风肆虐处,我们将被吹得无影无踪,将从此失去自己的面目,失去真我。难道我们代表的不正是这个国家民众的良心吗?说真的,要是我这一刻不想把思绪领回来继续倾听儿子话语的话，我还可以将这些问题一一延伸下去，并可以提出更多的问题来。此时，我注意到儿子在盯着我，他的目光中已充满着对我的爱意。他的这种爱意可是我这一刻最愿意看到的情感表达。我能感觉到，他的话语，还有他的说话声里都洋溢着这种暖融融的爱意。

“对不起啊，爸爸，我让你受委屈了。可是这也是我不得已而为之的啊。一个人总该有所追求吧，爸爸，请你多原谅我啊。”

听到这些，我点了点头。我很理解他的想法。他为什么要这样说，他内心的真实意思又是什么，这一刻，我心里已很明白。我知道，此时此刻，我们父子之间心灵沟通的桥梁已正式架起，并牢不可摧。不管怎样，我对他都没有任何怨气，有怨气的也只是对我自己而已。是的，对自己，对自己的人生，也对我们的人生。而且，我有怨气的，就是自己对儿子所经历的一切不闻不问，听之任之。正由于此，此时的我还是没忍住要抛出这样一个问题。

“你为什么不早点和我谈谈你心里的这些想法呢？为什么要等到现在，而且还拖了这么久呢？”

他立马明白了我这番问话的意思。此时，我想知道，为什么我们父子间会这样一直如此陌生，如此疏远呢。他的回答乍听上去很是奇怪，然而又合情合理，令我印象深刻。

“呵呵，我必须要积攒这些怨气，否则的话我可是离不开这里的呢。”

我什么也没说，也没给他任何回答。更准确地说这是一个相当令人信服的理由，对此我也表示信服。然而，他似乎还想要继续说下去，这一点我清清楚楚感受到了。于是，我继续保持着沉默。说实话，对于这样的时刻我可是再熟悉不过了，如果某个人有什么想说的，或者有什么应该要说的，此时他大可都一一说出来了。所以，沉默的结果就是为了能开辟一条新的交流通道。为了验证我这种感觉没出现偏差，沉默的这一刻看样子还要继续再延续一段时间，随后，交流的大门才可以称得上正式开启。然而，这扇大门可不是一扇对每个人都能开启的大门，而且随之踏入的那个屋子对每个人来说也不一定就是间漂亮的屋子，尤其是对那些被传统紧紧束缚而动弹不得的人更是如此。这一次，他的声音听上去似乎有那么点颤抖。在这种很是引起我共鸣的颤抖声中，他的话语也隐含着某种挑战的意味。

“我还没说完呢，爸爸。在两性交往这个问题上，我可有我的处世方式。我不知道，你听到这些后会作何感想，但你有权知道这些。对于我的性爱观，或者说，我的性取向，我早就有了自己的选择和决定，你明白吗？”

我当然理解他的意思，然而，我对此已无话可说。这个抉择是他的抉择，这个人生是他的人生。在这种情况下，我内心里所希望的，就是他不要因为这种性爱观而让自己受到任何的伤害和烦扰，我所希望的是他能像一般人那样过着正常的性爱生活，哪怕他在男女交往方面会遇到一些小烦恼。他大可在自己的那份宁静中品尝这些小烦恼，难道这些小烦恼就不会给他带来更多的惊喜和人生价值吗？正由于此，我只希望他的这种性爱观能将他引领到人生更精彩的拼搏奋斗中。现在，该到我表达自己内心情感的时候了。我要让他感受到我已排除了我的一切心理障碍。

“孩子，什么对你是正确的，它就是对的。你一定要去闯闯这条路，无论如何，你都要去试试啊。”

听完这些，他看了看我。这一次，他的目光中似乎已流露出一种很感激我的眼神，看上去，那场面就好像我们父子俩在这次人生道别中真的已彼此感动，难舍难分一般。不过，这一刻，我还有个问题想再问他一下。

“你准备什么时候动身？”

听到我这句话，他就像那些想要告知别人不好消息的人那样，对我弯了一下腰。他很快回答了我，只是这一次他还是那样的坚决和果断。

“四天以后就出发。先经过伦敦，然后飞抵蒙特利尔。那将是个很遥远的路途呢。”

我点了点头，并微笑了起来。这一次，他可比那时的我飞得还要远呢。我知道，他不想我送他去机场，而且我本身也不情愿如此。反正我们还有四天时间，在这几天里，我们还可以继续交流，说说我们该说的一切，也展示一下我们内心里该展示的一切。这一刻，我不知怎么地突然有了一种很强烈的感觉，我要表达出我该表达的一切，尤其是在这个我们即将分离的时刻。

“请千万别反悔你所做的任何选择！也千万别放弃你的理想噢！你可要一直在那里待下去，直到有一天你坚信自己已实现了梦想！要是你愿意我过去的话，我会过去看望你的，孩子！只要你愿意，我就会立刻出现在你身边。”

说真的，我不敢肯定，今后的他是否会走在正确的人生路上。其实就我个人而言，他本应该留在这家乡城市发展才好。然而，然而我是他的父亲，我必须要给他以关怀，我要让他感受到他所热爱的人永远都站在他身边关心他，支持他。我不能给他施加任何压力，也不能逼他做自己不喜欢做的事。虽然我的心感到很伤痛，并说出这些话语，但我必须还得为我俩共同的未来迈出这重要的一步。在我说完这番话之后，他立马站了起来，我也跟着站起了身子。就这样，我们父子俩紧紧地拥抱在一起。我想好好地享受一下这一刻带给我的喜悦。尽管我知道自己一时很难从这种震后余波中平静下来，但我还是在尽情享受着这份难得的喜悦。此时，我们两个人的眼睛里都充满了泪水。我不知道，他为什么会这样激动,而且也不想知道这其中的原因,反正,我知道自己为什么这样激动就行了。要知道,我的眼泪可不单纯就是一种喜悦的泪水呢……

自此之后的四天时间里,我都尝试着要多和儿子在一起待待,更确切地说,我在想方设法做到如此。我儿子,我女儿,我妻子,还有我自己,也许我们这是第一次真正像一个家庭一样聚在了一起吧,是的,一个真正的家庭。内莉,我们这个从没给我们惹过麻烦的心爱女儿,此时此刻已很伤心。她知道,她很快就要和哥哥道别了。而切拉呢,还是那样深感失落。然而,我心里清楚,她这种失落可不是因为儿子的缘故,也许随着时间的推移,我们可以更好地面对现实,共同解开她内心的这个情结吧。在和儿子单独待在一起的时候,我向他讲述了我能讲述的一切。我们俩都想利用这个机会将最美好的一面永远留在对方心里。当然,最详细的还是我向他讲述我们这个剧团里所发生的事。每讲到精彩处,我们都哈哈大笑起来。我们既相互感动,也彼此经历着那些悲伤。在听完我们的那些故事后,他告诉我,叫我无论如何都要再找回他们。他的话真是说到我心坎儿里去了。是的,我会像他所说的那样,将我人生的故事继续演绎下去,我一定要再回头看看,我这辈子曾失去过什么,又拥有过什么,为的就是能更好地了解自己、总结自己和评价自己。

分离告别的日子终于到来。那一天的那一刻,对我来说和平时也没什么两样。说真的,真正令我激动、令我震撼的时刻我这辈子也不知经历了多少。我们早已经历过自我否认和矛盾纠结的人生,尤其是死亡在我们的人生中,或者说在我们的内心里早已是一个不容被忽视,更不能被低估的话题。然而,人生的那场战斗也早已结束,至少在前线经历枪林弹雨的那些日子已一去不复返。那场战斗给我们带来了巨大的损失和创伤。值得庆幸的是,它终于结束,我们也深知这一点。

现在,儿子在那边已差不多待了快一年了。仍没回来,而且看上去暂时也没有回来的意思。有时候,他会给我们来些邮件。他告诉我们,他想在那里继续攻读他的经济学专业。也许他会继续攻读下去,但也有可能会终止学业。另外,除了正常的男女交往之外,他有时候也会选择自己的同性性爱伙伴,并与他们交往。他告诉我们,在那里,他完全可以按照自己的意愿生活学习,和人交往,这可是他人生最快乐、最幸福的事了。我能看得出,他人生的奋斗仍在继续。不管怎么说,能看到这些我就称心如意,别无他求了。另外,我也清楚,我应该将这个结果归功于他,或者说归功于他的离开,能知道这一点我也大可心满意足了。应该说,我这场人生大戏将永远保留在我的心头,不会有任何改变。是的,有些城市的诞生靠的是拆毁原来的老城,或者在原来的废墟上重新建起,然而,以历史眼光来看,城市留下的将永远是一座座废墟,也永远是残垣断壁,废池荒沼。从这个意义上来说,我深深喜爱和眷恋着的也正是那些古老的文明和灿烂的文化……

大海也能倾诉

就在我和内兹米那天晚上一同寻找赛普内姆无果后的第二天，我驱车前往塔拉布亚的海岸边。这一次，我独自一人来到海边，而且也是我最后一次来。我将那只耳环也带在了身边。礼拜六的早晨，到处都是一片寂静。走近海边，我又坐到了那条长凳上。这个海岸边，还有这座城市里，究竟发生过多少可歌可泣的故事啊？谁知道还会有哪些故事将继续上演呢？就在这时，一个擦鞋的小男孩朝我走了过来，他指了指我脚上的这双鞋，然后用一种我很是熟悉的话语问道：

"叔叔，您要擦鞋吗？"

我先是看了看自己的这双鞋子，然后又看了看那个小男孩。只见他脸上挂着一副天真无邪、亲切友好的微笑。一看见孩子，我可不敢有丝毫的欺骗之心。于是，我伸出双脚，并半开着玩笑鼓励他，让他高兴起来。

“好吧，小师傅，那你就帮我擦一下吧！你可要认真擦噢，而且还要擦得光亮如新，就跟镜子一样才是，否则我可不付钱给你呢！”

听到这些，那个男孩可是笑得更乐呵了。于是，他赶快跑我面前打开他的擦鞋箱子，紧跟着一屁股坐到了他的那只小凳子上。我看了看他那双小手，只见他那双手上已沾了一些鞋油，尤其是那些手指上则更是沾满了黑乎乎的鞋油。是啊，这样的孩子可也是被逼无奈，需要作另一场艰难的人生奋斗啊。只是在这场奋斗中，他尚不知晓，他面对的又将是一个怎样的未来。看上去，他也就十一二岁的样子。为了能和他聊聊，我首先提了个很简单的问题：

“孩子，你到底是哪里人啊？”

听到这些，他带着一种看上去很是羞涩的神情回答了我。

“我是马尔丁人。”

马尔丁？那可是一座令我印象深刻的城市呢。是啊，那些窄窄的小胡同，那些被烤成酱紫色的杏仁果，那家老邮局，还有那一望无际的美索不达米亚平原，这些我又怎能忘记呢？对于这些，我可是无法和他交流的。既然我不想谈那些城市里的事，那我干脆还是和他聊聊他自己吧。我希望，我还能借一个简单的提问打开我们的话题。

“孩子，你想不想家啊？”

听到这些，只见他一个劲儿用鞋刷子刷我鞋上的尘土，却根本没有想抬头看我一眼的意思。不过，从他的回答声里我能揣摩到，他的脸上仍泛着笑意，而且所回答的话又是那样的坦诚。

“谁不想念自己的家乡啊，叔叔？只是我们现在身在此地，没办法啊。”

接着，我又问他是否上过学，进过校门。这一次，他还是没抬头看我一眼,只是回答我的话里多了一丝难过。

“如果我们能上学,那我们大概也不会干擦鞋这一行了。这就是因为我们穷的缘故啊。唉,我们可是风中的蓬草,飘到哪就落到哪了呢。”

说完这些,我们俩都沉默了几秒钟。然后他抬起头,对我笑了笑。就在这会儿,我注意到,他的表情很是老成,而且也显然比一般的孩子要成熟得多。

“叔叔,您又是哪里人啊?”

没想到,他也会向我提问题。对于这样的问题,我又该如何回答是好呢?当然,我回答他的,一定是我有感触的话,而且还是发自内心的话,尤其是自己所经历过的那一切。

“我也不知道自己是哪里人,如果非要我说的话,那我就算是本地人吧。”

听到我这番话后,小男孩的脸上除了刚才所泛起的那丝笑意之外,同时也露出了一种有点疑惑甚至较严肃的表情来。很显然,他并没有完全理解我的话,而且看上去,他似乎在等待着我的进一步解释。这个时候,我的脸上又露出了微笑。我不能让他一直这样如坠雾中。

“呵呵,是这里人,是伊斯坦布尔人,也一直算是伊斯坦布尔人吧。”

看上去,他还是没懂我的话,而且更多的却像是他不信我所说的这些话似的。再一次地,他没有装出已明白我话语的神情,跟着又坦诚地表达了自己的疑惑。

“你可是个很怪的人呢,叔叔,而且还是个相当怪的人呢。你怎么对自己的家乡都拿不准呢?”

我真的连自己的家乡在哪里都不清楚吗?对此,我非常想和他说说我的身世,反正我的身世我一清二楚,也确信无疑。不过,面对这半点大的孩子,我也无法让他相信我的身世。就这样,我们没再聊下去。很快,他干完手里的活，并站了起来。面对此情此景，我应该付给他比他要的还多的报酬才是。是啊，在这种情形下，能和这么大的孩子在一起逗逗乐，开开玩笑，这也是一件很愉悦的事呢。当他看到我递给他比他预想的还要多的报酬的时候，他一下呆在了那里。只见他先是看了看我，然后又露出了笑脸，并向我鞠躬致意。就这样，他没和我多说一句话，接着将所有擦鞋工具收拾到一起。谁知道，此时的他心里又在想些什么呢？很有可能的是，他这会儿一点也不怀疑，眼前这个人可不再是个怪人了吧。离开我的那会儿，他开始轻声地哼起一曲民歌小调来。尽管我不知道他唱的是什么内容，但我的内心却为此深深打动。这打动我的又是什么呢？又是谁在深深地打动着我呢？我一直还坐在那条凳子上，只是一个人坐在了那里。此时的赛普内姆又走进了一个怎样的人生故事里呢？想到这些，我不禁将手插进上衣口袋，将那只耳环紧紧攥在了手里。是的，我就这样紧紧攥着它，丝毫没松开，又放回了口袋里。紧跟着，我站了起来，使尽全力，一把将耳环抛向了大海。就在我抛出的这一刻，我仿佛听到了一阵呼喊声，这呼喊声却怎么像是我往日梦中经常听到的呼喊声，而别人却无法听见，无法感知。是的，那只耳环现在已不属于我，而属于我们所有这些参与过人生大戏演出的人。另外，它还属于这座城市，这段历史，还有我们这个情感世界。还有，真的会有我心目中的这个家乡吗？是的，它有，也存在，那就是这段历史和这段人生故事，它已潜入我们的灵魂，并深深扎根在我们的内心深处。现在的我已倍感自由，正如赛普内姆也觅得了她的自由一样。要是她能看见后面我所付出的这些努力的话，我敢肯定，她会更喜欢我，更爱我的。她能在我们大家两年后的重逢中再回到我们身边吗？这些又有谁能知道呢？是啊，在不知道她的下落前，又有谁能断定，她已一了百了，永远地告别了这个世界呢？然而，我们又怎能看到她是否会做出这样的轻生之举呢？无论怎样，有这样的推测，或者说这样的怀疑也不为过，很有可能的是，赛普内姆她早已不在这人世上了。现在，她来不来和大家见面这本身已不重要，反正她已经向我们讲述了她能告诉我们的一切，只因为我们的那些抗争，还有我们的那些梦想。不管怎样，从现在起，我可再也不会说，真正的现实就存在我们的梦境里了……

译本序

伊斯坦布尔就是我的生命……

一

对一个普通人来说,故乡永远是一个割舍不掉的情结。同样,对一个作家来说,故乡也是一个爱得深且写不完的话题。近年来,在土耳其文坛上,故乡这一题材特别受到作家的钟情和喜爱。就拿伊斯坦布尔这座横跨欧亚大陆的历史名城和现代化大都市来说,它不仅见证了奥斯曼帝国的兴衰荣辱和土耳其共和国的诞生发展,同时也为多民族和多元文化的交流与碰撞提供了绝佳场所。所以,伊斯坦布尔能够受到如此多本土作家的青睐并被选为故事的发生地就不足为奇了。正因为许多本土作家的深层挖掘和笔耕不辍,伊斯坦布尔故乡情结这类主题的创作已取得丰硕成果,并引起了全球文化批评界的广泛关注。这其中,两位著名女作家艾丽芙·沙法克在其历史小说《城市镜像》(Şehrin Aynaları, 1999)和现代小说《伊斯坦布尔杂种》(The Bastard of Istanbul, 2006)以及佩里罕·马克登在其长篇小说《两个姑娘:伊斯坦布尔的故事》(Iki genç kızın romanı, 2002)和《阿里和拉玛赞》(Ali ile Ramazan, 2010)中都将不同民族、不同性别、不同出身背景的主人公放置到伊斯坦布尔这座城市里进行演绎。他们的幸福欢乐与痛苦悲伤都与这座城市的命运紧紧地联系在一起。另外,著名作家厄穆尔·祖尔夫·李凡纳利的代表作《伊斯坦布尔的幸福》(Mutluluk, 2002)也别具匠心,视角独特,深刻揭示了传统价值对人性的剥夺和现代社会对人性解放和自由的诉求。他认为人类追求的真正幸福归根结底就是追求人权、自由、平等和尊重等人类社会的普世价值。不仅如此,就连2006年诺贝尔文学奖得主奥尔罕·帕慕克也对故乡主题钟爱有加,他的《寂静的房子》(Sessiz Ev, 1983)、《黑书》(Kara Kitap, 1990)、《伊斯坦布尔:一座城市的记忆》(İstanbul-Hatıralar ve Şehir, 2003)和《纯真博物馆》(Masumiyet Müzesi, 2008)等小说或以历史题材、或以虚构题材、或以自传体题材等形式将故乡伊斯坦布尔的各种风情画卷展现在读者面前。阅读他的作品,读者不难发现,帕慕克笔下的伊斯坦布尔是一座布满帝国遗迹的城市,对这个城市特有的"乡愁"早已渗入少年帕慕克的身体和灵魂中。尤其是在小说《伊斯坦布尔:对一座城市的回忆》中,作家以其独特的历史感悟与杰出的描写才能,重访家族秘史,发掘旧地往事的脉络,将当代伊斯坦布尔的城市生活有机地糅合在一起。另外,跟随他的成长记忆,读者还可以领略他曾失去的美好时光,重新认识传统与现代并存的城市历史,以感受真实的土耳其文明。应该说,正是故乡为帕慕克提供了源源不断的创作素材,也为他赢得了世界文学大师的美誉。正如我国作家——2013年诺贝尔文学奖得主莫言对帕慕克以及其作品给予的高度评价:“天空中冷空气与热空气交融会合的地方,必然会降下雨露;海洋中寒流与暖流交汇的地方,必然会繁衍丰富的鱼类;而在多种文化碰撞交流的地方,总是能够产生优秀的作家和优秀的作品。因此可以说,先有了伊斯坦布尔这座城市,然后才有了帕慕克的小说。”莫言的评价同样也适用于出生在伊斯坦布尔的阿齐兹·内辛、马克登、埃瑟·库琳和阿丝丽·艾尔多干等一大批作家群体,这其中,当然也包括马里奥·莱维这样一位才华卓绝、故土情结浓厚的作家。随着近年来他众多小说的发表,尤其是《伊斯坦布尔是一个童话》(İstanbul Bir Masaldı, 1999)和《黑暗来临时,你在哪里》(Karanlık Çökerken Neredeydiniz, 2009)两部重量级代表作的问世并广受好评,这位地道的伊斯坦布尔作家已声名鹊起,正成为一颗耀眼的土耳其明星,他深邃的作品思想正为国际文学批评界所广泛关注。

二

马里奥·莱维 1957 年出生于伊斯坦布尔市的一个犹太家庭。1975 年高中毕业后,他进入当地一所法国人开办的圣米歇尔法语高级中学学习法语和法兰西文化。1980 年,他进入伊斯坦布尔大学攻读罗马语族语言文学专业。大学期间,他曾在伊市犹太人所办的报纸《幸福报》(Şalom)上发表了生平第一篇文章。随后,在本市乃至国内都颇有影响的权威报纸《共和报》(Cumhuriyet)等报纸杂志上发表时事评论。1986 年,他研究法国著名抒情小调演唱家雅克·布雷尔而作的文学作品《雅克·布雷尔:一个孤独的人》(Jacques Brel: A Lonely Man)正式诞生,同时这也是他的博士论文。在此之后,他还发表过三部小说,或许是作品深度、思想见地还不够深刻的缘故，这些作品并没有给他带来很大声誉。这之后，他开始进行深刻的反思，拟在创作思路和创作主题上有一个新的突破。

应该说，二十世纪九十年代土耳其在现代文明进步中所表现出的政治宽容和文化松绑给本国思想文化界吹入了一股新风，从思想禁锢中摆脱出来的作家也从此畅所欲言，对原来从不敢涉猎的领域开始挖掘和探索，并取得了一大批优秀成果。站在时代前沿的莱维也迎来了人生新起点和创作新契机。他根据自己的生平经历和人生回忆，从社会生活的各个方面对故乡伊斯坦布尔进行了多角度、全方位的立体再现，将伊斯坦布尔的历史风情画卷展现在读者面前。1999 年，沉寂多年的他终于爆发，其鸿篇巨制《伊斯坦布尔是一个童话》（İstanbul Bir Masaldı）在土耳其文坛一下子引起轰动，并引起巨大的社会反响。这部长达八十万字的记叙体小说描述了伊斯坦布尔社会各阶层在各自特定的历史阶段的梦想、希望与失落，他将一百个故事有机地串联到一起，“让涓涓细流带着娓娓倾诉汇入到一片广阔无际的人生故事海洋里”。在他看来，这个城市的每条街道、每座房屋、甚至每一滴海水都能讲述这座城市的历史，叙述这座城市不同民族、不同阶层的生活现实和生存状况。所以，伊斯坦布尔这座城市的历史演变在某种程度上就是土耳其这个国家的一部荣辱兴衰史。这部作品一问世，立刻好评如潮，西方媒体给予了大量宣传报道，并先后被译成英语、德语、意大利语、西班牙语等多种文字。有的读者认为这部小说就是一部现代版的《一千零一夜》或《十日谈》，读来令人回味无穷，也对伊斯坦布尔充满了向往。凭借这部小说，莱维从此跻身土耳其著名作家行列，也成为土耳其的“伊斯坦布尔活字典”和故乡城市作家之一。2000 年，他获得土耳其最重要的文学奖项——尤努斯·纳迪文学奖(Yunus Nadi Ödülleri)①。

有了这部小说的创作经验,特别是伊斯坦布尔这座城市为他打开了丰富的创作思路和广阔的视野,他觉得有必要继续深挖故乡城市这一主题,让这座城市更好地展现在世人面前。在经过十年的酝酿构思后,他的另一部鸿篇巨制《黑暗来临时,你在哪里》(2009 年出版)做到了这一点,并达到了一种可以称之为完美的境界。在这部小说中,作者直接以第一人称亲身经历和感受了二十世纪七十年代初土耳其国内所发生的军人政变以及随后和战友积极投入到反抗军人政府对人民采取高压政策的"左派"共产主义运动中。正是在这一代人的不懈努力下,八十年代初,土耳其国家的前途命运终于迎来了曙光。另一派军人政府通过一场没有流血的军事政变推翻了前任军政府残暴专制的统治,随后进行了一系列社会改革并取得了巨大成功。从此,土耳其走上了自由和平的康庄大道,政治和经济等各项事业也走上了平稳发展的轨道。所以,"我"这一代人自然也是促起这个国家新生的重要力量,也必将和其他社会进步力量一起载入土耳其民族史册。如何在如此宏大的历史背景下融入其他有机元素,使作品更具深邃的思想内涵和更美的艺术形式显得尤为重要,这一点,莱维做得相当成功。为此,他将民族问题、传统问题、代沟问题等许多严肃的社会问题以及爱情、友谊等个人问题有机地纳入到社会变革的时代背景之下,将个人命运和国家前途紧密地联系到一起,从而使伊斯坦布尔故土情结上升到一个更高的爱国爱家乡的高度,并成为一座别人难以企及的文学巅峰。这就是莱维的高明之处,或者说他不同凡响的地方。这部小说成功推出后,莱维已跻身于土耳其国内顶尖作家行

① 尤努斯·纳迪·阿巴里奥格鲁(Yunus Nadi Abalıoğlu, 1879—1945),土耳其著名职业记者,伊斯坦布尔《共和报》创始人。尤努斯·纳迪文学奖设立于他逝世后的第二年,即 1946 年。获奖者皆为土耳其本土小说家和诗人。

列，他的声名甚至丝毫不逊色于帕慕克和李凡纳利等作家，并成为西方文学批评的重点关注对象。同样，莱维的这部小说又被译成英、德、汉等多种文字。特别是土耳其文化旅游部在各种文化推介活动中将其作为本国政治宽松和文化松绑后的一部经典代表作推向全球，以展示土耳其正摆脱宗法的、专制的、保守的和极端民族主义的思想桎梏，向一个新型现代化的国家迈进，同时也为早日加入欧盟做好必要的思想和文化准备。目前，这部小说已由土耳其文化旅游部下属的土耳其文化、艺术和文学推介会（TEDA）推介到我国，莱维以及他的作品也将慢慢为国内喜爱土耳其文化的文学爱好者所熟知。

三

故事讲述了"我"这个年逾五十的成功商人为了追忆自己苦难而美好的青春岁月，将当年那些志同道合的革命激进分子重新邀请到一起一同上演舞台剧《伊斯坦布尔就是我的生命》的故事。重新上演大戏固然重要，但更重要的是这批经历过二十世纪七十年代末那段军人专制时代的黑暗日子的革命伙伴能重续前缘，共同缅怀过去那段充满激情的岁月，以更好地品味和评价这个国家的历史传统、社会风俗、道德伦理、青春友谊和人生价值。小说共有六个当年皆为高中时期同班同学的主人公，他们分别来自于三个民族，即"我"、尼索和赛丽三个犹太人，内兹米和赛普内姆两个土耳其人以及约格斯这个希腊人。不幸的是，在经历过那番血雨腥风的革命斗争后，面对强大的敌人，他们不得不接受失败的命运而四处逃散、颠沛流离，尤其是作为非主流的"异族"如犹太人和希腊人等不得不离开自己的出生地土耳其，远走他乡，去寻找新生活。这其中，"我"、好友内兹米以及"我俩"当年都热烈追求的迷人姑娘赛普内姆三人之间的爱情故事是这部小说的一根主线，它将整部作品有机地串联到一起，从而使这部小说充满了激情和悬念。无论如何，小说的字里行间无不透露着这样一个重要信息，也是作家的创作主旨，那就是：不管身为哪个民族的人，只要他出生在那里，他一定会热爱他脚下的那片热土。即使遭受到再大的非难和不公，他也会一如既往地热爱那里的一切，并将那里视为自己的故乡，因为是故乡给了他生命，给了他滋养，让他学会了成熟和坚强，并最终脱胎换骨，出落成人。所以，“我”身为故乡赤子，伊斯坦布尔就是“我”的根，“我”的梦魂之所。“我”将永远和这座城市同呼吸、共命运，无论何时何地，也要和她荣辱与共，生死相依，不离不弃，直至生命的最后一息。通览全书，以下五个方面的内容将进一步阐述和印证作者的这个观点。

一、对祖国土耳其的无比热爱。虽然出生于一个犹太家庭，不能改变自己的民族身份，但这并不影响“我”对这座城市以及这个国家的热爱之情，因为“我”生于斯，也长于斯。身为一名普通学子，“我”还是和其他同学一样义无反顾地投身到反抗军人专制的革命洪流中，为的是能拯救这个摇摇欲坠的国家。如果国家没有前途，那么“我”个人还会有怎样的前途呢？所以，当国家处在危难关头时，再玄谈任何的民族属性、社会地位和个人信仰已没了意义，只有用崇高纯洁的正义之举将那些双手沾满了人民鲜血的刽子手们拉下马来才是这个国家每个公民应尽的责任和义务。所以，每当主人公想到这些时，他总是倍感欣慰，为自己作为一名真正的“国家英雄”而感到无比的“骄傲和自豪”。在躲避“政治风波”逃往伦敦的那段日子里，西方的社会制度和价值观并没有改变他固有的观念。他只觉得眼前所见到的“西方世界，不仅缺乏活力，而且还麻木不仁，对什么都没有同情心”，而且那里的“世界是一个见不到光的漆黑一团的世界。这样的一个西方世界，最擅长的就是将他的陌生同类碾为齑粉,并借用各种手段让他们从这个地球上消失。”可见主人公身上澎湃着的是一种高度的爱国主义热情。自己虽然没遭受到什么政治清算和人身迫害,而且作为一个精明的“犹太人”甚至将自己的生意做得风生水起,但他当年的那些同窗好友兼战友可就没有他那样的好运气了:内兹米被抓进了监狱,而且一蹲就是七年,出狱后的他历尽磨难,最后只能自谋职业,做起了导游这个行当;约格斯不得不离开心爱的祖国,只身逃到希腊,被迫在那里定居下来;而尼索在逃到以色列后也是历尽苦难才找到自己的栖身之地;赛丽的命运也同样很曲折,她颠沛流离、无处安身,最后不得不辗转回到土耳其继续自己的人生;这其中,赛普内姆的命运最悲惨,她最后不得不走进精神病院,在那里度过了她人生二十年最美好的时光。不难看出,他们每个人的人生就是土耳其当年这个国家命运的缩影。尽管他们饱受人生折磨,历尽了千辛万苦,也牺牲了许多个人幸福,但在三十多年后他们重逢相聚的那些日子里,并没有对祖国母亲有任何的抱怨和指责,更多地却是在追忆着每个人那段既痛苦又美好的青春岁月。当他们最终将舞台剧成功地搬上舞台后,他们已收获对故乡城市和祖国的那份浓浓爱意。这台人生大戏给了“我”一个新的人生启迪,即这台“剧目将永远不会演完,也永远不会有谢幕的那一刻。每当我甜美地想象着,他们怎样过着自己的生活,又如何经历着他们人生中的一切的时候,我的心虽充塞着悲伤,却又充满着欢乐,这一切的一切都给了我无穷的力量。”小说中,作家还融入许多土耳其独具魅力的山川名胜(如比于卡达岛、博茨卡达岛、卡德博斯坦海湾、切斯莫度假胜地、福卡旅游地、魁山、耶尼清真寺等),城市风光(如伊兹密尔、布尔萨、马尔丁等)和传统美食(如拉基酒、黑海鲭鱼、油拌西葫芦皮等)等文化元素,既表达了“我”对土耳其悠久历史和灿烂文明的自豪感,同时也让读者领略到“我”对祖国这种深沉的热爱之情。

二、对本民族的一往情深。犹太民族的生存从来都是一个严肃的话题。在土耳其,犹太民族同样是一个弱势群体。他们生活在绝大多数都信奉伊斯兰教的土耳其民族中,受到歧视、排挤甚至被赶尽杀绝随时都有可能。他们的祖先赛发迪犹太人从伊比利亚半岛迁居至此,从此,他们便“生活在一种充满着威胁和恐吓的环境里,随时随地都得打包走人。”作为“异族”或“另类人”,他们“遭受种种难以形容的非难和伤害”。所以,“鉴于自身无法更改的历史身份,我拒绝一切种族主义行为。我热烈欢迎一切自由,但对那些操同一门语言却要划清国界的人深恶痛绝。他们的道德水平甚是低下,以至于只看到自己民族的某些长处,而对其他民族的长处视而不见。”所以,主人公对种族主义持强烈的批评态度。然而,尽管受到许多歧视,却并不影响“我”对祖国母亲的热爱,正如“我”这样表露自己心迹的:“无论是我在国外的那段日子,还是我经常回想起的那些和帝国主义作斗争的艰难岁月,我始终都为自己感到骄傲与自豪。因为我的一切已和这个国家生死相依,密不可分。”另外,作为犹太子民,如何消除人们对犹太民族的偏见,让犹太民族不蒙受许多不白之冤,这也是“我”应尽的一份责任和义务。所以,“我”宁愿用“摩西人”(本义为“纯洁无辜”的意思)替代“犹太人”这样的表达,也不愿使用土耳其人经常挂在嘴上的“havra”(土耳其人对犹太人的蔑称)这个带有歧视性的字眼。对于人们说犹太人吝啬的偏见,“我”在爷爷那里得到的答案是:“我们可不是吝啬之人,我们只是有点勤俭而已。”对于人们认为犹太人都是些胆小怕事之徒的讥笑性话语,爷爷教育“我”的是:“这也许是出于小心谨慎,我们才不得不如此啊。”有了这些哲理性的话语和生存智慧,“我”自然就有了对本民族的清醒认识,也为说服和影响身边的人找到了一种合理解释。在此基础上,“我”对各民族和谐相处有了自己的观点:“要是人们都能想着求同存异,实现大同,那也就不存在谁吃谁的问题了。”这也是人与人之间、民族与民族之间、国家与国家之间和平相处的最高境界和最终目标。不仅如此,主人公对巴以双方实现和平这个国际性问题同样持一个客观公正的立场。在和尼索谈心的时候,同为犹太人的他的一席话在某种程度上也代表了“我”的观点。对于以色列对巴勒斯坦肆意挑起的许多非正义战争,“我们”两个人均持一致的批评观点。尼索甚至还和巴以双方正义力量一起参与抗议以色列军队在军事占领区的许多非法行径,并得到了国际社会舆论的广泛支持。在“我”看来,战争只能给双方的平民百姓带来死亡和痛苦。所以,作为犹太民族,在巴以和平进程问题上需要做深刻的反思和自我批评。总之,不难看出,作为一个身在异乡的犹太人,“我”既关注本民族在土耳其的生存境况,也关注同胞们在国际事务中的行为表现,这无不说明主人公和本民族之间血浓于水的亲情关系。

三、对伊斯坦布尔的浓浓情意。整部小说洋溢着的是“我”对家乡的无比热爱之情,当然,这也是作者将这种情结寄托在主人公身上的一种表现手法,这从以下几个方面可以明显感受出:第一,对青少年时期的美好回忆与家乡密不可分。少年时期的“我”亲身经历了父亲小店生意日渐兴隆,家庭生活条件逐渐变好等事情,家里换新车、全家去伊兹密尔以及海岛旅游度假、父亲和表叔送给“我”瑞士表作为人生纪念等往事都一一印刻在“我”的脑海里。到了青年时期,“我”的许多爱好,比如听法国抒情小调、摄影、看球赛等也都和这座城市紧密地联系在了一起。这其中,听抒情小调成了他挽救赛普内姆人生不可或缺的重要道具;另外,看球赛等许多场景的安排既是自己和朋友情感联系的纽带,也是他们热爱这座城市、这个国家的重要象征。第二,当年他们在学校的许多表现也是他们热爱家乡的重要佐证。在中学课堂上,他们热爱土耳其民族文学,甚至还在课堂上对民族文学的认识问题和老师产生了不同见解,借此表达他们对共产主义思想的渴望和追求以及他们人生观、世界观、价值观的慢慢形成。尽管他们是一群叛逆、倔强、有个性的年轻人，甚至还经常逃课去打桌球、看球赛，但他们对家乡的热爱丝毫没有改变。即使是在寒冷的冬夜，主人公也要和挚友内兹米一起游荡街头，甚至去逛妓院。他们要感受这个城市的每一次呼吸，正如他们在后来的见面中所发出感叹的："我是多么地喜欢眼前的这座城市啊！它的每一次呼吸都让我激动不已。博斯普鲁斯海岸边的夜幕中，紧裹着的是那些奇幻的灯影。而这河岸背后，隐藏着的又是多少历史兴衰和时代变迁啊。"第三，当年的这群年轻人重演那场人生大戏代表着他们对家乡情感的再次体验和人生境界的最高升华。重回母校，重温往事，将自己的人生和这座城市的命运紧紧联系在一起，这赋予他们的人生重逢以别样的含义，因为《伊斯坦布尔就是我的生命》这台大戏既是当年人生的一种再现，也是对美好未来的一种憧憬。"我"在知天命之年将大家重新召集在一起，共同漫步在伊斯坦布尔街头，相聚在饭店酒馆，最后共同上演这场大戏，这其实就是对各自精彩人生的回忆，也是对家乡的一片热爱之情。第四，对家庭的依赖是"我"对这座城市的另一种热爱形式。接管父亲生意的"我"不但将商店经营得风生水起，还组建了一个温馨可爱的家庭。妻子切拉既温柔贤惠，又体贴大方，不仅帮助"我"促成朋友们的重逢，还对"我"和赛普内姆过去的那段情感给予同情和理解，并最终帮助"我"让赛普内姆回到她过去"真正"的恋人内兹米的怀抱。虽然妻子是一个普普通通的家庭主妇，但在某种程度上，她何尝不是土耳其妇女遵守传统、勤劳善良、温柔体贴、无私奉献的典型化身呢？正是伊斯坦布尔这方水土和历史文明滋养了这种时代女性，所以，"我"没有理由不爱她，也没有理由不热爱这座城市。同样，女儿内莉和儿子内迪也是主人公的挚爱。女儿的顽皮可爱和善解人意让"我"的人生充满快乐，儿子自由人生的选择也同样令“我”开心和宽慰。所以,在“我”看来,“我们”每个人都是这个城市的重要一分子,也是这座城市的象征。所有这些都构成了“我”对伊斯坦布尔深深眷恋和无比感恩的最重要理由。

四、对传统文明的批判与吸收。爱国家、爱家乡与热爱本民族的传统文明并不矛盾,即使是信奉犹太教也并不影响“我”的这些情感。作为新一代犹太人,“我”因为经常不参加会堂里的祷告而被视为一个“非犹太良民”,即使参加一些净罪日祈祷或受戒礼仪式,“我”也始终抱着一种自己是“本地人”的想法。因为这种思想从“我”出生的那一天就已有之,并在“我”的脑子里根深蒂固。这就是我和上一代人的区别。比如“我”的外祖母就是一个十分传统的犹太女性,除了能说传统的犹太拉迪诺土话外,对其他语言一无所知,为此她不知遭受了多少白眼,甚至“我”跟她在一起时也会经常感受到被视为“局外人”和“异族”的痛苦。然而,在外祖母看来,学说其他话对她来说根本没那个必要。因为她的生活很简单,并且“从小在家庭里接受到的也无非就是长大后如何相夫教子的传统教育。”另外,“在那样的年代里,生活在自我封闭的世界中的她们能想到的仅是相互体贴,相互关照和相互依存,根本没想过还有任何其他生存的可能性。”这就是那一代人的传统思维。而到了“我”父母这一代人,他们仍然跳不出这个藩篱。就连父亲也是满嘴的犹太土话方言,而且越是在关系好的人面前,他越愿意说方言,因为“这会让他更有安全感和信任感”。母亲则是一个地地道道的家庭主妇,在家里张罗一切家务,服侍丈夫,教育孩子,尤其是对“我”和切拉的婚事更是丝毫不敢怠慢,聘请媒人竭力撮合,终于促成了我们这桩美好的百年姻缘,也终于了却了她一桩心愿。而到了“我”这一代人呢,对传统的遵守,是既保留吸收又批判继承的。比如过逾越节的时候,我一般不在家里和家人同过,而是和自己最要好的一帮朋友一起庆祝。之所以如此,是因为在“我”看来,这种庆祝并不涉及什么“宗教信仰或宗教义务,而真正的意义是我能将孩提时代那段难忘的岁月珍藏起来。正是以这样的方式,加之某些人的参与奉献,甚至舍生忘死,传统才得以延续,并发扬光大。在当今这个时代,这样的传统是何等重要啊!”所以,传统文明也要与时俱进,不断增添新的文明内涵,如果一味地抱着某些愚昧的陈规陋习不放,那最终在蒙昧不化的人眼里,传统则有可能会“拥有一张阴阳脸”而置他于死地。和“我”相比,妻子切拉则截然相反,她和“我”母亲一样,在各方面都恪守传统,而且“根本就是个三句话不离传统的女人”。她不但对我很关爱、呵护和体贴,对孩子也总是孜孜不倦地进行教育,而且“她最擅长的就是从历史使命感入手,要求他们在接受传统思想熏陶的同时,树立良好的人生价值观”。这就是新一代的犹太女性,和“我”外祖母相比,尽管都遵守传统,但她在事业、家庭和个人修养方面都有了明显进步。所以,这就是时代造就人的结果,也是这个国家、这个社会造就人的结果,更是伊斯坦布尔这方水土滋养培育的结果。再看看“我们”的下一代,儿子内迪最终选择去加拿大留学,而不想在这个环境良好的国家里继续学习,为的就是要告别自己的犹太传统,追求自己的个性解放和个人幸福。正如他对他母亲所说的:“妈妈,我想说的是,深深扎根于传统这一点没错,而且大家也都这样遵守着。然而,要是这个束缚人的传统会毁灭人的个性,或者妨碍人过他所憧憬的日子,那么我要说,这样的传统将一无是处,是糟粕,也是一堆狗屎!”虽然这番话有些偏激,但至少也反映了这代人对传统观念的一种新认识。所以,这个未经历过那段血雨腥风的日子,或者说未经历过那段刻骨铭心的爱与恨的年轻人是无法理解“我”对家乡这种强烈的热爱之情的。

五、对爱情的承诺和遵守。六个主人公中,除了“我”之外,每个人当年的经历都充满着痛苦、心酸与悲伤,其中尤以“我”当年心目中的“女神”赛普内姆的经历最为曲折和坎坷。因为当年在一起演出时的许多交流和沟通,毕业告别晚餐成了“我们”两个人表露心迹的最佳时机。在塔拉布亚海岸边的那条长凳上,当两个人进行心与心的交流和碰撞时,彼此对未来的恐惧与担忧让“我们”两个人的命运交合重叠到一起。尤其是当“我”接过她递来的那只耳环后,“我”希望“自己能赋予这种爱以尊严,绝不能让她偏离人生航向而误入歧途”,这就是“我”对这场爱情的一种承诺。正因为有了这个承诺作为“我”内心强大的动力,所以,尽管“我”得知她已在精神病院待了很多年,但“我”还是义无反顾地去看望她,誓要让她彻底恢复过来,加入到那场人生大戏的演出中。爱情的力量确实很伟大,正是在“我”的一点点努力下,赛普内姆居然奇迹般地恢复了神智,并最终登上舞台,找回了人生。这种对爱情的坚贞,对诺言的遵守,既是自己个性的使然,也是一种大爱无疆的体现,对此,“我”对自己有过这样的评价:“真正由我自己做出的抉择我都会矢志不渝地坚持下去,就是在我后来的岁月里我也会如此,哪怕付出沉重的代价,我也绝不会违背初衷,轻易改变自己的信仰。因为随着时间的推移,人们会发现自己的这种坚贞和执着更可靠,也更具价值。”细细品味,这种大爱又何尝不是自己热爱同胞、热爱人生、热爱家乡的体现呢? 正是这每一个人生细节激发了“我”对家乡的依赖情感,也构成了我永远热爱家乡的主题。总之,在心里留下的刻痕越多越大,不管它是幸福的还是痛苦的,不管是充满希望的还是充满失望的,不管是成功的还是失败的,只要是发生在伊斯坦布尔这片热土上,它都是“我”最难忘的人生回忆。正由于此,主人公才发出这样的肺腑之言:“我一直很自豪,自己是个地地道道的伊斯坦布尔人,无论在什么场合,人们对它的那种亲近感和归属感都可以从言谈话语中深切感受到。”能有这样刻骨铭心的爱情经历就可让自己找到这种故乡的亲近感和归属感。然而,不幸的是,故事最终还是以悲剧形式结束。因为“我”差不多到最后才得知，当年和赛普内姆真正一起品尝人生酸甜苦辣，并经历生死的居然是自己的挚友内兹米。原来他们俩才是一对真正的恋人。为了躲避追捕，他们四处逃亡，但最终还是落在了敌人手里。赛普内姆最终被逼疯并被丢进了精神病院。然而，由于对他们俩的这种关系事先一无所知，“我”还是一如既往地去看望她，并想方设法地协助医生将她挽回到人生的新起点。一切似乎又看到了曙光，他们俩已在期待着一场新的结合。然而身患重症的赛普内姆最终还是不知去向，消失在茫茫的伊斯坦布尔夜色里。为了寻回她，“我”和内兹米一起找遍了这座城市的每个角落，但最终还是将那只耳环丢进博斯普鲁斯海峡那片茫茫的大海里。如此凄美的爱情故事又怎能不唤起“我”对故乡深刻的情感呢？故事最后，“我”不禁有了这番感慨，认为赛普内姆是否还能出现在“我们”下一次的聚首中这已“不重要，反正她已经向我们讲述了她能告诉我们的一切，只因为我们的那些抗争，还有那些梦想。”而这些抗争、这些梦想正源自于这座城市，它让人魂萦梦绕，充满着情思。

四

一个人的民族印记无法更改，一个人的爱国热忱和思乡情结也同样不会改变，这就是这部小说的核心主旨。在这个土耳其民族占主流的国家社会里，身为一个“小我”的犹太人虽然遭受很多偏见、歧视甚至不公，但这并没有改变“我”对这个国家和这座城市的拳拳之心和赤子之情。在当今世界一体化的主流之下，世界各民族如何能更好地融合、相互理解、彼此尊重并和谐相处，这是许多国家和民族应深入思考和亟待解决的问题。正是基于对这些问题的清醒认识和正确判断，马里奥·莱维才以他敏锐的思想、深刻的感悟和深情的呼唤创作了这部巅峰之作。目前，土耳其文化、艺术和文学推介会将这部优秀作品推介到我国这个文化大市场，尤其是借着当下全球刮起的“莫言风”，这说明了土耳其文化界对我国文化市场的高度重视，也说明这部作品自身所拥有的巨大影响力。相信国内读者在欣赏完这部作品后，一定会对土耳其文学，特别是对马里奥·莱维这位作家有一个崭新的认识，由此也期待他今后能创作出更多更好的作品。我们相信，在未来的土耳其优秀作家群体里，帕慕克绝对不会是土耳其唯一的诺贝尔文学奖获得者，马里奥·莱维也许就是下一位，因为他的这部经典作品完全可以傲视群雄，成为土耳其文化旅游部向诺贝尔文学奖评审委员会推荐的最佳候选作品。

南昌航空大学外国语学院　江山

于四休斋

2014 年 12 月 25 日

图书在版编目（CIP）数据

黑暗来临时，你在哪里／（土）莱维著；江山译. －上海：上海文艺出版社.2016.3
ISBN 978-7-5321-5848-5
Ⅰ.①黑… Ⅱ.①莱…②江… Ⅲ.①长篇小说－土耳其－现代
Ⅳ.①I347.45
中国版本图书馆 CIP 数据核字（2016）第 025715 号

著作权合同登记图字：09-2012-473 号

This project was undertaken with the financial support of TEDA.

本项目得到土耳其文化、艺术和文学推介会资助。

出 品 人：陈 征
责任编辑：李珊珊
封面设计：胡 斌

黑暗来临时，你在哪里
〔土〕莱 维 著 江 山 译
上海世纪出版集团
上海文艺出版社 出版
200020 上海绍兴路 74 号
上海世纪出版股份有限公司发行中心发行
200001 上海福建中路 193 号 www.ewen.co
上海华教印务有限公司印刷
开本 890×1240 1/32 印张 23.5 插页 4 字数 530,000
2016 年 3 月第 1 版 2016 年 3 月第 1 次印刷
ISBN 978-7-5321-5848-5/I・4670 定价：70.00 元（全二册）

告读者 如发现本书有质量问题请与印刷厂质量科联系
T：021-66243241